KB207043

늦여름 1

이 도서의 국립중앙도서관 출판시도서목록(CIP)은 e-CIP 홈페이지(http://www.nl.go.kr/ecip)와
국가자료공동목록시스템(http://www.nl.go.kr/kolisnet)에서 이용하실 수 있습니다.
(CIP제어번호: CIP2011005241)

세계문학전집
087

Adalbert Stifter : Der Nachsommer

늦여름 1

아달베르트 슈티프터 장편소설
박종대 옮김

문학동네

차례

집

아버지는 상인이었다. 우리 도시에서 제법 큰 건물 2층에 세 들어 살았는데, 건물 안에는 아버지가 운영하는 아치형 천장의 영업소와 사무실도 있었다. 사무실에는 상품 박스 외에 장사에 필요한 다른 물건들이 보관되어 있었다. 건물 2층에는 우리 말고 노인 부부 한 가족이 더 살았다. 그분들은 1년에 한두 차례 우리 집에서 함께 식사를 했다. 잔치가 벌어지거나 축하할 일이 있으면 그분들이 우리 집에 오거나 우리가 그분들 집으로 갔다. 우리 집은 아이가 둘이다. 아들인 나와 나보다 두 살 어린 누이다. 우리에겐 각자 자그마한 방이 하나씩 있었는데, 어릴 때부터 이 방에서 우리가 규칙적으로 해야 할 일을 하고 잠을 잤다. 어머니는 우리가 해야 할 일을 잘하고 있는지 점검했고, 이따금 우리가 거실로 나와 노는 것을 허락했다.

아버지는 대부분의 시간을 영업소와 사무실에서 보냈다. 그러다 열두시가 되면 위로 올라와 식당방에서 식사를 했다. 아버지 밑에서 일하는 직원들도 우리 식탁에서 아버지 어머니와 함께 식사를 했다. 하녀 둘과 하인 하나는 자기들 방에 따로 식탁이 있었다. 우리 남매는 간소한 음식을 받은 반면 아버지와 어머니 앞에는 매번 고급 포도주 한 잔이 나왔고 이따금 구운 고기도 나왔다. 그건 아버지의 직원들도 마찬가지였다. 직원은 처음에는 경리 하나와 종업원 둘이었다가 나중에는 넷으로 늘었다.

우리 집에는 상당히 큰 방이 하나 있었다. 그 방에는 폭이 넓고 속이 깊지 않은 함들이 놓여 있었는데, 하나같이 상감세공이 되어 있었고 고운 광채가 났다. 책으로 가득 찬 함 앞에는 유리 날개문이 달려 있었고, 유리 뒤에는 녹색 비단 천이 덮여 있었다. 아버지가 함을 비단 천으로 덮은 것은 책등에 황금빛 활자로 인쇄된 책 제목을 아무나 쉽게 읽는 것을 꺼려했기 때문이다. 책은 마치 아버지의 숨겨진 자랑거리라도 되는 듯했다. 아버지는 이 책장들 앞에 서 있기를 좋아했다. 식사 후든, 아니면 언제든 틈이 나면 함의 날개문을 열어젖히고 책들을 물끄러미 구경하다가 이런저런 책을 꺼내 들여다보고는 도로 원래 자리에 꽂아 놓을 때가 많았다. 아버지는 사업차 집을 비우거나 어머니와 함께 연극을 보러 갈 때—아버지는 그런 기회를 즐겨 마련했다—를 제외하고는 저녁 시간을 주로 집에서 보냈는데, 그런 날이면 서재 책상에 앉아 한 시간, 아니 두 시간 세 시간도 넘게 책에 푹 빠져 지내곤 했다. 고풍스러운 양탄자 위에 놓인 정교하게 깎은 오래된 책상이었다. 아버지가 그러고 있으면 누구도 방해해서는 안 되었다. 서재에 들어가는 것조차 금지되었다. 아버지는 서재 밖으로 나오고 나서야 저녁을 찾았다. 직원들 없이 우리 가족끼리만 함께 하는 식사였다. 이 자리에서 아버지는 우리 남매에게 많은 이야기를 해주었다. 이야기 종류는 무척 다양했는데, 그중에는 익살스러운 유머나 동화도 끼여 있었다. 아버지는 읽은 책을 항상 원래 자리에 꽂아두었다. 아버지가 나간 다음에 바로 서재에 들어가보면, 방금 여기서 누군가 책을 읽었다는 흔적은 어디서도 찾을 수 없었다. 모름지기 어떤 방이건 직접 사용한 흔적이 남아서는 안 되고 언제나 번쩍번쩍 윤이 나는 화려한 방처럼 정갈하게 치워놓아야 한다는 것이 아버지의 지론이었다. 그러면서도 방은 저마다 자기만의 특별한 용도가 분명히 드러나야 했다. 아버지의 표현처럼 '잡탕 방', 그러니까 침실이나 놀이방 그리고 그 밖의 다른 용도로도 쓰는 방을 아버지는 끔찍이 싫어했다. 사람이건 사물이건 그 자체로 완벽하고 유일한 존재여야 한다는 것이 아버지가 입버릇처럼 하는 말씀이었다. 이렇게 엄격한 세심함의 기풍은 우리 가슴속에 깊이 박혔다. 그래서 우리는 부모님의 지시라면 설령 이해가 안 되더라도 철저히 따르려고 노력했다. 가령 아이들은 부모님 침실에 절대 들어가서는 안 된다는 규율이 그랬다. 부모님 침실을 정리하고 청소하는 일은 우리 집의 늙은 하녀가 도맡아 했다.

우리 집 방들에는 여기저기 그림이 걸려 있었다. 몇몇 방에는 유서 깊은 기물들도 있었다. 기괴한 형상이 조각되어 있거나, 다양한 목재에 나뭇잎과 원, 선 모양으로 상감세공을 한 집기들이었다.

아버지에겐 주화를 보관하는 궤짝도 하나 있었는데, 가끔 몇 개를 꺼내 우리에게 보여주었다. 그중 특히 아름다웠던 것은 갑옷을 입은 남자나 머리카락이 치렁치렁 내려온 얼굴이 새겨진 탈러*였다. 그 밖에 매혹적인 젊은이나 여자의 얼굴이 새겨진, 오랜 옛날에 제작된 주화도 더러 있었고, 발에 날개가 달린 남자의 주화도 하나 있었다.

아버지의 소장품 중에는 돌로 만든 조각품도 있었다. 아버지는 이 조각품들을 상당히 귀히 여겼는데, 이게 모두 오랜 옛날 예술에 정통했던 민족의 솜씨라고 했다. 그러니까 고대 그리스 시대에 만들어진 작품이라는 것이다. 간혹 아버지는 지인들에게 이 조각품들을 보여주었는데, 그럴 때면 지인들은 그 옆에 한참 붙어 서서 이것저것 집으면서 담소를 나누었다.

우리 집에는 자주는 아니고 가끔 손님이 찾아왔다. 때로 우리는 아이들을 집으로 초대해서 함께 놀기도 했다. 하지만 우리가 부모님을 따라 남의 집에 가서 그 집 아이들과 놀 때가 더 많았다. 우리는 집에서 가정교사한테 수업을 받았다. 이 수업 시간과 우리에게 개별적으로 부과된 공부 시간은 결코 이탈을 용납하지 않는 규칙적인 일과였다.

어머니는 다정한 분이었다. 우리 남매를 지극히 사랑했음은 말할 것도 없고, 아버지에 대한 경외심만 아니었더라면 가끔 기분에 따라 앞서 언급한 규칙적인 일과에서 우리가 이탈하는 것을 눈감아줄 사람이었다. 어머니는 부지런히 집 안을 돌아다니며 매사를 돌보고 정리했다. 그리고 아버지에 대한 경외심에서 어떤 예외도 허용하지 않으려 했으며, 아버지와 마찬가지로 자식들에게 존경스럽고 흔들림 없는 선(善)의 표본이 되었다. 어머니는 보통 집에서는 옷차림이 수수했

* 독일에서 18세기 중반까지 사용하던 은화.

다. 이따금 아버지와 함께 어딘가로 외출할 때만 근사한 비단옷을 입고 패물을 찼다. 그럴 때면 우리 눈에는 어머니가 그림책에 나오는 요정 같았다. 그런데 어머니는 반짝반짝 빛은 나지만 모양이 지극히 소박한 보석만 패용했을 뿐, 아버지의 표현처럼 그 속에 그렇게 아름다운 형상이 숨어 있는지 미처 몰랐던, 세련된 모양의 보석은 차지 않았다. 아버지가 그런 걸 둘러주지 않았기 때문이다.

우리 남매는 아직 무척 어렸기에 어머니는 항상 우리와 함께 시골에서 여름을 보냈다. 아버지는 사업 때문에 도시에 남아야 해서 우리와 함께할 수 없었다. 하지만 일요일과 축일에는 늘 우리에게 와서 온종일 함께 시간을 보냈고, 하룻밤을 묵었다. 주중에는 우리가 한두 번 아버지를 찾아가기도 했는데, 그럴 때면 아버지는 우리에게 맛난 음식을 사주고 하룻밤을 재워주었다.

마침내 이런 번거로운 생활이 끝났다. 나이가 들수록 존경하는 어머니와 떨어져 지내는 것을 힘들어하던 아버지가 교외에 정원이 딸린 집을 구입했기 때문이다. 우리는 그 집에서 맑은 공기를 마시고 맘껏 뛰놀며, 1년 내내 시골에서 지내는 것처럼 살 수 있었다.

교외에 집을 마련한 것은 커다란 기쁨이었다. 우리는 도시의 어둡고 낡은 집에서 근교의 널찍하고 쾌적한 집으로 이사했다. 아버지는 이사하기 전에 집을 전반적으로 수리했는데, 우리가 이 집에 들어온 뒤에도 공사가 끝나지 않아 집 안 곳곳에서 인부들이 여전히 일을 하고 있었다. 이 집은 한 건물에 여러 가족이 입주해 있는 도시의 집과는 달리, 오로지 우리 가족만을 위한 공간이었다. 다만 아버지의 직원들과 문지기 겸 정원사로 일하는 늙수그레한 남자만 우리 집에 함께 살았다. 그 남자에게는 아내와 딸이 있었다.

아버지는 이 집에서 예전 서재보다 훨씬 큰 방을 서재로 꾸몄다. 또한 그림만 보관하는 방도 따로 하나 만들었다. 도시에 살 때는 공간이 부족해서 그림을 이 방 저 방에 나누어 걸었기 때문이다. 새 그림방의 벽에는 진갈색 벽지를 발랐는데, 금빛 액자를 더더욱 도드라지게 하기 위해서였다. 바닥에는 은은한 색깔의 양탄자를 깔았다. 그래야 그림의 색상이 죽지 않았다. 그 밖에 아버지는 그림방에 갈색 나무로 만든 화대(畵臺)를 갖다놓았다. 가끔 거기다 이런저런 그림을 올려놓고 제대로 햇빛을 비춰가며 꼼꼼하게 감상하기 위해서였다.

상감세공이 되어 있고 갖가지 무늬가 조각된 집기들은 따로 한 방에 모아두었다. 한번은 아버지가 피나무와 스위스잣나무로 깎은 천장 장식을 산에서 갖고 와 천장에 덧붙였고, 거기다 눈에 띄지 않는 몇 가지 장치를 추가했다. 그러고 나자 그것은 영락없이 그 방의 원래 천장처럼 보였다. 우리 남매는 저녁때면 아버지 어머니와 함께 이 방에 앉아 있기를 좋아했다. 우리는 거기서 무언가 일을 했고, 그런 천장 장식이 만들어진 시절에 대해 이야기하기도 했다.

아버지는 정원 쪽으로 난 2층 나무 복도 끝에 자그마한 유리방을 만들었다. 정원을 향하고 있는 벽 두 개는 유리판이었고, 뒷벽은 나무였다. 아버지는 이 방에 문양과 시대가 다른 옛 무기들을 모아놓았다. 정원의 담쟁이덩굴이 양옆으로 유리판을 지탱하는 막대를 휘감고 올라왔고, 그렇게 올라온 덩굴은 방 안까지 뻗어 있었다. 그래서 열어둔 유리판으로 바람이 들어오면 옛 무기를 감고 있던 덩굴에서 쏴쏴 소리가 들렸다. 유리방 안에는 잿빛 못을 촘촘히 박아놓은 커다란 나무

방망이도 있었는데, 아버지는 이것을 '샛별'이라 불렀다. 우리 남매는 그것을 도무지 이해할 수 없었다. 샛별이라는 이름이 너무 아깝다는 생각이 들었기 때문이다.

우리 집에는 정교하게 바느질한 붉은 비단 천으로 도배한 작은 방도 하나 있었는데, 이 방에는 어떤 물건을 들여놓을지 아직 아무도 몰랐다.

정원에는 키 작은 유실수와 화단, 채소밭이 있었다. 정원의 한쪽 끄트머리에 서면 반 마일쯤 떨어진 거리에 커다란 반원 형태로 도시를 에워싸고 있는 산들이 보였는데, 거기에는 키 큰 나무와 잔디가 심겨 있었다. 아버지는 낡은 온실을 일부는 수리하고 일부는 증축했다.

그 밖에 우리 집에는 정원 쪽으로 활짝 열린 큼직한 마당이 있었다. 정원의 잔디가 젖어 있으면 우리는 거기서 뛰어놀았고, 어머니가 주로 생활하는 부엌과 부식 창고 창문으로도 마당이 내려다보였다.

아버지는 매일 아침 도시의 영업소와 사무실로 출근했다. 직원들도 당연히 따라나섰다. 아버지는 열두시경에 식사를 하러 왔다. 영업소를 지키는 당번만 빼고 나머지 직원들도 함께 왔다. 아버지는 오후에도 대개 다시 도시로 나갔다. 그러나 일요일과 공휴일에는 우리와 함께 시간을 보냈다.

이젠 아이가 딸린 손님들도 예전보다 훨씬 자주 우리 집에 놀러 왔다. 집이 아주 넓어졌기 때문이다. 우리는 마당과 정원에서 마음껏 뛰놀았다. 가정교사들도 예전에 도시에 살 때처럼 근교의 우리 집으로 직접 찾아왔다.

책상에 너무 오래 앉아 있어서 몸이 허약해진 아버지는 어머니의 독촉에 못 이겨 매일 쉬는 시간을 정해 규칙적으로 몸을 움직였다. 그 시간에 아버지는 화랑에 가거나 그림을 감상하러 친구 집에 갔다. 아니면 진귀한 물건들을 소장한 지인의 집에 들러 그것들을 구경하기도 했다. 여름철 날씨가 좋은 공휴일이면 이따금 우리는 야외로 나가 마을이나 산에서 하루를 보냈다.

교외에 집을 장만한 것을 누구보다 기뻐했던 어머니는 살림에 아주 열심이었다. 토요일마다 정원의 빨랫줄에 아마천이 벚꽃처럼 하얗게 널려 있었고, 방방마다 어머니의 감독하에 청소가 이루어졌다. 아버지의 귀중품들이 보관된 방들은 제외하고 말이다. 아버지는 항상 당신이 보는 앞에서 그 방들을 치우고 먼지를 제거하도록 했기 때문이다. 정원의 과일과 꽃, 채소는 어머니 아버지 두 분이 함께 보살폈다. 어머니는 곧 인근에서 살림 잘하는 사람으로 소문이 나면서 이웃집 아낙들이 찾아와 우리 집에서 일을 배운 하인들을 내달라고 부탁하기도 했다.

우리가 커나갈수록 부모님과의 관계도 더 깊어졌다. 아버지는 우리에게 그림들을 보여주며 이따금 이런저런 설명을 해주었다. 아버지가 소장한 그림들은 누구나 인정할 만한, 가치가 있는 오래된 그림들이었다. 아버지는 우리와 산책하면서 빛과 그림자의 영향을 가르쳐주었고, 대상의 표면에 달라붙은 것을 '색깔'이라 불렀다. 그리고 움직임을 야기하지만 그 움직임 속에서도 다시 정적을 유지하는 선들에 대해 설명했고, 동중정(動中靜)이 모든 미술 작품의 조건이라고 말했다. 아버지는 당신의 책들에 대해서도 언급했다. 아버지의 서가에는 태초부터 우리 시대까지 인류에게 일어난 갖가지 일을 담은 책뿐 아니라 천 년도 훨씬 전에 살았던 유명한 남자 여자 들에 관한 이야기도 있었다. 또한 세계와 사물, 인간의 제도와 그 특징을 다년간의 연구로 짚어낸 책들도 있었고, 일어난 일이나 어떤 것의 상태는 아니지만 인간이 생각해낸 것, 일어날 수 있는 것, 혹은 속세와 천상의 일에 대한 견해를 담은 책도 있었다.

그 무렵 어머니의 종조부가 돌아가셨다. 어머니는 종조부보다 먼저 돌아가신 종조모의 패물을 물려받았고, 우리 남매는 종조부의 나머지 재산을 받았다. 아버지는 당연히 우리의 후견인으로서 유산을 안전한 은행에 넣고 매년 이자를 불려나갔다.

이윽고 우리의 성장과 함께 지금껏 우리가 받아오던 통상적인 수업을 서서히 중단해야 할 시점이 다가왔다. 처음에는 만인이 알아야 할 지식의 원리를 가르치던 가정교사들이 일을 그만두었고, 나중에는 좀 더 교양 있고 지체 높은 집안의 자제들이나 배우던 과목의 가정교사들이 하나씩 그만두었다. 여동생은 계속 닦아나가야 할 몇몇 과목 외에 집안 살림과 여자가 배워야 할 중요한 일들을 서서히 익혀나갔다. 훗날 어머니의 삶을 그대로 따라가기 위해서였다. 나는 일반 학교들에서 이른바 밥벌이에 필요한 준비 과정으로 인식되는 과목들을 습득한 뒤 그보다 훨씬 어렵고 보충수업이 꼭 필요한 개별 분과들을 계속 공부해나갔다. 그러다가 마침내 내가 앞으로 어떤 사람이 될 것인가 하는 문제가 대두되었다. 이 문제로 아버지는 많은 사람에게 상당한 불쾌감을 야기했다. 아버지는 나를 모든 학문을 두루 아우르는 보편 학자로 키울 생각을 했던 것이다. 나는 그때까지 무척 열심히 공부했고, 교사들이 가르친 모든 신식 문물을 열정적으로 받아들였다. 그래서 과목 평가를 받을 때마다 교사들에게 큰 칭찬을 받았다. 학자를 평생 직업으로 삼겠다고 한 것은 내 뜻이었고, 아버지도 그런 내 뜻에 선선히 동의해주었다. 내가 아버지에게 그런 뜻을 밝힌 것은 무언가 가슴속 깊은 충동이 그리 시켰기 때문이다. 나는 아직 미숙한 청소년이었음에도 모든 학문을 습득할 수는 없음을 분명히 깨닫고 있었다. 물론 내가 무엇을 얼마만큼 배울 수 있을 것인가도 나를 그 과정으로 이끈 감정만큼이나 불분명했다. 또한 학문을 통해 어떤 특별한 유익함을 창출할 수 있는지도 딱히 머릿속에 떠오르지 않았다. 단지 내 가슴속에는 오로지 그렇게 해야 한다는 느낌과 내적으로 타당하고 미래에 중요한 것을 따르고 있다는 느낌뿐이었다. 그러나 구체적으로 무엇을 어떻게 시작해야 할지, 어떤 목적을 가지고 착수해야 할지는 나도 내 가족도 몰랐다. 게다가 나는 선호하는 과목이 전혀 없었다. 다만 학문 하나하나마다 추구할 만한 가치가 있다고 느꼈다. 어떤 분과에 특출한 재능이 있다고 나 스스로 결론 내릴 만한 근거도 없었지만, 그렇다고 도저히 넘을 수 없는 벽처럼 느껴지는 분야도 없었다. 내게서 두드러진 특징을 발견하지 못하기는 친지들도 마찬가지였다. 그래서 내게 딱 맞는 천직을 추천해줄 수 없었다.

사람들이 아버지를 언짢게 생각했던 것은 출발선상에서부터 드러난 그런 아득함 때문이 아니었다. 그들의 생각은 분명했다. 아들에게 시민사회에 무언가 유용한 직업을 선택하게 하고, 그 아들이 거기에 삶과 열정을 쏟아부어 언젠가 자신의 의무를 다했다는 의식과 함께 이 세상을 떠날 수 있도록 하는 것이 아비의 도리라는 것이다.

그러나 이런 비난에 대한 아버지의 입장 역시 확고했다. 인간은 우선 인간 사회를 위해 존재하는 것이 아니라 자기 자신을 위해 존재한다. 만일 모든 이가 자신에게 최고의 형태로 존재한다면 인간 사회에도 최고의 형태로 존재하게 되는 것이다. 가령 신이 지상에서 최고의 화가로 예정해놓은 사람이 재판관이 된다면 그것은 인류에게 나쁜 일이지 않겠는가? 그가 가장 위대한 화가가 되는 것만이 신이 그를 위해 마련해둔, 이 세계를 위한 최대의 봉사가 된다. 이는 항상 자신을 어떤 것으로 인도하고 그것을 따르게 하는 충동을 통해 드러난다. 행복과 만족감이 있는 곳으로 이끌고, 이 길이 바로 내 길이라고 말해주는 정신이 없다면 자신이 이 세상에서 예술가로 정해졌는지, 장군으로 정해졌는지, 재판관으로 정해졌는지 어떻게 알 수 있겠는가?

신은 인간의 수많은 재능이 적절히 분산되어 지상에서 이루어져야 할 일들이 부족함 없이 이루어지도록 조정한다. 그래서 건축가만 있는 시대는 생기지 않는 것이다. 그런데 이 재능들 중에는 사회적 재능도 있다. 위대한 예술가와 법학자, 정치인들에게서 나타나는 공정함과 관용, 정의, 조국애가 그런 것들이다. 위기의 시대에 조국을 구하는 이는 대개 자신의 내면적 특성을 가장 폭넓게 도야한 사람들 중에서 나오는 법이다.

인류의 복리를 위해 상인이나 의사, 관료가 되었다고 말하는 사람들이 있다. 하지만 그건 대부분 사실이 아니다. 내적 소명에 이끌려 그런 직업을 선택한 것이 아니라면 그들은 번드르르한 말을 통해 좀 더 추악한 이유, 즉 직업을 돈과 재물, 혹은 생계 수단으로 생각하는 것을 숨기고 있을 뿐이다. 그들은 자신의 선택을 철저히 숙고해보지도 않고 그 직업으로 끌려 들어가거나 주변 환경에 떠밀려 그 직업을 선택할 때가 많다. 그러면서도 자신의 결함을 고백하기 싫어 인류의 복리라는 말을 천연덕스레 입에 올린다. 또 공공의 복리를 입에 달고 사는 독특한 족속도 있다. 자기 일은 무질서하기 그지없는 인간들이 말이다. 이들은 끊임없이 궁지에 몰리고, 끊임없이 불쾌하고 화나는 일을 겪는다. 경솔함 때문이다. 그런데도 자신이 그렇게 된 것을 사회 탓으로 돌리고, 자신은 원래 조국을 최우선으로 생각하는 사람으로 조국을 위해 최선을 다할 자신이 있다고 말한다. 그러나 실제로 조국이 그들을 부를 상황이 오면 조국은 오히려 그들로 인해 더 혼란에 빠진다. 혼돈의 시절이 닥치면 가장 이기적이고 가장 잔혹한 면을 보이는 것이 바로 그런 인간들이기 때문이다. 그러나 신이 사회적 추진력과 사회적 재능을 유난히 많이 부여한 사람들도 분명 존재한다. 이들은 내적인 동인에 따라 인간의 일에 매진하고, 그 일을 확실하게 자기 것으로 만들고, 혼란을 정돈하는 것에서 즐거움을 찾고, 때로는 자신의 소명을 위해 목숨을 바치고, 길든 짧든 목숨을 희생하는 그 시간 속에서 기쁨을 느낀다. 내면에서 폭풍처럼 몰아치는 충동에 따른 행동이기 때문이다.

신은 인간 행동의 목적을 우리 자신을 위한 이익이든 타인을 위한 이익이든, 그 행동으로 인한 이익으로 규정해놓지 않았다. 대신 신은 미덕의 실천에 고결한 마음씨를 가진 사람들이 추구하는 고유의 매력과 고유의 미를 부여했다. 악이 인류에게 해를 끼치기 때문에 선을 행한다고 하는 자는 도덕의 사다리에서 상당히 낮은 쪽에 서 있는 사람이다. 이들은 악이 인류나 자신에게 이득이 된다면 즉시 그 악에 손을 댈 게 분명하다. 또한 목적을 위해서는 어떤 수단이든 용인하고, 조국과 가족, 자기 자신에게조차 나쁜 짓을 행할 수 있는 인간이다. 이런 이들이 많이 활동하던 시절에 사람들은 이들을 가리켜 '정치인'이라 불렀다. 그러나 이들은 사이비 정치인에 지나지 않는다. 이들이 얻은 순간의 이득도 가짜 이득이었고, 정의의 심판을 통해 재앙으로 입증되었다.

아버지가 사리사욕이 없는 사람이라는 것은 아버지가 시의회에서 무보수로 공직을 맡았고, 그러면서도 밤새워 일한 적이 많았으며, 공익과 관련된 일이라면 큰돈을 선뜻 내놓으며 항상 앞장섰다는 사실에서도 충분히 알 수 있었다.

아버지는 내 갈 길을 가도록 내버려두어야 한다는 입장이었다. 내가 이 세상에서 어디에 쓰이고 어떤 역할을 할지는 시간이 지나면 서서히 드러나리라는 것이다.

나는 육체적인 단련도 게을리하지 않았다. 아주 어렸을 때부터 우리 남매는 몸을 움직일 수 있는 한 많이 움직였다. 여름에 우리가 시골에서 생활한 것도, 근교에 집을 살 때 굳이 정원이 있는 집을 고른 것도 운동을 하기 위해서였다. 우리가 어렸을 때 어른들은 원하는 만큼 많이 걷고 달리게 했다. 그러다 지쳐서 쉬고 싶다고 하면 그제야 운동을 멈추게 했다. 도시에는 필요에 따라 사지를 단련하고 육체를 가꾸어나가도록 일정한 순서에 따라 운동을 할 수 있는 시설이 있었다. 내가 그 시설을 이용하게 된 것은 아버지가 경험 많은 남자들의 충고를 받아들이고, 당신이 직접 그곳에서 행해지는 운동을 참관한 뒤부터였다. 당시에는 여자들을 위한 그런 시설은 따로 없었다. 그래서 아버지는 여동생을 위해 우리 집의 한 방에 운동 기구들을 갖추어주었다. 운동 예찬론자인 우리의 주치의와 아버지가 꼭 필요하다고 생각하는 기구들이었다. 여동생도 이 기구들로 열심히 운동했다. 근교로 이사한 뒤로는 운동하기가 한결 수월해졌다. 집 내부에 운동 기구를 넣어둘 공간이 늘어나기도 했지만, 육체 단련을 하고, 또 다른 기구들을 설치할 마당과 정원이 따로 있었기 때문이다. 물론 우리가 운동에 무척 열심이었던 것은 청춘의 열정과 활동성 때문으로 이해할 수 있었다. 우리는 어렸을 때부터 수영을 배웠고, 여름이면 거의 매일 수영할 수 있는 시설로 갔다. 그것은 우리가 근교로 이사하면서 수영장까지 거리가 상당히 멀어졌을 때도 변하지 않았다. 여성용 수영장은 당시에도 벌써 따로 마련되어 있었다. 그 밖에 우리는 특히 여름이면 먼 길도 자주 걸었다. 도시 밖 야외로 나갈 경우 부모님은 내가 누이와 둘이 돌아다니는 것을 허락했다. 우리는 유명한 길을 끝까지 걷거나 산을 오르는 연습을 했다. 그런 다음 부모님이 기다리는 곳으로 돌아갔다. 처음에는 대개 하인 하나가 우리와 동행했지만, 우리가 제법 자란 뒤에는 우리끼리만 길을 걸었다. 훗날 아버지는 시골 어디든 편하고 쉽게 가려고 말 두 필을 장만했다. 마부는 그때까지 정원사이자 틈틈이 우리의 감독관 노릇까지 했던 하인이 맡았다. 우리는 유서 깊은 승마 학교에서 말타기를 배웠고, 나중에는 주중의 특정일을 잡아 우리끼리만 말타기를 연습했다. 나는 정원에서 멀리뛰기 연습을 하고, 좁은 나무판 위를 걷고, 기구를 기어오르고, 돌로 만든 원반을 목표점을 향해 던지거나 최대한 멀리 던지는 훈련을 했다. 여동생은 주위 사람들에게 귀한 집 규수로 대접받았음에도 거친 집안일에 손대는 것을 무척 좋아했다. 더구나 단순히 집안일을 이해하는 데 그치지 않고 어릴 때부터 이 일을 해온 사람들에게 뒤지지 않는 능력을 보여주었다. 부모님 역시 여동생이 집안일을 시작하는 것을 반대하지 않았다. 아니, 오히려 지당하게 여겼다. 그 밖에도 여동생은 많은 일을 했다. 책을 읽고, 음악을 익히고—대개 피아노를 치고 하프를 켜면서 노래를 불렀다—수성 물감으로 그림을 그렸다.

내게 언어 수업을 해준 교사가 마지막으로 일을 그만두었을 때, 그리고 무척 어렵고 중요한 과목이기에 장기간의 수업이 필요하다고 생각되는 학문 분과에서도 내가 더 이상 교사가 없어도 될 정도로 일취월장했을 때 나의 학문적 진로와 관련해서 앞으로 어떻게 해야 할지, 그리고 모종의 계획을 세우고 그 계획을 실행에 옮기려면 교사를 구해야 하는 건 아닐지 하는 문제가 제기되었다. 그러나 나는 교사를 구하지 말고, 나 혼자 해나가게 해달라고 청했다. 아버지는 내 소망을 들어주었다. 나는 더 이상 교사에게 기대지 않고 오직 나 스스로를 믿고 공부해나갈 수 있다는 사실이 무척 기뻤다.

나는 학문적으로 명성이 높고, 도시의 이런저런 기관에서 일하는 사람들에게 조언을 구했다. 그분들을 찾아갈 때는 겸손한 태도를 보이려고 노력했고, 또한 성가신 느낌을 주지 않을 정도로만 찾아갔다. 대개 나의 배움과 관련해서 질문을 던지는 것이 전부였기 때문에 그분들도 내가 찾아가는 것을 불쾌하게 생각하지 않았고 항상 내 문의에 친절하게 답해주었다. 그분들 중에는 우리 집에 종종 왔던 사람도 있고, 여러 학술 분야에 해박한 사람도 있었다. 나는 그런 분들도 찾아가 자문을 구했다. 자문의 내용은 대개 책과 그것을 섭렵할 순서에 관한 것이었다. 나는 집에서 이미 수업을 받은 적이 있는 분과들부터 먼저 시작했다. 그러잖아도 그 분과들이 보편적 인간 교양의 토대로 떠오르고 있었기 때문이다. 다만 한편으론 지금까지보다 좀 더 체계적으로 그것들을 공부하며 다른 한편으론 전도유망한 그 분과들 속에서 나 자신의 폭을 넓히려고 애썼다. 그런 방식으로 진척시켜 나가다 보니 공부에 상당한 질서가 생겨났다. 무엇을 할지 정하지 않은 상태에서는 전체가 개별적인 것들로 산산조각 나고 모래알처럼 자잘한 것들에 치일 위험이 농후했지만, 내 일에서는 그럴 일이 없었기 때문이다. 나는 내가 막 공부하기 시작한 분과들과 관련해서 그 분과들을 장려하는 기관들도 방문했다. 예컨대 도서관과 박물관, 실험실 같은 곳들이었다. 특히 실험실은 가장 가보고 싶은 곳이었다. 내가 아직 어린데다 기회와 도구가 없어서 실험을 해본 적이 한 번도 없었기 때문이다. 아버지는 필요한 책과 교재가 있으면 언제든 선뜻 구해주었다.

나는 아주 열심이었다. 한번 마음을 빼앗기면 꼭 제 것으로 만들어야 직성이 풀리는 아이처럼 열정적으로 빨려 들어갔다. 나는 육체적 정신적 성장을 위한 공공기관들을 방문하고, 사람들이 우리 집에 오거나 우리가 남의 집에 가는 기회를 통해 상당히 많은 젊은이를 알게 되었음에도 대다수 젊은이가 집착하는 단순하고 무의미한 즐거움에는 빠진 적이 한 번도 없었다. 우리 집에서는 손님들을 위해 마련한 오락조차 늘 상당히 진지했다. 나는 젊은 축에 끼지 않는 사람들과도 안면을 텄지만 당시에는 그들에게 별 관심이 없었다. 자신과 연배가 비슷한 사람들과만 열정적으로 어울리려 하고, 나이 든 사람들의 면면은 무시하는 것이 젊은이의 습속이었으니까.

내가 열여덟이 되자 아버지는 종조부의 유산 가운데 내 몫의 일부를 직접 관리해보라고 했다. 그때까지 나는 규칙적으로 돈을 받아서 체계적으로 운용해본 적이 한 번도 없었다. 필요한 것이 있으면 아버지가 전부 사다주었다. 아니면 대수롭지 않은 물건의 경우 돈을 받아서 직접 사거나, 재미 삼아 적은 액수의 용돈을 받는 것이 전부였다. 그런데 아버지가 말하길 이제부터는 매달 첫째 날에 일정한 금액을 줄 테니 출납 장부를 쓰라고 했다. 그러면서 아버지는 자신이 아직 관리를 책임지고 있는 내 전 재산에서 이 지출액을 차감할 것이고, 내 장부와 자신의 장부가 맞아떨어져야 한다고 덧붙였다. 아버지는 내가 지금부터 월 소득으로 구입해야 할 물건의 목록이 적힌 종이를 건네주었다. 이제부터는 당신 돈으로 그 목록에 포함된 물건은 결코 사주지 않겠다는 뜻이었다. 그렇다면 나는 가진 돈을 잘 쪼개서 규모 있게 살림해야 했다. 아무리 급한 일이 있더라도 아버지는 내게 절대 가불을 해주지 않겠다고 못 박았기 때문이다. 하지만 내가 일정한 기간 동안 아버지가 만족할 만한 수준으로 돈을 적절히 운용한다면 아버지는 내가 관리할 금액을 높여줄 뿐만 아니라 법적으로 성년이 되기 전에라도 나와 관련된 모든 사안을 전적으로 내게 넘기는 것을 충분히 고려해보겠다고 했다.

편력

나는 아버지가 맡긴 돈을 잘 운용해나갔다. 그래서 얼마 뒤에는 아버지의 약속대로 내가 관리할 품목도 늘어났다. 이제부터 나는 필요한 물건의 일부가 아니라 전부를 그 돈으로 충당해야 했다. 그 때문에 내가 받는 돈의 액수도 증가했다. 더구나 아버지는 이제부터 돈을 매달 주는 것이 아니라 분기마다 건넸다. 좀 더 긴 기간에 나를 적응시키기 위해서였다. 그러나 그 기간을 반년이나 1년으로 늘리지는 않았다. 기간이 너무 길면 내가 무질서 상태에 빠질까 저어했기 때문이다. 아버지가 내게 준 돈은 종조부 유산의 이자였다. 그것도 이자의 일부였다. 내가 그 돈을 한 푼도 남기지 않고 다 썼음에도 내 전 재산은 나머지 이자와 원금이 합쳐지면서 꾸준히 불어났다. 그런데도 내가 부모님의 집에 얹혀살고 식사를 얻어먹는 것은 문제였다. 결국 나는 집

값과 밥값 명목으로 분기마다 일정한 액수를 부모님에게 지불하기로 했다. 그 밖에 필요한 것들, 즉 옷과 책, 기구 같은 것은 모두 내 분별력에 따라 재량껏 구입하는 것이 허용되었다.

여동생 역시 처자에게 적합한 수준에서 종조부 유산의 일부를 마음대로 사용할 권한을 넘겨받았다.

우리는 이 제도를 무척 반겼고, 부모님의 소망과 뜻을 잘 받들어 부모님을 즐겁게 해드리기로 마음먹었다.

나는 교양인에게 필요한 보편 지식으로 간주되는 다양한 학문 분야를 가정교사들과 함께 마지막으로 탐구한 후에 수학으로 넘어갔다. 사람들은 늘 이렇게 말했다. 수학은 가장 어려우면서도 가장 멋진 학문이고 나머지 모든 학문의 토대일 뿐 아니라, 그 속에 있는 것은 모두 진리이고, 거기서 얻은 것은 전체 삶을 위한 항구적인 자산이라고. 나는 내가 가진 예비지식에서 출발해 더 높은 지식으로 나아가기 위해 사람들이 추천해준 책들을 샀다. 상당히 큰 칠판도 하나 구입했다. 그 위에다 문제를 풀기 위해서였다. 이제 나는 지식 습득의 시간으로 정해놓은 몇 시간 동안 책상에 앉아 계산에 열중했다. 그리고 수학을 정립해나가는 데 기여한 선구자들과 이 학문의 외양을 넓혀나간 학자들의 인식 과정을 차분히 추적해 들어갔다. 또한 일정 시간에는 진도를 나가지 않고, 더 높은 지식으로 올라가기 전에 그때까지 획득한 지식을 복습하고 기억 속에 단단히 집어넣었다. 나는 공부해나갈 책들을 서가에 차례로 꽂아놓았다. 이렇게 얼마가 지나자 나는 고등수학 중에서도 상당히 어려운 영역에 도달해 있었다.

드디어 아버지는 내가 여름철에 한동안 부모님 집을 떠나 시골에서 떨어져 사는 것을 허락했다. 첫 거주지는 도시에서 그리 멀지 않은 아버지 친구분의 별장이었다. 나는 그 집 꼭대기 층에 있는 작은 방을 얻었는데, 창문으로 인근의 포도밭과 멀리 있는 산맥이 내다보였다. 집의 안주인은 눈처럼 흰 창문 커튼을 틈나는 대로 갈아주었다. 부모님은 나를 자주 찾아왔고, 어떤 때는 하루를 묵어가기도 했다. 나 역시 부모님 집을 방문할 때가 많았고, 가끔 자고 가기도 했다.

이듬해 여름에 묵은 두번째 거주지는 도시에서 꽤 멀리 떨어진 한 농가였다. 농부들의 집은 대개 거실과 방이 모두 1층에 있었지만, 종종 그 공간들 위에 한 층을 더 올리기도 했다. 그럴 경우 위층에는 방을 하나 혹은 두세 개 만들었다. 그 방들 중에도 이른바 '상방(上房)'이 있었다. 일종의 귀빈실이었다. 상방에는 일반 침대보다 화려한 침대가 대개 두 개 놓여 있었고, 아름다운 옷을 보관해두는 장롱도 있었으며, 집주인의 장총과 엽총 그리고 사격대회 같은 데서 받은 상도 걸려 있었다. 그 밖에 안주인의 귀한 그릇들, 예를 들어 주석 항아리나 도기 같은 것들도 갖다놓았고, 그 집에서 가장 좋은 그림과 장식품도 들여놓았다. 부드럽고 하얀 솜이불에 싸인 아기 예수의 밀랍상이 그런 장식품들 가운데 하나였다. 내가 묵은 방도 그런 상방이었다. 그런데 이 집은 도시와 너무 멀어서 나는 우편마차를 이용해서 단 한 번밖에 부모님을 방문하지 못했고, 부모님은 아예 나를 찾아올 수 없었다.

이렇게 떨어져 지낸 것이 내 안에 많은 변화를 일으켰다.

식구들과 함께 살 수 없었기에 내 마음을 전하고 싶은 갈망은 집에 있을 때나 그것을 언제든 채울 수 있을 때보다 훨씬 강하게 일었다. 그래서 나는 장문의 편지와 보고서를 쓰기 시작했다. 그때까지 나는 항상 책꽂이에 사 모은 많은 책에서 배움을 얻었을 뿐, 좀 더 범위가 넓은 맥락 속에서 무언가를 직접 조합해서 만들어내는 연습은 하지 않았다. 이제는 그것을 해야 했다. 나는 그것도 즐겁게 했다. 나는 묘사와 서술의 재능이 내 속에서 서서히 자라나는 것이 기뻤고, 그와 아울러 점점 체계적이고 구성력 넘치는 표현의 세계로 나아갔다.

다른 변화도 시작되었다.

소년 시절부터 나는 조물주의 창조나 인간 삶의 규칙적인 과정에서 드러나는 '사물의 실재성'에 무척 관심이 많았다. 그런데 나의 이런 성향은 주변 사람들에게 자주 심한 불쾌감을 유발했다. 나는 끊임없이 사물의 이름과 유래 그리고 그 이름의 용례에 관해 물었고, 즉석에서 대답을 듣지 못하면 불안감을 감추지 못했다. 또한 한 대상이 본래의 모습과 달라지는 것을 견딜 수 없어 했다. 특히 변화를 통해 그 대상이 더욱 나빠졌다고 생각될 때는 마음의 상처까지 받았다. 한번은 정원의 늙은 나무 한 그루가 베여 작은 통나무로 쪼개졌을 때 가슴속에 슬픔이 밀려들었다. 이제 이 통나무들은 더 이상 나무가 아니었고, 벌써 푸석해져서 의자나 탁자, 십자가, 말 모형으로 만들 수도 없었다. 또 언젠가 산에서 가문비나무와 전나무를 본 뒤로, 집에서 나무판자로 만들어진 것들을 볼 때마다 마음이 괴로웠다. 예전에는 이것들이 가문비나무와 전나무였을 테니 말이다. 도시를 지나갈 때면 아버지에게 성 슈테판 대성당은 누가 지었는지, 이 대성당은 왜 탑이 하나뿐인지, 탑은 왜 저리 뾰족한지, 대성당의 색깔은 왜 저리 검은지, 이 건물은 누구의 것이고 저 건물은 누구의 소유인지, 이 집은 왜 저리 크고 저 집은 어째서 창문 두 개가 나란히 달려 있는지, 또 저 집은 무은 연유로 석조 인물상 두 개가 정문의 코니스*를 떠받치고 있는지 물었다. 아버지는 그런 질문에 아는 대로 성심껏 대답해주었는데, 어떤 때는 단순히 짐작을 말하기도 했고, 어떤 때는 모른다고 솔직히 고백하기도 했다. 우리가 시골에 갔을 때 나는 식물과 돌에 대해 궁금해했고, 그 지방 사람들과 개들의 이름을 물었다. 아버지는 내가 장차 사물을 생생하게 묘사하는 사람이나, 갖가지 재료로 아버지가 관심 있어 하는 물건을 만드는 예술가, 아니면 최소한 사물의 특징과 속성을 연구하는 학자가 될 거라고 입버릇처럼 말씀하셨다.

시골에서 살 때 나의 이런 성향이 나를 특별한 방향으로 이끌었다. 나는 수학을 제쳐두고 주변 환경을 관찰하는 데 열중했고, 내가 사는 집에서 일어나는 모든 사건을 정밀하게 주시하기 시작했다. 이렇게 해서 집 안의 온갖 도구와 그것들의 용처를 서서히 알아나갔다. 그 밖에 일꾼들을 따라 들과 초원, 숲으로 나가 틈틈이 일을 거들기도 했다. 나는 이런 식으로 짧은 시간 안에 내가 사는 지방의 모든 농산물을 다루고 수확하는 법을 익혔다. 또한 농산품을 가공해서 인공품으로 변형시키는 기술도 경험하고자 했다. 나는 포도로 포도주를 담그고, 아마(亞麻) 식물로 실과 캔버스를 만들고, 우유로 버터와 치즈를, 곡식으로 밀가루와 빵 만드는 법을 알아냈다. 그뿐이 아니었다. 시골 사람들이 사물에 붙인 이름들을 머릿속에 새겨넣었고, 농산물의 가치와 가공물의 품질을 판단하게 하는 특징도 곧 숙지했다. 또한 이런저런 것들을 어떻게 좀 더 합리적인 방식으로 생산할 수 있을까 하는 대

---

* 고전 건축에서 기둥머리가 받치고 있는 세 부분 중 맨 위.

화에도 끼어들었다. 물론 저항이 만만치 않았지만 말이다.

내가 거주하는 지방에서 산출되는 물건들의 생산 과정을 알고 나자 나는 공업 영역으로 넘어갔다. 내 집에서 멀지 않은 곳에 넓고 평평한 골짜기가 있었는데, 그곳에는 개천이 하나 흘렀다. 그 개천은 늘 수량이 일정하게 풍부했고 겨울에도 쉽게 얼지 않았기에 공장을 운영하기에는 더없이 좋았다. 그래서 그 골짜기에는 벌써 공장이 여럿 산재해 있었다. 대부분 이름 있는 상업 가문 소유의 공장이었다. 소유주들은 도시에 살면서 가끔 공장을 방문했고, 평소에는 공장장이나 지배인이 공장을 관리했다.

나는 그 공장들을 하나씩 찾아다니며 거기서 만들어지는 생산품에 대한 정보를 입수했다. 또한 원료가 공장으로 넘어가 각 단계를 거친 뒤 최종 상품으로 제조되는 과정을 눈여겨보았다. 도착한 원료의 품질을 보는 눈을 익혔고, 공장에서 제조되는 상품의 우수성을 판별하는 기준이 되는 특징에도 관심을 보였다. 그 밖에 각 단계마다 원료를 변형시키는 수단과 그 과정도 알게 되었다. 거기에 사용되는 기계들은 대부분 내가 일반적인 기계 설비 분야에서 습득한 예비지식을 통해 이미 알고 있는 것들이었다. 그래서 목적이 각각 다른 개별 기계들의 특별한 기능을 꿰뚫어 보는 것은 그리 어려운 일이 아니었다. 나는 공장 종업원들의 호의를 토대로 모든 부품을 철저히 살펴보았고, 그러다가 마침내 전체 도안을 눈앞에 보고 있는 것처럼 전 설비를 한눈에 파악할 수 있었다. 나는 그런 도안에 익숙했다. 지금껏 그런 형태의 설비를 도안으로만 봐왔기 때문이다.

나중에 나는 자연사를 공부하기 시작했다. 처음 손을 댄 분야는 식물학이었다. 일단 내가 거주하는 지방의 식물부터 탐구했다. 사방으로 돌아다니며 다양한 식물의 서식지와 생태를 파악하고 온갖 종을 수집하는 데 힘을 쏟았다. 손에 들 수 있고 웬만큼 보존이 가능한 것들은 집으로 가져갔다. 하지만 나무처럼 원래 있던 장소에서 옮길 수 없는 것들에 관해서는 상세하게 기록해서 수집한 식물들 사이에 끼워 두었다. 뚜렷이 드러나는 식물의 특성을 기록하면서 나는 새로운 사실을 알아차렸다. 내가 보기에는 서로 상이한 식물들이 식물도감에는 같은 종으로 분류되어 있었던 것이다. 나는 기존의 식물학자들이 식물을 단순히 한 가지 혹은 몇 가지 특징에 따라, 예를 들어 잎이나 꽃의 구조에 따라 분류했고, 그 과정에서 전체 형태나 대다수 특성에서 매우 상이한 측면을 보이는 식물들을 같은 무리로 묶은 것을 깨달았다. 결국 나는 전통적인 분류법을 따르기는 했지만, 내가 찾은 자료들도 참고로 갖고 있기로 했다. 내 자료에는 식물이 누구나 쉽게 이해할 수 있는 계통에 따라, 이렇게 표현해도 된다면 각각의 구성 방식에 따라 분류되어 있다.

내가 수집한 광물의 경우도 비슷한 상황이었다. 나는 어릴 때부터 광물을 많이 모으려고 애썼다. 그것들은 거의 다른 수집가에게서 구입하거나 선물로 받은 것들이었다. 주로 결정(結晶) 상태였는데, 대부분 이름을 적은 작은 쪽지가 붙어 있었다. 예전에 광물의 분류와 관련해서 모스* 체계가 대인기를 끌었다. 나도 수학적 계산을 통해 그 체계에 이르게 되면서 그것을 따랐다. 그런데 내가 살던 지방에서 광

* 프리드리히 모스. 광석의 물리적 특성, 즉 형태와 경도, 무게, 무르기 쉬운 정도에 따라 광물을 체계적으로 분류했던 독일의 광물학자.

석을 찾고 수집하다보니 결정 상태보다 비결정 상태의 광석을 발견할 때가 훨씬 많았다. 또한 그 광석들에서는 결정 상태에는 없는 갖가지 특성이 나타났다. 내게는 모스 체계에서 전제가 되는 물질의 결정이 마치 활짝 핀 꽃처럼 느껴졌다. 물질들은 이렇게 꽃이 핀 뒤에야 한 종류로 묶을 수 있었다. 이렇듯 나는 광물학에서도 통상적인 분류법 외에 나만의 시각으로 관찰하고 기록하는 방식을 계속 따랐다.

우리 도시에서 1마일쯤 떨어진 곳에 해가 떨어지는 방향으로 일련의 아름다운 구릉들이 있었다. 계단처럼 점점 높아지는 이 구릉들은 중간 중간에 제법 큰 평지 때문에 중단되기도 했지만, 그에 구애받지 않고 계속 해넘이 방향으로 나아가다가 훨씬 높은 고지(高地)로 넘어갔다. 이 구릉들은 도시 근처에서는 별장들에 겹겹이 둘러싸이고 정원과 공원 들로 치장되었지만, 도시에서 멀어질수록 시골풍을 띠어갔다. 구릉은 양옆으로 포도밭과 들판이 펼쳐지거나 초원과 정면으로 부딪쳤고, 꼭대기와 능선은 덤불과 울창한 숲으로 뒤덮였다. 개천이나 다른 물줄기는 많지 않았다. 여름철에 나는 목이 말라서 혹은 우연히 어찌어찌하다가 구릉 아래로 내려가곤 했는데, 그럴 때면 구릉들 사이에 흰 돌로 덮인 바짝 말라 있는 개천 바닥이 보였다. 내가 살았던 곳이 이 구릉지대였다. 나는 여기서 해가 넘어가는 쪽으로 계속 걸어갔다. 주변 지역을 돌아다니느라 며칠씩 집을 비운 적도 많았다. 나는 들판이나 포도밭 사이를 지나 마을과 마을을, 이 지방과 저 지방을 이어주는 한적한 오솔길을 걸었다. 몇 시간이 걸릴 때도 있었고, 며칠이 걸릴 때도 있었다. 나는 외딴 숲길도 걸었다. 나무와 덤불에 가려 보이지 않고, 종종 울창한 수풀과 풀밭 사이에서 흔적도 없이 사라져

버리는 그런 숲길이었다. 나는 내가 얻으려는 것을 찾으려고 길도 없는 초원과 숲, 평원을 무작정 방랑하기도 했다. 우리의 도시 주민들 가운데에는 이런 길을 걷는 사람이 거의 없었다. 그도 그럴 것이, 도시인들은 큰길로만 잠시 시골을 다녀갈 뿐 다른 외딴길로 다닐 일은 전혀 없었기 때문이다. 구릉지대의 남쪽 몇 마일은 높은 산맥에 둘러싸여 있었다. 우리 도시의 한 방루에 올라가면 가옥과 나무 들 사이로 이 산맥의 녹음이 보였다. 나는 방루에 올라가 작은 얼룩 같은 녹음을 자주 구경했고, 그때마다 머릿속에는 '이것이 산맥이다'라는 생각밖에 떠오르지 않았다. 처음 집을 나와 거처했던 여름의 그 집에서 산맥 일부를 바라볼 때는 그런 느낌이 들지 않았다. 이제 나는 가끔 방루나 언덕 꼭대기에 올라가 산맥의 녹색 사슬이 길게 이어지는 것을 즐거운 마음으로 바라보았다. 갈수록 마디가 점점 흐릿해지는 사슬이었다. 종종 울창한 덤불을 지나 갑자기 툭 트인 곳에 이를 때도 있는데, 그때가 마침 석양이 옅은 안개와 붉은빛으로 온 대지를 물들이는 순간이면 나는 그 자리에 주저앉아 눈앞에서 서서히 잦아드는 불꽃놀이를 지켜보며 가슴속에 온갖 감정이 이는 것을 느끼곤 했다.

가족의 품으로 다시 돌아가면 정말 따뜻한 환영을 받았다. 어머니는 나의 부재를 벌써 익숙하게 받아들였다. 내가 항상 좀 더 성숙한 모습으로 돌아왔기 때문이다. 어머니와 여동생은 내가 가져온 물건들을 풀어서 각각 들어가야 할 자리에 체계적으로 정리하는 것을 도와주곤 했다.

드디어 아버지가 종조부 유산의 이자 전액을 내게 맡겨도 괜찮겠다고 생각하는 시점이 찾아왔다. 아버지는 이제부터 내가 알아서 원하는 곳에 돈을 써도 되지만 이 돈으로 모든 것을 해결해야 한다고 했다. 아버지는 앞으로 어떤 식으로건 당신의 주머니에서 나를 지원하거나 가불해주는 일은 결코 없을 것이다. 내가 받을 연 이자 수익은 지금의 내 지출이 몇 배로 늘더라도 충분히 감당할 수 있을 뿐 아니라 설사 유흥비로 이리저리 돈을 쓰고도 남을 액수였기 때문이다. 그래서 앞으로 좀 더 많은 돈이 들어갈지도 모를 미래를 위해 더 큰 수입을 확보해놓는 것은 내 손에 달려 있다. 내가 원치 않으면 부모님 집에서 먹고 자지 않아도 되지만, 원하면 계속 있어도 된다. 종조부가 남긴 유산의 원금은 지금까지 넣어둔 곳에 그대로 넣어두겠다. 다만 그것도 내가 스물네 살이 되면 곧바로 인계할 테니 재량껏 잘 관리하라고 했다. 아버지의 말이 계속 이어졌다. "아비로서 충고하자면 재산을 관리할 때는 더 높은 수익을 거두려는 욕심을 버려야 한다. 높은 수익을 노리다가 원금까지 손해 보는 일이 허다하다. 원금은 안전하게 관리하고, 적은 이자라도 거기서 생긴 돈은 규모 있게 써서 원금을 불리도록 해라. 네가 명심해야 할 이 아비의 충고는 그것이다. 그리고 나중에 내가 죽거나 사업에서 자발적으로 손을 떼면 너희 둘은 상당한 재산을 물려받을 것이다. 그게 얼마가 될지는 아비도 모른다. 다만 사업을 신중하고 내실 있게 운영해서 재산을 최대한 많이 불리고, 최대한 안전하게 관리하도록 노력하마. 하나 우리 모두는 주님의 뜻 안에 있다. 주님께서 내 재산을 인간의 눈으로는 도저히 내다볼 수 없는 사건들을 통해 어떻게 변화시킬지는 아무도 모른다. 하여 너는 네 재산을 지혜롭게 관리하고, 지혜롭게 행동해야 한다. 지금껏 네가 이 아비와 어미를 만족시켰던 것처럼 말이다."

나는 아버지의 행동 방식에 깊은 감명을 받았고, 온 마음으로 감사를 표했다. 그러고는 이렇게 말했다. 나는 아버지의 신뢰에 보답하기 위해 늘 노력할 것이다. 그러니 아버지 역시 아들에게 충고를 아끼지 말아줄 것을 간곡히 청한다. 다른 문제도 그렇지만 재산 문제에서도 아버지의 뜻에 반하는 행동을 할 생각은 추호도 없고, 아버지의 조언을 듣지 않고는 한 발짝도 나아가지 않겠다. 또한 내가 이 도시에 사는 한 부모님 집을 떠나 다른 곳으로 이사하는 것은 감당하기 힘든 고통이다. 그러니 신이 모종의 섭리를 통해 변화를 명령하시지 않는 이상 부모님 집에서 계속 기거하고 식사하게 해달라고 부탁했다.

내 말을 듣고 아버지와 어머니는 기뻐했다. 어머니가 말했다. 지금까지 네가 묵었던 방은 이제부터 자립의 길을 걸어야 하는 남자에게는 너무 좁아 보인다. 특히 지금의 네 상황에서는 더더욱 그러하다. 그러니 네가 쓸 공간을 더 늘려주겠다. 하지만 지금과 비교해서 월세를 터무니없이 높이 올리지는 않겠다고 했다. 나는 당연히 모든 것에 동의했고, 그 즉시 어머니를 따라가 어머니가 염두에 두었던 공간들을 구경했다. 어머니의 배려에 감사할 따름이었다. 나는 며칠 동안 내가 살 새로운 공간을 꾸몄다.

나는 겨울의 일부를 다가올 여름의 긴 여행을 준비하는 기간으로 삼았다. 이제는 드디어 고산준령을 찾아 산이 허락하는 만큼 산속을 돌아다닐 작정이었다.

여름이 되자 나는 도시에서 최단거리로 산으로 향했다. 도착 지점에서부터는 해돋이 방향에서 해넘이 방향으로 걸어서 유랑할 생각이었다. 나는 여행의 주된 행로를 정했다. 처음에는 골짜기를 따라 걸었다. 아무리 원래의 방향에서 벗어나고 아무리 구불구불해도 그 길을 계속 따라갔다. 그런 다음에는 주도로를 다시 찾으려고 애썼다. 나는 안부(鞍部)*로도 올라갔다가 맞은편에서 다시 계곡으로 내려갔다. 봉우리도 많이 탔다. 봉우리에 오르면 주변 일대를 조망하는 동시에 장차 나아가야 할 방향을 탐지하고자 했다. 전체적으로 나는 산맥의 주능선을 지켰고, 가능한 한 분수령에서 벗어나지 않았다.

한번은 맑디맑은 시내가 흐르는 계곡에서 죽은 사슴을 보았다. 사냥꾼의 총에 맞았는지 옆구리에 총탄 자국이 있었다. 사슴은 통증을 식히려고 시원한 물을 찾다가 물가에 쓰러진 것 같았다. 머리는 모래를 베고 있고, 앞발은 찰랑거리는 물 위로 살짝 삐져나와 있었다. 주변에 살아 있는 생명체는 없었다. 나는 이 동물이 마음에 들었다. 사슴의 아름다움에 마음이 혹하면서 깊은 연민이 일었다. 사슴의 눈은 죽은 것 같지 않게 여전히 고통의 광채로 빛나고 있었고, 내게 말을 거는 것처럼 보이는 얼굴과 함께 살인자를 향한 강한 질책을 담은 듯했다. 나는 사슴의 몸에 손을 대보았다. 아직 온기가 느껴졌다. 그렇게 한동안 죽은 사슴 옆에 서 있는데 숲속 어디에선가 개 짖는 소리가 들렸다. 환호하는 것 같기도 하고 울부짖는 것 같기도 했다. 개 짖는 소리가 점점 또렷해졌다. 얼마 뒤 늘씬한 개 두 마리가 개천을 풀쩍 뛰어넘더니 다른 개 몇 마리가 그 뒤를 따랐다. 나와의 거리가 점점 좁혀졌다. 그런데 몇몇 녀석이 사슴 옆에 있는 나를 발견하고 짐짓 당황한 듯 걸음을 멈추더니 나를 향해 격렬하게 짖기 시작했다. 나머지

* 산의 능선이 말안장 모양으로 움푹 들어간 부분.

녀석들도 일정한 거리를 두고 크게 원을 그리며 돌더니 울부짖듯이 짖어댔다. 어찌나 빨리 돌던지 녀석들 중 일부는 돌에 걸려 넘어지거나 쓰러지기도 했다. 그러고 얼마가 지났을까, 마침내 엽총을 든 사내들이 나타났다. 이들이 점점 사슴과 나를 향해 가까이 다가오자 개들도 더 이상 나를 경계하지 않고 킁킁거리며 냄새를 맡았고, 파르르 떨면서 죽은 사슴 주위를 맴돌았다. 나는 사냥꾼들이 현장에 도착하자마자 바로 자리를 떠났다.

돌이켜보면 지금껏 자연사를 공부하면서 동물에 관한 부분을 열심히 읽고 배우기는 했지만 직접 동물들을 찾아 나선 적은 없었다. 상당히 오래전부터 나는 살아 있는 구체적인 존재들을 이렇게 등한시해왔다. 여름 한 자락을 시골에서 보냈을 당시에도 염소와 양, 암소의 특징을 있는 그대로 바라보지 않았던 것이다.

나는 이제 다른 길로 접어들었다. 그런데 아까 본 사슴이 계속 눈앞에 어른거렸다. 사슴은 스러진 고결한 영웅이자 순수한 존재였다. 사슴의 적인 개들도 맡은 바 임무를 다했기에 그 행동은 정당했다. 그래서 튀어 오르듯 뛰는 늘씬한 개들의 모습도 사슴과 마찬가지로 눈앞에 아른거렸다. 사슴을 쏘아 죽인 인간들에게만 거부감이 일었다. 그들은 단지 질펀한 잔치를 위해 사슴을 죽였으니까. 그 시간 이후 나는 지금껏 돌과 식물을 찾고 관찰했던 것처럼 동물을 만나고 관찰하기 시작했다. 그래서 지금 산에 있을 때도 그렇고, 나중에 집에 있을 때나 다른 곳으로 여행을 떠났을 때도 동물을 눈여겨보았다. 동물의 몸과 생태, 그리고 신체 부위별 용도에 따른 본질적인 특징을 탐구했다. 나는 눈으로 본 것을 기록했고, 그것을 책에서 읽은 것과 비교했다.

그 과정에서 또다시 책과 갈등에 빠졌다. 내 의견으로는, 구조 면에서 완전히 달라 보이는 동물들을 발가락이나 몇몇 다른 것들을 토대로 같은 집단으로 분류하는 것이 눈에 거슬렸기 때문이다. 그래서 나는 학문적인 목적 때문이 아니라 사적인 이유로 나만의 분류법을 정리해 두었다.

처음 산을 찾았을 때는 우연히 생긴 목적 외에는 산을 찾은 특별한 목적 없이 그냥 산이 보고 싶어 산으로 갔다. 그래서 처음의 충동이 어느 정도 채워지면 지름길로 산을 내려가 바로 집으로 돌아갔다.

이듬해 여름 또다시 산이 나를 유혹했다. 처음 산에 갔을 때는 산을 두루 둘러보면서 산에 대한 인상만 품어 왔다면 이제 나는 세세한 것들 속으로 좀 더 깊이 들어갔고, 훨씬 주체적으로 움직였으며, 특이한 것들에 관찰의 초점을 맞추었다. 그중 많은 것이 내 영혼 속으로 밀고 들어왔다. 나는 바위에 앉아 산속에 드리운 넓은 그림자와 흡사 칼로 그 그림자를 벤 듯한 눈부신 빛들을 보았다. 그러면서 이런 생각이 들었다. 여기 이 그림자는 왜 저리 푸르고, 저기 저 빛들은 왜 저리 강렬할까? 저기 녹음은 왜 저리 짙고, 저기 물은 왜 저리 반짝거릴까? 문득 아버지의 그림들 가운데 산을 그린 그림들이 떠오르면서 비교를 위해 그 그림들을 가져와야 하지 않을까 하는 생각이 들었다. 나는 때로 조그만 마을에 머물며 사람들과 그들의 일상 생업, 그들의 말과 느낌, 생각, 노래를 관찰했다. 그 밖에 치터*를 배웠고, 그것을 관찰하고 연구했으며, 그것이 내는 소리와 거기에 맞추어 부르는 노래에 귀를

* 오스트리아와 남독일, 스위스에서 널리 쓰는 현악기.

기울였다. 치터 소리에 흠뻑 빠져 있으면 이 산속에는 치터밖에 없고, 치터가 산인 듯 느껴졌다. 구름이 뭉게뭉게 피어나는 모습, 구름이 산의 절벽에 걸리거나 산꼭대기를 품으려는 풍경, 그리고 안개가 깔려 서서히 산과 하나 되는 모습은 신비롭고 놀라운 현상이었다.

나는 상당히 높은 곳에도 올라갔다. 꼭대기에 펼쳐진 빙하는 내 가슴속에 깊은 파장과 세밀한 관찰 욕구를 불러일으켰다. 나는 산악 안내인들의 도움으로 빙하의 얼음에 미끄러지지 않고 산의 가장 높은 등성이까지 올랐다.

나는 산속에 있는 대리석들에서 몰락한 옛 세계의 잔해를 보았다. 몇몇 골짜기에서는 사람들이 그 대리석을 깎고 있었다. 나는 특이한 식물 종을 찾아내면 즉각 집으로 보냈다. 어느 여름에는 여동생에게 아름다운 용담초를 보내 내 식물책에 넣게 했는데, 이번 여름에는 알프스 들장미와 에델바이스를 보냈다. 나는 스위스잣나무와 눈잣나무의 예쁜 열매들도 땄다. 이렇게 세월이 흘러 나는 한층 성숙한 모습으로 집으로 돌아갔다.

이제부터 나는 여름마다 산을 찾았다.

겨울이 지나 부모님 집의 내 방에서 하늘을 바라볼 때 잿빛 구름과 자욱한 안개 대신 푸르고 맑은 대기가 더 자주 보이면, 공기의 색깔 속에서 아련한 부드러움이 더욱 진하게 느껴지면, 사방으로 보이는 벽과 굴뚝, 벽돌 지붕 위에 더 이상 눈은 찾을 수 없고 점점 들판에 햇볕만 강렬해지면, 그리고 우리 집 정원의 나무들에서 꽃봉오리가 부풀어 오르기 시작하면 나는 야외로 나가고 싶어 벌써 엉덩이가 들썩거렸다. 이 충동을 일시적으로나마 충족시키려고 나는 틈나는 대로 도시 밖으로 나갔고, 드넓은 초원과 들판, 포도밭을 보며 가슴속에 생기를 불어넣었다. 그러다 나무에 꽃이 피고 첫 잎사귀가 돋으면 내 발길은 벌써 산으로 향했다. 산의 곳곳이 아직 눈으로 반짝거리고 있었음에도. 나는 점차 지역을 넓혀나갔고, 거기서 묵으며 그 지방을 알아나가고 즐겼다.

아버지는 나의 이런 편력에 전혀 반대하지 않았을 뿐 아니라 내가 이자 수익으로 살아나가는 방식에도 깊은 만족감을 표했다. 내가 해마다 상당한 액수를 남겨 원금에다 얹었기 때문이다. 그렇다고 생활에 부족함을 느끼지는 않았다. 이유는 명확했다. 내가 몰두했던 일들은 즐거움을 주었지만, 비용은 별로 들지 않았기 때문이다. 남들이 지출하는 유흥비와 비교하면 한마디로 조족지혈이었다. 나는 옷을 사고, 음식과 술을 즐기는 면에서도 굉장히 소박했다. 그게 내 천성에 맞을 뿐 아니라 늘 분수에 맞게 살도록 교육받았기 때문이기도 했고, 또 그런 것들에 마음을 빼앗기면 내가 정말 좋아하는 것들로부터 멀어질 수 있었기 때문이다. 이렇듯 만사가 원만하게 흘러갔다. 아버지와 어머니는 나의 이런 질서정연한 모습에 기뻐했고, 나는 부모님이 즐거워하는 모습에 기쁨을 느꼈다.

그러던 어느 날 문득 그림을 그리면 어떨까 하는 생각이 떠올랐다. 자연의 대상은 말로 설명할 수 있는 것처럼 그림으로 묘사할 수 있었고, 거기서 더 나아가 그림이 설명보다 훨씬 나을 수도 있다는 생각이 든 것이다. 참으로 좋은 착상이었다. 왜 진작 그 생각을 못 했는지 스스로 의아할 정도였다. 나는 예전부터 줄곧 그림을 그려왔다. 물론 계산에 따라 만들어진, 측량술의 범위 내에서 평면과 몸통을 표현하는,

컴퍼스와 수평기로 이루어진 수학적 선들의 그림이었지만 말이다. 어쩌면 나 역시 선만으로 온갖 몸을 표현하는 것이 가능함을 잘 알고 있었을 것이다. 아버지의 그림들이 그 예였다. 하지만 나는 그 생각을 더는 하지 않았다. 내 마음은 벌써 다른 방향으로 달려가고 있었으니까. 이런 식의 무시는 내 속에 존재하는 어떤 강한 개성에 뿌리를 두고 있었다. 사람들은 이런 내 성격을 힐책했다. 내가 어떤 일에 한번 빠지면 더 중요할지도 모를 다른 일들은 까맣게 잊어버린다는 것이다. 사람들은 그것을 편협한 태도라고, 아니 어쩌면 감정의 결핍일 수도 있다고 말했다.

나는 식물부터 그리기 시작했다. 잎과 줄기, 나뭇가지…… 처음에는 그림이 실물과 별로 비슷하지 않았고 완성도도 상당히 떨어졌다. 물론 그것도 나중에 깨달은 사실이지만 말이다. 어쨌든 그러던 것이 차츰 나아졌다. 포기를 모르고 열심히 붙들었기 때문이다. 과거에 내 식물책에 모은 식물들은 아무리 보관에 세심한 주의를 기울여도 색이 서서히 바랬을 뿐 아니라 형태까지 잃으면서 원래의 모습과는 거리가 멀어졌다.

반면에 그림으로 표현한 식물들은 최소한 형체는 그대로 유지했다. 게다가 버섯이나 나무처럼 그 양태나 크기 때문에 식물책에 들어가지 않는 식물들도 그림으로는 얼마든지 보관이 가능했다. 그런데 나는 차츰 단순한 형태의 그림에 만족할 수 없었다. 식물, 특히 꽃의 경우 색깔이 가장 중요한데, 내 그림에는 그것이 빠져 있었기 때문이다. 그래서 그림에 색을 입히기 시작했고, 원본과 점점 비슷해질 때까지 결코 그림 그리기를 멈추지 않았다.

식물 다음으로 내가 시도한 것은 눈에 확 띄거나 쉽게 포착할 수 있는 색깔을 가진 대상들이었다. 나는 나비에 푹 빠져 여러 마리를 따라 그렸다. 나중에는 비결정 상태의 암석처럼 눈에 잘 띄지는 않지만 나름대로 상당히 의미가 있는 대상의 색깔로 눈을 돌렸고, 차츰 그런 대상의 매력을 알아보게 되었다.

그림을 그리면서 나는 사물을 한층 정확히 관찰해야 했다. 그럼에도 그림과 내가 현재 추구하는 일이 내 욕구를 온전히 채워주지는 못했기에 나는 좀 더 광활한 방향으로 나아갔다.

내가 즐겨 높은 산을 오르고 산봉우리에서 주변 일대를 관찰했다는 사실은 앞서 언급한 바 있다. 그렇게 단련된 내 눈에는 땅의 생김새가 한층 강렬한 특징으로 성큼 다가왔고, 굵직굵직한 단위들로 좀 더 일목요연하게 조립되었다. 이렇게 제각각으로 생겨난 땅들이 펼쳐지고 융기하고, 길게 뻗다가 다른 방향으로 이탈하고, 또 주요 지점을 향해 다 함께 나아가다가 서서히 평지로 흩어져버리는 매력적인 모습이 내 가슴과 영혼 속에 생생히 파고들었다. 문득 오랫동안 잊고 지냈던 그림이 떠올랐다. 돋보기로도 보이지 않을 만큼 미세하고 무수한 물방울들이 물안개의 형태로 우리 집 창문에 내려앉고, 거기에 필요한 추위까지 덧붙여지면 창문 위에 실과 별, 종려나무 잎, 꽃으로 이루어진 얇은 무늬가 생겨난다. 우리가 보통 '성에 낀 창'이라 부르는 유리창이다. 유리 위에는 실과 별, 종려나무 잎, 꽃이 하나로 합쳐진다. 돋보기로 보면 광선과 계곡, 등줄기, 얼음 결정이 감탄을 자아낼 만큼 황홀하다. 높은 산에서 아래 땅의 생김새를 내려다보는 일도 마찬가지다. 땅은 딱딱한 물질에서 생겨나 아주 큰 규모로 팔을 뻗고 가지를 친다. 내가 서 있는 산은 성에 낀 유리창의 예쁜 무늬 한가운데에서 환하게 반짝거리는 하얀 점과 같다. 성에 낀 유리창의 부채꼴 잎사귀 가장자리는 입김을 불면 떨어져 나가거나, 온기에 녹아내려 구멍이 생기고 끊어진다. 산맥에서도 비슷한 일이 일어난다. 물과 공기, 온기, 냉기의 풍화작용으로 인한 파괴 현상이 바로 그것이다. 다만 유리창의 얼음 바늘은 산맥의 줄기보다 파괴되는 시간이 훨씬 짧을 뿐이다. 나는 산에서 발아래의 땅을 몇 시간씩 물끄러미 관찰할 때가 많았는데, 그럴 때면 가슴이 벅차오르곤 했다. 그러면서 이것이 충분히 추구해볼 가치가 있는 일로 여겨졌다. 지금까지 나의 모든 노력이 오로지 이를 위한 준비 과정으로 느껴질 정도로 말이다. 이 일은 지표면의 생성 과정을 추적하고, 다양한 곳에서 수집한 수많은 사실을 토대로 거대하고 숭고한 통일적 전체를 꿈꾸는 행위였다. 여기서 전일적 전체는 우리가 지상의 모든 높은 지점을 차례로 정복해서 더 이상 조사할 어떤 형성 과정도 남아 있지 않을 때 우리의 눈앞에 드러난다.

나는 이런 감정과 관찰에 고무되어 지금껏 해온 나의 모든 작업을 통합하고, 그것에 화룡점정이라도 찍는 기분으로 지표면 형성에 관한 학문과, 나아가 지구의 생성 자체를 다루는 학문을 추구해나가기로 했다. 게다가 틈틈이 높은 곳에 올라가 흡사 거울처럼 정확하게 지표면의 생김새를 그림으로써 이 학문과 관련된 걸출한 작품을 스스로 마련했고, 아울러 필요한 장비와 그 사용법을 숙지했다.

이제 나는 이 학문을 지속적인 열정과 엄격한 체계로 공부해나갔다.

그 과정에서 서서히 하늘도 알게 되었다. 하늘에서 벌어지는 현상들의 움직임과 기상 변화까지.

이제 내가 산을 찾는 것은 거의 예외 없이 이 목적 때문이었다.

잠시 들름

어느 날 나는 고산지대에서 구릉지대로 향했다. 그러니까 다른 산줄기로 갈아탄 뒤 툭 트인 대지의 일부를 지나갈 생각이었던 것이다. 고산지대는 평지와 바로 연결되는 것이 아니라 중간에 반드시 그것을 이어주는 낮은 산들이 있기 마련이었다. 침엽수와 활엽수로 뒤덮인 이 산들은 아늑한 색조로 죽 이어졌고, 이따금 고산의 푸른 정수리가 숲 위로 보였다. 때로 산들은 햇빛으로 반짝이는 들판 탓에 맥이 끊겼고, 고산에서 발원해 인간들이 사는 땅으로 흘러가는 물줄기를 품은 채 한적한 건물과 작은 예배당을 지나 사방으로 뻗어 나갔다. 지형이 낮고, 건축물이 있고, 인가가 있는 곳으로.

산비탈을 내려가 시야가 좀 더 트이는 곳에 이르렀을 때 해넘이 방향으로 한바탕 비를 퍼부을 것 같은 구름이 서서히 피어오르는 것이 보였다. 잔잔히 형태를 잡아가던 구름이 하늘을 장막처럼 뒤덮었다. 나는 걸음을 바삐 옮기며 구름이 커지는 모습을 관찰했다. 산에서 내려온 지 꽤 지나자 마침내 사람 사는 땅에 닿았다. 완만한 언덕과 넓지 않은 평지가 번갈아 이어지고, 농장들이 흩어져 있고, 과수원들이 숲처럼 길게 뻗어 있고, 짙은 나뭇잎 사이로 교회 탑이 반짝거리고, 계곡의 고랑에 냇물이 졸졸 흐르고, 광활한 대지 너머로 고산의 푸르고 울퉁불퉁한 긴 능선이 아스라이 보였다. 문득 여기서 잠시 묵어가야 하지 않을까 하는 생각이 들었다. 이 상태로는 내가 원래 쉬어가려고 했던 마을에 닿을 수 없을 것 같았기 때문이다. 그사이 한껏 몸집을 키운 먹구름이 한 시간 내에, 아니 상황이 좋으면 훨씬 일찍이라도 비를 쏟아부을 태세였던 것이다.

눈앞에 로르베르크 마을의 교회 탑이 강렬한 햇살 속에 벚나무와 버드나무 위로 삐죽 솟아 있었다. 마을은 도로에서 아주 가까웠다. 근처에 농장 두 채가 있었는데, 각각 도로와 어느 정도 거리를 두고 초원과 벌판 위에 당당히 서 있었다. 언덕 위에는 집도 한 채 있었다. 농가나 농장 건물 같지는 않았고, 도시민의 별장에 가까워 보이는 집이었다. 나는 이곳을 지날 때마다 번번이 저 집을 보았지만, 특별한 관심을 보인 적은 한 번도 없었다. 그런데 이제야 그 집이 내 눈에 쏙 들어왔다. 지금 내가 있는 곳에서 가장 가까운 숙박지이기도 했던 데다 농장보다는 여러모로 묵어가기가 편리해 보였기 때문이다. 더구나 그 집에는 독특한 매력이 있었다. 마을의 교회 탑만 빼면 대지 곳곳이 벌써 그늘로 뒤덮여 있었지만, 그 집만은 여전히 밝게 빛났을 뿐 아니라 잿빛과 푸른빛에 잠긴 주변을 향해 하얀빛을 내뿜으며 어서 오라고 손짓하는 듯했던 것이다.

이윽고 나는 그 집에서 유숙을 청하기로 마음먹었다.

나는 도로에서 언덕 위의 집으로 올라가는 길을 찾아보았다. 지방 조례를 공부한 나로서는 지방 도로에서 언덕으로 올라가는 길목을 찾기란 어렵지 않았다. 울타리와 덤불로 가장자리를 두른 길을 따라 올라가자 역시 짐작대로 그 집이 나왔다. 집은 여전히 햇살을 받아 밝게 빛나고 있었다. 그런데 조금 더 다가서는 순간 입에서 절로 감탄사가 튀어나왔다. 집이 온통 장미로 뒤덮여 있었던 것이다. 대개 꽃이 만발한 언덕 지대에서는 꽃 한 송이가 피어나면 기다렸다는 듯이 다른 꽃들도 일제히 꽃봉오리를 터뜨리는데, 이곳도 마찬가지였다. 이 집을 화려한 색깔로 치장하고 황홀한 향기로 도취시키자고 온 장미가 약속이라도 한 듯했다.

내가 이 집이 온통 장미로 뒤덮여 있다고 말했다고 해서 그것을 자구(字句) 그대로 받아들여서는 안 된다. 집은 각각 높이가 상당한 두 개 층으로 이루어져 있었는데, 장미는 1층 벽에서 2층 창문까지만 덮고 있었다. 지붕까지 이르는 나머지 부분은 그냥 반짝거리는 넓고 하얀 벽이었다. 이 벽은 주변 풍경을 물끄러미 내다보며 나를 향해 올라오라고 유혹하는 듯했다. 집 벽 앞에 설치된 격자 모양의 목책에는 장미나무들이 타고 올라가고 있었다. 목책 아래쪽에는 땅바닥 바로 위에서 잎사귀를 내민 키 작은 장미나무가, 그 위로는 키가 좀 더 큰 장미나무가 차례로 솟아 있었다. 장미는 이런 식으로 계속 이어지다가 마지막에 가서는 가지들과 함께 2층 창문을 빠끔 들여다보았다. 장미들이 어찌나 빽빽하고 튼실하던지 어디서도 빈틈을 찾아볼 수 없었고, 벽을 완벽하게 뒤덮고 있었다.

나는 이런 규모와 이런 형태의 장미 벽을 본 적이 없었다.

게다가 내가 아는 거의 모든 장미 종이 있었고, 내가 모르는 것도 더러 있었다. 색깔은 새하얀 색에서부터 분홍색, 노르스름한 색, 불그스름한 색, 주황색, 자주색, 붉은색 그리고 푸르스름한 색과 거무스름한 색까지 다양했다. 모양과 구조 역시 색깔만큼이나 다양했다. 그런데 장미는 색깔별로 분류되어 있지 않았다. 그런 식의 분류보다는 장미 벽에 틈이 생기지 않도록 하는 것이 더 중요했던 것 같았다. 그래서 색깔은 어지럽게 뒤섞여 있었다.

잎의 초록색도 눈에 띄었다. 잎은 아주 깨끗했는데, 다른 식물보다 장미의 초록색 잎사귀에서 자주 보이는 흉한 상태도, 장미가 자주 걸리는 질병의 흔적도 보이지 않았다. 게다가 시든 잎도, 벌레가 파먹은 잎도, 벌레가 실을 지을 때 휘어져버린 잎도 없었다. 심지어 장미에 즐겨 둥지를 트는 해충도 구경할 수 없었다. 다 자란 이파리들은 다채로운 초록의 색조로 당당히 자태를 뽐내고 있었는데, 꽃의 색깔과 어울려 이 집에 아주 근사한 외피를 둘러주었다. 그리고 오직 이 집에만 빛을 비추는 것 같은 태양이 장미와 초록 이파리 들에 여전히 강렬한 황금빛 색상을 입히고 있었다.

나는 한동안 여기에 왜 왔는지도 잊은 채 장미꽃 앞에 망연히 서 있다가 마침내 정신을 차리고 해야 할 일을 생각해냈다. 우선 집의 입구를 찾아야 했다. 나는 주위를 두리번거렸다. 그러나 어디에도 입구는 보이지 않았다. 상당히 긴 집 벽의 둘레에는 문이 하나도 없었다. 집으로 들어가는 길도 눈에 띄지 않았다. 집 앞의 마당은 갈퀴로 잘 골라놓은 깨끗한 모래밭이었다. 모래밭은 띠처럼 긴 잔디밭과 내 등 뒤의 들판 산울타리와 경계를 이루고 있었다. 집의 양쪽 세로 방향으로는 정원이 길게 펼쳐져 있었는데, 이 정원은 초록색 페인트를 칠해놓은 높직한 철제 울타리로 모래밭과 구분되어 있었다. 집에 입구가 있다면 이 철제 울타리에 있어야 했다.

역시 그랬다.

언덕과 이어진 길에서 가장 가까운 울타리에 문이 있었다. 정확히 말해서 여닫을 수 있는 날개문이었다. 그런데 생긴 것이 울타리와 똑같아서 한눈에 구분해내기가 쉽지 않았다. 어쨌든 문에는 놋쇠 자물쇠가 두 개 달려 있었고, 날개문 한쪽에는 종이 있었다.

나는 일단 울타리 안쪽의 정원부터 살펴보았다. 울타리 뒤로는 모래밭이 길게 이어져 있었다. 가장자리에는 꽃이 만발한 덤불이 있었고, 중간 중간에 그늘을 드리운 키 큰 과일나무들이 서 있었다. 그늘 밑에는 테이블과 의자 들이 보였다. 거기에도 사람은 없었다. 정원은 집을 돌아 뒤쪽으로 계속 이어졌는데, 상당히 깊은 것 같았다.

나는 문손잡이를 돌려보았지만 문은 열리지 않았다. 할 수 없이 종을 흔들었다.

종소리에 한 남자가 정원의 덤불 뒤에서 나타나더니 나를 향해 다가왔다. 두건이나 모자를 쓰지 않아 눈처럼 흰 머리가 그대로 드러나 있었다. 그것만 빼고는 평범했다. 걸친 옷도 실내용 상의에 가까웠다. 몸에 꽉 끼고 무릎께까지 내려오는 옷이었다. 남자가 나를 물끄러미 바라보더니 입을 열었다. “무슨 일이신가, 젊은 양반?”

“곧 뇌우가 퍼부을 것 같아서요. 비구름이 금세 여기까지 당도할 것 같습니다. 배낭을 보면 아시겠지만 이 몸은 나그네입니다. 청컨대 비가 그칠 때까지만, 그게 안 되면 최소한 빗줄기가 약해질 때까지만 잠시 비를 피해갈 수는 없을는지요."

"뇌우가 갑작스레 들이칠 것 같지는 않은데……"

"한 시간 안에 뇌우가 쏟아질 겁니다. 이곳 산악 지형에 대해서는 제가 잘 압니다. 구름과 뇌우에 대해서도 좀 안다고 자부할 수 있죠."

"그렇게 생각하는 거야 젊은이 자유지만, 지금 우리가 서 있는 이 땅과 여기 산악에 대해서는 아마 내가 젊은 양반보다 훨씬 오래전부터 잘 알고 있을 걸세. 내가 젊은 양반보다 월등히 오래 살았을 테니까. 게다가 난 구름과 뇌우에 대해서도 잘 아네. 오늘은 이 집과 이 정원뿐 아니라 이 일대에 비 한 방울 뿌리지 않을 걸세."

"비가 뿌릴지 말지를 두고 길게 시비하고 싶지 않습니다. 다만 노인장께서 정히 문을 열어주기 힘드시다면 길손에게 호의를 베푼다 생각하시고 이 집의 주인을 불러주십시오."

"내가 주인일세."

그 말에 나는 남자를 좀 더 자세히 살펴보았다. 얼굴은 꽤 나이가 든 듯했지만 허옇게 센 머리에 비해서는 젊어 보였다. 전반적으로 나잇살로 변형되지 않은 혈색 좋은 푸근한 얼굴이어서 나이를 정확히 가늠하기 어려운 축에 속했다. "그렇다면 이곳 풍습을 알지 못하고 성가시게 군 점, 용서를 빌겠습니다. 근데 뇌우가 오지 않을 거라는 말씀이 저를 들이지 못하겠다는 완곡한 거부의 뜻이라면 당장 여기를 떠나겠습니다. 젊은 놈이 비가 두려워서 이렇게 유숙을 청한다고는 생각지 마십시오. 비에 쫄딱 젖은 채로 다니는 것이 그리 유쾌한 일은 아니지만, 그게 싫어 누군가에게 폐를 끼치는 것보다는 참을 만합니다. 지금껏 길을 가다 비를 맞은 적이 한두 번이 아닌데 오늘 또 비를 맞는다고 한들 그게 무슨 대수겠습니까?"

"대답으로 두 가지만 이야기하겠네. 첫번째는 자네가 자연의 일에 대해 잘못 알고 있는 것을 지적해주고 싶었네. 그건 아마 이 지방 상황에 어둡거나 자연현상을 충분히 눈여겨보지 않아 그리되었을 걸세. 나는 그런 오류를 바로잡아주고 싶었네. 자연의 일에서는 무엇보다 진실이 중요하니까. 두번째는 뇌우가 오든 오지 않든 젊은 양반이 내 집에 들어오려고 한다면, 그리고 주인의 환대를 받아들일 용의가 있다면 난 얼마든지 길손을 손님으로 맞을 의향이 있네. 이 집에는 벌써 여러 손님이 묵어갔네. 그것도 주인의 환대를 받으며 말일세. 젊은 양반도 마음이 있다면 필요한 만큼 푹 묵었다 가도 될 듯하이. 들어오시게."

그 말과 함께 남자가 날개문의 자물쇠를 밀었다. 문 밑에 달린 롤러가 반원 형태의 레일을 타고 굴러가더니 내가 들어갈 수 있을 만큼 문이 빠끔 열렸다.

그런데 이제는 내가 잠시 망설였다.

"원칙적으로, 비가 오지 않는다면 제가 이 집에 들어갈 이유는 없을 것 같습니다. 뇌우가 접근하고 있다고 생각해서 길을 벗어나 이리로 올라온 것이니까요. 이 문제를 다시 언급한 것을 용서해주십시오. 외람되지만 저는 스스로를 자연 연구자라고 믿고 있습니다. 그래서 다년간 자연현상의 관찰에 신명을 바쳤고, 이곳 산악을 집중적으로 공부해왔습니다. 그 경험으로 미루어보건대 오늘 이 고을과 이 집에 천둥 번개를 동반한 비가 내릴 겁니다."

"그렇다면 더더욱 들어와야겠구려. 둘 중 누구의 말이 옳은지 함께 지켜봐야 하지 않겠나? 나는 자연 연구자도 아니고, 자연과학을 공부했다고 할 수도 없네. 그렇지만 관련 책을 여럿 읽었고 평생 자연의 일을 주의 깊게 관찰해왔네. 읽고 본 것을 깊이 생각하기도 했고. 그렇게 쌓아온 지식을 바탕으로 나는 오늘 뚜렷한 신호를 봤네. 지금 저 해넘이 쪽에 아직 걸려 있는 구름들, 그러니까 벌써 천둥을 한 번 내리치고, 젊은 양반을 여기 내 집까지 올라오게 만든 저 구름들이 이 집과 이 고을 어디에도 비를 뿌리지 않을 거라는 신호 말이네. 구름은 아마 해가 더 떨어지면 하늘가로 넓게 퍼질 걸세. 저녁에는 바람이 불겠지만 내일은 틀림없이 다시 맑아질 것이네. 물론 잠깐 굵은 빗방울이 떨어지거나 가랑비 수준의 비가 내릴 수는 있지만, 분명히 이 언덕에는 비가 뿌리지 않을 것이네."

"정히 그러시다면 어르신과 함께 기다리면서 날씨가 어떻게 변하는지 지켜보겠습니다."

나는 그 말과 함께 안으로 들어갔다. 남자가 문을 닫더니 자신을 따라오라고 했다.

남자는 집을 돌아갔다. 장미꽃 맞은편에 문이 있었기 때문이다. 남자가 열쇠로 문을 따더니 내게 안으로 들어가라고 했다. 문 뒤로 복도가 보였다. 암모나이트 대리석을 깔아놓은 복도였다.

"원래 이게 주 현관이네. 한데 복도의 대리석을 더럽히고 싶지 않아 이곳은 항상 막아놓고, 저 모퉁이 뒤에 있는 문으로 출입하게 하네. 조금 불편하더라도 대리석을 위하는 마음으로 이 털신을 신으시게."

문 바로 안쪽에 누르스름한 털신이 몇 켤레 놓여 있었다. 이렇게 귀하고 아름다운 대리석을 보호하려는 마음을 나만큼 진정으로 이해하는 사람은 아마 없을 것이다. 참으로 기품 넘치고 윤이 좔좔 흐르는 대리석이었다. 나는 장화 신은 발을 통째로 털신에 집어넣었다. 남자도 똑같이 했다. 이제 우리는 매끄러운 바닥 위를 걸었다. 위에서 빛이 내리비치는 복도를 따라가니 널빤지를 댄 갈색 문이 나타났다. 문 앞에서 남자는 털신을 벗더니 나를 보고도 그렇게 하라고 했다. 문 앞 나무 발판 위에 털신을 벗어놓자 남자가 문을 열더니 나를 방으로 인도했다. 보아하니 식당방 같았다. 방 중앙에 탁자가 하나 있었는데, 둘러앉는 사람 수에 따라 크기 조절이 가능한 탁자였다. 식탁 외에는 의자 여러 개와 식기를 넣어두는 찬장이 하나 있을 뿐이었다.

"이 방에다 모자와 지팡이, 배낭을 내려두시게. 곧 쉴 방으로 안내해주겠네."

내가 시킨 대로 하자 남자는 방의 출구 옆에 놓인 넓은 짚 매트와 발닦이 솔에다 신발을 꼼꼼히 닦았다. 그러고는 나보고도 따라 하라고 했다. 내가 신발을 다 닦자 남자가 출구 문을 열었다. 역시 널빤지를 댄 갈색 문이었다. 남자가 작은 방을 지나 그 옆의 응접실로 나를 안내했다.

"이 작은 방은 원래 식당방으로 들어가는 입구라네. 이리로 들어오는 문도 따로 있네."

응접실은 아늑했다. 오직 앉아서 휴식을 취하는 용도로만 만들어진 방 같았다. 방 안에는 탁자와 의자뿐이었다. 탁자 위에는 우리 집 응접실에서 흔히 보이는 책이나 그림 같은 것은 없었다. 대신 아무것도 덮어놓지 않은 테이블의 판자는 굉장히 매끈하고 깨끗했다. 테이블은 짙은 색 마호가니로 만들었는데, 마호가니는 시간이 갈수록 점점 짙어지는 나무였다. 이 방에는 식탁과 의자 외에 다른 가구가 딱 하나 더 있었다. 칸이 여러 개인 책꽂이였다. 벽에는 동판화들이 걸려 있었다.

"걷느라 피곤했건 그냥 쉬고 싶건, 일단 여기서 휴식을 취하고 있으시게. 나는 아랫사람들에게 손님에게 내놓을 음식이 있나 살펴보라 이르겠네. 얼마간 여기 혼자 있어야 할 걸세. 심심하면 선반의 책이나 뒤적거려보게."

그 말을 끝으로 남자가 방을 나갔다.

나는 정말 피곤했다. 그래서 의자에 털썩 주저앉았다.

그런데 시선이 아래로 향하는 순간 주인 남자가 왜 이 방에 들어오기 전에 신발을 그렇게 꼼꼼히 닦고 나한테도 똑같은 행동을 요구했는지 알 수 있었다. 바닥에 멋진 널빤지들이 잇대어 깔려 있었던 것이다. 이제껏 나는 이런 것을 본 적이 없었다. 나무로 엮은 양탄자라고나 할까! 입에서 절로 감탄이 연달아 튀어나왔다. 마룻바닥은 여러 나무를 색깔에 따라 자연스럽게 짜 맞추어 하나의 통일된 그림을 만들어냈다. 나는 아버지의 가구들 중에서 이런 물건들에 이미 익숙해져 있었고 그 가치를 평가할 줄도 알았기 때문에 이 모든 것이 색깔 중심의 철저한 설계도에 따라 이루어졌음을 단번에 꿰뚫어 보았다. 한마디로 걸작이라고 해도 무방한 설계도였다. 생각이 여기에 미치자 자리에서 일어나 바닥 위를 걸어다녀서는 안 될 것 같았다. 특히 내 산악용 장화에 박힌 못들을 생각하면 더더욱 안 될 일이었다. 그게 아니더라도 나는 일어설 이유가 없었다. 기나긴 산행 후의 휴식이 무척이나 달콤했으니까.

이제 나는 언덕 위의 하얀 집에 올라앉아 뇌우의 접근을 기다리고 있었다.

해는 여전히 이 집을 비추었다. 내가 앉아 있는 방의 창문으로도 비스듬히 햇살이 들어와 아름다운 방바닥의 판자 위에 환한 무늬를 만들어냈다.

한동안 그렇게 의자에 앉아 있는데 처음에는 도저히 설명이 안 되는 이상야릇한 느낌이 나를 사로잡았다. 방 안이 아닌 야외에, 그것도 고요한 숲속에 앉아 있는 듯한 그런 느낌이었다. 나는 스스로를 납득시키려고 창문으로 눈을 돌렸다. 그러나 창문은 아무런 설명을 해주지 않았다. 창 너머로 하늘 한 조각이 보였다. 일부는 맑고, 일부는 구름이 끼어 있었다. 하늘 아래 공중으로 삐죽 고개를 내민 초록색 나뭇가지들이 보였다. 자주 봐온 풍경이었다. 맑고 자유로운 공기가 나를 둘러싼 느낌이었다. 이 느낌의 원인은 방의 창문이었다. 윗부분이 열려 있었기 때문이다. 창문 윗부분은 일반적인 경우처럼 안쪽으로는 열리지 않고 그냥 밀게 되어 있었다. 그것도 한 번 밀면 창문 유리가, 또 한 번 밀면 섬세한 회백색 비단 방충망이 밖으로 열렸다. 방 안에 있으면서 맑은 공기에 휩싸인 느낌이 들었던 것은 유리창이 열려 있었기 때문이다. 이렇게 해놓으면 공기는 자유롭게 드나들지만 파리와 먼지는 들어올 수가 없었다.

그런데 창으로 들어온 맑은 공기만으로 내가 야외에 있다는 느낌이 완벽하게 설명되지는 않았다.

다른 이유가 더 있었다. 나는 그것도 알아냈다. 사람 사는 집에서 나는 그 어떤 소리도 여기서는 들리지 않았던 것이다. 아무리 조용한 집이라 해도 공간들 사이에서는 크든 작든 소리가 나기 마련이었다. 그런 일상적 소음이 없다는 것은 이곳에 사람이 살지 않는다는 느낌이 들게 했다. 하지만 이 역시 자유로운 공기와 마찬가지로 숲에 있는 듯한 느낌을 완벽하게 설명해주지는 못했다.

마침내 진짜 원인을 찾았다는 생각이 들었다. 어떤 때는 가까이서, 어떤 때는 멀리서, 어떤 때는 낮게, 어떤 때는 크게 새들의 노랫소리가 뒤섞여 시시각각으로 들려왔던 것이다. 나는 그 소리에 주의력을 집중했고, 곧 그 노랫소리가 인가에 사는 새들이 아니라 깊은 숲이나 한적한 관목 숲에서 볼 수 있는 새들의 지저귐이라는 사실을 알아차렸다. 그렇다면 산에서 무심코 들었을 법한 수수한 새소리가 그런 착각을 일으킨 주원인이었다. 물론 집 안의 정적과 맑은 공기도 함께 작용했겠지만 말이다. 어쨌든 생각이 여기에 미치자 나는 이따금 들리는 새들의 노랫소리에 좀 더 유심히 귀를 기울였고, 그것이 깊은 산중에 사는 쓸쓸한 새들의 노랫소리임을 재차 확인했다. 잘 꾸며놓은 사람의 방 안에서 이런 소리를 들으니 기묘한 느낌을 감출 수 없었다.

그런데 숲속 같은 느낌의 원인을 찾아내자, 아니 찾아냈다고 믿는 순간, 그 느낌의 막연함이 상당 부분 사라진 것과 함께 기분 좋은 아늑함도 사라졌다.

새들의 노랫소리에 줄곧 주의를 기울이는 중에도 머릿속에는 또 다른 생각이 떠올랐다. 뇌우가 접근하고 하늘이 후텁지근한 대기로 가득 차 있으면 산새들도 대개 울음을 멈추는 법이다. 내 기억으로는 아무리 아름답고 울창하고 한갓진 숲속이라도 그런 상황에서는 새들의 울음소리가 들리지 않았던 것 같다. 딱따구리가 한두 번 나무를 쪼거나 '폭우새'라 불리는 특이한 독수리 종의 짧은 절규를 제외하면 말이다. 물론 뇌우가 코앞까지 닥치면 독수리들도 침묵하는 것이 상례였다. 뇌우의 임박을 예고하는 것은 인간들처럼 뇌우를 두려워하는 인가의 새들이나 넓은 들판에 둥지를 틀고 살면서 다가오는 뇌우의 장엄한 모습에 경탄하는 새들뿐이다. 제비들이 뇌우의 두꺼운 구름 속에서 하얀 배 깃털을 드러낸 채 허공을 가르며 우는 것도 그 때문이고, 종달새가 노래하며 뇌우를 머금은 먹구름을 향해 솟구쳐 나는 것도 그 때문이다. 이런 새들 외에는 모두 침묵했다. 그렇다면 지금 산새 소리가 들린다는 것은 뇌우가 퍼부을 거라는 내 예상에는 별로 좋지 않은 조짐이었다. 게다가 뇌우의 돌발을 짐작하게 하는 어떤 특징도 아직 나타나지 않았다는 사실이 떠올랐다. 내가 도로를 떠나 이 언덕으로 올라올 때까지만 해도 곧 나타날 것만 같았던 그런 특징들이 말이다. 해는 여전히 이 집을 밝게 비추었고, 방의 아름다운 마룻바닥 위에 환한 무늬를 만들어냈다.

집주인은 나를 혼자 한참 동안 내버려둘 생각인 듯했다. 기대만큼 빨리 돌아오지 않았다. 어쩌면 아무 생각 말고 푹 쉬라는 뜻 같기도 했다.

시간이 흘러 의자에 앉아 있는 것이 더 이상 처음과 같은 편안함을 주지 못하기 시작했을 때, 나는 자리에서 일어나 어떤 책들이 있나 살펴보러 책꽂이 쪽으로 걸어갔다. 아름다운 바닥이 상할까 발끝으로 걸으면서. 책꽂이에는 대부분 작가들의 책이 꽂혀 있었다. 헤르더, 레싱, 괴테, 실러, 슐레겔과 티크의 셰익스피어 번역본, 『오디세이아』

그리스어 원본 같은 문학 작품 외에는 카를 리터의 『지리학』과 요하네스 뮐러의 『인류사』 그리고 알렉산더 훔볼트와 빌헬름 훔볼트의 저작도 눈에 띄었다. 문학 작품은 제쳐두고 알렉산더 훔볼트의 『적도 지대로의 여행』을 집어 들었다. 진작 읽고 싶었던 책이었다. 나는 책을 들고 자리로 돌아갔다.

책을 읽은 지 얼마 지나지 않아 집주인이 돌아왔다.

나는 주인이 그렇게 장시간 자리를 비웠으니 당연히 옷이라도 갈아입고 오리라 생각했다. 어찌 됐건 나도 손님이라면, 손님을 맞기에는 복장이 너무 초라했던 것이다. 그러나 집주인은 아까 울타리에서 만났을 때와 똑같은 옷을 입고 있었다.

주인은 자리를 오래 비운 데 대해서는 사죄하지 않고, 내가 충분히 쉬어 이제 식사할 마음이 생겼다면 자기와 같이 식당방으로 가자고 말했다. 이미 식사를 차려놓았다는 것이다. 나는 덕분에 푹 쉬기는 했지만, 내가 이 집에 온 것은 잠시 비를 피하기 위해서였을 뿐 식사 대접까지 받으며 폐를 끼치려던 것은 아니라고 대답했다.

"폐가 아니니 걱정 마시게. 더구나 뇌우와 관련된 일이 결판나려면 얼마를 더 기다려야 할지 모르는데, 그사이 뭐라도 먹어야 하지 않겠나. 그리고 우리 집에서는 정확히 정오에 점심 식사를 하는데 벌써 정오가 지났네. 저녁때까지는 간식도 차리지 않으니 저녁까지 기다리려면 지금이라도 식사를 하는 것이 옳네. 물론 자네가 벌써 점심을 먹었고 이 상태로 저녁때까지 기다리겠다고 고집을 피울 수도 있네. 하지만 자네가 좋든 싫든 손님에게 뭐라도 내놓는 것이 집주인으로서의 도리네. 그러니 같이 식당방으로 가시게."

나는 읽던 책을 옆 의자에 놓고 방을 나서려고 했다.

순간 집주인이 책을 집어 들고 책꽂이로 걸어가더니 원래 있던 곳에 꽂아두었다.

"용서하시게. 이 방에서 잠깐 기다리거나 다른 일로 머무는 사람은 심심할 때, 아니면 책을 읽고 싶을 때 언제든 서가의 책을 꺼내 읽을 수 있지만, 읽고 난 뒤에는 제자리에 갖다놓는 것이 우리 집의 법도일세. 방은 항상 본래의 모습을 갖추고 있어야 하는 법이지."

이어 집주인이 문을 열더니 내게 앞장서라고 권했다. 식당방으로 가는 길은 나도 이제 알고 있으니 말이다.

식당방에 도착하자 멋진 하얀 아마포 식탁보 위에 일인용 포크 세트와 음식이 차려져 있었다. 절인 과일과 포도주, 물, 빵이 있었고, 포도주에 섞을 작은 얼음이 용기에 담겨 있었다. 내 배낭과 야생 자두나무로 만든 등산용 지팡이는 보이지 않았다. 다만 모자는 내가 놓아둔 자리에 그대로 있었다.

집주인은 내 짐작대로 호주머니에서 작은 은색 종을 꺼내 울렸다. 그 소리와 함께 하녀가 노릇노릇 구운 닭과 붉은 무늬가 있는 싱싱한 양상추를 갖고 들어왔다.

주인이 내게 의자에 앉아 음식을 들라고 권했다.

주인의 태도가 어찌나 친절하던지 나는 그 말을 따를 수밖에 없었다. 더구나 정오 전에 요기를 하기는 했지만, 여기까지 걸어오느라 또 시장했던 것이다. 그래서 나는 차려진 음식을 맛있게 먹었다.

집주인은 자리를 함께했지만 음식에는 손을 대지 않았다.

내가 식사를 끝내고 포크를 식탁에 내려놓자 주인은 혹시 너무 피곤하지 않으면 정원으로 함께 나가지 않겠느냐고 물었다.

나는 흔쾌히 응했다.

집주인은 다시 종을 울려 하녀를 부르더니 식탁을 치우라고 했다. 우리는 아까 들어왔던 복도가 아닌, 흔한 자갈이 깔린 다른 복도를 지나 정원으로 나갔다. 집주인은 이제 하얀 머리에 망사형의 작은 두건을 쓰고 있었다. 아이들이 자주 쓰는 모자로, 헝클어진 고수머리를 잡아주었다.

내가 식사하는 동안 이 집에 내리비치던 햇빛도 사라졌다. 뇌우를 머금은 먹구름이 해를 가린 탓이었다. 이제 정원과 마을 일대에 따듯하고 건조한 그늘이 드리웠다. 이럴 때면 꼭 나타나는 그런 그늘이었다. 그런데 이 집에 머무는 동안 먹구름의 상태에는 거의 변화가 없었고, 곧 폭우가 내릴 징조도 보이지 않았다.

주위를 둘러보는 순간 나는 집 뒤의 정원이 무척 클 거라고 확신했다. 이 정원은 도시민이 보통 시골 별장 옆이나 뒤에 짓곤 하는 정원이 아니었다. 그러니까 열매가 나지 않는 관목 아니면 기껏해야 관상수나 심고, 그사이에 잔디밭이나 모랫길, 꽃 언덕, 둥근 꽃밭 같은 것들을 만들어놓은 정원이 아니라 도시 근교 우리 부모님 집을 연상시키는 그런 정원이었다. 유실수의 부지가 가장 컸지만, 열매를 맺는 덤불이나 단순히 꽃만 피우는 덤불도 있었고, 채소와 꽃 들이 번창할 공간도 충분했다. 꽃은 화단에 모여 있기도 했고 산울타리를 이루며 길게 뻗어 있기도 했으며, 또 스스로를 가장 아름답게 표현하는 곳에 알아서 피어 있기도 했다. 나는 예전부터 이런 정원을 보면 집에 온 것 같은 따스한 느낌과 참으로 유익한 곳이라는 느낌을 동시에 받았다.

반면에 다른 정원들은 집도 아니고 숲도 아니었다. 장미가 필 무렵에는 온갖 식물이 꽃을 피우고 향기를 내뿜었다. 특히 하늘에 구름이 무겁게 내려앉은 지금 같은 순간에는 꽃향기가 더욱 집요하고 강렬했다. 이것만큼은 뇌우의 조짐이기도 했다.

집 옆에는 온실이 하나 있었는데, 우리가 걸어가는 길에서 세로가 아닌 가로로 놓여 있었다. 덤불을 일부 가리고 있는 이 온실도 장미로 덮여 있어서 마치 아담한 장미집 같았다.

우리는 정원 한가운데를 가로지르는 널찍한 길을 따라 걸었다. 처음에는 평평하던 길이 갈수록 완만하게 올라갔다.

정원도 장미의 세상이라 불러도 무방할 듯했다. 장미는 적합한 곳이라면 어디든 개별적으로 피어 있거나, 일정한 방향으로 산울타리를 형성하거나, 아니면 번창하기에 좋고 편안하게 자신을 표현할 수 있는 곳에 무리 지어 있었다. 자색에 가까울 정도로 짙은 색의 장미 군락은 특별 대접을 받는 것인지, 아니면 보호해야 할 정도로 연약해서 그런 것인지 독특한 장식용 울타리로 둘러싸여 있었다. 정원의 모든 꽃이 집 앞의 꽃들처럼 무척 맑고 상큼했다. 시들어가는 꽃들조차 잎사귀가 아직 힘차고 강건해 보였다.

내가 그런 느낌을 이야기하자 집주인이 이렇게 답했다.

"혹시 젊어서도 무척 아름다웠지만 늙어서도 오랫동안 강건함을 유지하는 여인들을 보지 못했나? 이 장미와 비슷하지. 그 여인네들은 얼굴에 잔주름이 자글자글하지만, 주름 사이에는 여전히 기품이 흐르고 아름답고 사랑스러운 빛깔이 담겨 있네."

나는 아쉽게도 그런 얼굴을 제대로 관찰한 적이 없는 것 같다고 답했다. 우리는 계속 걸어갔다.

정원에는 장미 외에 다른 꽃들도 있었다. 그늘진 곳에 있는 앵초 화단의 경우, 꽃은 이미 오래전에 시든 것 같았지만 이파리들은 여전히 짙은 초록색을 띠고 있는 것으로 보아 충분한 보살핌을 받고 있는 듯했다. 외딴곳에 백합이 드문드문 피어 있었고, 화분대 위의 화분에서는 다 자란 패랭이꽃이 화려한 자태를 뽐내고 있었다. 화분대 옆에는 햇빛으로부터 꽃을 보호하는 장치가 설치되어 있었다. 패랭이꽃은 아직 완전히 피지는 않았지만 봉오리가 탐스럽게 부풀어 오른 것이 아주 멋진 꽃의 출현을 예고했다. 화분대 위에는 엄선된 꽃들만 있는 듯했다. 조금 더 걸어가니 길고 넓은 화단에 이 꽃들의 종묘원이 조성되어 있었기 때문이다. 그 밖에 정원에서 흔히 볼 수 있는 꽃들도 눈에 띄었다. 어떤 것은 화단에, 어떤 것은 독립적인 작은 공간에, 또 어떤 것은 일종의 담장을 이루며 심겨 있었다. 그중에서도 비단향꽃무가 주인의 편애를 즐기는 듯했다. 개체 수와 종류가 상당히 많았을 뿐 아니라 그 자체로 상당히 아름다웠기 때문이다. 비단향꽃무의 꽃향기가 기분 좋게 공중으로 흩어졌다. 이 꽃은 화분에도, 실용적인 장소에도 심겨 있었다. 알줄기 식물과 히아신스, 튤립 같은 것들은 어떤 모습이었을지 가늠할 수 없었다. 그 꽃들이 피는 시기는 벌써 오래전에 지났기 때문이다.

덤불 꽃의 시기도 지났다. 덤불 꽃들은 초록색 잎만 매단 채 길가에 피어 있었다.

채소가 차지하는 공간은 상당히 넓었다. 채소밭 사이와 채소밭 옆에는 딸기밭이 길게 이어졌다. 딸기는 특히 관리에 신경을 쓰는 듯했고, 중간 중간에 이름을 적어놓은 양철판을 세워놓았다.

과일나무는 정원 전체에 산재해 있었다. 우리는 과일나무를 여럿 지났다. 나무를 비롯해서 특히 많은 분재들에 하얀 이름표가 붙어 있었다.

자그마한 나무 상자가 부착된 나무들도 있었다. 어떤 것은 나무 몸통에, 어떤 것은 가지에 달려 있었다. 찌르레기의 보금자리였다. 우리의 고지대에서는 찌르레기가 둥지를 틀도록 나무에 이런 집을 만들어 주었던 것이다. 그런데 여기 있는 나무 집들은 다른 지방과는 형태가 달랐다. 나는 그것에 관해 물어보고 싶었지만, 줄곧 대화가 이어지는 바람에 잊어버리고 말았다.

우리는 계속 정원을 걸었다. 그렇게 얼마를 갔을까, 문득 관목으로 뒤덮인 곳에서 새소리가 들렸다. 아까 응접실에 앉아 있을 때 들었던 바로 그 소리였는데, 여기서는 훨씬 또렷하고 밝게 들렸다.

정원을 꽤 걸어오다보니 다른 점도 눈길을 끌었다. 애벌레가 잎을 갉아 먹은 흔적이 어디에도 없었던 것이다. 이 지방의 다른 곳에서는 벌레가 파먹은 흔적을 본 것 같았다. 이례적인 일도 아니고 과일 흉작을 염려할 정도도 아니어서 특별히 눈여겨보지는 않았지만, 분명히 보았다. 이곳 정원에 난 잎들의 푸릇푸릇함을 보면서 새삼 그 기억이 떠올랐다. 나는 잎을 좀 더 면밀히 살펴보았다. 이곳의 잎들은 하나같이 다른 곳의 잎보다 완벽했고, 초록색 잎은 더 크고 짙었으며, 벌레 먹은 곳 하나 없이 온전했다. 잎들 사이로는 버찌와 앙증맞은 사과, 배가 건강한 모습으로 고개를 내밀었다. 나는 이것들에 고무되어 이제 길에서 얼마 떨어져 있지 않은 양배추를 자세히 관찰했다. 양배추

어디에도 배추흰나비 애벌레가 갉아 먹은 흔적은 없었고, 잎도 모두 성하고 아름다웠다. 기회가 되면 집주인에게 이런 나의 관찰을 말하기로 작정했다.

그사이 우리는 식물 재배지의 끝에 다다랐고, 이제부터는 점점 가팔라지는 잔디밭이 시작되었다. 들머리 부분에는 나무들이 대지를 장식하고 있었지만, 올라갈수록 점점 민둥산이 되어갔다.

우리는 계속 올라갔다.

꽤 높이 올라왔다는 생각이 들면서 더 이상 주변 나무들이 전망을 가리지 않는 곳에 이르자 나는 얼마간 걸음을 멈추고 하늘을 관찰했다. 집주인도 멈춰 섰다. 뇌우 구름은 이제 해넘이 방향에만 모여 있지 않고 하늘 곳곳에 퍼져 있었다. 멀리서 천둥소리가 몇 차례 반복해서 들렸다. 어떤 때는 해넘이 방향에서, 어떤 때는 남쪽에서, 어떤 때는 어딘지 단정할 수 없는 지점에서 들려왔다. 집주인은 뇌우가 오지 않는다고 굳게 믿는 것 같았다. 그렇지 않다면 인부들이 정원 화단에 물을 주는 것을 그냥 두고 보지 않았을 것이다. 인부들은 두레우물에서 열심히 물을 길어 올려 수로를 통해 큰 물통으로 흘려보낸 다음 물뿌리개에 담아 화단에 뿌리고 있었다. 나는 뇌우의 움직임이 어떨지 궁금해서 미칠 것 같았지만 아무 말도 하지 않았다. 집주인 역시 입을 꾹 다물었다.

잔디밭에서 잠시 멈춰 섰던 우리는 다시 걸음을 이어갔다. 마지막은 상당히 가팔랐다.

마침내 우리는 가장 높은 곳에 이르렀다. 거기가 바로 정원의 끝이었다. 그 너머는 다시 완만한 내리막길이었다. 꼭대기에 엄청나게 큰 벚나무 한 그루가 서 있었다. 이 정원에서 가장 큰 나무였다. 아니, 어쩌면 이 지방에서 가장 큰 유실수일지 몰랐다. 이 나무 둘레에 목조 벤치가 둥그렇게 놓여 있었고, 벤치 앞에는 탁자 네 개가 동서남북 방향으로 놓여 있었다. 사람들이 앉아 경치를 감상하고, 책을 읽거나 글을 쓰는 장소였다. 여기서는 사방이 다 보였다. 그제야 나는 예전에 저 아래 도로나 다른 지점을 지나가면서 이 나무를 본 기억이 또렷이 떠올랐다. 당시 이 나무는 눈에 확 띄는 짙은 점처럼 보였다. 어찌 보면 가장 높은 곳에 좌정한 왕이었다. 맑은 날이면 남쪽 산맥이 한눈에 보일 것 같았다. 하지만 지금은 전혀 보이지 않았다. 모든 것이 뇌우의 먹구름에 녹아들었기 때문이다. 북쪽으로 아늑한 느낌의 산맥이 보였다. 내 짐작으로 그 너머에 '란데그'라는 작은 도시가 있었다.

우리는 벤치에 앉았다. 이곳은 잠시나마 앉아서 경관을 둘러보지 않고는 그냥 지나칠 수 없는 장소 같았다. 나무 주위의 잔디가 사람들의 발에 눌린 흔적이 역력했다. 나무를 중심으로 둥그렇게 길이 난 것처럼 보였다. 그만큼 사람들의 사랑을 받는 장소가 분명했다.

벤치에 앉은 지 얼마 되지 않았을 때였다. 그리 멀지 않은 관목과 나무 사이에서 어떤 형체가 나타나더니 우리를 향해 걸어 올라왔다. 조금 더 다가오자 얼굴이 보였다. 소년과 청년의 특징이 뒤섞인 얼굴이었다. 어떻게 보면 청년 같았고, 어떻게 보면 소년 같았다. 소년은 푸른색과 흰색 줄무늬 아마천 옷을 입었는데, 목에는 아무것도 두르지 않았고 숱 많은 갈색 고수머리도 그대로 드러나 있었다.

소년이 다가와서 말했다. "손님이 계시네요. 그럼 저는 방해하지 않고 정원으로 내려가겠습니다."

"그래라." 집주인이 말했다.

소년은 가볍게 목례를 하고는 등을 돌려 오던 방향으로 내려갔다.

우리는 계속 벤치에 앉아 있었다.

하늘에는 여전히 별 변화가 없었다. 똑같은 구름이 넓게 펼쳐져 있었고, 똑같은 천둥소리가 계속 들려왔다. 다만 이제는 좀 더 어두워진 듯한 구름 사이로 간간이 번개가 보였다.

얼마 뒤 주인이 말했다. "보아하니 젊은이는 시간에 촉박하게 쫓기면서 여행하는 사람 같지는 않은데, 어떤가?"

"잘 보셨습니다. 제 여행에는 기한이 정해져 있지 않습니다. 제 여행의 목적은 힘닿는 데까지 학문을 고양하는 것과 더불어, 이 역시 중요하지 않다고 볼 수 없는데, 자유로운 자연에서 삶을 즐기는 것입니다."

"암, 자연에서 인생을 즐기는 것을 어찌 하찮게 생각할 수 있겠나? 아무튼 젊은이의 여행 목적을 들어보니, 오늘은 가던 길을 멈추고 내 집에서 하룻밤 묵어가라고 해도 그리 과한 청은 아닐 듯하이. 물론 젊은이가 원한다면 내일 하루건 앞으로 며칠이건 내 집에서 푹 쉬어가도 좋네. 그건 자네 마음에 달렸네."

"이렇게 시간이 지나도 폭우가 내리지 않을 줄 알았더라면 저는 벌써 로르베르크로 떠났을 겁니다. 그렇지만 어르신께서 이렇게 성심으로 낯선 나그네를 맞아주시니 저 역시 염치 불고하고 하룻밤 신세를 지겠습니다. 내일 일은 어떻게 될지 모르겠습니다. 내일 해는 아직 뜨지 않았으니까요."

"그럼 일단 오늘 밤만 묵게나. 그리고 아까 식사할 때 눈치챘겠지만, 자네 배낭과 지팡이는 식당방에 없네."

"그건 저도 압니다."

"자네가 묵을 방에다 옮겨두었네. 오늘 밤 자네가 우리 집에서 묵어가리라 예상했다네."

유숙

얼마 뒤 주인 남자가 말했다. "자네가 오늘 하루를 묵어가기로 했으니 좀 더 멀리 나갔다 와도 될 것 같으이. 자네에게 이 지방을 조금이라도 더 소개해주었으면 하는 바람에서네. 중간에 뇌우가 뿌릴 것 같으면 우리 둘 다 그 기미를 일찍 감지할 수 있는 사람들이니 때맞춰 별일 없이 돌아올 수 있을 걸세."

"말씀대로 하겠습니다." 우리는 벤치에서 일어났다.

벚나무 뒤로 몇 걸음을 걷자 높고 튼튼한 울타리가 나왔다. 정원을 바깥세상과 가르는 경계선이었다. 주인이 주머니에서 열쇠를 꺼내더니 울타리의 작은 문을 열고 밖으로 나갔다. 나까지 밖으로 나오자 주인은 문을 도로 잠갔다.

울타리 밖은 밭이었다. 밭에는 다양한 곡식이 자라고 있었는데, 미풍에도 몸을 하늘거릴 곡식들이 지금은 머리를 화살처럼 꼿꼿이 치켜든 채 미동도 보이지 않았다. 우리의 눈길을 받은 이삭의 가는 털들은 흡사 움직이지 않는 희미한 황록색 불꽃 같았다.

곡식들 사이로 길이 나 있었다. 사람들의 발에 다져진 넓은 길이었다. 길은 오르막도 내리막도 없이 줄곧 언덕의 능선을 따라 이어졌다. 우리는 이 길을 걸었다.

길 양쪽 곡식 사이로 새빨간 양귀비가 피어 있었다. 가녀린 양귀비 잎사귀들은 전혀 미동이 없었다.

곳곳에서 귀뚜라미가 찌르르 울어댔다. 이 소리는 또 다른 정적 같았고, 만물에 깃든 적막함의 분위기를 한층 고조했다. 간혹 온 하늘을 뒤덮은 구름 사이로 묵직한 천둥소리가 울렸고, 간간이 시커먼 구름 장막을 뚫고 창백한 번개가 번쩍거렸다.

주인은 내 옆에서 조용히 걸으며 가끔 손으로 초록빛 곡식 이삭을 부드럽게 훑었다. 도중에 하얀 머리에 쓰고 있던 망사형 두건을 벗어 주머니에 넣었다. 그로써 머리가 온화한 공기에 그대로 노출되었다.

이윽고 우리는 곡식이 없는 지점에 이르렀다. 짧은 잔디만 깔린 꽤 널찍한 곳이었다. 그런데 여기에도 중키의 물푸레나무 한 그루와 목조 벤치가 있었다.

"나는 이곳을 선대로부터 물려받은 그대로 비워두었네. 이 나무를 뽑고 땅을 개간하면 몇 년 안에 상당량의 곡식을 수확할 수 있겠지만 그러지 않았네. 여긴 일꾼들의 휴식처라네. 밭으로 내온 점심도 여기서 먹지. 해서 이곳에 벤치를 만들게 했네. 나는 여기 앉아 풀 베는 일꾼들을 바라보고 들일의 엄숙함을 관찰하기를 좋아하네. 오랜 관습은 사람의 마음을 안정시키는 효과가 있지. 한결같이 존재하고 늘 보이는 것의 편안함에 지나지 않더라도 말일세. 한데 이곳을 개간하지 않고 나무를 뽑지 않은 데는 그 이상의 이유가 있네. 이 물푸레나무가 드리우는 그늘은 그리 크지 않지만 이 일대에서는 유일해서 쓸모가 꽤 크지. 게다가 성정이 아무리 투박한 사람이라도 여기 오면 전망을 즐기고 싶은 마음이 들지 않겠나? 그러니 자네도 이리 앉아 경치를 감상해보게. 비록 오늘은 하늘이 흐려 볼 것이 별로 없지만."

우리는 물푸레나무 아래 벤치에 앉아 남쪽을 바라보았다. 대지의 초록색 품 같은 정원이 발아래에 비스듬히 놓여 있었다.

정원 끝자락에 집의 하얀 북쪽 벽과 그 위의 정겨운 빨간 지붕이 보였다. 온실은 지붕과 굴뚝만 시야에 들어왔다.

남쪽으로 펼쳐진 대지와 산은 푸르죽죽한 구름 그림자와 안개 탓에 거의 알아볼 수 없었다. 동쪽에는 로르베르크의 하얀 탑이 서 있고 서쪽에는 곡식이 펼쳐져 있었다. 우리가 앉아 있는 이 언덕에서 건너편의 언덕을 지나 우리 눈에 보이는 마지막 언덕까지 곡식밭이 이어졌다. 그사이로 하얀 농장이나 작은 마을, 혹은 외따로 떨어진 집들이 드문드문 눈에 띄었다. 이 지방에서는 과일나무를 밭을 따라 길게 심는 것이 관례인 듯했다. 집과 마을 근처의 과일나무들은 마치 자그마한 숲처럼 한데 모여 있었다. 나는 주인어른에게 마을의 집들과 밭의 소유주에 대해 물었다.

"좀 전에 봤던 벚나무에서부터 해넘이 방향으로 저기 과일나무 첫 줄까지 모두 우리 밭이네. 우리가 벚나무에서 예까지 걸어왔던 밭도 우리 것이고. 창고로 쓰는 저 아래 길쭉한 농사(農舍)까지 밭이 이어지네. 북쪽으로는 오리나무 숲이 있는 초원까지 죽 펼쳐지지. 초원도 우리 것인데, 거기가 우리 땅의 경계선이네. 남쪽으로는 도로를 벗어나면 나오는 그 산사나무 가로수까지가 우리 소유일세. 그러니까 자네도 봐서 알겠지만 이 넓은 언덕의 상당 부분이 우리 땅이네. 언제나 흔들림 없이 신의를 지키는 벗님 같은 땅이 우리를 둥그렇게 에워싸고 있는 셈이지."

나는 문득 주인어른이 말을 할 때마다 '우리'라는 표현을 자주 사용한다는 생각이 들었다. 부인이나 자식을 염두에 두고 그런 표현을 쓰는 듯했다. 순간 아까 벚나무 밑에 앉아 있을 때 봤던 소년이 떠올랐다. 어쩌면 주인어른의 아들인지도 몰랐다.

"나머지 언덕은 농장 세 곳에서 소유권을 나누어 갖고 있네. 우리의 가장 가까운 이웃들이지. 좀 더 떨어진 이웃은 저기 저지대, 그러니까 건너편 언덕으로 올라가는 초입부터 시작하네."

"가히 축복받은 땅인 듯합니다."

"그러하이. 땅과 곡식은 신이 내린 선물이네. 하해와 같은 은혜지. 그런데도 인간들은 이 대지의 풀이 얼마나 소중한지 별로 느끼지 못하고 사네. 만일 이 땅에서 풀이 사라지면 다른 것들이 제아무리 풍요로워도 우리는 배가 고파 쓰러지고 말 걸세. 곡식이 나지 않으면 뜨거운 지방도 추운 지방처럼 인구가 희박해지고 학식과 예술이 척박해질지 누가 알겠나! 자네도 이리 작은 언덕에서 소출이 얼마나 많이 나는지 알면 깜짝 놀랄 걸세. 나는 예전에 많은 공을 들여 이 언덕에서 밭의 면적을 측량해보았네. 우리 들판의 수확량과 내가 조사한 이웃 들판의 수확량을 토대로 이 언덕에서 나는 곡식의 연간 평균치를 대략적으로 계산해보려고 말일세. 자네는 그 수치를 믿지 못할 걸세. 나도 그전까지는 그렇게 어마어마할지 상상 못 했으니까. 자네가 궁금하다면 집에 돌아가 그 결과를 보여주겠네. 당시 난 이런 생각을 했네. 곡식 역시 공기처럼 눈에 잘 띄지는 않지만 우리 삶에 지대한 영향을 끼치는 요소라고 말일세. 우리는 공기에 대해서건 곡식에 대해서건 그다지 중요하게 이야기하지 않네. 둘 다 우리 주위에 늘 존재하니까. 수백 수천 년 동안 안정된 소비와 생산이 인류를 이끌어왔네. 역사에 나름의 족적을 남기고 이성적인 국가 조직을 건설한 민족들은 항상 곡식과 함께 발전했네. 그리고 사회적 연대는 느슨하지만 가축 떼와 하나가 되어 살아가는 유목민 세계에서는 곡식이 아닌, 곡식의 사촌격인 풀이 그들을 먹여 살렸네. 물론 사람들은 풀도 곡식과 마찬가지로 하찮게 여기지만 말일세. 용서하이. 혼자 풀과 곡식에 대해 떠들어대서. 하지만 어쩌겠나. 늘 곡식과 풀 들 속에서 살아가고, 나이가 들수록 자꾸 대지의 축복에 마음이 쏠리니."

"미안해하실 필요 없습니다. 저는 비록 대도시에서 나고 자랐지만 곡식에 관한 어르신의 생각에 전적으로 공감합니다. 저는 그런 식물에 관심이 아주 많았고, 관련 서적도 많이 읽었습니다. 물론 주로 식물학의 관점에서 쓴 책들이었습니다. 어쨌든 저는 한 해 대부분의 시간을 자유로운 자연에서 보낸 후 식물의 중요성을 점점 명확히 꿰뚫어 보고 있습니다."

"혹시 자네 소유의 토지가 있다면 거기서 그런 식물을 집중적으로 키워보는 것도 좋은 경험이 될 걸세."

"제 양친은 도시에 사십니다. 부친은 상업을 하시고요. 부친이든 저든 정원 외에는 이렇다 할 땅이 없습니다."

"정원이 있다는 건 정말 중요하네. 식물을 키워본 사람만큼 식물의 가치를 완벽하게 아는 사람은 없을 테니까."

우리는 한동안 침묵했다.

나는 농사에서 부지런히 일하는 사람들을 지켜보았다. 몇몇 사람은 집안일을 하는지 이 문 저 문을 들락거렸고, 다른 사람들은 가까운 들판에서 풀을 벴다. 일부는 아침부터 말린 건초를 수레에 가득 싣고 문으로 운반하는 중이었다. 그런데 거리가 너무 멀어서 사람들이 정확히 어떤 일을 하는지 분간할 수 없었고, 창고의 건축 양식과 세부 설비도 잘 보이지 않았다.

얼마 뒤 집주인이 다시 입을 열었다. "자네가 집들과 밭의 주인에 대해 물어봤으니 그에 대한 답을 해야 마땅하지만, 오늘은 좀 곤란할 듯하이. 이곳에 앉아 있으면 우리 이웃들을 가장 잘 볼 수 있지만, 하늘이 잔뜩 흐린 오늘 같은 날에는 산들만 안 보이는 게 아니라 자네에게 설명해주고 싶은 우리 고을의 집들도 안 보이거든. 여기서는 대개 하얀 점처럼 보이는 집들이지. 또 한편으로 자네는 이곳 사람들도 모르네. 자네가 이 지방과 여기 주민들을 진정으로 이해하려면 우선 이 지역을 샅샅이 돌아다녀야 할 뿐 아니라 이곳에서 살아봐야 하네. 그래서 말인데, 다음 기회에는 우리 집에서 좀 더 오래 머물든지, 아니면 이참에 며칠 더 묵었다 가게나. 자네와 함께 있으면서 이 지방에 관한 일반적인 이야기뿐 아니라 자네가 인상적으로 받아들일 만한 다른 특별한 이야기도 들려주겠네. 내가 이 언덕에 올라오기를 좋아하는 것은 이웃들 때문이기도 하네. 그러니까 여기 올라오면 아무리 무더운 날씨에도 항상 시원한 바람이 불고, 일꾼들 틈에 낄 수 있다는 점 말고도 나를 둘러싼 사람들을 모두 볼 수 있다는 장점이 있네. 그렇게 사람들을 보고 있으면 가끔 여러 생각이 떠오르네. 저들에게 어떤 도움을 줄 수 있을까, 일반적으로 장려할 것이 뭐 없을까 하는 생각들이지. 저들은 대체로 교육을 받지 못했지만, 저들의 눈높이에 맞추고 억지로 조급하게 변화시키려고만 들지 않는다면 충분히 깨우칠 수 있는 사람들이네. 게다가 여기 사람들은 대개 선량하네. 나는 저들이 여러모로 마음에 들었고, 저들에게 외적인 이득을 많이 안겨주었네. 저들은 오랜 경험을 통해 스스로 인정하면 쉬이 따라오네. 단 지치게 해서는 안 되네. 처음엔 저들도 나를 많이 비웃었네. 그러다 나중에야 따라오게 됐지. 물론 지금도 여러 면에서 나를 비웃네. 하지만 난 감수하네. 혹시 저 길 보이나? 내 밭을 관통하는 저 짧은 길 말일세. 여기 벤치에 앉아 있으면 사람들이 저 길로 지나가다가 걸음을 멈추고 나와 이야기를 나누네. 나는 충고할 것이 있으면 충고하지만, 나 역시 저들의 말에서 깨달음을 얻기도 하네. 내 밭이 저들의 밭보다 생산성이 훨씬 높네. 저들 눈에도 그게 뻔히 보이니 저들도 나를 유심히 관찰할 수밖에. 우리 등 뒤에는 주변의 밭보다 지형이 낮고 작은 개천이 흐르는 초원이 있네. 저 초원은 내가 원하는 대로 개선하지 못한 유일한 것이네. 초원의 개천가에는 오리나무 숲과 덤불이 형성되어 있는데, 그것 때문에 여기저기 습지까지 생겨났네. 해서 초원의 모양이 영 말이 아니지. 하지만 나는 이 문제를 근본적으로 해결할 생각이 없네. 오리나무 숲과 덤불 역시 다른 일에 꼭 필요하니까."

이제 나는 화제를 돌릴 요량으로 주인어른에게 갖고 있는 토지 중에 혹시 숲은 없는지 물었다. 어차피 이웃에 대한 구체적인 이야기를 들을 수 없는 상황이었기 때문이다.

"물론 숲도 있네. 그렇지만 이용하기 편리할 정도로 그렇게 가까이 있지는 않고, 이 곡식 언덕의 아름다움과 우아함을 방해하지 않을 만큼 충분히 떨어져 있네. 자네가 우리 집으로 올라오지 않고 로르베르크로 계속 갔더라면 반 시간 뒤쯤 오른편 길모퉁이에서 너도밤나무 숲을 보았을 걸세. 약간 급하게 올라가는 길모퉁이는 도로에선 보이지 않지만 뒤쪽으로 갈수록 넓어지는데, 거기서부터 넓게 펼쳐진 숲과 이어지네. 여기서도 숲의 상당 부분이 보이네. 어린 보리가 심겨 있는 저 밭 왼편으로 말이네."

"저도 그 숲을 잘 압니다. 자그마한 산을 휘감으며 일부만 도로와 접해 있는 숲이죠. 알리츠라는 이름의 숲인데, 크기는 직접 들어가봐야 가늠할 수 있을 정도로 제법 널찍합니다. 숲속에는 우람한 너도밤나무와 단풍나무가 전나무와 섞여 있고, 알리츠 개천이 그 숲에서 아거 강으로 흘러갑니다. 강 양편으로는 갖가지 희귀 약초를 품은 높은 암벽이 서 있는데, 그 암벽에서 남쪽 방향에 아주 우람한 너도밤나무 숲 줄기가 계곡 쪽으로 뻗어 있습니다."

"자네도 그 숲을 아는군."

"예, 여러 번 갔죠. 거기서 쌍으로 붙어서 자라는 너도밤나무를 그리기도 했는데, 제가 본 것 중에서 가장 큰 너도밤나무였습니다. 또 그 숲에서 식물과 돌을 수집하고 바위의 상태를 관찰했습니다."

"우람한 너도밤나무들이 모여 있는 숲 줄기와 다른 데 일부가 우리 땅이네. 거기서 남쪽으로 더 내려간 곳에 있는 작은 둔덕도 우리 것이고. 거기엔 상당히 굽은 자작나무들이 군데군데 서식하는데, 땔감으로 쓰기엔 적당하지 못하지만 정교한 조각품으로 쓰기엔 좋은 재료들이지."

"저도 그 둔덕을 압니다. 우리 지방의 북부 전체에 퍼져 있는 화강암 구역이 거기서 끝나죠. 거기서부터 남쪽 방향으로 서서히 석회석 구역이 시작되다가 가장 높은 산맥에서 남쪽 경계를 형성합니다."

"맞네. 그 둔덕은 최남단의 화강암 구역인데, 하천까지 건너가며 길게 이어지네. 오늘은 비록 구름이 많이 끼었지만, 여기서도 화강암 경계가 여럿 보이네.

저기 있는 것이 클람 봉(峯)일세. 화강암이 아직 남아 있지. 그 오른편이 가이스 언덕, 그다음이 아서 봉, 로젠 봉, 그리고 마지막으로 희미하게 보이는 것이 그룸하우트 봉이네."

모두 내가 짐작한 대로였다.

그사이 오후가 성큼 지나가고 저녁이 가까이 다가왔다.

그런데도 하늘에서는 뇌우의 기미가 전혀 보이지 않았다.

비를 피할 생각으로 하얀 집이 있는 언덕으로 올라갈 때만 해도 나는 짧은 시간 안에 기습 폭우가 쏟아지리라고 예상했다. 그러나 그 뒤 몇 시간이 흘렀지만 비는 여전히 뿌리지 않았고, 하늘은 미동조차 없었다. 다만 군데군데 칠흑처럼 어두운 구름 사이로 번개가 때로는 높은 곳에서, 때로는 낮은 곳에서 번쩍거릴 뿐이었다. 그 뒤를 이어 천둥소리가 잔잔하고 무겁게 굴러가듯이 울렸다. 그럼에도 이불처럼 넓게 펼쳐진 구름은 뇌우 구름으로 뭉칠 생각도, 비를 뿌릴 채비도 하지 않았다.

이윽고 나는 농사가 있는 저 아래 들판에서 풀을 베는 남자들을 가리키며 말했다. "저 사람들도 뇌우는 물론이거니와 내일의 일상적인 비를 전혀 예상하지 않는 것 같습니다. 밤중에 폭우가 쏟아지면 내일 햇볕에 말려 건초로 쓸 풀이 모두 젖을 텐데, 그걸 알면서도 저렇게 열심히 풀을 베지는 않을 테니까요."

"저 사람들은 날씨에 대해 아무것도 모르네. 그저 내가 시키는 대로 할 뿐이지."

그것이 주인어른이 날씨에 대해 한 유일한 말이었다. 나는 더 이상 말을 부추기지 않았다.

마침내 우리는 한참을 앉아 있던 벤치에서 일어났다. 주인어른은 더는 멀리 나아가지 않고 발길을 집으로 돌렸다.

우리는 왔던 길로 되돌아갔다.

천둥이 이제는 소리를 더 크게 내질렀는데, 어떤 때는 하늘의 이쪽에서 어떤 때는 저쪽에서 제 존재를 드러냈다.

다시 정원에 들어서서 문을 닫고 커다란 벚나무 아래로 내려가는 순간 주인어른이 말했다. "아까 그 아이를 불러 뭔가 이를 것이 있는데, 괜찮겠는가?"

내가 즉시 동의를 표하자 주인어른이 덤불 한쪽으로 소리쳤다. "구스타프!"

주인어른이 소리쳐 부른 곳에서 소년이 불쑥 나타났다. 좀 전에 소년이 나왔던 곳과 거의 같은 곳이었다. 이제 소년은 우리 앞에 제법 오래 서 있었고, 나는 소년을 좀 더 자세히 관찰할 수 있었다. 소년의 얼굴은 매우 발그레하고 아름다웠다. 특히 갈색 고수머리 밑의 크고 검은 눈동자는 사람을 끄는 매력이 있었다.

주인어른이 말했다. "구스타프, 일을 하건 산책을 하건 정원에 있을 때면 내가 날씨에 대해 했던 말을 명심해라. 하늘이 온통 구름으로 뒤덮여 있을 때는 언제 어느 곳에 번개가 내리칠지 모르니 절대 높은 나무 밑에 있어서는 안 된다. 그 점만 명심한다면 네가 원하는 만큼 정원에 있어도 된다. 그리고 이 손님께서 오늘 우리 집에 묵고 가신다. 너도 저녁 시간에 맞춰 식당방으로 오너라."

"알겠습니다." 소년은 허리를 숙여 인사하고는 다시 모랫길을 따라 정원 덤불 속으로 사라졌다.

"내 수양아들이네. 이맘때면 나랑 산책하는 버릇이 들어서 우리가 벚나무 밑에 앉아 있을 때 나를 찾으러 올라온 게지. 정원의 작업대에서 일을 하다가 말이네. 근데 낯선 손님을 보고는 다시 자기 자리로 돌아갔네."

단순하고 정연한 표현에 익숙해진 내 귀에 또다시 주인어른의 표현이 쏙 들어왔다. 밭에 대해 이야기할 때는 거의 매번 '우리'라는 표현을 사용하던 주인어른이 수양아들에 대해 이야기할 때는 '나'라는 단어를 선택했는데, 아내를 고려한다면 이번에도 '우리 수양아들'이라는 표현을 사용해야 하지 않았을까 하는 생각이 들었던 것이다.

잔디밭 아래로 내려가 식물 정원에 들어섰을 때 주인어른은 아까 올라갔던 길과는 다른 길로 안내했다.

그 길로 가면서 나는 정원의 주인이 포도를 키우기에 무척 좋지 않은 환경처럼 보이는 이곳에도 포도 덩굴을 키운 것을 보았다. 포도 덩굴은 짙은 색의 독자적인 담 옆에 설치된 나무 울타리를 타고 올라가도록 되어 있었다. 나머지 담들은 바람을 막아주는 역할을 했고, 남쪽으로만 담이 트여 있었다. 주인은 이런 식으로 따뜻한 햇볕을 가두고 바람을 막았다. 복숭아도 같은 방식으로 재배했다. 나는 복숭아 잎사귀를 보고 상당히 고급스러운 종이라는 결론을 내렸다.

우리는 키 큰 피나무 옆을 지나갔고, 근처에서 양봉장을 목격했다.

돌아오는 길에 나는 온실의 길쭉한 측면을 보았다. 주인어른이 그쪽으로 길을 잡지 않아서 자세히 확인하지는 못했다. 그렇다고 굳이 그 길로 가자고 청하고 싶지는 않았다. 짐작건대 주인어른은 나를 지금 가족에게 데려가는 중인 것 같았다.

집에 도착하자 주인어른은 나를 공동 현관으로 인도하더니 평범한 사암석 계단을 거쳐 2층으로 안내했다. 우리는 2층 복도를 따라 걸었다. 복도에는 방이 여럿 있었는데, 주인어른은 주머니에서 꺼내려고 진즉 준비하고 있던 열쇠를 꺼내 어느 문을 열었다. "이 집에 있을 동안 자네가 묵을 방이네. 지금 바로 입실해도 되고 나중에 들어와도 되네. 그건 자네 맘일세. 단 여덟시에는 들어와 있어야 하네. 우리 집에서는 그 시간에 저녁을 먹으니까. 이제 난 가보겠네. 자네가 오늘 응접실에서 읽었던 훔볼트의 『여행』은 여기 갖다놓으라고 미리 일러두었네. 혹시 지금이든 저녁 시간이든 읽고 싶은 다른 책이 있으면 말하게. 서가에 있는지 확인해보겠네."

나는 주인의 자상한 제안을 정중히 거절하며 이미 가진 것만으로도 충분하다고 말했다. 그러고는 훔볼트의 책을 읽는 일 말고도 내 배낭 속에는 일거리가 많다, 연필로 무언가 글을 쓰기도 하고 예전에 써놓았던 것을 다시 꼼꼼히 읽고 수정하기도 한다고 덧붙였다. 방랑 중에 저녁이 되면 내가 하는 주요 일과였다.

주인어른이 물러가자 나는 방 안으로 들어갔다.

나는 한눈에 방을 훑어보았다. 큼직한 규모의 시골집이라면 흔히 볼 수 있는 평범한 객실이었다. 그러니까 가끔 낯선 이를 숙박시켜야 할 때 사용하는 그런 방이었다. 가구는 새것도, 당시 유행하는 양식도 아닌 여러 시대가 섞인 것들이었다. 그런데도 전혀 눈에 거슬리지 않았다. 소파 천과 침대 시트는 당시 보기 드문 압축 가죽이었다. 그리고 이 방에는 손님을 위한 유쾌한 덤이 하나 있었다. 이런 방에서는 좀처럼 발견하기 어려운 고풍스러운 추시계가 그것이었다. 내 배낭과 지팡이도 주인어른의 말처럼 벌써 이 방에 놓여 있었다.

나는 얼마간 자리에 앉아 있다가 배낭에서 종이를 꺼내 뒤적거렸고, 이따금 그 위에 글을 썼다.

이윽고 해거름이 되자 자리에서 일어나 열려 있는 두 창문 중 하나로 가서 밖으로 몸을 쭉 빼고 두리번거렸다. 눈앞의 완만한 내리막길 언덕에 곡식이 보였다. 오늘 아침 숙소를 출발할 때도 주변에서 곡식을 보았다. 그 곡식들이 유쾌하게 물결치는 듯했다면 저 언덕의 곡식들은 가벼운 창을 든 군대처럼 미동도 없이 꼿꼿하게 서 있었다. 집 앞의 모래밭이 보였다. 이 집에 처음 도착했을 때 들어섰던 그 모래밭이었다. 그러니까 이 방의 창문들은 장미 벽 쪽을 향해 나 있었다. 정원에서는 여전히 새들이 지저귀는 소리가 희미하게 들려왔고, 수천 송이 장미에서 뿜어져 나오는 향기가 마치 내게 바치는 제물처럼 솟구쳐 올라왔다.

오늘따라 유난히 일찍 해거름이 찾아온 하늘에 변화가 일었다. 이

불처럼 하늘을 뒤덮은 구름들이 갈라지면서 조각구름들이 흡사 봉긋한 산 모양을 띠었다. 그것들 사이로 맑은 하늘이 언뜻언뜻 고개를 내밀었다. 그러나 번개는 더 강하고 더 빈번하게 내리쳤고, 천둥은 더 맑고 더 짧게 울렸다.

그렇게 한동안 창가에서 밖을 내다보고 있는데 문에서 노크 소리가 나더니 하녀가 들어와 저녁 식사 시간을 알렸다. 나는 종이를 침대 옆 작은 탁자 위에 옮겨놓고 그 위에다 훔볼트의 책을 올려놓았다. 그러고는 문을 닫고 하녀를 따라나섰다. 하녀가 나를 식당방으로 안내했다.

식당방에는 세 사람이 기다리고 있었다. 나와 함께 산책을 한 늙은 집주인, 사제 차림이라는 것만 빼면 특별히 눈에 띌 게 없는 늙수그레한 남자, 그리고 푸른색 줄무늬의 아마천 옷을 입은 이 집 수양아들, 그렇게 셋이었다.

주인어른이 말했다. "이분은 로르베르크의 주임신부네. 뇌우가 무섭다고 해서 오늘 밤 우리 집에서 주무시고 가기로 했네." 이어 주인이 나를 가리키며 덧붙였다. "이 젊은이는 나그네인데, 역시 오늘 밤 우리 집에서 쉬어가기로 했습니다."

이 말이 끝나자 우리는 짧은 기도를 올린 후 각자 배정된 자리에 앉았다. 저녁 식사는 퍽 간소했다. 수프와 스테이크, 포도주가 전부였는데, 포도주 옆에는 점심때와 마찬가지로 자잘한 얼음이 놓여 있었다. 점심때 내게 음식을 갖다준 하녀가 이번에도 시중을 들었다. 남자 하인은 방에 들어오지 않았다. 신부와 집주인은 주로 이 지방에 관한 이야기를 했다. 나는 일반적인 이야기를 할 때만 간간이 대화에 끼어들었다. 소년은 아무 말도 하지 않았다.

마침내 저녁 어둠이 짙어지면서 좀 전까지 어스름과 치열하게 세력 다툼을 하던 촛불이 이제 완벽하게 패권을 장악했고, 시커먼 창은 이따금 내리치는 번개로 잠깐잠깐 밝아졌다.

식사가 끝나고 각자 일어서야 할 시간이 되자 집주인이 신부님과 나를 좀 더 가까운 계단을 통해 방으로 인도해주겠다고 말했다. 곧이어 우리는 하녀가 불을 붙여 건네준 초를 하나씩 받아 들었다. 그사이 구스타프는 정중하게 인사를 하고 평상시 사용하는 문으로 물러갔다. 주인어른은 내가 처음 들어왔던 문으로 우리를 안내했다. 문밖은 아름다운 대리석 복도였는데, 똑같은 대리석 계단이 위층으로 이어져 있었다. 우리는 털신을 신을 필요가 없었다. 지금은 복도와 계단에 기다란 천이 깔려 있었기 때문이다. 우리는 그것을 밟고 올라갔다. 계단 중간쯤에 층계참이 있었다. 일부러 확장한 공간이거나 아니면 일종의 계단실이었는데, 거기에 하얀 대리석으로 만든 조각상이 받침대 위에 올려져 있었다. 그때 막 번개가 몇 번 내리치더니 조각상의 머리와 어깨를 우리의 촛불보다 훨씬 강하게 비추었다. 순간 이 층계참과 계단이 천장의 유리를 통해 빛을 받도록 설계되었음을 알아차렸다.

계단 끝에 다다랐을 때 집주인이 왼쪽 문으로 방향을 틀었고, 문을 지나자 내 방이 있는 복도가 나왔다. 객실 복도였다. 주인어른은 신부님에게 방을 지정해주고는 나를 내 방으로 안내했다.

방에 들어서자 주인어른은 불편한 것이 없는지 물었다. 특히 서재에 있는 책들 중에 보고 싶은 것이 있으면 언제든 갖다주겠다고 했다.

내가 더 이상 바라는 것이 없고, 잠들 때까지 할 일도 있다고 말하자 주인어른은 이렇게 대답했다. "여긴 손님 방이고 손님의 법에 따라 움직이는 곳이니 마음대로 하시게. 그럼 잘 자게나."

"어르신도 안녕히 주무십시오. 오늘 저로 인해 여러 가지 수고해주셔서 감사합니다."

"수고랄 게 있나. 내가 오늘 밤 자네를 붙잡지 않았더라면 하지 않아도 될 수고였으니 말이네."

"그렇군요."

"잠깐 실례하겠네!" 주인어른이 작은 초를 꺼내더니 내 초에 불을 붙였다. 그러고는 가볍게 목례를 했고, 내 답례를 받으며 복도로 나갔다.

나는 문을 닫은 뒤 저고리를 벗고 목수건을 풀었다. 늦은 시간임에도 이 고요한 밤은 여전히 열기와 텁텁함을 품고 있었다. 나는 방 안을 서성거리다 창가로 가서 몸을 창밖으로 내밀고 하늘을 살펴보았다. 아직도 밝게 내리치는 번개와 어스름 사이로 보이는 하늘은 저녁식사 전과 똑같았다. 구름 파편들이 곳곳에 떠 있었지만, 밝게 비치는 별들에서 알 수 있듯이 구름 사이로 맑은 하늘 공간들이 군데군데 내비쳤다. 때로 구름 사이에서 번개가 곡식 언덕과 미동도 보이지 않는 나무우듬지 위로 내리쳤다. 뒤이어 천둥소리가 대지 위를 굴러갔다.

나는 그렇게 얼마간 바깥의 신선한 공기를 쐬고 나서 방 안의 창문을 전부 닫은 뒤 침대로 향했다.

침대에 들어간 뒤에도 평소 습관대로 한동안 책을 보았고, 심지어 연필로 글을 쓰기도 하다가 마침내 불을 끄고 잠을 청했다.

잠이 내 감각을 완전히 마비시키기 전에 나는 밖에서 바람이 일어나무우듬지를 강하게 스치는 소리를 들었다. 그러나 더 이상 몸을 일으킬 힘조차 남아 있지 않아 그대로 잠의 세계로 빨려 들어갔다.

정말 잔잔하고 깊은 잠이었다.

잠에서 깨자마자 제일 먼저 한 일은 간밤에 비가 왔는지 확인하는 것이었다. 나는 침대에서 벌떡 일어나 창문을 열어젖혔다. 해는 벌써 솟았고 하늘은 맑았으며 어디서도 바람 한 점 일지 않았다. 정원에서는 새들의 노랫소리가 들렸고 장미 향기가 코를 찔렀으며 창문 아래 흙은 바짝 말라 있었다. 인접한 초록 잔디 쪽으로 모래만 약간 쓸려 있었다. 한 남자가 분주하게 비질을 하며 모래를 평평히 고르고 있었기 때문이다.

결국 이 집 주인어른의 말이 옳았다. 이 생각이 드는 순간 나는 그가 어떤 연유에서 그렇게 확신에 차서 자기주장을 펼쳤고, 그 연유를 어떻게 발견하고 탐구했는지 알고 싶어 조바심이 났다.

나는 그와 관련한 이야기를 조속히 듣고, 출발을 더 이상 연기하지 않으려고 얼른 옷을 입고 주인어른을 찾아가 뵙기로 마음먹었다.

옷을 차려입고 식당방으로 내려가자 하녀가 아침 식사를 준비하느라 바삐 움직이고 있었다. 나는 주인어른이 어디 있는지 물었다.

"정원의 새 모이장에 계실 겁니다."

"새 모이장은 어디 있나?"

"집 바로 뒤에 있는데, 온실에서 멀지 않습니다." 하녀가 대답했다.

나는 밖으로 나가 온실 방향으로 길을 잡았다.

주인어른은 온실 앞 모래밭에 있었다. 어제 나는 바로 거기서 온실의 길쭉한 측면과 작은 굴뚝을 보았다. 길쭉한 면이 온통 장미로 장식된 온실은 마치 제2의 작은 장미집 같았다. 주인어른은 막 이상야릇한 일을 시작하려는 참이었다. 수많은 새가 주인어른 앞의 모래에 앉아 있었다. 그는 길쭉한 광주리 뚜껑 같은 것을 들고 새들에게 모이를 뿌려주면서, 새들이 모이를 쪼아 먹고, 서로의 몸을 타고 올라가 밀치고 넘어지고 꾸르륵 소리를 내고, 배를 채운 녀석들이 날아 올라가자마자 새로운 녀석들이 후드득 소리를 내며 내려앉는 것을 즐기는 듯했다. 그런데 나는 문득 여기에 정원의 평범한 새들뿐만 아니라 깊고 한적한 숲에만 사는 새들도 있음을 알아차렸다. 새들은 이상하게도 사람을 무서워하거나 어려워하지 않았고, 이 집 주인을 완전히 믿는 듯했다. 주인어른은 이번에도 머리에 아무것도 쓰지 않았다. 나는 그가 모자를 쓰지 않는 풍습을 좋아한다는 인상을 받았다. 어제 산책을 갈 때 가벼운 두건만 쓰고 나온 것도 그 때문인 것 같았다. 주인어른이 몸을 앞으로 구부리자 모자를 쓰지 않은 하얀 머리가 그대로 관자놀이까지 내려왔다. 오늘도 옷이 특이했다. 어제처럼 거의 무릎까지 내려오는 저고리 같은 옷을 입었다. 옷은 희끄무레한 색깔이었지만 가슴에서 등으로 적갈색 줄무늬가 하나 둘려 있었다. 줄무늬는 거의 반 피트나 되어서 마치 이 저고리가 하얀 천과 빨간 천 두 개로 만들어진 것 같았다. 두 천은 몹시 오래되어 보였다. 흰 천은 누르스름한 색깔로, 빨간 천은 자줏빛이 도는 갈색으로 변해 있었기 때문이다. 저고리 밑으로 버클이 달린 수수한 신발과 양말이 보였다.

나는 주인어른 뒤에 제법 거리를 두고 서 있었다. 그의 일을 방해하고 싶지 않은 데다 괜히 새들을 쫓고 싶지도 않았기 때문이다.

이윽고 주인어른이 광주리를 비우고 새들도 모두 날아가자 몇 걸음

다가갔다. 집으로 돌아가려고 막 몸을 돌리던 주인어른이 나를 발견하고는 말했다. "벌써 나오셨는가? 간밤에 푹 잤는지 모르겠네."

"덕분에 아주 잘 잤습니다. 어제저녁, 바람이 이는 소리를 듣고 잠들었습니다. 그 뒤로는 어떻게 되었는지 모르지만 오늘 땅이 말라 있는 것으로 보아 어르신의 말씀이 옳다는 것을 분명히 깨닫고 있습니다."

"그러게 말이네. 우리 고을에는 비 한 방울 뿌리지 않을 것 같네."

"대지의 형편을 살펴보니 저도 같은 생각입니다. 이제 어르신께 그 연유의 일부라도 듣고 싶습니다. 비가 오지 않을 거라고 어떻게 그리 확신하셨고, 그런 지식을 어떻게 얻으셨는지 말입니다."

"내 흔쾌히 말해주겠네. 하나 자네가 알고 싶은 일의 실상을 제대로 설명하려면 시간이 제법 걸릴 걸세. 자네처럼 학문을 연마하는 사람에게 피상적인 설명만 할 수는 없지 않겠나? 해서 말인데, 오늘 하루를 더 묵겠다고 약조해주게. 그럼 그 일뿐 아니라 다른 일에 대해서도 아는 대로 알려주겠네. 게다가 여기 묵는 동안 주변 곳곳을 두루 돌아볼 수도 있네. 나 역시 자네의 학문에 대해 알고 싶기도 하고."

나는 이처럼 솔직하고 호의적인 제안을 뿌리칠 수가 없었다. 급히 서둘러야 할 일정이 있는 것도 아니었다. 이런 일이라면 하루, 아니 며칠을 더 있을 수도 있었다. 그래서 폐가 되지 않았으면 한다는 인사와 함께 주인어른의 제안을 선뜻 받아들였다.

"그럼 일단 나하고 둘이 아침 식사부터 하세. 로르베르크 신부님은 미사 시간에 늦지 않으려고 날이 새기 전에 떠나셨고, 구스타프도 벌써 일을 하러 갔네."

이 말을 끝으로 우리는 집으로 향했다. 집에 도착하자 주인어른이 하녀에게 납작하고 길쭉한 사료 광주리를 건넸다. 처음에는 광주리 뚜껑으로 생각했지만 알고 보니 용도에 맞게 따로 제작한 것인 듯했다. 하녀가 그것을 받아 원래 자리에 놓아두었다. 우리는 식당방으로 들어갔다.

아침 식사 중에 내가 말했다. "아까 어르신께서는 제가 여기 있으면서 여기저기를 둘러봐도 된다고 하셨습니다. 하여 외람되지만 이 집과 주변을 좀 더 꼼꼼히 살펴보는 것을 허락해주시기 바랍니다. 이곳 농장은 가히 천혜의 입지 조건을 갖추었습니다. 저는 비록 짧은 시간이나마 이곳을 둘러보면서 벌써 많은 감동을 받았습니다. 그렇기에 더 많은 것을 관찰하고자 하는 소망이 자연스럽게 일어나고 있습니다."

"우리 집과 다른 부속 시설을 둘러보는 것이 자네에게 기쁨이 된다면 아침을 들고 나서 바로 그리하도록 하세. 오래 걸리지는 않을 걸세. 건물이 별로 크지 않으니 말이네. 어쨌든 집을 둘러보고 나면 이야기가 훨씬 쉽고 자연스러울 걸세."

"저야 감사할 따름이지요."

아침 식사 후 우리는 곧장 실행에 나섰다.

주인어른은 흰 대리석상이 있는 계단으로 나를 인도했다. 오늘은 흔들리는 붉은 촛불과 간밤의 번쩍이는 번갯불 대신 차분한 하얀 햇빛이 계단 위로 쏟아져 들어와 대리석상의 머리와 어깨를 부드러운 광채로 휘감았다. 이곳은 계단뿐 아니라 옆벽도 대리석이었다. 천장만 가느다란 철사로 팽팽하게 둘러친 둥근 유리였다. 주인어른은 계단을 올라가더니 객실 복도의 맞은편 문을 열었다. 커다란 홀이 나타났다. 계단 위에 깔린 긴 천은 이 홀의 문턱에서 끝났는데, 거기에는 또다시 털신이 놓여 있었다. 우리는 이미 털신을 신고 있었기 때문에 홀 안으로 그냥 들어갔다. 홀은 대리석 전시실을 방불케 했다. 바닥에는 이 지방의 산속에서 캐낸 다채로운 색깔의 대리석이 깔려 있었는데, 이음새가 거의 보이지 않을 정도로 아귀가 딱딱 들어맞았다. 석판들은 하나같이 매우 정교하게 깎고 매끄럽게 다듬은 흔적이 역력했고, 색깔 역시 바닥이 마치 하나의 그림처럼 보일 정도로 아름다운 조화를 이루고 있었다. 더구나 창문에서 쏟아지는 햇빛으로 바닥이 은은하게 반짝거렸다. 옆벽은 소박하고 부드러운 색상이었고, 벽의 주춧돌은 옅은 녹색이었다. 주 대리석판은 흰색에 가까운 대리석이었는데, 우리의 산에서 발견할 수 있는 가장 환한 색이었다. 납작한 형태의 기둥들은 주홍색이었다. 벽과 천장을 연결하는 장식 돌림띠는 옅은 녹색과 흰색이 섞여 있었는데, 두 색깔 사이로 아름다운 황금 테 같은 노란색 줄이 둘려 있었다. 창백한 잿빛 천장은 대리석이 아니었다. 다만 천장의 중앙 부분만 붉은 암모나이트 대리석들로 짜 맞추어져 있었다. 거기서 내려온 길쭉한 금속 막대 끝에는 팔이 네 개 달려 있었고, 팔마다 검은색에 가까운 짙은 대리석 등이 매달려 있었다. 밤중에 이 홀을 밝혀주는 등이었다. 홀에는 그림도 의자도 가구도 없었다. 세 벽에만 짙은 나무로 만든 멋진 문이 하나씩 달려 있었다. 네번째 벽에는 창이 세 개 나 있었다. 낮이면 이 창들을 통해 햇빛이 쏟아져 들어와 홀을 밝혔다. 창문이 두 개 열려 있었다. 대리석의 광채와 창으로 흘러 들어온 장미 향기가 홀을 가득 채웠다.

나는 이 방의 풍경에 진정 어린 호감을 표했다. 나를 데려온 늙은 주인도 내 반응이 무척 기쁜 듯했지만 겉으로 드러내지는 않았다.

주인어른이 나를 홀의 한 문으로 인도했다. 그 문을 열자 정원 쪽으로 창이 난 방이 나왔다.

"여기가 이른바 내 작업실이네. 이른 아침 외에는 햇빛이 별로 들지 않아 여름엔 아주 쾌적하지. 나는 여기서 책을 읽거나 글을 쓰거나 그 밖에 다른 관심 있는 일들을 하네."

그 방에 들어서는 순간 무언가 선명하게 떠오르는 것이 있었다. 아버지에 대한 그리움이었다. 우리 집의 여느 방과 비슷한 이 방에는 대리석 대신 아버지가 몹시도 아끼시는 고풍스러운 가구들이 있었다. 가구들은 유사한 것을 본 적이 없을 정도로 아름다웠다. 나는 주인어른에게 아버지의 성품과 소장품에 대해 짧게 이야기했다. 그러고는 이 방에 있는 물건들을 좀 더 자세히 살펴보아도 되느냐고 물었다. 집에 돌아가서 아버지에게 이 물건들에 대해 이야기하고, 주마간산 격이나마 이것들을 묘사해주기 위해서였다. 주인어른은 내 청을 흔쾌히 들어주었다. 방 안 물건 중에서 특히 눈길을 끈 것은 책상이었다. 이 방에서 가장 컸을 뿐 아니라 가장 아름다워 보였기 때문이다. 머리 아랫부분을 바닥에 대고 한껏 휜 자세로 몸을 위로 뻗은 돌고래 네 마리가 책상의 몸체를 받치고 있었다. 처음에는 이 돌고래들이 금속으로 만든 것인 줄 알았다. 그러나 주인어른은 이것이 피나무를 깎아 만든 것이고, 지금은 전해지지 않는 중세 비전(祕傳)에 따라 제작한 것이어서 초록빛이 도는 누르스름한 금속처럼 보인다고 설명했다. 모든 면이 둥글게 마무리된 책상 몸체에는 서랍이 여섯 개 달려 있었고, 몸체 위에는 중심부가 있었다. 우아하게 곡선을 그리며 쑥 들어간 중심부에는 뚜껑이 달려 있었는데, 그것을 열면 글을 쓸 수 있었다. 중심부 위에는 또 활처럼 휜 서랍 열두 개와 중앙 문이 달린 장식부가 솟아 있었다. 장식부 가장자리와 중앙 문 양쪽에는 도금한 형상들이 기둥 역할을 하고 있었는데, 문 양쪽에 선 크고 건장한 두 남자가 주 추녀를 받치고 있었다. 이들의 가슴에 뚫린 작은 방패는 열쇠 구멍이었다. 전방 측면 가장자리의 두 형체는 물고기 꼬리가 두 개씩 달린 인어였고, 후방 측면 가장자리의 마지막 두 형체는 주름치마를 입은 소녀였다. 인어든 남자든 모든 형체가 무척 자연스러워 보였다. 서랍에는 도금한 단추가 달려 있었는데, 그것을 잡아당기면 서랍이 열렸다. 팔각형 단추 위에는 갑옷을 입은 남자나 예쁘게 화장한 여자의 흉상이 새겨져 있었다. 책상은 전체적으로 상감세공이 되어 있었는데, 짙은 색 호두나무 재목 위에 새겨진 단풍나무 잎사귀 모양의 장식이 불꽃무늬의 오리나무 목재와 휘감긴 띠들에 둘러싸여 있었다. 띠들은 마치 구겨진 비단 같았다. 가느다란 줄무늬가 있는 다채로운 색상의 작은 장미나무를 수직으로 새겨넣었기 때문이다. 다른 가구들과 달리 이 책상은 몸체뿐 아니라 옆면과 기둥의 프리즈 부분까지 상감세공이 되어 있었다.

내가 책상에 온통 관심을 쏟고 있을 때 주인어른은 옆에 서서 이런 저런 것들을 가리키며 내 머리로는 잘 이해되지 않는 것들을 차근차근 설명해주었다.

이 방에 있을 때 나는 특별한 정신적 활동이 필요한 다른 관찰도 했다. 그러니까 주인어른의 옷을 보면서 더 이상 이상한 느낌이 들지 않았다. 어제도 그랬지만, 오늘 새 모이장에서 봤을 때만 해도 별스럽게 느껴지던 옷이 지금 이 방의 가구들 옆에 서 있으니 무척 잘 어울리고 조화로워 보였다. 나는 문득 어쩌면 내가 앞으로 이 옷을 인정하게 될 것이고, 이 점에서는 주인어른이 나보다 생각이 깊은 사람일지 모른다는 생각을 했다.

책상 외에 내 관심을 불러일으킨 것은 탁자 두 개였다. 탁자는 크기도 모양도 똑같았는데, 다른 점은 그 위에 놓인 물건뿐이었다. 그러니까 기사와 귀족 들이 쓰던 방패가 하나씩 놓여 있었는데, 그 방패가 달랐던 것이다. 두 방패는 나뭇잎과 꽃, 식물무늬로 뒤덮여 있었는데, 나는 이제껏 식물의 줄기와 솜털, 이삭이 이것만큼 섬세하게 그려진 것을 본 적이 없었다. 그것도 나무에 새겼는데 말이다. 그 밖에 이 방에는 등받이가 높은 소파들과 나무 벤치 두 개가 있었다. 소파 중에는 목조 조각 소파와 격자세공 소파, 상감세공 소파가 있었고, 벤치는 중세에 게지델(Gesiedel)이라 불렸던 긴 의자였다. 마지막으로 이 방에는 그림이 그려진 깃발들과 압축 가죽으로 만든 우산 두 개가 있었는데, 우산에는 꽃과 과일, 동물, 소년, 천사를 은색으로 그려놓았다. 방바닥도 가구들과 마찬가지로 상감세공이 된 목판들로 조합되어 있었다. 우리가 털신을 신은 채로 이 방에 들어온 것도 바닥의 아름다움 때문이었던 것 같다.

주인어른의 말로는 이 방이 작업실이라지만 어디에도 작업의 직접적인 흔적은 보이지 않았다. 모든 것이 서랍 속에 감춰져 있지 않으면 원래 자리에 놓여 있는 듯했다.

나는 이 방에 대해서도 감탄을 터뜨렸다. 그러나 주인어른은 이번에도 대리석 홀에서와 마찬가지로 별말이 없었다. 그럼에도 나는 그의 표정에서 만족스러움을 읽을 수 있었다.

다음 방도 정원 쪽으로 향해 있었는데, 마찬가지로 고풍스러운 분위기가 흘렀다. 방바닥은 좀 전의 방처럼 상감세공이 되어 있었고, 옷장이 놓여 있었다. 그러니까 이 방은 의상실이었다. 커다란 옷장들은 고풍스러운 상감세공이 되어 있었고, 날개문이 달려 있었다. 작업실의 책상만큼 아름답지는 않았지만 그래도 상당히 아름다운 축에 들었다. 특히 도금한 마무리 장식과, 우묵한 문에 방패와 나뭇잎, 띠가 새겨진 가운데 옷장이 가장 크고 아름다웠다. 옷장을 빼면 의자 몇 개와 때때로 옷을 걸어두는 옷걸이가 하나 있었다. 추녀 장식이 있고 상감세공이 된 방문의 안쪽 역시 다른 가구들과 조화를 이루었다.

우리는 이 방을 떠나면서 털신을 벗었다.

매한가지로 정원 쪽으로 창이 난 다음 방은 침실이었다. 가구는 모두 새로운 양식이었지만, 도시에서 익숙하게 본 것들과 똑같은 모양은 아니었다. 여기서는 주로 용도에 초점을 맞춘 것 같았다. 방 한가운데에 있는 침대에는 커튼이 쳐져 있었다. 침대는 매우 낮았고, 그 옆에는 작은 탁자 하나만 놓여 있었다. 탁자 위에는 책과 등, 종, 그리고 불을 켜는 데 쓰는 도구들이 있었다. 그 밖에 방 안에는 침실의 용도에 맞는 집기들이 있었다. 주로 옷을 입고 벗는 데 사용하고, 씻는 데 도움을 주는 도구들이었다. 방문의 안쪽 역시 다른 가구들과 적절히 어울렸다.

침실 바로 옆은 학문적인 설비를 갖추어놓은 방이었는데, 자연학의 설비가 대부분이었다. 이 방에는 최근에 개발된 자연과학적 도구들이 비치되어 있었다. 이 도구들의 제작자 중에는 내가 도시에서 개인적으로 아는 사람도 있었고, 외국에서 들여온 물건일 경우에는 최소한 그 제작자의 이름 정도는 들어서 알고 있었다. 이 방에 있는 것들은 자연학에서도 가장 빼어난 분야의 도구들이었다. 그 밖에 자연에서 채집한 것들도 있었는데, 주로 광석이었다. 도구들 사이와 벽 앞에는 이 방에 있는 설비로 실험을 하는 공간이 마련되어 있었다. 이 방 또한 창문이 정원으로 향해 있었다.

이윽고 우리는 이 집의 구석방에 도착했다. 창문은 정원 쪽으로 나 있기도 했고, 북서쪽을 보고 있기도 했다. 이 방의 용도는 쉽게 가늠이 되지 않았다. 그냥 야릇한 느낌이었다. 벽 쪽에는 작은 서랍이 많이 달린 미끈한 떡갈나무 함들이 있었고, 작은 서랍들 위에는 향료 가게나 약방에서 볼 수 있는 이름표가 붙어 있었다. 아는 이름도 더러 보였다. 씨앗과 식물의 이름이었다. 그러나 대부분은 모르는 이름들이었다. 이 함들을 빼고는 의자나 다른 가구는 전혀 없었다. 창문 앞에는 화분 같은 것을 올려놓을 때 쓰는 짧고 평평한 널빤지가 부착되어 있었다. 그 위에 화분은 하나도 없었다. 좀 더 유심히 살펴보니 널빤지는 화분을 올려놓기에는 너무 약해 보였다. 대리석 홀만 제외하고는 모든 방에 약간의 빈 공간만 있으면 항상 꽃이 놓여 있었으니 이 널빤지에도 화분이 놓여 있었을 거라는 생각이 들었다.

나는 이 방의 용도를 묻지 않았고 주인어른도 이렇다 할 설명을 해주지 않았다.

이제 우리는 다시 집의 남쪽에 위치한, 모래밭을 넘어 들판이 내다보이는 방들에 이르렀다.

구석방 다음은 책방이었는데, 크고 널찍한 방 안에는 책이 가득했다. 책장은 일반 서재의 책장과 달리 그리 높지 않았다. 가장 높은 곳의 책도 쉽게 꺼낼 수 있을 정도였다. 책장은 속이 깊지 않아서 책을 앞줄과 뒷줄로 세우지 못하고 한 줄로만 세웠고, 책등에 찍힌 제목을 한눈에 확인할 수 있었다. 가구라고는 책을 올려두는 용도로 쓰는 방 중앙의 기다란 책상 하나뿐이었다. 책상 서랍에는 도서 목록이 들어 있었다. 집을 전체적으로 한번 둘러보는 중이라 지금 도서 목록을 자세히 살펴볼 시간은 없었다.

책방 옆은 독서방이었다. 자그마한 공간에 창문이 하나 달려 있었다. 회색 비단 블라인드가 쳐진 이 집의 다른 창문들과는 달리 이 창문에는 녹색 비단 커튼이 쳐져 있었다. 벽 쪽에는 여러 형태의 의자와 탁자, 독서대가 놓여 있었다. 책을 읽기에 가장 좋은 환경을 만들어놓았다. 중앙에는 책방과 마찬가지로 커다란 책상이 하나 있었다. 서랍이 여럿 달린 것으로 보아 책상 같았는데, 어쨌든 갖가지 판과 서류철, 지도 같은 것들을 펼쳐놓는 데 쓰는 것 같았다. 서랍 속에는 동판화가 있었다. 이 방에서 특히 주목할 것은 독서라는 목적을 상기시키는 책이나 다른 도구가 어디에도 널브러져 있지 않다는 사실이었다.

독서방 다음은 그림으로 벽을 뒤덮은 큼지막한 방이었다. 그림들은 금테 액자에 끼워놓았는데, 전부 유화였고 편안히 감상할 수 있는 높이로 걸려 있었다. 더구나 액자 사이에 조그만 틈도 없을 정도로 다닥다닥 붙어 있었다. 가구라고는 의자 몇 개와 가끔 그림을 올려놓고 좀 더 자세히 관찰하기 위한 화대 하나가 전부였다. 나는 이 화대를 보는 순간 아버지의 그림방이 떠올랐다.

그림방의 다른 쪽 문을 열자 대리석 홀이 나타났다. 대리석 홀의 세 번째 문이 그림방과 이어져 있었던 것이다. 이로써 우리는 방들의 순회를 마쳤다.

"이게 내 집이네. 비록 크지도 않고 외관이 특출하지도 않지만 무척 편안한 집이라고 할 수 있지. 이 건물의 다른 쪽 날개에 객실이 있네. 거의 모든 객실이 자네가 어젯밤 묵었던 방과 비슷하네. 구스타프의 방도 거기에 있는데, 지금은 공부에 방해가 되니 가지 않는 것이 좋을 듯하이. 홀을 지나 계단을 내려가면 다시 밖으로 나갈 수 있네."

홀을 가로지른 뒤 계단 밑으로 내려가 집의 출구에 이르자 주인어른이 털신을 벗으며 말했다. "내 집에 이런 신을 신는 불편함을 감수해야 할 공간이 있다는 게 어쩌면 의아할 걸세. 하나 도리가 없네. 바닥이 너무 예민해서 일반 신발을 신고 걸으면 상하니 어쩌겠나. 그런 바닥이 깔려 있는 공간은 원래 사람이 생활하는 곳이 아니라 관람만 하는 곳으로 정해놓았네. 게다가 그런 수고로움을 감수하는 것이 관람의 가치를 더 높이지 않겠나? 나는 그런 방에서는 보통 밑창이 양모로 된 부드러운 신발을 신네. 그래야 다른 곳으로 우회하지 않고 작업실로 바로 갈 수 있지. 방금 우리가 그랬던 것처럼 홀을 통해 작업실로 가지 않고 1층에서 통로를 따라 작업실로 올라가야 할 때처럼 말이네. 자네는 그 통로를 못 봤을 걸세. 벽지를 바른 문이 양쪽 끝을 막고 있으니까. 로르베르크 신부님은 관절염을 앓고 있어서 발이 더우면 좋지 않네. 그래서 신부님이 우리 집에 오시면 자네가 어제 본 것처럼 계단과 방에다 긴 양털 천을 깔아두네. 털신 대신 말일세."

나는 그 규칙이 지극히 합당한 조치 같고, 정교하거나 소중하기 이를 데 없는 방바닥을 보호해야 할 때는 어디서건 그 규칙을 적용할 필요가 있다고 대답했다.

정원으로 나왔을 때 나는 몸을 돌려 집을 살펴보았다. "어르신께서는 이 집이 볼품없다고 하셨지만 절대 그렇지 않습니다. 짧게나마 둘러본 제 소견이 그렇습니다. 저 밑의 도로에서 봤을 때만 해도 이 집이 이렇게 클지 미처 짐작조차 못 했습니다."

"말이 나온 김에 다른 것도 보여줘야겠구먼. 저 수풀 사이로 같이 가보세."

이 말과 함께 주인어른이 앞장섰다. 어른이 향한 곳은 울창한 수풀이었다. 수풀에 도착하자 우리는 좁은 오솔길을 따라 계속 걸었다. 길은 키 큰 나무들 아래로 쭉 이어지는가 싶더니 얼마 뒤 우리 앞에 말쑥한 잔디밭이 나타났고, 그 위에 길쭉한 1층 건물이 서 있었다. 건물은 창문이 많았는데, 죄다 우리 쪽으로 향해 있었다. 저 밑 도로에서도, 정원의 다른 장소에서도 보지 못한 건물이었다. 아마 건물을 에워싼 나무 때문인 듯했다. 건물에 다가가자 굴뚝에서 가느다랗게 피어오르는 연기가 보였다. 지금은 여름이라 난방용으로 불을 땔 리도 없고, 또 이렇게 이른 오전 시각에 요리를 하는 것도 아닐 텐데 말이다. 조금 더 가까이 다가가자 안에서 톱질이나 대패질이라도 하는 것처럼 쓱쓱 스걱스걱 소리가 들려왔다. 실제로 건물 안에 들어서자 눈앞에는 한창 작업 중인 가구 공장이 있었다. 햇빛이 쏟아져 들어오는 창가에는 작업대들이 놓여 있었고, 창문이 없는 나머지 벽에는 대기 중인 부품들이 기대어 있었다. 문득 나는 여기서도 아버지와 비슷한 점을 발견했다. 아버지가 한 청년을 교육시켜 견본에 따라 옛 가구를 복원하게 한 적이 있는데, 이 목공예소도 전체적으로 그런 작업을 하고 있었던 것이다. 나는 여기저기 널린 부품을 보는 순간 여기가 주로 고가구 복원에 초점을 맞춘 공장임을 대번에 알아차렸다. 물론 여기서 현대적인 물건들도 제작하는지는 한 번 보고 알아내기는 힘들었다.

기술자들은 창가에 자기만의 독자적인 작업실이 있었는데, 각자의 작업실은 이웃한 다른 작업실과 횡목으로 구분되어 있었다. 작업실 안에는 작업에 필요한 도구와 당장 쓰는 부품 들이 있었다. 당장 필요하지 않은 것들은 자기 뒤편의 벽 쪽에 놓아두었다. 그래서 목공예소 안은 전체적으로 일목요연한 일체감이 흘렀다. 기술자는 총 네 명이었다. 옆벽의 일부를 차지하는 커다란 함에는 예비 도구들이 들어 있었다. 제작 기간이 많이 걸리는 도구가 갑자기 못 쓰게 되었을 때를 대비해 마련해놓은 일종의 비상 도구들이었다. 맞은편 옆벽의 한 다른 함에는 작은 병과 상자 들이 줄줄이 놓여 있었는데, 그 속에는 액체와 물건들이 담겨 있었다. 니스 같은 광택제를 만들거나 목재에 특정한 색깔을 입히거나 아니면 세월의 흔적이 묻어나게 할 때 사용하는 물건들이었다. 작업실에서 떨어진 곳에는 아궁이가 있었다. 가구를 만드는 데 꼭 필요한 불을 피우는 곳이었는데, 혹시라도 불이 나서 작업실과 도구들을 태워버리는 일이 없도록 아궁이 주위에는 방화 장치를 철저히 해놓았다.

"여기서는 아주 오래전, 그러니까 지금으로부터 수백 년 전에 만들어졌다가 사라진 것들이 복원되고 있네. 최소한의 시간과 환경만 허락한다면 과거를 복원하는 일도 결코 불가능하지 않네. 옛 그림도 그렇지만 고가구 속에는 지나간 것과 시들어버린 것의 매력이 살아 숨 쉬고 있네. 사람이 나이를 먹을수록 그것의 매력은 점점 커지는 법이지. 그래서 사람들은 과거를 간직하려고 하네. 물론 한창 커나가는 세대들의 파릇파릇한 현재에는 더 이상 맞지 않는 과거라 하더라도 말일세. 어쨌든 우리는 옛 물건들이 세월 속에 함몰되는 것을 막으려고 이곳에 목공예소를 만들어 그것들을 조립하고 다듬고 단장하네. 다시 생명을 불어넣어 우리 곁에 두기 위함이지."

마침 공장 안에서는 주인어른의 말에 따르면 16세기에 제작된 책상을 복원하고 있었다. 다양하고 자연스러운 색깔의 나무들로 짜 맞춘 책상 판은 상감세공이 되어 있었다. 초록색 잎사귀 무늬는 초록색 착색제를 바른 나무로 만들었다. 가장자리에는 달팽이 모양으로 말린 서로 뒤엉킨 바퀴와 나뭇가지, 그리고 과일이 장식되어 있었다. 이 테두리 장식과 붉은 장미나무 띠로 나뉘는 책상 판 안쪽은 갈색과 흰색이 섞인 단풍나무가 바탕 그림으로 그려져 있었는데, 그 나무에는 여러 악기가 매달려 있었다. 하지만 악기들은 서로 크기의 비율이 맞지 않았다. 바이올린은 만돌린에 비해 훨씬 작았고, 북과 백파이프는 크기가 같았으며, 이 두 악기 밑에는 피리가 길게 누워 있었다. 하나하나 떼어놓고 보면 그렇게 아름다울 수가 없었다. 특히 만돌린은 아버지의 옛 그림에서도 더 아름다운 것을 보지 못했을 정도로 순수하고 사랑스러웠다. 기술자 한 명이 단풍나무와 회양목, 백단, 흑단, 터키개암나무, 터키장미나무를 마름질하고 있었다. 다른 기술자는 책상 판에서 흠결을 제거하는 동시에 다른 부품을 용도에 맞게 끼울 수 있도록 바탕이 되는 부분을 매끈하게 다듬었다. 세번째 기술자는 단풍나무를 자르고 대패질해서 책상 다리를 만들었고, 네번째 기술자는 앞에 놓인 책상 판의 채색 그림을 보면서 옆의 수많은 목재들 가운데 원본 색깔에 가장 가까운 나무를 고르느라 바빴다. 주인어른은 책상의 뼈대와 다리를 잃어버려서 새로 만들어야 한다고 했다.

나는 새로운 부분을 어떻게 기존의 본체에 딱 맞추는지 물었다.

"우리는 책상 뼈대와 다리가 어떻게 생겼을지 대략 그림을 그려보았네."

하지만 그것을 어떻게 알 수 있느냐는 또 다른 내 질문에 주인어른은 이렇게 답했다. "다른 중요한 물건들과 마찬가지로 이 물건도 나름의 역사가 있는데, 그 역사를 근거로 책상 모양과 구조를 알 수 있네. 세월이 흐르면서 가구 모양은 항상 새롭게 변해왔네. 그 순서를 눈여겨보면 지금 존재하는 전체에서 잃어버린 부분을 추론할 수 있고, 반대로 새로 발견된 부분에서 전체를 그려볼 수도 있네. 우리는 지금껏 현재 남은 책상 판을 토대로 그림을 여러 장 그렸네. 그 과정이 거듭되면서 점점 원본에 접근하게 되었고, 그러다 마침내 더 이상 모순이 없는 그림에 도달하게 된 걸세."

주인어른은 이 목공예소에 항상 일거리가 있느냐는 내 물음에 이렇게 답했다. "자네가 여기서 보듯이 일이 바로바로 생기지는 않네. 옛것과 선조들의 물건에 대한 관심이 일을 부르더니, 그 관심이 즐거움으로 바뀌면서 복원을 기다리는 물건도 차츰 모이게 되었네. 초기에는 갈피를 잡지 못해 어떤 때는 이 방법, 어떤 때는 저 방법으로 복원을 시도하다보니 자연히 시행착오를 많이 겪을 수밖에 없었네. 그사이 수집한 물건의 수가 점점 늘어나면서 독립적인 작업장도 생각하게 되었지. 사람들은 내가 고대의 물건들을 사 모은다는 소문을 전해 듣고 직접 그 물건을 갖다주기도 하고, 아니면 그게 있을 법한 장소를 알려주기도 했네. 때로는 고대의 물건에 관심이 많은 사람들이 우리에게 힘을 보태기도 하고, 편지나 그림을 보내기도 했네. 이렇게 해서 점점 많은 것이 우리 손에 들어왔지. 그리고 과거 사람들이 잘못 복원한 물건들도 새로 작업해야 할 대상이 되었네. 처음 우리는 여러 곳에서 작업을 했네. 여기 정착하기 전까지 장소를 자주 바꿀 수밖에 없었네. 그래서 시간을 많이 허비했지. 그사이 작업 대상도 늘어났네. 그러다 마침내 우리는 새 물건들을 제작할 생각에 이르렀네. 늘 우리 곁에 있는 옛것들을 보면서 그런 생각을 하게 된 게지. 한데 이 새 물건들은 통용되는 형태가 아니라 우리가 아름답게 여기는 형태로 만들었네. 우리는 옛것에서 배움을 얻었지만, 건축술에서 가끔 그러는 것처럼 하나의 양식, 예를 들어 고딕 양식에 따라 모든 건축물을 짓는 방식으로 옛것을 흉내 내지는 않았네. 우리 시대에 맞는 독자적인 물건을 제작하는 것이 우리의 목표였네. 물론 옛것에서 얻은 배움이 그 토대가 되었지. 우리의 선조는 그 윗대의 선조에게서, 그 선조는 또 윗대의 선조에게서 배움을 얻고, 계속 그렇게 나가다보면 결국엔 볼품없고 유치한 최초의 작품과 맞닥뜨리게 되네. 하나 누가 뭐래도 본래의 스승은 도처에 존재하는 자연의 작품일세."

"그렇게 새로 만든 물건들이 어르신의 집에 있습니까?"

"뭐 특별히 내세울 만한 물건이 있겠나? 어쨌든 그런 물건은 이 지방 여러 곳에 흩어져 있네. 집 외의 다른 장소에 모아둔 것도 있고. 혹시 자네가 그런 물건에 흥미가 있거나, 아니면 나중에라도 어쩌다 다시 이리로 왔다가 물건을 보고 싶은 마음이 생기면 우리가 가진 최고의 물건을 구경시켜줄 용의가 있네."

"사람이 걸어가는 길에는 무척 여러 갈래가 있지요. 뇌우가 저에게 인도한 이 길이 좋은 길인지 아닌지, 제가 이 길을 다시 걸어갈지 걸어가지 않을지 누가 장담하겠습니까?"

"맞는 이야기네. 인간의 길이란 무척 다양하지. 자네도 나이가 들면 이 말이 더욱 가슴에 와 닿을 걸세."

"이 건물은 오직 가구 공장용으로 지으신 겁니까?"

"그렇다네. 오직 그 목적뿐이었지. 이 건물은 살림집보다 훨씬 나중에 지었네. 고가구를 집에서 만들어야겠다는 생각이 들자 작업장을 짓는 일은 일사천리로 진행되었지. 건물을 짓는 건 크게 어렵지 않았지만, 사람을 구하는 일은 그보다 몇 배는 어려웠네. 당시 우리 집엔 가구장이가 여럿 있었는데, 나는 그치들을 전부 내보내고 내가 직접 천천히 일을 배웠네. 하지만 고집과 인습이 나를 가로막더군. 결국 난 가구장이가 아니면서 여기서 처음으로 기술을 배우려는 사람들을 뽑았네. 하지만 이들도 이전 가구장이들과 마찬가지로 떨쳐낼 수 없는 악습이 있었네. 노동을 하는 계층이건 그렇지 않은 계층이건, '이만하면 됐겠지' 하고 쉽게 생각해버리는 자기만족적 습성과 철저하게 달라붙지 못하는 성격이 바로 그것이었네. 이 습성 때문에 필요 이상의 신중함은 모두 쓸데없는 것이 되어버리고 말았네. 이 악습은 인생의 가장 하찮은 일에도, 가장 중요한 일에도 똑같이 나타나네. 나 역시 예전에는 이 악습에 젖어 있을 때가 많았지. 내가 보기에 인간사에서 가장 큰 화를 부르는 것은 바로 이 악습이네. 많은 인생이 그 때문에 스러졌고, 더 많은 인생이 그 때문에 불행해지거나 황폐해졌네. 목숨까지 잃지는 않았더라도 말이네. 또한 이루어질 수 있었던 과업이 악습으로 물거품이 되었고, 예술과 그 관련 작업이 악습 때문에 성취되지 못했네. 한 분야에서 정말 훌륭한 사람들만이 그 악습을 떨쳐냈고, 내 생각엔 그런 사람들 중에 예술가와 작가, 학자, 정치가, 위대한 장군이 나왔네. 말이 딴 데로 샌 것 같으이. 어쨌든 우리 목공예소도 그 악습으로 말미암아 본질적인 것에 도달하지 못했네. 그러다 마침내 어떤 사내를 발견했네. 내가 아무리 질타해도 일터를 떠나지 않고 묵묵히 일을 하던 사람이지. 물론 속으로는 무척 화를 내면서 내 완고함을 욕했겠지만. 여하튼 양쪽의 노력 끝에 우리는 원하는 바를 이루었네. 정확성과 합목적성을 추구하는 작업 방식이 자리를 잡았고, 그것이 표준이 되었네. 더불어 형상의 아름다움을 꿰뚫어 보는 분별력도 커졌고, 무겁고 거친 것보다 가볍고 섬세한 것이 선호의 대상이 되었지. 이후 그 친구가 조수들을 뽑아 자기 원칙에 따라 교육했네. 재능이 있는 조수들은 곧 적응해나갔지. 나중에 그 친구들은 화학뿐 아니라 다른 자연과학 분야도 섭렵했고, 아름다운 책들을 읽으며 마음까지 닦았네."

주인어른은 그 말을 끝으로, 앞에 놓인 책상 판의 설계도를 보면서 적절한 목재를 고르느라 바쁜 사내에게 걸어가더니 말했다. "에우스타흐, 방해해서 미안한데 혹시 우리에게 그림 몇 장 보여줄 수 있겠나?"

이름이 불린 젊은 사내가 작업대에서 일어났다. 몸가짐이 차분하고 정갈한 사람이었다. 청년은 앞에 두른 앞치마를 벗고는 작업실을 나와 우리에게 걸어왔다. 작업실 옆의 벽에 유리문이 있었는데, 유리문

안쪽에는 주름 잡힌 녹색 비단천이 쳐져 있었다. 청년이 유리문을 열고 우리를 방으로 안내했다. 아늑한 느낌을 주는 방 안에는 상감세공이 된 바닥이 깔려 있었고, 넓고 반들반들한 책상이 여럿 놓여 있었다. 청년이 한 책상 서랍에서 그림이 든 커다란 서류 가방을 꺼내더니 가방을 열고 책상 위에 그림을 내놓았다. 나를 보고 그림을 구경하라는 뜻이 분명했다. 나는 한 장씩 천천히 넘기며 그림을 감상했다. 모두 건축물 도안이었는데, 건축물 전체를 그린 것도 있고 일부를 그린 것도 있었다. 도안은 원근법을 지키고 있을 뿐 아니라 정면과 측면, 종단면과 횡단면도 그려져 있었다. 나도 비록 그가 그린 것과는 다르지만 꽤 오랫동안 그림을 그려온 터라 자연스레 고가구보다 이 그림들에 더 많은 관심이 쏠렸다. 나는 식물과 돌을 그리면서 항상 되도록 정확히 그리려고 애썼고, 그것들의 종류를 한눈에 알아보도록 그 본질적인 특징을 흑필로 표현하고자 노력해왔다. 그런 내 앞에 건축물 도안들이 놓여 있었다. 나는 이제껏 건축물을 그린 적도, 제대로 관찰한 적도 없었다. 하지만 다른 한편으로 보자면, 여기에 그어진 선들 역시 커다란 몸체와 층 지어진 물질, 넓은 표면을 표현하고 있는 것이 내가 바위와 산에서 봤던 것들과 비슷했다. 또한 장식물의 부드러운 곡선은 식물에서 봤던 곡선과 닮아 있었다. 어떻게 보면 모든 건축물이 자연을 본보기로 생겨난 것 같았다. 예를 들어 둥근 봉우리나 뾰쪽한 바위산, 전나무, 가문비나무 같은 것들 말이다. 나는 도안들을 자세히 관찰했고, 이것들이 얼마나 실재를 충실하게 묘사하고 있는지 꼼꼼히 따졌다. 일람이 끝나자 나는 처음부터 다시 한 장씩 들여다보기 시작했다.

전부 흑필로 그린 도안들은 명암이 살아 있었다. 물체의 생동감뿐 아니라 입체감까지 담아내려고 선들은 진하게 혹은 연하게 그어져 있었다. 몇몇 도안에는 수채화 물감이 사용되었는데, 색깔이 특히 강하거나 독특한 지점들을 표시하기 위해서였다. 예를 들어 식물의 초록색이 그 식물이 싹튼 담장과 눈에 띄게 구별되는 지점이나, 물로 인해 붉은색에 가깝게 변해버린 돌처럼 해나 물의 영향으로 특이한 색깔로 변해버린 지점들을 말이다. 그 밖에 전체에 사실감과 조화의 느낌을 주려고 물감을 사용하기도 했고, 공간 속에서 평면이나 몸체가 뒤에 있는 것처럼 보이게 하려고 매우 작은 부분들에다 색깔을 칠하기도 했다. 하지만 이럴 때에도 색상은 항상 도안이 회화의 수준으로 넘어가지 않고 좀 더 고상한 느낌만 들도록 하는 부수적인 역할에 머물러 있었다. 나 역시 이런 방식을 매우 잘 알고 있었고 직접 사용한 적도 많았다.

나는 이 도안들의 가치를 인정하지 않을 수 없었다. 숙련된 자의 솜씨가 틀림없었다. 그렇지 않다면 많은 도안 속에서 그림 솜씨가 차츰 진보해가는 과정이 보여야 할 텐데 그렇지 않았고, 도안을 그리기 전에 이미 축적된 솜씨가 도안들 속에 고루 발휘되어 있었기 때문이다. 선들은 깨끗하고 안정적이었고, 선의 원근법도 수학적으로 꼼꼼히 따질 형편은 아니었지만 그냥 눈으로 보기에도 적절해 보였다. 흑필을 놀리는 솜씨 역시 자유자재였고, 부족한 재료로도 대상을 균형감 있게 잘 표현해냈다. 그래서 몸체는 선명했고, 주변과 확연히 구별되었다. 실재감을 더할 목적으로 색깔을 칠한 경우, 그 색깔은 대상성을 살리고 절제의 미덕을 지켰다. 내 경험으로 보건대, 색조로 대상을 죽이지 않고 대상을 대상 그 자체처럼 보이게 하기는 무척 어려운 일이다. 이는 특히 돌이나 벽처럼 두드러지지 않는 색상의 대상을 표현할 때 그렇다. 반면에 꽃이나 나비, 혹은 특정한 새처럼 색이 뚜렷한 대상은 다루기가 훨씬 쉽다.

그런데 나는 이 도안들을 보면서 특별한 것을 하나 발견했다. 식물이나 동물 같은 자연물을 본떠서 만든 건축물의 장식에서 심각한 실수가 눈에 띄었다. 그것도 그냥 실수가 아니라, 식물을 조금만 제대로 관찰하면 초보자라도 저지르지 않을 너무 뻔한 실수였다. 다른 도안의 다른 건축물에도 똑같은 장식이 있었는데, 거기서는 같은 실수가 되풀이되지 않고 자연의 원본이 충실히 표현되어 있었다. 그것을 보는 순간 문득 아버지 생각이 났다. 예전에 한창 그림을 그리던 시절 나는 아버지의 그림들을 자주 관찰했는데, 일반 그림뿐 아니라 아버지가 무척 훌륭한 그림이라고 칭찬을 아끼지 않은 그림에서도 비슷한 실수를 발견하곤 했다. 결국 나는 아버지의 그림들이 오랜 옛날에 제작된 것이고, 이 도안들 역시 옛 건축물을 그린 것이라는 점을 감안해서 이런 결론을 내렸다. 이 도안들은 모두 실제 건축물을 스케치한 것이기에 도안의 장식부에 존재하는 실수 역시 실제 건축물의 실수를 반영한 것이다, 똑같은 장식이지만 다른 도안에 그런 실수가 나타나지 않은 것은 실제 그 건축물에 그런 실수가 없었기 때문이라고 말이다. 생각이 이리 미치자 도안을 바라보는 내 마음은 한층 애틋해졌다. 도안상의 실수가 실은 실제를 충실히 반영했음을 증명하고 있었기 때문이다.

나는 도안을 관찰하던 중에 다른 독특한 생각도 했다. 이제껏 나는 실제 건축물을 주의 깊게 관찰한 적도, 건축물 도안을 이렇게 한꺼번에 많이 들여다본 적도 없었다. 그런데 지금 이 도안들에서 나뭇잎 장식과 덩굴 장식, 톱니무늬, 곡선무늬, 소용돌이무늬를 차례로 보는 순간, 이것들이 진짜 자연같이 느껴졌다. 마치 식물 세계와 거기에 딸린 동물 세계를 보는 듯했다. 그렇다면 건축물을 실제 식물이나 대지의 다른 피조물처럼 관찰과 연구의 대상으로 삼을 수도 있겠다는 생각이 들었다. 건축물이 실제로는 돌로 만든 것에 지나지 않더라도 말이다. 어쨌든 나는 지금껏 교회나 다른 건물에서 돌로 만든 꽃자루와 장미, 엉겅퀴, 기둥 장식, 혹은 문의 격자무늬를 간혹 보아왔지만 제대로 눈길 한 번 주지 않았는데, 이제부터는 그런 것들을 좀 더 꼼꼼히 관찰하기로 마음먹었다.

"이 도안들은 전부 우리 지방에 존재하는 실제 건축물을 보고 그린 걸세. 시간을 두고 천천히 모았지. 아마 우리 지방에서 건물 전체든 건물 일부든 아름답다고 하는 것은 여기 다 있을 걸세. 일부만 아름답다고 하면 좀 의아할지 모르겠지만 실제로 그런 건축물들은 우리 나라 말고도 어디든 존재하네. 오래된 교회나 지금도 건축 중인 건축물을 전혀 다른 양식으로 증축하는 바람에 여러 시대의 양식이 혼합되면서 일부는 아름답고 일부는 추악한 그런 건축물이 생겨나게 된 게지. 이 중에는 우리 시대에 지어진 교회의 도안은 없네."

"이 도안들은 누가 만들었습니까?"

"자네 앞에 있지 않은가!" 주인어른이 기술자 청년을 가리키며 대답했다.

내가 청년에게로 눈을 돌리자 청년의 얼굴에 희미하게 홍조가 피어올랐다.

"이 친구가 장인일세. 방방곡곡을 돌아다니며 마음에 드는 건축물을 골라 그렸네. 그러고는 그림을 집으로 가져와 이렇게 도화지에 다시 정밀하게 옮겨놓았지. 여기엔 건축물 도안 말고도 건축물의 내부 설비를 그린 그림도 있네. 에우스타흐, 혹시 그것도 보여줄 수 있겠나?"

젊은 사내가 우리가 방금 구경한 그림들을 서랍에 집어넣더니 다른 서랍에서 또 다른 가방을 꺼내놓으며 말했다. "이건 교회의 물건들입니다."

나는 좀 전에 건축물 도안을 살펴보았던 것처럼 청년이 꺼내놓은 새로운 그림들을 자세히 들여다보았다. 제단, 성가대석, 설교단, 성체안치소, 성수반, 의자, 조각, 그림이 그려진 창문, 그 밖에 교회의 일상적 물건들이 그림 속에 담겨 있었다. 건축물 도안과 마찬가지로 전부 흑필로 그렸거나 아니면 어떤 부분은 흑필로, 어떤 부분은 물감으로 그렸다. 나는 이전부터 이런 물건들에 심취했지만 지금은 더더욱 깊이 빠져버렸다. 이것들은 건축물보다 훨씬 다채롭고 감미로웠다. 나는 그림을 한 장씩 꼼꼼히 관찰했다. 어떤 때는 한 번 내려놓았던 것을 다시 집어 들기도 했다. 그림 감상이 끝나자 장인이 내게 새로운 가방을 내밀었다. "이건 세속의 물건들입니다."

가방 안에는 집과 성, 수도원 같은 곳에서 볼 수 있는 다양한 것들을 그린 그림이 있었다. 벽에 붙이는 벽장식목과 방의 천장, 창문틀, 문틀, 상감세공된 바닥 등이었다. 세속의 집기들은 교회 물건이나 일반 건축물들보다 색깔이 훨씬 많이 사용되었다. 가재도구는 원래 색깔이 그것의 본질적인 측면을 드러낼 때가 굉장히 많았기 때문이다.

특히 다양한 색상의 목재 속에 상감세공이 되어 있을 때는 더더욱 그랬다. 나는 이 그림들 속에서 주인집에서 본 물건들의 사본도 발견했다. 책상과 커다란 옷장의 사본이었다. 또한 지금 작업실에서 한창 제작 중인 책상은 여기 우리 앞의 종이 위에 그림으로 완성되어 있었다. 그런데 이 그림 속에는 책상 판만 선명하고 짙게 그려져 있을 뿐 골격과 다리는 흐릿한 느낌이 들 정도로 덜 또렷하게 처리되어 있었다. 나는 이처럼 앞으로 추가되어야 할 부분을 이곳 사람들이 '새것'이라 부른다는 사실을 알아차렸다. 이 방식도 퍽 마음에 들었다.

"우리 나라의 교회 물건들은 거의 완벽한 상태로 여기에 다 모여 있네. 최소한 본질적인 것은 하나도 빠지지 않았다는 말이네. 한데 세속의 물건들에 대해서는 그렇게 말하기가 어렵네. 전국의 이 집 저 집에 있는 것을 어찌 다 알겠나?"

그림 감상이 끝나자 주인어른이 말했다. "이것들은 옛날부터 대대로 내려온 실제 물건들을 보고 그린 것이네. 우리가 독자적으로 그린 그림들도 있네. 집기나 비교적 작은 물건 들이 그렇지. 에우스타흐 장인, 그것도 좀 보여주겠나?"

청년이 책상 위에 또 다른 가방을 내놓았다.

조금 전 가방들보다 부피가 훨씬 컸다. 그런데 이 그림들에는 대상의 전체 모습뿐만이 아니라 종단면과 횡단면, 평면 모습도 담겨 있었다. 대상 역시 다양했다. 갖가지 집기를 비롯해 벽 장식과 바닥 장식, 천장 장식, 벽감, 심지어 건축물의 일부와 계단실, 예배당 등이 있었다. 모두 끊임없이 의심을 품고 양심껏 작업한 흔적이 배어 있었다. 똑같은 대상을 그린 그림들이 네댓 개씩 있었는데, 매번 수정되고 개

선되었다. 그중 마지막 그림은 항상 색을 칠해놓았다. 특히 나무나 대리석으로 만든 물건일 경우에는 색이 더 뚜렷했다. 나는 이 물건들 중에 실제로 만들어진 것이 있는지 물었다.

"당연하지 않겠나. 그럴 게 아니라면 뭐하러 이 많은 그림을 그렸겠나? 자네가 본 그림들, 특히 마지막으로 물감을 쓴 그림들 속 대상들은 실제로 다 만들어졌네. 그러니까 이 그림들은 내가 말했듯이 우리가 만들 새로운 대상들의 설계도이자 견본인 셈이지. 자네도 언젠가 이 물건들이 보관된 곳으로 가게 되면 여기에 그려진 것들뿐 아니라 그 안에 들어가는 물건들도 함께 보게 될 걸세."

"예전에 제가 봤던 다른 그림들도 그렇지만 이 그림들을 보고 있노라니 한 시대의 건축물과 그 안에 들어가는 물건들은 결코 떼어놓을 수 없는 통일체라는 생각이 듭니다."

"이를 말이겠나. 건축물 안의 물건들은 건축술과 혈연관계라 할 수 있네. 이를테면 건축술의 손자나 증손자인 셈이지. 그건 현재로 눈을 돌려봐도 그렇다네. 현대적인 집기 역시 현대 건축술의 일부가 아니겠나? 우리의 방들은 안이 텅 빈 주사위나 상자에 가깝네. 그런 공간에는 직선이 많고 면이 반듯한 집기들이 어울리네. 그렇게 보자면 몇몇 사람들이 우리 집의 아름다운 고가구를 보면서 끔찍한 인상을 받는 것에도 이유가 아주 없지는 않네. 집과 전혀 어울리지 않는다는 게지. 하나 그런 이유로 가구들까지 아름답지 않다고 생각한다면 잘못이지. 아름답지 않은 건 집이고, 바꿔야 할 것도 집이거든. 그와 같은 고가구가 가장 아름답게 보이는 곳은 성과 고풍스러운 건축물이네. 무릇 만물은 그와 어울리는 환경 속에 있어야 진가가 발휘되는 법이지. 우리는 여기서 깨달음을 얻었고, 건축물 그림을 보며 거기에 어울리는 집기를 모으게 된 걸세."

"이렇게 그림들을 대하고 있자니 그림 속 물건들에서 어떤 오묘한 것이 뿜어져 나오는 것 같습니다."

"우리 이전에 살았던 사람들은 생각이 아주 깊은 분들이었네. 그걸 잘 모르고 있던 후손들이 이제야 조금씩 알아보기 시작했지. 나는 우리 선조들이 완성하지 못한 광대하고 위대한 작품들을 볼 때마다 감동이랄지 우울이랄지 모를 감정을 느끼네. 선조들은 미적 감각의 영원성을 믿어 당신들이 짓기 시작한 것을 후손들이 완성해주리라 확신한 게 분명하네. 그런데 현실은 어떤가? 선조들이 짓다 만 미완성 대성당들은 우리 시대의 이방인처럼 우리 곁에 서 있네. 우리는 그것들의 아름다움을 더 이상 느끼지 못하거나, 추악한 엉터리 증축으로 그것들을 기형으로 만들어버리지 않았나? 나는 우리의 조국에서 선조들의 유지를 받들겠다는 마음이 점점 커져서 그것을 계속 이어갈 수단을 사방팔방으로 구하는 시대가 오면, 다시 젊어지고 싶네. 그 수단들은 상존하네. 다만 다른 데 쓰이고 있을 뿐이네. 그 건축물들은 수단이 부족해서가 아니라 다른 이유로 완성되지 못한 걸세."

나는 어르신이 방금 언급한 점에 대해서는 아는 것이 별로 없지만, 그림과 관련해서는 나름의 소견을 말할 수 있을 것 같다고 하면서 이렇게 덧붙였다. "저는 꽤 오랜 시간 식물과 돌, 동물 그리고 그 밖의 다른 대상 들을 그려왔기에 그림이라면 나름 일가견이 있다고 자부합니다. 하여 감히 평가를 내리자면 이 그림들은 정갈한 선과 올바른 원근법, 각 부분들의 사려 깊은 배치, 색깔의 적절한 사용 면에서 아주 탁월한 작품입니다. 입에 발린 소리가 아니라 진정 가슴에서 우러나와서 드리는 말씀입니다."

나의 말에 장인은 아무런 말을 하지 않고 수줍은 듯 시선을 떨어뜨렸지만, 주인어른은 내 평가가 흡족한 듯했다.

주인어른이 장인에게 그림 가방을 챙겨 서랍 속에 넣으라고 지시하자 장인이 그렇게 했다.

우리는 이제 목공예소의 다른 공간들로 옮겼다. 나는 이 제도실의 문턱을 넘는 순간, 내가 평생 아버지의 수집품들에 둘러싸여 살았음에도 지금껏 고대의 물건들에 대해 제대로 아는 것이 없고, 그러니 이제부터는 정말 제대로 공부를 해봐야겠다는 생각이 들었다.

우리는 제도실을 나와 장인의 거실에 들어섰다. 평범한 가구들 외에 책상과 화대가 있는 거실은 제도실과 마찬가지로 아늑하게 꾸며져 있었다.

우리는 조수들의 방에 이어 부속 시설로 자리를 옮겼다. 수많은 연장과 장비를 필요로 하는 이런 공장에는 꼭 있어야 할 공간들이었다. 그중 가장 근사한 공간은 공장 뒤편에 설치된 건조실이었다. 아래칸과 위칸으로 나뉜 건조실은 말 그대로 공장에서 가공되는 모든 종류의 목재들을 건조할 목적으로 만든 시설이었다. 나중에 완성 가구에 이상이 없도록 목재를 꼭 미리 건조해야 했다. 아래칸에는 상대적으로 큰 목재가, 위칸에는 작고 섬세한 목재가 보관되어 있었다. 나는 이 목공예소의 시설들이 얼마나 철저한 계획에 따라 만들어졌는지 새삼 깨달았다. 이 건조실만 보더라도 단순히 목재 비축량만 많은 것이 아니라, 국내산 해외산 할 것 없이 거의 모든 목재 종류가 다 모여 있었기 때문이다. 자연과학 분야의 공부를 시작한 이후 나무에 관한 한 나도 어느 정도 지식이 있었다. 건조실의 목재들은 대부분 가공되어야 할 형태로 임시로 대충 잘려 있었다. 그렇게 해서 목재들을 안정된 상태로 충분히 말릴 수 있었다. 주인어른이 내게 갖가지 용기를 보여주며 거기에 담긴 내용물을 대략 설명해주었다. 아래칸에는 이상한 형태로 연결된 커다란 낙엽송 목재들이 있었다. 날렵한 골격 같기도 했고 무슨 테두리 같기도 했다. 나는 이것이 어디에 쓰일지 짐작이 가지 않아 주인어른에게 그 용도를 물었다.

"우리 지방에는 조각(彫刻) 제단이 여럿 있네. 모두 피나무로 만들었는데, 몇몇은 정말 기가 막히게 아름답네. 아주 오래전에 만든 것들이지. 아마 13세기에서 15세기 사이쯤 될 걸세. 그것도 성체현시대 형태의 양익(兩翼) 제단들이네. 한데 일부가 벌써 상당히 손상되어 조만간 무너질 위험에 처해 있네. 그래서 내가 돈을 들여 복원했고, 지금은 두번째 제단을 만드는 중이지. 자네가 물은 목재 골격은 장식을 앉힐 받침대네. 기존의 제단에 붙은 장식은 아직 꽤 쓸 만하지만 받침대는 상당히 부식되었네. 그래서 우리가 새로 만드는 걸세. 자네가 지금 보고 있는 게 바로 그것이네."

"교회에서 어르신이 제단을 개조하도록 허락했다는 말씀입니까?"

"허락을 받기까지 많은 어려움이 있었네. 하나 모두 극복했지. 특히 우리의 지식과 능력에 대한 불신이 가장 컸네. 물론 충분히 이해할 만한 일이지. 그리 중요한 작품에 변화를 주는 일을 아무한테나 맡길 수는 없지 않겠나? 자칫 잘못하다가는 엉망으로 변형될 수도 있고, 완전히 망쳐버릴 수도 있네. 결국 우리는 그 일을 맡기까지 수많은 과정을 거쳐야 했네. 우선 기존의 제단에서 바꾸고 추가해야 할 부분을 제시했고, 이 작업 뒤에 제단이 어떤 모습을 띠게 될지 설명했네. 그리고 기존의 형태에 어떤 변화도 주지 않을 것이고, 장식 부분을 다른 곳으로 옮기지도 않을 것이며, 조각상의 경우 얼굴과 손, 심지어 옷의 주름 하나까지 변형하지 않되 다만 앞으로 붕괴되지 않도록 현재의 모습을 보존할 거라고 했네. 문제가 되는 부분을 교체할 때도 제단의 통일성을 위해 원본과 같은 재료를 사용하고, 덧붙일 것이 있으면 예전과 같은 완벽함이 그대로 유지되도록 최소한으로 덧붙이겠다고 장담하고, 또 깨끗이 복원한 제단의 모습을 채색 그림으로 그려서 보여주고, 규모가 작은 장식이나 조각상 같은 것을 복원해서 견본으로 제출한 뒤에야 우리에게 작업을 허락해주었네. 교회 당국 외의 다른 장애물과 사람들의 의심, 그 밖의 궂은일에 대해서는 굳이 이야기하지 않겠네. 어차피 그런 건 별로 신경을 쓰지 않았으니까."

"참으로 지난하고도 중요한 일을 해내셨습니다."

"몇 년이 걸린 일이었네. 한데 일의 중요성에 비추어보아 우리에게 과연 이 일을 해낼 만한 전문 지식이 있을까 하는 의구심은 아마 어느 누구보다 우리 자신이 더 많이 품고 있었을 걸세. 하여 우리는 이 일의 본질을 해치는 어떤 변화도 시도하지 않았네. 심지어 제단의 일부가 세월의 흐름 속에 원래의 모습과 다르게 바뀐 것이 확실하더라도 우리는 원본을 고수할 수밖에 없었네. 해서 우리가 했던 일이라고는, 제단 표면에 묻은 오물과 석회를 제거하고, 덜렁거리거나 너덜거리는 것을 고정하고, 떨어져 나간 것이 무엇인지 분명할 경우에는 그것을 보충하고, 벌레가 파먹은 부분은 다시 나무로 채워넣고, 앞으로 이러한 벌레들로 인한 손상을 막기 위해 검증받은 제재를 첨가하고, 제단이 완성되면 광택이 나지 않는 니스로 제단을 칠한 것이 전부였네. 아마 언젠가는 국가에서 이런 일을 전담할 전문 기관을 만드는 날이 올 걸세. 그 기관이 고대의 예술 작품을 복원하는 일을 주도하고, 그것을 본래의 의미에 맞게 배치하고, 후대에 기형화되는 걸 막을 것이네. 그런 부서가 생겨야 할 이유는 분명하네. 생각해보게. 자칫 예술 작품을 기형으로 만들어버렸을지도 모를 우리 같은 사람에게 예술 작품의 복원을 허용했다면, 앞으로 언젠가는 자기만의 미의 열정에 사로잡혀 자기 식으로 작업함으로써 전승된 것의 본질을 파괴할 사람들에게도 얼마든지 그 일을 맡길 수 있지 않겠나?"

"현존하는 예술 작품의 본질을 변화시키는 것을 법으로 금하는 것이 그것의 몰락과 파괴를 영원히 예방할 거라고 생각하십니까?"

"아니네, 그렇지 않네. 그런 법까지 폐기해버릴 정도로 저급한 예술 감각의 시대가 도래할 수 있기 때문이네. 물론 그런 법이 없는 것보다야 있는 게 낫겠지. 하나 예술 작품의 보호에 가장 좋은 것은 바로 느슨해질 줄 모르고 끊임없이 발전해나가는 예술 감각이네. 그렇지만 제아무리 완벽하게 적용한다고 하더라도 이 세상의 수단으로는 예술 작품의 궁극적인 몰락을 제지할 수 없네. 그 이유는 분명하네. 인간의 지속적인 활동과 변형 충동, 그리고 물질의 덧없음 때문이지. 세상 만물은 그것이 얼마나 위대하건 얼마나 훌륭하건 일정 시간이 지나고 하나의 목적을 채우고 나면 저절로 스러지기 마련이네. 또한 아직 존재하는 모든 예술 작품 위에 언젠가는 영원한 망각의 베일이 쳐질 걸세. 이전의 예술 작품 위에 그런 베일이 쳐져 있듯이 말이네."

"어르신께서는 벌써 제단을 하나 완성하셨고 지금은 두번째 제단을 제작 중이십니다. 이 작업을 마치고 나면 또 다른 작업에 착수할 생각이신지요? 이 지방에 그런 제단이 여럿 있다고 하지 않으셨습니까?"

"그럴 돈이 있다면 그러고 싶네. 사실 재산이 아주 넉넉하다면 중세에 짓기 시작한 건축물들까지 마저 완성시키는 게 내 바람일세. 인근의 그뤼나우 교구 본당에 우리 나라에서 가장 아름다운 탑이 있네. 그 탑이 완성되면 그보다 높은 탑이 없을 텐데, 지금까지 3분의 2밖에 완성되지 못했네. 내가 가장 먼저 완성시키고 싶은 게 있다면 바로 그 탑일세. 옛 독일의 정취가 생생히 배어 있는 탑이지. 자네가 언젠가 나를 다시 찾아오면 국비를 들여 양익 제단을 복원한 그 교회로 안내함세. 그런 방식으로 복원된 제단 중에서 현존하는 가장 중요한 예술 작품일 걸세."

우리는 이 말을 하면서 건조실을 나와 목공예소로 들어섰다. 주인 어른이 걸어가면서 말했다. "에우스타흐는 작품들을 제작하느라 바쁘네. 해서 막 소년티를 벗은 에우스타흐의 아우에게 그림을 가르쳤고, 지금은 그 아우가 그림 그리는 일을 도맡고 있네. 그 친구는 지금 건축물과 목공품, 혹은 우리가 소장한 그림에는 없는 장식들을 그리려고 길을 떠나고 없는데, 아마 며칠 내로 돌아올 걸세. 그런 물건들에서 우리는 '현재'를 배울 수 있네. 배우려고 한다면 말이네. 우리는 대개 선조들이 만든 위대한 작품들과 기원전에 예술 감각이 탁월한 민족들이 제작한 위대한 작품들에서 많은 것을 배우네. 그래서 기품 있는 건물에서 살기도 하고, 기품 있는 가구들로 둘러싸이기도 하고,

아니면 최소한 고대 그리스인들처럼 아름다운 사원에서 기도를 올릴 수도 있는 것이지. 하나 우리는 그런 것들이 아닌 자잘하고 평범한 것에서도 완벽해질 수 있네. 우리 방의 벽을 좀 더 아름답게 치장할 수 있고, 일상적인 가구와 항아리, 접시, 램프, 도끼를 더 아름답게 만들 수도 있네. 심지어 옷감의 문양이나 여성들의 패물도 더 아름다워질 수 있네. 그러니까 금으로 덕지덕지 처바르기만 하면 전부인 줄 아는 조야함에서 벗어나 과거의 교양이 묻어나는 그런 장신구들이 나올 거라는 말일세. 우리의 그림들에서 봤던 중세 건축물의 십자가와 장미, 별 문양을 떠올려보면 내 말이 옳다는 걸 자네도 인정할 걸세."

몰취미한 느낌까지 주는 이상야릇한 옷을 입고 지금 내 옆에서 걸어가며 말을 하는 집주인을 나는 경탄스러운 시선으로 바라보았다.

"이런 노력을 하다보면 최소한 우리 이전에 살았던 사람들을 존중하는 법은 배우게 될 걸세. 선조들에 대한 무지 속에서 늘 우리의 진보만 떠들어대는 그런 습성에서 벗어나서 말이네. 물질에 대한 숭배는 경험의 빈곤을 떠올리게 하지."

우리는 그런 대화를 나누며 다시 작업실에 도착했고 장인과 작별했다. 나는 장인에게 손을 내밀었고, 그는 내 손을 잡고 흔들었다. 진심이 느껴졌다. 나는 목공예소를 나와 뒤를 돌아보았다. 장인이 막 녹색 앞치마를 집어 들고 앞에 두르는 모습이 창문으로 보였다. 곧이어 톱과 대패 소리가 다시 들려왔다. 우리가 공장 안에 있을 때는 잠잠하던 소리였다.

이윽고 덤불숲의 오솔길을 따라 집 근처에 이르자 주인어른이 말했다.

"이제 내 집을 전부 둘러보았네."

"부엌과 지하실, 하인들 방은 보지 못했습니다."

"원한다면 보여주겠네."

나는 농에 가까웠던 내 말을 도로 물릴 수가 없어, 하는 수 없이 주인어른을 따라 다시 집 안으로 들어갔다.

부엌은 천장이 둥글고 널찍했다. 집 안에는 부엌 외에 커다란 식당방과 하인들이 기거하는 방 세 개, 집사 방, 세탁실, 빵 굽는 가마, 지하실, 과일 저장고가 있었다. 역시 짐작대로 모두 깔끔하게 실용적으로 꾸며져 있었다. 분주하게 일하는 하녀들이 보였다. 막 일을 보기 시작한 집사도 만났다. 주인어른이 새들에게 모이를 주는 데 사용한 납작한 광주리는 문 옆의 우묵한 벽감에 기대어 있었다. 거기가 광주리를 놓아두는 자리인 것 같았다.

우리는 온실로 걸음을 옮겼다. 온실 안에는 식물이 무척 많았다. 주로 요즘에 쉽게 볼 수 있는 것들이었다. 받침대 위에는 초록색 잎사귀가 싱싱한 동백나무와 만병초, 이름표로 이름을 알게 된 난생처음 보는 노랑 만병초, 다양한 품종의 진달래, 그리고 특히 그 수가 많은 뉴네덜란드*산 식물들이 있었다. 장미 중에는 티로즈가 월등히 많았는데, 이제 막 꽃봉오리를 활짝 터뜨렸다. 온실 바로 옆에는 파인애플이 있는 자그마한 유리 집이 따로 설치되어 있었다. 이 두 온실 앞 모랫길에는 레몬나무와 오렌지나무 화분이 있었다. 늙은 정원사는 주인보다 훨씬 머리가 하얬고, 주인과 마찬가지로 특이한 옷을 입었다. 하지

* 1624년 네덜란드 서인도회사가 북아메리카 허드슨 강 하구에 건설한 식민지.

만 그에게서 특이한 면모를 발견할 수는 없었다. 다만 하얀 앞치마와 조화를 이루어 전체적으로 순백의 옷을 입은 것이 정원사보다는 오히려 요리사 같은 인상을 풍겼다.

온실 외부 가로 면이 살림집의 남쪽 면처럼 장미로 뒤덮인 것이 다시 눈에 띄었지만 어울리지 않는다는 느낌은 없었다.

정원사의 집에서 만난 정원사의 늙은 아낙 역시 남편과 마찬가지로 하얗게 차려입었다. 조수들의 방은 정원사의 집 옆에 있었다.

주인어른이 그 방에서 나오면서 말했다. "이젠 정말로 다 보았네. 객실과 내 수양아들 방만 빼고 말이네. 객실은 자네가 보고 싶다면 기꺼이 안내하겠네. 하나 아들 녀석의 방은 공부를 방해하면 안 되니까 지금은 들어갈 수 없네."

"그건 나중으로 미뤄두시지요. 언제라도 기회는 있을 테니까요. 지금은 그보다 훨씬 중요한 일이 있습니다."

"훨씬 중요한 일이라?"

"예, 날씨와 관련해서 어떻게 그리 확신하셨는지 설명해주시는 일입니다."

"지당한 요구네. 애초에 우리 집으로 올라온 게 뇌우에 대한 자네의 예상 때문이었고, 자네가 우리 집에 좀 더 오래 묵게 된 것도 뇌우에 대한 우리의 견해 차이에서 비롯되었다는 점을 생각하면 더더욱 지당한 요구가 아닐 수 없네. 자, 그럼 양봉장 쪽으로 자리를 옮겨 거기 피나무 밑 벤치에 가 앉음세. 걸어가면서, 벤치에 앉아서 이야기해주겠네."

우리는 넓은 모랫길을 걸었다. 처음에는 커다란 과일나무들이, 나중에는 키 크고 잎 무성한 피나무들이 가장자리를 감치고 있는 길이었다. 나무들 사이에 벤치가 놓여 있었고, 모래 위에서는 새들이 폴짝폴짝 뛰며 모이를 쪼고 있었다. 나뭇가지에서는 어제 들었던 새들의 노랫소리가 다시 울려퍼졌다.

주인어른의 설명은 모랫길에서부터 시작되었다. "자네도 내 집에서 자연과학적 도구들을 보았을 걸세. 그것들도 이 일에 일부 관계가 있네."

"예, 봤습니다. 특히 기압계와 온도계, 대기 청명도 측정기, 습도계가 눈에 띄더군요. 한데 그런 물건들은 저도 있습니다. 어제 길을 나서기 전에 그것들을 관찰했는데, 그 결과 비가 내린다고 나타났습니다."

"그렇지. 기압계의 수치가 상당히 낮았네. 보통 기압이 떨어지면 강우의 가능성도 높아지는 법이지."

"저도 그리 알고 있습니다."

"게다가 습도계의 바늘도 최고치에 가깝게 올라가지 않았나?"

"그랬죠."

"하지만 전기측정기에서는 대기전기가 상당히 낮게 나왔네. 그렇다면 우리 지방에서 강우와 곧잘 연결되곤 하는 대기의 방전은 기대할 수 없는 상황이었네."

"저 역시 바로 그 부분을 관찰했습니다. 하지만 전압은 날씨 변동과는 별 관계가 없고, 오히려 그 변동의 결과가 됩니다. 게다가 어제저녁 무렵에는 대기전기가 상당 수준까지 올라갔습니다. 그렇다면 어르신이 언급하신 모든 징후가 강우를 예고했다는 말이 됩니다."

"그렇다네. 강우가 예고되었고 실제로 비도 내렸네. 눈에 안 보이는 수증기가 매우 작은 물방울 덩어리인 구름으로 바뀌었기 때문이지. 결국 거기서 비가 내렸네. 나는 전압이 낮은 것에는 비중을 두지 않네. 언젠가 구름이 형성되면 대기전기도 충분해지리라는 것을 알고 있었으니까. 한데 우리가 말한 징후들은 우리가 위치한 작은 공간하고만 관계가 있네. 관찰해야 할 것이 더 있지. 대기 청명도와 구름의 형성이네."

"대기는 어제 오전에 벌써 깊고 어두운 푸른색을 띠고 있었습니다. 그건 곧 비가 임박했다는 뜻이지요. 구름 역시 이미 정오 무렵에 형성되기 시작해서 이후 매우 빠른 속도로 부풀어 올랐습니다."

"거기까지는 자네 말이 옳네. 자연도 막대한 양의 구름을 생산해내서 자네의 예상에 힘을 실어주었지. 하나 자네는 모르겠지만, 우리가 지금껏 거론한 것과는 다른 특징들도 있었네. 자네도 장차 알게 되겠지만, 어떤 한 지방에만 통용되고 토착민들만 알아보는 징후들이 있네. 그런 건 토착민들 사이에서만 대대로 전해 내려오지. 그런 오랜 경험의 근거는 아마 학문이 규명해야 하지 않을까 싶네. 어찌 됐건 어떤 지역에서는, 하늘의 다른 곳은 다 맑은데 특정 장소에만 작은 구름이 나타나 계속 떠 있으면 뇌우가 내릴 거라고 확신하네. 어떤 지역에서는 하늘의 한 곳만 유독 흐린 색을 띠고 돌풍이 어느 특정 지방에서 불어오면 한동안 줄곧 비만 뿌릴 거라고 생각하네. 우리 지방에도 여기만의 독특한 징후들이 있지만, 어제는 강우의 조짐이 전혀 나타나지 않았네."

"이 지역에만 나타나는 특징을 제가 관찰할 도리는 없겠지요. 그런데 어르신께서 그 특징들만 보고 그렇게 단호한 판단을 내렸을 것 같지는 않은데, 제 생각이 틀렸습니까?"

"아니네, 맞네. 그것만이 아닐세. 다른 이유도 있지."

"그게 무엇인지요?"

"우리가 지금껏 이야기한 징후들은 모두 거칠고 투박한 것들이네. 그런 징후들은 대개 공간적인 변화를 통해서만 인식할 수 있고, 일정 수준까지 또렷이 드러나지 않으면 판별하기가 불가능하지. 사실 기상이 형성되는 무대는 굉장히 넓네. 그래서 우리 눈에는 보이지 않고 우리의 과학적 도구가 미치지 못하는 곳에 기상 원인과 정반대 징후가 나타날 수 있네. 그걸 알게 되면 우리의 예보도 언제든 뒤집히겠지. 어쨌든 우리 눈에 보이는 징후들은 틀릴 수 있네. 하지만 그보다 훨씬 섬세하고 정교한 도구가 있네. 그것의 성질은 여전히 수수께끼로 남아 있고 우리가 가늠할 수 없는 원인들에 의해 작동되지만, 효과 하나는 아주 확실하네."

"그 도구라는 것이 무엇입니까?"

"감각이네."

"그럼 어르신께서는 감각으로 비가 오지 않을 거라는 사실을 아셨단 말씀입니까?"

"내 감각으로 알았다는 것이 아니네. 아쉽게도 인간은 감각을 너무 강하게 통제해서 감각의 섬세한 활동을 방해하고 있네. 그래서 감각은 예전과는 달리 이제 인간에게 그렇게 명확하게 말을 해주지 않지. 게다가 자연은 그 대용으로 훨씬 고결한 것, 그러니까 오성과 이성을 인간에게 제공했네. 그로써 인간은 스스로를 돕고 자기 의견을 가질 수는 있게 되었지만, 감각은 많이 잃어버렸네. 해서 비가 오지 않을 거라고 한 것은 내 감각이 아니라 다른 동물들의 감각을 보고 그리한 것이네."

"일리가 있는 말씀입니다. 동물은 심오한 자연과 우리보다 몇백 배는 더 직접적으로 연결되어 있습니다. 다만 문제는 이러한 관련성을 철저히 규명하고 정확한 개념으로 표현하는 것이겠지요. 특히 다가올 날씨와 연관해서 말입니다."

"나는 그 관련성을 정확히 알지 못하고, 그에 맞는 정확한 개념은 더더욱 찾지 못했네. 그 두 가지를 일반화하는 것은 무척 힘든 일일 걸세. 어쨌든 나는 우연히 몇 가지 관찰을 하게 되었고, 그 뒤로 의식적으로 그 관찰을 반복했으며, 그 경험들을 통해 완벽에 가까운 예보를 가능케 하는 결과를 찾아냈네. 동물 중에는 비와 햇빛에 의지해서 살아가는 녀석들이 많네. 심지어 몇몇 동물은 해와 비가 생존과 바로 직결되기도 하지. 그래서 신은 그런 동물들에게 자연의 움직임을 미리 감지할 도구를 부여한 것 아니겠나? 하지만 인간은 그런 감각의 존재를 알지 못하고, 그런 감각을 관찰할 수도 없네. 우리의 감각기관에서 벗어나는 일이니까. 오로지 동물만 그런 예감에 기초해서 미래를 준비하네. 인간은 동물의 그런 모습을 보고 유추만 할 뿐이고. 어떤 동물은 비가 내려야만 먹이를 발견하지만, 어떤 동물은 비가 오면 거꾸로 먹이를 잃기도 하네. 또 어떤 동물은 비가 오면 몸을 숨겨야 하고, 어떤 동물은 새끼를 안전한 곳으로 대피시켜야 하네. 그 밖에 보금자리를 떠나거나 다른 일을 찾아나서는 동물들도 많네. 이렇듯 소중한 터전까지 떠나야 할 정도라면 동물의 예감은 정확할 수밖에 없고, 거기다 인간의 모든 과학 장비들이 침묵할 때도 동물의 신경은 벌써 예민하게 움직인다는 점을 감안하면 동물 행동의 정확한 관찰에 기초한 날씨 예측은 인간의 모든 과학적 장비를 동원한 예측보다 더 설득력이 있을 걸세."

"어르신께서는 새로운 방향을 개척하고 계시군요."

"인간들은 이 분야에 대해 벌써 많은 것을 알고 있네. 세상에서 최고의 날씨 전문가는 곤충과 몸집이 아주 작은 동물들이네. 한데 이것들은 관찰하기가 어려워. 관찰하려고 해도 찾기가 쉽지 않고, 찾아도 그 행동을 이해하기 쉽지 않으니까. 그래서 인간들은 덩치가 큰 동물에게로 눈을 돌리네. 큰 동물들은 자신의 먹이가 되는 작은 동물들한테 의존하며 살아가기 때문에 큰 동물들의 행동은 작은 동물들의 행동에 영향을 받을 수밖에 없네. 인간의 눈에는 그런 큰 동물들의 행동이 더 잘 보이지. 물론 직접적으로 관찰하거나 그 자체로 알 수 있는 사실에 근거하는 것보다 실수할 위험이 더 큰 것이 문제겠지. 비가 올 것 같으면 예를 들어 청개구리는 왜 좀 더 아래로 내려가고, 제비는 왜 더 낮게 날고, 물고기는 왜 물에서 뛰어오른다고 생각하나? 실수할 위험은 반복적인 관찰과 철저한 비교를 통해 줄일 수 있네. 하나 역시 가장 확실한 것은 작은 동물 떼들의 움직임일세. 자네도 거미가 날씨의 예언자이고, 개미들이 비를 예측한다는 말을 들어봤을 걸세. 우리는 그런 작은 동물들의 삶과 서식 환경을 관찰해야 하고, 자주 그 동물들을 찾아 그것들이 시간을 어떻게 보내는지, 영토의 경계는 어딘지, 안녕의 조건은 무엇이고, 그 조건들은 어떻게 성취되는지 연구해야 하네. 사냥꾼과 나무꾼, 그리고 그런 동물들의 삶을 관찰하지 않을 수 없는 외딴 산간 마을 사람들은 그와 관련된 대부분을 짐작하고 있고, 동물들의 행동에서 어떻게 날씨를 예측해야 하는지 알고 있네. 하지만 모든 게 그렇듯 여기서도 사랑이 필요하네."

그사이 우리는 피나무 밑 벤치에 도착했다. "내가 말한 그 벤치네. 이게 내 정원에서 가장 아름다운 피나무인데, 여기다 편안한 쉼터를 만들게 했네. 여기를 지날 때마다 나는 잠시라도 이 벤치에 앉아 나뭇가지에서 들려오는 벌레 소리에 흠뻑 취하곤 하지. 자네도 앉아보지 않겠나?"

벤치에 앉자 정말 머리 위에서 벌레 우는 소리가 들려왔다. "어르신께서도 그럴 목적으로 동물들을 직접 관찰하셨습니까?"

"처음부터 그럴 생각은 아니었네. 다만 이 집과 정원에 오래 살다 보니 자연스레 이런저런 것들을 관찰하게 되었고, 그렇게 모인 경험들에서 결론이 나오더군. 또 그 결론을 통해 거꾸로 다시 관찰해야 할 이유가 생겼지. 자신과 자신이 추구하는 것만을 세상의 중심이라고 생각하는 사람들은 이런 것들을 하찮게 여기네. 하나 신은 그렇지 않아. 몇 번이고 잣대를 들이댈 수 있다고 해서 중요한 것이 아니고, 어떤 잣대도 없다고 해서 하찮은 것은 아닐세. 신은 만물을 항상 똑같은 세심함으로 다루네. 나는 인간과 인간 활동, 심지어 인간 역사를 연구하는 것조차 자연과학의 한 분과일 뿐이라는 생각을 자주 하네. 물론 동물보다는 우리 인간에게 더 중요한 분과겠지만. 한때 나도 이 분과에서 여러 가지를 배웠고, 그중 몇 가지는 지금도 가슴에 남아 있네. 자꾸 이야기가 옆으로 새려고 하는데, 이제 본래 이야기로 돌아감세. 비가 오거나 햇빛이 비치려고 할 때 작은 동물들이 어떤 행동을 하는

지, 내가 어떻게 그 행동들에서 일반적인 결론을 끄집어냈는지에 대해서는 이 자리에서 다 말하기 곤란하네. 진기하긴 하지만 너무 까다롭고 번거로운 일이니까. 그러나 이것만은 확실히 말할 수 있네. 지금까지의 경험에 따르면 어제 이 정원에서는 어떤 동물도 비가 내릴 거라는 신호를 보이지 않았다는 걸세. 이 나뭇가지에서 왱왱거리는 벌들이 그랬고, 정원 울타리 옆의 햇볕 속에 낟가리를 놓아두는 개미들이 그랬으며, 먹이를 말리는 딱정벌레가 그랬네. 이제껏 그 동물들이 나를 속인 적은 한 번도 없었기에 나 역시 단호하게 결론을 내렸던 걸세. 우리의 투박한 과학 장비들은 수증기의 형성을 예측했지만 구름 생성에 그칠 뿐 비가 내리지는 않을 거라고 말이네. 그렇지 않다면 동물들이 벌써 알고 있지 않았겠나! 물론 나도 구름이 장차 어떻게 될지는 정확히 알 수 없었네. 다만 구름의 그림자로 유발된 기온 강하와 구름의 생성에 도움을 준 기류로 인해 바람이 일어나 밤중에 하늘이 다시 깨끗해질 수도 있다는 결론에 도달했네."

"실제로 그리되었습니다."

"사실 나도 내심 그리되리라 확신했네. 우리의 하늘과 정원에서는 어제 같은 적이 많았고, 그때마다 항상 어젯밤 같은 일이 일어났으니까."

"어르신이 말씀하신 분야는 상당히 광범위합니다. 그 분야에서는 인간의 인식과 결코 하찮다고 할 수 없는 대상이 대치하고 있습니다. 그 대상은 우리가 예감하지 못하는 부분들이 있고, 미세한 것들이 어떻게 좀 더 큰 것들과 연관되어 있는지 아직 모르더라도 그것들을 등한시해서는 안 된다는 사실을 증명해줍니다. 역사상 위대한 인물들도 아마 그런 식으로 우리가 경탄하는 작품에 이르렀을 겁니다. 앞으로 기상학은 어르신이 말씀하신 분야를 끌어들임으로써 한층 확대될 수 있을 것입니다."

"나도 그런 생각을 갖고 있네. 자네 같은 젊은이들은 우리 늙은이보다 자연과학이 한층 가깝게 느껴질 걸세. 예전 사람들이 주로 추측과 학설, 상상에 의지했다면 지금 사람들은 관찰과 실험에 더 큰 비중을 두네. 관찰과 실험의 길은 어느 시대든 개별적으로나마 존재해왔음에도 오랫동안 명확하지 않았네. 하지만 새로운 방식으로 그 토대를 넓혀갈수록 미래의 성취를 도울 재료를 더 많이 확보하게 될 걸세. 이제 세상은 예전처럼 일반적인 것만 추구하는 대신 개별 분과의 육성에 좀 더 진지하게 힘을 쏟을 것이네. 그러다보면 언젠가는 우리가 방금 거론한 대상에 관심을 가지는 시대도 올 걸세. 지난 수십 년 동안 자연과학 분야들에서 일구어낸 그런 풍성한 수확이 앞으로 수백 년 동안 이어진다면 이 분야가 얼마나 더 발전할지는 감히 상상조차 되지 않네. 다만 한 가지는 분명하네. 아직 개척되지 않은 분야가 이미 개척된 분야보다 무한정 크다는 사실 말이네."

"어제 하늘에 구름이 가득한데도 일꾼 몇이 물을 길어 식물에 물을 주는 모습을 보았습니다. 그 사람들도 비가 오지 않을 거라고 알고 있었습니까? 아니면 농장에서 풀을 베던 사람들처럼 그저 어르신의 지시에 따른 것뿐입니까?"

"내 지시에 따른 것이네. 일꾼들은 항상 눈에 보이는 현상만 보고 내가 틀렸다고 생각하네. 그렇게 여러 번 내 말이 옳다는 것을 확인했으면 이제는 뭔가 배울 때도 됐을 텐데 말이네. 어쨌든 그 친구들은 어제도 비가 올 거라고 확신했네. 그럼에도 식물에 물을 준 것은 내 지시 때문이었지. 우리 집에서는 내 지시를 거듭 어기면 해고를 당하게 되어 있네. 끝으로, 동물 말고도 다가올 날씨를 예상케 하는 또 다른 것이 있네. 바로 식물이네."

"저도 식물의 그런 면을 알고 있습니다. 물론 동물에 대해 아는 것보다 조금 나은 수준일 뿐이지만 말입니다."

"이 정원과 온실에는 대기 순환과의 명확한 상관관계를 보여주는 식물들이 있네. 그런 식물들은 해가 구름 뒤에 오래 가려져 있을 때 해의 접근에 민감하게 반응하네. 그 밖에 꽃향기에서도 비가 오리라는 사실을 알 수 있고, 심지어 풀에서도 비를 알리는 냄새가 나네. 나는 그런 것들을 정원과 집에 있다가 우연히 알게 되었네. 하지만 자네는 훨씬 철저하고 명확하게 알게 될 걸세. 자네가 새로운 학문의 길을 걷고, 현재 존재하는 보조 수단들, 특히 계산 수단을 세심히 활용한다면 말이네. 그리고 자네가 한 방향만 파고든다면 그 분야에서 엄청난 진보를 이루어낼 걸세."

"어떤 근거로 그런 말씀을 하십니까?"

"자네의 생김새와 자네가 어제 날씨와 관련해서 했던 확신에 찬 말이 그 근거네."

"제 예상은 틀리지 않았습니까? 그렇다면 어르신께서는 정반대의 결론을 내릴 수도 있었을 텐데요."

"아니네, 그건. 나는 자네의 진술이 무척 확고한 것을 보고 자네가 사물을 정확히 관찰했다고 짐작했고, 자네의 진술이 무척 따뜻한 것을 보고 자네가 이 일을 사랑과 열정으로 대함을 알 수 있었네. 그럼에도 자네의 의견이 틀린 것은 단지 자네가 그 의견에 영향을 끼칠 만한 상황을 알지 못했고, 알 수도 없었기 때문이네. 그렇지 않았다면 자네도 다른 판단을 내렸을 걸세."

"지당한 말씀입니다. 저도 그 상황을 알았다면 분명 다르게 판단했겠지요. 앞으로 이 일을 거울삼아 다시는 그리 성급하게 판단을 내리지 않을 것입니다."

"어제 자네는 자연을 연구한다고 말했네. 혹시 특정 방향을 선택했다면 그게 무엇인지 물어봐도 되겠나?"

그 질문에 나는 약간 당황했다. "저는 일개 도보 여행자에 지나지 않습니다. 마침 생활에 구애받지 않을 만큼 많은 재산이 생겨서 유람삼아 세상을 이리저리 떠돌고 있습니다. 얼마 전부터 모든 학문을 두루 공부하기 시작했는데, 지금은 방향을 바꾸어 '지구 형성'이라는 개별 분과에 전념하고 있습니다. 저는 제가 읽은 이 방면의 책들을 보완할 목적으로 여러 지방을 여행하면서 온갖 것을 관찰하고, 그 경험을 기록하고 자연물들을 그림으로 남깁니다. 그 책들이 주로 산맥을 다루고 있기에 저 역시 주로 산을 찾습니다. 하지만 그것 말고도 책 속에는 제가 좋아하는 많은 다른 것이 담겨 있습니다."

"지구사의 의미까지 포함시키면 그 학문은 무척 광대할 걸세. 그 학문은 여러 학문을 포괄하고 여러 학문을 전제로 하네. 그 학문이 이제 겨우 최초의 구체적인 특징들을 축적한 초창기 단계에서는 산이 가장 중요하네. 하지만 곧 평야로도 관심이 쏠릴 걸세. 단순하면서도 해독하기 어려운 평야의 문제는 결코 덜 중요하다고 볼 수 없으니까."

"예, 평야는 틀림없이 중요한 문제로 부각될 겁니다. 저는 지구학을 목표로 삼기 전부터, 그리고 산을 알기 전부터 평야와 그 언어를 사랑했습니다. 예전에 평야가 그 언어로 저한테 말을 걸었죠."

"우리가 지금 이야기하는 이 학문은 현재 수집 단계라고 생각하네. 먼 미래에는 우리가 아직 모르는 물질로 무언가가 만들어질 걸세. 수집은 항상 학문에 선행하네. 그건 이상한 일이 아닐세. 학문 이전에도 수집은 존재했기 때문이지. 하지만 한 학문이 앞으로 어떻게 전개될지 모르는 상황에도 그 학문을 추진하는 인물들의 가슴속에 벌써 수집 충동이 나타나는 것은 기이한 일이 아닐 수 없네. 흡사 어떤 것이 어디에 필요하고, 신이 그것을 왜 마련해놓았는지를 알아채는 예감의 촉수가 심장 속으로 파고 들어가는 것과 비슷하지 않을까 싶네. 하나 이런 촉수 없이도 수집은 그 자체로 상당히 매혹적이네. 나는 이 집에 있는 모든 대리석을 산에서 직접 채취했고, 대리석 덩어리를 조각내고 톱질하고 갈고 연결하는 작업을 직접 지휘했네. 그 일은 큰 기쁨이었네. 이 돌들이 내게 그리 소중하게 느껴지는 것은 아마 내가 이것들을 직접 발견했기 때문일 걸세."

"우리 산속에 있는 돌을 한 종류도 빠뜨리지 않고 다 모으셨습니까?"

"전부는 아니네. 내가 산을 예전처럼 꾸준히 찾았더라면 시간이 들더라도 하나씩 전부 모았을지 모르지. 하나 나이가 들수록 산을 찾는 게 점점 힘들어져. 요즘은 어쩌다 지메(Simme) 빙하 언저리까지만 올라가도 몸이 도통 예전 같지가 않네. 젊을 적에는 날이 저물었을 때 아니면 정말 사람들이 다닐 수 없는 곳 말고는 기운차게 돌아다녔는데 말이네. 이제는 대리석을 찾으러 그리 멀리까지 여행할 수가 없네.

그러다보니 성과도 점점 미미해질 수밖에. 물론 이미 대리석을 많이 갖고 있어서 내게 없는 게 있을 법한 장소가 자꾸 줄어드는 것도 그 한 가지 이유일 걸세. 어쨌든 모든 대리석을 내가 직접 채취했기 때문에 이 집을 지을 때도 남의 돌은 하나도 쓰지 않았네."

"그럼 이 집을 어르신께서 직접 지었다는 말씀입니까?"

"직접 지었네. 예전에 이 주택은 한 농장에 속한 땅이었지. 우리가 어제 들판의 벤치에 앉아 있을 때 사람들이 풀을 베던 그 농장 말이네. 나는 옛 주인한테서 부속 토지 일체와 농장을 함께 구입했고, 언덕 위에 집을 짓고 농장 건물은 농사(農舍)로 썼네."

"정원을 새로 조성하는 일은 힘들었을 텐데요."

"나름의 생성사가 있네. 정원은 새로 조성했다고도 할 수 있고, 그러지 않았다고도 할 수 있네. 나는 여생을 보낼 집을 짓기로 하고 적당한 장소를 물색했네. 그런데 농장 건물은 대부분의 다른 농가들처럼 계곡 쪽에 있었네. 주변에 풀이 많은 곳에 농가를 지어야 살림에 필요한 풀을 수시로 조달할 수 있기 때문이지. 하지만 난 살림집을 언덕 위로 옮기고 싶었네. 마침내 집이 완성되자 농장 건물 옆에 군데군데 나무 몇 그루만 있던 정원을 언덕 위까지 확장하기로 했네. 우리가 지금 앉아 있는 이 피나무와 주변 피나무, 그리고 정원 길을 감치고 있는 피나무들은 모두 원래 자리에 있던 것들이네. 반면에 언덕 위의 커다란 늙은 벚나무는 본디 들판 한가운데에 있던 걸세. 나는 언덕을 정원으로 꾸몄고, 벚나무 쪽으로 올라가는 길을 만들고 그 둘레에 작은 벤치를 설치했네. 우리는 많은 나무를 예전 그 자리에 두었네. 하지만 여러 나무, 그중에서도 정말 중요하다고 생각되는 나무들은 민지 못하겠지만 다른 곳으로 옮겨 심었네. 우리는 겨울에 뿌리에 흙덩이를 매단 그 나무들을 파서 밧줄을 이용해 이리로 옮긴 뒤, 지렛대와 들보로 미리 세심하게 파놓은 구덩이에 심었네. 그러고는 나뭇가지를 적당한 길이로 짧게 쳤는데, 그러면 봄에 마치 새 생명이 깨어나듯 나뭇가지들이 한층 튼실하게 자라났지. 그 밖에 떨기나무와 난쟁이나무는 모두 새로 심었네. 이렇게 해서 우리는 예상보다 빨리 새 정원이 태어나는 기쁨을 맛보았네. 그것도 정원이 처음부터 그 자리에 있었던 것처럼 옮긴 흔적이 전혀 남아 있지 않았지. 그리고 농장 건물 근처의 나머지 나무는 모두 베게 했네. 농사에 방해가 된다고 생각했으니까. 나무를 자른 곳에는 밭을 만들었네. 정원을 조성하느라 없어진 경작지를 벌충하고 싶었던 게지."

"그리하여 이렇게 매력적인 주거지가 탄생했군요."

"주거지뿐 아니라 여기 땅 전체가 매력적이지. 이곳은 인간들로 북적거리는 세상이 싫어서 떠난 사람에게는 살기 좋은 곳이네. 물론 자신의 내면에 잠들어 있는 힘을 깨워줄 일거리가 있어야겠지. 사람은 때로 자기 자신을 들여다봐야 하네. 그러나 이런 아름다운 땅에 줄곧 혼자만 있어서는 안 되네. 가끔 다시 인간들 틈으로 돌아가야 하지. 몇 남지 않은 어릴 적 동무를 만나 생기를 얻거나, 우람한 탑처럼 대단한 인물을 한번 우러러보는 것에 지나지 않더라도 인간 세상으로 돌아가는 것도 필요하네. 그렇게 한번 나갔다 오면 시골 생활은 다시 안온하고 평화롭게 흘러가네. 하나 원칙적으로는 도시와 거리를 두어야 하고 도시의 영향을 받지 말아야 하네. 도시에서는 예술과 생업이 유발한 변화들이 나타난다면, 시골에서는 지극히 자연스러운 욕구와 자연물들 상호 간의 영향으로 인한 변화가 나타나네. 그 두 변화는 서로 화합하지 못하네. 첫번째 것을 지나야 두번째 것이 항구적인 것에 가깝게 느껴지고, 그런 다음 우리의 감각에 존재의 아름다움이 깃들고 사색에 과거의 아름다운 흔적이 스며드네. 인간과 자연물의 변화 속에서 영겁의 시간으로 조용히 물러나는 그런 흔적이지."

나는 대답을 하지 못하고 한동안 가만히 앉아 있기만 했다.

마침내 주인어른이 다시 입을 열었다. "오늘 하루 더 우리 집에 묵을 텐가?"

"제가 여기서 받은 후의(厚意)를 떠올리면 하루 더 묵는 건 그저 감사할 따름이지요."

"그럼 됐네. 한데 실례인지는 아네만, 나머지 오전 시간은 자네 혼자 있어야겠네. 구스타프의 공부를 봐줘야 할 시간이 돼서 그러네."

"저는 괜찮습니다. 얼마든지 일 보십시오."

"그렇게 함세. 그사이 자네는 정원을 돌아다니거나 들판으로 나가게. 아니면 집을 좀 더 둘러봐도 되고."

"여기 나무 밑에 조금 더 앉아 있겠습니다."

"좋을 대로 하게. 다만 어제 내가 한 말만 기억하게. 우리 집에서는 열두시에 점심 식사를 한다는 것 말이네."

"기억합니다. 저로 인해 질서가 흐트러지는 일이 없도록 하겠습니다."

그 말이 끝나고 얼마 뒤 주인어른이 자리에서 일어났다. 그러고는 나무에서 머리 위로 떨어진 작은 벌레들을 손으로 털어내더니 작별인사를 하고 집 쪽으로 걸어갔다.

작별

나는 꽤 오랫동안 나무 밑에 앉은 채로 보고 들은 것을 차분히 정리했다. 나무에선 벌들이 왱왱거렸고 정원에선 새들이 노래했다. 주인어른이 들어간 집은 일부만 군데군데 보였다. 녹음 사이로 보이는 기와지붕과 하얀 벽이 그랬다. 오른쪽 덤불 건너편, 그러니까 목공예소가 있을 법한 지점에서 한 줄기 연기가 희미하게 피어올랐다. 새들의 노랫소리와 벌들의 왱왱거림이 마치 정적처럼 느껴졌다. 홀로 산속을 걸을 때부터 이런 지속적인 소리에 무척 익숙해져 있었기 때문이다. 정적은 이따금 정원 일꾼들이 유발한 소리, 즉 펌프질 소리나 말소리에 깨졌다. 펌프로 끌어 올린 물은 수로를 따라 물통으로 흘러갔는데, 저녁에 식물들에게 물을 주는 데 쓰일 것이다. 멀리서 혹은 가까이서 들리는 사람들의 말소리에는 무언가를 지시하거나 전달하는 내용이 담겨 있었다. 녹음 사이로 언뜻언뜻 비치는 하늘이 새파랬다. 날이 쾌청할 거라던 주인어른의 예측이 이보다 더 정확할 수는 없을 것 같았다.

이윽고 나는 깊은 생각에서 깨어나 정원 위로 올라갔다.

큰 벚나무가 서 있는 곳이었다. 사방이 툭 트인 이곳으로 올라온 것은 정원에서는 제한된 조망 탓에 기상과 관련된 것들을 한눈에 관찰할 수 없었기 때문이다. 이 위에 올라와 있으니 하늘은 광활하게 펼쳐진 하나의 거대한 종 같았고, 그 종 속에는 구름 한 점 눈에 띄지 않았다. 게다가 어제는 보이지 않던 산맥이 오늘은 남쪽 하늘에 아주 선명하고 길게 펼쳐져 있었다. 산맥 앞에는 마을들이 하얀 점처럼 자잘하게 찍혀 있었고, 내 쪽으로 좀 더 가까운 곳에는 내가 아는 고을의 탑이 여럿 보였다. 발밑에는 정원과 내가 어제 따뜻하게 환대받았던 집이 조용히 쉬고 있었다. 어제는 미동조차 보이지 않던 정원 울타리 너머의 곡식들이 오늘은 잔잔하지만 즐겁게 물결치고 있었다. 날씨는 지금 이 순간뿐 아니라 앞으로도 한동안 이대로 쾌청할 것 같았다.

큰 벚나무가 있는 언덕에서 다시 정원으로 내려가면서 나는 이것저것을 구경했다.

나는 온실을 한 번 더 찾았다. 이번에는 여러 가지를 좀 더 자세히 살필 수 있었다. 아까는 주인어른과 함께 지나치다시피 걸어갔기에 자세히 관찰할 기회가 없었다. 머리가 허옇게 센 정원사가 나와 동행하면서 이것저것 소상히 설명해주었고, 내 질문에 아는 대로 성실히 대답해주었다. 내가 온실을 떠나려고 하자 정원사가 말하길 주인어른이 깜박 잊고 보여주지 않은 곳이 있다고 했다. 그는 나를 바닥에 모래가 깔린 곳으로 안내했다. 햇빛은 사방에서 들어왔지만, 어느 정도

거리를 두고 둘러서 있는 나무와 덤불 탓에 강한 바람은 들지 못하는 곳이었다. 그곳 한가운데에 일부가 땅속으로 들어간 작은 유리 집이 하나 있었다. 그전에 이 집을 발견하지 못한 것은 일부가 땅속에 묻혀 있고, 나무에 둘러싸여 있었기 때문인 듯했다. 좀 더 가까이서 보니 집은 온통 유리로 만들어졌고, 유리판을 고정하는 데 필요한 부분에만 뼈대가 설치되어 있었다. 또한 우박 대비용인지 튼튼한 철망이 둘려 있었다. 계단을 몇 개 내려가 내부로 들어가자 식물들이 보였다. 선인장 한 종류뿐이었다. 수없이 많은 작은 화분에 백 종이 넘는 선인장이 심겨 있었다. 작고 둥근 선인장들은 홀로 자유롭게 서 있었지만, 공기뿌리가 있는 키 큰 선인장들은 나무껍질이 벽처럼 옆에 서 있었다. 나무껍질에는 선인장들이 공기뿌리를 내리도록 흙을 발라놓았다. 머리 위의 유리판은 모두 열려 있어서 공기가 자유롭게 드나들었고, 햇빛도 막힘없이 쏟아져 들어왔다. 화분은 나무 받침대 위에 줄을 맞추어 정렬되어 있었는데, 받침대는 사람이 사방으로 돌아다니며 전부 구경할 수 있도록 군데군데 열려 있었다. 정원사가 나를 안내하면서 종류별로 나뉜 선인장들을 보여주었다.

나는 정원사에게 이 식물들을 이렇게 정성스럽게 돌보는 것이 기쁘다고 말했다. 선인장은 아주 특이하고 진기한 식물이었기 때문이다.

정원사가 내 말에 이렇게 대답했다. "선인장은 관찰하고 함께하는 시간이 길수록 점점 묘한 느낌을 주는 식물입니다. 커나가는 모습도 각양각색인 데다 가시는 멋진 장식이 되기도 하고 매서운 무기가 되기도 하죠. 게다가 선인장 꽃은 동화 속 그림처럼 절로 탄성을 자아냅니다. 지금은 아직 어리지만 한 달 후에는 아주 아름다운 꽃을 볼 수 있을 겁니다."

그 말에 나는 이렇게 대답했다. 나는 곳곳에서 자라는 아름다운 꽃들과 희귀한 꽃, 그리고 그 아름다움에 어울리는 달콤한 향기를 내뿜는 꽃들을 보았다. 한때는 식물학을 공부하기도 했다. 정원을 가꿀 생각에서가 아니라 그저 배움을 넓히고 즐거움을 얻기 위해서였다. 그리고 그런 배움의 과정에서 알게 된 선인장들에게 깊은 관심과 애정을 품고 있다고 했다.

"옛 물건을 수집하시는 저희 집 어른이 오래된 식물을 수집하는 것은 당연한 일이지요. 잉호프의 온실에는 남자 팔뚝보다 굵은 세레우스 선인장이 있습니다. 벽을 타고 올라가다가 벽이 모자라 온실 천장쪽으로 휘어졌는데, 천장에 줄로 고정되어 있죠. 아랫부분은 나무와 다름없습니다. 사람들이 거기다 이름을 붙여놓았는데, 제 생각에 그것은 세레우스 중에서도 세레우스 페루비아누스 종입니다. 그런데 잉호프 사람들은 그 선인장의 진가를 몰라보았죠. 그래서 저희 어른께서 선인장을 사들였습니다. 근데 어찌나 길던지 마차 세 대를 연결해서 이리로 운반했습니다. 이 선인장은 족히 이백 살은 될 겁니다."

나는 그 말에 대답하지 않았다. 유럽의 선인장 재배 역사를 들먹이며 괜히 그의 말에 토를 달고 싶지는 않았기 때문이다.

마침내 모든 것을 둘러보고 나자 나는 정원사의 노고에 진심으로 고마워하며 유리 집을 나섰다. 그는 몇 번씩 허리를 숙여 인사하고는 물러갔다.

이제 나는 주인어른과 어제 함께 갔던 울타리 문으로 향했다. 정원 바깥도 좀 더 둘러보고 싶었다. 나는 자물쇠 여는 법을 몰라서 울타리 근처에서 일을 하던 일꾼이 문을 열어주었다. 야외에 발을 들여놓은 나는 어제 올라갔던 언덕 쪽에서 이리저리 방향을 바꾸어 돌아다녔다. 이 지방에 대해서는 상당히 잘 알고 있었음에도 이렇게 오랫동안 거닐며 세세하게 살펴본 적은 이번이 처음이었다. 나는 이제야 나를 맞아준 곳이 매우 비옥하고 아름다운 땅이고, 저 언덕의 골 사이에 아늑한 장소들이 숨겨져 있으며, 사람들이 모여 사는 일이 매우 즐거운 일일 수 있음을 깨달았다. 날은 덥지 않을 정도로 서서히 따뜻해졌다. 들판에는 정적이 흘렀다. 대지의 정적은 장미가 필 시기에 가장 깊었다. 이 무렵이면 들판의 모든 식물이 초록색으로 물들며 성장을 재촉했다. 이 지방에서는 이때쯤이면 마른풀을 수확하는 들판이 별로 없었기에 들판에서 일하는 사람은 눈에 띄지 않았고, 그저 이미 베어놓은 건초만 햇볕 아래 듬성듬성 놓여 있었다. 들판의 정적은 깊은 산속의 정적과도 비슷했지만 그곳만큼 외롭지는 않았다. 곳곳에 널린 식용작물들이 즐거운 벗이 되어주었기 때문이다.

멀리서 들리는 마을 종소리에 주머니에서 시계를 꺼내 보았다. 정오였다.

나는 집으로 향했다. 울타리는 종이 달린 막대를 잡아당기자 쉽게 열렸다. 식당방에는 주인어른과 구스타프가 벌써 기다리고 있었다. 우리는 식탁에 앉아 셋이서만 식사를 했다.

식사 중에 주인어른이 말했다. "이렇게 우리끼리만 식사하는 것이 의아할 걸세. 한 집의 주인이 가솔뿐 아니라 하인들과 한자리에 모여 식사하던 옛 풍습이 사라진 것은 실로 유감스러운 일이네. 그럼으로써 하인들은 자연히 한 식구라는 생각을 갖게 되었을 텐데 말일세. 하인들은 평생 한집에서만 일할 때가 많았고, 주인 역시 그들과 더불어 편안한 공동체를 꾸려나갔네. 사실 국가나 인간의 긍정적인 면은 모두 가족에서 나오기 때문에 그네들은 사람 모시기를 좋아하는 훌륭한 하인을 넘어 자신이 속해 있는 집을 평생 다녀야 할 교회처럼 충직하게 받들고 주인에게 신의를 다하는 훌륭한 사람이 되기도 하네. 그러던 것이 주인집에서 분리되고, 급료를 받고, 따로 식사를 하면서부터 한 식구 한 가족이라는 생각이 사라지고, 목적도 달라지고, 주인의 말을 거역하고, 쉽게 주인을 떠나고, 가족이 없고 교양이 없으니 쉽게 악습에 물들게 되네. 소위 교양 있는 사람과 교양 없는 사람 사이의 간격은 점점 커져가네. 만일 농부가 격리된 방에서 식사를 한다고 하더라도 그건 부자연스러운 구별일 걸세. 어차피 구별이라는 것 자체가 부자연스러운 것일 테지만."

주인어른이 잠시 뜸을 들이더니 다시 말을 이어 나갔다. "나는 그 풍습을 우리 집에 다시 도입하고 싶었네. 하지만 그사이 사람들이 바뀌었네. 다른 환경에서 성장했고, 자기 자신에 얽매여 타인과 접촉할 줄 모르네. 어떻게 보면 존재의 자유를 잃어버렸다고 할 수 있겠지. 어쨌든 그네들도 시간은 걸리겠지만 서서히 내가 도입하려는 풍습에 적응할 걸세. 특히 아직 교육적 효과를 기대할 수 있는 젊은 층들이 말이네. 하나 나는 이미 늦었네. 시간을 두고 그런 시도를 하기에는 삶이 얼마 남지 않았다는 말이지. 해서 난 하인들에게 강요하지 않기로 했네. 대신 젊은 후계자들이 내가 미처 이루지 못한 일을 시도하리라 믿네. 나와 생각이 같다면 말일세."

그 말을 들으면서 나는 아버지의 가게에서 일하는 직원들만이라도 우리와 함께 식사를 했던 것이 참 좋았다는 생각이 들었다.

점심 식사가 끝나자 우리는 농장을 방문하기로 했다. 이번에는 구스타프도 동행했다.

우리는 큰 벚나무를 지나 들판으로 가는 길을 택하지 않았다. 그 길은 내가 이미 알고 있으니 이번에는 다른 길로 안내하겠다는 것이다. 우리는 양봉장 근처의 작은 문을 통해 야외로 나가 완만한 비탈길을 따라 아래로 내려갔다. 비탈면에는 상품(上品)의 커다란 과실수들이 심겨 있었는데, 옛 농장의 정원에서 살려놓은 것들이었다. 우리가 지나간 들판은 일찍이 이런 들판을 만난 적이 있을까 싶을 정도로 아름다웠다.

농장에 이르자 이 지방의 웬만한 농장들처럼 널찍한 사각형의 농장 건물이 있었는데, 여기저기 수리하고 증축한 흔적이 보였다. 안뜰은 건물 주위로 둥그렇게 평평한 돌들이 깔려 있었고, 그 외 나머지 부분에는 여러 차례 변형 작업을 거친 석영 모래가 깔려 있었다. 안뜰 둘레에는 살림집을 비롯해서 축사와 헛간, 수레 창고가 둥글게 이어져 있었다. 우리는 농장의 가축들을 관찰했다. 말과 소, 돼지, 가금류가 있었다. 소들에게는 집 뒤에 아늑한 야외 공간이 따로 마련되어 있어 거기서 바깥바람을 쐴 수 있었다. 그 공간 안에는 맑은 물이 흐르는 돌 수로가 있었고, 소들이 거기서 물을 마셨다. 처음 보는 시설이었지만 퍽 괜찮은 발상인 듯했다. 가금류에게도 비슷한 공간이 마련되어 있었고, 농장 인근에는 어린 말들이 뛰놀 수 있는 작은 풀밭이 있었다. 우리는 살림집도 방문했다. 유리창 가장자리의 크고 아름다운 돌 테두리가 눈에 띄었다. 창문을 확대한 것도 쉽게 알 수 있었다. 수레 창고에는 수레와 다른 탈것 외에 농기구들이 보관되어 있었다. 퇴비는 우리 지방의 대다수 농사에서처럼 여기서도 집 뒤 한곳에 따로 모아두었는데, 키 큰 덤불에 가려 보이지 않았다.

주인어른이 말했다. "여긴 아직 많은 것이 새로 생기고 변하는 중이네. 그렇지만 서두르지는 않네. 다른 환경에서 자라고 거기에 익숙한 사람들의 오랜 선입견도 고려해야 하네. 그 사람들이 새로운 것 때문에 불안해하지 않도록, 그리고 아예 일에 대한 흥미를 잃어버리지 않도록 말이네. 우린 벌써 많은 것을 바꾸었다는 데 만족해야 하고, 그를 통해 차차 더 많은 것이 바뀌리라 기대할 뿐이네."

이 집에 사는 사람들은 어제 벤 건초를 갖고 들어오거나, 적당한 곳에서 바짝 말리느라 바빴다. 주인어른은 몇몇 사람과 이야기를 나누며 일상사와 관련된 일들을 물었다.

우리가 도착했던 곳과는 정반대 방향에서 농장을 출발하자 이곳에서 필요로 하는 채소와 다른 작물을 키우는 텃밭이 보였다.

우리는 왔던 방향과 다른 방향으로 길을 잡았다. 올 때는 큰 벚나무가 우리 북쪽에 있었다면 지금은 남쪽에 있었다. 그러니까 집의 정원 전체를 우회하는 셈이 되었다. 우리는 초원으로 향했다. 어제 주인어른이 자기 땅의 북쪽 경계이자 자신의 뜻대로 개선할 수 없었다고 한 그 초원이었다. 길은 완만하게 위로 올라갔다. 초원의 저지대에는 갈대와 울창한 야생 덤불에 둘러싸인 개천이 굽이굽이 흐르고 있었다. 어느 정도 걸어가자 주인어른이 말문을 열었다. "이게 내가 어제 언덕 위에서 가리켰던 그 초원일세. 여기까지가 우리 땅이지만 내 마음대로 바꿀 수가 없다고 했던 초원 말이네. 보다시피 이 개천가의 일부

지역은 늪으로 변했고, 군데군데 썩은 풀들로 덮여 있네. 이 상태를 개선하고 부드러운 풀을 자라게 하는 일은 어렵지 않네. 굽이치는 물길을 직선 길로 개조하면 물의 흐름이 빨라질 테고, 거기다 여기저기 돌로 벽을 쌓고 저지대를 마른 흙으로 메우면 이 지대는 금방 달라질 걸세. 하나 그러지 못하는 이유를 설명해주겠네. 저기 개천 양편의 오리나무에 돋아난 어린 가지가 보이나? 좀 더 가까이서 보면 두툼한 덩어리 같은 데서 뚫고 나온 것을 알 수 있을 걸세. 근데 덩어리처럼 보이는 것은 사실 일부는 흙 위에, 일부는 축축한 땅속에 꽂혀 있는 덩이줄기 형태의 결절이네."

개천으로 좀 더 다가가자 나는 그 사실을 확인할 수 있었다.

"몸통의 이런 결절에서 가느다란 가지나 기형의 굵은 가지가 돌출하는 야생 나무들은 여기 늪지대에 군락을 이루고 있네. 물론 모래나 돌 틈에서 자란 나무들에도 그런 것이 생기기도 하지만, 그건 정상적으로 자란 오리나무의 돌연변이라고 할 수 있네. 가느다란 가지나 기형의 굵은 가지들을 돌출시켜 키워나가려는 나무의 다면적 경향으로 인해 섬유와 나무껍질이 뒤틀리고 꼬이는 현상이 일어나네. 그 부분을 톱으로 잘라 단면을 깨끗이 닦아내면 나이테의 색깔과 무늬는 가히 환상적이라 할 만하지. 그런 이유로 이 오리나무 종은 최고로 귀한 가구 재료로 대접받네. 나는 이 부지를 구입한 뒤 초원을 둘러보며 오리나무 덩이줄기를 발견하는 순간 그중 하나를 잘라 조사해보았네. 당시 많은 훈련을 통해 나무 보는 눈이 있던 나는 이 덩이줄기 가지가 세상에서 가장 아름다운 목재에 속하고, 특히 사람들의 이목을 집중시키는 강렬한 색상과 비단결 같은 은은한 광채는 그 무엇에도 비길

데가 없음을 알게 되었네. 그래서 덩이줄기를 여럿 꺾어 잎을 잘라냈지. 자네도 우리 이웃에서 그걸 사용하는 모습을 볼 수 있을 걸세. 물론 자네가 훗날 우리를 다시 방문해서 그것들이 있는 곳으로 안내할 시간을 준다면 말이네. 나는 나머지 가지들은 보물처럼 땅속에 그대로 놓아두었네. 거기 계속 머무르며 번식하라는 뜻이었지. 그중 하나가 더 이상 자라지 못하고 시들시들 말라 죽기 시작할 때만 그것을 뽑아서 잎을 잘라낸 뒤 미래의 작업을 위해 보관하거나 다른 데다 팔았네. 그렇게 잘라낸 자리엔 다른 가지가 쉽게 생겨났지. 결국 나는 그 가지들을 키우기로 마음먹었네. 그런 결정을 내리게 된 데에는 두 가지 이유가 있네. 시간이 지나면서 주변 지역을 좀 더 자세히 알게 되고, 계곡의 분지와 개천 들을 모두 조사한 뒤 어디에도 이 오리나무에 비길 만큼 귀한 나무가 없다는 사실을 알게 된 것이 첫번째 이유였고, 두번째 이유는 내 요청으로 각 지역에서 보내온 나무들 가운데 우리 것에 필적할 만한 것은 하나도 없었다는 것이네. 나는 오리나무 위쪽에 수리 시설을 설치했네. 물과 자갈이 넘쳐 오리나무가 상하게 하는 것을 막고 과하게 불어난 물을 다른 물줄기로 돌리기 위해서였지. 내 이웃들도 그 일의 유용성을 알아보았네. 심지어 이웃 사람 둘은 배수가 되지 않는 척박한 땅에다 오리나무를 심기도 했네. 그게 성공을 거둘지는 미지수네. 성패를 논하기에는 식물들이 아직 너무 어리니까."

우리는 나무들을 유심히 둘러보고는 자리를 떴다. 초원 가운데에 있는 키 작은 나무숲을 따라 걸으니 주인어른이 말한 수리 시설이 나왔다. 우리는 이것을 건너 정원뿐 아니라 곡식밭 언덕 전체를 우회하기 시작했다.

햇살이 뜨겁지는 않아도 점차 따뜻해지고 있어서 나는 동행한 두 사람이 머리에 아무것도 쓰지 않은 것이 의아했다. 두 사람은 집을 나설 때부터 모자를 쓰지 않았다. 그래서 늙은 스승의 하얀 머리카락은 햇볕에 고스란히 노출되었고, 노인의 문하생 구스타프도 숱 많은 갈색 고수머리가 햇빛을 받아 반짝거렸다. 이런 두 사람을 보고 있노라니 나는 머리에 아무것도 쓰지 않은 두 사람이 이상한 건지, 아니면 두 사람 옆에서 여행 모자를 쓰고 있는 내가 이상한 건지 알 수 없었다. 어쨌든 구스타프는 햇빛으로 인해 뺨이 평소보다 더 붉고 아름답게 채색되었다.

나는 즐거운 마음으로 구스타프를 관찰했다. 구스타프의 가벼운 걸음걸이는 힘차지만 차분함과 신중함이 밴 주인어른의 걸음에 비해 화창한 봄날 같았고, 날씬한 몸매는 인생의 막바지를 향해 나아가는 스승의 몸매에 비해 유쾌한 아침 같았다. 행동거지 역시 조신하고 겸손했으며, 질문을 받지 않는 한 대화에 끼어드는 법이 없었다. 나는 자주 구스타프에게 몸을 돌려 이런저런 것들을 물었다. 주로 이 지방에 관한 것들과 내가 꼭 알고 있어야 할 지식에 관해서였다. 구스타프는 확신하면서도 최대한 공손하게 대답했다. 나와의 나이 차이가 자신의 스승만큼 크지 않았음에도 말이다. 구스타프는 길이 충분히 넓을 경우에도 대개 우리 뒤에서 걸었다.

언덕을 다 돌고 시골집까지 몇 채 지나자 우리는 어제 내가 비를 피할 생각으로 처음 올라왔던 바로 그 길을 택해 집으로 올라갔다. 집에 이르자 어제와 마찬가지로 장미가 우리를 맞았다. 순간 지금이 주인어른에게 장미에 관해 물어볼 좋은 기회라는 생각이 들었다. 그러잖아도 이 꽃들에 대한 궁금증이 가슴속에 계속 남아 있었기 때문이다. 나는 주인어른에게 모래밭에 좀 더 다가가면서 장미를 자세히 관찰하면 안 되겠느냐고 물었다. 내 요청은 받아들여졌고, 우리는 하얀 집의 아랫부분을 덮은 장미꽃 벽 앞에 섰다.

나는 주인어른이 이 꽃들의 진정한 벗이 틀림없다고 말했다. 어디에도 이만큼 많은 장미 종을 갖춘 곳이 없고, 장미 하나하나가 이만큼 완벽해 보이는 곳도 없었기 때문이다.

"물론 나는 이 꽃들을 무척 사랑하네. 그리고 장미가 세상에서 가장 아름답다고 생각하기도 하고. 한데 그 두 감정 중에서 어느 것이 먼저인지는 정말 모르겠네. 그러니까 내가 장미를 사랑해서 장미가 아름다운 것인지, 아니면 장미가 아름다워서 장미를 사랑하게 된 것인지 모르겠다는 말이네."

"저 역시 장미가 가장 아름다운 꽃 가운데 하나라고 생각합니다. 장미에 버금가는 것으로는 동백이 있습니다. 동백은 부드럽고 맑고 순수합니다. 화사할 때도 많습니다. 하지만 항상 우리에게 뭔가 낯선 느낌을 주는 것도 사실입니다. 게다가 귀족적인 자태도 흐르죠. 저는 이렇게 표현하고 싶습니다. 동백은 부드럽지만 장미의 '달콤함'은 없다고요. 향기에 대해서는 거론하고 싶지 않습니다. 향기는 아름다움의 영역에 속하지 않으니까요."

"물론이네. 향기는 미의 영역에 포함되지 않네. 하나 미와 상관없이 향기에 대해 굳이 말하자면 뇌쇄적인 장미 향기를 따라올 것은 없을 걸세."

"그건 개인적인 취향에 따라 조금씩 다르겠지요. 하지만 장미를 싫어하는 사람보다는 좋아하는 사람이 훨씬 많다는 것은 분명합니다. 장미는 지금도 그렇지만 과거에도 경탄을 받았습니다. 장미의 자태는 다른 것들과 비교해서 가장 보편적이고, 장미의 색깔은 젊음과 아름다움의 상징입니다. 사람들은 곧잘 장미로 집을 에워싸고, 그 향기는 고귀한 장신구이자 진기한 보석으로 여겨집니다. 역사적으로 장미 재배를 특히 높이 평가하는 민족들이 있었습니다. 예를 들어 무기에 밝았던 로마인들은 장미로 화관을 만들기도 했죠. 장미는 여기 이것들처럼 관상용으로 길러질 때, 독특한 다채로움과 조합으로 한껏 부풀어 오를 때 특히 사랑스럽습니다. 이 집의 장미들에서는 진정한 힘이 느껴집니다. 게다가 크고 하얀 벽면에 골고루 분포되어 있어서 더한층 도드라져 보입니다. 장미 앞에는 하얀 모래밭이 있고, 이 모래밭은 다시 비단 띠 같은 녹색 잔디와 산울타리로 곡식밭과 산뜻한 경계를 이루고 있어서 한 점의 그림을 보는 듯합니다."

"장미를 심을 때 그런 환경을 따로 고려하지는 않았네. 다만 가능한 한 아름답게 보이도록 신경을 썼지."

"저는 여기 이 장미들이 어떻게 이리 잘 자라는지 도무지 이해가 되지 않습니다. 여기 장미들은 최악의 조건하에 있습니다. 장미들을 목책에 억지로 묶어둔 것이 그렇고, 강렬한 햇빛을 잡아두는 하얀 벽이 그렇고, 비와 이슬 그리고 천체의 작용을 가로막는 지붕 밑의 차양막이 그렇습니다. 게다가 이 집 자체가 공기의 자유로운 흐름을 가로막고 있기도 합니다."

"장미가 이렇게 번창하기까지는 오랜 시간이 걸렸네. 시행착오도 많았고. 그렇지만 우리는 그 과정을 통해 서서히 일을 배웠고, 순서에 따라 일을 진행해왔네. 우선 장미가 가장 선호하는 흙을 일부는 다른 곳에서 날라오고, 일부는 책에 적힌 대로 직접 만들었네. 나는 이리로 올 때 경험이 완전히 없지는 않았네. 그전에 장미를 직접 키우기도 했는데, 그 경험을 여기에 써먹었지. 흙이 준비되자 집 앞에 넓고 깊은 구덩이를 파서 흙으로 메운 다음 거기다 목책을 설치했네. 목책에는 물에 부식되지 않도록 유성 페인트를 듬뿍 발라두었고. 그렇게 준비가 끝나자 어느 해 봄 내가 직접 키운 장미와 전문 원예사가 보내준 장미를 비옥한 흙에다 심었네. 장미가 자라자 목책에 묶었고, 세월이 지나면서 장미를 옮기고 바꾸고 자르고 하다가 마침내 벽을 완전히 장미로 덮게 되었네. 정원에는 예비 화단들을 만들어두었네. 일종의 학교처럼 거기서 장미를 키워 나중에 벽으로 옮기려고 말이네. 그 밖에 우리는 지붕 밑에 아마천으로 두루마리 차양막을 설치했네. 줄을 살짝 잡아당기면 장미 벽 위로 차양막이 내려왔는데, 그것으로 햇빛을 어느 정도 막을 수 있었네. 너무 강한 햇살은 나무와 꽃에 해가 되니까. 보게, 오늘은 해가 그리 뜨겁지 않으니 장미들이 얼마나 즐겁게 햇살을 받아들이는가? 자네는 이슬과 비에 대해서도 말했는데, 자유로운 하늘의 영향이 완전히 차단될 정도로 목책이 집 벽에 붙어 있지는 않으니 걱정하지 않아도 되네. 장미엔 이슬이 맺히고 비도 방울방울 떨어지네. 게다가 우리는 하늘이 비를 내리지 않을 때도 물을 공급하려고 추녀 홈통 밑에 속이 빈 원통을 설치했네. 지붕 밑 큰 물통에서 나온 물로 채워지는 이 원통에는 미세한 구멍을 뚫어놓았는데, 이 구멍들은 가벼운 압력에도 열리게 되어 있어서 물이 이슬처럼 자동으로 장미 위로 떨어지네. 비가 오랫동안 오지 않는 계절에도 물이 이파리와 가지를 적시고 흘러 내려가고, 장미가 이 물로 샤워를 하고 생기를 얻는 모습을 보는 것은 참으로 유쾌한 일이네. 마지막으로 자네는 공기의 흐름이 막히는 것도 염려했는데, 그걸 해결할 간단한 방법이 있었네. 우선 이 언덕에는 언제나 약하게나마 바람이 불어 집 벽을 어루만지고 지나가네. 바람 한 점 없는 잔잔한 날에 이 꽃들에 공기가 필요하면 1층 창문을 모두 열어두네. 이쪽 벽뿐 아니라 맞은편 벽 창문까지 말이네. 맞은편은 북쪽인데, 그쪽 그늘에서 식은 공기가 자연스레 집 안으로 들어와 장미가 있는 창문을 통해 밖으로 나가네. 그래서 바람이 전혀 없는 날에도 장미 잎사귀들이 살랑살랑 움직이지."

"참으로 훌륭한 시설입니다. 어르신의 장미 사랑을 여실히 증명하는 것 같습니다. 하지만 그것만으로는 장미들이 이렇듯 완벽한 모습을 띠고 있는 것을 충분히 설명할 수 없습니다. 여기 장미들은 불완전한 꽃 하나, 메마른 가지 하나, 불규칙한 잎사귀 하나 없이 전부 완벽합니다."

"방금 말한 이곳의 전반적인 시설이 그 이유를 일부 설명해주지 않을까 싶네. 이 장미들은 남향이라는 입지 조건과 인위적 장치 덕에 공기와 해, 비의 혜택을 최대한으로 입고 있네. 그렇지만 이 생명체들을 이렇게 번창시킨 궁극적 원인이 무엇인지는 우리도 모르네. 다만 장미한테 나온 것이 장미한테 가장 좋다는 결론을 내렸네. 우리는 오래전부터 장미 쓰레기를 모아왔네. 잎뿐 아니라 인근의 야생 장미 가지들까지 몽땅 긁어모았지. 이렇게 모은 것이 우리 정원의 한구석에 산더미처럼 쌓여 있었네. 바람과 비에 완전히 노출된 채 말이네. 그렇게 만들어진 것이 장미 흙이네. 쌓인 장미 쓰레기에서 식물의 흔적이 더 이상 보이지 않고 오직 연한 흙만 눈에 띄면 우리는 그 흙을 장미에게 주었네. 장미를 새로 심은 구덩이에는 몇 년 동안 버틸 만큼 흙을 충분히 넣었네. 그리고 장기간 같은 흙을 먹고 산 좀 오래된 장미들에게는 흙 갈이를 해주었네. 뿌리 위의 흙을 새 흙으로 바꾸어주든지, 아니면 기존의 흙을 전부 걷어내고 신선한 흙으로 채우는 식이었지. 작업이 끝나면 장미 잎과 꽃들이 그 선물에 얼마나 기뻐하는지 그대로 생생하게 느껴졌네. 하지만 흙과 공기, 해, 물에도 불구하고 또 다른 배려가 없었다면 장미들은 지금 자네가 보는 것처럼 이렇게 아름다울 수 없을 걸세. 식물은 언제나 손상될 위험에 처해 있으니까. 우리가 모르는 원인으로든, 아니면 알기는 해도 손쓸 수 없는 원인으로든 말이네. 게다가 무릇 살아 있는 모든 것이 그러하듯 장미도 죽기 마련이네. 우리는 병든 장미를 즉각 뽑아서 장미 병원 역할을 하는 정원으로 옮기고, 예비 화단에서 키운 다른 장미로 교체하네. 이 벽에 말라 죽은 장미가 눈에 띄지 않는 것은 말라가기 시작할 때 벌써 뽑아버렸기 때문이네. 그리고 알 수 없는 어떤 원인으로 빨리 죽어버린 장미는 지체 없이 제거하네. 병들거나 시드는 부분도 마찬가지로 목책에서 분리하지. 최고의 계절은 아무래도 가지들이 맨살을 드러내는 봄일세. 그때 우리는 사방으로 손길이 미치는 사다리를 설치해놓고 목책을 샅샅이 조사하네. 나무껍질을 청소하고 다듬고, 상처를 동여매주고, 가지들을 연결하고, 쓸모없는 것은 잘라내버리지. 물론 여름에도 결함이 있는 잎과 불완전한 꽃은 찾아내서 제거하네. 이렇게 해서 집안사람 모두가 서서히 장미에 애정을 갖게 되었고, 틈나는 대로 살펴보고 무언가 잘못된 것이 보이면 즉각 이야기해서 손을 보네. 주변 사람들도 우리 집의 이 꽃들이 마음에 들었던지 너 나 할 것 없이 정원에 장미를 심고 가꾸네. 나는 그 사람들한테 우리 정원의 화단에서 키운 장미를 선물하기도 하고, 장미 가꾸는 법을 가르치기도 하네. 심지어 여기서 걸어 두 시간쯤 되는 거리에 사는 한 농부는 나를 본떠서 집 벽면 전체를 장미로 장식해놓았네."

"어르신께서 이렇듯 장미를 끔찍이 생각하고 귀히 여기는 모습을 볼수록 저는 더더욱 이런 의문이 들지 않을 수 없습니다. 입지 조건으로 봐서 몹시 열악할 뿐 아니라 이렇게 완벽하게 키우려면 저렇듯 번잡한 시설들이 필요한 담벼락에 왜 하필 장미를 키울 생각을 하셨을까요? 그리고 여기 이 장미들이 연출하는 모습이 무척 아름답기는 하지만, 정원의 다른 곳에서 키웠어도 최소한 이만큼 아름답거나 이보다 더 아름다울 수 있고, 더구나 일손까지 덜 수 있는데 왜 그러지 않았을까 하는 의문 말입니다."

"내가 장미를 집 벽에 붙여 심은 것은 젊은 시절의 기억이 이 꽃과 연결되어 있고, 이렇게 키우는 방식이 마음에 들었기 때문이네. 그래서 내 눈에 장미가 그리 아름다워 보이고, 이런 방식으로 장미를 돌보는 것을 수고스럽게 느끼지 않는가보네."

"해충 이야기는 아직 안 했습니다만, 경험으로 보건대 포플러나무를 빼고 장미만큼 해충이 많은 식물은 없을 겁니다. 장미는 다양한 종류의 해충이 다양한 형태로 해를 끼친다고 합니다. 그런데 여기서는 그런 피해의 흔적을 찾을 수 없습니다. 마치 애초에 해충이 없었거나, 아니면 모종의 인공적인 수단으로 해충 피해를 완벽하게 막기라도 한 것처럼 말입니다. 하지만 병든 잎을 제거하는 것과는 달리 바구미와 거미, 진딧물을 한 마리도 빠짐없이 다 집어내는 것은 불가능한 일이 아니겠습니까? 기왕 말이 나왔으니 말인데, 원래는 여기를 떠나기 전에 적당한 기회를 봐서 드리려고 했던 질문을 지금 드리겠습니다. 어르신께서는 제가 이곳의 여러 가지 일을 통찰하도록 늘 흔쾌히 허락해주셨기에 이번에도 허락해주시리라 믿습니다. 저는 저지대를 여행하면서 과일나무에 잎이 하나도 없는 가지들이 많고, 잎은 있어도 벌레가 갉아 먹어 모양이 흉측하게 일그러지거나 망가진 것을 수차례 보았습니다. 물론 언제부턴가는 그런 것에 눈을 돌리지 않게 되었습니다. 잎에 벌레가 먹는 것이야 어릴 적부터 흔히 보아온 광경이고, 피해 정도도 늘 고만고만했으니까요. 그런데 이 장미들도 그렇지만, 어르신의 정원에서는 벌레 먹은 식물이 하나도 없는 것을 보고는 절로 눈이 돌아가더군요. 어디에도 말라비틀어진 잎 하나 없고, 잎이 떨어져 나간 잔가지도, 벌레가 갉아 먹은 줄기도 없었으니까요. 심지어 그 흔한 배추벌레가 뜯어 먹다 만 양배추 잎 하나 없었습니다. 저는 이렇게 성한 식물들을 보면서 예전에 시골에서 봤던 벌레의 피해가 다시 떠올랐습니다. 그래서 결심했습니다. 어르신께 꼭 이 점을 여쭈어봐야겠다고 말입니다. 어르신께는 혹시 특별한 예방 비법이 있으신가요? 애벌레와 벌레를 잡는다고 해서 되는 게 아니라는 건 잘 알려진 사실 아닙니까?"

"우리도 해충을 잡는 방식으로는 이 장미와 정원의 식물을 지켜낼 수 없었을 걸세. 실제로 우리에겐 그것 말고 나름의 방법이 있었네. 하지만 그 방법을 말하기 전에 우선 이 정원에 해충이 없다는 걸 눈치챈 자네가 참 대단하게 생각되네. 내 기꺼이 자네에게 그에 대한 설명을 해주겠네. 내 방식이 우리 집을 넘어 널리 퍼지게 하기 위해서라도 말일세. 한데 자네 질문에 대한 답은 정원에서 하는 게 좋을 듯하이. 그래야 필요할 때 즉각 시설을 보여주면서 설명하고 증거도 댈 수 있지 않겠나? 괜찮다면 정원으로 옮기세. 농장에서 예까지 올라오는 동안 촌각도 쉬지 않았으니 정원에서 잠시 벤치에 앉아 얘기하는 것도 나쁘지 않을 듯하네."

"조금만 더 장미를 관찰하게 해주십시오."

"마음대로 하시게."

나는 하나하나 꼼꼼히 살펴보려고 목책으로 다가갔다. 장미나무가 뿌리를 내린 땅은 그 흔한 잡초 하나 없이 순수한 흙으로만 이루어져 있었다. 나는 세심하게 페인트칠을 한 목책을 살펴보았다. 나무들이 세심하게 묶여 있고 가지들이 빽빽하게 펼쳐져 있어서 집 벽에는 빈틈 하나 보이지 않았다. 장미나무 하나하나마다 작은 유리 케이스가 걸려 있었고, 그 안에는 꽃 이름을 적은 종이가 있었다. 유리 케이스는 비를 막을 목적으로 윗부분이 밀폐되어 있었고, 아랫부분은 살짝 위로 접혀 작은 홈통을 이루고 있었다. 나는 가까이서 이런저런 것을 관찰한 뒤 다시 뒤로 물러나 마지막으로 한 번 더 장미 벽을 훑어보고는 이제 정원으로 가자고 말했다.

우리가 울타리 문으로 걸어가자 주인어른이 밀어서 문을 열었다. 어제 내게 열어준 그 문이었다. 우리는 정원 안으로 들어갔다. 쾌적한 오후의 그늘이 드리운 벤치가 보였다. 벤치에 앉자 주인어른이 말문을 열었다. "나무와 덤불, 어린 식물을 병충해로부터 지키는 수단은 너무 단순하고 자연에 뿌리를 두고 있어서 거론하는 것조차 부끄러울 정도네. 물론 이 수단을 다른 곳에서 아예 사용하지 않는 것은 아닐세. 어쨌든 이 수단의 특징은 주로 자연에 뿌리를 두고 있다는 것이네. 나무와 가지가 헐벗는 것은 항상 애벌레들 탓만은 아니고 다른 원인으로 시나브로 그렇게 될 때도 많네. 나무가 서서히 죽어가는 것, 즉 나뭇잎이 떨어져 앙상해지는 것을 막을 수단은 없네. 인간의 죽음을 막을 도리가 없듯이. 하나 정원에 나무가 죽은 채로 서 있는 일이 있어서는 안 되네. 무슨 말인고 하니, 사전에 빈번히 가지치기를 해서 나무에 생기를 불어넣어야 하지만, 그 수단조차 차츰 영향력이 떨어지기 시작할 때쯤이면 나무를 정원에서 분리하는 것이 나무와 정원을 위해 다 좋은 일이라는 뜻이네. 따라서 어느 정도 관리가 잘 이루어지는 정원에는 그런 나무가 없네. 그리고 나무의 일부가 헐벗지 않게 하는 수단도 여럿 있네. 하지만 본질은 하나일세. 나무가 필요로 하는 것을 주고, 나무에 해가 되는 것은 덜어내는 것이지. 하여 나무가 살 수 없는 곳에 나무를 심지 않는 것이 최고의 원칙이라 할 수 있네. 아마 생각이 있는 사람이라면 나무가 도저히 살 수 없는 곳에 나무를 심지는 않을 걸세. 한데 땅을 갈지 않아서, 혹은 특정 식물에게 꼭 있어야 할 것이 없어서 불모지로 여겨지는 땅도 있네. 우리는 그런 장소를 좋은 땅으로 만들기 위해 나무를 심기 전에 구덩이를 깊이 파서 질이 좋은 흙을 채웠네. 그렇게 해놓으면 나무는 나중에 어쩔 수 없이 가공되지 않은 흙 속으로 뿌리를 내리더라도 충분히 자라 있을 걸세. 내가 처음 여기서 발견한, 상태가 별로 마음에 안 들었던 늙은 나무들조차 나는 솎아내기와 흙 갈이로 멋들어지게 키워냈네. 그런데 우리는 구덩이를 파서 나무를 심기 전에 나무에 흙 말고 무엇이 필요한지, 또

나무를 어떤 곳에 심어야 하는지 알아내고자 노력했네. 나무는 각각 맞는 곳에 심어야 하네. 바람이 필요한 나무는 바람이 부는 곳에, 햇빛을 사랑하는 나무는 햇빛이 비치는 곳에, 그늘을 좋아하는 나무는 응달에 심어야 한다는 말이지. 그리고 보호가 필요한 나무는 큰 나무나 바람을 잘 막아주는 나무 뒤에 심고, 추위와 서리를 싫어하는 나무는 벽 옆이나 따뜻한 곳에 심네. 이런 식으로 이곳의 모든 나무는 본래의 생명력과 자연의 양분으로 한껏 번창하고 있네. 봄이면 우리는 나무줄기와 굵은 가지들을 솔과 질 좋은 비눗물로 깨끗이 씻어주네. 솔질을 해서 나무에 해를 끼칠 수 있는 이물질들을 제거하는 게지. 나무껍질은 동물의 피부처럼 생명에 아주 중요하네. 그래서 껍질을 씻는 것은 건강에 좋은 목욕이나 다름없지. 미용에 좋기도 하고. 우리의 나무들은 이끼가 끼지 않고 껍질은 깨끗하기 그지없네. 특히 벚나무 껍질은 회색 비단이 부럽지 않을 정도로 곱네."

그전에 나는 모두 굉장히 건강한 나무껍질을 보면서도 그저 나무가 잘 자라서 그렇겠거니 하고 예사로 보아 넘겼지만, 실은 저런 내막이 있었던 것이다.

주인어른의 말이 이어졌다. "그런 세심한 배려에도 불구하고 나무의 일부가 바람과 추위 같은 것들로 말미암아 앙상해지면, 우리는 봄철에 가지치기를 하면서 앙상한 부분들을 잘라내네. 그러고는 그 위에 질 좋은 접합제를 바르지. 물기가 나무에 스며들지 못하도록, 그리고 다른 건강한 부위에까지 병이 옮지 못하도록 말이네. 이렇게 관리하는 정원이라면 나무에 앙상한 부분이 있을 리 있겠나? 우리 힘으로는 어쩔 수 없는 외부의 적이 닥치지 않는 한 말이네. 외부의 적은 우박과 폭우 같은 자연현상이네. 하나 그런 피해는 그리 크지 않을뿐더러 우리 고을에서는 아주 드문 일이네. 게다가 자연재해의 파괴력도 망가진 부분을 재빨리 제거하고, 어린 나무를 새로 심거나 다른 나무를 옮겨 심어서 약화시킬 수 있네. 한데 그보다 더 큰 위험이 있네. 벌레들이네. 이것들이야말로 정원의 질을 떨어뜨리고 정원의 아름다움을 망가뜨리는 주범일세. 해충이 창궐하면 몇 년 안에 정원은 황폐해져버리지. 내가 마지막으로 언급할 부분도 바로 이 벌레들을 다루는 방법이네. 자네는 여행하면서 해충 피해가 심한 나무들을 봤다고 했는데, 자네도 알다시피 올해에 우리 정원에는 그런 피해가 전혀 없네."

"저는 따뜻하고 한적한 지역을 지나가면서 잎이 거의 전부 떨어진 사과나무를 여러 차례 목격했습니다. 일부 가지가 앙상한 몰골을 띠고, 나뭇잎이 엉망으로 망가진 것은 더 자주 보았고요. 하지만 저는 그것을 큰 재앙으로 여기지 않았고, 그해가 특별히 피해가 심한 해라고 생각지도 않았습니다. 그런 피해는 늘 있어왔고, 전면적으로 닥치지만 않는다면 피해 규모도 그리 크지 않았으니까요. 하여 저는 그것을 어쩔 수 없이 감수해야 하는 일로 여기게 되었습니다."

"그건 잘못된 생각이네. 벌레들로 인한 피해는 늘 있기 마련이고, 그것을 나라 전체로 확대해보면 피해 규모는 어마어마할 걸세. 참혹한 몰골의 나무를 봐야 하는 심정적인 피해도 빼놓을 수 없지. 그건 결코 어쩔 수 없이 감수해야 하는 일이 아닐세. 막을 방법이 있네. 이 방법은 직접적인 효과 말고도 경관을 아름답게 하고 사람의 마음을 즐겁게 하는 등 부수적인 이득까지 주네. 그 즐거움을 감안하면 자연이 우리에게 어서 사용하라고 유혹하는 느낌마저 드네. 그럼에도 좀 전에 말한 대로 사람들은 이 방법을 거의 사용하지 않네. 심지어 이 방법을 아예 망가뜨리려고 애쓰는 사람들까지 있네. 자네도 이 방법이 뭔지 벌써 알고 있을 것 같은데……"

내가 의아한 시선으로 주인어른을 바라보았다.

"우리 정원에서 특히 인상적으로 들은 것이 있다고 하지 않았나?"

"새소리 말씀입니까?"

"그래, 바로 그것이네. 우리 정원에서 애벌레와 해충을 막기 위해 사용하는 수단은 새들이네. 새는 인간의 손이나 다른 도구보다 훨씬 철저하게 나무와 덤불, 작은 식물 그리고 장미를 청소해주네. 이 유쾌한 일꾼들이 우리에게 도움을 준 뒤부터 우리 정원에서는 올해처럼 애벌레 한 마리 보이지 않네. 몇 마리만 있어도 금방 눈에 띄는 녀석들인데 말일세."

"하지만 새는 어디든 있지 않습니까? 어르신의 정원을 지켜주려고 여기에만 유독 많이 모여 있다는 말씀입니까?"

"이 나라, 아니 다른 어느 나라 어떤 곳보다 우리 정원에 훨씬 많을 걸세."

"어떻게 그런 일이 가능합니까?"

"내가 나무에 대해 말한 이치와 똑같네. 그러니까 나무를 번창시키고 싶으면 나무가 번창할 조건을 갖추어주면 된다는 게지. 다만 동물은 나무와 달리 마음대로 옮겨놓을 수 없네. 동물은 제 발로 찾아오네. 특히 장소를 옮기기가 아주 쉬운 새들이 그러네."

"새들이 번창할 조건은 무엇입니까?"

"핵심은 보호와 먹이일세."

"새들을 어떻게 보호한다는 말씀입니까?"

"사람이 새를 보호할 수는 없네. 새들 스스로 보호하는 게지. 하나 보호할 수단은 줄 수 있네. 무기로 방어할 수 없는 새들은 적과 궂은 날씨로부터 자신을 보호할 피신처를 찾네. 나무나 바위, 벽 틈 같은 곳이지. 그런데 그런 곳들은 자기보다 큰 적이 따라 들어올 수 없도록 좁아야 하고, 적의 부리나 앞발이 닿을 수 없도록 깊어야 하네. 딱따구리 같은 새들은 나무 속에 그런 피신처를 직접 만들기도 하고, 맹금류나 족제비 같은 짐승들이 쫓아올 수 없는 울창한 덤불 속으로 도망치기도 하네. 한데 새들에게는 자신을 지키는 일보다 훨씬 중요한 일이 있네. 새끼들을 지키는 일이지. 새들은 주변에서 안전한 장소를 찾을 수 없고 시간이 촉박할 경우에 어쩔 수 없이 열악한 장소에라도 둥지를 틀고 부화를 하네. 그래서 난 이런 예상을 했네. 그런 피신처를 많이 만들어주면 다른 조건이 부실하더라도 새들이 많이 찾아올 거라고. 구멍이 많은 낡은 탑 지붕을 생각해보게. 갈까마귀나 제비가 얼마나 북적거리는가! 새들을 오게 하려면 일단 그런 피신처를 많이 만들어야 하네. 그것도 새들이 만족할 만큼 훌륭하게. 자네도 보다시피 우리는 바위와 나무줄기에 구멍을 뚫을 수는 없네. 대신 속이 깊은 목조 동굴을 만들어 나무 곳곳에 걸어두었네. 동굴 입구는 들이치는 비바람을 막기 위해 주로 남쪽으로 냈고, 크기도 새 종류에 따라 적절히 조절해 새가 쉽게 드나들도록 했네. 자네도 우리 나무들에서 그런 것들을 봤을 듯한데, 그렇지 않나?"

"봤습니다. 보면서 저건 용도가 뭘까 잠시 고민했지만 다른 인상적인 일들에 관심을 쏟느라 그냥 지나치고 말았습니다."

"정원을 한 번 더 돌아보면 그런 새집을 여럿 볼 수 있을 걸세. 새들이 부화하는 둥지는 울창한 가시덤불 속에 따로 마련해두었네. 뒝벌도 드나들기 힘들어 보이는 곳을 새들은 용케 찾아내어 둥지를 만들더군. 원한다면 그런 둥지도 몇 개 보여줄 수 있네. 새들이 가정을 이루어 단란하게 살아가는 모습을 보는 일은 참 유쾌하네. 나무에 걸어둔 동굴 새집과는 또 다른 맛이지. 이런 식으로 우리는 정원에 필요한 작은 새들을 보호하네. 부리와 발톱, 날개로 스스로를 지킬 수 있는 큰 새들은 친구라기보다 적이네. 그래서 우리는 그런 녀석들이 정원에 발을 못 붙이게 하네."

주인어른이 얼마 뒤 다시 말을 이어갔다. "새들은 피신처 외에 먹이도 필요하네. 그래서 먹을 것이 부족한 지역은 회피하지. 이것이 생계와는 상관없이 가끔 먼 곳으로 떠나기도 하는 인간과는 다른 점이네. 우리의 정원에 맞는 새들은 대개 벌레와 곤충을 먹고 사는 녀석들이네. 한데 둥지를 틀기에 적합한 곳이라 하더라도 너무 많은 새가 모여 살아 먹이가 부족하게 되면 일부는 먹이를 찾아 다른 곳으로 떠날 수밖에 없네. 해서 해충이 엄청나게 많은 해에도 그 피해를 완벽하게 막을 만큼 많은 새들을 붙잡아두려면, 새들에게 자연이 공급하는 먹이 외에 인간이 공급하는 먹이도 줘야 하네. 그리하면 원하는 만큼 많은 새를 한곳에 붙잡아둘 수 있지. 여기서 중요한 건 필요한 만큼의 먹이를 공급해서 먹이가 부족하지 않도록 하는 것뿐이네. 새들이 사람이 주는 먹이만 찾으면 어쩌나 걱정할 수도 있지만 그건 기우에 지나지 않을 걸세. 누가 뭐래도 새들이 가장 좋아하는 건 벌레니까 말이네. 새들이 사람의 먹이를 굉장히 매력적으로 느낄 경우 그 먹이의 공급 과잉 현상이 생길 수 있지만, 그런 폐해 역시 해충의 증가로 쉽게 드러나기 때문에 크게 걱정하지 않아도 되네. 몇몇 경험을 거쳐 우리는 올바른 길로 나아가고 있다고 믿네. 다 떠나고 몇 종의 새만 남아 있는 겨울과 자연의 먹이가 부족한 시기에 새들을 정원에 묶어두려면 정말 모자람이 없도록 잘 먹여야 하네. 봄철에 둥지 틀 장소를 찾던 새들은 우리 정원의 여러 시설에 반해서 머무르게 되었고, 여기가 얼마나 살기 좋고 얼마나 먹이가 풍부한 곳인지 금방 알아보고는 이듬해에도 어김없이 다시 찾아왔네. 물론 겨울새일 경우에는 아예 떠나지를 않았지. 새끼들도 여기를 고향으로 생각하네. 대개 새들은 처음 태어난 곳에 계속 머무르려는 성향이 있는데, 그래서 자연스레 미래의 정착지로 우리 정원을 선택하게 되는 게지. 새로운 새들도 꾸준히 찾아오네. 그러다보니 우리 정원뿐 아니라 주변에도 새들이 해마다 꾸준히 늘어나고 있네. 그뿐만이 아니네. 정원보다는 숲과 한적한 수풀에 익숙한 새조차 이따금 찾아오더니 여기가 마음에 드는지 그냥 눌러앉아버렸네. 숲과 한적함이 제공하는 많은 것을 여기서는 누릴 수 없는데도 말일세. 그리고 새를 키우려면 적당한 빛과 바람, 온기를 제공해주어야 하네. 우리는 새들이 자기 성향에 따라 따뜻한 혹은 추운 곳, 바람이 많은 곳 혹은 햇빛이 드는 곳을 쉽게 선택하도록 정원 곳곳에 둥지를 틀 부지를 조성해놓았네. 그중에서 적당한 장소를 찾지 못한 새들은 이곳을 떠나네. 어차피 이 지방에 맞지 않고, 우리 정원에 필요 없는 녀석들이지. 그 밖에 떠돌이새와 먼 길을 떠나는 철새들도 우리를 찾아오네. 원래 그 녀석들에게까지 먹이를 나누어 줄 필요는 없지만, 우린 그냥 녀석들이 우리 정원의 텃새들 틈에 섞여 모이를 먹고 떠나게 내버려두네."

"먹이는 어떤 식으로 주십니까?"

"여러 방법이 있네. 어떤 새들은 나무를 쪼는 딱따구리처럼 딱딱한 땅이나 평평한 흙에서 모이를 먹고, 어떤 새들은, 특히 산새들이 그러한데, 흔들리는 가지에서 모이 먹는 것을 좋아하네. 첫번째 녀석들한테는 어디든 적당한 곳에 모이를 뿌려놓네. 그러면 귀신같이 찾아와서 먹지. 반면에 다른 녀석들한테는 격자 창살을 줄에 매단 뒤 거기다 모이를 담은 사발이나 먹이를 꽂은 핀을 걸어두네. 그러면 녀석들이 날아와 몸을 흔들어대며 식사를 하지. 새들은 이렇게 서서히 우리를 믿게 되었고, 나중에는 자신들의 밥상까지 굳이 자기 식대로 고집하지 않게 되었네. 그래서 이제는 딱딱한 땅에서 식사하는 녀석이든, 공중에서 몸을 흔들며 식사하는 녀석이든 모두 새 모이장에 뒤섞여 함께 식사하네. 자네가 오늘 아침에 봤던 온실 옆의 그곳 말이네."

"일부러 본 건 아니고 우연히 보게 되었습니다."

"다른 사람도 할 수 있는 일이지만, 난 집에 있을 때면 항상 직접 그 일을 하려고 하네. 새로 온 신참이나 숲에서 자란 산새들처럼 낯가림이 심한 녀석들은 따로 조용한 곳에서 먹이를 주네. 그리고 우리를 더 믿어주는 사교적인 녀석들한테는 유쾌하면서도 살가운 방식으로 먹이를 주지. 나는 어느 방의 창문 앞에 널빤지를 부착해놓고 거기다 모이를 놓아두었네. 그랬더니 새들이 날아와 눈앞에서 식사를 하더군. 그걸 보자마자 그 방을 새들의 식당방으로 삼았네. 방에다 함을 몇 개 들여다놓고, 함의 작은 서랍들에는 이름표를 붙이고 새들의 모이를 넣어두었네. 씨앗 아니면 빨리 상하지 않는 먹이들이네."

"아, 그 구석방을 말씀하시는 거군요. 그렇지 않아도 그 방의 용도를 몰라 궁금했습니다. 처음에는 창문 앞의 널빤지가 화분용인가 싶었지만, 자세히 보니 화분을 놓기에 적합하지 않은 것 같았습니다."

"그럼 물어보지 그랬나?"

"그러려고 했는데, 그마저 까먹고 말았습니다."

주인어른의 설명이 다시 이어졌다. "새들은 주로 살아 있는 벌레나 곤충을 먹는데, 여기 사는 새들에게 전부 그런 먹이를 공급하기는 애초에 불가능하네. 하지만 대부분의 새들이 벌레 외에 씨앗도 마다하지 않기에 우리는 새들의 식당방에 우리 들판과 숲에서 자라는 모든 씨앗을 항시 준비해놓네. 씨앗이 떨어지거나 오래되면 즉시 새것으로 바꾸어놓지. 곡식을 좋아하지 않는 녀석들한테는 우리가 먹다 남은 음식을 주네. 그러니까 고기 살점이나 과일, 삶은 계란, 야채 같은 것들을 곡식과 섞어 주는 게지. 박새는 특히 베이컨을 보면 정신을 못 차리네. 해서 녀석들이 일을 열심히 하거나 새끼를 돌볼 때는 그 보상으로 베이컨을 자주 나누어 주네. 새들한테 설탕도 가끔 뿌려주네. 마실 물은 정원 곳곳에 풍부하게 비치해놓았네. 모든 물통 안에 나무 막대기를 비스듬히 설치해놓아 새들이 그걸 타고 내려가 물을 마실 수 있도록 했지. 수풀 속에는 돌로 만든 물그릇들을 갖다놓았고, 정원 서쪽의 덤불 속에는 우리가 돌로 가장자리를 둘러놓은 작은 샘도 하나 있네."

"새들을 위해 정말 많은 수고를 하시는군요."

"수고랄 게 있나. 습관이 되면 어려울 것도 없지. 게다가 그 대가는 이루 헤아릴 수 없이 막대하네. 몇 해 동안 이 깃털 달린 짐승들을 거두면서 틈틈이 녀석들이 일하는 모습을 지켜보노라면 정말 귀하디귀한 경험을 하게 되네. 해충으로부터 식물을 지키려고 인간이 고안해낸 모든 수단은 그게 아무리 빼어나고, 아무리 부지런히 쓰여도 결코 완벽할 수는 없네. 원래 그 일이 그렇기 때문이지. 생각해보게. 해충이 번식하는 수많은 곳을 다 찾아내서 상응하는 조치를 취하려면 얼마나 많은 손이 필요하겠나! 그리고 아무리 깔끔하게 벌레들을 소탕했다 하더라도 그곳이 장기적으로 안전하다고 장담할 수 있겠는가? 아니네. 끊임없이 들여다보고 이상이 없는지 확인해야 하네. 더구나 벌레들은 어느 때고 할 것 없이 줄기와 잎, 꽃에서, 나무껍질 밑에서 눈 깜짝할 사이에 자라 순식간에 사방으로 퍼져 나가네. 그러니 사람들이 어떻게 애벌레를 발견해서 성장하기 전에 박멸할 수 있겠나? 또한 해충은 크기가 너무 작아 우리 눈으로는 발견하기 어려울 뿐 아니라 나무의 가느다란 가지 끝처럼 우리가 접근하기 힘든 곳에 사는 경우가 많네. 해충이 주는 피해 역시 굉장히 빠른 속도로 번져 나가네. 아무리 정원 곳곳을 철저히 감시하고, 일꾼들에게 벌레 유무를 면밀히 살피라고 끊임없이 독려하더라도 말이네. 이렇듯 아무리 노력해도 인간의 힘이 미치지 못하는 걸 보면 신은 처음부터 이 일을 새들에게 맡길 생각이었나보네. 그것도 주로 지저귀는 작은 새들에게 말이네. 이 일은 조류만이 완벽하게 해낼 수 있네. 앞서 말했듯 벌레들이 제아무리 수가 많고, 크기가 작고, 보이지 않는 곳에 잘 숨고, 빠른 속도로 자라고, 순식간에 번진다고 해도 새들을 당해내지는 못하네. 일단 벌레들의 엄청난 수에 대해 말해봄세. 곡식을 먹는 새들도 나중에는 새끼들에게 애벌레와 곤충, 벌레를 잡아 먹이는데, 새끼들은 성장하는 동안 끊임없이 먹어대니 부모가 하루에 둥지의 새끼들에게 공급하는 벌레의 양은 어마어마하네. 새끼들이 혼자서 날 수 있을 때까지 대략 열흘이나 열나흘 혹은 스무날이 걸리는 걸 감안하면 그 기간 동안 수백 쌍의 새들이 새끼들에게 먹이는 벌레의 양은 가늠이 되지 않을 걸세. 벌레들이 어디에 살든 그 모든 장소도 결코 새 부모들의 눈을 비켜갈 수 없네. 이젠 벌레들의 작은 크기에 대해 말해봄세. 벌레나 유충, 알은 무척 작지만 새들의 날카로운 눈에서 벗어날 수는 없네. 상모솔새나 굴뚝새 같은 새들은 새끼들에게 아주 작은 먹이를 날라주어야 하는데, 알을 깨고 나온 새끼들 역시 파리나 거미만 하기 때문이네. 마지막으로 벌레들이 눈에 잘 띄지 않는 곳에 숨는 상황을 생각해보세. 벌레들이 그런 곳에 숨는다고 해서 새들의 부리에서 벗어날 수는 없네. 새들이 새끼에게 먹이를 갖다주어야 할 때나 자기 먹을 것을 찾을 때에 말이네. 사실 새가 어디를 못 가겠나? 아무리 높은 가지라도 단숨에 날아 올라가고, 나무껍질도 쪼아서 뚫고, 빽빽한 덤불도 파고들고, 땅 위에서도 뛰어다니고, 바위 밑이나 자갈밭도 쉽게 뒤질 수 있는 게 새 아닌가! 언제던가, 나뭇가지가 돌처럼 딱딱하게 얼어붙은 겨울에 청딱따구리 한 마리가 부리로 가지를 쪼아 그 밑에 있는 벌레를 끄집어내는 모습을 본 적이 있네. 지나가는 이야기지만, 딱따구리들은 이런 식으로 벌레 먹은 가지가 어떤 건지 우리에게 알려주고, 그러면 우리는 그것을 잘라내네. 마지막으로 우리가 뒤늦게 발견할 수밖에 없는 돌발적인 유충 피해에 대해 이야기하자면, 새들이 항상 곳곳에서 감시의 눈길을 늦추지 않고 적절한 시기에 유충들을 제거해주니 우리 정원에서는 그런 피해가 일어나지 않네."

주인어른이 잠시 쉬었다가 다시 말문을 열었다. "새들이 해충을 잡기 위해 창조되었다는 사실은 서로 일을 분담하는 것에서도 여실히 증명되네. 곤줄박이와 진박새는 가지에 매달린 채 솔나방 유충을 비롯해서 나무껍질 밑에 숨은 다른 유충들을 잡아내고, 박새는 나무우듬지를 부지런히 수색하고, 동고비는 나무줄기를 타고 내려가면서 숨겨진 알들을 집어내고, 침엽수에 둥지를 틀기 좋아하는 되새는 나무에서 내려가 딱정벌레 같은 벌레들을 뒤쫓고, 멧새는 그런 되새를 지원하거나 앞지르기도 하네. 평소에는 양배추 밑의 땅과 덤불에서 먹이를 찾는 종달새와 울새도 가끔 그런 되새를 따라 하지. 새들은 이렇게 역할 분담을 하면서도 결코 혼란스러워하는 법이 없고, 언제나 넘치는 에너지로 각자 맡은 일에 충실하고, 서로를 격려하는 것처럼 보이네. 이런 것들은 내가 무슨 특별한 의도를 갖고 관찰한 것이 아니라 몇 해 새들과 같이 지내다 보니 저절로 알게 된 것들일세."

잠시 후 주인어른의 말이 다시 이어졌다. "새들을 관리하다보니 한 가지 독특한 생각이 일었네. 아니, 좀 더 정확히 말하자면 오래전부터 그런 생각을 품고 있었으니 그게 굳어졌다는 말이 맞겠네. 어쨌든 그 생각이 무엇인고 하면, 신은 우리가 그 가치를 알아보든 말든 중요한 모든 것에 항상 하나의 매력을 가미해놓았다는 것이네. 우리의 마음을 기분 좋게 어루만져주는 그런 매력 말이네. 신이 이 유익하고 앙증맞은 동물들에게 선사한 또 다른 매력은 아무리 딱딱한 사람의 마음도 녹일 수 있는 아름다운 목소리일세. 그래서 나는 멋진 음악이 흐르는 홀에 있는 것보다 우리 정원에 있는 게 더 즐겁네. 새들은 새장 안에 있으면서도 노래를 부르는데, 그건 새가 천성이 부박한 동물이기 때문이네. 새는 겁을 먹고 두려워하다가도 이내 공포와 두려움을 잊고 새장 속의 나무 작대기를 폴짝폴짝 옮겨 다니며, 배워서 입에 달고 다니는 노래를 부르네. 어려서 잡혔든 늙어서 잡혔든 자신과 제 고통을 잊고 그 협소한 공간 속을 이리저리 뛰어다니며 자기 방식대로 노래를 부른다는 말이네. 그렇지만 이것은 습관에 따라 부르는 노래이지 기쁨의 노래는 아니네. 반면에 철사나 창살, 문짝 하나 없는 거대한 새장 같은 우리 정원에서는 새들이 스스로 기쁨에 겨워 노래를 부르네. 수많은 목소리가 빚어내는 노래는 화음을 맞춘 합창을 방불케 하지만, 밀폐된 방 안에서 들으면 아마 비명 같을 걸세. 그 밖에 우리 정원에서는 새들의 살림살이와 무척이나 다양한 표정을 엿볼 수 있는데, 진지하기 그지없는 표정 속에도 작은 미소가 담겨 있네. 한데 사람들은 야외 새장 같은 우리의 정원을 모방하지 않았네. 그렇다고 새들의 아름다움과 노랫소리를 싫어했던 것은 아닐세. 물론 새들의 입장에서는 사람들이 그 두 가지 매력을 좋아한 것이 불행이었겠지. 사람들이 그걸 손에 넣고 즐기려고 했으니 말이네. 제대로 즐길 줄을 몰랐던 게지. 어쨌든 저들은 우리처럼 새들의 본성을 고스란히 지켜주면서도 눈에 보이지 않는 창살과 울타리로 둘러싼 야외 새장을 만들 줄 몰랐기에 새들을 가두고 그 생명을 단축시켜버리는, 눈에 보이는 창살로 둘러싼 새장을 만들었네. 이렇듯 저들은 새들의 목소리에 감동할 줄 알았지만 새들의 고통은 들을 줄 몰랐네. 거기다 인간, 특히 아이들의 결점과 허영심이 또 문제였네. 아이들의 눈에는 새들의 날갯짓과 민첩성이 인간 능력의 한계를 벗어난 것처럼 보였기에 그런

새를 잡아 나름의 재주와 수완으로 통제 아래 두면 왠지 뿌듯한 느낌이 들었던 게지. 하여 오랜 옛날부터 새 잡기는 젊은 사람들에게 큰 오락이었네. 그러나 단언컨대 그건 경멸해야 할 매우 조야한 오락이네. 물론 새를 노래 때문이 아니라 잡아먹으려고 죽이는 일은 더 사악하고 천인공노할 짓이네. 가슴을 녹이는 노랫가락과 사랑스러운 몸짓으로 우리에게 즐거움을 선사하고 선행밖에 베풀 줄 모르는 그런 천진하고 아름다운 새들이 범죄자처럼 인간들에게 쫓기고 사살되네. 그것도 새들이 짝짓기 본능에 따르는 시절에 그런 일이 가장 자주 일어나네. 배고픈 새들을 덫으로 꾀어 목을 매달아 죽이기도 하네. 이런 일은 어쩔 수 없는 욕구를 충족시키기 위해서가 아니라 그저 쾌락과 충동에 따라 일어나네. 생각이 모자라서, 아니면 이런 일을 저지르고 있음을 아예 모른다는 것이 참으로 어이가 없을 뿐일세. 이는 우리가 진정한 교양과는 아직 거리가 얼마나 먼지 여실히 보여주기도 하네. 그래서 새의 아름다움과 유익함을 일찍 알아보았던 지혜로운 선인들은 욕망을 다스릴 줄 모르거나 내면의 힘을 좀 더 고귀한 것에 쓸 줄 모르는 그런 야만적인 민족들로부터 새들을 지키려고 미신을 이용했네. 이렇게 해서 제비는 집에 찾아오면 복을 받고, 죽이면 벌을 받는다는 성스러운 새가 되었네. 그리고 드물지만 제비보다 훨씬 아름답고 이루 헤아릴 수 없을 정도로 많은 이득을 가져다준다는 새들도 생겨났네. 그래서 사람들은 황새를 극진히 보호했고, 우리는 찌르레기를 위해 나무 밑에 집을 만들어 걸어두었네. 나는 우리의 이웃들도 새들을 기르는 데 얼마든지 성공할 수 있고, 그게 얼마나 큰 이득이 되는지 알아보는 눈이 생기면 언젠가는 우리를 따라 하리라고 기대하네. 그 사람들도 성공과 이득에는 아주 민감하니까. 나는 당국도 이 일을 하찮게 여기지 말고, 새를 잡아 죽이는 일을 법으로 엄격하게 금하고, 그 법을 엄정하고 주도면밀하게 시행해나가야 한다고 생각하네. 그래야만 인류는 조상 대대로 내려온 성스러운 즐거움을 지킬 수 있네. 우리는 방방곡곡을 아름다운 정원처럼 지나다닐 수 있고, 정원은 사람들에게 생기를 불어넣어주고, 고통으로 신음하지 않고, 아무리 고난이 닥쳐도 식물이 헐벗고 황폐해지는 장면을 보여주지 않을 걸세. 자, 이제 우리의 깃털 친구들을 만나보지 않겠나?"

"얼마든지요."

우리는 자리에서 일어나 정원 깊숙이 들어갔다.

정원 안쪽에서 많은 새들이 뒤섞여 지저귀고 있었다. 우리 근처에서도 밝은 노랫소리가 들려왔다. 어제 오후 내 방에서 들었을 때만 해도 이상한 느낌으로 다가왔던 새들의 노랫소리가 지금은 무척 사랑스럽게, 아니 감탄스럽게 느껴졌다. 새 한 마리가 나무 사이로 휙 스쳐가거나 모랫길을 총총 달려가는 모습을 보는 순간 기쁨의 감정이 가슴 가득 퍼져 나갔다. 주인어른이 나를 어느 덤불로 안내하더니 손가락으로 그 안을 가리켰다. "저길 보게!"

내가 아무것도 보이지 않는다고 하자 주인어른은 재차 같은 방향을 가리켰다. "좀 더 자세히 살펴보게."

그제야 아주 울창한 가시덤불 아래로 둥지가 보였다. 둥지 속에는 뒷모습으로 미루어 울새처럼 보이는 작은 새 한 마리가 앉아 있었다. 새는 날아오르지도 않았고 겁을 먹은 눈치도 아니었다. 다만 고개를 약간 돌리더니 검고 반짝이는 눈으로 우리를 친밀하게 올려다보았다.

"이 울새는 알을 품고 있네. 자주 있는 일이지만 저 새는 만혼일세. 그래서 내가 며칠 전부터 이곳을 찾아 둥지 근처에 딱정벌레 애벌레들을 놓아주고 가지. 저 녀석도 그걸 아네. 해서 나한테 애벌레를 벌써 가져왔느냐고 묻는 거라네. 내 옆의 낯선 사람은 무서워하지도 않고서."

실제로 울새는 둥지에 조용히 앉아 우리의 대화에도, 우리의 눈길에도 전혀 불안해하지 않았다.

"새들한테는 신실함을 지키는 것이 중요하네. 기대를 갖게 해놓고 빈손으로 와서는 안 되지. 구스타프, 집에 가서 애벌레를 한 마리 가져오너라."

구스타프는 재빨리 등을 돌려 집으로 달려갔다.

그사이 주인어른은 나를 앞쪽으로 안내하더니 다른 가시덤불 속 새 둥지를 보여주었다. 거기에는 멧새가 앉아 있었다.

"멧새는 지금 아직 털이 나지 않은 새끼들을 품고 있네. 새끼들 곁을 오래 떠날 수 없어서 먹이는 대부분 아비가 구해오지. 하지만 며칠만 지나면 새끼들은 다들 어미 엉덩이 밑으로 고개를 빠끔 내밀 정도로 자랄 걸세."

이 멧새 역시 우리가 옆에서 들여다보는데도 날아가지 않고 차분히 우리를 쳐다보기만 했다.

이렇게 주인어른은 내게 둥지를 몇 개 보여주었다. 새끼들만 있는 둥지에서는 우리가 접근하는 소리를 들은 새끼들이 너도나도 노란 부리를 딱 벌리며 먹이를 넣어주길 기다렸다. 다른 두 둥지에는 어미가 있었는데 우리가 접근해도 날아가지 않았다. 지나가다가 우리는 한 둥지에 더 들렀는데, 거기에는 부모가 막 새끼들에게 먹이를 먹이고 있었다. 녀석들은 우리가 옆에 있는데도 전혀 꺼리는 기색 없이 둥지로 날아가 새끼들에게 갖고 온 음식을 먹였다.

"자네도 이제 우리 둥지들을 보았네. 대부분의 둥지는 비어 있네. 새끼들도 벌써 정원을 이리저리 날아다니며 기나긴 가을 여행을 연습하는 중이지. 우리가 쉽게 다가갈 수 없는 것들까지 치면 둥지는 짐작보다 훨씬 많네."

그사이 구스타프가 애벌레를 갖고 돌아와 주인어른에게 건넸다. 주인어른은 울새 둥지가 있는 덤불로 걸어가더니 덤불 옆 길 위에 애벌레를 놓아두었다. 주인어른이 자리를 떠서 우리 옆에 돌아오자마자 울새가 덤불의 가장 낮은 가지 밑에서 미끄러져 나오더니 애벌레를 입에 물고 다시 덤불 속으로 총총 사라졌다.

순간 가슴속에 커다란 감동의 물결이 일었다. 내 눈에 이 집의 주인은 자신을 미천한 존재로 낮추는 현인 같았다.

구스타프도 덤불 속 둥지를 보며 해맑은 미소로 기쁨을 표시했다. 이것을 보고 알 수 있는 것은 아이들이 둥지에서 알이나 새끼를 훔쳐가고, 새를 잡고, 새의 보금자리를 파괴하는 것이 결코 타고난 본성은 아니며, 혹시 파괴 충동이라는 것이 있다 하더라도 그것은 부모나 교육자의 잘못으로 더 나은 교육을 통해 충분히 개선될 수 있다는 사실이었다.

우리는 계속 걸어갔다. 주인어른은 정원 가장자리의 작은 가문비나무에서 되새의 보금자리를 하나 더 보여주었다. 자연스럽게 나온 가지와 인위적으로 덧댄 가지들을 엮어서 나무줄기에서 만든 둥지였다.

다른 나무에서도 가지에 걸린 새집으로 바쁘게 들락거리는 새들이 보였다. 주인어른은 내가 여기 좀 더 묵으면 새들의 습성도 잘 알게 될 거라고 했다.

그 말에 나는 수차례의 산악 여행과 예전의 자연과학 공부를 통해 새들의 습성에 대해서는 잘 안다고 대답했다.

"직접 새들과 같이 생활하면서 알게 된 거랑 비교가 되겠나?"

아주 가느다란 가지를 엮어서 만든 밧줄로 나무에 매어놓은 새집도 몇 개 있었다. 나는 새집이 비어 있는 것을 알고 있었기에 내부를 살피려고 새집 하나를 끌어내려 분해해보았다. 그것은 속이 빈 나무통 두 개를 나사 고리로 이어놓은 단순한 형태의 동굴이었다.

"새들은 이미 만들어진 둥지에는 들어가지 않네. 예전에 자기가 직접 지었든 다른 새가 지었든 마찬가지네. 새들은 매년 봄에 둥지를 새로 만드네. 그래서 나는 나무통 두 개로 새집을 만들게 했네. 그렇게 하면 분리가 쉬울 뿐 아니라 낡은 둥지도 쉽게 밖으로 내놓을 수 있기 때문이지. 게다가 이런 구조는 청소하기에도 아주 편하네. 새들이 둥지를 떠나면 그 안에 온갖 해충이 득실거리네. 둥지가 벌레들의 은신처가 되는 게지. 한데 새들은 오물과 악취를 싫어하고, 더러운 새집에는 들어가려고 하지 않네. 그래서 우리는 봄기운이 느껴지기 시작할 겨울 막바지 무렵이면 이 새집들을 전부 내려놓고 여기저기를 세심하게 닦고 문질러 다시 새것으로 만들어놓네. 물론 겨울에도 몇몇 새집은 나무에 그대로 놓아두네. 여기를 떠나지 않는 새들이 쓰게 하려고 말이네. 봄이 되면 우리는 옛 둥지를 하나하나 풀어서 새로운 잔가지들과 함께 정원 곳곳에 뿌려놓네. 그러면 돌아온 새들이 그것들을 주워 다시 집을 짓지."

나는 지나가면서 물통 안에 새들이 걸어 내려갈 수 있도록 설치해 놓은 막대기와 덤불 속으로 졸졸 흐르는 작은 개울도 보았다.

집으로 돌아가는 길에 주인어른이 다시 입을 열었다. "내가 먹이를 주는 동물은 또 있네. 일종의 손님이라 할 수 있는데, 내게 이득을 주기 때문이 아니라 내게 해를 끼치지 말라는 뜻으로 먹이를 주네. 내가 여기 처음 와서 이 정원을 작은 수목원처럼 꾸밀 때였네. 종자 개량에 쓸 묘목을 키우는 중이었는데, 겨울에 그 묘목의 나무줄기를 누군가 갉아 먹었지 않겠나? 그것도 하필 최상품의 나무를 말이네. 범인은 토끼였네. 눈 속에 찍힌 발자국을 보고 대충 짐작했지만, 현장까지 목도했지. 쫓아내도 소용없었네. 그때뿐이고 번번이 다시 찾아왔지. 그렇다고 밤낮으로 지키고 서 있을 수도 없는 노릇 아닌가! 그래서 결국 생각을 바꿔먹었네. '녀석들이 나무껍질을 갉아 먹는 건 먹을 게 없어서다. 먹을 게 있으면 나무에는 손대지 않을 것이다' 하고 생각한 게지. 그때부터 나는 정원과 들에서 나는 양배추와 다른 야채 찌꺼기를 죄다 모아 혹한기나 눈이 많이 왔을 때 정원 밖의 들판에 군데군데 놓아두었네. 역시 짐작대로였네. 토끼들은 그것을 먹고 우리 종묘원의 나무들에는 접근하지 않았네. 그러고 얼마 지나니 우리 정원에서 성찬을 차려준다는 소문이 퍼졌는지 토끼 손님들의 수가 점점 불어났네. 한데 녀석들은 상태가 좋지 않은 야채도 가리지 않았고, 심지어 딱딱한 양배추 밑동까지 맛나게 먹었기 때문에 식량을 대는 데는 문제가 없었네. 그런 건 우리 들판과 이웃 들판에서 얼마든지 구할 수 있었던 게지. 해서 나는 아무것도 따지지 않고 녀석들에게 먹이를 주었네. 게다가 다락방 창문에서 망원경으로 녀석들을 지켜보는 즐거움도 컸네. 멀리서 달려오던 녀석들이 먹음직스럽게 놓인 먹이를 보고는 처음엔 의심을 품고 쉽사리 접근하지 못하다가, 시간이 조금 지나자 뒷다리로 서서 이리저리 살피고 깡충깡충 뛰어다니더니 결국 더 이상 못 참겠는지 냅다 달려들어 여름에는 구경할 수 없는 양배추를 허겁지겁 먹곤 했지. 참으로 익살스러운 광경이었네. 그런데 토끼들이 여기 모인다는 사실을 알게 된 사람들이 주변에 올가미를 놓기 시작했네. 하지만 우리가 주변을 철저히 뒤져서 올가미를 전부 제거한 데다 우리 밭의 통행을 금하고, 어긴 사람에게는 엄하게 책임까지 묻자 그런 일은 다시 벌어지지 않았네. 그런데 못된 사내놈들이 우리 새들에게까지 올가미를 놓았네. 하지만 그도 별 소용이 없었네. 새들은 우리 정원에서 훌륭한 식사를 풍족하게 제공받고 있어서 낯선 미끼에 걸릴 이유가 없었던 게지. 하여 그렇게 잃는 새는 많지 않았고, 우리가 처음 몇 년 동안 도입한 감시 체계 덕에 그런 못된 장난도 곧 그치고 말았네."

주인어른은 이제 집으로 돌아가 사료방을 구경하자고 제안했다.

가는 길에 주인어른이 말했다. "새들의 적에는 고양이와 개, 스컹크, 족제비, 맹금류도 포함되네. 맹금류야 가시덤불이나 우리가 만든 새집으로 막을 수 있다지만 개와 고양이는 그럴 수 없네. 그래서 우리는 개와 고양이를 정원에는 얼씬도 못하게 단단히 훈련시키거나 아예 집에서 멀리 떨어뜨려놓았네."

그사이 우리는 집에 도착해서 구석방으로 들어갔다. 서랍이 많이 보이던 바로 그 방이었다. 주인어른은 서랍을 일일이 열어 그 안에 든 씨앗을 보여주었다. 씨앗이 아닌 다른 음식, 가령 계란과 빵, 베이컨은 필요할 때마다 집의 식당방에서 가져온다고 했다.

"우리 이웃들도 벌써 이런 말들을 하네. 새들을 돌보는 데 들이는 수고도 그렇지만, 그 비용도 새들이 가져다주는 이득에 비하면 아무것도 아니라고 말이네. 하나 그건 잘못된 말이네. 새들을 돌보는 일은 수고가 아니라 즐거움이네. 그건 한 번 해본 사람이면 누구든 금방 깨달을 걸세. 화초 애호가들도 화초 가꾸는 일을 수고라고 여기지 않지 않나. 그 일은 야외에서 새를 키우는 일보다 품이 훨씬 많이 들어가는데도! 새를 돌보는 데 드는 비용은 실제로 만만치 않네. 하지만 새들 덕에 벌레가 먹지 않은 자두나무 한 그루에서 나는 과일만 내다 팔아도 그 비용을 충분히 충당할 수 있네. 물론 그 과일이 상품(上品)일수록 이득도 더욱 커지겠지. 그런데도 이 고을에서 훌륭한 과일을 키우도록 이웃 사람들을 움직이는 일은 힘들었네. 저들은 그게 안 된다고 생각했지. 해서 우리는 우리 정원에서 수확한 과일을 맛보게 하면서 그게 가능함을 일깨워주었고, 우리 과일을 구입한 상인들의 편지를 보여주며 저들을 확신시켜야 했네. 그러다가 결국 저들에게 우리 과수원의 나무를 일부 주면서 그걸 어떤 곳에 어떻게 심어야 하는지도 가르쳐주었네."

얼마 후 주인어른이 다시 말을 이어갔다. "다섯 해 전 우린 아주 힘든 해를 보냈네. 날은 덥고 비는 거의 오지 않았지. 그렇다보니 곳곳의 정원들은 그야말로 벌레 천지였네. 로르베르크, 레가우, 란데크, 플루데른의 모든 나무가 앙상한 빗자루 같은 꼴을 하고 서 있었고, 참혹한 가지들마다 잿빛 애벌레 집들이 길게 내려와 있었네. 그런데도 우리 정원은 무탈했고 짙푸른색을 유지했네. 모양이 일그러진 나뭇잎 하나 없었지. 만일 다섯 해 전과 같은 해가 한 번 더 찾아온다면, 물론 그런 일이 없기를 간절히 바라지만, 저들도 전에는 못 했던 경험을 일부라도 하게 될 걸세."

그사이 나는 서랍 속의 씨앗과 다른 시설을 구경하면서 몇 가지 질문을 던지고 몇 가지 답을 들었다. 구석방을 나와 구스타프의 방이 있는 복도로 걸어갈 때 주인어른이 말했다. "우리 정원을 찾는 새들 중에는 우리 일에 도움이 전혀 안 되는 불청객도 있네. 그 녀석들은 하는 일 없이 빈둥거리면서 양식이나 축내고 공연히 평화를 깨뜨리네. 그중에서 떼로 움직이는 것이 참새네. 이 녀석들은 다른 집에 불쑥 찾아 들어가 친구건 적이건 시비를 걸고, 씨앗과 버찌라면 사족을 못 쓰고 달려들지. 수가 많지 않으면 나도 그냥 내버려두고, 간간이 먹이까지 주네. 수가 너무 많다 싶으면 공기총을 써서 저 아래 농장으로 쫓아버릴 수박에 없네. 한데 참새보다 더 고약한 녀석들이 있네. 바로 딱새네. 이 녀석들은 양봉장으로 날아가 벌들을 보는 족족 잡아먹네. 우리로선 녀석들을 공기총으로 가차 없이 죽이는 수밖에 없지. 우리는 딱새들이 발을 못 붙이도록 경계를 늦추지 않네. 딱새들도 어디가 위험한지 정도는 알 만큼 영리하니 되도록 우리 정원에는 얼씬거리지 않고 농장의 헛간이나 목조 오두막, 벽돌 오두막으로 내려가네. 거기 가면 지붕 밑 들보나 서까래 혹은 처마 밑에 커다란 말벌집들이 있거든. 우리는 그곳뿐 아니라 인근의 다른 벌집들도 딱새들을 위해 그냥 내버려두었네."

이야기를 하는 사이 우리는 객실 복도와 연결된 문에 이르렀다.

주인어른이 구스타프의 방을 구경하지 않겠느냐며 나를 인도했다.

구스타프의 거처는 방 두 개로 이루어져 있었는데, 하나는 공부방이고 하나는 침실이었다. 두 방 모두 이런 방들의 경우에는 보기 드물게 깔끔하게 정돈되어 있었다. 가구들은 무척 소박했다. 책꽂이, 필기구와 그림 도구, 책상, 옷장, 의자, 침대가 전부였다. 구스타프는 얼굴이 발그레 달아올랐다. 낯선 사람이 자기 방을 둘러보고 있어서 그런 듯했다. 얼마 뒤 우리는 방을 나왔다. 구스타프가 우리에게 가볍고도 기품 있게 인사했다. 어제 내게 했던 그 인사였다. 구스타프는 해야 할 일이 있다며 우리를 따라나서지 않았다.

"나머지 객실도 구경하겠나? 거기만 둘러보면 우리 집을 다 보는 것이네."

내가 동의하자 주인어른이 주머니에서 작은 은색 종을 꺼내 흔들었다.

얼마 뒤 하녀가 나타나자 어른은 방 열쇠를 달라고 했다. 하녀가 고리에 묶인 열쇠 뭉치를 꺼내 주인에게 건넸다. 고리에서 하나씩 떼어내게 되어 있는 열쇠에는 각각 방 번호가 새겨져 있었다. 하녀가 물러가자 주인어른은 방문을 하나씩 열어 보여주었다. 방들이 모두 완전히 똑같았다. 크기도 같았고, 창이 두 개인 것도 같았다. 가구도 내 방에 있는 것과 비슷했다.

"보다시피 우린 이 집을 지을 때부터 손님들을 맞을 생각을 했네. 비상시에는 방의 수보다 더 많은 사람을 숙박시킬 수도 있네. 방 하나를 두 명이 나누어 쓰고, 1층 방들을 비롯해서 다른 방들까지 객실로 사용하지. 그렇지만 이 집이 생긴 이래 그런 비상사태는 아직 없었네."

집의 동쪽 부분, 그러니까 집주인의 방 바로 맞은편에 이르렀을 때 주인어른이 어느 문을 열었다. 그런데 지금까지와는 달리 문 뒤의 공간은 방 하나가 아니라 아름답고 편안하게 꾸며진 방 세 개로 이루어져 있었다. 첫번째 방은 하인 방, 아니 하녀 방 같았다. 어머니의 하녀들이 쓰는 방과 똑같이 생겼다. 방에는 커다란 옷 궤짝들과 녹색 사라사 천으로 가린 침대들이 있었고, 우리 집의 하녀 방에서 보았던 물건들도 눈에 띄었다. 다른 두 방에는 그런 물건들이 없었다. 모든 것이 모범적이라 할 만큼 질서정연했고, 어디로 보나 여자들의 거처라고 결론 내릴 수밖에 없는 외형을 띠었다. 첫번째 방의 가구들은 마호가니로 만들었고, 두번째 방의 가구들은 삼나무로 만들었다. 곳곳에 푹신한 쿠션을 넣은 의자와 아름다운 테이블이 널려 있었고, 바닥에는 부드러운 양탄자가 깔려 있었다. 기둥에는 거울이 높직이 걸려 있었고, 모든 방에는 옷을 입을 때 사용하는 이동형 거울과 창가에 놓인 작은 책상들이 눈길을 끌었다. 그 밖에 방 한구석에는 하얀 불투명 커튼으로 둘러쳐진 침대가 있었고, 방마다 꽃병을 놓은 테이블이 있었으며, 벽에는 그림이 몇 점 걸려 있었다.

내가 한동안 방들을 유심히 살펴보고 나자 주인어른이 세번째 방의 벽 한 곳을 툭 밀었다. 벽지를 발라놓아 벽과 전혀 구분이 안 되는 벽문이었다. 주인어른이 나를 이 네번째 방으로 안내했다. 창문이 하나뿐인 이 아담한 방은 무척 아름다웠다. 벽면 전체가 고운 장밋빛 비단으로 덮여 있었는데, 비단 위에는 바탕색보다 약간 더 짙은 색 무늬가 그려져 있었다. 장미처럼 붉은 이 벽 앞에는 은빛 비단 쿠션으로 덮인 긴 벤치가 놓여 있었고, 벤치 가장자리는 녹색 띠로 장식되어 있었다. 그 주위에는 같은 종류의 소파들이 놓여 있었다. 은빛 바탕에 은빛 무늬를 넣은 비단 천은 벽의 빨간 비단과 대비되어 밝고 사랑스럽게 빛났다. 마치 하얀 장미가 붉은 장미 곁에 있는 느낌이었다. 녹색 줄무늬 띠는 장미의 초록색 잎사귀를 떠올리게 했다. 방의 뒤쪽 한구석에는 벤치보다 약간 짙은 은색의 벽난로가 있었다. 벽난로는 추녀 부분에 초록색 줄무늬가 있었고, 매우 얇은 황금 테가 둘려 있었다. 벤치와 소파 앞에는 탁자가 있었다. 탁자 판은 벽난로와 같은 색의 회색 대리석으로 만들었고, 테이블과 소파 다리, 벤치와 다른 물건들의 테두리는 아름다운 보라색 아마란트 나무로 만들었다. 그런데 나무가 어찌나 소박하던지 어느 가구에서도 이 나무는 도드라지지 않았다. 회색 비단 커튼을 젖혀놓은 창문 밖의 둥그런 나무우듬지 사이로 자연 풍경과 산이 보였다. 창가에는 역시 아마란트 나무로 만든 작은 책상과 푹신한 소파, 간이 의자가 하나씩 놓여 있었다. 이곳이 여인을 위한 특별한 휴식 공간이라도 되는 듯. 벽에는 크기와 액자가 똑같은 작은 유화가 넉 점 걸려 있었다. 바닥에는 고운 초록색 양탄자가 깔려 있었는데, 그 단순한 색상은 녹색 띠로 인해 약간 두드러져 보였다. 방은 전체적으로 장미가 무수히 피어 있는 잔디밭 같은 느낌이었다. 벽난로 옆의 부지깽이와 다른 도구들은 손잡이를 황금색으로 칠해놓았고, 테이블 위에는 작은 금빛 종이 놓여 있었다.

이 방은 사람이 산 흔적이 전혀 보이지 않았다. 집기를 옮긴 흔적도 없었고, 양탄자가 접힌 곳도 창문 커튼이 구겨진 곳도 전혀 눈에 띄지 않았다.

내가 얼마간 이 물건들을 경탄스러운 눈으로 관찰하고 나자 주인어른은 다시 벽문을 열어 나를 밖으로 안내했다. 문은 방 안에서도 어디에 붙어 있는지 잘 보이지 않았다. 어른은 이 작은 장미방에 들어와서부터 한마디도 하지 않았고 나 역시 마찬가지였다. 다시 다른 세 방을 지나 복도로 나올 때까지도 어른은 그 방의 용도에 대해 이야기하지 않았고, 나도 당연히 물을 수가 없었다.

복도에 나왔을 때 주인어른이 말했다. "이제 내 집을 다 둘러보았네. 자네가 언젠가 우리 집에 다시 들르거나, 먼 미래에 우리 집을 떠올린다면 집의 내부를 머릿속에서 금방 그릴 수 있을 걸세."

그렇게 말하며 주인어른은 그 이상한 저고리 속에 열쇠 꾸러미를 집어넣었다.

"이 집의 모습은 제 가슴속에 깊이 각인되어 쉽게 잊히지 않을 것입니다."

"내 생각도 그러하이."

내 방 근처에 이르자 주인어른은 내 시간을 너무 많이 빼앗은 것 같아 미안하고, 더 이상 귀한 시간을 축내서 내 행동에 제약을 주고 싶지 않다며 작별을 고했다.

나는 오히려 귀한 시간을 내어 집을 구경시켜준 주인어른의 호의와 친절에 고마움을 표하고 작별 인사를 했다. 내가 주머니에서 열쇠를 꺼내 방문을 여는 순간 계단을 내려가는 주인어른의 발소리가 들렸다.

나는 저녁때까지 줄곧 방에만 있었다. 피곤해서 정말 휴식이 필요했고, 또 주인어른을 더 이상 귀찮게 하고 싶지 않았다.

저녁에 나는 다시 정원 밖의 들판으로 나갔다가 식사 시간에 맞추어 돌아왔다. 그참에 울타리 문을 여닫는 법도 익혔다. 저녁때도 점심 때와 마찬가지로 손님이 없었다. 우리는 또다시 주인어른, 구스타프, 나 이렇게 셋이서만 식사를 했다. 우리는 이런저런 평범한 일들에 대해 이야기하다가 곧 헤어졌다. 나는 내 방으로 돌아와 책을 좀 읽고 글을 쓰다가 옷을 벗고 불을 끈 뒤 잠자리에 들었다.

이튿날은 다시 맑고 화창했다. 창문을 활짝 열어젖히자 향기와 공기가 쏟아져 들어왔다. 나는 옷을 입고 차가운 물로 상쾌하게 세수한 뒤 햇볕에 이슬이 한 방울이라도 증발되기 전에 작은 배낭을 메고 모자와 야생 자두나무 지팡이를 들고 식당방으로 향했다. 주인어른과 구스타프는 벌써 나를 기다리고 있었다.

나는 주인어른의 요청에도 배낭을 내려놓지 않고 식사했다. 아침 식사가 끝나자 나는 주인어른이 내게 베풀어준 따뜻함과 진솔함에 다시 한 번 감사를 드리고 길을 나섰다.

주인어른과 구스타프는 정원의 울타리 문까지 나와 동행해주었다. 어른은 그저께 나를 집 안으로 들일 때 문을 열었듯 이번에는 나를 집 밖으로 내보내기 위해 문을 열었다. 우리는 다 함께 밖으로 나갔다. 장미 향기가 솔솔 풍기는 집 앞의 모래밭에 이르렀을 때 주인어른이 말했다. “잘 가시게. 즐겁게 여행하길 바라네. 우린 다시 이 문으로 들어가 일상으로 돌아가야 하네. 혹시 다음에 이 근처를 지날 일이 있으면 언제든 들르시게. 문은 늘 열려 있으니까. 우연히 지날 때만 들를 게 아니라 처음부터 들를 생각으로 먼 길 마다 않고 우리 집을 찾는다면 우리는 더더욱 기쁠 걸세. 의례적으로 하는 말이 아니네. 나는 빈말을 못 하는 사람이네. 진심일세. 자네가 우리 집을 다시 찾는다면 원하는 만큼 푹 묵었다 갈 수 있네. 그것도 우리처럼 아무 거리낌 없이 지내면서 말이네. 우리한테 사람을 보내 자네가 올 시간을 미리 알려준다면 더더욱 좋을 걸세. 자주는 아니지만 집을 비울 때도 간혹 있으니까."

"제가 이 집을 찾으면 언제든 따뜻한 환영을 받으리라는 어르신의 말씀은 진심으로 느껴집니다. 어르신의 성품으로 보건대 예의상으로라도 거짓된 말을 하실 분 같지는 않으니까요. 어르신이 저를 이리 초대하시는 이유는 잘 모르겠지만, 어쨌든 저 역시 즐거운 마음으로 초대를 받아들이겠습니다. 아울러 내년 여름, 설령 이리로 올 일이 없다해도 일부러라도 여기 들러 잠시나마 묵었다 가리라 약속드리겠습니다."

"그러시게. 자네가 오래 묵었다 간다 한들 누구 하나 뭐라 하지 않으리라는 것도 명심하시게."

"저 역시 다음에는 좀 더 오래 신세를 질 것 같습니다. 그럼 안녕히 계십시오."

"잘 가시게."

주인어른이 손을 내밀더니 내 손을 꽉 잡았다.

주인어른이 손을 놓자 이번에는 내가 구스타프에게 손을 내밀었다. 구스타프는 내 손을 잡은 채 아무 말 없이 다정하게 눈인사만 했다.

여기서 작별이 이루어졌다. 두 사람은 울타리 문으로 들어갔고, 나는 모자를 쓰고 이틀 전에 올라왔던 길로 내려갔다.

그런데 문득 이틀 밤이나 신세를 진 사람의 이름조차 모른다는 생각이 들었다. 주인어른은 이름을 말해주지 않았고 내 이름도 묻지 않았다.

나는 계속 길을 걸었다. 들판의 푸른 이삭이 아침 햇살 속에 반짝반짝 빛을 발했다. 그저께 이 길로 올라올 때만 해도 임박한 뇌우의 그림자에 가려 칙칙하기 그지없던 들판이었다.

들판 사이로 내려가면서 다시 한 번 돌아보았다. 하얀 집이 언덕 위에 햇살을 받으며 서 있었다. 그전에도 여러 번 본 모습이었다. 이제는 집 벽의 장밋빛을 구분할 수 있을 것 같았고, 수많은 새들의 노랫소리도 들리는 듯했다.

이윽고 덤불과 들판 울타리에 이르렀다. 내가 그저께 도로에서 나왔을 때 방향을 틀었던 곳이었다. 순간 또 한 번 고개를 돌리고 싶은 충동을 누를 수가 없었다. 이제 언덕 위의 집은 여기를 지나가면서 자주 보았던 모습 그대로 하얗게만 빛나고 있었다.

나는 목적지로 향하는 도로 위에 내려섰다.

길에서 처음 만난 사내에게 나는 저 언덕 위의 하얀 집이 누구 것이고, 그의 이름이 무엇인지 물었다.

"저 집 주인은 아스퍼마이어요. 어제 젊은 양반께서는 아스퍼호프* 에 묵었고, 아스퍼마이어 어른과 함께 이리저리 산책을 다니셨소."

"저 집의 주인이 마이어란 말이오? 그럴 리가 없는데……"

내가 강한 의문을 표했다. 왜냐하면 이 지방에서는 제법 큰 규모로 농사를 짓는 사람을 전부 마이어라고 부른다는 것을 나 역시 잘 알고 있었기 때문이다.

* 호프(Hof)는 농장, 마이어(Meier)는 농장주란 뜻.

"처음부터 아스퍼마이어였던 건 아니고, 예전 아스퍼마이어한테서 농장을 산 거요. 그리고 그 양반이 정원과 농장에 딸린 저 집을 지었소. 이젠 그 양반이 아스퍼마이어요. 예전의 아스퍼마이어는 오래전에 죽었으니까요."

"그것 말고 다른 이름이 있을 게 아닙니까?"

"뭐 있기야 하겠지만, 우린 그냥 아스퍼마이어라 부르오."

나는 사내가 하얀 집의 주인에 대해 더 이상 아는 것이 없고 관심도 없음을 알아차리고 더 이상 캐묻지 않았다.

길을 가다가 또 몇 사람을 만났지만 돌아온 대답은 비슷했다. 아스퍼마이어와 농장 둘 사이의 전후 관계만 뒤바뀔 뿐 정원이 있는 저 집이 아스퍼호프 주인의 소유라는 점에서는 모두 일치했던 것이다. 결국 나는 더 나은 정보를 아는 사람을 만날 때까지 탐문을 중단하기로 마음먹었다.

그런데 나는 '아스퍼마이어'와 '아스퍼호프'라는 이름이 마음에 들지 않았기에 집 벽의 장미 넝쿨을 떠올리며 혼자 속으로 당분간 저 집을 '장미집'이라 부르기로 했다.

물론 그 뒤로는 물어볼 사람도 만나지 못했다.

길을 걸으면서 나는 전날의 일들을 머릿속으로 떠올렸다. 지금껏 양친의 집에서만 볼 수 있었던 그런 청결함과 정연함을 그 집에서 다시 보게 되어 기뻤다. 주인어른이 내게 보여주었던 것들과 했던 말들이 생생히 스쳐 지나갔다. 나는 당시 내가 어떤 더 나은 행동을 할 수 있었을지, 어떤 더 나은 대답을 할 수 있었을지, 어떤 더 나은 이야기를 할 수 있었을지 생각해보았다.

이런 생각은 도로를 걸은 지 한 시간쯤 지나 너도밤나무 숲의 귀퉁이에 이르렀을 때 중단되었다. 우리가 그저께 저녁에 이야기했던 바로 그 숲이었다. 주인어른의 소유였는데, 나는 거기서 쌍둥이 너도밤나무를 그린 적이 있다. 약간 가파르게 이어지는 숲길은 숲의 모퉁이를 따라 휘어졌다. 내가 막 이 모퉁이 길에 닿았을 때였다. 맞은편 길에서 마차 한 대가 제동기를 넣은 채 천천히 내려오고 있었다. 내리막길이다보니 이해는 됐지만, 필요 이상으로 천천히 달리는 것이 아마 마차에 탄 사람들이 평소에 조심성을 행동 규범으로 알고 살아가는 사람들이기 때문인 듯했다. 날씨가 좋아 덮개를 완전히 뒤로 젖힌 마차 안에는 여인 둘이 타고 있었다. 한 사람은 나이 든 부인이었고 한 사람은 젊은 아가씨였다. 나이 든 쪽은 모자에서 어깨까지 내려오는 베일로 얼굴을 가리고 있었다. 하지만 베일이 하얀색이라 얼굴을 어느 정도는 확인할 수 있었다. 반면에 젊은 아가씨는 베일을 얼굴 양옆으로 젖혀놓아서 얼굴이 그대로 드러났다. 나는 두 사람을 바라보다가 이윽고 모자를 벗어 정중히 인사했다. 두 여인 역시 다정한 표정으로 감사의 답례를 하며 지나갔다. 나는 아래로 내려가는 마차를 보면서 문득 회화의 가장 아름다운 모델은 바로 인간의 얼굴이 아닐까 하고 생각했다.

나는 마차가 길모퉁이를 돌아 보이지 않을 때까지 지켜보다가 숲 가장자리를 따라 오르막길을 올라갔다.

세 시간 뒤 내가 걸어온 지역을 한눈에 굽어볼 수 있는 언덕에 닿았다. 나는 배낭에서 망원경을 꺼내 지난 이틀간 묵었던 집을 찾았다. 장미집이 하얀 점으로 또렷이 보였고, 집 뒤로는 옅은 안개에 싸인 산들이 펼쳐져 있었다. 이제 그 집은 거대한 세상 속에서 작디작은 하나의 점일 뿐이었다.

얼마 뒤 어느 마을에 도착했다. 이제껏 한 번도 쉬지 않았기에 이참에 마을에서 점심을 먹고 가기로 했다. 해가 하늘의 정수리까지 올라가려면 아직 마지막 한 구간이 더 남아 있었지만 말이다.

나는 이 마을에서 다시 하얀 집의 주인에 대해 물었다. 그 집과 그 집의 위치를 아는 대로 자세히 설명하면서. 사람들은 그 집의 주인이 예전에 높은 관직에 있었던 사람이라고 이야기해주었다. 하지만 이름은 사람마다 다르게 말했다. 리자흐 남작이라는 사람도 있었고, 모르간 씨라는 사람도 있었다. 나의 궁금증은 여전히 풀리지 않았다.

이튿날 아침 내 여행의 목적지이자, 다른 산줄기에서 평지의 일부를 지나 넘어가고자 했던 그 산줄기에 닿았다. 점심때는 묵어가려고 미리 정해둔 여관에 들었다. 짐은 벌써 도착해 있었다. 사람들은 내가 좀 더 일찍 도착할 줄 알고 있었다. 나는 지체된 이유를 설명하고 예약해둔 방에 짐을 풀어놓은 뒤 이 산악지대에서 하려고 했던 일에 착수했다.

방문

나는 새 거주지에 꽤 오랫동안 묵었다. 한 가지 일을 시작하다보면 거기서 다른 일들이 꼬리에 꼬리를 물고 생겨났기 때문이다. 시간이 갈수록 나는 골짜기 안으로 점점 깊이 들어갔고, 여름에는 시도하지 못했던 일들을 시작했다.

집으로 돌아온 때는 늦가을이었다. 귀로 여행은 여느 때와 변함없었다. 내가 산을 떠날 무렵, 단풍나무와 자작나무, 물푸레나무의 잎들은 벌써 오래전에 졌을 뿐 아니라 아름다운 노란색이 더러운 검정색으로 변해버렸다. 나뭇가지의 후예임을 연상시키는 여름철의 그 파릇파릇한 흔적은 어디에도 남아 있지 않았고, 이젠 오로지 겨울철에 새로 잉태할 후대를 위해 비옥한 거름이 될 모습만 엿보였다. 사계절 내내 불을 때야 하는 산골짜기와 산비탈 주민들은 몸을 데우려고 온종일 난롯불이 꺼지지 않도록 유의하고 있었다. 또한 맑은 아침이면 산의 들판에 서리가 반짝거렸고, 양치식물의 녹색은 이미 칙칙한 갈색으로 변해 있었다. 그러던 것이 평지에 이르자 완연히 달라졌다. 산은 푸른 가장자리 장식 이상으로 다가왔고, 넓은 강 위에서 배를 타고 우리 수도로 내려왔을 때는 내가 산을 너무 일찍 떠난 것이 아닐까 하는 생각이 들 정도로 따스하고 부드러운 바람이 얼굴에 살포시 와 닿았다. 그러나 이는 산과 평지의 하늘 상태가 다른 것뿐이었다. 배에서 내려 고향 도시의 성문에 이르자 성곽 앞 아카시아에는 아직 나뭇잎이 달려 있었고, 성벽과 가옥 위로는 따뜻한 햇살이 내리쬐었고, 곱게 차려입은 사람들이 한가로이 산책하며 도시의 오후를 즐기고 있었다. 성문 옆과 광장에서 사람들이 내다 팔고 있는 포도송이의 붉고 검푸른 색깔을 보는 순간 어린 시절의 즐겁고 푸근했던 가을날이 스르르 떠올랐다.

나는 반듯한 골목길을 따라 걷다가 몇 차례 샛길로 꺾어 들어갔다. 마침내 정원이 딸린 근교의 우리 집 앞에 도착했다.

계단을 올라가 어머니와 누이를 발견하는 순간 나는 가족의 건강과 안녕부터 먼저 물었다. 만사형통에 모두 무탈했다. 어머니는 내 방도 벌써 깔끔하게 정리해놓았다. 마치 내가 올 줄 미리 알았다는 듯 모든 것이 제자리에 놓여 있었고, 먼지 하나 없이 깨끗했다.

나는 어머니와 누이와 잠시 몇 마디를 주고받은 뒤, 짐이 도착할 때까지 기다리지 않고 집에 남겨둔 옷 중 도시풍의 옷으로 바로 갈아입었다. 시내의 영업소에 있을 아버지에게 문안 인사를 드리기 위해서였다. 골목길에는 사람들이 붐볐고, 도시와 근교 사이의 광장 가로수 길에는 단정하게 차려입은 사람들이 여유롭게 돌아다녔으며, 사각형의 돌을 깔아놓은 거리에는 마차 바퀴가 요란한 소리를 내며 굴러갔다. 그 모습들은 시내에서 만난 고급스러운 상품 진열창과 위풍당당한 건물들의 모습과 함께 너무도 낯설고 답답하게 느껴졌다. 마치 지난 시골 생활의 대척점으로 여겨질 정도였다. 그러나 나는 이런 것들에 다시 서서히 적응해갔고, 이것들 역시 긴 세월 동안 익숙하고 친숙해진 것으로서 내 속에 자리를 잡기 시작했다. 나는 벗들의 집을 그냥 지나쳤고, 평소 같으면 저녁 몇 시간은 꼭 들렀던 서점조차 기웃거리지 않고 곧장 아버지의 사무실로 향했다. 아버지는 책상에 앉아 있었다. 나는 아버지에게 존경심을 담아 문안 인사를 올렸고, 아버지 역시 더할 나위 없이 반갑게 나를 맞아주었다. 안부와 함께 다른 일상사에 관한 짧은 대화가 끝나자 아버지는 아직 할 일이 남아 있다며 나더러 먼저 집으로 가라고 했다. 오늘 저녁은 오랜만에 식구들끼리 시간을 보내자는 것이다.

나는 집으로 다시 직행했다. 집의 정원을 지날 때 개들이 펄쩍펄쩍 뛰어오르며 반갑게 짖어댔다. 나는 그런 개들에게 정답게 몇 마디를 던졌고, 어머니와 누이와 얼마간 같이 있다가 우리 집의 방들을 하나씩 둘러보았다. 특히 고가구와 책, 그림이 있는 방들을 유심히 살폈는데, 왠지 다들 별로 볼품없이 느껴졌다.

얼마 뒤 아버지가 왔다. 오늘은 옛 무기들이 걸려 있고 외벽이 담쟁이덩굴로 덮인 아담한 방에서 저녁 식사를 하기로 했다. 날은 저녁 무렵까지 창문을 열어두어도 될 정도로 포근했다. 내가 시내로 간 사이 배에서 보낸 트렁크와 궤짝 들이 집에 도착해 있었다. 나는 이번 여행에서 가져온 선물들을 이 방으로 가져오게 했다. 어머니에게는 냄비와 그릇을, 아버지에게는 아주 크고 아름다운 암모나이트 대리석과 다른 대리석 조각들 그리고 17세기에 만들어진 시계를, 누이에게는 수수한 에델바이스와 말린 용담초, 비단 손수건, 그리고 일부 산악지대의 산간 마을 사람들이 걸고 다니는 은목걸이를 선사했다. 식구들도 내게 선물을 준비해놓았다. 어머니와 누이가 직접 만든 공예품, 특히 아름다운 여행 가방, 심의 강도(强度)에 따라 차례로 정렬된 케이스 안의 고급 연필들, 멋들어진 펜대, 미끈한 종이, 그리고 산악 지도가 그것이었다. 산악 지도는 내가 몇 번이고 말했던 것으로 마침내 아버지가 나를 위해 사주셨다. 모든 선물을 즐겁게 주고받는 행사가 끝나자 우리는 식탁에 앉았다. 오늘 저녁은 우리끼리만 오붓하게 식사했는데, 이것은 내가 장시간 집을 떠났다가 다시 돌아올 때마다 서서히 관례가 되어갔다. 마침내 식탁에 음식이 차려졌다. 어머니는 내가 가장 좋아하는 음식들이 나올 거라고 했다. 모든 단란한 가정에서 볼 수 있는 거짓 없는 사랑과 친밀함이 장시간 외롭게 타지를 배회한 나를 포근히 안아주었다.

우리 가족의 신상과 최근 일들에 대한 이야기가 대충 끝나고, 내가 출타한 동안 집안 살림의 변동에 대한 설명까지 모두 마치자 이젠 내가 이번 여행과 관련해서 이야기보따리를 풀어야 할 시간이 찾아왔다. 나는 여행 목적을 설명했고, 내가 어디에 있었으며, 거기에 도착해서 무엇을 했는지 말했다. 당연히 장미집의 늙은 주인에 관한 이야기는 빠질 수 없었다. 나는 그 집에 어떻게 가게 되었는지, 주인어른이 나를 얼마나 환대했는지, 거기서 무엇을 보았는지 이야기했다. 그리고 말하는 것으로 봐선 그 집주인이 우리 도시 출신일 것 같다고 덧붙였다. 그 말에 아버지는 아는 사람들을 기억으로 더듬어보았다. 하지만 내 설명과 일치하는 인물은 찾을 수 없었다. 하긴 우리 도시는 무척 크고 수많은 사람이 살고 있어서 아버지라고 해서 모든 사람을 다 알 수는 없는 노릇이었다. 누이는 어쩌면 내가 그 집의 특별한 환경 때문에 집주인을 너무 특별한 인물로 생각해서 실제와는 다르게 설명했을 수도 있다고 말했다. 그래서 나는 오로지 내가 본 것만을 이야기했으며, 그것이 무척이나 생생해 내게 그림을 더 잘 그리는 재주가 있다면 당장이라도 그림으로 표현할 수 있을 정도라고 반박했다. 하지만 이 문제는 시간이 지나면 자연히 해결될 것이다. 그 집주인이 나를 재차 초대했고 나 역시 그것을 거절할 생각이 없기 때문이다. 우리 가족은 내가 집주인의 이름을 물어보지 않은 것을 이해했다. 집주인이 내 이름이나 태생을 전혀 모르는 상태에서 나를 받아주고 재워준 것을 생각하면 내가 주인의 이름을 묻지 않은 것도 충분히 있을 수 있는 일이라 여겼다.

아버지는 대화 중간에 내가 이야기한 장미집의 많은 물건에 대해 좀 더 상세히 물었다. 특히 대리석과 고가구, 조각품, 조상(彫像), 그림, 책에 관심이 많았다. 나는 대리석과 고가구에 대해서는 거의 완벽하게 묘사할 수 있었다. 아버지는 내 설명에 감탄사를 터뜨리며 그런 물건들을 직접 한번 볼 수 있다면 소원이 없을 것 같다고 했다. 그런데 나는 조각품과 책에 관해서는 자세히 설명하지 못했고, 조상과 그림에 대해서는 더더욱 그랬다. 아버지도 그 물건들에 대해 꼬치꼬치 묻지 않았고 오래 집착하지도 않았다. 거기에는 다음과 같은 어머니의 말이 한몫했다. 백문이 불여일견이라, 아버지가 고지대로 직접 여행을 떠나 그 집에 있는 물건들을 두 눈으로 확인하는 것이 가장 나을 듯하다. 아버지는 요즘 너무 일에 치여 산다. 최근에는 오후에도 사무실에 나가 밤늦게까지 일하다 오는 날이 잦다. 이럴 때 여행을 떠나면 삶에 활력이 생길 것이다. 그리고 아들을 그리 후하게 대접한 주인이라면 그 아버지도 반갑게 맞아주지 않겠는가? 게다가 아버지 같은 전문가에게는 더 흔쾌히 자신의 수집품을 보여주려 할 것이다. 또 아버지가 이 여행에서 고가구 방을 채울 이런저런 물건들을 구해 가져올 수 있을지 누가 알겠는가? 하지만 아버지가 지금처럼 급한 일이 다 처리될 때까지 여행을 차일피일 미루기만 하고, 젊은 직원들에게 영업소를 믿고 맡길 수 있을 때까지 기다리기만 한다면 절대 그런 여행을 떠날 날은 오지 않을 것이다. 왜냐하면 아버지의 사업은 늘 급한 일들뿐이고, 아버지의 나이가 들수록, 그리고 아버지 혼자 일을 다 처리하려고 하면 할수록 젊은 직원들의 능력에 대한 불신은 점점 커질 수밖에 없기 때문이다.

어머니의 말에 아버지는 언젠가 꼭 여행을 할 생각이고, 적당한 시기에 은퇴해서 더 이상 사업에 손대지 않을 거라고 대답했다.

어머니는 그런 날이 기다려진다고 하면서 자신에게는 그날이 두번째 결혼식처럼 느껴질 거라고 말했다.

나는 다양한 가구와 방바닥, 조각품의 재료가 된 이런저런 나무들에 대해서도 이야기했다. 내 설명은 상당히 구체적이었다. 그 물건들을 관찰할 때부터 아버지를 염두에 두고 다른 때보다 훨씬 많은 것을 머릿속에 넣었기 때문이다. 그 밖에 그 나무들이 어떤 순서로 짜 맞추어졌고, 거기서 어떤 형체가 생겨났고, 선과 색상의 조합이 얼마나 매력적인지도 함께 언급했다. 복도와 홀에 있던 대리석에 대한 설명도 덧붙였다. 대리석들이 어떻게 연결되어 있고, 어떤 종류가 서로 인접해 있고, 그것들이 서로를 어떻게 부각시키는지를 묘사했다. 나는 본 것들을 그림으로 설명하려고 종이와 연필을 자주 잡았다. 그러면 아버지는 또 다른 질문들을 던졌다. 나는 순서에 맞는 아버지의 질문들 덕에 내 기억 속에 있는 것보다 더 많은 것을 대답할 수 있었다.

시간이 늦어지자 어머니는 나더러 피곤할 텐데 그만 쉬라고 했다. 우리는 무기들이 걸린 방에서 헤어져 각자의 침대로 향했다.

다음날 나는 겨울철 모드로 방을 꾸미기 시작했다. 또 이번 여행에서 가져온 것들을 하나씩 꺼내 익숙한 방식으로 진열하고 기존의 것들 사이에 끼워 넣었다. 이 일을 끝내는 데만 며칠이 걸렸다.

귀향 후 첫번째 일요일에 환영 연회가 열렸다. 아버지의 영업소에 근무하는 모든 사람이 특별히 초대되었고, 훌륭한 음식과 고급 포도주가 차려졌다. 우리가 도시에 살 때 옆집에 살던 노부부도 초대되었다. 두 분은 나를 무척 좋아했고, 특히 노부인은 늘 내가 장차 큰 인물이 될 거라고 말했다. 이러한 연회는 몇 년 전부터 우리 집의 관례가 되었고, 그때마다 노부부도 손님으로 참석했다.

굵직굵직한 것들을 중심으로 방 정리가 모두 끝나자 나는 도시에 사는 친구들을 방문했고, 저녁이면 서점에 들러 몇 시간을 보냈다. 내가 정말 좋아하는 시간이었다. 그런데 도시의 골목길을 걸을 때면 내가 장미집의 주인어른을 만난 것이 아니라 동화책에서 읽은 것을 착각하고 있는 게 아닐까 하는 느낌이 들곤 했다. 그러나 내 방에 다시 돌아와 고대의 물건과 그림 들을 보는 순간 그 집의 주인을 만난 것이 사실임을 새삼 깨닫곤 했다.

오랜 여행 끝에 다시 돌아오면 생길 수밖에 없는 흔적, 그러니까 여행에서 가져온 많은 물건이 내 방에서 사라지면서 이제 책들이 책상에 얌전히 펼쳐져 있을 뿐 아니라 겨울에 쓸 도구와 화구 들도 깔끔히 정리되어 있었다. 벌써 겨울이 코앞이었다. 하늘이 우리 도시에 선사한 늦가을의 마지막 화창한 날들이 끝나면서 안개 끼고 축축하고 싸늘한 시간이 시작되었다.

내가 집을 떠난 사이 우리 집에서는 하나의 변화가 있었다. 지금까지 늘 아이라고 생각했던 여동생 클로틸데가 올여름에 갑자기 성숙한 아가씨로 변해 있었던 것이다. 집에 돌아온 나는 누이의 이런 모습에 어안이 벙벙했고, 누이가 다른 사람처럼 느껴지기도 했다.

클로틸데의 이런 변화는 다가오는 겨울 우리 집에도 큰 변화를 몰고 왔다. 우리는 지금껏 거대 제국의 수도에 사는 사람치고는 '촌스럽다'는 소리를 들을 정도로 소박하게 살아왔다. 우리와 교유하는 가족은 많지 않았고, 교유라는 것도 틈틈이 서로의 집을 방문하거나 정원에서 아이들을 뛰놀게 하는 것이 대부분이었다. 그러던 것이 이제는 완전히 달라졌다. 클로틸데의 여자 친구들이 우리 집을 찾아오기 시작하면서 자연스레 가족끼리도 접촉하게 되었고, 그 친척과 지인 들과도 관계의 문이 서서히 열렸다. 이렇게 해서 우리 집에 사람들이 찾아왔고, 집 안에서는 음악 소리가 들리고 낭송회가 열렸다. 우리 또한 남의 집을 방문해서 음악과 다른 비슷한 것들로 여흥을 즐겼다. 그렇다고 이런 상황 변화가 우리 집을 뒤바꿀 정도로 근본적인 영향을 끼치지는 않았다. 나는 내가 그 성향을 잘 아는 기존 친구들 외에 새 친구들도 사귀었다. 그런데 그들은 대개 나와 지향점이 완전히 달랐고, 대부분의 일에서 나보다 탁월해 보였다. 그들은 나를 별종으로 여겼다. 처음에는 우리 집의 교육 방식이 자신들이 교육받은 방식과는 달라서 그렇게 생각했다면, 나중에는 내가 그네들이 욕망하는 길과는 다른 길을 걷고 있기 때문에 그렇게 생각했다. 나는 그들이 나의 이런 특이한 면모 때문에 나를 조금 경원시하는 게 아닌가 하는 느낌을 받곤 했다.

그런 그들도 내 누이에게는 큰 관심을 쏟았고 서로 잘 보이려고 애썼다. 우리 집에 오는 젊은이들은 정해져 있었다. 부모가 우리 집에 초대받았고 우리도 그 집을 방문하면서, 그 법도가 의심스럽지 않은 가정의 자녀들이었다. 누이는 남자들이 자신의 호감을 사려 한다는 사실을 알지 못했을 뿐 아니라 그런 데에는 관심조차 없었다. 나는 그 무렵 누이가 언젠가 혼례를 올려야 한다면 남편은 반드시 내 아버지 같은 사람이어야 한다고 생각했다.

그런 젊은 남자들뿐 아니라 내 누이와는 상관없이 우리 집에 오는 다른 남자들도 나를 대화에 자주 끌어들였다. 그들은 내게 자신들의 관점과 지향점, 취미를 이야기했고, 어떤 이는 가슴속 깊은 곳에 묻어둔 은밀한 이야기를 털어놓기도 했다. 프레보른이라는 이름의 한 젊은이가 그랬다. 궁정에서 높은 관직을 맡고 있고 우리 집에 자주 들르는 노인의 아들인 이 친구는 우리 도시에서 가장 아름다운 처녀의 이름이 타로나라고 말하며 이렇게 덧붙였다. 이 도시 50만 주민 중에서 그녀와 같은 몸매를 가진 여자가 없고, 이 세상 어디에도 그런 몸매는 없으며, 고금을 막론하고 어떤 예술가도 그녀의 몸매를 그려낼 수 없을 것이다. 그녀의 눈 역시 조약돌을 밀랍으로 바꾸고 다이아몬드를 녹일 수 있다. 자신은 그녀를 열렬히 사랑한다. 밤잠을 이루지 못하고 잠자리에서 이리저리 뒤척이거나 하릴없이 방을 서성거린 것이 하루 이틀이 아니다. 그녀는 여기에 살지 않지만 도시에 자주 온다. 언젠가 기회가 되면 그녀를 꼭 보여줄 테니 친구로서 자신의 사랑을 도와달라고 했다.

나는 그 말들의 진정성에 상당 부분 의심을 품었다. 그 아가씨를 그렇게 사랑한다면 아무리 친구라도 나든 다른 사람에게든 그것을 결코 털어놓아서는 안 된다고 생각했다. 더구나 우리는 진정한 의미에서 친구라 할 수 없었다. 도시에서는 서로 잘 알고 왕래가 잦으면 그냥 친구라 부르곤 했는데, 우리는 단지 그런 사이일 뿐이었다. 게다가 이 친구는 내게 도움을 기대한다고 했는데, 그건 애초에 말도 안 되는 소리였다. 나는 사람들과 교제하는 기술이 굉장히 서툴렀을 뿐 아니라 그 방면으로는 이 친구가 나보다 훨씬 뛰어났기 때문이다.

나는 부모님을 따라가지 않고 종종 혼자 이런저런 친구들을 직접 방문하기도 했다. 그럴 때면 자주 여자 이야기가 화젯거리로 올랐는데, 그들은 누가 누구를 좋아하고, 누가 응답 없는 사랑에 홀로 속을 끓이고 있고, 누가 상대에게 사랑의 답신을 받았는지 하는 그런 이야기들을 했다. 이때도 나는 그들이 그런 이야기를 해서는 안 된다고 생각했다. 그리고 그들이 어떤 아가씨의 몸매나 행동거지를 노골적으로 묘사할 때는 마치 내 누이가 모욕을 당한 것처럼 얼굴이 발갛게 달아올랐다.

이제 나는 도시로 자주 나가 유서 깊은 대성당 건물을 유심히 관찰했다. 장미집에서 많은 건축물 도안을 세심히 살펴본 뒤로는 실제 건축물들이 예전처럼 생경하게 느껴지지 않았다. 나는 건축물을 볼 때마다 도안에서 봤던 것과 비슷한 것이 있지 않을까 꼼꼼히 들여다보았다. 나는 장미집에서 다음 체류지인 산골짜기로 가는 동안, 그리고 거기서 다시 나를 집으로 데려다준 배까지 가는 동안 특별히 눈여겨볼 만한 것은 보지 못했다. 다만 이정표 역할을 하는, 무척 오래된 양식의 몇몇 기둥은 장미집의 도안에 깔끔하게 그려져 있던 것과 비슷하게 순수하고 소박한 형상을 띠었다. 그런데 어떤 기둥의 벽감 속에는, 아래쪽의 받침대를 보아하니 언젠가 그 안에 있었을 것이 분명한 입상 대신 다채로운 색깔의 그림이 그려져 있었다. 나머지 다른 기둥들에는 그림이든 조각상이든 어떤 것도 존재하지 않았다. 배를 타고 집으로 가던 길에는 교회와 성곽을 지나갔을 것이다. 주의를 기울일 가치가 충분히 있는 건축물들이었지만, 그때는 집으로 돌아가는 일이 급선무여서 들르지 못했다. 나는 여기 대성당에 와서야 장식부와 추녀, 궁륭, 기둥, 부속 건축물에서 장미집의 도안에서 봤던 것과 비슷한 형상들을 거의 전부 만나게 되었다. 눈앞의 형상과 기억 속 형상을 비교하고 나름대로 평가를 내리는 일은 참으로 흐뭇했다.

보석과 관련해서도 나는 장미집의 주인어른이 보석에 테를 두르는 일에 대해 말했던 것이 기억났다. 테를 두른 보석을 볼 기회는 많았다. 도시의 무수한 쇼윈도에는 손님들을 유혹하려고 각양각색의 장신구들이 진열되어 있었던 것이다. 나는 길을 가다가 그런 가게들을 만나면 항상 걸음을 멈추고 보석들을 꼼꼼히 살핀 뒤 주인어른의 말이 옳다는 것을 새삼 깨달았다. 장미집에서 봤던 중세 건축물에 그려진 십자가와 장미, 별 무늬가 여기 있는 것들보다 훨씬 경쾌하고 섬세했다. 달리 표현하자면 한층 깊은 맛이 담겨 있다고나 할까! 그것들은 건축물의 일부였지만, 이것들은 장신구였다. 이 장신구들은 장미집 주인어른의 말에 따르면 금과 보석에 어색하게 둘러싸여 있었다. 그나마 이 도시에서 가장 낫다고 하는 몇몇 보석상의 제품만 예외였다. 이곳에서 만든 보석의 테두리는 무척 단순했다. 그러니까 보석이 굵고 진귀하면 테두리를 거의 만들지 않고 인간의 몸에 부착하는 데 꼭 필요한 만큼만 금이나 자잘한 다이아몬드로 테두리를 둘렀다. 나는 이런 방식이 마음에 들었다. 보석 그 자체의 가치와 미가 살아 있었기 때문이다. 그러나 한편으로는 이런 생각도 들었다. 보석이 아무리 아름다울지언정 그 역시 재료일 뿐이고, 그 미를 해치지 않는 범위 내에서 재료의 우아함 외에 인간의 정신, 그러니까 이 작업에 관여한 사람의 정신을 엿보게 하는 형상을 새기는 것이 한층 뛰어난 작품이 아닐까 하는 생각 말이다. 나는 장미집을 다시 찾게 되면 주인어른과 이 문제를 논의해보기로 마음먹었다. 역시 내가 장미집에서 아주 유익한 것을 배웠다는 사실이 다시금 절실하게 느껴졌다.

나는 보석을 구경하고 다니면서 우리 도시의 보석상 중에서 명성이 자자한 보석상의 아들을 우연히 알게 되었다. 그 친구는 내게 아주 진귀한 보석들을 자주 보여주었다. 그중에는 상점에 진열된 것도 있었고 진열되지 않은 것도 있었다. 그 친구는 보석들에 대해 설명해주었고, 보석을 아름답게 만드는 특징들도 가르쳐주었다. 나는 보석의 테두리에 대한 내 생각을 차마 드러내지 못했다. 그 친구는 앞으로 보석에 관한 지식을 더 소상히 가르쳐주겠다고 약속했고, 나 역시 그 약속을 기꺼이 받아들였다.

나는 산악 여행으로 몸을 움직이는 것에 익숙해져 있어서 매일 도시 일부를 돌아다니거나 도시 주변으로 길을 나섰다. 건강에 좋은 강한 산바람을 대체할 수 있는 것은 도시에서는 점점 거칠어지는 가을바람뿐이었다. 나는 가을바람이 안개로 가득 차거나, 도시의 서쪽 변두리를 감싸고 있는 산에서 거칠게 불어오면 즐겁게 그 바람을 맞으며 걸었다.

그 무렵 나는 종종 극장에 가기 시작했다. 우리가 어린아이일 때 아버지는 연극을 보러 가는 것을 허락하지 않았다. 아버지의 말에 따르면, 연극은 아이들의 상상력을 너무 과하게 자극하고 과하게 부추길 우려가 있고, 그럴 경우 상상력이 온갖 자의적 감정과 한통속이 되어 탐욕과 욕정에 빠질 수 있다는 것이다. 그러던 것이 우리가 좀 더 성숙한 뒤로는, 그러니까 나의 경우는 벌써 오래전이고 누이는 1년 전쯤에 해당하는데, 그 뒤로는 아버지도 드문드문 궁정극장에 가는 것을 허락해주었다. 물론 작품은 당신이 직접 골라주었다. 당신 보시기에 우리에게 적합하고 우리의 인격 형성에 도움이 될 작품들로 말이다. 그러나 오페라와 발레는 절대로 보지 못하게 했고, 변두리 극장에 가는 것도 금지했다. 게다가 부모님과 동반하지 않고 우리끼리만 연극을 보러 가는 것도 허용되지 않았다. 하지만 내가 독립하고 난 뒤로는 연극을 내 스스로 선택할 자유가 생겼다. 그럼에도 한창 학문에 매진하던 시절에는 연극에 몰두할 여유가 없었다. 그냥 습관적으로 예전에 부모님과 함께 관람했던 연극을 보러 가곤 했다. 그런데 이번 가을에는 달랐다. 내가 직접 연극을 골라 궁정극장으로 보러 간 것이다.

당시 우리의 궁정극장에는 셰익스피어의 리어 왕 역에서 타의 추종을 불허하는 연기를 펼친다는 유명한 배우가 있었다. 거기다 이 궁정극장 역시 독일어권 전역에서 가장 뛰어나다는 평을 받고 있었다. 그래서 독일어권의 무대를 통틀어 궁정극장에 필적할 만큼 멋진 공연을 펼치는 극단은 없다는 소문이 자자했다. 연극계의 한 위대한 식자는 자신의 책에서 궁정극장의 리어 왕 역을 맡은 배우에 대해 이렇게 말했다. 만일 그 배우 속에 이 걸작을 만들어낸, 전대미문의 지혜가 장착된 그 놀라운 마법의 빛이 살아 숨 쉬지 않았다면 그런 연기가 나오기는 불가능했다.

그런 이야기를 들은 나는 궁정극장에서 〈리어 왕〉을 상연하면 꼭 직접 가서 그 명성을 확인해보기로 마음먹었다.

우리 집에서는 매일 아침 아버지의 식탁으로 신문이 배달되었는데, 어느 날 그 신문에 궁정극장에서 〈리어 왕〉을 상연한다는 공고가 실렸다. 리어 왕 역은 벌써 노인이 다 되어가는, 앞서 언급한 그 배우가 맡았다. 계절은 겨울로 접어들었다. 나는 저녁참에 궁정극장으로 떠날 수 있게 일과를 조정했다. 산악지대를 여행할 때 산속에서 벌어지는 일들을 촘촘히 조사했던 것처럼 도시에 있을 때는 도시 생활의 분주함을 구경하고 싶었기에 조금 일찍 출발해서 근교와 도시 사이의 길을 일부러 천천히 걸었다. 나는 산책을 갈 때 즐겨 입는 소박한 양복을 입고 여행할 때 쓰는 모자를 썼다. 대기는 상당히 차가웠음에도 가랑비가 내렸다. 비가 불쾌하지 않고 오히려 반갑게 느껴졌다. 빗방울은 옷 속으로 스며들 정도로 내리지는 않았다. 나는 살포시 내리는 비를 맞으며 차분히 걸어갔다. 성문 앞 광장의 가로수 길 바닥은 흡사 유리를 깔아놓은 듯 살며시 얼어붙어 있었다. 내 앞과 옆에서 걷던 사람들은 자꾸 미끄러졌지만, 어떤 험난한 길에도 적응되어 있던 나는 얼어붙은 길의 중앙을 힘들이지 않고 걸었다. 나뭇가지들이 이웃한 가로등 불빛을 받아 반짝거렸다. 그 밖에는 사방이 시커먼 밤이었고, 도시의 모든 공간과 담벼락이 어둠 속에 잠겨 있었다. 보도에서 차도로 방향을 트는 순간 마차들이 여럿 달그락거리며 내 옆을 지나갔다. 막 형성되기 시작한 길바닥의 얼음이 말발굽과 마차 바퀴에 사정없이 으깨어졌다. 전부는 아니더라도 대부분의 마차가 극장을 향해 달려갔다. 이렇게 을씨년스러운 날에 이 사람들과 내가 동시에 허구의 이야기를 몸으로 보여주는 한 공간으로 향하고 있다는 사실에 문득 야릇한 느낌이 들었다. 나는 마차들이 멈춰 서 있는 불 켜진 아치형의 문을 지나 입구에서 표를 샀고, 모자를 외투 주머니 속에 집어넣은 뒤 외투를 옷 보관소에 맡기고 불 켜진 1층 홀로 들어섰다.

나는 연극을 관람할 때 위에서 내려다보거나 멀리 떨어져서 보지 않는 습관을 아버지한테서 배웠다. 이유는 분명했다. 일상적인 자세로 연기하는 배우를 머리나 어깨 윗부분에서부터 내려다봐서는 안 되고, 또 멀리 떨어져 있으면 배우의 표정과 몸짓을 제대로 관찰할 수 없었기 때문이다. 그래서 나는 앞에서 3분의 1쯤 되는 줄의 한 끝에 멈춘 채 홀에 손님이 차고 공연 시작을 알리는 종소리가 들리기를 기다렸다.

일반석이든 특별석이든 예의에 맞게 깔끔히 차려입은 사람들로 가득 찼다. 아마 극작품과 배우의 명성에 끌려 곳곳에서 어중이떠중이다 몰려든 것 같았다. 그것은 내 옆에 서 있던 남자들이 한 말이었는데, 실제로 관객 중에는 몹시 외진 근교에서 온 게 분명한 사람들도 더러 눈에 띄었다. 관객들은 대부분 서로 머리를 잇댄 듯 붙어 서서 호기심에 부푼 표정으로 무대의 막을 바라보았다. 지금도 그렇지만 당시에도 나는 사람으로 꽉 들어찬 공간에서 사람들의 얼굴과 옷, 장식, 등불 따위를 관찰하는 습관은 없었다. 그래서 얌전히 서서 음악이 울려퍼졌다가 끝나기를 기다렸다. 이윽고 막이 올라가고 연극이 시작되었다.

왕이 등장했다. 나중에 자기 입으로도 그런 말을 했지만 그는 천상 왕이었다. 하지만 다른 한편으로는 경솔하고 불쌍한 바보였다. 왕의 세 딸 리건과 고너릴, 코델리아는 타고난 심성대로 말했고, 켄트 역시 생겨먹은 대로 말했다. 왕도 마찬가지였다. 다혈질적이고 경솔하면서도 다감한 성품 그대로 남의 말을 곧이곧대로 받아들였다. 왕은 대답에 꾸밈이라고는 손톱만큼도 섞이지 않은 소박한 코델리아를 쫓아내 버렸다. 평소에 자신이 가장 아끼는 딸이었기에 분노는 더더욱 컸다. 이어 왕은 자신의 왕국을 나머지 두 딸 리건과 고너릴에게 나눠 주었다. 두 딸은 누가 자기를 가장 사랑하느냐는 왕의 질문에 과장된 표현으로 아양을 떨었던 것이다. 왕에게 사람의 본심을 들여다보는 능력이 조금이라도 있었더라면 아마 두 딸의 가식적인 사랑은 금방 들통났을 것이다. 어쨌든 언니들의 가식적인 표현이 몹시도 가증스러웠던 고결한 코델리아는 아비를 얼마나 사랑하느냐는 부왕의 질문에, 마음의 자물쇠가 자발적으로 열리는 다른 때였더라면 했을 말 대신에 그만 오해를 살 말만 하고 말았다. 왕은 코델리아를 변호하려는 켄트 백작에게도 분노를 터뜨리며 그도 추방해버렸다. 이런 격정적이고 유치한 왕의 행동에서 사람들은 점점 나쁜 일이 다가오고 있다는 불길한 예감을 느꼈다.

극의 내용을 전혀 몰랐던 나는 곧 이 사건의 진행에 완전히 매료되어버렸다.

왕은 이제 두 딸에게 내건 조건에 따라 백 명의 기사들을 데리고 한 달은 이 딸, 한 달은 저 딸의 궁전에서 번갈아 지내기로 했다. 그런데 이런 식으로 국가의 기강이 흐트러지자 그 여파는 왕국 곳곳에서 바로 나타났다. 예를 들어 글로스터 백작 가문의 한 사생아가 아비와 적법한 상속자인 형을 끌어내리고 자연의 섭리에 어긋나는 일을 세상에 공포해버린 것이다. 왕가에서도 자연의 이치와 사리에 맞지 않은 일이 벌어지지 않았던가! 어찌 됐건 왕은 백 명의 기사와 함께 딸 집에 묵었지만, 그마저 쉽지 않았고 불쾌한 일들이 이어졌다. 부왕과 종자들의 행동에 대한 딸의 항의는 이해할 수는 있지만 소름 끼칠 정도였다. 어리석다고 할 정도로 순진했던 왕의 믿음은 이제 처참히 무너졌고, 그로써 왕은 자신의 행동에 무례한 말을 서슴지 않는 큰딸을 떠나 좀 더 유순한 둘째 딸의 궁전으로 향했다. 그러나 여기서도 그를 기다리는 것은 한층 차디찬 대접뿐이었다. 자신의 도착을 알리려고 미리 보낸 시종은 차꼬에 채워져 있었고, 영접하러 나오는 사람조차 없었다. 왕을 맞을 채비가 안 되어 있으니 언니에게 돌아가 정해진 규칙에 따르라는 것이 둘째 딸의 변명이었다. 그제야 왕은 두 딸을 맹목적으로 믿고, 막내딸에게 부당한 판결을 내리고, 두 딸에게 경솔하게 왕국을 나누어 준 것이 너무 후회스럽고 부끄러웠을 뿐 아니라 미칠 듯이 화가 치밀었다. 그래서 큰딸에게 돌아가느니 차라리 폭풍과 뇌우가 몰아치는 황야로 나가 비바람에 몸을 맡기겠다고 말했다. 밤이었다. 황야에서는 미친 듯이 바람이 불고 비가 뿌려댔다. 노왕의 백발이 바람에 어지럽게 휘날렸다. 왕의 곁을 지키는 것은 광대뿐이었다. 왕은 외투를 열어젖히고 고스란히 비바람을 맞았다. 그리고 말하기도 지쳤는지 "리어, 리어, 리어!"라는 말밖에 하지 못했다. 그러나 이 말 한마디에 과거의 모든 사연과 현재의 모든 감정이 녹아 있었다. 왕은 나중에 광대의 가슴에 얼굴을 묻고 공포에 떨며 이렇게 소리쳤다. "바보, 바보! 미쳐버릴 것 같아. 미치고 싶지 않아! 미치고 싶지 않아." 왕은 마지막 문장을 부드럽게, 마치 애원조로 말했다. 그 말을 듣는 순간 뺨에 눈물이 흘러내렸다. 나는 주위에 사람들이 있음을 잊었을 뿐 아니라 무대 위에서 전개되는 사건이 지금 눈앞에서 일어나고 있다고 믿었다. 나는 가만히 선 채로 무대에서 눈을 떼지 못했다. 이제 왕은 실제로 미쳐갔다. 폭풍이 휘몰아치던 그날 밤 이후 화환을 만들어 머리에 썼고, 언덕과 황야를 떠돌아다녔으며, 거지들과 재판을 열기도 했다. 그사이 프랑스 왕과 결혼한 막내딸 코델리아에게 언니들이 아버지를 비정하게 내쳤다는 소식이 전해졌다. 코델리아는 아버지를 구하기 위해 군대를 이끌고 영국에 도착했다. 리어 왕은 황야에서 발견되었고 코델리아의 천막으로 옮겨져 잠이 들었다. 완전히 녹초가 된 왕은 우리가 뻔히 보고 있는데도 계속 늙어가는 것 같았고, 심지어 점점 작아지는 느낌마저 들었다. 수면은 오랫동안 이어졌다. 의사는 마음의 극심한 혼란은 오직 격렬한 감정 분출 속에서만 위안을 얻었고, 왕의 정신은 오랜 휴식과 편안한 수면을 통해 다시 정상으로 돌아올 거라고 했다. 마침내 잠에서 깨어난 왕은 자기 앞에 서 있는 여인을 쳐다보았다. 그러나 차마 이 여인이 코델리아라고 인정할 용기가 나지 않는지, 정신이 오락가락해서 헛것이 보인다며 이 낯선 아가씨가 자신의 딸 코델리아 같아 보인다고 쑥스럽게 말했다. 사람들이 부드러운 말로 그의 생각이 사실이라고 확인시켜주자 왕은 말없이 침대에서 내려와 무릎을 꿇고 두 손을 모아 친자식에게 묵묵히 용서를 빌었다. 나는 가슴이 찢어지는 듯했다. 마음이 너무 아파 정신을 차릴 수가 없었다. 이런 경험을 하게 될 줄은 꿈에도 상상하지 못했다. 그것도 연극은 오랫동안 관심 밖의 영역이 아니었던가! 그런 연극이 이제 내게 현실보다 더 현실적으로 다가왔다. 사건이 불러일으키는 끔찍한 감정을 완화하려고 극에 부여한 행복한 결말도 전혀 위안이 되지 못했다. 내 심장은 말도 안 되는 일이라고 말하고 있었다. 내 앞과 주위에서 무슨 일이 벌어지는지 더 이상 눈에 들어오지 않았다. 정신을 약간 차리고 나서야 사람들이 나를 주시하고 있지 않은지 확인하려고 슬그머니 주위를 둘러보았다. 모든 얼굴이 무대로 향해 있었고, 모두들 몹시 흥분한 채 무대의 사건에 푹 빠져 있는 듯했다. 다만 내 자리에서 가까운 1층 특별석에 앉아 있는 한 처녀만 무대에서 시선을 돌린 채였다. 그녀의 얼굴은 하얀 눈처럼 창백했다. 함께 온 일행들이 그녀를 달래는 중이었는데, 형언할 수 없을 정도로 아름다운 그녀의 얼굴은 눈물범벅이었다. 나는 그녀에게서 눈을 떼지 못했다. 그런데 일행들이 그녀의 주위에 둘러서 있는 모습이 어쩐지 주위의 시선으로부터 그녀를 지키려는 듯했기에 나는 양심에 찔려 얼른 눈을 돌리고 말았다.

그사이 연극이 끝났다. 주위에서 소동이 일었다. 극장을 빠져나가려고 할 때마다 벌어지는 북새통이었다. 나는 손수건을 꺼내 이마와 눈가를 훔치고 나갈 채비를 했다. 옷 보관소에서 외투를 찾아 로비로 나왔을 때는 무척 북적거렸다. 출구가 여럿이어서 사람들은 여러 갈래의 물결처럼 이쪽저쪽으로 움직였다. 나는 주 출입구로 천천히 흘러가는 큰 물결에 몸을 맡겼다. 그때였다. 갑자기 무언가가 출구로 향해 있던 내 시선을 잡아채는 느낌이 들었다. 그것도 아주 가까운 곳에서. 눈을 돌렸다. 아름답고 커다란 눈이 내 눈과 마주쳤다. 1층 특별석에 앉아 있던 그 처자였다. 서로의 얼굴이 지척이었다. 나는 뚫어져라 그녀를 바라보았다. 그녀도 나를 다정하게 바라보았고 심지어 사랑스럽게 미소까지 지어주는 듯했다. 그런데 처녀가 순식간에 사라졌다. 특별석에서 나온 인파에 떠밀려 우리의 물결을 가로지르더니 옆문 쪽으로 나가버린 것이다. 나는 검은 비단 외투에 감싸인 그미의 뒷모습만 볼 수 있었다. 얼마 뒤 나도 주 출입구를 통해 밖으로 나왔다. 거기서 일단 외투 주머니에서 모자를 꺼내 머리에 쓰고는 잠시 선 채로 출발하는 마차들을 바라보았다. 마차들마다 음습한 밤 속으로 붉은 등을 내걸었다. 빗줄기가 아까 극장에 들어올 때보다 훨씬 굵어졌다. 이젠 집으로 가야 했다. 나는 달려가는 마차와 흘러가는 인파에서 떨어져 나왔고, 근교의 나무들을 지나 야외로 빠져나가는 한적한 길로 꺾어들었다. 침침한 가로등 옆을 한참 동안 따라 걷다가 다시 근교의 골목길에 들어섰다. 그 길을 지나자 부모님의 집이 나타났다.

자정이 다 된 시각이었다. 어머니는 아직 잠자리에 들지 않고 식당방에서 나를 기다리고 있었다. 식솔들의 건강을 챙기는 일이라면 언제가 됐건 마다하지 않는 어머니였다. 문을 열어준 하녀가 내게 그 사실을 알려주며 나를 식당방으로 안내했다. 어머니는 저녁 식사를 차려놓고 나를 기다렸다. 그러나 나는 연극의 감흥에 흠뻑 취해 아무것도 먹을 수 없을 것 같다고 말했다. 어머니는 걱정스러운 얼굴로 혹시 약이라도 먹으려는지 물었다. 나는 몸에 이상이 있어서 그런 건 아니고 그냥 휴식이 필요할 뿐이라고 대답했다.

"휴식이 필요하다면 쉬어야지. 강요하는 게 아니라 그냥 걱정이 돼서 하는 소리다."

"어머님의 마음은 누구보다 잘 압니다. 항상 감사하게 생각해요."

나는 어머니의 손에 입을 맞추었다. 우리는 서로 취침 인사를 한 뒤 촛불을 들고 각자의 방으로 향했다.

옷을 벗고 침대에 누워 불을 껐다. 격렬히 고동치던 심장이 서서히 진정되길 기다렸다. 잠이 든 것은 거의 아침 무렵이었다.

이튿날 내가 처음 했던 일은 아버지의 서가에서 셰익스피어 작품을 빌리는 일이었다. 나는 이 책을 이번 겨울에 읽으려고 내 방에 챙겨두었다. 그러고는 다시 영어 공부를 하기 시작했다. 이 작품을 번역본으로 읽고 싶지는 않았기 때문이다.

지난여름 장미집 주인어른과 헤어져 도로변의 숲 가장자리에서 마차를 타고 오는 두 여인을 만난 적이 있었다. 그때 나는 인간의 얼굴이 회화의 가장 훌륭한 대상일지 모른다는 생각을 했다. 그 생각이 다시 떠오르는 순간 인간의 용모에 대해 알고 싶어졌다. 그래서 황제미술관으로 달려가 실제 인물을 모델로 삼았다고 판단되는 아름다운 처녀들의 얼굴을 유심히 관찰했다. 물론 살아 있는 처녀들도 관찰 대상에서 빠질 수 없었다. 그러니까 나는 비가 오지 않는 날이면 공원으로 나가 지나가는 아가씨들의 얼굴을 감상했던 것이다. 그런데 그림 속 얼굴이든 실제 얼굴이든 미모의 측면에서 극장의 특별석에서 만난 그 처녀를 손톱만큼이라도 따라갈 얼굴은 어디서도 보지 못했다. 내가 그 얼굴을 더 이상 정확히 기억하지 못하고, 그래서 다시 만나면 알아볼 수 있을지 장담하지는 못하지만 그것 하나만은 분명했다. 나는 그 얼굴을 예외적인 상황에서 보았다. 차분한 상황에서 봤더라면 틀림없이 완전히 달랐을 것이다.

아버지가 소장한 그림 중에 책 읽는 아이의 그림이 있었다. 아이의 표정은 단순해서 독서에 푹 빠져 있다는 사실 외에 다른 것은 느껴지지 않았다. 얼굴은 한쪽 면만 보였지만 무척 사랑스러웠다. 나는 이 얼굴을 그려볼 생각이었다. 아이의 눈동자는 보이지 않았고 눈에는 눈꺼풀의 그늘만 살짝 드리워 있었다. 이 단순한 표정을 선으로 재현하기는 불가능했다. 나는 아버지의 허락을 얻어 그림을 내린 다음 내가 원하는 자세로 세웠다. 아예 모사를 할 요량이었다. 그런데 다른 대상들을 그릴 때 사용했던 내 모든 재주를 투입했음에도 성공하지 못했다. 아버지가 마침내 이 그림의 효과는 주로 색의 부드러움에 있기에 그것을 검은 선으로 모사하기는 불가능하다고 일러주었다. 아버지도 내 노력이 가상했던지 색상의 특성을 자세히 가르쳐주었고, 나도 그것을 빨리 익히려고 노력했다.

그런데 내가 누이동생의 얼굴이 그림 그리기에 적합한지 관찰할 생각을 하지 않은 것이나, 처음부터 누이의 얼굴을 그리고 싶다는 소망을 품지 않은 것은 이상한 일이었다. 내 눈에는 특별석의 그 처자 다음으로 세상에서 가장 아름다운 얼굴을 가진 게 내 누이였는데 말이다. 어쨌든 나는 단 한 차례도 그럴 용기를 내지 못했다. 나는 지금도 세상에서 클로틸데만큼 아름답고 순수한 얼굴은 없다는 생각을 자주 하지만, 가족들에 둘러싸여 슬픔을 진정시키던, 극장 로비에서 내게 다정한 미소까지 지어주는 듯했던 그 처녀만 떠올리면 그녀의 아름다움이 내 누이보다 낫다는 사실을 인정하지 않을 수 없었다. 물론 그녀의 얼굴은 또렷한 하나의 그림으로 떠오르지는 않고 내 마음속 눈앞에 흐릿하고 어스름한 형체로 어른거릴 뿐이었다. 누이의 친구들이나 내가 이따금 만나는 다른 아가씨들의 얼굴에도 사랑스럽고 편안한 특징들이 담겨 있었다. 나는 그녀들을 관찰하면서 이런저런 얼굴을 어떻게 표현할지 고민하곤 했다. 하지만 그녀들에게도 내 그림의 모델이 되어달라고 부탁한 적은 한 번도 없었다. 그래서 나는 살아 있는 얼굴을 앞에 두고 그림을 그린 적이 없었고, 단지 기억을 되새겨, 아니면 초상화를 보고 따라 그리기를 반복할 뿐이었다. 사람들은 내가 항상 아가씨들의 얼굴만 그린다고 지적했다. 나는 창피했고, 결국 나중에는 남자와 노인, 부인 그리고 신체의 다른 부분도 그리기 시작했다. 석고상이나 다른 원본이 있는 한에서 말이다.

우리 집의 교육 원칙으로 그림 그리는 일에 어떤 제약을 받지 않았음에도 나는 결코 본분을 게을리하지 않았다. 수집한 물건들을 다시 둘러보기도 하고, 장미집 주인어른의 말을 기억 속에서 끄집어내 되새김질하기도 했다. 파티나 산책, 상점을 갈 때마다 느끼는 것이지만 우리 집은 소중하고 사랑스러운 고독이 깃든 안식처였다. 특히 내 방의 창문들이 시끄러운 바깥세상이 아닌 정원으로 나 있었기 때문에 고독은 더더욱 사랑스럽게 느껴졌다.

겨울이 막바지에 접어들면서 도시의 표정은 점점 밝아졌고, 사람들 간의 교유도 잦아졌다. 나 역시 이런저런 이유로 다른 집을 방문할 일이 많아졌다.

그러던 중 〈리어 왕〉 공연 이후 내 관심을 가장 많이 끄는 사건이 발생했다.

몇 년 전부터 우리는 호프부르크 궁에 사는 한 가족과 친분이 두터웠다. 그 가족은 한때 고위 관료를 지낸 유명한 인물의 미망인과 딸이었는데, 딸은 아버지의 후광에 힘입어 아버지 사후에 궁정 여관(女官)에 임명되었고, 그 때문에 어머니와 함께 궁에 살았다. 아들도 둘 있었지만, 하나는 군대에 있고 다른 하나는 외국 공관에 나가 있었다. 여관이 비번일 때면 여관의 모친은 저녁에 더러 사람들을 초대해서 문학 작품을 낭송하고 토론하거나 음악을 들었다. 나중에 나이가 좀 더 들었을 때는 카드를 치기도 했다. 우리도 그 모임에 자주 초대되었다. 그 겨울 나는 여관의 모친에게 책을 한 권 빌렸다. 그런데 책을 오래 보는 바람에 돌려주기로 약속한 기일을 넘기고 말았다. 어느 날 정오 나는 그 책을 직접 갖다드리며 사죄하려고 궁으로 향했다. 궁의 바깥쪽 광장에서 높은 궁륭 지붕으로 덮인 인도를 지나 안쪽 광장으로 막 들어섰을 때였다. 궁 안에서 내 오른편으로 마차 여러 대가 달려 나오더니 내 길을 가로질렀다. 나는 한동안 걸음을 멈추고 기다릴 수밖에 없었다. 내 옆에는 다른 사람들도 여럿 서 있었는데, 나는 무슨 일이냐고 물었다.

"고관대작들이 병상에서 일어나신 황제 폐하께 문안을 드리고 돌아가는 길이오." 내 옆에 서 있던 남자가 말했다.

가라말 두 필이 끄는 마지막 마차에는 남자 혼자 타고 있었다. 남자는 모자를 옆에 놓아두었다. 하얀 머리는 겨울바람에 어지러이 휘날렸다. 프록코트는 약간 열려 있었는데 코트 밑으로 별 훈장들이 보였다. 그 마차가 내 옆을 지나가는 순간 깜짝 놀랐다. 마차를 모는 사람이 나를 그렇게 따뜻하게 환대해준 장미집의 주인어른이었던 것이다. 마차는 이런 종류의 마차들이 대개 그렇듯 빠른 속도로 달렸는데, 거인 동상 둘이 추녀를 받치고 있는 성문을 지나 시내 쪽으로 내달렸다. 나는 옆에 서 있는 아무나 붙잡고 저 마차에 탄 사람이 누구인지 물어보고 싶었지만, 행인들의 걸음을 멈추게 한 마차 행렬이 다 지나 다시 길이 열리면서 사람들은 벌써 제 갈 길을 가고 있었다. 그나마 지금 내 옆에 있는 이들은 마차 행렬을 가까이서 보지 못한 사람들이어서 물어볼 수 없었다.

나는 궁전의 안뜰을 지나 사람들이 '총리 계단'이라고 부르는 계단을 서둘러 올라갔다.

나는 혼자 있는 여관의 모친에게 책을 건네며 시일을 넘긴 일을 사죄했다. 대화 중에 나는 아까 마차에서 봤던 남자를 언급하며 혹시 그 사람이 누군지 아느냐고 물었다. 그러나 부인은 아는 것이 없었다.

"창문으로 내려다보지 않아 모르겠구먼. 이렇게 큰 궁궐에서 일어나는 일을 어찌 다 알겠나? 더구나 난 폐하께서 병상에서 일어나셔서 신하들이 문후를 여쭌 것도 몰랐네. 그제까지도 편찮으셨거든. 남편이 살아 있을 때만 해도 우린 늘 호프부르크 궁의 광장에서 일어나는 일을 주시했지. 물론 아무리 중요한 일이라 해도 몇 년 보다보면 그게 그거였지만. 어쨌든 이제 더는 광장을 지켜보지 않고, 그저 이 안에서 책이나 읽고 뜨개질이나 한다네. 밖에서 사열을 하든 마차가 굴러가든 신경도 안 쓰지."

그때 여관 헨리테가 방에 들어섰다. 모친이 딸에게 물었다. "헨리테, 혹시 방금 폐하를 알현하고 떠난 사람들 중에 마지막 마차를 탄 사람이 누군지 아느냐?"

"리자흐 남작이에요. 폐하께서 쾌차하셨다는 소식을 듣고 그 기쁨을 아뢰려고 몸소 달려오셨죠."

나는 청소년 시절에 리자흐라는 이름을 자주 들었다. 하지만 당시에는 그 이름의 주인공이 무엇을 하는 사람인지 별 관심을 두지 않았다. 그런 내가 이제 이런 식의 질문을 할 때면 늘 그렇듯 조심스럽게 그가 어떤 사람인지 물었다. 돌아온 답은 이랬다. 리자흐 남작은 비록 최고 관직에는 오르지 못했지만 점점 연로해지는 황제에게 중요하고 힘든 시기에 중차대한 직책을 맡았고, 유럽의 정치를 이끄는 인물들과 함께 유럽 전반의 현안을 조정했으며, 타국의 지도자들에게 평판이 좋았고, 많은 사람에게 언젠가 일인지하 만인지상에 오를 인물로 평가받았지만 곧 관직에서 물러났다. 사퇴한 뒤로는 주로 시골에 머무르고 있지만 자주 도성에 들러 옛 벗들을 방문했고, 황제의 지극한 총애를 받아 지금도 가끔 조언을 듣기 위해 황제가 그를 곁으로 부른다고 했다. 집안이 넉넉한 여인과 혼인했지만 부인을 잃었다고 하는데, 그 사정에 대해서는 정확히 아는 사람이 없었다.

이것이 내가 헨리테 여관에게 들은 말이었다.

여관의 모친이 말했다. "헨리테, 넌 아직 어리고 경험이 부족해서 세상사가 어떻게 변하는지 잘 모를 게다. 세상사란 음지가 양지 되고 양지가 음지 되기도 하고, 또 누구는 이렇게, 누구는 저렇게 변하기도 하지만, 누구는 그대로 남아 있기도 한다. 리자흐 그 양반은 내가 처녀 적에 우리 집에 자주 놀러 왔다. 아버지는 종종 우리가 낡은 마차를 타고 놀러 나가는 것을 허락하셨지. 진녹색과 검은색으로 칠한 낡은 마차였어. 그럴 때면 리자흐 그 양반은 마부석에 앉거나, 보는 사람이 없으면 내 하인처럼 뒤에 서기도 했다. 아버지의 마차에는 하인 자리가 뒤에 따로 있었거든. 당시 우린 아이나 다름없었다. 그 양반은 젊은 대학생이었지. 교우 관계가 넓지 않고 태생도 몰랐지만, 굳이 물어보지도 않았다. 시골 별장의 정원에 있을 때면 그 양반은 내 오라버니들과 나무로 만든 당나귀를 타고 놀기도 하고, 물에 뛰어들기도 하고, 그네를 밀어주기도 했다. 네 아버지를 우리 집에 데려와 오라버니들에게 소개해준 것도 그 양반이었지. 그 양반과 네 아버지는 서로 우열을 가리기 힘들 정도로 잘생겼었다. 근데 얼마 뒤부터 그 양반이 나타나는 횟수가 줄어드는 게 아니냐. 이유는 몰랐지. 어쨌든 그렇게 몇 년이 지나 나는 네 아버지와 혼례를 올렸다. 오라버니들은 관직을 받아 곳곳으로 흩어졌고 부모님은 돌아가셨다. 종종 리자흐 그 양반 이야기를 할 때도 있지만 그사이 우린 만나지 못했어. 네 아버지가 한창 나라의 녹을 받으며 일한 것은 그 양반이 퇴임한 뒤였지. 그런 내가 이제 다시 이렇게 궁에 있구나. 비록 예전과는 다른 곳이지만 말이다. 그사이 네 아버지는 세상을 떠났고, 너도 장성해서 황후 마마를 모시고 있구나. 리자흐 그 양반 이야기를 듣는 순간 참 세월이 빠르다는 생각이 들었다. 그 양반이 우리 집 정원에서 그네를 밀어준 게 엊그저께 같은데……"

나는 오버란트에 리자흐 남작의 소유지가 없는지 물었다.

거기에 그의 소유지가 있다는 대답이 돌아왔다.

나는 더 이상 캐묻지 않았다. 지난여름 내가 거기에 들렀던 사정을 일일이 설명할 필요는 없다고 생각했기 때문이다.

하지만 집에 돌아와 점심 식사를 하면서 가족들에게 오늘의 만남을 이야기했다. 아버지는 리자흐 남작을 잘 알고 있었다. 예전에는 여러 차례 교유가 있었지만, 요즘은 못 본 지 꽤 오래되었다고 했다. 내가 장미집 주인어른이 리자흐 남작이라고 생각하는 근거는 이랬다. 첫째, 마차의 빠른 속도 때문에 착각한 것이 아니라면 틀림없이 두 눈으로 얼굴을 직접 확인했다. 둘째, 리자흐 남작도 오버란트에 소유지가 있었다. 셋째, 남작도 장미집의 주인처럼 유복했다. 넷째, 두 사람 다 정신적 경지가 대단해 보였다. 그런데 이런 뚜렷한 근거에도 이 문제를 더 깊이 파고들지 않고 그냥 내버려두기로 했다. 주인어른이 내게 자신의 이름을 먼저 말하지 않은 데는 나름의 이유가 있을 것 같았기 때문이다.

그 겨울 연극 〈리어 왕〉과 장미집 주인어른을 만난 두 사건 외에 내 관심을 끌 만한 특별한 일은 없었다. 나는 부지런히 공부했다. 낮 시간이 모자라 밤 시간까지 빌릴 때도 많았다. 이렇게 겨울은 예년보다 훨씬 빨리 지나갔다. 전체적으로 보자면 나는 대도시가 내게 제공해준, 그 밖의 다른 지방에서는 찾기 힘든 교육적 보조 수단에 굉장히 만족했다.

해가 점점 길어졌다. 도시의 쾌락적인 분위기가 끝나면서 사순절의 조용한 나날이 이어졌다. 그러던 어느 날 나는 프레보른에게 왜 백작 가문의 그 타로나라는 아가씨를 보여주지 않는지 물었다. 그가 그렇게 사랑하고, 그 아름다움을 입이 마르도록 칭찬하고, 심지어 사랑을 이루려고 내 도움까지 요청하게 한 여인이 아니던가.

"첫째, 그 아가씨는 백작 딸이 아니네. 나는 그 아가씨의 신분을 정확히 모르네. 아버지는 돌아가셨고 부유한 어머니와 산다고 하는데, 분명한 건 그 아가씨가 귀족이 아니라는 사실이네. 나한테는 정말 길조지. 나도 귀족 출신이 아니지 않은가! 둘째, 그 아가씨와 그 아가씨의 어머니는 이번 겨울에 우리 도시로 오지 않았네. 이것이 내가 그 아가씨를 자네에게 보여주지 못한 이유이고, 그로써 자네한테 나를 비웃을 빌미를 줄 수밖에 없었네. 어쨌든 자네도 그 아가씨를 반드시 만나봐야 하네. 단언컨대, 사람들이 올해의 미인이라 말하고, 하나같이 침이 마르도록 칭송하고, 혼을 빼놓을 정도로 눈부시다고 하는 여자들도 그 아가씨에 비하면 아무것도 아닐세."

나는 비웃으려던 게 아니라 그저 사실을 말하려고 했던 것뿐이라고 대답했다.

봄이 다가옴에 따라 나는 여행을 떠날 채비를 했다. 올해는 평년보다 일찍 출발하기로 마음먹었다. 산에 오르기 전에 장미집을 먼저 찾아갈 생각이었던 것이다. 해를 거듭할수록 준비 품목은 점점 방대해졌다. 해마다 많은 경험이 쌓이고 계획이 확장되었기 때문이다. 올해는 화구를 좀 더 제대로 챙기고 물감까지 가져가기로 했다. 습관이라는 것이 그렇듯 나 역시 이맘때면 어김없이 그리워지는 것이 있었다. 매년 가을이면 집이 그 대상이었다면, 매년 봄이면 나 자신이 마치 지난가을에 떠나왔던 지방으로 되돌아가야 할 철새처럼 느껴졌다.

3월이었다. 사람들을 산으로 들로 유혹하는 온화한 날씨가 이어지던 어느 날 아침 나는 여행 준비를 끝내고, 늘 그렇듯 식구들과 따뜻한 작별 인사를 나눈 뒤 길을 나섰다.

지금도 그렇지만 당시에도 나는 밤에 식구들과 작별하고, 밤에 여행을 떠나는 것을 좋아하지 않았다. 그런데 당시 오버란트로 떠나는 우편마차는 저녁에야 출발했다. 그렇다면 차라리 임대 마차를 타고 가는 게 나았다. 도시의 부자들이 소유한 도시 밖의 시골 별장들은 아직 긴 겨울잠에 빠져 있었는데, 부분적으로 짚과 널빤지를 뒤집어쓴 채 푹 파묻혀 있는 모습이 맑은 하늘과 곳곳에서 즐겁게 노래하는 종달새들과 대조를 이루었다. 나는 줄곧 평야지대만 달리다가 이윽고 구릉지대에 다다르자 마차에서 내려 평소 습관대로 걷기 시작했다.

나는 길을 걷다가 눈에 띄는 건축물을 만나면 걸음을 멈추고 유심히 살펴보았다. 예전에 어느 책에서인가 이런 글을 읽은 기억이 났다. 사람은 대상을 직접 볼 때보다 그림으로 볼 때 대상을 더 잘 알게 되고 대상에 대한 사랑이 깊어진다. 왜냐하면 현실에서는 모든 대상을 원래 크기대로 보고 다른 대상들과 함께 관찰할 수밖에 없다면, 그림에서는 제한된 틀 안에서 모든 것이 작게 그리고 개별적으로 요약되어 나타나기 때문이다. 이 말은 사실인 듯했다. 내가 장미집에서 건축물 도안을 구경한 뒤로는 건축물들을 좀 더 쉽게 파악하고 쉽게 평가 내릴 수 있었기 때문이다. 심지어 왜 좀 더 일찍 이런 것들에 관심을 가지지 못했는지 이해가 안 될 정도였다.

오버란트의 날씨는 도시와 사뭇 달랐다. 피부에 와 닿는 공기가 한결 매서웠다. 어느 날 아침 주인어른의 소유지인 너도밤나무 숲의 모서리에 이르렀다. 알리츠 개천이 아거 강으로 흘러 들어가는 곳이었는데, 아직 물줄기가 얼어 있는 곳이 많았다. 여기서 보이는 장미집은 지난여름 후텁지근하고 뜨거운 하늘 아래 들판과 나무의 짙은 녹음 속에서 하얀 점처럼 비치던 것과는 전혀 다른 느낌이었다. 들판은 겨울에 돋아난 새싹의 초록색 띠만 빼고는 갈색 속살을 고스란히 드러냈고, 나뭇가지에는 아직 싹이 돋지 않았으며, 건너다보이는 장미집은 마치 옅은 보라색 대지 위에 하얀 점처럼 보였다.

이윽고 나는 도로에서 꺾어져 장미집 언덕으로 올라가는 들길에 이르렀다. 울타리와 헐벗은 덤불 사이를 걸어 언덕에 오르니 장미집의 울타리가 지척이었다. 집의 풍경은 몹시 달라 보였다. 검은색과 갈색 나뭇가지들이 짙푸른 하늘로 앙상하게 뻗어 있었다. 정원 울타리만 초록색이었다. 집 옆 장미나무 덩굴 위로 멋진 모양의 밀짚 지붕이 드리워져 있었다. 울타리에 달린 종의 손잡이를 당기자 내 얼굴을 아는 남자가 나오더니 문을 열어주고는 마침 정원에 나와 있던 주인어른에게 나를 안내했다.

주인어른은 여름에 입었던 옷과 똑같은 옷을 입었는데, 천이 좀 두툼한 것만 달랐다. 역시 머리에는 아무것도 쓰지 않아서 백발이 그대로 드러났다.

지난여름에도 그랬지만 주인어른은 여전히 주변 환경과 완전히 하나인 듯했다.

정원에서는 과일나무 줄기를 물과 비누로 씻느라 바빴다. 일꾼들이 여기저기서 나무 옆에 사다리를 대고 말라 죽거나 불필요한 가지를 잘라내는 모습도 보였다. 지난여름 헤어질 때 주인어른은 다시 찾아오게 되면 미리 연락을 달라고 했다. 혹시라도 시간이 어긋나 헛걸음치는 일이 없도록 말이다. 그런데 주인어른은 그 일에 어려움이 따른다는 사실을 미처 생각지 못한 듯했다. 여행을 하다보면 기상 상황이나 다른 사정으로 부득이 계획을 수정해야 할 경우가 생기기 마련인데, 나 자신도 그런 상황은 미리 알 수 없었기 때문이다. 어쨌든 그런 연유로 나는 주인어른에게 미리 연락을 취하지 못한 채 이렇게 무례를 무릅쓰고 느닷없이 찾아올 수밖에 없었다. 그럼에도 주인어른은 걸어오는 나를 보는 순간 작년에 나를 환대할 때만큼이나 따뜻하고 반가운 웃음을 지어주었다.

나는 내가 이렇게 일찍 예고도 없이 찾아온 것이 주인어른 탓일지도 모른다고 말했다. 저번에 헤어질 때 주인어른이 나를 진심으로 초대하는 듯했기 때문에 염치 불고하고 산의 눈이 녹아 골짜기와 산속을 마음대로 돌아다닐 수 있을 때까지 여기서 묵어갈 생각을 하게 되었다고 했다.

"잘 왔네. 알다시피 우리 집엔 객실이 널려 있고, 손님은 언제나 환영일세. 더구나 지난여름에 약속했듯이 자네라면 더더욱 말해 무엇하겠나."

주인어른이 나를 집 안으로 안내하려고 했다. 그러나 나는 이런 말로 정중히 거절했다. 오늘은 세 시간밖에 걷지 않아 기력이 왕성하니 어른이 허락해주신다면 여기 정원에 함께 있고 싶다, 다만 배낭과 지팡이만 내 방으로 옮겨주시면 고맙겠다고 말이다.

주인어른은 평소 지니고 다니는 은빛 종을 주머니에서 꺼내 흔들었다. 종소리는 밖에서도 아주 청명하게 들렸다. 곧 집 안에서 하녀가 달려 나오자 어른은 내가 내려놓은 배낭과 건네준 지팡이를 방에 갖다놓으라고 분부했다. 그러고는 내가 묵을 방에 대해 몇 가지 지시를 더 내렸다.

나는 구스타프와 목공예소의 장인, 심지어 머리가 허연 정원사와 그 아낙의 안부까지 물었다. 돌아온 답은 이랬다. 구스타프는 건강할 뿐 아니라 육체와 정신 모두 고루 발전하고 있다. 지금은 방에서 공부하고 있을 텐데 아마 나를 보면 굉장히 반가워할 것이다. 그리고 장인은 옛날과 똑같이 살며 열심히 일하고 있고, 정원사 부부는 몇 년 전부터 조금도 변한 것이 없이 작년 여름이나 올해나 똑같은 모습이라고 했다. 마지막으로 나는 하인과 정원의 일꾼들, 농장 사람들에 대해서도 물었다. 이번에도 비슷한 답이 돌아왔다. 그들 모두 무고하다. 작년에 내가 다녀간 이후 병든 사람 하나 없고, 누구 하나 심각한 불만을 드러낼 이유도 없다고 했다.

여러 사소한 이야기, 특히 내가 예까지 걸어오면서 봤던 길의 상태나 들판의 겨울 파종 이야기가 끝나자 주인어른은 다시 정원에서 하던 일로 돌아갔고, 나 역시 그리로 관심을 돌렸다. 예전에 주인어른이 나무줄기를 일일이 씻는다고 했을 때 나는 그 일이 손이 무척 많이 가는 성가신 일이라고 생각했다. 그런데 이중 사다리와 널빤지를 사용하는 이 작업은 무척 간단했다. 아무리 높은 곳에 있는 가지도 자루가 긴 솔로 쓱쓱 밀어 올리면 그뿐이었다. 이 작업의 유용성을 확신하는 사람들은 한 치의 게으름도 부리지 않았기에 일은 깜짝 놀랄 정도로 빨리 진행되었다. 물로 씻고 솔질한 나무줄기는 참으로 깨끗하고 매끄러운 반면에 아직 청소가 안 된 이웃 가지는 거칠고 더러웠다. 씻은 녀석들이 무척 유쾌해 보인다면 다른 녀석들은 무척 불쾌해 보인다고나 할까! 문득 지난여름 주인어른이 내게 자랑스럽게 했던 말이 떠올랐다. 껍질이 회색 비단 같은 그 벚나무를 꼭 직접 봐야 한다고 했는데, 이제 와서 보니 나무줄기가 정말 비단결 같았고 앞으로 점점 곱게 변해갈 듯했다. 해마다 새롭게 단장을 시켜줄 테니 말이다.

얼마 뒤 정원 안으로 좀 더 깊숙이 들어가자 다른 작업들도 눈에 띄었다. 사람들은 부지런히 이곳저곳 오가며 덤불을 묶어 가지런히 정리하고, 새들이 둥지를 만들도록 덤불 밑에 잔가지들을 깔아놓고, 겨울에 손상된 길을 보수하고, 가지치기를 끝낸 난쟁이나무 밑의 흙을 갈고, 또 버팀목으로 지탱하는 약한 나무들이 튼튼하게 서 있는지, 혹시 고꾸라지지나 않을지 점검했다. 그 밖에 느슨해진 줄은 다시 묶고, 텃밭의 흙은 갈아주고, 겨울 묘상(苗床) 옆의 창문은 환기를 시키려고 열어놓거나 가려주고, 펌프는 수리하고, 곳곳에 못을 박고, 새집은 청소해서 나무에 단단히 달아놓았다.

나는 작업을 감독하느라 정신이 없는 주인어른과 헤어져 혼자 발길 닿는 대로 정원 안을 돌아다녔다. 정원에는 벌써 새가 많았는데, 녀석들은 앙상한 나뭇가지 사이를 미끄러지듯이 자유롭게 날아다녔다. 벌써 여기저기서 짹짹거리고 지저귀는 소리가 들리기 시작했다. 특히 정원을 에워싼 들판에서 날아오르는 종달새들의 노랫소리가 맑고 사랑스러웠다. 나무와 덤불의 잎사귀가 모두 떨어지는 바람에 새들에게 모이와 물을 제공하는 설비들이 눈에 잘 띄었다. 처음 여기 왔을 때보다 훨씬 많이 찾아낼 수 있었다. 지금은 내가 그것들의 존재를 알고 있으니 말이다. 씨앗을 꽂아둘 때 이용하는 격자 창살도 여럿 발견했다. 주인어른이 전에 말한 바로 그 도구였다.

나는 나뭇가지들도 자세히 살펴보았다. 새싹과 꽃봉오리는 벌써 상당히 부풀어 오른 채 활짝 필 시간만 기다리고 있었다.

나는 큰 벚나무가 있는 언덕으로 올라가 정원과 집을 굽어보고 저 멀리 산들을 바라보았다. 맑디맑은 하늘의 짙푸른 물감이 대지의 만물 위에 뚝뚝 떨어지는 듯했다. 초봄치고는 드물게 화창한 날이 주인어른으로 하여금 정원 일을 이렇게 한꺼번에 서둘러 해치우게 한 것 같았다. 맑은 공기 아래의 대지는 아직 상당 부분이 황량하기 그지없었다. 나는 들판의 쉼터로도 나가고 싶었지만, 이른 아침에는 얼어붙어 있었을 길이 지금은 무르고 질퍽해져서 걸으면 무척 불쾌할 뿐 아니라 신발과 옷이 더러워질 것 같았다. 결국 나는 파종한 짙은 색의 밭과 그 옆의 갈아엎은 흙을 한동안 바라보다가 아래로 내려갔다.

내 발걸음은 정원사 부부에게로 향했다. 그런데 주인어른의 말처럼 정원사 부부가 예전 그대로인 것 같지는 않았다. 남편은 머리가 더 하얗게 세어 이제는 화포(畵布)와 분간이 되지 않았다. 반면에 아낙은 전혀 변하지 않았다. 아주 정갈한 집안에서 자랐는지, 보잘것없는 집도 무척 깔끔하게 정돈해놓았고, 늙은 남편에게는 얼룩 하나 없고 몸에 딱 맞는 옷을 해 입혔다. 정원사 노인은 작년과 똑같이 전혀 다른 일을 하는 사람 같은 인상을 풍겼다.

내가 온실에서 새 모이장으로 걸음을 옮길 때였다. 구스타프가 나를 소리쳐 부르며 달려와 인사했다.

소년은 짧은 시간 동안 많이 변해 있었다. 내 옆에 와서 서는 게 완연한 청년이었다. 아직 잎사귀 하나, 풀잎 하나, 줄기 하나, 꽃 한 송이 피우지 못하고 계절에 맞게 갈색 흙과 갈색 나무줄기, 앙상한 가지만 드러낸 자연의 살풍경한 모습에 비하면 소년은 눈부시게 아름다웠다. 그림을 그리면서 자주 확인하는 것이지만, 동물의 눈은 덥수룩한 머리털에 덮여 있을 때 훨씬 빛나고, 아이들의 얼굴은 털모자를 쓰고 있을 때 훨씬 고와 보였다. 풍성한 갈색 머리카락이 이마까지 내려왔고, 볼에는 홍조가 엷게 피어올랐다. 커다랗고 검은 눈망울은 소녀의 그것 같았는데, 표정이 무척 밝았음에도 눈 속에는 무언가 슬픈 빛이 담겨 있는 듯했다.

우리는 소년의 수양아버지가 일하는 곳으로 향했다. 걸어가면서 나는 내 가족에 대해 이야기했다. 어머니와 아버지 그리고 사랑스러운 누이에 대해. 도시 이야기도 했다. 도시 사람들은 어떻게 사는지, 즐길 것으로는 뭐가 있고, 어떤 점이 좋지 않은지, 나는 도시에서 어떻게 시간을 보내는지 이야기했다. 구스타프 역시 자기 이야기를 했다. 이제 자연학 수업에 들어가는데, 아버지가 실험을 해 보이는 게 무척 즐겁다고 했다.

우리는 한동안 소년의 수양아버지 곁에 머물렀다. 구스타프는 내게 온갖 것을 보여주었다. 특히 내가 이 집을 떠난 후에 생긴 이런저런 변화들로 내 눈길을 유도했다.

점심 시간에 우리는 집에서 다시 만났다.

음식이 나올 때 나는 주인어른 맞은편에 앉아 있었기에 어른의 치아가 고운 것을 알아차렸다. 치아는 희고 작고 틈이 없고, 법랑질을 씌운 치아만 하나 있을 뿐 빠진 데 없이 골랐다. 볼은 밖에서 자주 생활하다보니 불그스름하게 혈색이 좋았고, 머리카락만 정원사처럼 한 층 더 희어진 것 같았다.

식사 후 나는 내 방에 잠시 들렀다. 방은 무척 편안하게 꾸며져 있었고 난로에서 내뿜는 열기로 따듯했다.

오후에 우리는 목공예소에 들렀다. 에우스타호가 작업실에서 나오며 반갑게 인사했고, 나 역시 진심을 담아 따뜻하게 답례했다. 다른 기술자들도 나를 기억하고 있는지 알은척을 했다. 나는 처음에는 공장을 그냥 건성으로 훑어보기만 했다. 제작 중이던 아름다운 책상은 상당히 진척되어 있었지만, 그래도 완성되려면 아직 꽤 기다려야 할 것 같았다. 새로 구입한 재료도 더러 눈에 띄었다. 사람들은 내게 그것들을 일일이 보여주며 앞으로 그것으로 무엇을 만들 수 있는지 가르쳐주었다. 독자적인 작업 계획들도 세워놓았는데, 주인어른이 대략적인 기본 구도를 설명해주었다. 나는 에우스타흐에게 이 집에 머무는 동안 목공예소에 자주 들러도 되느냐고 물었다. 그는 흔쾌히 내 청을 들어주었다.

목공예소 방문이 끝나자 우리는 길바닥 상태가 아주 좋지 않았음에도 멀리까지 산책을 나갔다. 내가 정원에 벌써 새들이 있더라고 말하자 주인어른이 이렇게 답했다. "우리 집에 좀 더 오래 머물면 새들의 생활상을 전부 알게 될 걸세. 처음부터 여기에 남아 있던 새들은 벌써부터 신이 나서 떠들어대기 시작하네. 떠났던 녀석들도 다른 새들의 환영 인사를 받으며 하나둘 속속 도착하고 있고. 녀석들은 식사 시간이면 우르르 몰려들어 객지에서 겪은 배고픔의 근심이 사라질 때까지 허겁지겁 식사를 하네. 거기서야 나처럼 먹이를 주는 사람이 없지 않았겠나? 이 무렵부터 녀석들은 서로 친숙해지면서 노랫소리도 날이 갈수록 아름다워지네. 그러다 나뭇가지에 앉아 입을 맞추고 서로 바쁘게 꽁무니를 쫓아다니지. 그다음엔 자연스레 가정을 꾸리게 되네. 녀석들은 미래를 준비하고 너덜너덜한 천 조각을 주워와 둥지를 만드네. 나는 녀석들이 집을 짓느라 아무 끈이나 뜯어대도 그냥 내버려두네. 한데 끈만 뜯는 것이 아니네. 간혹 진흙 묻은 지푸라기도 뜯어 가지. 둥지가 만들어지면 이제 노동의 계절이 찾아오네. 그러면 평소에 촐싹거리던 새들도 진지해지고 쉼 없이 일을 하네. 새끼들에게 먹이를 주고, 새끼들이 뭔가 쓸모 있는 녀석이 되도록 가르치네. 임박한 장거리 여행을 준비시키는 일도 중요한 과제지. 그러다 가을 무렵에는 좀 한가한 시간이 찾아오네. 늦여름부터 떠나기 전까지는 한동안 편하게 놀기만 하는 게지."

산책에서 돌아와 저녁이 되자 우리는 식당방의 벽난롯가에 모여 앉았다. 벽난로에서는 불꽃이 기세 좋게 활활 타올랐다. 곧 에우스타흐가 불려 왔고, 백발의 정원사도 와서 겨울 묘상과 온실의 식물들이 얼마나 자랐는지 보고했다. 이따금 가정부 카타리나가 따뜻한 음료를 작은 테이블 위에 놓고 나갔다.

이튿날 아침 나는 주인어른과 함께 사료방으로 갔다. 어른은 서랍에서 모이를 종류별로 꺼낸 다음 창문을 열고 창문턱 위에 올려놓았다. 어른과 내가 창가에 서 있는데도 새들은 창턱에 내려앉았다. 일직선으로 곧장 날아오거나 곡선을 그리며 날아왔다. 녀석들은 주인어른을 무서워하지 않았다. 어른을 수양아비처럼 생각하는 듯했다. 나를 무서워하지 않는 것도 주인어른과 함께 있어서인 것 같았다. 창문 앞은 곧 북새통을 이루었다. 새들은 바쁘게 모이를 쪼고 지저귀었고, 간혹 다투기도 했다.

"늦봄과 여름에는 암컷들에게 따로 맛있는 먹이를 챙겨주네. 그중에는 급박한 처지에 몰린 어미 새들이 종종 섞여 있기 때문이네. 저기 연신 불안해하면서 허겁지겁 모이를 쪼아 먹는 녀석들은 여기 사는 새들이 아니네. 정말 배가 고프지 않으면 인간 곁에 절대 오지 않을 녀석들이지. 혹한기에 나는 이 창턱에서 귀하디귀한 새들을 여럿 보았네."

잔치가 끝나고 새들도 더는 몰려들지 않자 어른이 창문을 닫았다.

거기서 나는 다락방으로 올라갔다. 주인어른이 이제 정원 바깥의 토끼들에게도 먹이를 줄 텐데, 다락방에 올라가면 좋은 구경을 할 수 있다고 해서였다. 요즘 같은 계절에는 토끼들의 먹이라고 해봤자 겨울에 파종한 것과 잔가지뿐이었다. 그래서 사람들이 따로 먹을 것을 챙겨줘야 했다. 하녀가 채소 찌꺼기를 뿌려주고 자리를 뜨자 토끼들이 한달음에 달려왔다. 망원경을 들여다보던 구스타프가 웃기는 광경이 있다며 내게 망원경을 넘겼다. 망원경 속에서는 커다란 수토끼 한 마리가 겁먹은 눈으로 의심스러운 음식을 바라보더니 마치 벌써 먹고 있는 양 입술을 빠른 속도로 조물조물 움직이고 있었다. 얼마 뒤 우리는 다락방을 내려와 자연과학 도구들이 있는 방으로 갔다.

겨울철에는 항상 이 방에서 새참을 먹는다고 했다. 오전 시간 일부를 여기서 보내다가 새참을 먹으려고 식당방에 내려가는 일이 번거로웠을 뿐 아니라 다른 거실과 서재, 침실은 이 시각에 청소를 하고 환기를 시켰기 때문이다.

주인어른이 구스타프와 나를 벌써 기다리고 있었다. 어른은 우리와 함께 다락방에 올라가지 않았던 것이다. 방은 포근한 느낌이 들 만큼 따뜻했고, 테이블보가 깔린 난로 옆 테이블에는 간단한 새참을 위한 식기들이 준비되어 있었다. 주인어른은 자연과학 도구들이 널린 빈 공간에 서 있었다.

우리는 새참을 먹은 다음 자리를 잡고 편안히 앉았다. 방 안에 쾌적한 온기가 흘렀다. 유리창으로 비스듬히 쏟아져 들어오는 아침 햇빛에 갖가지 자연과학 도구들, 즉 놋쇠와 유리, 목재가 반짝일 때 내가 주인어른에게 말했다. "제가 어르신의 소유지를 떠나 도시로 돌아가 도시에 맞는 일을 하다보면 어르신이 동화 속 존재처럼 기억되지만, 지금 이렇게 다시 와서 잔잔히 흘러가는 것들을 보노라면 어르신의 존재는 다시 현실이 되고 도시의 삶이 동화처럼 느껴지니, 참으로 이상한 일입니다. 제게는 큰 것이 작고, 작은 것이 커 보입니다."

"아마 둘 다 우리 삶을 채우고 행복하게 하는 전체의 일부일 걸세. 만일 그중 하나만을 욕망하고 칭송하고, 하나에만 푹 빠져 헤어나지 못한다면 인간은 불행해지기 십상이지. 우리가 내적으로 평정심만 유지할 수 있다면 지상의 사물을 훨씬 큰 기쁨으로 즐길 수 있을 걸세. 하나 그렇지 않고 우리 마음에서 욕구와 욕망이 넘쳐난다면 우리는 항상 이 욕망의 소리에만 귀를 기울이게 되어 외부 사물의 순수함은 놓치고 마네. 안타깝지만 우리는 외부 사물이 우리 욕망의 대상일 경우에만 중요하게 생각하고, 우리 욕망과 전혀 상관이 없으면 하찮게 여겨버리네. 실은 그 반대일 경우가 많은데 말이네."

나는 그 말을 당시에는 제대로 이해하지 못했다. 아직 젊은 데다 나

자신이 주변 사물보다 내면의 욕구가 말하는 소리에 귀 기울일 때가 잦았기 때문이다.

정오경 내가 장미집으로 부친 짐이 도착했다. 나는 짐을 풀었고, 마침 찾아온 구스타프에게 책과 그림, 다른 물건 들을 보여주고는 방을 내 집처럼 꾸몄다.

그렇게 며칠이 지났다.

이 집에서는 누구든 남의 간섭을 받지 않고 자신이 원하는 대로 살 수 있었다. 공동으로 해야 할 일이 있을 때만 다 함께 모여 일했다. 구스타프조차 완벽한 자유를 누리는 것 같았다. 소년의 일과를 규제하는 원칙은 단 하나였고 무척 단순했다. 구스타프는 그 원칙을 자기 몸과 완전히 하나로 만들었다. 그래야 편하다는 사실을 스스로 깨달을 만큼 총명한 소년이었다.

구스타프는 한 번만이라도 자신의 자연학 수업에 참석해달라고 내게 간곡히 부탁했다. 나는 이 청을 주인어른에게 전했고 어른도 반대하지 않았다. 이렇게 해서 나는 한 번이 아니라 여러 번 수업에 동참하게 되었다. 주인어른은 안락의자에 앉아 이야기했다. 하나의 현상을 설명할 때는 그것을 생생히 묘사하려고 애썼다. 가능한 경우에는 소장한 장비들로 현상을 직접 보여주기도 하고, 불가능한 경우에는 그림이나 도형으로 설명해주었다. 그런 다음 인류가 이 현상에 대한 지식을 어떻게 획득해왔는지 이야기했다. 설명이 끝나자 유사한 다른 현상을 두고 같은 과정이 반복되었다. 그러다 충분할 만큼 많은 동질의 현상들을 상세히 설명했다 싶으면 모든 현상에 공통적으로 나타나는 성질을 강조하면서 토대가 되는 근본 현상과 법칙을 이야기했다.

그런데 이 수업에는 교재가 따로 있는 것이 아니라 구스타프가 나중에 어른의 이야기를 떠올리며 내용을 정리했다. 그러면 어른이 소년의 눈앞에서 수정해주었다. 이렇게 해서 소년은 자기만의 자연학 교재를 얻었고 정리와 수정을 통해 수업 내용을 온전히 소화할 수 있었다. 구스타프가 습득한 지식은 때로 편안한 대화 방식으로 점검을 받기도 했다. 수업 중에 오가는 언어는 어린아이도 이해할 수 있을 만큼 단순하고 명쾌했다. 이를 보면서 나는 퍼뜩 깨달은 것이 있었다. 도시에서는 교사들이 이 학문을 얼마나 어울리지 않는 방식으로 다루고 있고, 학생들이 이해하지 못하는 사이비 용어로 학문을 도배하고 있으며, 그런 언어로 수학을 복잡하게 하나로 엮어 이도 저도 아닌 것으로 만들고 있다는 사실이었다. 나는 구스타프가 자연학에 연산도 응용하는 것을 보았다. 그런데 이 방식 역시 남달랐다. 항상 전문 지식에 바탕을 두고 정확하고 분명하게 연산해나가면서도 연산을 본류가 아닌 자연학의 도구로 간주하고 있었던 것이다. 예전의 내 공부를 근거로 판단했을 때 구스타프는 이 분야에서도 철저한 수업을 받은 게 분명했다. 그래서 구스타프에게 거기에 대해 묻자, 역시 예상대로 이 분야에서도 수양아버지의 가르침이 있었다는 대답이 돌아왔다.

나중에 나는 지리학 수업에도 참관했다. 그런데 여기서는 모두 동일한 축척으로 그린 지도들을 사용했다. 그래서 러시아는 어마어마하게, 스위스는 아주 조그맣게 그려져 있었다. 이 방식의 목적을 나는 쉽게 납득할 수 있었다. 생기 넘치는 청소년의 상상력 속에 크기 비례의 상(像)을 단단히 각인시키기 위해서였다. 문득 어릴 때 필라델피아가 로마만큼 우리 남쪽에 있지 않느냐는 사소한 문제를 두고 내기까지 걸었던 기억이 떠올랐다. 그때 다들 웃으면서 그렇지 않을 거라고 대답했지만 실제로 지도를 갖다놓고 확인해보니 필라델피아는 나폴리보다 아래쪽에 있었다. 당시 그 자리에 있던 어른들도 아이들의 이런 실수가 우리의 일반 지도 속에 존재하는 공간 비율의 오류 때문이라고 말했다. 반면에 구스타프가 사용하는 지도들은 비율을 맞춘 세계지도에 근거해서 목공예소의 전문 기술자들이 제작한 것들이었다.

나는 주인어른에게 구스타프가 역사도 배우는지 물었다. "사람들은 흔히 어린 학생들에게 지리학으로 넘어가기 전에 역사를 가르쳐야 한다고 생각하지만 내가 보기에 그것은 옳지 않네. 지리학이라는 것이 단순히 땅과 여러 나라의 역사적 분할만을 표현하는 것이 아니라—나는 그 부분 역시 잘못됐다고 생각하네만—변함없는 땅의 형태가 다양한 민족을 탄생시킨 원동력이라는 것을 감안한다면, 땅은 당연히 자연 대상이고, 지리학은 대부분 자연학의 성분이라고 볼 수 있네. 한데 자연과 인간을 비교해보자면 자연학이 인간의 학문보다 훨씬 구체적이고 명료하네. 자연학의 대상은 우리 밖에 세워놓고 관찰할 수 있는 반면 인간학의 대상은 우리 자신으로 가려지기 때문이지. 물론 우리가 낯선 외부 대상보다 우리 자신을 더 잘 이해한다고 반론을 펼칠 수도 있고, 그렇게 믿는 사람들도 많지만 그건 사실이 아니네. 인간에 관한 사실들, 그러니까 우리 내면의 사실들은 앞서 말했듯이 우리 자신의 탐욕과 이기심으로 인해 가려지거나, 아니면 최소한 흐릿하게 보일 뿐이네. 세간의 통념에 따르면 인간은 만물의 영장이고, 만물보다 뛰어나고, 그 자체로 불가사의한 존재네. 심지어 자기 세계에 푹 빠진 사람들은 영혼의 세계까지 포함한 우주의 삼라만상이 그저 이러한 자아의 무대일 뿐이라고 생각하지. 하지만 그건 그 사람들 생각이고, 완전히 정반대일 수도 있네. 해서 난 구스타프가 자연과학을 습득한 후에 인간의 학문으로 넘어가야 하고, 대략적으로 육체론, 영혼론, 사유론, 도덕론, 법 이론 순으로 공부해야 한다고 생각하네. 그런 다음 세상의 지혜를 풀어 쓴 철학서를 읽고, 그게 끝나면 제 스스로 인생을 꾸려나가야지."

구스타프를 위한 수업 시간은 정해져 있었는데, 주인어른은 그 시간을 철저히 지켰다. 그리고 구스타프가 양심적으로 혼자 공부해야 할 시간도 따로 있었다. 나머지 시간은 구스타프가 마음대로 쓸 수 있었다.

그런 자유 시간에 우리는 종종 독서방에 있었다. 주인어른은 우리보다 더 자주 이 방에 갔고, 에우스타흐와 다른 기술자들도 틈틈이 이 방에 들렀다. 구스타프가 읽을 책은 주인어른이 직접 골라주었다. 구스타프는 책을 정말 좋아했지만, 나는 여태껏 이 소년이 주인어른이 권하지 않은 책을 집어 드는 것을 본 적이 없었다. 에우스타흐와 다른 사람들은 자유롭게 책을 고를 수 있었고, 나 역시 당연히 그랬다. 이 집에 처음 왔을 때 나는 책방이 독서방과 구분되어 있는 것을 탐탁지 않게 여겼다. 공연히 번거롭게 느껴졌던 것이다. 그런데 이 집에 좀 더 오래 머물게 되자 내 생각이 틀렸음을 깨달았다. 그러니까 책방에는 책이 있는 것 외에 다른 어떤 일이 일어나서는 안 되었다. 이로써 책은 고귀한 가치와 기품을 부여받았고, 방은 책들의 사원이 되었다. 그런 사원에서 경배 외의 다른 일을 하는 것은 불손한 짓이었다. 또한 그런 배치는 인쇄되거나 직접 쓴 글이 담긴 종이와 양피지 들에 다양한 형태로 나타나 있는 정신에 대한 경의의 표시이기도 했다. 반면에 독서방에서는 그러한 정신이 현실 속으로 걸어 나와 그 숭고함이 우리의 직접적이고 현세적인 욕구를 따뜻하게 맞아준다. 이 방은 참으로 책을 읽기 좋게 꾸며져 있었다. 온화한 햇살이 비쳐 들어오고 녹색 커튼이 쳐져 있고, 편안한 의자와 읽고 쓰는 데 편한 설비들이 있었다. 책을 읽고 나면 항상 다시 책방으로 가서 책을 제자리에 꽂아두는 것도 이제는 아주 마음에 들었다. 그것은 질서와 청결함의 정신을 표방하고, 학문의 몸뚱이인 책들에 체계를 부여하는 것처럼 비쳤기 때문이다. 나는 이제 내가 본 책방을 떠올리면, 그러니까 사다리와 책상, 소파가 있고 긴 의자 위에는 항상 책과 종이, 필기구, 간단한 청소도구까지 놓여 있던 그 공간을 떠올리면, 그곳이 일반 세간이 비치된 교회 같은 느낌이 들곤 했다.

나는 에우스타흐의 목공예소에도 자주 들렀다. 날씨가 무척 좋았던 첫 며칠 가운데 하루였다. 나는 그의 허락을 구해 그림을 모두 다시 꺼내놓고 아주 꼼꼼히 하나씩 살펴보았다. 그런데 그림을 구경하다가 깜짝 놀랐다. 지난겨울 사이 그림을 보는 내 눈이 일취월장해 있었던 것이다. 나는 이제 작년 여름보다 그림 속에 있는 것들을 훨씬 많이 이해했고, 그것들에 대한 애정도 깊어졌다. 이번에 나는 짐 속에 식물 그림을 상당수 넣어 왔는데, 그것들을 에우스타흐에게 보여주었다. 작년에 처음 올 때는 배낭에 책 몇 권과 망원경 그리고 작은 가방에 들어가는 몇 가지 자잘한 물건만 넣었을 뿐 그림은 챙기지 못했다. 에우스타흐는 그림을 보고 무척 기뻐했다. 그런데 그림을 보는 방법이 남달랐다. 식물 애호가나 식물 전문가의 시선이 아니라 그 형상을 이용할 줄 아는 건축 기술자로서 식물 그림들을 바라보았다. 나중에 그는 살아 있는 식물들을 직접 그리기도 했다. 그런데 거기서는 식물 애호가와의 차이가 한층 뚜렷이 드러났다. 그가 그린 그림들은 눈에 띄지 않는 첨가물들을 통해 서서히 식물에서 아름다운 장식으로 변해갔던 것이다. 또한 에우스타흐는 자신의 직업과 밀접한 관련이 있거나 관련을 시킬 수 있는 표본들을 골라냈다. 그 밖에 그는 지금 목공예소에서 작업 중인 물건들을 보여주면서 내 질문에 소상히 답변해주었다. 그런데 이 분야에서도 내가 지난여름 이후 상당히 발전했다는 느낌이 들었다. 여기 있는 물건들과 비교할 목적으로 아버지의 소장품들을 꼼꼼히 관찰하고 머릿속에 각인한 것이 도움이 된 듯했다. 작업 중인 물건들은 예전보다 훨씬 쉽게 가슴에 와 닿았고, 많은 것이 마음에 들었으며, 당시에는 보이지 않던 부분들까지 새삼 쏙쏙 들어왔다. 커튼 사이로 햇살이 부드럽게 비쳐 들어오는 오전이면 우리는 이따금 에우스타흐의 아늑한 방에 앉아 갖가지 이야기를 나누었다.

날씨가 흐리거나 야외에서 일을 오래 할 수 없는 날 오후에는 주로 주인어른의 서재로 모였다. 한가한 오후에 이렇게 사람들이 모이면 이 방은 작은 회합장이 되었다. 어른은 방을 사람들이 함께 지내기 편하도록 꾸몄다. 물론 평소에는 고독을 즐기기에 적합한 곳이었지만 말이다. 어른의 소파 옆에는 초인종이 달려 있었는데, 하인방과 연결된 이 종을 울리면 아랫사람들이 득달같이 달려왔다. 침실에는 이런 초인종 외에 침대 양쪽에 금속판까지 설치되어 있었다. 거기에 손을 살짝 대기만 해도 종소리가 크고 길게 울렸는데, 어른에게 무슨 일이 생겼을 때 사람들이 얼른 달려오게 하도록 설치한 것이었다. 하인 둘은 밤중에도 문을 열고 들어올 수 있도록 늘 어른의 방 열쇠를 지니고 다녔다. 이런 장치는 모두 에우스타호의 솜씨였다. 어른은 아랫사람들이 곁에 붙어서 수발드는 것을 속박으로 여기고, 남에게 방해받는 것을 싫어하는 사람이어서 에우스타호는 이런 식으로라도 어른을 보살피고자 했던 것이다. 어른은 또한 구스타프가 옆방에서 자는 것도 허락지 않았다. 당신에게 길들여지는 것을 원치 않았을 뿐 아니라 언젠가는 제 길을 떠날 구스타프가 훗날 당신이 없어도 혼자 길을 잘 개척해나가도록 하기 위해서였다. 주인어른의 서재에 모이면 대개 이 집 재산에 관한 대소사에서부터 꼭 필요한 변화와 새로 시작해야 할 작업, 예술의 대상에 이르기까지 다양한 이야기가 오갔다. 목재로 제작할 물건이나 정원 시설과 건물 개조에 관련된 설계도와 도안도 이리로 가져왔다. 거기에는 나름대로 이유가 있었다. 이 방은 환경이 워낙 아름답고 한 치의 흐트러짐도 없어서 여기에 설계도를 펼쳐놓으면 사소한 실수나 부족함이 즉각 눈에 띄었고 바로 수정할 수 있었기 때문이다. 여러 사람이 주인어른의 서재에 모이는 날이면 방바닥에는 언제나 양탄자가 깔렸다. 수려한 방바닥이 손상되는 것을 막기 위해서였다.

길바닥이 질척거리지 않으면 우리는 농장으로 자주 걸음을 했다. 농장은 이른 봄이 가져온 노동의 생동감으로 활기차게 돌아갔다. 작년에 내가 여기 묵은 이후 모든 작업이 전체적으로 순조롭게 진척되어 있었다. 늦가을은 물론이고 엄동설한에도 부지런을 떨었던 게 분명했다. 농장 안쪽에 건물을 따라 둥그렇게 깔려 있던 아름다운 돌과 정갈한 모래는 더 이상 보이지 않았고, 대신 안뜰 중앙에 있는 작은 분수가 눈에 띄었다. 분수의 물줄기는 세 갈래로 수조 속에 떨어졌고, 주변에는 화단이 조성되어 있었다. 안뜰을 둘러싼 건물의 창문들은 모두 이 분수 쪽으로 나 있었다. 그래서 그런지 안뜰의 양쪽이 축사와 헛간이었음에도 건물의 이쪽 부분은 귀족 장원처럼 근사했다. 나는 주인어른에게 건물 벽을 새로 올렸는지 물었다. 작년보다 농장이 훨씬 완벽해 보였고, 다른 농장들보다 한층 아름다웠기 때문이다.

"벽을 새로 올린 건 아닐세. 외부 장식에 약간 공을 들이고 창문을 넓혔을 뿐 부지는 손대지 않았네. 한데 이 일대의 농장과 대형 농가가 자네 생각처럼 그리 흉물스럽지는 않네. 다만 일정 정도의 완성도만 보일 뿐 거기서 더 나아가지 못하는 게 문제겠지. 화룡점정 같은 결정적 마무리가 부족하다고나 할까? 여하튼 이곳 사람들은 그 부분에 대한 이해가 부족한 게 사실이네. 내가 한 일도 그런 마무리일 뿐이지. 앞으로 본보기가 여럿 만들어지면 이 지방에서도 적절한 외관과 가옥의 설비에 대한 견해가 달라지리라 믿네. 이 집이 좋은 보기가 될 걸세."

농장과 초원, 들판 주변의 길들도 더 이상 작년 여름의 모습이 아니었다. 하얀 석영이 깔린 길들은 주변과 확연히 구별되었고 견고해 보였다.

따스한 기운이 번지는 화창한 날이면 나는 큰 벚나무 주변의 벤치에 앉아 이른 봄 대지를 뚫고 올라오는 흙냄새를 맡았고, 아직 잎이 나지 않은 나무와 막 써레질을 시작한 밭, 겨울 파종한 밭의 초록 물결, 벌써 새싹이 돋기 시작한 초원 그리고 아직 엄청나게 쌓여 있는 눈이 햇빛에 반사되어 반짝거리는 높은 산을 바라보곤 했다. 구스타프는 곧잘 동행을 자청했다. 이 집에서 나와 나이 차이가 가장 적기 때문인 듯했다. 우리 둘은 벚나무 주변의 벤치에 앉기도 하고, 간혹 들판의 휴식처로 걸음을 옮기기도 했다. 구스타프는 지나가면서 곧 꽃을 피울 관목이나 새싹이 돋는 양지바른 땅, 혹은 봄기운에 벌써부터 돌 틈을 바쁘게 돌아다니는 작은 동물들을 가리켰다.

어느 날 나는 자연물을 수집해두는 장소에서 국내의 모든 목재가 진열되어 있음을 발견했다. 목재들은 정육면체 형태였는데, 그중 두 면은 섬유질의 결에 어긋나게, 나머지 네 면은 그 결에 맞추어 잘려 있었다. 그 네 면 가운데 한 면은 거칠었고, 두번째 면은 미끈했으며, 세번째 면은 광택이 났고, 네번째 면은 나무껍질이 붙어 있었다. 속이 비어 있고 밖에서 열 수 있는 목재 견본의 내부에는 말린 꽃과 과실, 나뭇잎, 그 밖에 이 나무의 다른 특기할 만한 부속물들, 예를 들어 특정 지역에서 자라는 이끼 같은 것들이 보관되어 있었다. 에우스타흐는 '어르신'—이 집에서는 주인어른을 모두 이렇게 불렀는데, 구스타프만 '수양아버지'라는 호칭을 사용했다—이 직접 이 공간을 고안하고 수집품을 배열했을 뿐 아니라 나중에 수집품을 하나씩 더 만들어 실업학교에 기증할 생각까지 갖고 있다고 말했다.

처음에는 무척 이상하게 느껴졌던 주인어른의 특이한 옷차림과, 머리에 아무것도 쓰지 않는 습관도 이제는 낯설어 보이지 않았고, 집과 사람으로 이루어진 주변 환경과 오히려 무척 잘 어울리는 듯했다. 어른은 무언가 고상한 것으로 남들과 구분되지 않았고 오히려 똑같아 보였다. 물론 그런 가운데에도 자기만의 색깔로 자연스레 남들과 구분되었다. 나는 문득 우리가 도시에서 멋있다고 말하는 것들, 예를 들어 도시민의 옷이나 모자가 전혀 세련되지 않을 수도 있다는 생각이 들었다.

나는 주인어른에게 여성 취향으로 꾸며진 방들로 다시 안내해달라고 부탁했다. 다시 봐도 방들은 마음에 들었다. 특히 '장미방'이라 이름 붙인 마지막 방이 가장 마음에 들었다. 이 방에서는 느긋하게 앉아 사색에 잠기고, 앙증맞은 창문으로 풍경을 내다볼 수 있었다. 지금 생각하니 내가 이 방의 용도를 묻지 않은 것은 지극히 당연했다.

나는 주인어른에게 아버지와 어머니, 누이동생에 관한 이야기를 자주 꺼냈다. 집안 형편에 대해서도 숨김없이 이야기했고, 아버지가 귀히 여기는 소장품에 대해서도 가능한 한 상세하게 누차 설명했다. 그러면서도 내 이름은 거론하지 않았고, 주인어른 역시 묻지 않았다.

이 집에 제법 오래 머물렀음에도 주인어른 이름을 모르기는 마찬가지였다. 한 번쯤은 누군가 우연히 주인어른 이름을 말할 법도 한데 그런 일조차 없었다. 어른이 당신 이름을 직접 말하지 않았기에 나는 원칙적으로 다른 누군가에게 물으려 하지 않았다. 구스타프나 에우스타흐에게 물으면 금방 알 수 있겠지만, 두 사람한테는 더욱 묻고 싶지 않았다. 특히 '수양아버지'라고 스스럼없이 부르는 구스타프에게는 더더욱 그랬다. 주인어른은 무척 선하고 호감이 가는 사람이고 내게 무척 잘해주었지만 이름은 밝히지 않았다. 그렇다고 내가 당신 이름을 알고 있다고 생각하는 것 같지도 않았다. 따라서 나는 이 고을에서 아무리 멀리 벗어나더라도 결코 이 장미집 주인어른의 이름을 묻지 않기로 결심했다.

계절은 서서히, 그러면서도 점점 뚜렷이 변해갔다. 날은 길어지고 햇살은 한결 따뜻해졌다. 잔뜩 인상을 찌푸리거나 안개 낀 하늘보다 구름 한 점 없이 맑은 하늘이 훨씬 많아졌다. 대지에서는 새싹이 움트고, 나무에서는 파란 잎이 올라왔으며, 집 앞 장미나무에서는 사람들의 손길이 바빠졌다. 만물이 소생하고 있었다. 바야흐로 완연한 봄이 돌아온 것이다. 그것은 내가 떠날 시간이 가까워졌음을 의미했다. 나는 이 사실을 주인어른에게 재차 밝혔고, 짐을 부칠 채비를 하던 날, 떠나는 날짜를 잡았다.

그전에 우리는 약속했다. 장미꽃이 필 무렵 내가 다시 이 집에 와서 좀 더 오래 묵어갈 수 있도록 상황을 조정하기로. 나는 이곳 사람들이 언제나 나를 환영할 것이고, 이 집에서 나의 체류가 결코 경제적인 폐를 끼치는 것이 아님을 알고 있었기에 진심을 담아 약속을 했다. 게다가 내 마음도 벌써 이곳으로 달려가고 있는 느낌이었다. 주인어른은 내가 산속 골짜기에 있을 때 그곳 장미들이 꽃봉오리를 완전히 터뜨리기 전에 출발해야 한다고 일렀다. 이 집의 장미는 좋은 토양과 훌륭한 보살핌 덕분에 산이나 다른 지역보다 일찍 피기 때문이라는 것이다. 나는 그러겠다고 약조했다. 이렇게 모든 일이 순조롭게 흘러갔다.

떠나기 전날 에우스타흐의 아우가 돌아왔다. 스물두세 살쯤으로 보이는 청년이었는데, 훤칠한 키에 구릿빛 뺨과 짙은 머리, 약간 두툼한 입술이 인상적이었다. 여행 중에 나는 이런 청년을 벌써 몇 번 본 듯한 느낌마저 들었다. 청년은 스케치북에 그림을 많이 그려 왔는데, 꼼꼼하게 묘사한 그림 중에는 아름다운 것들도 제법 눈에 띄었다. 이 그림들은 이제 좀 더 큰 도화지에 좀 더 정교하게 옮겨질 것이다.

출발하기 전날 저녁 나는 농장을 한 번 더 찾았고, 당일 아침에는 에우스타흐와 정원사 부부의 거처에 들렀다. 이윽고 이 집 사람들에게 작별 인사를 했다. 주인어른과 구스타프와 헤어져 언덕을 내려갈 때, 정원과 덤불 그리고 파종한 밭에서 벌써 새들의 경쾌한 봄노래가 들려왔다.

만남

목적지로 가던 도중 나는 허물어져가는 한 성곽의 벽감에서 발견한 아름다운 조각상을 그림으로 담았다. 이제는 배낭에 스케치북을 항상 넣고 다녔던 것이다. 그때가 내가 목적지까지 가는 동안 걸음을 멈춘 유일한 때였다.

목적지에 도착해서 가장 먼저 한 것은 예전보다 시간을 좀 더 효율적으로 배분하는 일이었다. 장미집에서 일과를 진행하던 방식이 내게 큰 영향을 미쳤다고 자인할 수밖에 없었다. 나는 장미집 주인어른이 시간에 아주 높은 가치를 부여하고 이 자산을 매우 용의주도하게 사용하는 모습을 보면서, 비록 스스로 지금까지 시간 활용의 영역에서 크게 질책을 받을 정도는 아니라고 생각했음에도 정해진 시간 동안 한 가지 목표를 향해 예전보다 좀 더 짜임새 있게 나아가기로 마음먹었다. 돌이켜보면 나는 지금껏 순간적인 인상들에 좌우되어 목표를 자주 바꾸었을 뿐 아니라 열심히 노력했음에도 그에 상응하는 결과를 항상 얻지는 못했다. 그래서 이제부터는 특정 구간을 철저히 탐사하고, 그 과정에서 본질적인 것을 방치하지 않음과 동시에 시기가 맞지 않다는 이유로 어떤 것도 다음으로 미루지 않겠다고 다짐했다. 그러면 장미가 필 때까지 목표 구간을 탐사하는 일을 끝내지는 못하더라도, 최소한 그때까지 도달한 구간이나마 실제로 완결을 짓고, 그 결과들을 명확히 해석할 수 있을 것 같았다. 작업을 시작한 지 얼마 되지 않아 나는 공간을 너무 넓게 잡았음을 깨달았다. 또한 과거처럼 긴 시간을 들여 주변의 모든 것을 관찰하는 것보다 공간을 축소해서 집중하는 것이 성공 확률을 높인다는 사실도 금세 깨달았다. 게다가 마디마디가 순차적으로 연결되어가는 것을 볼 때면 마음이 뿌듯해지기도 했다. 과거에는 오히려 재료에서 생성된 형체들의 발전 과정보다 하나의 매력적인 재료 자체가 더 혼란스럽게 뒤엉켜 있었던 것이다.

차츰 내 짐 상자들이 가득 채워졌다. 길 안내자와 짐꾼 들은 내가 내세운 새로운 질서에 점점 확신을 가졌고, 아울러 나에 대한 믿음도 커져갔다. 나는 그들에게 애정을 표했고 그들 역시 내게 화답해서 우리의 동행은 갈수록 화목해졌고, 일은 즐겁고 유익했다. 저녁 참이면 우리는 여관 안의 커다란 사각형 단풍나무 테이블에 둘러앉았고, 날이 점점 따뜻해지면 죽은 나무가 아닌 바람에 살랑거리는 진짜 단풍나무 밑에 모여 오늘 하루 수집한 것을 점검하거나 지난 두 주 동안의 수집품을 정리했다. 여관방의 창문은 모두 이 단풍나무로 향해 있었고, 단풍나무 둘레에는 가문비나무로 짠 테이블이 놓여 있었다. 수집품을 정리할 때면 일꾼들은 자기들 표현대로 오늘 하루 얼마나 '해치웠는지', 얼마나 많은 산을 모아 가져왔는지 이야기했다. 이들은 얼마 지나지 않아 이 작업을 자기들 방식으로 이해하기 시작했고, 산에서 일어난 일들을 이야기하거나 의견 다툼을 벌이기도 했다. 또한 이 수집품들이 어디에 있었는지 전부 기억하고, 산의 높이와 크기를 정확히 측정할 수 있다면 초원이나 들판에 이 산들의 축소형을 만들 수도 있을 거라고 했다. 나는 그런 그들에게 그것이 내 목적의 일부라고 말했다. 또 비록 산을 초원이나 들판으로 옮겨놓을 수는 없지만, 눈 있는 사람이라면 한눈에 척 보고 산과 그 산에 있는 것들을 전부 알아볼 수 있도록 그림을 그리고 색깔을 칠할 수 있을 거라고 했다. 따라서 나는 이 수집품들이 산속 어디에, 어떤 상태로 있었느냐를 기억만 해두는 것이 아니라 그것을 잊어버리지 않으려고 기록하기도 하고, 필요한 모든 정보를 쪽지에 적어 붙여두기도 한다고 했다. 가지런히 정리된 수집품들은 나중에 딱지든 카드든 그 위에 적힌 것의 생생한 물증이 되었다. 이런 내 말에 그들은 참으로 총기가 넘치는 방법이라고 했다. 만일 건축 같은 일에 돌이나 다른 재료가 필요하면 카드 목록을 보고 그것을 즉각 찾아낼 수 있지 않겠느냐는 것이다. 나는 여기에 다른 목적도 있다고 했다. 산속에서 발견한 자연물을 토대로 그것의 생성 과정을 추론하는 것이 그것이었다.

누군가 산맥은 생성되는 것이 아니라 세계 창조 이후 계속 존재해온 것뿐이라고 말하자 다른 누군가가 이렇게 반박했다.

"산맥도 성장해. 돌이든 산이든 세상의 모든 피조물처럼 커나간다고. 다만……" 이 대목에서 그는 슬그머니 장난기가 발동한 모양이었다. "해면동물만큼 빨리 자라지 않을 뿐이지."

그들은 이 문제로 한참 동안 옥신각신하면서 우리의 일을 두고 토론을 벌였다. 그들은 자연물과의 단순한 접촉, 그리고 자연물의 빈번한 관찰을 통해 올바른 것을 서서히 하나씩 배워나갔고, 예전에 자신들이 가졌던 그릇된 견해와 통념에 자주 실소를 터뜨렸다.

내 기록장의 부피는 점점 불어났다. 수집한 자연물들은 겨울철이나 다른 한가한 시간에 체계적으로 정리할 것이다.

별로 급한 일이 없는 일요일이나 다른 한가한 시간에는 여가를 즐기고 휴식을 만끽했다.

어느 날 우리는 대리석을 발견했다. 내 생각으로 장미집에도 없는 대리석 같았다. 대리석은 눈처럼 희고, 장미처럼 붉고, 짚처럼 노란색이 자잘하고 앙증맞게 뒤섞여 있었다. 종류도 아주 희귀했다. 더구나 이런 희귀종치고 이렇게 큰 것은 처음이었다. 나는 이것을 장미집 어른에게 선물하기로 마음먹었다. 그래서 대리석의 소유권을 사들이려 애썼고 마침내 성공을 거두었다. 나는 대리석의 견고한 부분을 채굴해서 하나의 모양을 만들 크기로 잘라냈다. 그 결과 아름다운 책상 판 하나는 만들 수 있는 대리석이 나왔다. 파편 가운데 쓸 만한 것들은 여러 가지 기념품을 만들 요량으로 챙겨두었다. 그중에서 한 조각은 사각형 모양으로 정성스럽게 갈고 다듬게 했다. 장미집 어른에게 대리석의 무늬와 색상을 선명하게 보여주기 위해서였다.

우리가 한 구간의 탐사를 마무리했을 무렵 산골짜기의 장미나무에서는 작은 꽃봉오리가 고개를 내밀기 시작했고, 들판의 축사나 산의 바위틈에서 자라는 산사나무에서조차 자잘한 봉오리가 소박하지만 아름다운 꽃으로 변해가고 있었다. 장미의 시조에 해당하는 꽃이었다. 나는 장미집으로 출발하기로 결정했다. 기나긴 여름 탐사를 마치고 귀향을 준비하면서 올해만큼 마음이 들뜬 적은 없었다. 체계적인 작업 후 한동안 장미집에서 쾌적한 시골 생활을 즐길 생각으로 가슴이 부풀었기 때문이다.

어느 날 오후 나는 장미집으로 향하는 언덕을 오르고 있었다. 장미는 아직 활짝 피지는 않았지만 머지않아 꽃바다를 기대해도 될 정도로 곳곳이 꽃봉오리 천지였다.

나는 주인어른에게 반갑게 인사를 올렸다. "정말 상전벽해라는 말이 실감 납니다! 지난봄 여기를 떠날 때만 해도 모든 게 황량하기 그지없었는데, 이제는 곳곳에 잎이 무성하고 봉오리가 맺히고 향기가 그득합니다. 작년에 제가 여기 처음 왔을 때처럼 말입니다."

"그렇다네. 우린 헤아릴 수 없을 만큼 많은 재산을 가진 부자일세. 한데 봄에는 막 땅을 뚫고 힘겹게 올라오는 풀 하나하나에 관심을 보이고 그것이 커나가는 과정을 세심하게 관찰하다가도 그것들이 점점 많아지면 더 이상 시선을 주지 않을뿐더러 그것들이 얼마나 어렵게 대지에 올라왔는지조차 생각지 않게 되네. 하여 인간은 그것들로 건초를 만들고, 그것들이 올해 처음 세상에 올라왔다는 사실에는 관심을 가지지 않고 마치 예전부터 거기 있었던 것처럼 대하는 거지."

내가 쓸 거처는 미리 정해져 있었다. 객실 복도 어귀에 있는 이 거처는 문을 터서 방 두 개를 하나로 만들었다. 한 방은 무척 컸다. 원래는 손님들이 많이 왔을 때 쓰는 것 같았다. 지금은 가구를 싹 들어내고 벽 쪽에 테이블과 선반을 설치해두었고, 가운데에는 긴 책상이 하나 있었다. 내가 산에서 가져온 물건들을 펼쳐놓을 수 있도록 하기 위해서였다. 다른 방은 좀 작았고, 침실과 거실 용도로 꾸며져 있었다. 주인어른이 내게 이 거처의 열쇠를 건넸다. 곧이어 나는 목공예소 뒤편에서 멀지 않은 정원의 서쪽 경계 지점으로 안내받아 갔다. 예전에 석공소로 사용하던 아담한 벽돌 막사가 있었다. 막사 안의 일부 공간은 텅 비어 있었는데, 내가 수집한 물건들을 보관할 수 있도록 일부러 공간을 비워두었고, 필요하면 공간을 더 마련해줄 수도 있다고 했다. 작업장 안에서 톱질하고 깎고 다듬는 소리가 들리지 않는 것으로 보아 석공 작업은 거의 끝난 듯했다. 나는 주인어른의 세심한 배려에 고맙다는 말조차 부끄러울 정도로 깊은 감동을 받았다. 대체 내가 주인어른과 이 집에 무슨 공적을 쌓았기에 이리 후한 대접을 받는 것일까? 한 가지는 분명했다. 이렇게 융숭한 대접을 받는 걸 보면 내가 이 집에서 성가신 존재는 아니라는 것이다. 그렇지 않다면 이렇게까지 세세하게 배려해줄 이유가 있을까? 그렇다면 앞으로 이곳에서의 나의 행동에도 상당한 재량이 보장될 것이 분명했다. 이윽고 나는 주인어른에게 심심한 사의를 표했고, 어른 역시 내 말을 기쁘게 받아들였다.

나는 내 거처에 여행 장비를 내려놓고 주인어른과 일반적인 이야기를 주고받은 뒤 정원을 둘러보려고 집의 옆문으로 나갔다. 몸집이 크고 나이든 개가 나를 보고 꼬리를 흔들며 달려왔다. 나를 알아보고 반가워하는 것이 분명했다. 나는 어린아이처럼 기뻤다. 이 집에서 내가 이방인이 아니라 한 가족처럼 받아들여지고 있다는 느낌이 들었기 때문이다.

내가 이 집에 도착한 다음날 짐과 대리석판을 실은 마차가 도착했다. 나는 짐을 내려놓게 한 뒤 산에서 기념이 될 만한 것을 가져왔다는 말과 함께 대리석판을 어른에게 건넸다. 아울러 대리석의 품질을 한눈에 보여주려고 특별히 갈고 다듬은 작은 석판도 함께 건넸다. 어른은 이 석판 조각부터 유심히 살피더니 뒤이어 대리석판을 꼼꼼히 들여다보았다. "참으로 아름다우이. 우리 집에도 이런 대리석은 아직 없네. 강도도 높고 무늬도 끊어진 데가 없어 보이는군. 이 정도면 바로 연마하는 것도 가능하겠어. 이 석판을 내게 준다니 무척 기쁘고 또 고맙네. 그렇지만 내 집에서는 이것을 사용할 수 없네. 내 집에 있는 것들은 모두 내가 직접 수집한 것들이고, 그렇게 직접 수집하고 정리하는 과정 속에 진정한 기쁨이 있기 때문이지. 하여 앞으로도 난 이런 원칙을 어길 마음이 없네. 하나 이 대리석으로 분명 귀한 물건이 만들어질 것이네. 내 뜻을 이해해주었으면 하고, 이 대리석을 사용하는 일이 자네와 내게 기쁨이 되길 바라네."

나도 대략 이런 식의 반응을 예상하고 있었던 터라 어른의 말에 특별히 놀라지 않았다.

대리석은 용처가 결정될 때까지 보관해두려고 석공소 막사로 운반했고, 나머지 짐들은 모두 내 거처로 옮겼다.

여름이면 나는 항상 가벼운 옷을 입고 다녔다. 표백되지 않았거나 줄무늬가 있는 아마천 옷들이었다. 머리에는 대개 가벼운 밀짚모자를 썼다. 이제 나는 이 집에 있을 때 남의 눈에 띄지 않고, 이 집 사람들의 소박한 옷차림과 구별되지 않기 위해서라도 트렁크에 이런 옷 몇 벌을 미리 준비해 왔다. 여행복은 나중에 길을 떠날 때 입으려고 넣어두었다.

주인어른은 자신의 집에 독특한 복식을 도입했고, 이 집 사람들은 그런 옷을 받아들였다. 하인들은 민속 의상 차림이었다. 그런데 우리의 산악지대에서는 민속 의상이 별로 환영받지 못했을 뿐 아니라 가끔 혐오감을 주었기에 주인어른은 이 의상에 작은 장식을 추가함으로써 혐오감을 완화했다. 내 눈에 썩 괜찮아 보이는 이 장식도 처음에는 이곳 사람들에게 반발을 불러일으켰다. 하지만 이 집 어르신은 옷을 직접 선물했고, 아랫사람은 그런 어르신의 성의를 무시할 수 없어 옷을 입을 수밖에 없었다. 나중에는 인근 주민들도 그것을 부러워하며 옷을 따라 지어 입었다. 농장이나 정원에서 일하는 남자들과 집안 하인들은 물들인 아마천 옷을 입었다. 다만 우리의 산악지대에서 입는 일반적인 의상보다 색깔이 더 짙지는 않았다. 이들은 여름이면 저고리나 다른 형태의 외투는 걸치지 않고 그냥 셔츠 차림으로 다녔으며, 목에는 헐렁한 천을 둘렀다. 몇몇은 주인어른처럼 머리에 아무것도 쓰지 않았고, 나머지는 일반적인 밀짚모자를 썼다. 에우스타흐는 옷을 입을 때 누구를 따라 입는 것이 아니라 직접 골라 입는 것 같았다. 그는 줄무늬 아마천 옷도 입고 다녔는데, 대개 회색이나 흰색 줄무늬가 있는 갈색 옷이었다. 줄무늬 폭은 한 뼘 정도 되었다. 전체적으로 두 가지 색으로 이루어진 옷도 있었다. 갈색과 흰색이 절반씩 섞인 옷이었다. 에우스타흐는 밀짚모자를 쓰기도 하고 맨머리로 다니기도 했다. 목공예소의 다른 기술자들도 에우스타흐와 비슷한 옷을 입었는데, 더러운 얼룩 하나 찾아보기 힘들 정도로 옷들이 말끔했다. 큼직한 녹색 앞치마를 두르고 일을 했기 때문이다. 이 집에서 가장 눈에 띄는 사람은 정원사 부부였다. 늘 눈처럼 하얀 옷을 입고 다녔기 때문이다.

나는 성곽 벽감의 조각상을 그린 그림을 주인어른과 에우스타흐에게 보여주었다. 두 사람은 내가 이런 물건을 그냥 지나치지 않은 데 기뻐하며, 자신들의 그림 중에도 똑같은 것이 있을 거라고 말했다. 다만 지금은 다른 여러 장의 그림과 함께 집 밖에 있다고 했다.

이제 나는 작년 이맘때쯤 정원과 들판에서 퍽 신기하게 느꼈던 것들을 다시 관찰하기 시작했다. 나무건 양배추건 벌레가 먹은 잎사귀는 눈에 띄지 않았다. 이 정원만 그런 것이 아니라 인근의 식물과 여기서 제법 멀리 떨어져 있는 식물들도 모두 그랬다. 그러잖아도 혹시나 싶어 장미집으로 오던 도중에 주변의 식물 상태를 눈여겨보았던 것이다. 물론 그렇다고 정원의 아름다운 장식인 나비가 없는 것은 아니었다. 이유는 분명했다. 한편으로는 새들이 모든 나비와 모든 애벌레를 다 잡아먹을 수는 없는 노릇이고, 다른 한편으로는 바람이 이 움직이는 아름다운 꽃들을 우리의 정원으로 데려왔거나 아니면 간혹 먼 길도 마다하지 않는 나비들이 제 스스로 이리로 날아왔기 때문일 것이다. 새들의 노랫소리는 작년과 마찬가지로 퍽 특이했다. 마음을 녹이는 감미로운 합창 같다고나 할까? 각각 다양한 거리에서 들려와 귀에 와 닿는 소리의 강도가 상이하고, 또 중간 중간에 먹이를 잡거나 새끼를 챙기느라 소리가 가끔 끊겨서 새들의 노래는 흡사 숲속에서처럼 매혹적으로 느껴졌다. 반면에 제아무리 목소리가 고와도 새장 속에 다닥다닥 붙어 있는 새들의 소리는 비명으로밖에 들리지 않았다. 이 정원은 숲속에 비해 공간이 좁기에 새들의 합창 소리는 한층 힘찼다. 그에 비해 숲속에서의 소리는 간혹 희미하거나 쓸쓸하게 들렸다.

나는 둥지를 일일이 돌아보며 새들의 일상을 알아나갔다.

나는 거처를 내 취향대로 꾸미고, 가져온 책과 종이 들을 꺼내놓았다. 책을 읽고, 자료들을 기록하고 정리하기 위해서였다. 벽 쪽 선반과 중앙의 큰 책상 위에는 산에서 가져온 자잘한 물건들, 특히 화석과 다른 또렷한 잔해 들을 올려놓았다. 언제라도 이용하기 위해서였다. 구스타프는 내 방에 자주 찾아와 이 물건들에 관심을 드러냈고, 나는 이런저런 것들에 대해 자상히 설명해주었다. 주인어른은 내가 책을 들고 구스타프와 함께 정원의 무성한 피나무 밑에 앉아 있거나, 아니면 책 없이 멀리까지 산책하면서 내가 공부한 학문에 대해 이야기하는 것을 결코 나무라지 않았다. 원래 움직이는 것을 좋아하는 어른이었기 때문이다. 구스타프도 자기가 배운 학문에 관해 내게 이야기했다. 나는 잘 아는 내용이라도 구스타프의 말에 귀를 기울여주었다. 특별한 일이 없고 혼자 있을 때면 들판으로 나가거나, 목공예소와 식물원 혹은 선인장 온실을 방문했다.

지난해에 물결치던 인근의 들판은 올해도 거대한 물결을 이루었고, 하루하루 더 아름다워지고 울창해지고 풍요로워졌다. 정원은 무성한 잎과 서서히 부풀어 오르는 열매로 뒤덮였고, 새들의 노랫소리는 점점 사랑스러운 가락으로 변하면서 나뭇가지를 가득 채웠다. 쉽게 곁을 주지 않던 새들도 이제는 나를 알아보고, 내게서 먹이를 받아먹고, 나를 무서워하지 않았다. 나는 차츰 이 집의 하인들을 모두 알게 되었고 이름도 스스럼없이 불렀다. 그들 역시 나를 따뜻하게 대해주었다. 주인어른이 나를 호의로 대하는 것을 알기 때문인 듯했다. 장미의 번성은 놀라웠다. 수천 송이가 동시에 봉오리를 터뜨릴 순간만 기다리는 듯했다. 나는 장미와 관련된 작업을 자주 도왔고, 장미 덩굴에 이상이 있는지 꼼꼼히 살피는 일도 함께 했다. 그 밖에 들판이나 숲에서 진행되는 일을 구경하러 즐겨 현장으로 따라나섰다. 지금 숲에서는 겨울에 베어낸 나무를 잘게 쪼개거나, 건축용 혹은 목공용으로 변형시키고 있었다. 나는 옆에서 주인어른과 구스타프가 모자를 쓰지 않고 걸어가면 나도 모자를 그냥 손에 들고 가곤 했다. 이를 통해 나는 새로운 경험을 했다. 모자가 바람을 막지 않아 바람이 머리카락 사이를 훨씬 시원하게 지나가고, 머리카락이 모자 역할을 하면서 맨머리에 직사광선이 닿는 것을 막아주었다.

방에 앉아 있던 어느 날이었다. 마차 한 대가 집을 향해 달려오는 소리가 들렸다. 왜 그랬는지 모르겠지만 나는 마차가 도착하는 것을 보려고 아래로 내려갔다. 내가 울타리에 도착했을 때 마차는 벌써 울타리 밖에 서 있었다. 갈색 말 두 필이 끄는 마차였는데 방금 정지한 것 같았다. 마부는 아직 마부석에 앉아 있었고, 마차 문 앞에는 주인어른이 나를 등진 채 서 있었다. 그 옆에는 구스타프와 가정부 카타리나, 하녀 둘이 도열해 있었다. 밀폐식 유리 마차는 문이 열려 있지 않았고, 창문 안쪽에는 초록색 비단 커튼이 쳐져 있었다. 내가 도착한 직후 주인어른이 마차 문을 열더니 한 부인의 손을 잡고 그녀를 마차 밖으로 인도했다. 부인의 모자에는 베일이 드리워 있었지만 베일을 걷어 올린 상태여서 얼굴이 그대로 드러났다. 나이가 든 부인이었다.

이 부인을 보는 순간, 일전에 주인어른이 늙어가는 여인을 시들어가는 장미에 비유했던 것이 떠올랐다. "나이가 들어가는 여자는 이 시들어가는 장미와 비슷하지. 그 여인네들은 얼굴에 잔주름이 자글자글하지만, 주름 사이에는 아름답고 사랑스러운 빛깔이 담겨 있네." 이 부인이 꼭 그랬다. 자잘한 주름 속에 부드럽고 고운 붉은빛이 담겨 있어 비록 시들어가지만 활짝 핀 다른 장미들보다 한층 아름답고 사랑스러운 장미 같았다. 눈은 무척 크고 검었으며, 입은 아주 귀여우면서도 기품이 넘쳤고, 모자 밑으로는 가느다란 은빛 머리카락 두 가닥이 나와 있었다. 부인이 마차 발판을 딛고 내려오면서 주인어른을 보고 말했다. "잘 지냈어요, 구스타프?"

주인어른이 부인에게 고개를 숙이자 부인도 마주 보며 인사했고, 두 사람은 환영의 뜻으로 입을 맞추었다.

부인 다음으로 또 다른 여인이 마차에서 내렸다. 마찬가지로 모자의 베일은 걷어 올린 상태였다. 모자 밑으로 풍성한 갈색 머리채가 흘러내렸고, 아직 소녀티를 완전히 벗지 못한 얼굴은 눈부시도록 곱고 아름다웠다. 눈은 나이 든 부인과 매한가지로 크고 검었으며, 입은 형언할 수 없을 정도로 선하고 우아했다. 만고절색이 이럴까 싶었다. 그런데 이렇게 울타리 너머에 서서 마차에서 내리는 사람들을 구경하는 것이 예의에 어긋난 짓이라는 생각이 퍼뜩 들자 더는 이런 생각을 하고 있을 수가 없었다. 지금 이들을 맞는 사람들은 내게 등을 돌리고 있어서 나의 존재를 모르고 있었다. 나는 서둘러 집 모퉁이를 돌아 다시 내 방으로 올라갔다.

얼마 뒤 내 방 앞을 지나가는 발소리와 말소리가 들렸다. 주인어른 일행이 손님들을 모시고 집의 동쪽에 위치한 아름다운 객실로 가는 것 같았다.

내가 떠난 뒤 마차에서 무슨 일이 있었는지, 그리고 그 두 사람 외에 또 다른 일행이 있었는지 나는 알지 못했다. 창문으로도 몰래 내려다보고 싶지는 않았기 때문이다. 하지만 마차에서 내린 짐을 집 안으로 옮기고 있다는 사실은 사람들의 말과 외침에서 알 수 있었다. 이윽고 마차가 떠나는 소리가 들렸다. 농장에 대놓으려는 것 같았다.

나는 줄곧 방 안에 틀어박혀 있었다. 창을 내다보지도, 정원으로 나가지도 않았다. 상당히 오랫동안 집 안이 쥐 죽은 듯 조용했음에도 방을 떠날 생각조차 하지 않았다. 책을 읽거나 글을 쓰려고 했지만 마음먹은 대로 되지 않았다.

그렇게 두세 시간쯤 흘렀을까. 카타리나가 오더니, 어르신께서 내가 식당방으로 내려오길 정중히 청하신다고 말했다. 사람들이 나를 기다린다는 것이다.

이윽고 나는 방을 나서 식당방으로 들어갔다.

식탁에 앉아 있는 주인어른이 보였다. 그 옆에는 구스타프가, 맞은편에는 부인이 앉아 있었다. 부인의 의자는 식탁에서 약간 비스듬히 돌려져 내가 들어오는 문 쪽을 향해 있었다. 부인 뒤, 그러니까 부인의 의자 뒤 옆쪽으로 그 처녀가 앉아 있었다.

두 사람의 옷차림은 마차에서 내릴 때와 완전히 달랐다. 지금은 도회지풍의 모자 대신 챙은 넓지 않으나 그늘을 충분히 드리우는 밀짚모자를 쓰고 있었다. 나머지 옷도 소박하고 환한 무광택 천으로 만들었으며, 특별한 장식도 없고 스타일도 전혀 눈에 띄지 않았다. 시골풍을 과시하는 것도 아니고, 도시풍에 엄격하게 얽매인 것도 아니었다.

하인들은 식탁 둘레에 빙 둘러서 있었고, 카타리나도 나를 따라 들어와 하녀들 틈에 끼어 섰다. 방에는 정원사 지몬까지 와 있었다.

내가 식탁 가까이 다가가자 주인어른이 일어나 식탁을 빙 돌아 오더니 부인에게 말했다. "소개하리다, 마틸데. 내가 말한 그 젊은이요." 이어 어른이 내게 고개를 돌리며 말했다. "이 부인은 구스타프의 모친이네."

부인은 아무 말도 않고 까만 눈으로 나를 잠시 바라보기만 했다.

곧이어 어른이 손으로 처녀를 가리키며 말했다. "이 아가씨는 구스타프의 누이 나탈리에네."

나는 처녀의 볼이 원래 그렇게 붉은지, 아니면 얼굴이 달아올라서 그런지 알 수가 없었다. 어쨌든 나는 그 순간 말 한마디 뱉어낼 수 없을 정도로 당황했다. 더구나 십중팔구 이름을 대야 할 지금 상황에도 주인어른이 내 이름을 묻지 않고, 부인의 성(姓)을 입에 올리지 않는 것이 참으로 특이하다는 생각이 들었다. 어른은 내가 허리를 숙여 인사를 하면서 무슨 말을 해야 할지 고민할 틈도 주지 않고 계속 말을 이어 나갔다. "이 젊은이는 이제 우리와 한 식구나 다름없고, 우리의 한적한 시골 생활에 친근한 동무가 되어주고 있소. 게다가 산과 대지를 탐사하면서 현존하는 것들에 대한 지식을 축적하고, 그 생성 과정의 역사를 밝히는 일에 주력하고 있어요. 비록 세계의 발전에 기여하려는 이런 행위가 젊은이와 이 늙은이에게 벅찬 일이라 하더라도 젊은이의 진지한 열정만큼은 칭찬하지 않을 수 없소."

부인이 다시 나를 그 까만 눈동자로 바라보면서 처음으로 입을 열었다. "어른께 이야기 들었어요. 지난해에 여기 처음 왔고, 올봄에는 장미꽃이 필 무렵 다시 와서 한동안 묵고 가겠다고 약속하셨다고요? 내 아들도 젊은이 이야기를 아주 많이 하더군요."

주인어른이 말을 받았다. "젊은이도 여기 있는 게 싫지는 않은가봅니다. 예전이나 지금이나 얼굴에 밝은 빛이 사라지지 않는 걸 보니."

그사이 정신을 차린 내가 말문을 열었다. "저는 대도시 출신임에도 낯선 사람들과 교류가 많지 않아 사람 사귀는 법을 잘 모릅니다. 제가 이 집에 오게 된 것은 뇌우가 온다고 잘못 예상하고 잠시 비를 피해가기 위해서였는데, 뜻밖에 여기서 무척 따뜻한 대접을 받았습니다. 뿐만 아니라 떠날 때는 재차 방문해도 된다는 진심 어린 초대까지 받아, 저 역시 그 뜻을 흔쾌히 받들게 되었습니다. 이 댁은 질서와 체계가 잡혀 있는 제 양친의 집처럼 편안했습니다. 주변 환경 역시 무척 마음에 들었고요. 그래서 이런 말씀을 드려도 될지 모르겠지만, 만일 제가 이 댁에 불편한 손님이 아니고, 어르신께서 초대만 해주신다면 언제든 즐거운 마음으로 찾아뵙겠습니다."

"자네에게 우리 집은 언제든 열려 있네. 자네도 우리의 행동에서 자네가 우리에게 무척 반가운 존재라는 걸 분명 눈치챘을 걸세. 이제 구스타프의 모친과 누이도 당분간 이 집에 함께 머물 텐데, 우리의 공동 삶이 어떻게 전개될지 참으로 기대되네. 그럼 저기 내 옆자리로 가 앉아 여기 서 있는 사람들의 환영 인사가 끝날 때까지 기다리지 않겠나?"

주인어른은 다시 식탁을 돌아 제자리로 갔고, 나는 그 뒤를 따랐다. 구스타프가 내게 수양아버지의 옆자리를 권하고는 나를 환한 눈으로 바라보았다. 타지에서 어머니를 만난 아들의 기쁨이 배어 있는 얼굴이었다.

나탈리에는 한마디도 하지 않았다.

이제 나는 모녀를 정식으로 건너다볼 수 있는 처지였고, 여기 와 있는 두 사람이 구스타프의 모친과 누이가 틀림없음을 확인할 수 있었다. 두 사람 다 구스타프와 똑같이 눈이 검고 컸으며, 얼굴 윤곽과 선도 비슷했다. 다만 나탈리에는 구스타프와 갈색 고수머리까지 똑같았지만 모친은 나이가 들어 머리가 은색으로 변해 있었다. 모녀의 머리카락은 여행용 모자를 썼을 때보다 훨씬 정갈하게 이마 양쪽으로 흘러 내려와 있었다.

우리가 자리를 잡고 앉자 가정부 카타리나가 마틸데 부인 앞으로 나와 인사했다.

부인이 말했다. "여러 번 인사를 받는구먼, 카타리나. 어르신과 내 아들을 꼼꼼하게 시중들고 챙기느라 수고가 많네. 고마움의 표시로 작은 선물을 하나 가져왔는데 성의라 생각하고 받아주게."

카타리나가 물러나자 이번에는 나머지 사람들이 한꺼번에 나와 절을 했고, 몇몇 처녀는 부인의 손에 입을 맞추었다. "이리 진심으로 환영해주니 고마우이. 자네들도 주인어른과 내 아들을 보살피느라 수고가 많네. 지몬, 클라라, 잘 지냈는가? 모두에게 감사하네. 자네들에게 주려고 작은 걸 하나씩 준비해 왔네. 약소하지만 애정의 표시라 생각하고 받아주기 바라네."

사람들은 다시 허리를 숙였고 몇 사람은 손에 입을 맞추었다. 이들은 나탈리에에게도 똑같이 예를 표했고, 나탈리에 역시 다정하게 답례했다.

모두 물러가자 부인이 구스타프에게 말했다. "네가 좋아할 만한 것도 가져왔다. 하지만 그게 뭔지는 아직 얘기할 수 없다. 네게 보여주기 전에 네 수양아버지에게 여쭤봐야 하니까. 네가 그걸 마음대로 사용해도 될지, 제한적으로만 사용해야 될지, 아니면 사용 자체를 할 수 없을지 말이다."

"고마워요, 어머니. 정말 자상하세요. 그게 뭔지 벌써 알 것 같거든요. 하지만 수양아버지께서 판결하시는 대로 따를게요."

"그럼 좋겠지."

이 말이 끝나자 모두들 자리에서 일어났다.

주인어른이 말했다. "마틸데, 올해는 정말 좋은 시기에 왔소. 장미가 한 송이도 꽃봉오리를 터뜨리지 않은 채 만개할 채비를 하고 있으니 말이오."

곧 우리는 문에 다다랐고, 주인어른이 내게도 함께 가자고 청했다.

우리는 초록의 울타리 문을 열고 나가 집 앞의 모래밭으로 갔다. 이 집 사람들은 우리의 행로를 벌써 아는 듯했다. 하인 둘이 큼직한 안락의자를 들고 와서 장미 벽이 잘 보이는 적당한 곳에 놓아두었다.

부인이 의자에 앉아 두 손을 무릎에 모으고 장미 덩굴을 그윽한 눈길로 바라보았다.

우리는 부인 주위에 섰다. 나탈리에는 부인 왼편에, 구스타프는 나탈리에 옆에, 주인어른은 의자 뒤에. 나는 나탈리에와 너무 붙지 않으려고 오른편 약간 뒤쪽에 섰다.

한참을 앉아 있던 부인이 말없이 일어나자 우리도 함께 자리를 떴다.

이제 우리가 향한 곳은 목공예소였다. 에우스타흐는 식당방에서 열린 환영식에 참석하지 않았다. 마틸데 부인은 불러서 인사를 받는 것이 아니라 직접 찾아가서 인사하는 것이 예술가에 대한 예의라고 생각하는 듯했다. 사람들의 태도에서도 나는 상황이 실제로 그래야 하고, 그게 지극히 당연하다는 느낌을 받았다. 에우스타흐 역시 그것을 알고 있는 게 분명했다. 그는 기술자들과 함께 초록색 앞치마를 벗고 문 앞에 서서 우리 일행을 맞았다. 부인은 환영에 감사를 표하고, 에우스타흐에게 다정히 말을 건네더니 그와 기술자들의 안부, 그들의 현재 작업과 미래 계획을 묻고 과거의 성취에 대해 이야기했다. 나는 과거의 성취를 몰랐기에 두 사람의 대화를 다 알아듣지는 못했다. 곧이어 우리는 목공예소 안으로 들어갔다. 부인은 작업실 하나하나를 유심히 둘러보았다. 에우스타흐의 방에서는 자신이 여기 오래 체류해 있는 동안 물건들을 하나하나 자세히 보여주면서 설명해달라고 부탁했다.

우리는 목공예소에서 정원사의 집으로 갔고, 거기서 부인은 늙은 정원사 부부와 잠시 이야기를 나누었다.

그다음 우리는 온실과 파인애플나무, 선인장을 지나쳐 정원으로 나갔다.

부인은 정원의 모든 장소를 정확히 아는 듯했다. 어떤 꽃이 있을 거라고 생각되는 곳으로 호기심 어린 시선을 던졌고, 정원에서 익숙한 시설과 장비를 찾아냈으며, 심지어 앞으로 새 둥지가 들어설 덤불 속을 들여다보기도 했다. 또한 예전과 달라진 것들을 재빨리 알아채고 그 변화의 이유를 물었다. 이렇게 우리는 큰 벚나무에 닿을 때까지 온 정원을 돌아다녔고, 나중에는 들판의 쉼터까지 나갔다 왔다. 쉼터에서 부인은 올해 수확과 이웃의 상황에 대해 주인어른과 이런저런 대화를 나누었다.

나탈리에는 거의 입을 열지 않았다.

집에 돌아왔을 때 점심때까지는 아직 시간이 조금 남았기에 우리는 각자 방으로 흩어졌다. 주인어른은 식사하러 올 때 옷을 갈아입고 오지 말라고 내게 미리 다시 한 번 당부했다. 이 집에서는 손님이 있을 때도 그게 관례라는 것이다. 안 그러면 공연히 남들의 눈에 띌 거라고 했다.

나는 기억을 상기시켜준 어른이 고마웠다.

종이 열두시를 알렸을 때 나는 식당방으로 내려갔다. 역시 주인어른의 말처럼 옷을 갈아입은 사람은 없었다. 주인어른은 늘 입던 옷을 입었고, 여성분들도 산책할 때 입었던 바로 그 옷을 입고 있었다. 구스타프와 나도 평소와 같은 차림이었다.

식탁의 상단 끝 상석에는 큼직한 의자가 놓여 있었고, 그 앞에는 접시가 쌓여 있었다. 소리 없는 기도가 끝나자 주인어른이 부인을 그 의자로 안내했고, 부인도 망설임 없이 자리에 앉았다. 부인 왼편에는 주인어른이, 오른편에는 내가, 어른 옆에는 나탈리에와 구스타프가 앉았다. 그런데 주빈인 부인을 접시가 쌓여 있는 자리에 앉히는 것이 눈길을 끌었다. 우리 집에서도 어머니가 그 자리에 앉아 음식을 접시에 담아 가족들에게 내놓았던 것이다. 여기서도 우리 집과 똑같은 제도가 시행되는 듯했다. 부인이 차례로 접시에 수프를 담아 식탁에 내려놓으면 젊은 하녀가 각자의 자리로 날랐다.

아늑한 느낌이 가슴속에 가득 퍼졌다. 지금까지는 그런 느낌을 가져본 적이 전혀 없었던 것 같았다. 양친의 집을 항상 포근하고 편안하게 만들던 가족 같은 분위기가 이제 이 집 안에 잔잔히 퍼졌다.

식사는 내가 장미집에 묵은 평소처럼 소박했다.

대화는 명료하고 진지했으며, 주인어른은 유쾌하고 차분하게 대화를 이끌었다.

식사 후 아라벨라가 커다란 광주리를 들고 들어왔다. 아라벨라는 마틸데 부인의 몸종이었는데, 마차에서 내리는 모습을 보지는 못했지만 함께 타고 있었던 모양이다. 광주리 외에 회색 종이로 싼 다음 근사한 끈으로 묶은 꾸러미도 하나 있었다. 아라벨라가 그것들을 벽 쪽 의자 두 개에 올려놓았다. 광주리에는 마틸데가 이 집 하인들을 위해 가져온 선물들이 담겨 있었다. 나는 선물 분배가 관례적인 행사이고, 이런 일이 자주 있음을 알아차렸다. 곧이어 하인들이 들어와 각자에게 딱 맞는 물건들을 받았다. 하녀들에게는 검은 비단 손수건이나 앞치마 혹은 옷감이 주어졌고, 남자 하인들에게는 조끼용 은단추와 반짝거리는 모자 버클, 혹은 앙증맞은 돈지갑이 주어졌다. 정원사는 무척 얇은 은박지에 싼 무언가를 선물받았는데, 내 짐작으로는 특별한 코담배 종류였다.

선물 분배가 끝나고 모두들 진심 어린 감사의 말과 함께 방을 나가자 부인이 아직 의자 위에 놓여 있는 꾸러미를 가리키며 말했다. "구스타프, 이리 오겠니?"

구스타프가 일어나 어머니에게로 갔다. 어머니가 다정하게 아들의 손을 잡았다. "여기 있는 건 네 거다. 네가 예전부터 갖고 싶어 했지만, 아직 너한테 어울리지 않는 것 같아 어미가 줄곧 거절했던 물건이다. 짐작하다시피 이건 괴테의 작품들이다. 이제부터 네가 갖도록 해

라. 많은 대목이 좀 더 성숙한 나이, 아니 굉장히 성숙한 나이에나 어울릴 내용이지만 너한테 맡기도록 하마. 하지만 이 책들을 지금 읽을지 아니면 훗날로 미뤄둘지는 네가 선택할 수 없다. 평소에 금과옥조 같은 가르침을 주시는 네 수양아버지께서 직접 선택하실 거다. 이 어미는 네가 지금까지처럼 수양아버지의 결정에 잘 따르리라 믿는다."

"물론이죠, 어머니. 분명 그리할 겁니다."

"새 책을 기대했을지 모르겠다만, 이건 새것도 아니고 표지도 예쁘지 않다. 이것은 어미가 밤낮없이 숱한 시간을 기쁨과 아픔으로 읽은, 내게 수시로 위안과 안식을 준 책들이다. 내 손때가 묻은 책들이라는 말이다. 제본공이나 인쇄공의 손길보다는 어미의 손길이 느껴지는 게 낫지 않을까 싶었다. 어떠니?"

"아, 어머니, 너무 당연한 말씀입니다. 저도 그 책들을 잘 압니다. 세련된 갈색 가죽 양장에 뒷면에는 얇은 금장식이 있고, 그 장식 안에 멋진 글자가 담겨 있지요. 저는 어머니가 그 책을 읽으시는 모습을 자주 봤어요. 그 책들을 읽게 해달라고 그렇게 여러 번 청을 올렸던 것도 그 때문이고요."

"나도 네가 이 책들을 더 좋아하리라 생각했다. 이걸 선물하기로 결정한 것도 그 때문이지. 하지만 이 어미는 여생 동안 그 탁월한 작가의 말을 더 듣고 싶기에 책을 새로 살 생각이다. 내게는 새 책이건 헌책이건 의미가 같으니까. 하지만 너한테는 의미가 다를 거다. 이 책들을 받아 적당한 곳에 보관해두어라."

구스타프는 어머니의 손에 입을 맞추더니 팔로 어머니의 어깨를 살며시 감쌌다. 어색하지만 따스한 포옹이었다. 그러나 말은 하지 않았다. 구스타프는 책 꾸러미로 가서 끈을 풀기 시작했다.

포장지가 풀리고 책의 겉표지가 드러났다. 책장을 넘겨보던 구스타프가 별안간 한 권을 들고 와서 말했다. "여기 보세요, 어머니! 연필로 그은 부분이 있어요. 얇게 깎은 연필로 여백에 직접 쓰신 글도 있어요. 이건 어머니의 물건이에요. 새 책에는 이런 게 없어요. 어머니의 애장품을 뺏고 싶지 않아요."

"이건 네가 뺏는 게 아니라 내가 주는 것이다. 지금 이리 멀리 떨어져 있고, 어쩌면 앞으로 이보다 더 먼 곳에서 살아야 할지 모르는 아들에게 이 어미가 진심으로 주고 싶은 선물이다. 네가 장차 이 책들을 읽으면 작가의 마음뿐 아니라 어미의 마음까지 함께 읽게 되지 않겠니? 물론 작가에 비하면 한없이 부족하고 하찮은 마음이겠지만. 그래도 너한테는 무엇과도 비교할 수 없는 의미가 있을 거다. 너를 낳아준 어미의 마음이니까. 나는 밑줄을 그은 부분을 다시 읽을 때마다 내 아들도 여기서 이 어미를 기억했으리라고 생각할 거다. 그리고 내가 여백에다 써놓은 글들을 생각할 때면 인쇄된 글에서 손으로 직접 쓴 글자로 옮겨가는 네 눈이 아른거릴 거다. 아마 네게는 지상에서 가장 소중한 여자의 필적이 되겠지. 네 누이는 늘 내 곁에 있다. 너보다 내 말을 들을 기회가 많고, 나 역시 네 누이의 고운 목소리와 어여쁜 얼굴을 볼 기회가 많다."

"안 돼요, 어머니! 전 이 책을 가질 수 없어요. 이건 어머니와 누이의 책을 빼앗는 거예요."

"나탈리에에게는 줄 것이 따로 있다. 네가 이 책을 빼앗는 게 아니라는 건 벌써 설명했다. 너한테 이 책을 주기로 한 건 오래전부터 신중하게 생각하고 또 생각한 것이야."

구스타프도 더 이상 고집을 피우지 않았다. 두 손으로 어머니의 오른손을 꼭 잡고 입을 맞추더니 책 꾸러미가 있는 곳으로 돌아갔다.

구스타프는 꾸러미에 싸인 책을 한 권 한 권 확인하더니 하인을 불러 자기 방으로 옮기게 했다.

식사 후에는 각자 흩어져서 하고 싶은 일을 하기로 계획이 잡혀 있었다.

나는 괴테의 책을 두고 모자가 실랑이를 벌이는 동안 나탈리에의 얼굴을 바라보지 못했다. 나탈리에가 속으로 어떤 생각을 하고 있는지 표정을 통해 알고 싶었는데도 말이다. 다만 나는 어머니의 처신에 전적인 공감을 보내는 나탈리에의 얼굴만 상상했을 뿐이다. 이윽고 우리는 식탁에서 일어나 묵묵히 기도를 올리고 서로에게 인사했다. 그 와중에도 나는 줄곧 주인어른과 부인에게만 시선을 고정하고자 애썼다. 이제 모두 방을 떠날 채비를 했고, 나탈리에는 동생의 팔을 잡고 정답게 문 쪽으로 몸을 돌렸다. 그제야 나는 거울로 눈을 들어 나탈리에를 볼 용기를 낼 수 있었다. 그러나 거울 속에는 판박이 같은 새까만 눈 네 개가 문 쪽으로 가는 것 외에는 거의 아무것도 보이지 않았다.

우리는 다 함께 밖으로 나왔다.

주인어른과 부인은 농장으로 향했고, 오누이는 정원으로 갔다. 구스타프는 자신이 소중하게 생각하고 재미있어 하는 것들을 누이에게 보여주었고, 누이 역시 사랑하는 동생이 좋아하는 일에 적극적인 관심을 나타냈다. 물론 동생의 일을 완전히 이해하지는 못했고, 혼자라면 결코 그런 일에 관심을 보이지 않았겠지만 말이다. 어쨌든 양친의 집에 있을 때 클로틸데도 내게 그런 식으로 행동했다.

나는 현관에 서서 오누이의 뒷모습을 한참 동안 지켜보았다. 한번은 오누이가 조심스레 덤불 속을 들여다보았다. 동생이 누이에게 새 둥지를 보여주고, 누이도 관심 있게 새 가족을 살펴보는 듯했다. 또 한번은 오누이가 꽃들 옆에 걸음을 멈추고 꽃을 관찰했다. 얼마 뒤 마침내 나탈리에의 밝은색 옷이 나무와 관목 아래로 사라지면서 환한 얼룩 같은 것들만 가끔 어른거릴 뿐 더 이상 아무것도 보이지 않자 나는 내 방으로 올라갔다.

나는 어디선가 나탈리에를 본 것 같았다. 하지만 이제껏 사람보다는 생명이 없는 물체나 식물에만 관심을 두다 보니 나는 사람을 평가할 재주도 없었고, 사람의 얼굴을 특징적으로 관찰해서 가슴에 새겨두었다가 나중에 그 얼굴들을 비교할 능력도 없었다. 그러므로 내가 나탈리에를 어디서 보았는지 밝혀내는 것은 불가능했다.

나는 오후 내내 방에 있었다.

줄곧 화창하던 날의 열기가 약간 누그러들자 함께 산책을 가자는 제안이 들어왔다. 참석 인원은 주인어른과 마틸데 부인, 나탈리에, 구스타프, 나 이렇게 다섯이었다. 우리는 얼마간 정원을 거닐었다. 주인어른과 부인, 내가 한 무리를 형성했다. 두 사람이 나를 대화로 끌어들였기 때문이다. 우리 셋은 모랫길의 폭이 허용하는 한 나란히 걸었다. 나탈리에와 구스타프는 또 다른 무리를 이루었는데, 우리보다 예닐곱 걸음 앞서 걸었다. 우리는 정원과 그 정원을 쾌적한 휴식처로 탈바꿈시킨 갖가지 요소에 대해 이야기했다. 그리고 집과 집 안의 여러 장식에 대한 이야기가 오갔고, 그다음에는 올 한 해 또다시 하늘의 축복이 내릴 들판으로 화제를 바꾸었다. 이어 땅과 땅의 좋은 상황, 개선이 필요한 다른 일이 대화의 주제로 떠올랐다. 나는 우리 앞에서 걷고 있는 훤칠한 두 사람의 뒷모습을 지켜보았다. 오늘따라 구스타프가 갑자기 어른처럼 보였다. 누이와 나란히 걸어가는 모습을 보니 구스타프가 누이보다 더 큰 것 같았다. 그런 생각은 벌써 여러 번 했다. 하지만 키는 구스타프가 더 클지 몰라도 몸매는 나탈리에가 한결 날씬했다. 자세도 나탈리에가 더 우아했다. 구스타프는 수양아버지처럼 머리에 아무것도 쓰지 않아 숱 많은 갈색 머리가 그대로 드러났다. 어머니처럼 그늘을 부드럽게 드리우는 밀짚모자를 쓰고 있던 나탈리에가 모자를 벗어 팔에 걸자 구스타프와 똑같은 색깔의 머리카락이 풍성하게 흘러내렸다. 우애가 각별해 보이는 오누이는 바짝 붙어서 걸었다. 멀리서 보면 위로는 반짝거리는 갈색 머리채가 하나만 보이고, 그 아래 몸이 둘로 나뉘어 있는 것처럼 보였을 것이다.

우리는 농장으로 내려가는 문을 통해 집을 나섰다. 그러나 농장으로 가지 않고 들판 길로 농장을 크게 돌고, 언덕의 남쪽 비탈을 비스듬히 가로질러 다시 집으로 돌아왔다.

날이 퍽 길어졌다. 항상 같은 시간에 차리는 저녁 식사를 마치고 자리에서 일어났을 때도 하늘에 석양빛이 아직 남아 있었다. 하여 우리는 식사 후에도 정원으로 나갔다. 우리 일행은 큰 벚나무가 있는 곳까지 올라가 벤치에 앉았다. 주인어른과 부인이 가운데에 앉았다. 정원이 정면으로 내려다보이는 자리였다. 주인어른 왼쪽에는 내가, 부인 오른쪽에는 나탈리에와 구스타프가 앉았다. 사위가 점점 어두워졌다.

이제 잠잠해진 정원의 나무우듬지 위와 지붕 위에 파리한 빛이 엷게 펼쳐져 있었다. 대화는 차분하면서도 유쾌했다. 오누이도 대화에 끼어 틈틈이 한마디라도 거들려고 자주 고개를 돌렸다.

하늘에 별이 하나둘 불을 밝히고 정원의 깊은 덤불 속에 시커먼 어둠이 깃들기 시작할 때 우리는 집에 돌아와 각자의 거처로 향했다.

나는 무척 슬펐다. 밀짚모자를 책상에 내려놓고 상의를 벗은 뒤 열린 창문으로 밖을 내다보았다. 오늘은 내가 여기 처음 와서 밤중에 이 방 창문으로 하늘을 내다보던 때와는 달랐다. 하늘에는 사방으로 천체를 가로지르고 천체에 형체를 부여하는 구름은 없었다. 대신 총총 빛나는 별이 하늘 위에서 잔잔하게 타올랐다. 장미 향기도 방으로 올라오지 않았다. 장미가 아직 꽃봉오리를 터뜨리지 않았기 때문이다. 대신 외로움을 담은 공기가 창문을 통해 아스라이 흘러 들어왔다. 나는 예전처럼 이 집 주인어른의 성격과 스타일을 알아내려고 애쓰지 않았다. 내게 그 문제는 이미 해결되었거나 아니면 애초에 해결될 수 없는 것이었다. 장미 덩굴 앞 모래밭 너머의 곡식은 전혀 미동을 보이지 않았다. 내 마음 같지 않았다. 그렇다고 밤중에 바람에 일렁거리다가 내일 아침 맑아진 내 눈앞에서 갑자기 물결칠 것 같지도 않았다.

밤이 깊어졌을 때에야 나는 창가에서 떨어졌다. 매일 밤 잠자리에 들기 전 나는 항상 창조주께 기도를 올렸다. 그런데 지금 한 작은 테이블 앞에 무릎을 꿇고 내 모든 것, 특히 내 존재와 내 운명, 내 식구들의 운명을 모두 맡긴 신에게 드리는 이 기도는 유난히 뜨겁고 간절했다.

기도를 마친 뒤 옷을 벗고 문을 잠그고 잠자리에 들었다.

잠이 들락 말락 할 때 나는 문득 주인어른에게 그랬듯이 마틸데 부인에게도 신상과 관련한 질문은 던지지 않으리라고 생각했다.

이튿날 나는 무척 일찍 잠이 깼다. 계절의 특성상 밖은 벌써 상당히 환했다. 구름 한 점 없는 파란 하늘이 언덕 위에 둥그렇게 펼쳐져 있었다. 발밑의 곡식들은 예상대로 물결치지 않고 강력한 불꽃처럼 반짝거리는 이슬을 머금은 채 떠오르는 태양 아래 꼼짝 않고 서 있었다.

나는 옷을 입고 신에게 기도를 드린 뒤 내 일을 시작했다.

제법 시간이 흘렀다. 내가 그사이 열어둔 창문으로 이 집 동쪽 끝에서 창문을 여는 소리가 들렸다. 여성 취향으로 꾸며진 아름다운 방들이 있는 곳이었는데, 거기에는 지금 마틸데 부인과 딸이 기거하고 있었다. 나는 창가로 가서 밖을 내다보았다. 역시 그쪽 방들 창은 덧문이 모두 활짝 열려 있었다. 이제 아침 식사 시간이 얼마 남지 않았다. 내 방문 앞을 지나 푹신한 양탄자가 깔린 대리석 계단을 내려가는 여자 발소리가 들렸다. 아울러 구스타프의 목소리도 들려왔다. 나를 방해하지 않으려는 듯 한껏 낮춘 목소리였다.

얼마 뒤 나도 뮤즈 대리석상이 있는 계단을 지나 식당방으로 내려갔다.

이날도 대체로 전날과 비슷하게 진행되었고, 그렇게 며칠이 흘렀다.

장미집의 질서는 모녀가 이 집에 온 것 때문에 지장을 받지 않았다. 다만 모녀의 관심을 불러일으킬 만한 일들이 따로 행해졌다. 구스타프의 수업 시간과 공부 시간은 예전과 똑같이 엄격하게 지켜졌고, 주인어른의 일과도 전과 다름없이 진행되었다. 마틸데 부인은 본분에 맞게 집안 살림에 관여했고, 이 가정의 안녕과 아들에 관계되는 일이라면 무엇이든 발 벗고 나섰다. 부엌에도 드물지 않게 모습을 드러냈다. 하녀들 틈에 섞여 부엌일을 함께 했던 것이다. 또한 식당방과 지하실, 그 밖의 다른 중요한 곳에도 자주 발걸음을 했고, 하인들의 먹을거리나 숙소, 옷, 잠자리에 관련된 일도 직접 나서서 살폈다. 주인어른과 아들의 아마천과 옷, 다른 소유물 들도 잘 챙겨놓았고, 개선이 필요할 일은 즉각 개선 작업에 들어갈 수 있도록 조처했다. 게다가 이런 바쁜 일과 중에도 부인은 틈나는 대로 집 앞의 모래밭으로 나가 집 벽을 타고 올라가는 장미 덩굴을 우수에 잠긴 표정으로 지그시 바라보곤 했다. 나탈리에는 구스타프와 많은 시간을 보냈다. 오누이는 유별나게 우애가 좋았다. 구스타프는 누이에게 자신의 책을 모두 보여주었다. 그중에서도 새로 장만한 책들을 자랑스럽게 내보였다. 구스타프는 지금 자신이 공부하고 있는 것을 설명했다. 누이가 벌써 알고 있고 예전에 똑같은 과정을 거쳤다 하더라도 결코 설명을 중단하지 않았다. 상황이 허락하면 오누이는 정원을 이리저리 돌아다녔고, 정원에서 진행되는 모든 형태의 삶을 즐겼다. 또한 하나의 몸처럼 보일 정도로 바짝 붙어 있는 서로의 삶을 즐겼다. 모두가 한가한 시간은 함께 보낼 때가 많았다. 우리는 정원을 거닐거나 나무 그늘에 앉아 있거나 산책을 하거나 농장에 내려갔다. 그런데 나는 주인어른과 둘이 대화할 때만큼 열심히 대화에 빠져들 수가 없었다. 마틸데 부인이 무척 다정하게 말을 걸어도 나는 점점 말수가 줄어들었다.

장미는 나날이 새로운 모습으로 스스로를 단장했다. 많은 장미가 벌써 꽃을 활짝 피웠고, 다른 장미들도 시시각각 봉오리를 벌리며 연한 속살을 드러냈다. 우리는 틈나는 대로 밖으로 나가 매혹적인 장미를 관찰했다. 어떤 때는 사다리를 받쳐놓고 장미들 가운데 불완전한 것이나 이상이 있는 것들을 가려내기도 했다.

점심 식사 자리는 편하고 즐거웠다. 마틸데 부인과 나탈리에는 내 어머니와 누이처럼 소박하게 차려입었음에도 참으로 고왔고 옷이 참 잘 어울렸는데, 그 점도 식사 자리에 특별한 광채를 부여했다. 내가 예전부터 그리워하던 광채였다. 식당방은 커튼이 직사광선을 가려주어 항상 부드럽고 은은한 빛이 흘렀다.

우리는 저녁 식사 뒤의 저녁 시간을 늘 밖에서 보냈다. 화창한 날들이 이어졌기 때문이다. 대개 우리는 커다란 벚나무 둘레에 앉았다. 이곳은 너무 덥지 않으면 다른 시간대에도 마찬가지지만, 특히 저녁 시간에 앉아서 편히 쉬어가기 그만인 장소였다. 주인어른은 대화를 명쾌하고 온화하게 이끌었고, 부인 역시 똑같은 방식으로 화답했다. 이들의 대화에는 늘 관용과 통찰력이 담겨 있어서 나는 대화에 저절로 끌려 들어가 내 생각을 스스럼없이 내놓았을 뿐 아니라, 아무리 평범한 이야기를 해도 나는 무언가 새롭고 인상적인 것을 들었다는 느낌을 받았다. 이런 대화가 끝나면 어른은 별빛이 비치는 밤이나 저녁노을에 물들어가는 희미한 달빛 속에서 부인을 다시 집으로 안내했고, 뒤이어 늘씬한 두 오누이가 시커먼 덤불 옆을 지나갔다.

그런데 이 모든 모습이 어찌나 자연스러운지 어른과 부인이 마치 부부이면서 이 집의 주인이고, 구스타프와 나탈리에는 두 분의 자식이며, 나는 여기 이 한적한 곳, 그러니까 두 분이 세상의 번잡함을 피해 조용히 여생을 즐기려고 내려온 집을 방문한 손님 같다는 느낌이 들었다.

어느 날 식당방에서 향연이 열렸다. 에우스타흐를 비롯해 집사와 정원사 부부, 농장 관리인 그리고 이 집의 살림을 책임진 가정부 카타리나도 초대받았다. 그 때문에 오늘은 카타리나 대신 다른 사람이 주방을 지휘했다. 여기저기서 주워들은 이야기를 종합해본 결과 마틸데 부인이 오면 이런 향연을 베푸는 것이 관례인 듯했다. 참석자들은 서로 자연스럽게 어울렸고, 훈련을 통해 터득했는지 다들 물 흐르듯이 대화를 풀어나갈 줄 알았다. 마틸데 부인은 이들이 적절한 말을 하도록 해서 서로가 이 자리를 편하게 느끼도록 만드는 재주가 있는 사람이었다. 에우스타흐만 예외적으로 말을 하도록 강요받지 않았다. 예술가에 대한 예우였다. 그래서 그는 말수가 적었고, 말을 할 때도 일반적인 문제에 대해 일반적인 이야기만 했다. 에우스타흐는 자신이 고상한 사람으로 대접받고 있다고 느끼는 듯했다. 나 역시 그에 대해 좀 더 자세히 알게 되면서 그것을 자연스럽게 받아들였다. 반면에 다른 사람들은 자기가 귀한 사람으로 대우받고 있음을 눈치채지 못했다. 희고 깨끗한 옷을 입은 정원사와 그의 아내는 무척 사랑스러운 노부부였다. 다른 사람들도 이 부부에게 일정한 예를 표했다. 식탁에는 평소보다 음식이 한층 풍성하게 차려졌다. 남자들은 고급 포도주를 받았고, 여자들은 구운 과자와 달콤한 포도주를 받았다.

장미는 하루하루 새로운 모습으로 거듭났다. 하루는 벽을 타고 올라가는 장미를 감상하기 위해 집 앞 모래밭에 의자와 소파를 반원 형태로 내놓았다. 중앙에는 기다란 탁자가 있었다. 우리는 의자에 앉았다. 정원사 지몬이 불려 왔고 에우스타흐도 왔다. 이 집의 일꾼들도 원하면 동참할 수 있었다. 그들도 의자에 앉았다. 곧이어 꼼꼼한 장미

품평회가 열렸다. 어느 꽃이 가장 아름다운지, 어느 꽃이 더 마음에 드는지 각자 마음속으로 생각했다. 판정은 제각각이었고, 모두들 판단 근거를 이야기하려고 애썼다. 탁자 위에는 인쇄물과 그림 들이 놓여 있었는데, 사람들은 남들의 판정에 동의하고 싶지 않을 때면 괜스레 이것들을 들여다보는 시늉을 했다. 좀 더 아름다운 색깔 조합을 위해서는 일부 장미나무의 위치를 바꾸어야 하지 않느냐는 문제가 제기되었다. 하지만 그리해서는 안 된다는 것이 참석자들의 일반적인 생각이었다. 어린 나무들에게 고통을 줄 수 있고, 나중에 그 나무가 자라면 말라 죽을 수도 있기 때문이다. 게다가 지나치게 세심한 색깔 조합은 인위적인 개입을 드러내 오히려 역효과를 낼 수 있었다. 역시 눈에 가장 편한 것은 자연스레 풍기는 매력이었다. 결국 나무를 원래 있던 자리에 그대로 두기로 결론이 났다. 이제는 다양한 장미 종의 특성으로 화제가 옮겨갔다. 꽃은 차치해두고 오로지 나무 자체의 우수성만 판단하기로 했다. 사람들은 종종 정원사에게 조언을 구했다. 올해 장미나무의 건강과 양육 상태는 여느 해와 마찬가지로 흠잡을 데 없이 훌륭했다. 이윽고 하인들이 음료수를 내왔고, 간식을 먹는 데 필요한 식기를 탁자로 가져갔다. 마틸데 부인의 말에서 나는 부인이 이곳의 모든 장미와 무척 친숙할 뿐 아니라 지난 1년 사이에 일어난 작은 변화까지 한눈에 꿰뚫고 있음을 알아차렸다. 또한 부인은 특히 아끼는 장미가 있는 게 분명했음에도 모든 장미에 한결같은 애정을 보이려고 노력하는 것 같았다. 어쨌든 나는 이 품평회를 통해 장미꽃이 이 집에 얼마나 소중한 존재인지 새삼 깨달을 수 있었다.

그날 저녁 무렵 손님이 왔다. 인근에 상당한 농토가 있고, 겨울이면 꽤 오래 도시에 나가 있으면서도 직접 농사를 짓는 남자였다. 아내와 두 딸도 동행했는데, 먼 지방을 방문하고 돌아오는 길에 들렀다고 했다. 장미꽃이 벌써 피었는지, 피었으면 얼마나 아름다운 장관을 이루었는지 보고 싶었던 것이다. 원래는 장미만 구경하고 곧장 떠날 생각이었지만, 벌써 시간이 늦은 관계로 주인어른이 오늘 밤은 여기서 묵고 가라며 붙잡자 그들도 흔쾌히 그 청을 받아들였다. 말과 마차는 농장에 대놓았고, 손님들은 방을 배정받았다.

손님 일행이 곧 방에서 나오자 집 앞 모래밭에 다시 사람들이 모였다. 이로써 장미 품평회가 재차 시작되었다. 탁자는 치웠지만 오늘 내온 의자들은 모래밭에 그대로 있었다. 여자 손님이 의자에 앉더니 마틸데 부인에게도 자리를 권했다. 두 딸은 장미 곁으로 다가갔다. 사람들은 꽃에 대해 많은 이야기를 나누었고 꽃의 아름다움에 감탄했다.

저녁 식사 전 잠시 정원과 들판 일부에서 산책을 했고, 그다음 각자 자기 방으로 향했다. 식사 시간이 되자 모두 식당방에 모였다. 손님 가족은 옷을 갈아입고 왔는데, 남자는 검은 연미복을, 아내와 두 딸은 도시의 축제복은 아니지만 어느 정도 격식을 갖춰야 할 자리에 어울리는 옷을 입었다. 반면에 우리는 평상복 차림이었다. 손님들의 복식은 내가 보기에 그 자체로는 흠잡을 데가 없었다. 내 어머니와 누이가 그런 옷을 입은 모습을 자주 보았고, 그에 대한 평가도 자주 들었으니 내 판단이 크게 틀리지는 않을 것이다. 하지만 이들의 옷 때문에 우리의 옷이 묻히는 일은 일어나지 않았다. 아니, 오히려 우리의 옷 때문에 손님들의 옷이 바래는 느낌이었다. 이들의 깨끗한 옷은 너무 눈에 띄고 부자연스러운 데 반해 우리의 옷은 소박하고 실용적이었다. 그래서 이 자리에서는 마틸데 부인과 주인어른을 비롯해 나탈리에와 구스타프가 중요한 인물 같았고, 손님 일행은 어디서나 볼 수 있는 군중 가운데 일부처럼 보였다.

나는 식사 시간과 식사 후 한동안 식당방에 앉아 있을 때 두 딸의 미모를 요모조모 관찰했다. 내 눈에 언니로 보이는 소녀의 이름은 율리에였다. 숱 많은 머리는 나탈리에와 비슷한 갈색이었고, 이마 부근에서 단정하게 정리되어 있었다. 눈도 갈색에 컸으며, 시선은 온화했다. 볼은 곱고 균형이 잡혀 있었고, 입매는 지극히 부드럽고 정감이 갔다. 장미 옆에 서 있을 때와 산책할 때 보니 몸매는 날씬하고 우아했고, 움직임은 자연스럽고 기품이 흘렀다. 사람을 끌어당기는 매력이 있는 소녀였다. 동생 이름은 아폴로니아였다. 머리는 언니보다 환한 갈색이었고, 마찬가지로 풍성했지만 한결 단정했다. 매끈한 이마가 드러나 있었고, 이마 아래에는 푸른 눈이 반짝거렸다. 언니의 갈색 눈만큼 크지는 않았지만 소박하고 선하고 진솔한 느낌을 자아냈다. 눈은 아버지를 닮은 것 같았다. 아버지의 눈은 파란색이었고, 반면에 어머니의 눈은 갈색이었다. 동생의 볼과 입은 언니보다 고왔고, 몸은 약간 작았지만 거의 느끼지 못할 정도였다. 행동거지는 언니보다 덜 우아했지만 천진하고 귀여웠다. 아마 도시의 내 친구들이 봤더라면 매력 넘치는 아가씨들이라고 말했을 것이다. 실제로 그렇기도 했다. 그런데 나는 며칠째 같이 지낸 나탈리에에 대해서는 아는 것이 별로 없었다. 그녀가 내게 거의 말을 걸지 않았기 때문이다. 또한 그녀의 걸음걸이와 움직임에 대해서도 판단을 내릴 수 없었다. 그림을 감상하듯 그녀를 관찰할 용기가 없었기 때문이다. 그리하여 나는 나탈리에의 미모가 얼마만큼 대단한지, 그녀의 내면에 어떤 다른 여인이 들어 있는지 알지 못했다. 다만 이 두 소녀 옆에 앉아 있으니 훨씬 늘씬하고 참되고 맑고 아름답다는 것을 선연히 느낄 수 있었다. 비교를 허락하지 않을 정도로. 만일 여자에게 사람의 넋을 끌어당기는 힘이 있다는 게 사실이라면 여기 앞의 두 자매도 그렇다고 할 수 있었다. 하지만 나탈리에한테서는 알 수 없는 깊은 행복감이 흘러나왔다.

마틸데 부인과 주인어른은 이 가족을 무척 좋아하고 존중하는 것 같았고, 그런 마음은 그들에 대한 태도에서 그대로 묻어났다.

두 딸의 어머니는 마흔쯤으로 보였는데, 아직도 아리따운 여인의 푸릇푸릇함과 건강함을 유지하고 있었다. 다만 그림 속 미인을 떠올리기에는 너무 통통해서 그림의 모델로 삼을 수는 없을 듯했다. 여인은 말과 거동에서 수준 높은 계층과 교제한 사람임을 알 수 있었다. 남자는 도시의 세련됨에다 농부의 소박함과 선량함을 갖춘 박학다식한 사람이었다. 아마 자연에 살면서 자연의 영향을 받은 듯했다. 나는 남자의 이야기에 즐거이 귀를 기울였다. 마틸데 부인은 두 딸의 어머니보다 나이가 확연히 많았다. 한때는 나탈리에 같았겠지만 지금은 차분한 안식의 모습을 보였다. 아니, '용서'의 표상이라고 할까? 그 며칠 나는 왜 그 표현이 몇 번이고 떠올랐는지 모른다. 어쨌든 부인은 손님들이 화제로 꺼내는 대상에 대해서만 이야기할 뿐 자신이 화제를 정하지는 않았다. 이야기하는 것도 퍽 소박했다. 그렇다고 남의 이야기에 끌려다니지도 않았고, 이야기를 독점하지도 않았다. 주인어른 역시 이웃 남자의 의견을 잘 듣고 이해했다가 당신 특유의 명쾌한 방식으로 대답했다. 물론 손님에게 화제 선택권을 부여하는 예의는 잃지 않았다.

이렇게 식탁을 사이에 두고 두 부류의 사람이 나뉘어 앉아 담소를 나누었다.

나는 이 이웃 가족이 하필 장미 개화기에 이 집을 방문한 것에서 이들이 장미를 무척 좋아할 뿐 아니라 장미 키우는 일에 직접 뛰어들고 싶어 한다는 사실도 알아차렸다.

식사 후 우리는 요 며칠과 달리 산책을 나가지 않고 식당방에 계속 앉아 이야기꽃을 피웠다. 그러다 평소처럼 쉴 때가 되자 각자 방으로 흩어졌다.

이튿날 아침에는 정원에서 식사했다. 손님 일행은 한동안 온실에 머문 뒤 조만간 자신들의 장원에도 꼭 들러달라고 여러 차례 청하고 나서 장미집을 떠났다. 주인어른도 꼭 한번 찾아가겠다고 약속했다.

손님들이 떠나자 장미집은 마틸데 모녀가 도착한 이후의 일상으로 되돌아갔다. 우리는 여가를 다 함께 보낼 때가 많았고, 나는 드물지 않게 그들의 모임에 초대받아 갔다. 나탈리에도 동생과 마찬가지로 혼자 양심적으로 공부해야 할 시간이 정해져 있었다. 구스타프 말로는 누이가 지금 스페인어를 공부하는데 스페인 책들도 미리 집에서 가져왔다고 했다. 나는 그사이 석공소 안에 마련해놓은 나만의 공간을 이용했고, 내 물건도 여럿 그리로 옮겨두었다. 구스타프는 벌써 괴테에 푹 빠져 있었다. 수양아버지는 구스타프에게 『헤르만과 도로테아』를 골라주면서 모든 구절을 완벽하게 이해할 때까지 정확하고 꼼꼼하게 읽으라고 주문했고, 그래도 모호한 것이 있으면 와서 물어보라고 했다. 구스타프의 방에는 괴테의 책이 모두 진열되어 있었다. 그럼에도 구스타프가 수양아버지가 지시한 책 외에는 읽지 않을 거라는 믿음이 사람들 사이에 확고한 것을 보면서 나는 가슴이 뭉클했다. 나 역시 그사이 내가 아는 녀석의 성품으로 보아 녀석이 그 약속을 반드시 지킬 거라고 믿었지만, 그게 아니더라도 녀석의 방에 직접 가서 보면 그것을 확신할 수 있을 것 같았다. 부인과 나탈리에는 주인어른이 새 모이장에서 깃털 달린 손님들에게 곡식 낟알을 뿌려줄 때면 자주 자리를 함께했다. 또한 나는 아침에 산책을 갔다가 정원으로 돌아오는 길에, 창문 앞에 널빤지가 부착된 그 구석방에서 아름다운 손이 나와 새들에게 모이를 주는 것을 심심치 않게 발견했다. 나탈리에의 손이 틀림없었다. 간혹 우리는 아직 부화 중이거나 갓 태어난 새끼들이 있는 둥지를 방문했다. 그러나 대부분의 둥지는 이미 텅 비어 있었고, 새끼들은 둥지를 떠나 나뭇가지에 앉아 있었다. 우리는 자주 목공예소에 들러 기술자들과 이야기를 나누고, 작업이 진척된 부분을 관찰하면서 그에 관해 의견을 주고받았다. 그 밖에 이웃집을 방문해 그들이 농장을 얼마나 효율적으로 운영하는지 둘러보기도 했다. 집 안에 있을 때면 주인어른의 서재에 모여 함께 책을 읽거나, 자연학 방에서 인상적인 실험을 하거나, 그림방이나 대리석 홀에 모여 있었다. 주인어른은 특유의 솜씨를 발휘해서 자주 날씨를 예보했다. 예보는 번번이 적중했다. 하지만 예보를 사양할 때도 많았다. 예보가 가능할 만큼 정보가 명쾌하고 확실하지 않기 때문이라고 했다.

때로 우리는 마틸데 모녀의 방에도 갔다. 물론 초대를 받았을 경우에만 그랬다. 벽문이 있는 마지막 작은 방은 부인이 주로 썼다. 예전에 내가 '장미방'이라 이름 붙인 그 방은 지금도 장난스레 그렇게 불렸다. 나는 곱게 늙어가는 한 여인을 위해 이토록 사랑스럽고 우아하게 꾸며진 방을 보며 깊은 인상을 받았다. 방 안에는 분홍색, 연회색, 녹색, 연파랑, 황금색 같은 부드러운 색상과 무척이나 잘 어울리는 평온이 흘렀다. 창문으로는 장대한 산맥의 풍경이 내다보였다. 부인은 틈나는 대로 창가의 특이한 소파에 앉아 아름다운 자태로 밖을 내다보았다. 그 모습은 언젠가 주인어른의 말처럼 시들어가는 장미 한 송이를 닮은 듯했다.

간혹 이 방들에서 나탈리에가 어른의 요청에 따라 책을 낭송했다. 나탈리에의 책상 위에는 종이가 가지런히 놓여 있었고, 그 옆에는 책도 몇 권 보였다. 나는 책 제목조차 훔쳐볼 용기가 없었다. 그러니 책을 집어 들고 들추어보는 일은 꿈도 꾸지 못했다. 다른 사람들도 그런 행동을 하지 않았다. 창가에 천으로 덮어놓은 액자가 하나 있었다. 무언가를 그려놓은 것 같은데, 나탈리에는 그것을 보여주고 싶지 않은 모양이었다. 그런 누이에게 구스타프가 그림을 보여달라고 여러 번 부탁했다. 나에 대한 애정의 표시였는데, 누이의 그림으로 나를 기쁘게 할 요량인 것 같았다. 하지만 누이는 간단히 거절했다. 일전에 나는 밤늦은 시각에 열린 창문으로 치터 소리를 들은 적이 있었다. 나는 이 악기를 무척 잘 알고 있었다. 산악지대를 돌아다닐 때 여러 사람의 연주를 들었을 뿐 아니라 그 소리의 차이를 구분하려고 나름대로 상당히 노력했기 때문이다. 나는 창가로 가서 귀를 기울였다. 집의 동쪽 부분에서 치터 두 개를 번갈아가며 연주하고 있었다. 이 악기에 익숙한 사람이라면 지금 같은 치터로 연주하는지 다른 치터로 연주하는지, 혹은 한 사람이 연주하는지 두 사람이 연주하는지 즉각 알아차릴 수 있었다. 지금 이 방에 와보니 치터 두 대가 보였다. 그러나 이 자리에서는 연주가 이루어지지 않았다. 주인어른도 요구하지 않은 것을 내가 요구하는 것은 천부당만부당한 일이었다. 이 문제에 관련해서는 구스타프도 자제했다.

그사이 장미꽃들은 하루가 다르게 절정으로 치닫고 있었다. 날씨도 상당히 우호적이었다. 주인어른이 예고한 몇 차례의 가랑비는 계속 이어지는 맑은 날씨보다 오히려 장미꽃의 번창을 한층 촉진했다. 무더위로 답답해진 대기를 상큼하게 식혀주었을 뿐 아니라 잎과 꽃, 줄기에 묻은 먼지를 말끔하게 씻어주었기 때문이다. 사실 이 집은 도로에서 멀리 떨어진 들판 한가운데에 위치하고 있어서 상대적으로 먼지가 덜했음에도 오랫동안 맑은 날씨가 이어지면서 지붕과 벽, 울타리, 잎과 줄기에 먼지가 잔뜩 쌓여 주인어른이 지붕 밑의 특수 설비로 장미꽃에 물을 몇 번 뿌려주어야 했다. 하지만 하늘에서 뿌린 비만큼 깔끔하게 먼지를 씻어줄 수는 없었다. 그러던 어느 날, 맑디맑은 푸르른 하늘 아래 수천 송이 장미가 꽃봉오리를 터뜨렸다. 봉오리를 벌리지 않은 것은 하나도 없었다. 새하얀 꽃에서부터 노란빛이 도는 하얀색, 노란색, 분홍색, 선홍색, 자주색, 보라색, 검붉은색까지 각양각색의 화려한 장미가 집 벽을 온통 뒤덮었다. 이 선연한 장관을 보고 있자니 고대의 민족들이 왜 장미를 그렇게 거의 신적으로 숭배했고, 기쁜 일이 있을 때나 축제 때 장미꽃으로 장식을 했는지 그 이유를 알 것 같았다. 이제 사람들은 날마다, 때로는 혼자서, 때로는 무리를 지어 장미 덩굴 울타리로 가서 장미를 감상했다. 그리고 정원 내의 다른 장미꽃이나 장미 화단을 찾기도 했다. 장미가 만발한 그날, 우리는 지금이 가장 아름다운 시기이고, 더 이상 아름다워질 수 없고, 이제부터 내리막길이 시작되리라는 사실을 만장일치로 선언했다. 물론 며칠 전부터 벌써 그런 말을 해온 사람이 더러 있었지만, 지금은 누구도 그것을 부인할 수 없었다. 이제는 모든 사람이 장미가 절정에 다다랐음을 인정했다. 내 기억이 정확하다면 내가 작년에 처음 여기 왔을 때보다 올해가 더 아름다운 듯했다.

장미를 보려는 사람들의 방문이 이어졌다. 이웃들도 장미집 사람들의 지극한 장미 사랑과 합리적인 보살핌은 익히 알고 있었던 것이다. 장미집에 찾아오는 사람들 중에는 장미 재배의 엄청난 결과를 실제로 즐기려고 오는 사람도 있었고, 주인어른에게 경의를 표하려고 오는 사람도 있었으며, 또 주위 사람들을 따라하는 것 외에는 할 줄 아는 게 없는 사람도 있었다. 이런 양태를 구분하는 일은 어렵지 않았고, 그것을 구별해서 대접하는 어른의 태도 역시 섬세하기 짝이 없었다. 나는 어른에게 그런 면이 있음을 짐작조차 못 했고, 어른이 사람들과 섞여 있는 지금에야 그러한 특성을 알아볼 수 있었다.

농부들도 각각 다른 시간에 찾아와 장미 구경을 청했다. 원하면 장미 외에 이 집과 정원의 다른 것도 둘러볼 수 있었다. 농부들이 주로 관심을 보인 곳은 농장이었는데, 특히 이 농장을 처음 보거나 농장의 최근 변화를 모르는 농부들이 주의 깊게 이곳을 둘러보았다.

어느 날 로르베르크 신부가 찾아왔다. 지난해 이 집에서 만난 적이 있는 신부였다. 신부는 가져온 노트에 장미를 몇 송이 그렸다. 꽃의 색깔을 가능한 한 생생히 살리려고 수성 물감을 사용했다. 그런데 꽃을 모사하는 것이 아니라 나중에 자신의 정원에 심으려는 꽃들을 추려 그것들의 인상만 옮기고자 했다. 주인어른과 신부 사이에는 장미로 인한 오랜 인연이 있었다. 어른이 장미를 선사하면 신부는 사제관에 새로 조성한 정원이나 확장한 정원 일부에 그 꽃들을 심었다.

모든 이 가운데 장미를 가장 사랑하는 사람은 마틸데 부인 같았다. 부인의 장미 사랑은 유별났다. 그녀의 방 탁자에는 아름답고 싱싱한 장미꽃이 떠날 줄을 몰랐고, 식당방의 식탁에도 항상 장미꽃 화분이 한가득 놓여 있었다. 이 집에서는 장미를 꺾거나 잘라 꽃병에 넣어두는 일은 허용되지 않았다. 시들어서 제거해야 하는 것만 빼고 말이다. 부인이 가장 많은 관심을 보이는 것은 단연 장미였다. 부인은 정원 덤불이나 화단에 핀 장미를 들여다보고 그 상태를 꼼꼼히 점검했을 뿐 아니라 내가 전에 봤던 것처럼 혼자 집 벽의 장미 덩굴을 찾아가 그 앞에 서서 한참 동안 꽃을 감상하곤 했다. 때로는 등받이 없는 의자 위에 올라가 덩굴을 정돈했는데, 다른 사람들이 미처 발견하지 못한 시든 이파리를 뜯어내거나, 장애물에 가로막혀 밖으로 나오지 못하는 꽃을 구부려 밖으로 빼내거나, 딱정벌레를 잡아내거나, 아니면 너무 울창하게 밀집해 있는 가지들을 들어 숨통을 틔워주었다. 가끔은 손을 내리고 의자 위에 한참을 서서 마치 사색에 잠긴 사람처럼 눈앞의 장미를 관찰하기도 했다.

우리가 만장일치로 장미꽃이 절정이라 칭했던 그날이 실제로 가장 아름다웠다. 그 후부터는 꽃들이 시들기 시작하면서 아름다움이 반감되었고, 사다리를 벽에 대놓고 흉하게 변한 것들을 가위로 잘라내는 일이 잦아졌다.

낯선 여행객 두 명도 장미집을 찾아와서 하룻밤과 이튿날 오전을 묵으며 정원과 들판, 농장을 둘러보았다. 그런데 주인어른은 손님들을 자신의 방들과 목공예소로 안내하지는 않았다. 그렇다면 나의 첫 방문 때 어른이 나를 집 안 곳곳으로 안내한 것은 아무나 누릴 수 있는 일이 아니라 나에 대한 특별한 호의의 표시였다.

장미꽃의 절정이 막바지에 이를 무렵 에우스타흐의 아우 롤란트가 돌아왔다. 이번에 롤란트는 며칠 집에 묵었기에 나는 그를 좀 더 자세히 관찰할 기회가 있었다. 그는 형에 비해 아직 수양이 모자라고 융통성이 떨어졌지만, 에너지는 넘쳐서 일을 할 경우 성공적인 결과를 기대할 만했다. 그런데 그가 필요 이상으로 오래 나탈리에를 바라보는 것이 눈에 띄었다. 그는 가져온 그림들을 작업장에 내려두고 다시 좀 더 먼 곳으로 떠나고자 했다. 정리는 나중에 돌아와서 하려는 듯했다.

마틸데 부인과 나탈리에는 장미집을 떠나기 전에 해야 할 일이 있었다. 앞서 약속했듯 이웃 남자의 장원을 답방하는 일이었다. 장원의 이름은 원래 '잉하임'이었지만, 백성들 사이에서는 그냥 '잉호프'라 불리는 경우가 많았다. 주인어른은 사람을 미리 보내, 가는 날짜와 거기서 받아들일 수 있는 날짜를 조율했다. 그렇게 해서 마침내 날이 잡혔다. 모녀가 타고 온, 지금껏 농장에 매어두었던 갈색 말들을 그날 아침 마차에 매달았다. 부인과 나탈리에는 그 마차에 탔고, 주인어른과 구스타프, 나는 어른의 아름다운 회색 말이 끄는 다른 마차에 올랐다. 내가 따라나선 것은 이 답방에 내가 빠져서는 안 된다는 저쪽 주인의 청 때문이었다. 우리는 빠른 속도로 한 시간을 달려 목적지에 닿았다. 잉하임은 하나의 성이었다. 아니, 실제로는 다른 건물 여럿에 둘러싸인 두 개의 성이었다. 옛 성은 방어 진지가 구축되어 있었다.

커다란 사각형 돌로 지은 둥근 회색 탑들이 아직 있었고, 탑들 사이에는 똑같은 돌로 쌓아 올린 회색 담이 있었다. 그런데 둘 다 위에서부터 조금씩 허물어져가기 시작했다. 탑과 담벼락 뒤에는 사람이 살지 않는 낡은 회색 저택이 있었다. 겉보기로는 온전한 듯했지만, 널빤지를 댄 창문을 보니 사람이 살지 않고 손님도 받지 않는 집임을 알 수 있었다. 지은 지 오래된 이 건축물들 앞에 하얀 새 저택이 버티고 있었는데, 초록색 덧창과 빨간 기와가 퍽 상큼하게 느껴졌다. 멀리서 보면 옛 성 앞에 새 저택이 바로 붙어 있는 것처럼 보였다. 하지만 이곳에 도착해서 보면 커다란 바위 언덕 위에 자리 잡은 옛 성이 멀찌감치 뒤에 있고, 길쭉한 과일나무 숲을 경계로 새 저택과 떨어져 있음을 알 수 있었다. 또한 멀리서 보면 옛 성의 엄청난 크기 때문에 새 저택이 상당히 왜소해 보였지만, 이곳에 당도하면 이 저택이 상당히 크고, 한 가족은 물론이고 상당수의 손님들이 지내기에도 전혀 불편함이 없도록 지어졌음을 알 수 있었다. 나는 이 성의 이름을 자주 들었지만 직접 보지는 못했다. 성이 도로에서 꽤 떨어져 있는 데다 큰 언덕에 가려져 있어서 이곳을 지나 산으로 가는 여행객들에게는 눈에 띄지 않았던 것이다. 성에 가까워지자 몇몇 건물이 우리를 먼저 맞아주었다. 가장 먼저 눈에 띈 것은 농사(農舍)나 농장으로 쓰는 건물이었다. 이런 건물들은 본 주거지에서 상당히 떨어진 곳에 지어 독자적인 구역을 형성하는 것이 우리 지방의 관례였다. 여기서부터는 오래되고 우람한 피나무들로 이루어진 가로수 길이 새 저택까지 이어졌다. 가로수 길은 옛 성의 도개교까지 이어진 길의 일부가 남은 것이어서 지금은 끊겨 있었고, 대신 드문드문 꽃동산으로 장식된 푸른 잔디밭 길이 새 저택까지 나 있었다. 저택은 희끄무레한 회색이었고, 기둥 형태의 줄무늬와 프리즈가 있었다. 열린 덧문으로 보니 창문 안쪽에 두툼한 커튼이 달려 있었다. 모녀가 탄 마차가 현관 앞에 도착했을 때 잉하임 주인 내외와 딸들은 벌써 계단 아래까지 내려와 우리를 맞을 채비를 하고 있었다. 주인집 식구들은 물론 뒤에 선 하인들까지 모두 우아하게 차려입었다. 주인이 마차에서 내리는 마틸데 모녀를 도와주었고, 그사이 우리도 마차에서 내렸다. 우리는 온 가족의 환영 속에 계단을 올라가 응접실로 안내되었다. 마틸데 부인과 나탈리에는 장미집에서보다 옷감이 고급스럽고 격식을 차린 옷을 입었지만, 옷이 지나치게 화려하거나 장식이 과도하지는 않았다. 반면에 장미집 주인어른과 구스타프, 나는 시골집을 방문하는 것처럼 편안한 옷차림이었다. 그 상태로 우리는 근사한 쿠션이 깔린 소파에 앉았다. 멋진 양탄자를 깔아놓은 탁자에는 다양한 음료와 과자가 준비되어 있었다. 다른 테이블에는 아무것도 깔려 있지 않았다. 마호가니로 만든 가구들은 도시의 일류 목공소에서 맞춘 것 같았다. 거울과 샹들리에, 방 안의 다른 물건들도 마찬가지였다. 창가 한구석에는 피아노가 놓여 있었다. 안부와 날씨, 농작물, 정원 식물의 번창에 관해 일반적인 이야기가 오갔다. 남자들은 서로 '이웃 어른'이라는 호칭을 사용했고, 여자들은 서로를 부르지 않았다.

우리는 차려진 다과에 거의 손을 대지 않고 자리에서 일어나 방들을 구경했다. 방들은 일렬로 죽 늘어서 있었고, 창문은 대개 남쪽 풍경을 내다보고 있었다. 모든 방이 신식으로 무척 아름답게 꾸며져 있었다. 특히 여성들의 응접실에는 자단목 가구들이 즐비했고, 딸들의 공부방처럼 여기에도 피아노가 있었다. 집주인은 특히 이 집을 처음 방문하는 나를 데리고 다니며 이곳저곳을 구경시켰고, 나머지 일행은 그런 우리를 따라 틈틈이 이 방 저 방으로 들어갔다.

방 구경이 끝나자 우리는 정원으로 나갔다. 이 집 정원은 도시 근교의 매끈하게 잘 다듬은 많은 정원과 비슷했다. 말끔한 모랫길, 드문드문 꽃이 피어 있는 푸른 잔디밭, 정갈한 관상수 덤불 그리고 동백과 만병초, 철쭉, 히스, 칼세올라리아, 뉴네덜란드산 식물 등이 있는 온실, 적당한 나무 그늘 아래에 설치된 벤치와 탁자가 눈에 띄었다. 실용적인 목적이 우선인 과수원은 주거지가 아닌 농장 뒤에 있었다.

이런 장원을 방문할 때면 늘 그렇듯 정원 구경을 마친 다음 향한 곳은 농장이었다. 우리는 흰 별무늬가 있는 미끈한 소들 사이를 지나 양과 말, 가금류, 우유 만드는 방, 치즈 제조실, 양조장 그리고 다른 비슷한 시설을 구경했다. 헛간 뒤에는 텃밭과 제법 규모가 큰 과수원이 있었다. 과수원에서 우리는 잘 경작된 들판과 초원으로 향했다. 장원에 딸린 숲이 저 멀리 보였다.

긴 산책이 끝나자 우리는 1층의 큰 식당방으로 안내를 받았다. 거기에는 벌써 점심 식사가 차려져 있었다. 간소했지만 정선된 식사였다. 하인들이 의자 뒤에 서서 시중을 들었다. 잉하임 식구들은 장미집을 방문했을 때도 그랬지만 자신들의 집에서 우리를 맞는 자리에서도 교양 있는 언행을 보여주었다. 모두 소박하고 차분하고 겸손한 사람들이었다. 대화의 주제는 다양했다. 어느 한 방향으로 흘러가지 않았고, 참석자들은 서로의 입장을 서로 고려했다. 점심 식사 후에는 2층 방에서 일부 시간을 보냈다. 여기서는 피아노 소리와 노랫소리가 울려퍼졌다. 처음에는 안주인이, 다음에는 두 딸이 피아노를 쳤다. 두 딸은 번갈아가면서 노래를 부르기도 했다. 사람들은 비단 쿠션에 몸을 묻고 주의 깊게 듣고 있던 나탈리에에게도 연주를 부탁했지만, 그녀는 정중히 사양했다.

저녁께 우리는 다시 장미집으로 출발했다.

구스타프와 주인어른에 이어 내가 마차에서 내리는 순간, 늘씬하고 우아한 한 형체가 대리석 계단으로 걸어가는 것이 보였다. 나탈리에였다. 나는 걸음을 멈추고 나탈리에의 뒷모습을 잠시 지켜보았다. 그런 다음 다시 걸음을 옮겨 내 방으로 올라갔고, 저녁 식사 때까지 방에서 나오지 않았다.

저녁 식사는 여느 때와 같았다. 다만 식사 후 산책은 하지 않았다.

나는 침실로 갔다. 날이 따뜻했지만 외출 중이었기에 닫아둔 창문을 다시 열고 창밖으로 몸을 내밀었다. 별이 희미하게 반짝거리기 시작했다. 대기는 부드럽고 차분했으며, 장미 향이 코끝으로 올라왔다. 나는 깊은 사색에 잠겼다. 마치 꿈결 같았다. 밤의 적막과 장미 향기에서 지나간 일이 생각났지만 오늘은 그 느낌이 완연히 달랐다.

잉호프 장원을 다녀온 뒤로 며칠 비가 내렸다. 비가 그치고 대지에 다시 햇빛이 가득하자 부인과 나탈리에가 장미집을 떠나기로 한 시간이 다가왔다. 일부 짐은 벌써 싸놓았다. 그중에는 비단 천에 싸서 가죽 케이스에 넣어둔 치터 두 대도 있었다.

마침내 출발일이 다가왔다.

가져가야 할 주요한 물건들은 벌써 전날 저녁에 마차에 실어두었다. 마틸데 모녀는 정원사의 집과 목공예소, 농장을 돌며 작별 인사를 나누었다.

다음날 아침 모녀는 여행복 차림으로 식당방에 나타났다. 그사이 부인의 몸종 아라벨라는 마지막까지 사용한 물건들을 챙겨서 마차에 실었다.

식사 후 마틸데 부인이 여행 모자를 쓰고 주인어른에게 말했다.

"고마웠어요, 구스타프. 잘 있어요. 조만간 슈테르넨호프에 한번 들르세요."

"잘 가시오, 마틸데."

늙은 남녀는 부인이 처음 도착했을 때처럼 다시 입을 맞추었다.

"잘 가라, 나탈리에." 주인어른이 말했다.

"예, 그동안 너무 잘해주셔서 감사드려요." 나탈리에가 나직이 대답했다.

마틸데가 아들에게 고개를 돌렸다. "항상 순종하고 수양아버지를 귀감으로 삼도록 해라."

소년이 어머니의 손등에 입을 맞추었다.

부인이 이윽고 내게로 몸을 돌렸다. "함께 지내는 동안 따뜻하게 대해줘서 고마워요. 여기 어르신도 젊은이의 방문을 고맙게 생각할 거예요. 내 아이에게는 지금처럼만 대해줘요. 아이가 매달린다고 너무 탓하지는 말고요. 그리고 젊은이가 연구하는 그 훌륭한 학문이 허락한다면 시간을 내어 슈테르넨호프에도 한번 들러요. 젊은이의 방문이라면 언제든 환영이니까."

"부인과 어르신께서 제게 보여주신 호의를 생각하면 감사는 외려 제가 드려야지요. 구스타프가 저를 잘 따르는 것은 원래 마음이 선해서 그런 겁니다. 그리고 내치지만 않으신다면 저 역시 슈테르넨호프로 꼭 한번 찾아뵙고 싶습니다."

나탈리에에게도 어떤 식으로든 작별 인사를 해야 할 것 같았다. 그러나 입이 떨어지지 않아 말은 못 하고 그냥 묵묵히 허리를 굽혔다. 나탈리에도 똑같이 말없이 답례했다.

이어 우리는 집 앞 모래밭으로 나갔다. 갈색 말을 맨 마차가 벌써 울타리 앞에 대기하고 있었다. 에우스타흐와 기술자들, 정원사 부부와 일꾼들, 농장 관리인과 머슴들 그리고 집에서 일하는 하인들이 모두 나와 있었다.

부인이 입을 열었다. "모두들 진심으로 고맙네. 자네들의 호의와 친절은 잊지 않겠네. 앞으로도 어르신을 충직하게 잘 모시길 바라네. 카타리나, 어르신과 구스타프가 불편하지 않도록 잘 보살펴드리게."

카타리나가 무슨 말을 하려고 하자 부인이 먼저 말을 가로막았다. "그래, 아네, 알아. 두 손 두 발이 모자라도록 열심히 일한다는 것. 하나 사람이라는 게 어디 그런가? 정말 이루어지길 원하는 일이라면 어차피 이루어질 테고, 아니 벌써 이루어졌다는 것을 알면서도 또 부탁하고 부탁하는 게 사람이지."

"염려하시는 일 없도록 집안일을 잘 챙기겠습니다." 카타리나가 부인의 손에 입을 맞추고 앞치마 자락으로 눈물을 훔쳤다.

모두들 앞으로 몰려나와 부인에게 작별 인사를 올렸고, 부인 역시 한 사람 한 사람에게 다정한 말을 아끼지 않았다. 사람들은 나탈리에에게도 작별을 고했고, 나탈리에 역시 따뜻한 말로 감사를 전했다.

부인이 에우스타흐에게 고개를 돌렸다. "에우스타흐, 슈테르넨호프도 잊지 말게. 기술자들과 함께 꼭 한번 들르시게. 거기에도 자네 힘이 필요한 일이 있다는 말은 굳이 하지 않겠네. 그냥 우리를 한번 보러 오라는 말이네."

"꼭 들르겠습니다, 부인."

부인이 정원사 부부와 농장 관리인에게도 몇 마디 말을 끝내고 나자 사람들은 몇 발짝 뒤로 물러났다.

"잘 지내, 구스타프." 부인이 엄지와 검지로 아들의 이마에 성호를 그리고 입을 맞추었다. 소년도 어머니의 손을 꼭 붙잡고 연거푸 입을 맞추었다. 크고 검은 두 눈에 눈물이 그렁그렁했다. 당장이라도 어머니의 목을 끌어안고 싶은 마음이 간절했지만, 다른 한편에 자리 잡은 부끄러움 때문에 차마 그런 행동을 하지 못하는 듯했다.

"잘 지내, 나탈리에." 주인어른이 말했다.

나탈리에는 아마 어른의 허락이 있었다면 곧바로 어른이 내민 손에 입을 맞추었을 것이다.

"구스타프, 고마워요. 진심으로." 부인이 주인어른에게 말했다. 무슨 말을 더 하려고 했지만, 눈물이 앞을 가려 말이 나오지 않았다. 부인은 하얀 손수건을 꺼내 걷잡을 수 없이 솟구치는 눈물을 닦았다.

어른도 지그시 눈을 감고 가만히 서 있었다. 그러나 눈물이 흘러내리지는 않았다.

마침내 어른이 입을 열었다. "좋은 여행 되길 빌겠소, 마틸데. 혹여 여기 머물면서 불편한 점이 있었더라도 섭섭하게 여기지는 마오."

부인이 여전히 눈물이 그칠 줄 모르는 눈에서 손수건을 떼어내더니 아들을 가리켰다. "다 이 아이를 맡긴 내 탓인데 섭섭할 게 뭐가 있겠어요. 부모인 게 죄지요."

"그야 누구나 그렇지. 이제 그런 이야기는 그만합시다, 마틸데. 뜻이 좋으면 결과도 옳은 방향으로 가겠지."

두 사람이 잠시 손을 맞잡았다. 아침의 산들바람에 시든 장미 이파리 몇 장이 그들의 발아래에 떨어졌다.

어른이 부인을 마차로 이끌었다. 부인이 마차에 오르자 나탈리에가 뒤를 따랐다.

며칠 연속으로 비가 내린 뒤로 덥지 않은 청명한 날씨가 이어졌다. 마차는 덮개를 열어 뒤로 젖혀두었다. 부인은 여기 도착할 때 썼던 모자의 베일을 얼굴 앞으로 내렸다. 반면에 나탈리에는 베일을 걷은 채 맨얼굴로 맑은 아침 공기를 쐬었다. 아라벨라까지 마차에 오르자 말들이 움직이기 시작했고, 곧 모래 위에 바퀴 고랑이 생겼다. 이윽고 마차가 주도로를 향해 내려갔다.

우리는 다시 집 안으로 들어갔다.

각자 자기 방이나 일터로 되돌아갔다.

나는 한동안 방에 머물다가 정원으로 나가, 제철이 훨씬 지났는데도 아직 피어 있는 꽃들을 구경했다. 그런 다음 채소밭과 난쟁이나무가 있는 데에 들렀다가 커다란 벚나무가 있는 언덕까지 올라갔다. 거기서 내 걸음이 향한 곳은 온실이었다. 식물을 돌보고 있던 정원사가 나를 보고는 다가왔다. "마침 잘 오셨습니다. 혹시 그걸 보셨는지 모르겠습니다."

"뭘 말입니까?"

"일전에 잉호프에 가셨을 때 세레우스 페루비아누스 선인장을 보셨느냐는 말입니다."

"아뇨, 못 봤습니다." 나는 그제야 정원사가 예전에 잉호프에 그런 거대한 선인장 종이 있다고 했던 것을 떠올렸다. "깜박 잊었네요."

"손님은 잊으셨어도 어르신께서는 아마 보셨을 겁니다."

"제 기억이 틀림없다면 그 집 온실에 갔을 때 우리 중 누구도 그 식물에 관심을 보이지 않았습니다. 만약 누군가 그 식물에 특별히 관심을 표명했더라면 나도 당연히 자세히 살펴보았을 거예요."

"그랬다면 참으로 이상한 일입니다. 어쨌든 세레우스 페루비아누스를 구경하는 걸 잊으셨다면 언제 시간을 내어 저랑 그리로 한번 건너가시지요. 두 시간도 안 걸립니다. 길도 편하고요. 그런 선인장은 다른 데서는 구경하기 어렵습니다. 그런데도 그곳 사람들은 세레우스의 꽃을 피우려고 하지 않아요. 우리 온실에서 키우면 금세 제 머리털보다 하얀 꽃을, 아니 그보다 훨씬 하얀 꽃을 피우게 할 텐데 말입니다. 여기 있는 것들은 꽃을 피우기엔 아직 너무 어리지요."

나는 시간을 내어 언제 한번 잉호프로 가기로 약속했다. 그리고 세레우스를 이 정원으로 가져오는 일이 크게 어렵지 않고, 그게 결례가 아니라면 나도 힘을 보태겠다고 했다.

내 말에 정원사는 기쁨을 감추지 못했고, 그게 절대 어려운 일이 아니라면서 이렇게 덧붙였다. 그 사람들은 세레우스를 별로 대단하게 생각하지 않는다. 그렇지 않다면 분명 그때 주인어르신 일행에게 선인장을 안내했을 것이다. 우리 어르신은 남에게 신세 지는 걸 싫어하시는 분이니, 내가 대신해서 말을 잘해주면 분명 세레우스를 이리로 가져올 수 있을 거라고 했다.

정원사의 말을 들으면서 나는 문득 이런 생각을 했다. '사람은 언제나 자기 문제에만 푹 빠져 그것을 다른 이들에게 퍼뜨리려 한다. 이 정원사 노인도 자기 식물에 푹 빠져 다른 모든 사람에게 이 식물에 관심을 가져달라고 하는구나. 지금 내 머릿속에는 전혀 다른 생각이 자리 잡고 있고, 주인어른과 구스타프도 각자 자기 일에 빠져 있을 텐데 말이다.' 그런데 정원사의 말은 내게 나름대로 도움이 되었다. 그전까지 나를 붙들고 있던 우울하고 슬픈 감정이 약간 누그러졌을 뿐 아니라 그 감정이 얼마나 부당한지, 그걸 세상에서 가장 중요하고 유일한 문제라고 여긴 내 생각이 얼마나 터무니없는지 확신하게 되었기 때문이다.

나는 정원에 좀 더 머물면서 정원사에게 이런저런 식물에 대한 설명을 들었다. 그런 다음 다시 내 방으로 올라가 일을 했다.

우리는 점심 시간 때 다시 만났고, 오후에 산책을 했다. 대화는 여느 때와 마찬가지였다.

장미집의 일과는 마틸데 모녀의 방문 전으로 되돌아갔다.

내가 산속에서의 작업을 중단하고 장미집에서 누렸던 여유는 이제 거의 바닥을 드러냈다. 이 집에서 보충하려고 했던 작업은 막바지로 치달았다. 그럼에도 나는 그것을 미루기로 결심했다. 슈테르넨호프를 방문하기로 약속해놓았기 때문이다. 추측건대 그곳은 마틸데 부인의 주거지였고, 나는 그곳을 방문하는 데 빠지고 싶지 않았다. 그 밖에 교회를 방문할 계획도 잡혀 있었다. 무척 아름다운 중세 제단이 있는 고지대의 한 교회였다. 나는 이번에 낭비한 시간을 가을에 좀 더 오래 산에 머물면서 벌충하기로 마음먹었다.

주인어른은 농장에서 공사를 재개했고, 인부도 여러 명 더 고용했다. 그러고는 날마다 현장으로 나가 작업을 감독했다. 우리도 자주 동행했다. 알리츠 숲의 고지대 초원에서는 마지막 건초 수확이 진행 중이었다. 고지대에서는 건초 수확 시기가 평지보다 늦었다. 가축에게 줄 건초의 쌉싸래한 향이 코끝에 싱그럽게 와 닿았다. 숲의 초원에서 자라는 풀이 골짜기의 비옥한 초원에서 나는 것보다 한결 좋았다. 산악 초원에서는 다양한 암반 지대에서 뿜어져 나오는, 식물 성장에 좋은 물질 덕분에 무척 많은 종류의 채소가 자랐다. 반면에 낮은 지형의 흙에서는 비록 수분은 많다고 하나 극히 한정된 종류의 채소만 자랐다. 주인어른은 건초 생산에 아주 관심이 많았다. 인간의 반려인 가축 번성의 첫째 조건이 사료였기 때문이다. 건초의 맛과 향기, 혹은 주인어른의 표현대로 사료의 매력을 해칠 수 있는 것들은 엄격히 통제했다. 혹시 사람의 실수나 시기상의 악영향으로 그런 일이 발생하면 못쓰게 된 부분은 모두 버리거나 다른 용도로 썼다. 그 때문에 아스퍼호프의 가축들만큼 아름답고 매끈하고 윤이 나고 쾌활한 가축들은 어디서도 발견하기 어려웠다. 게다가 나쁜 사료는 절대 사용하지 못한다는 원칙을 정해놓고, 사료를 가공하고 들여오는 과정을 사람이 꼼꼼히 감독하는 것도 가축의 번성에 한몫했다. 그 밖에 주인어른이 기상에 관한 풍부한 지식으로 그런 지식이 전혀 없는 농장주들에 비해 비나 다른 자연재해를 최소화한 것도 큰 도움이 되었다. 질이 떨어지는 사료를 사용하지 않음으로써 발생하는 손실은 가축의 한층 성공적인 번성으로 상쇄되고도 남았다. 아스퍼호프에서는 다른 농장에서보다 적은 수의 동물로 항상 더 많은 작업을 해낼 수 있었다. 더구나 이 농장에서는 일꾼들의 표정이 모두 밝고 쾌활했다. 합리적인 운영 원칙과 엄격하면서도 정이 넘치는 운영 방식에 기인한 명랑함이었다. 나는 여기 머무는 동안 이웃 사람들한테서 과거의 아스퍼호프가 이렇게 변할 줄 상상조차 못 했다는 이야기를 자주 들었다.

다시 몇 차례 비가 뿌리고 나자 대기가 깨끗해졌다. 며칠 맑은 날씨가 이어지리라는 예상과 함께 귀한 제단이 있다는 그 교회로 출발할 날짜도 잡혔다.

땅을 북쪽과 남쪽으로 가르는 우리의 아름다운 강 북쪽에 강변을 따라 고지대가 수십 마일 이상 솟아 있었다. 고지대의 남쪽에는 8마일에서 10마일 정도 비교적 평탄하고 넓고 비옥한 땅이 펼쳐져 있었는데, 그 끝부분이 알프스의 줄기와 맞닿아 있었다. 이제껏 나는 주로 알프스 산맥만 돌아다녔다. 북쪽의 고지대는 딱 한 번 그 귀퉁이만 돌아보았을 뿐이다. 그런 내게 이제 고지대의 심장부로 들어갈 기회가 생겼다. 우리의 목적지인 교회가 고지대의 남쪽 경계보다 북쪽 경계와 훨씬 가까웠기 때문이다. 이 길에는 에우스타흐도 동행했다. 우리는 강가에서 계단식으로 높아지는 지형을 마차를 타고 올라갔고, 이어 높은 구릉지대를 내달렸다. 어떤 때는 산의 꼭대기까지 천천히 올라갔다가 능선을 타기도 했고, 어떤 때는 다시 골짜기로 내려가기도 했다. 또한 산허리를 굽이굽이 돌아 산의 꼭대기까지 올라갈 때도 많았고, 좁은 협곡을 지나 다시 산을 오르기도 했으며, 방향도 수시로 바꾸었다. 도중에 우리는 언덕과 농장 들을 보았고, 어느 봉우리에서는 아주 평평하면서도 숭고한 산줄기를 거느린 남쪽 땅을 굽어보았다. 뒤이어 우리가 들어선 곳은 계곡 분지였다. 이곳에는 우리 마차

외에 가지가 굵은 시커먼 가문비나무 한 그루와 물방앗간 하나밖에 없었다. 우리는 흡사 평지에서처럼 어떤 물체에 쉽게 접근할 수 있을 것 같다가도 갑자기 깊은 협곡이 입을 쩍 벌리고 나타나는 일을 자주 겪었고, 그럴 때면 협곡을 뱀처럼 구불구불 돌아가야 했다.

나는 옛날에 이 고지대를 처음 지나가면서 다른 고요하고 평온한 풍경을 지날 때보다 훨씬 고요하고 평온한 느낌이 든다고 말한 적이 있었다. 그 후로는 더 이상 그에 관해 깊이 생각하지 않았는데, 이제 똑같은 감정이 다시 마음속에서 일어났다. 이 땅에는 몇 되지 않는 제법 큰 마을들이 서로 상당히 멀리 떨어져 있었고, 농부들의 농장도 언덕이나 깊은 협곡, 아니면 전혀 예상하지 못한 비탈에 드문드문 있었다. 사방이 초원과 들판, 아담한 숲 그리고 암석이었다. 협곡에서는 개천이 조용히 흘러갔다. 개천이 졸졸 흐르는 곳에서도 그 소리는 들리지 않았다. 길이 협곡의 높지막한 곳으로 지나가는 경우가 많았기 때문이다. 이 땅에는 큰 강이 없었다. 대신 넓게 펼쳐진 남쪽 평야와 높은 산맥이 광활하고 고요한 이 땅의 표정이었다. 알프스에서는 인가를 낀 도로는 대개 계곡 물줄기와 강 혹은 개천을 따라 이어졌고, 도로가 둘로 나뉘는 일은 거의 없었으며, 교통은 주로 이 도로에 집중되었고, 이 도로 위에 사람들이 북적거리고 바람이 불고, 이 도로를 따라 물이 졸졸 흘러갔다.

이 땅에는 고대의 소중한 흔적이 여러 곳에 보존되어 있었다. 한때는 여기에 부유한 가문들이 살았고, 이 땅으로는 총칼을 든 군인도, 민간의 돌격대도 지나가지 않았다.

우리는 '케르베르크'라는 작은 마을에 닿았다. 한갓진 산간에 위치한 별로 볼품없는 마을이었다. 이렇다 할 도로도 지나가지 않았다. 그저 주민들이 생산품을 교환하는 데 이용하는, 이곳에서 나는 좋은 모래와 돌을 깔아 만든 시골길만 달랑 하나 있었다. 하지만 입지는 훌륭했다. 간간이 시커먼 숲으로 치장한 지형은 장대했고 기품이 흘렀다. 이 마을에는 우리가 찾는 교회도 있었다. 마을 뒤편, 그러니까 대략 북쪽 방향의 산 위에 큰 규모의 성이 한 채 서 있었고, 그 성을 커다란 정원과 숲이 둘러싸고 있었다. 성에는 부유하고 권세 있는 가문이 살았다고 하는데, 그 가문의 일원이 케르베르크 마을에 교회를 짓고 내부를 장식했다. 건축 양식은 고대 독일 양식을 따랐다. 천장과 창문은 첨두아치 형태였고, 날씬한 돌기둥들이 본당을 세 부분으로 나누었으며, 둥글게 휜 부분에 장미 무늬가 새겨진 높직한 창문에서는 빛이 쏟아져 들어왔다. 피나무를 깎아 만든 중앙 제단은 단상에 성광(聖光)처럼 서 있었고, 창문 다섯 개에 에워싸여 있었다. 그리고 많은 세월이 흘렀다. 건립자는 세상을 떠났고, 사람들은 그의 얼굴을 교회 안의 붉은 대리석에 새겨두었다. 이후 다른 사람들이 왔고, 교회에 다른 것들이 추가되었다. 조각한 벽과 돌기둥에 그림을 그려넣고 색을 입혔고, 지금은 형체를 알아볼 수 없는 측면 제단 두 개를 새것으로 대체했다. 전해오는 이야기에 따르면 아름다운 그림이 그려진 유리창이 성광을 둘러싸고 있었는데, 그림이 없어지면서 조야한 네모 판자만 유리창 다섯 개에 끼워져 있었다. 이것들은 아직도 이 교회를 흉물스럽게 만들고 있었다. 성의 새 주인은 옛 주인만큼 부자도 아니고 권세도 없었으며, 시대가 변하면서 사람들의 생각도 바뀌었다. 이리하여 중앙 제단은 새와 파리, 해충 들로 더러워지고 창으로 막힘없이 쏟아져 들어온 햇빛에 말라비틀어졌으며, 일부가 내려앉거나 멋대로 불거지고 뒤틀렸다. 제단에 조각된 인물의 팔과 얼굴, 옷도 벌레들이 파먹은 흔적이 역력했다.

그 때문에 지방 당국이 제단을 복원했고, 우리는 바로 이 제단을 찾아온 것이었다.

에우스타호가 우리를 교회 안으로 안내했다. 햇빛 가득한 오전이었고, 교회 안에는 아무도 없었다. 우리는 제단 앞으로 다가갔다. 에우스타호가 제단의 역사와 고대 예술의 일반 원칙을 설명했다. 그러고는 화려한 닫집 아래 화려하게 장식된 받침대 위에 실물보다 큰 사람 형제 셋이 서 있는 중앙부에 대해 이야기했다. 성 베드로와 성 볼프강—두 사람은 주교복을 입었다—그리고 아기 예수를 어깨에 올려놓은 성 크리스토포루스였다. 성담에 따르면 아기 예수는 거인처럼 힘센 이 남자에게 마치 우주 전체를 짊어진 것처럼 무겁게 느껴져 남자의 얼굴에 기진맥진한 표정이 그대로 담겨 있다고 한다. 그 밖에 이 공간에는 우리 선조들의 관습에 따라 다른 자잘한 인물들도 많이 산재해 있었다. 중앙부의 테두리 좌우에는 날개가 두 개 달려 있었는데, 거기에는 숭고한 느낌을 자아내는 그림들이 그려져 있었다. 천사의 복음, 예수그리스도의 탄생, 동방박사의 경배 그리고 마리아의 죽음 장면이었다. 중앙부 위에는 그물 방식으로 세공한 합각머리가 있었다. 에우스타호의 말에 따르면 사람들은 이 세공을 흔히 고딕 양식으로 잘못 알고 있는데, 실은 중세 독일 양식이라고 했다. 이 합각머리에는 여러 형상이 들어 있었다. 날개 양쪽 뒷면에는 성 플로리아누스와 성 게오르기우스가 중세의 기사 복장을 하고 우뚝 서 있었다. 성

플로리아누스의 발밑에는 불타는 집이, 성 게오르기우스의 발밑에는 용이 그려져 있었다. 에우스타흐는 이 고대 인물들에 비해 집과 용이 아주 작게 그려진 것은 단지 상징적으로만 집과 용을 나타내려 했기 때문이라고 설명했다. 예술에 조예가 깊었던 우리 선조들이 대상의 크기를 이렇게 터무니없이 불균형하게 묘사하는 실수를 범했을 리 없다는 것이다. 그런데 주인어른은 에우스타흐의 견해를 배척하지 않으면서도, 집과 용에 비해 두 인물의 크기를 과도하게 묘사한 것이 그들의 초자연성을 표현하려고 한 것일 수도 있다고 해석했다.

주인어른의 말이 이어졌다. 옛날은 분명 지금보다 예술에 대한 조예가 훨씬 깊은 시대였을 뿐 아니라 하층민들에게까지 일반적으로 예술이 파고든 그런 시대였다. 그렇지 않다면 케르베르크처럼 한갓진 마을에 예술 작품이 어떻게 들어왔을 것이며, 외딴 언덕이나 숲속에 수도승처럼 숨어 있는 작은 교회와 예배당에 어떻게 그런 훌륭한 예술 작품이 존재할 수 있고, 또 오래된 작은 교회와 시골 예배당, 이정표 역할을 하는 기둥, 기념비들에서 어떻게 그런 예술적 향취를 느낄 수 있겠는가? 반면에 오늘날에는 예술적 타락이 상류 계급까지 깊숙이 스며들었다. 교회와 무덤, 신전 안에는 경건한 분위기를 조성하기는커녕 그것을 해치는 혐오스러운 형상이 즐비할 뿐 아니라, 군주의 성 안에까지 빈곤한 정신을 그대로 드러내는 무기력한 시대의 공허한 작품들이 예술이라는 이름으로 판을 치고 있다. 제단을 바라보는 주인어른과 에우스타흐의 얼굴에 내가 다 이해할 수는 없는 깊은 우수가 드리웠다.

우리는 제단 다음으로 교회를 둘러보았고, 돌에 새겨진 교회 창건

자의 초상을 살펴보았으며, 다른 묘비와 비문도 관찰했다. 이 과정에서 사제석의 다섯 창문은 교회 본당의 다른 창문과는 달리 첨두아치 부분에 장미 무늬 조각이 없음을 알게 되었다. 이것은 언젠가 이 창문들에서 유리를 들어낸 다음 첨두아치 부분에 그림을 그려넣거나 네모 판자를 편하게 끼우려고 석조 테두리를 제거했다는 새로운 증거가 되었다.

나는 머릿속으로 많은 생각을 하면서 두 사람을 따라 교회 밖으로 나갔다.

돌아올 때는 다른 길을 택했다. 이 지역의 더 많은 부분을 보여주려는 주인어른의 배려였다. 우리는 몇몇 교회와 그보다 작은 건축물들을 방문했다. 에우스타흐는 집에 도착하면 우리가 본 건축물들의 그림을 보여주겠다고 약속했다. 돌아오는 길에 어른과 에우스타흐는 우리가 다녀온 교회의 대략적인 건축 시점에 대해 이야기를 나누었다. 건축 양식과 여러 장식으로 미루어 그 시점을 추론할 수는 있었지만, 더 자세한 것을 문서로 확인할 수 없어 안타깝다고 했다. 옛 성의 문서실은 출입이 허락되지 않았기 때문이다.

우리는 이튿날 정오 무렵 다시 계단식 지형을 내려가 밤늦게 장미 집에 도착했다.

며칠 후 나는 정원사에게 잉하임으로 함께 가기로 약속한 것을 상기시켰다. 그는 나의 세심함에 칭찬을 아끼지 않았다. 어느 온화한 날 오후 우리 두 사람은 잉하임의 성으로 건너갔다. 방문 목적을 설명하자 그들은 우리를 따뜻이 맞아주었다. 우리는 곧바로 온실로 향했다. 정원사 지몬이 안내해준 곳에는 정말 아름답고 어마어마하게 큰 식물이 있었다. 나는 이 식물이 앞으로 얼마나 더 자랄지, 다 자라면 얼마나 클지 전혀 감을 잡을 수 없었다. 다만 이보다 더 큰 것은 이제껏 본 적이 없다는 생각이 들었다. 잉하임에서 이 식물이 찬밥 신세라는 것은 한눈에 알 수 있었다. 이 식물이 뿌리를 박은 자리는 온실 안에서도 가장 외진 구석이었고, 그곳에는 꽃자루와 끈, 시든 잎 같은 것들이 고스란히 떨어져 있었다. 게다가 다른 식물들을 올려둔 선반에 가로막혀 잘 보이지도 않았다. 다만 이 식물의 초록색 팔이 온실 천장 위로 뻗은 것만 보였다. 나는 첫 방문 때 그리로 눈을 돌리지 않아 그것을 보지 못했다. 정원사 지몬이 세레우스 페루비아누스 선인장을 가리키며 그 특징을 설명했다. 여기에는 이것 말고 다른 선인장은 없었다. 우리는 성에서 베풀어준 여러 호의를 뒤로하고 저녁께 귀로에 올랐다. 나는 늙은 정원사를 이렇게 위로했다. 이 식물을 장미집으로 가져가는 일은 어렵지 않을 것 같다. 잉하임에는 선인장이 세레우스 하나뿐이지만 장미집으로 가져오면 다른 선인장들 틈에서 한층 돋보일 것이다. 그리고 주인어른이 원하는 일이라면 그쪽 사람들도 거절하지 못할 테고, 나도 일이 성사되도록 힘을 쓰겠다고 했다.

얼마 뒤 우리는 슈테르넨호프 방문길에 나섰다. 이번에는 에우스타흐 외에 구스타프도 함께 갔다. 우리는 고지대에 갈 때보다 더 큰 마차에 회색 말들을 묶고 언덕 아래로 내달렸다. 해가 뜨려면 아직 이른 꼭두새벽이었다. 우리는 로르베르크로 향하는 주도로에 접어들었고, 이윽고 알리츠 숲 연변의 비탈길에 이르렀다. 말들이 천천히 오르막길을 오를 때 주인어른이 말했다. "작년에 어쩌면 자네가 이 부근에서 마틸데와 나탈리에를 보았을지 모르네. 모녀는 장미가 한창일 때 우리 집에 도착했는데, 내가 자네 이야기를 하면서 자네가 우리 집에 묵었다가 그날 아침에 떠났다고 했지. 그랬더니 두 사람도 알리츠 숲 비탈길에서 한 도보 여행객을 봤다고 했는데, 들어보니 자네 인상착의랑 비슷하더군."

불현듯 그날 아침 내가 이 장소에서 만난 두 여인이 마틸데 부인과 나탈리에였음을 확연히 깨달았다. 두 사람이 썼던 여행 모자가 새삼 눈앞에 아른거렸다. 나탈리에의 얼굴도 떠올랐고, 마차와 갈색 말도 선명하게 기억났다. 역시 그 때문에 나탈리에를 어디선가 꼭 본 듯한 느낌이 들었던 것이다. 심지어 당시에 인간의 얼굴이 회화의 가장 고결한 대상이 아닐까 하는 생각도 했다. 그러나 나는 다른 것보다 사람의 인상을 기억하는 데 특히 서툴렀기에 나탈리에의 얼굴이 곧 머릿속에서 지워졌던 것이다. 나는 주인어른 덕분에 기억이 새록새록 돋아났고, 이제야 모든 것을 분명히 알겠으며, 이 비탈길에서 마틸데 부인과 나탈리에를 만나 두 사람이 마차를 타고 천천히 내려가는 모습을 지켜본 적이 있다고 말했다.

"역시 내 짐작이 틀리지 않았군."

그때 퍼뜩 다른 생각이 떠올라 나는 얼굴이 빨개졌다. 어른이 마틸데 모녀에게 나에 관한 이야기를 했고, 심지어 내 용모까지 설명했다고 하지 않은가! 어른이 그만큼 내게 관심이 있었다는 뜻이었다. 나는 새삼 주인어른을 알게 된 것이 무척 기뻤다.

언덕의 꼭대기에 이르렀을 때 주인어른은 길가의 덤불 사이 시야가 툭 트인 곳에 마차를 세우더니 자리에서 일어났고, 내게도 일어서라고 청했다. 이렇게 서 있으면 아스퍼호프에 속하는 알리츠 숲의 일부를 조망할 수 있다는 것이다. 어른은 너도밤나무와 소나무의 혼합, 빛과 그늘 그리고 다른 특징들로 야기된 숲의 다양한 색깔을 보며 당신 소유지의 경계를 집게손가락으로 죽 그어 표시했다. 나는 충분히 알아들었고, 나 역시 예전에 지나갔던 지점을 대략 손가락으로 가리켰다. 이어 우리는 자리에 앉아 다시 출발했다.

어른이 당신 입으로 당신 소유지를 가리켜 '아스퍼호프'라고 말하는 것을 듣기는 이번이 처음이었다.

얼마 뒤 우리는 동쪽으로 향하는 주도로에서 벗어나 남쪽 방향의 일반적인 연결 도로에 접어들었다. 그러니까 점점 고산지대로 접근하는 중이었다. 정오 무렵 우리는 말을 쉬게 하려고 외딴 음식점에 꽤 장시간 머물렀다. 말을 돌보는 일에 대한 어른의 관심은 각별했다. 해가 붉게 물드는 해거름에 어른이 슈테르넨호프의 윤곽을 손으로 가리켰다. 나도 벌써 두 번이나 지나친 적이 있는 지역이었다. 언덕 위의 건물과 그 언덕 자락에 있는 아름다운 단풍나무들도 머릿속에 아직 또렷이 남아 있었다. 하지만 예전에는 그것들에 그 이상의 관심을 보일 이유가 없었다.

우리는 별빛을 받으며 내가 익히 아는 단풍나무들을 향해 달려갔다. 눈앞에 언덕이 솟구쳤고, 우리는 정문을 지나 뜰에 마차를 세웠다. 안뜰에는 커다란 나무 네 그루가 서 있었는데, 어두운 밤하늘로 뻗은 독특한 모양새를 보고 그것이 단풍나무임을 알아차렸다. 나무들 가운데에는 콸콸 물을 내뿜는 분수가 있었다. 길을 굴러가는 마차 바퀴 소리에 하인들이 등불을 들고 달려 나오더니 우리가 마차에서 내리는 것을 도와주었다. 곧이어 마틸데 부인과 나탈리에도 서둘러 나와 우리를 반갑게 맞았다. 우리는 계단을 지나 응접실로 안내받았고, 거기서 다시 일반적인 인사말을 주고받은 뒤 각자의 거처로 향했다.

내 방은 크고 아늑했다. 탁자 위에는 벌써 초를 두 개 밝혀놓았다. 나는 하인이 문을 닫고 나가자 모자를 벗어 탁자 위에 내려두고는 일단 방 안을 이리저리 서성거리기 시작했다. 마차를 타고 오느라 굳어버린 사지를 풀어주기 위해서였다. 어느 정도 몸이 풀리자 창가로 가서 밖을 내다보았다. 보이는 것은 많지 않았다. 벌써 밤이 제법 깊었던 데다 방 안의 불빛으로 바깥이 한층 어두워 보였기 때문이다. 나는 창문 밖으로 불빛이 비치는 데까지 내다보았다. 그러다가 서서히 언덕 자락에 서 있는 단풍나무의 윤곽이 드러났고, 짙고 옅은 얼룩들이 번갈아가며 보였다. 들판과 숲인 것 같았다. 더 멀리는 대지 위에 반짝거리는 하늘 외에 아무것도 보이지 않았다. 무수한 별들이 아름답게 수놓인 하늘에는 가늘디가는 초승달이 떠 있었다.

얼마 뒤 구스타프가 저녁 식사를 하러 가자며 왔다. 녀석은 내가 슈테르넨호프에 와서 무척 기뻐했다. 나는 여행 가방에서 옷가지를 꺼내 정리하고는 구스타프를 따라 식당방으로 갔다. 식당방은 장미집과 거의 유사했다. 마틸데 부인은 여기서도 상석을 차지하고 앉았는데, 부인 오른쪽에는 주인어른과 나탈리에가, 왼쪽에는 나와 에우스타흐, 구스타프가 자리를 잡았다. 이 집에서도 가정부와 하녀가 식사 시중을 들었다. 식사 과정도 장미집에서 다 함께 저녁 식사를 할 때와 똑같았다.

여행의 고단함을 풀기 위해 모두들 곧장 각자의 방으로 헤어졌다.

나는 마음의 동요로 금세 잠이 들지 못하다가 서서히 깊은 잠에 빠져들었다. 아침에 깨어보니 해가 벌써 떠 있었다.

이제는 밖이 환하게 보일 것 같았다.

나는 최대한 서둘러, 하지만 세심하게 옷을 챙겨 입고는 창문을 열고 밖을 내다보았다. 아름답기 그지없는 평평한 푸른 잔디가 건물이 위치한 언덕 아래로 넓게 펼쳐져 있었다. 잔디밭은 꽃 덤불 하나 없이 말끔했고, 오로지 하얀 모랫길만 나 있었다. 그 길을 나탈리에와 구스타프가 걷고 있었다. 나는 아름다운 두 얼굴을 보았지만, 오누이는 나를 보지 못했다. 무슨 내밀한 대화를 나누는지, 둘 다 시선을 들지 않았기 때문이다. 두 사람이 점점 다가왔다. 걸음걸이와 자세, 커다란 짙은 눈, 얼굴선이 영락없는 남매였다. 나는 둘의 모습이 시야에서 사라질 때까지 지켜보았다. 얼마 뒤 오누이는 안뜰에 난 길로 방향을 바꾸었다.

이제 풍경이 텅 비었다.

풍경이 눈에 들어오지도 않았다.

그러다가 시나브로 아늑한 들판과 숲, 초원의 윤곽이 다시 시야에 잡히기 시작했다. 나는 주변에 산재된 농장들을 둘러보았다. 멀리 작고 하얀 교회가 햇빛을 받아 반짝거렸고, 도로가 푸른 벌판을 환한 줄무늬처럼 가로지르고 있었다. 풍경의 끝은 산이었다. 그런데 대기가 어찌나 맑던지 산 아래쪽으로 굽이치는 골짜기뿐 아니라 위쪽의 산봉우리와 능선 형태 그리고 정상의 설원까지 선명히 보였다.

언덕 아래의 단풍나무들은 무척 크고 아름다웠다. 예전에 이곳을 지날 때 유독 이 나무들에 시선이 끌렸던 것도 그 때문일 것이다. 단풍나무 옆에는 오리나무들이 개천을 따라 늘어서 있었다.

집은 상당히 커 보였다. 창밖으로 몸을 내밀고 좌우를 살펴보니 벽이 무척 넓었다. 벽은 돌출한 석조 창턱만 빼고는 울퉁불퉁한 곳 없이 평평했으며, 얼마 전에 새로 칠했는지 옅은 회색 빛깔이 깨끗하고 선명했다.

집 뒤에는 정원이나 숲이 있는 게 분명했다. 새소리가 들려왔기 때문이다. 간혹 안뜰의 분수에서 물이 흐르는 소리가 들리는 듯했다.

청명한 날이었다.

나는 곧 일어날 일을 기다렸다.

이윽고 하인이 아침 식사를 하라며 나를 부르러 왔다. 장미집에서와 같은 시각이었다. 식당방에 들어서자 부인이 슈테르넨호프에 함께 와줘서 고맙고, 이 집에서 지내는 동안 불편한 점이 없도록 최대한 애쓰겠다고 했다. 그러기 위해 장미집으로 내 마음을 사로잡았던 자신의 친구, 장미집 주인어른이 자신을 도와줄 것이라고 했다.

내 대답이 이어졌다. 슈테르넨호프 여행을 설레는 마음으로 기다렸고, 여기 당도하니 역시 무척 기쁘다. 마음을 써주시니 참으로 고맙지만 특별히 신경 쓰실 필요는 없고, 부족한 것만 그때그때 채워주시면 충분하다고 대답했다.

곧이어 에우스타흐가 들어왔다. 부인은 그에게도 다시 환영 인사를 했다.

식당방에 벌써 들어와 있던 구스타프가 내 옆에 앉았다.

모녀는 검소하고 아름다웠지만, 장미집에서만큼 소박한 옷차림은 아니었다. 나는 주인어른이 평소와 완전히 다른 옷을 입은 모습은 처음 보았다. 장미집에서도 그랬고, 잉하임을 방문할 때도 없던 일이었다. 어른은 보통보다 품이 좀 넉넉한 검은 연미복을 입었을 뿐 아니라 손에 비버 모피 모자까지 들고 있었다.

식사 후 부인이 내게 집을 보여주겠다고 했다. 다른 사람들도 따라 나섰다. 우리는 식당방을 나와 응접실로 향했다. 응접실 끝에는 날개문 두 개가 열려 있었는데, 방들은 집의 세로 방향으로 늘어서 있었다. 들어가는 방마다 모든 것이 지극히 청결하고 아름답고 조화롭게 정리되어 있었다. 문들이 열려 있어서 방을 모두 구경할 수 있었다. 가구들은 적절하게 잘 어울렸고, 벽은 많은 그림들로 장식되어 있었다. 어떤 방에는 유리가 달린 책장과 악기 들이 눈에 띄었고, 적절한 곳에 배치된 선반 위에는 꽃들이 놓여 있었다. 창문으로는 주변 풍경과 먼 산들이 한눈에 들어왔다.

이렇게 방들을 차례로 거니는 것은 지붕과 벽으로 가로막힌 환경에서 이루어지는 아름다운 산책이었다. 편안한 물건들로 둘러싸인 채 방들을 걷다보면 추위나 비바람 같은 고약한 날씨의 영향을 받지 않았고, 그러면서도 들판과 숲, 산을 바라볼 수 있었다. 게다가 여름에 창문을 열어놓으면 반쯤은 야외에 있는 듯, 반쯤은 예술 작품 속을 거니는 듯 즐거움을 만끽할 수 있을 것 같았다. 나는 개별적인 물건들에 관심이 많았기 때문에 가구들이 특히 눈에 확 들어왔다. 가구는 새것이었고, 아름다운 사유의 산물인 듯했다. 그리고 방에 어찌나 잘 어울리던지 외부에서 들여온 것이 아니라 처음부터 이 자리에 있던 물건 같이 느껴졌다. 목재의 종류도 다양했다. 더구나 보통 가구로 잘 사용하지 않는 목재들이었다. 그럼에도 마치 자연에서 다양한 피조물이 잘 어울리는 것처럼 참으로 조화로워 보였다.

내가 이 점을 지적하자 주인어른이 대답했다. "기억할지 모르겠지만, 언젠가 자네는 우리의 목공예소에서 새로 만든 물건들이 내 집에 있는지 물어보았네. 그때 난 이렇게 대답했지. 중요하다고 할 만한 것들은 우리 집에 없고 다른 곳에 모아두었다고. 자네가 그런 물건들에 관심이 있으면 내가 그리로 안내할 마음도 있다고 했지. 이 방들이 바로 그 다른 곳이네. 지금 자네는 우리의 목공예소에서 만든 새 물건들을 보고 있네."

"형태와 배치가 여기에 어찌나 잘 어울리는지 놀라울 따름입니다."

"예전에 우린 이 집의 방들을 새로운 가구로 장식할 계획을 세우면서 일단 방의 평면도와 측면도부터 그렸고, 각 방들의 벽을 어떤 색깔로 칠할지 결정한 뒤 즉시 그 색깔을 그림 속에 반영했네. 그런 다음 가구마다 어떤 목재를 쓸지, 크기와 형태, 색깔은 어떻게 할지 차례로 정해나갔고, 가구들의 채색화를 제작해서 방의 그림들과 비교했네. 가구의 형태는 우리가 고대에서 배운 양식에 따라 설계했지. 그렇지만 예전에도 말했듯이, 우리는 고대를 똑같이 모방하지 않고 과거의 흔적이 배어 있으면서도 현재의 시점에 맞는 독자적인 물건을 만들려고 했네. 그런 생각을 갖게 된 데에는 이유가 있네. 새 가구들은 옛것만큼 아름답지 못하고, 옛 가구들은 새 공간에 맞지 않았기 때문일세. 수많은 실험과 설계 끝에 마침내 가구들이 완성되었을 때 우리는 그 아름다움에 깜짝 놀라고 말았네. 이런 하찮은 물건에조차 '예술'이라는 이름을 붙일 수 있다면, 예술은 자연과 마찬가지로 비약이 불가능해 보이네. 일부든 전체 형태든 이제껏 없었던 전혀 새로운 것을 발명하려는 이는, 현존하는 동식물에서 갑자기 지금까지 없었던 새로운 종을 만들어내라고 요구하는 이처럼 어리석기 그지없는 사람일세. 다만 창조에서는 점진성이 원칙이라면, 인간의 자유에 뿌리를 둔 예술에서는 분열과 정체와 퇴행이 번갈아 나타나기도 하네. 이제 목재들에 관해 말해봄세. 여기엔 거의 모든 나무가 다 사용되었네. 당연히 우리의 늪지대에서 자란 오리나무로 만든 것들도 있네. 아름다운 그 덩이줄기 형태의 결절 말일세. 그건 조금 이따가 자세히 살펴보게나. 어쨌든 우리는 이 지방을 샅샅이 뒤져 아름다워 보이는 나무들은 전부 모으려고 애썼고, 시간이 지나면서 처음 예상보다 훨씬 많은 것을 수집하게 되었네. 눈에 덮인 매끈한 산단풍, 고리단풍, 짙은 단풍의 결절, 이것들은 모두 알리츠 숲에서 자라는 것들이네. 그리고 알리츠 숲의 암벽과 절벽에서 자라는 자작나무, 메마르고 경사진 들판의 노간주나무, 물푸레나무, 마가목, 주목, 느릅나무, 전나무의 결절, 개암나무, 털갈매나무, 야생 자두나무, 단단함과 부드러움 면에서 뒤지지 않는 다른 많은 관목들, 그다음엔 우리 정원에서 나는 호두나무, 자두나무, 복숭아나무, 배나무, 장미나무 등이 있네. 에우스타흐가 비교를 위해 이 나무들의 잎사귀를 그려서 보관해두었네. 아마 아스퍼호프로 돌아가면 에우스타흐가 그 그림들과 내가 방금 언급하지 않은 다른 종들까지 보여줄 걸세."

나는 가구들을 꼼꼼히 살펴보았다. 주인어른이 작년에 다른 곳에서 사용했다고 한 그 오리나무들은 정말 기가 막혔다. 어마어마하게 크고 불꽃처럼 강렬할 뿐 아니라 숭고함까지 묻어났다. 다른 나무들도 어찌나 곱고 아름다운지, 우리 숲에서 이런 나무들이 자란다는 사실이 믿기지 않을 정도였다. 가구의 형태 또한 날렵하고 세련되고 섬세했다. 지금 목공예소에서 복원되고 있는 가구들과는 판이했다. 우리의 시대에 딱 맞는 현대적인 가구들이었다. 나는 에우스타흐의 그림들이 얼마나 가치가 있는지 새삼 깨달았다. 문득 이런 가구들을 너무도 사랑하는 아버지가 떠올랐다. 아, 아버지도 이것들을 봤으면 얼마나 좋아하셨을까! 마치 새로운 지식의 세계가 눈앞에 활짝 열리는 듯했다. 나는 용기를 내어 나탈리에에게 시선을 돌렸다가 금방 거두었다. 생각에 잠긴 얼굴로 서 있던 나탈리에는 내 시선을 느끼고 얼굴이 빨개진 것 같았다.

부인이 에우스타흐에게 말했다. "시간이 흐르면서 몇몇 가구들이 사람이 손댄 것도 아닌데 처음처럼 곱지 않고 조금 달라졌네. 언제 시간 나면 이리 와서 잘못된 부분이 있으면 손을 좀 봐주게."

우리는 계속 걸었다. 어떤 문을 지나자 다른 방향으로 난 방들이 나타났다. 지금까지는 방의 창들이 모두 남쪽을 보고 있었다면 이 방들은 서쪽을 향해 있었다. 큰 홀 하나와 작은 곁방 두 개였는데, 예전의 방들이 귀엽고 아늑했다면 이 공간들은 무척 화려했다. 홀에는 대리석이 깔려 있었고, 곁방들에는 고풍스러운 벽지와 고풍스러운 커튼, 고풍스러운 가구들이 있었다. 홀 바닥에 깔린 대리석들은 모두 아름답고 희귀한 것들이었는데, 견본에 따라 상감세공이 되어 있고, 모든 것을 비출 정도로 매끈했다. 강렬하고도 찬란한 양탄자라고나 할까! 우리는 여기서도 털신을 신어야 했다. 거울 같은 대리석 위에는 보존 상태가 좋은 아름다운 옛 책장과 다른 집기들이 놓여 있었다. 홀에 상당히 큰 가구들이 비치되어 있었다면 인접한 두 방에는 강렬한 색상의 나무 바닥 위에 작고 곱고 섬세한 가구들이 놓여 있었다. 고풍스러운 이 가구들은 장미집의 고가구들보다 아름답지는 않았지만—어차피 장미집의 가구보다 아름다운 가구는 없다는 것이 내 생각이다—여기서는 이 물건들을 처음 사용한 사람들이 옛 옷을 입은 채 그대로 문으로 걸어 들어올 것 같았다. 참으로 오묘한 감정이 드는 공간이었다.

주인어른이 말했다. "곳곳에서 사들인 이 대리석들은 갈고 다듬은 뒤 고풍스러운 교회 유리창의 견본을 여럿 보고 짜 맞춘 것이네."

"그런데도 마치 원래 하나였던 것처럼 짜 맞추신 솜씨가 놀라울 따름입니다."

"그러니까 이것들이 잘 어울린다는 말인가? 허허, 자네한테서 그런 말을 들으니 참으로 기쁘구먼. 우리의 반대파들은 우리를 보고 '옛것에 중독된 사람들'이라고 욕하는데, 자네같이 그런 중독이 없는 관찰자한테서 치사를 들으니 더더욱 기쁘네. 자네는 이 물건들에서 받은 감정을 우리의 반대파들처럼 그저 중독으로 치부해버리지 않았네. 어쨌든 문제의 본질을 얘기할 테니 한번 들어보겠나? 사람들은 막 지나간 시대의 하찮음과 공허함을 깨닫고 다시 옛것을 돌아보면서 이제 그것을 잡동사니나 폐물로 보지 않고 그 속에 숨겨진 아름다움을 찾았네. 한데 그 과정에서 어리석은 일이 일어났네. 사람들은 다시 옛것을 모았네. 아니, 옛것만 모았네. 새 물건들로 새 양식을 추구하지 않고 옛 물건들로 최신 양식을 추구했네. 사람들은 고풍스러운 함과 기도 의자, 탁자 같은 것들을 닥치는 대로 긁어모았네. 아름다워서가 아니라 그냥 예전 것들이라서. 이리하여 이제 시기적으로 동떨어진 물건들이 한 공간에 섞이게 되었네. 그러니 불쾌감이 유발되었고, '옛

것'의 적들 역시 감정이 있으니 고개를 돌려버렸지. 서로 무척 다른 시대의 옛 물건들만큼 어울리지 않는 것은 없을 걸세. 선조들은 물건 속에 독특한 정신을 집어넣었네. 개인의 정신일 수도 있고 시대의 보편 정신일 수도 있는데, 어쨌든 그런 정신을 위해 물건의 실용성까지 포기해버릴 정도였지. 아무튼 아마천이나 옷 같은 것들을 넣어두기 좋은 것은 옛 가구가 아니라 새 가구들이네. 따라서 시기는 비슷하지만 용도가 다른 옛 가구들은 거기에 내재하는 친밀성과 내밀성의 정신을 크게 해치지 않으면서 한데 모아놓을 수가 있네. 반면에 정신은 없고 목적만 있는 새 가구들의 경우 용도가 다른 가구들, 예를 들어 책상이나 세면대용 탁자, 책장, 침대 같은 것들을 한방에 넣어두면 단번에 무언가 배치(背馳)되는 느낌이 들지. 하지만 그런 정신이 살아 숨 쉬는 훌륭한 시대의 옛 가구와 실용적 가구를 한방에 넣으면 최고의 효과를 거둘 수 있을 걸세. 실제 그런 방들은 우리의 새 물건들과는 완전히 다른 느낌을 자아내지."

"여기가 바로 그런 경우 같습니다." 내가 말했다.

"여기 있는 가구들이 모두 옛것은 아니네. 많은 물건이 영원히 사라져서 집 전체를 그 시대의 물건들로 채우기는 거의 불가능하네. 하여 우리는 여러 시대의 옛 물건들을 섞는 것보다 차라리 옛 의미를 담은 물건들을 새로 제작하기로 했네. 하지만 사람들을 호도하지 않으려고, 옛것이면서 새것인 그런 물건들에는 그 사실을 적시한 작은 은빛 표지를 달아두었네."

어른이 내게 목공예소에서 제작한 그런 대용품들을 보여주었다.

내게는 옛것이든 대용품이든 느낌이 똑같았다. 나는 아버지 생각이 머릿속을 떠나지 않았다. 사람들이 금실과 은실로 수놓은 두툼한 옛 창문 커튼 쪽으로 나를 안내했다. 이 커튼은 대용품이 아니라 원본이었다. 그 밖에 다양한 색깔과 금속으로 장식한 가죽 벽지도 보여주었다. 가죽을 보존하기 위해선 철저한 관리가 필요할 듯했다.

내가 이 진지하고도 장엄한 공간들을 충분히 관찰하고 나자 부인이 출구에 달린 무거운 자물쇠를 땄다. 곧이어 우리는 북쪽으로 난 수수한 공간들로 들어섰는데, 그중에는 작고 평범한 로비와 식당방도 있었다. 거기서 우리는 건물의 익랑(翼廊)에 닿았는데, 그곳 창문으로 아침 해가 보였다. 여기가 부인과 나탈리에의 거처였다. 거처는 각각 큰 방 하나와 작은 방 하나로 이루어져 있었다. 새 가구들이 비치된 방들은 소박했고, 사람 손때가 묻은 물건들은 이곳에 사람이 살고 있음을 말해주었다. 그런데 부모님의 집은 아니지만 우리 도시의 다른 집에서는 대개 여자들의 방을 가득 채우고 있는 자질구레한 물건이 눈에 띄지 않았다. 모녀의 거처에는 치터가 한 대씩 있었다. 장미집에서 보았던 바로 그 치터였다. 나탈리에의 방은 특히 꽃으로 넘쳐났다. 곳곳에 설치된 선반에 정원의 꽃들이 즐비했고, 제법 큰 식물들도 있었다. 특히 잎이 예쁘거나 모양이 아름다운 식물들이 반원 형태로 무리를 지어 바닥에 놓여 있었다.

모녀의 거처로 들어가는 로비에는 피아노도 한 대 있었다.

3층 방들은 과거의 모습을 그대로 간직하고 있었는데, 넓은 고성들에서 흔히 볼 수 있는 그런 공간들이었다. 방 안에는 예술적 감각이 없어 보이는 가구들을 비롯해서 옛 가문들의 잡동사니들, 무기 몇 점과 그림들, 그중에서도 그날의 기분에 따라 그린 초상화들이 보관되어 있었다. 특히 복도 벽에는 낚시로 잡은 월척 그림들과 총으로 잡은 노루, 들짐승, 멧돼지 그림들이 걸려 있었다. 당연히 애완견들도 빠지지 않았다. 남녘으로 자리 잡은 객실도 3층에 있었는데, 객실에 딸린 곁방은 깔끔하게 정돈되어 있었다. 여기서 내 방은 구스타프의 옆방이었다.

방 구경이 끝나자 우리는 밖으로 나갔다. 붉은 대리석으로 만든 넓은 본관 계단을 내려가면 바로 안뜰이었다. 안뜰만 보고도 이 저택이 얼마나 큰지 짐작할 수 있었다. 뜰은 똑같은 형태의 긴 익랑 네 개로 둘러싸여 있었다. 중앙에는 회색 대리석으로 만든 분수가 하나 있었는데, 물의 여신들이 뒤엉켜 있는 조각상에서 네 줄기 빛이 뿜어져 나왔다. 분수 주위에는 단풍나무 네 그루가 서 있었는데, 성의 언덕에 늘어서 있는 나무들에 비해 크기가 결코 작지 않았다. 단풍나무 아래 모래밭에는 회색 대리석 벤치가 있었다. 이 모래밭에서 모랫길이 사방으로 빛줄기처럼 갈라져 나갔다. 모랫길을 뺀 나머지 공간은 똑같이 생긴 잔디밭이었다. 건물 둘레에만 매끈한 자갈 포장길이 깔려 있었다.

우리는 안뜰에서 큰 문을 지나 야외로 나갔다. 밖에 나오는 순간 나는 무심결에 고개를 돌려 건물을 관찰했다. 문 위에는 별 일곱 개가 새겨진 상당히 큰 석조 문장(紋章)이 붙어 있었다. 그것 말고는 내가 아침에 모두 창문 너머로 본 것들이었다. 우리는 푸른 잔디밭 위의 모랫길을 걸었고, 저택을 빙 돌아 저택 뒤의 정원에 당도했다. 그때 나는 그전부터 생각하고 있던 것을 다시금 확인할 수 있었다. '성'이라 불리는 이 건물이 실은 완벽하게 네모꼴을 이룬 큰 익랑 네 개를 붙여놓은 것임을 말이다. 농사(農舍)는 골짜기 쪽으로 제법 멀리 떨어져 있었다.

정원은 꽃과 과일, 채소가 자라는 곳에서 시작해 저 멀리 활엽수 숲처럼 보이는 곳에서 끝나는 것 같았다. 모든 게 깨끗하고 아름다웠다. 여기서도 새들이 둥지를 틀었고, 아스퍼호프와 비슷한 시설이 설치되어 있었다. 그래서 그런지 나무들은 전부 수려하고 건강했다. 장미 역시 상당히 많았다. 다만 장미집처럼 특별히 무리를 짓고 있지는 않았다. 온실은 아스퍼호프보다 훨씬 넓었고 더 꼼꼼히 관리되고 있었다. 겉보기에 교육을 받은 것처럼 보이는 젊은 정원사는 정중하고 공손한 태도로 정원 입구에서부터 우리를 맞았다. 나는 이곳이 처음이 아닌 다른 일행들을 생각해서 일부 중요한 것만 둘러보고 말 생각이었지만, 정원사는 이런 내 생각은 아랑곳하지 않고 자신의 보물들을 이것저것 상세히 보여주었다. 온실에는 열대건 한대건 세계 각지에서 들여온 많은 식물이 있었다. 그중에서도 정원사가 특히 자부심을 느끼는 식물은 온실 안에 독자적인 공간을 차지하고 있는 여러 종의 파인애플이었다.

온실 뒤편 멀지 않은 곳에 피나무가 무리 지어 있었다. 아스퍼호프의 정원에 있는 피나무만큼 크고 아름다웠다. 나무 그늘 아래의 모래는 빗자루로 깨끗이 쓸려 있었고, 장미집과의 완벽한 유사성을 보여주려는지 되새와 멧새, 딱새 같은 새들이 아스퍼호프에서처럼 모래 위를 스스럼없이 뛰어다녔다. 피나무 밑에는 당연히 벤치가 있었다. 피나무는 아늑한 나무였으니 말이다. 다른 나라도 마찬가지겠지만, 독일 어디를 가건 피나무 밑에 벤치가 없고, 피나무에 그림을 걸어두지 않고,

또 그 옆에 교회당이 없는 곳은 없었다. 게다가 아름다운 모양과 풍성한 그늘 그리고 나뭇가지에서 들려오는 뭇 생명들의 속삭임은 사람들을 절로 끌어당겼다. 우리 역시 피나무 그늘 밑으로 걸어갔다.

부인이 말했다. "여기가 슈테르넨호프에서 가장 아름다운 곳이에요. 정원을 방문하는 사람은 모두 여기서 쉬어가지요. 우리도 잠시 쉬어갈까요?"

그 말과 함께 부인이 피나무 아래 활처럼 둥그렇게 놓인 벤치를 가리켰다. 벤치 뒤에는 푸른 덤불숲이 우뚝 버티고 서 있었다. 이 나무 아래 앉으면 늘 그렇듯 머리 위에서는 벌레 우는 소리가 왱왱 고르게 울려퍼졌고, 깨끗한 모래 위에서는 새들이 조용히 뛰어다녔다. 새들이 가끔 나무로 날아 올라갈 때만 희미하게 소리가 들렸다.

얼마 뒤 어디선가 간헐적으로 졸졸 물 흐르는 소리가 마치 미풍에 실려 오듯 들리는 듯했다. 내가 그 이야기를 하자 부인이 대답했다.

"제대로 들은 거예요. 기왕에 말이 나왔으니 그리로 가볼까요?"

우리는 좁은 모랫길을 따라 피나무 바로 뒤의 덤불을 지나갔다. 사오십 보쯤 갔을까, 덤불이 열리면서 툭 트인 광장이 우리를 맞았다. 뒤쪽은 돌벽을 타고 올라간 울창한 담쟁이덩굴로 가로막혀 있었고, 벽 양 끝에는 우람한 떡갈나무가 서 있었다. 돌벽 한가운데에는 위쪽이 아치 모양인 큰 구멍이 하나 있었다. 마치 커다란 벽감 같기도 하고 신전의 궁륭 같기도 했다. 마찬가지로 담쟁이덩굴로 덮인 이 구멍 안에는 눈처럼 하얀 대리석상이 있었다. 나는 이제껏 이렇게 은은하고 투명한 흰 대리석은 처음 보았다. 더구나 주변의 푸른 덩굴 때문에 더더욱 야릇한 느낌을 풍겼다. 대리석상은 처녀의 형상을 조각한 것이었다. 일반적인 처녀의 몸보다 훨씬 컸음에도, 담쟁이덩굴 벽 속에 자리하고 있고 또 거대한 떡갈나무 옆에 서 있는 까닭에 별로 크게 느껴지지 않았다. 처녀는 한 손으로 얼굴을 받치고 다른 한 손으로는 항아리를 감싸고 있었는데, 항아리에서 나온 물이 아래쪽 수조로 졸졸 흘러내렸다. 그렇게 고인 물은 다시 모래를 파서 만든 구덩이 속으로 떨어졌고, 거기서 생긴 작은 물줄기가 덤불 속으로 흘러 들어갔다.

우리는 한동안 대리석상을 관찰하며 이야기를 나누었다. 에우스타흐와 나는 항아리에서 떨어지는 맑은 물을 설화석고 사발에 받아 맛보았다.

여기서 우리는 담쟁이덩굴 벽 뒤쪽의 돌계단을 지나 야트막한 동산으로 올라갔다. 동산 위에도 나무 덤불 그늘 아래 벤치가 있었다. 집이 훤히 내려다보였다. 우리는 여기서도 잠시 벤치에 앉아 있었다. 떡갈나무들 사이로 보이는 집이 마치 울퉁불퉁한 초록색 액자 속에 들어 있는 것 같았다. 고풍스러운 기와를 올린 높고 가파른 지붕과 굵고 기다란 굴뚝은 집을 성처럼 보이게 했다. 기사 시대의 성이 아니라, 사람들이 여전히 갑옷을 입지만 투구 밑으로는 치렁치렁한 가발이 흘러내리는 시대의 성 같았다. 이런 장중한 느낌은 건물 전체에서 우러나왔다. 성의 양쪽으로는 주변 풍경이, 뒤쪽으로는 높은 산의 고운 푸른빛이 보였다. 우리에게 얼마 전 그늘을 내주었던 피나무들은 왼쪽으로 치우쳐 있어서 전망을 방해하지는 않았다.

주인어른이 말했다. "최근에 집 벽을 회색 석회로 칠한 것은 참으로 잘못한 일이네. 좀 더 아늑해 보이라고 한 짓이겠지만 말일세. 지난 세기 말에는 많이들 그렇게 했지. 하나 벽을 이룬 커다란 돌들에 석회를 칠하지 않았더라면 돌들의 자연스러운 회색은 지붕의 갈색이나 나무의 초록색과 조화롭게 잘 어울렸을 걸세. 그런데 이제 성은 옷을 입은 노파로 변해버리고 말았네. 내가 저 성의 주인이라면 벽을 물과 솔로 깨끗이 닦아내고 말린 다음 섬세한 끌로 석회를 제거했을 걸세. 돈이 좀 들더라도 저런 역겨운 모습을 안 봐도 된다면 충분히 시도해볼 만하지."

부인이 말을 받았다. "그러잖아도 작업 견적을 뽑아보려고 해요. 솔직히 말해서 나도 저 색깔이 마음에 안 들어요. 건물 외벽을 섬세하게 돌로 짜 맞춘 걸로 봐서는 성을 처음 지은 사람들도 돌의 원래 색깔 외에 다른 색깔은 고려하지 않았을 거예요. 지금 저 성은 내부가 훨씬 아름다워요. 특정한 예술 시대를 떠올리게 하지는 않지만, 양식 면에서 내면이 외면보다 한결 조화로워요."

에우스타흐가 참견했다. "세련된 형태의 창턱, 그리고 나머지 공간과의 비례가 적절해 보이는 창문 높이와 폭을 감안하면 벽을 회색으로 두는 것이 외관 면에서 한층 근사할 것 같습니다."

이 대목에서 나는 문득 주인어른이 언젠가 내게 했던 말, 그러니까 새 집에는 고가구가 어울리지 않는다는 말이 떠올랐다. 나는 이 저택의 홀과 고가구들이 비치된 방을 떠올려보았다. 높지막한 창, 창 사이의 넓은 간격, 독특한 형태의 천장 장식이 고가구들과 잘 어울리는 것 같았다. 현대적 양식의 방들은 그렇지 않을 것이다.

우리가 이런 이야기를 나누고 있을 때 나탈리에와 구스타프가 돌계단을 올라왔다. 아까 둘만 대리석상 분수 근처에 좀 더 머물러 있었던 것이다. 둘은 얼굴이 약간 달아올라 있었고, 새까만 눈동자가 생기 있게 반짝거렸다. 남매는 귀엽게 몸을 움직여 우리 뒤로 섰다.

우리는 이 동산에서 다시 정원으로 내려가 단풍나무와 너도밤나무, 떡갈나무, 전나무 그리고 다른 나무들이 뒤섞인 곳에 이르렀다. 자그마한 숲처럼 정원을 감싸는 곳이었다. 여기서부터는 나무 그늘이 이어졌다. 새들의 즐거운 노랫소리와 끊임없는 재잘거림이 여기만큼 크게 들리는 곳은 없을 듯했다. 우리는 편리함을 위해 자연에 인공적인 요소를 가미한 장소들을 방문했다. 구스타프는 누이와 함께 앉았던 벤치와 둘이 공부했던 책상, 어릴 때 함께 뛰놀던 장소들을 내게 보여주었다. 우리는 빛과 그림자의 무늬가 줄기에 황홀하게 펼쳐지는 나무들을 지났고, 어둡거나 환한 모랫길을 걸어갔으며, 녹음이 점점 짙어지는 울창한 덤불과 벤치, 샘을 지나갔다. 그러고 얼마 뒤 굽은 길인 줄도 모르고 걷는 사이, 우리가 처음 들어섰던 지점의 맞은편에 나와 있었다.

우리는 이제 왼편의 우람한 떡갈나무 두 그루와 피나무들을 뒤로하고 다른 길로 다시 성으로 돌아갔다.

점심때는 집 바로 앞 동산의 매혹적인 녹음 속에서 아마포 차광막으로 햇빛을 가린 채 식사를 했다.

오후에 부인과 에우스타흐는 남쪽 방들의 새 가구와 바닥 그리고 서쪽 방들의 고가구에 세월의 흔적으로 생길 수밖에 없었던 손상을 어떻게 손볼지 상의했다. 저녁 무렵에는 농장과 농사를 방문했다.

장미집에서는 마틸데 부인이 안주인 노릇을 하며 집 안 곳곳의 살림을 챙기고 고칠 것이 있으면 시정을 지시한 것처럼, 슈테르넨호프에서는 주인어른이 바깥주인 구실을 하며 장원의 외부 살림과 관련된 모든 것을 도맡았다. 이런 일에서는 어른이 부인보다 경험이 훨씬 많은 것 같았다. 주인어른은 모든 공간을 둘러보고 가축의 양육과 건강 상태를 점검했으며, 생산물의 보관과 가공을 위한 시설을 꼼꼼히 살폈다. 나는 장미집에서부터 두 사람의 이런 관계를 주목했지만, 여기서는 그 관계가 더 뚜렷이 드러나는 듯했다. 나는 집안일과 관련해서 어른이 부인과 주고받는 일부 대화와 어른의 행동에서 어른이 큰 장원의 경영에 대해 잘 알고 있으며, 이와 관련해서 자신이 맡은 일을 열정적이고 사려 깊고 통찰력 있게 다할 뿐 아니라, 그 과정에서 여자들의 영역을 결코 침범하지 않는다는 사실을 깨달았다. 두 사람의 이런 관계는 다른 형태의 관계를 떠올리는 게 불가능할 정도로 굉장히 자연스러웠다.

우리는 농장을 떠나 장원에 딸린 초원과 들판으로 나갔고, 이윽고 장원의 경계를 넘어 타인의 땅까지 밟았다. 우리는 들판에서 일하는 사람들을 만나 이야기를 나누었다. 이렇게 얼마를 갔을까, 전망이 좋은 한 언덕에 도착했다. 우리는 걸음을 멈추었다. 눈에 처음 들어온 것은 푸른 동산을 품은, 단풍나무와 정원 숲에 감싸인 성이었다. 우리의 시선이 다른 지점으로 넘어갔다. 풍경 속에 마치 녹색 사슬 같은 과일나무 띠로 연결된 집들이 드문드문 흩어져 있었다. 사람들이 집들을 하나하나 가리키며 이름을 알려주었다. 다음 차례는 여기서는 상공에 탑들만 보이는 좀 멀리 떨어진 마을들이었다. 여기서부터는 내가 말이 많아졌다. 대부분 내가 잘 아는 마을이었기 때문이다. 우리의 관심이 머나먼 산에 이르자 나는 이제 심지어 전문가가 되었다. 내 입에서 봇물 터지듯 말이 쏟아져 나왔고, 사람들의 질문에도 막힘이 없었다. 나는 우뚝 솟은 산봉우리와 산의 부분들, 굽이굽이 감도는 골짜기의 이름을 말했고, 설원을 가리켰으며, 산줄기들과 산들을 연결하거나 가르는 능선을 언급했고, 산간 마을이 있거나 산악 부족이 사는 지점들을 일일이 설명했다. 나탈리에는 내 옆에 서서 주의 깊게 귀를 기울였을 뿐 아니라 이따금 몇 가지 질문도 던졌다.

부드러운 불덩이 같은 해가 산꼭대기 너머로 사라지자 우리는 성으로 돌아왔다.

저녁은 식당방에서 먹었다.

이렇듯 서로 정겹게 친분을 쌓고, 유쾌한 데다 이따금 교훈적이기도 한 대화를 주고받으면서 며칠이 흘러갔다.

마침내 우리는 떠날 채비를 했다. 이른 새벽부터 마차가 대령해 있었고, 부인과 나탈리에도 일어나 있었다. 주인어른이 모녀에게 작별을 고했고, 에우스타흐와 구스타프도 인사를 했다. 나는 따뜻한 환대에 진심 어린 고마움을 전했다. 부인 역시 다정하게 답하며 빠른 시일 내에 다시 와주기를 바란다고 했다. 나는 나탈리에에게도 작별 인사를 했다. 나탈리에가 나지막이 답례했다.

나탈리에 앞에 섰을 때 나는 이 처녀를 처음 보았을 때 했던 생각이 떠올랐다. 인간의 얼굴이 회화의 가장 고결한 대상이라는 생각이었다. 처녀의 맑은 눈은 보는 이의 영혼을 달콤하게 적셨고, 처녀의 얼굴은 보는 이의 마음을 사랑스럽고 우아하게 어루만졌다.

우리는 마차에 올라 언덕 아래로 내려갔고, 북쪽 방향의 길로 접어들자 곧장 내달려 밤늦게 장미집에 도착했다.

이제 나는 장미집에 더 머물 수가 없었다. 한시라도 시간을 허비해서는 안 되었기 때문이다. 나는 짐을 쌌고, 상자와 트렁크에 주소를 썼다. 그런 다음 꼭 인사를 챙겨야 할 사람들을 찾아다니며 작별을 고했다. 주인어른에게는 각별한 호의와 정성스러운 대접에 따뜻한 감사를 표한 뒤 다시 들르겠다고 약속했다. 이윽고 어느 날, 나는 장미집의 언덕을 내려가고 있었다. 마침 자유 시간이었던 구스타프가 에우스타호와 함께 한 시간쯤 동행해주었다.

확장

나는 예전에 작업을 중단했던 곳에 도착했다. 언젠가 돌아오리라는 내 계획을 알고 있던 사람들이 벌써부터 나를 기다리고 있었다. 단풍나무집 여관 여주인 말로는, 나의 가장 충직한 산악 여행 동반자이자 대개 가죽 자루에 우리의 하루치 식량을 챙겨넣고 다니던 카스파 영감이 몇 번이고 여관에 들러 내 소식을 물었다고 했다. 더구나 여관에 들어서기 전에는 항상 골목에서 잠시 걸음을 멈추고, 혹시 내 얼굴이 불쑥 나타나지 않을까 단풍나무 쪽으로 난 창문들을 올려다보았다는 것이다. 그런 그가 이제 나무 그늘 밑의 긴 떡갈나무 탁자에 나와 함께 앉아 있었고, 그의 연락을 받은 다른 사람들도 속속 모여들었다. 나는 이들이 나의 복귀를 진심으로 기뻐하고, 작업이 속히 진행되길 즐겁게 기다리는 것을 보고는 가슴이 뭉클했다.

기나긴 부재로 게을리했던 일을 만회하라고 양심이 독려라도 하듯 나는 일에 아주 열심이었다. 이제껏 이렇게 부지런하고 적극적이었던 적이 없는 것 같았다. 우리는 계곡의 퇴적층을 따라 산의 절벽을 샅샅이 훑었고, 우리가 갈 수 있고 망치와 끌로 작업할 수 있는 곳이면 산봉우리도 가리지 않았다. 우리는 골짜기를 따라가며 그것이 어떻게 조성되었는지 그 흔적을 좇았고, 심산유곡으로 흐르는 물줄기와 동행했으며, 어느 외딴곳에서 실려 와 점점 멀리 밀려가는 자연의 조형물들을 조사했다. 우리가 수집품을 모아두는 곳은 주로 단풍나무집이었다. 우리는 이 여관을 떠나 다른 산간 여관이나 벌목꾼 숙소 혹은 고원 방목지나 노상에서 묵을 때도 많았지만, 항상 중간 중간에 단풍나무집으로 돌아가 그때까지 모은 물건들을 보관해두었다. 그곳 사람들은 우리를 마치 일 나갔다 돌아온 가족처럼 대했다. 내 일행은 짚더미에서 잠을 잤지만, 나는 잘 꾸며진 나만의 방뿐 아니라 수집품을 보관해두는 작은 지하실도 따로 있었다.

힘든 노동으로 기진맥진하거나 이제 자연물을 충분히 모았다는 생각이 들 때면 나는 자주 바위 꼭대기에 홀로 앉아 주변 풍경에 산재한 자연의 구성물을 그리운 마음으로 바라보거나, 산중 호수를 내려다보거나, 어두운 협곡을 관찰하거나, 빙퇴석 속에서 특정 암석을 찾아내거나, 푸른색과 초록색 혹은 다른 다채로운 색으로 어른거리는 얼음을 바라보곤 했다. 그러고 있다가 골짜기 쪽에 모여 있는 일행에게로 내려가면 다시 모든 게 또렷해지고 자연스러워지는 느낌이 들었다.

나는 아는 사냥꾼에게 산중을 돌아다니며 치터를 한 대 구해달라고 했다. 그는 한곳에 장시간 머무르며 그곳 동물들에 대해 정통한 사냥꾼이라기보다 떠돌이 사냥꾼에 가까운 사람이었다. 그는 같은 장소에 오래 머물지 않고 이리저리 떠돌았기에 이곳 산중을 손금 보듯 꿰뚫고 있었을 뿐 아니라, 어디 가면 최고의 치터를 구할 수 있는지도 잘 알고 있었다. 더구나 이 산중에서 가장 유명한 치터 연주자였기에 악기의 품질을 가장 잘 판단할 수 있었다. 실제로 그는 정말 아름다운 치터를 구해주었다. 까마귀처럼 새까만 나무로 만든 치터의 지판(指板)은 진주조개와 상아로 상감세공을 했고, 맑고 반짝거리는 은 기러기발이 달려 있었다. 사냥꾼의 말에 따르면 공명상자는 울림이 기가 막힌 전나무로 만들었는데, 장인이 직접 나무를 엄선해서 적절한 상황과 시기를 봐서 부착했다고 했다. 치터의 발은 상아 구슬로 만들었다. 사냥꾼이 치터를 켤 때면 나는 인간이 만든 악기에서 이렇게 감미로운 소리가 나온다는 사실이 믿기지 않았다. 마틸데 부인과 나탈리에가 장미집에서 연주한 선율도 이렇지는 않았다. 나는 이 사냥꾼의 치터 소리에 견줄 만한 음악을 어디서도 듣지 못했고, 그래서 사냥꾼의 연주를 즐겨 청해 들었다. 그 역시 이 치터만큼 멋진 소리가 나는 악기는 없고 계속 연주해야 길이 든다면서 내 청을 흔쾌히 들어주었다. 사냥꾼은 나의 치터 강습 선생이었다. 나는 그가 이 치터를 다른 어느 치터보다 마음에 들어 함을 알고 있었기에 우리의 만족스러운 치터 강습을 위해서라도 그에게 똑같은 치터를 사주기로 마음먹었다. 장인은 이 악기를 똑같은 재료와 똑같은 방식으로 여러 개 만들었는데, 악기가 상당히 비싸서 벌써 다 팔렸을 리는 없을 것 같았다. 내가 사냥꾼에게 지불하는 강습료 외에 이 선물을 주기로 마음먹을 수 있었던 것도 그 때문이었다.

그해 여름 나는 수집한 대리석의 가공 작업에 착수했다. 틈틈이 산에서 찾았거나 여기저기서 구입한 대리석 조각들을 갈고 다듬어 대리석의 종류가 표면 위에 드러나는 작고 두꺼운 판으로 만든 것이다. 이렇게 판으로 제작한 것들을 제외한 더 큰 조각들은 책상이나 책장, 세면 탁자 혹은 가구 부품으로 다양하게 쓸 계획이었다. 나는 내 작업의 부수 효과로서 부모님의 집과 정원에 대리석 장식을 들여놓아 아버지 어머니에게 큰 기쁨을 안겨드리고 싶었다. 정원의 경우는 충분한 크기의 대리석을 구할 수만 있다면 분수대용 수조를 만들 생각이었다.

한번은 라우터탈 골짜기에서 에우스타호의 아우 롤란트를 만났다. 그는 어느 오래된 교회에서 한동안 그림을 그렸는데, 지금은 라우터탈 골짜기의 여관에서 그 그림과 인근에서 스케치한 다른 그림들을 깨끗이 정리하는 중이었다. 라우터탈 골짜기에서 멀지 않은 곳에 외딴 농장이 있었다. 아니, 농장이라기보다는 성 형태의 튼튼한 석조 건물에 가까웠는데, 이 집은 한때 산악 생산물의 판매와 외부 세계와의 활발한 교류로 부를 획득했다가 나중에 후손들의 타락과 경솔함, 낭비벽으로 다시 가난에 빠진 가문의 소유였다. 이 커다란 석조 건물을 지은 사람도 이 가문의 일원이었다. 하지만 지금은 어느 도시 사람으로 주인이 바뀌었다. 새 주인은 입지와 희귀성 때문에 이 집을 구입해서 가끔 들른다고 했다. 저택 안에는 아름다운 건축물과 석조 조각품이 많았다. 또한 천장과 문, 바닥, 가구에는 목공 장식도 되어 있었다. 과거 이 산중에서는 목공업이 지금보다 훨씬 번창했는데, 현재 이 저택 안에 있는 물건들은 반출과 판매가 허용되지 않았다. 그래서 롤란트는 미리 허락을 얻어 이 저택 안에 있는 값진 건축물과 물건 들을 모사하고 있었다. 이 골짜기의 여관에 묵은 것도 그 때문이었다. 나는 그와 자주 저택을 방문했고, 둘 다 일과가 끝난 저녁이면 여관 응접실 탁자에 앉아 다양한 화제로 열띤 대화를 나누었다. 나는 롤란트에게서 굳센 의지와 강렬한 욕구로 불타는 열정적인 남자를 보았다. 예술품이 그의 심장을 사로잡았는지, 아니면 다른 무엇이 그의 마음을 끌어당겼는지는 몰라도 말이다. 그는 나보다 먼저 여기를 떠났다.

나는 작업을 종료하고 이 지방을 떠나기 전에 아버지가 보면 무척 기뻐할 물건을 발견했다. 카스파 영감 덕이었다. 나와 롤란트의 대화를 유심히 듣고 심지어 가끔 그림 구경까지 하던 영감은 내가 옛 물건에 관심이 많은 것을 알고는 아주 오래되고 진귀한 물건을 보여주겠다고 했다. 한 벌목꾼의 집에 있는 물건인데, 그 벌목꾼은 집과 정원 그리고 아내와 자식들이 일구는 자그마한 밭뙈기까지 소유한 남자였다. 내 재촉으로 우리는 서둘러 그 집을 찾아갔다. 집은 밭뙈기에서 멀지 않은 마른 초지 한가운데 커다란 바위 옆에 있었다. 나는 이 집에서 높이가 어른 키 반 정도 되는, 창문 기둥 둘을 싸고 있는 벽장식목을 발견했다. 원래는 그 높이로 방 전체 벽을 두르고 있던 훨씬 큰 벽장식목의 일부가 분명했다. 여기 남은 것은 창문 기둥을 싸고 있던 벽장식목뿐이었지만 그 자체로는 완벽했다. 나뭇잎에 싸인 천사와 소년 들의 숭고한 형체가 받침대 위에 서서 가느다란 추녀 띠를 받치고 있었다. 집주인은 두 벽장식목의 우묵한 뒷면이 화려한 응접실로 향하도록 세워두었고, 우묵한 부분 안쪽에는 근래에 만들어진 성상과 성화를 놓아두었다. 벽장식목은 앞서 언급한 석조 건물에 있다가 후손들이 낭비벽으로 집안 물건들을 헐값으로 팔아치우는 과정에서 밖으로 유출된 것 같았다. 벌목꾼의 말로는 자신의 할아버지가 하거 물방앗간 집의 경매에서 이 물건들을 샀다고 했다. 주인의 가산 탕진으로 경매에 넘어간 방앗간이었다. 나는 나머지 벽장식목의 행방을 물었지만, 신통치 않은 대답만 돌아왔다. 결국 나는 카스파 영감의 중개로 남은 벽장식목이라도 벌목꾼에게서 사들였다. 나는 연결된 벽장식목을 분리해서 새로 짠 상자에 직접 포장한 다음 내 물건들이 있는 단풍나무집으로 보냈다.

그해 가을에는 무척 오랫동안 산속에 있었다. 산에만 눈이 쌓인 것이 아니라 벌써 온 대지가 눈으로 덮였다. 내가 단풍나무집을 떠날 무렵에는 도로에 마차 대신 썰매가 다녔다. 짐은 전부 싸서 미리 보내두었다. 내년에는 더 이상 이 집에 묵지 않고, 다른 곳으로 거처를 옮겨야 했기 때문이다. 나는 함께 일한 모든 이에게 작별 인사를 하고, 가장자리에 살얼음이 끼기 시작하는 강 옆의 얼어붙은 길로 산을 내려갔다. 나는 일부러 북쪽으로는 장미집 일대가, 남쪽으로는 슈테르넨호프 일대가 내다보이는 언덕으로 길을 잡았다. 그런데 대지의 하얀 눈 때문에 장미집이 위치한 언덕의 형체는 거의 알아볼 수가 없었다. 물론 슈테르넨호프 일대를 분간하기란 더더욱 어려웠다. 겨울철에는 이 지방을 지나간 적이 없었기 때문이다. 그러나 지난여름 헤아릴 수 없을 정도로 많은 장미꽃이 피어 있던 그 집이 어느 쪽에 있는지, 뒤편에 오래된 피나무들이 서 있고 하얀 대리석으로 만든 분수의 요정이 지키고 서 있던 그 성이 어느 방향에 있는지는 확실히 알고 있었다. 나는 저 두 방향으로 나를 끌어당기는 기분 좋은 인연의 끈들을 살며시 뿌리치며, 사랑하고 소중한 내 가족이 당기는 더 강한 끈에 이

끌려 집으로 달려갔다.

이윽고 평지에 다다랐다. 짐은 벌써 도착해 있었고 모두 무사했다. 나는 운송업자에게 이 짐들을 강까지 운반해줄 것을 부탁하면서 벽장식목 상자는 특히 조심스럽게 다루어달라고 당부했다. 이튿날 마차로 그 뒤를 쫓았고, 강에 도착하자 상자들을 세심히 배에 실은 뒤 다음날 아침 그 배를 타고 고향 도시로 출발했다.

도시에 닿자 나는 짐들을 우리 집으로 운반하게 했다. 맨 먼저 개봉한 것은 벽장식목 상자였는데, 이 목공품들이 무탈한 모습으로 나오는 순간 입에서 절로 안도의 한숨이 새어 나왔다. 아버지는 말로 표현할 수 없을 정도로 감격했고, 어머니는 그런 아버지 때문에 기뻐했다. 누이동생은 그런 아버지와 나를 반짝거리는 눈으로 번갈아 보며 재회의 기쁨을 표시했다. 이런 모습들을 보자 마음속에 근심처럼 자리 잡고 있던 여러 가지 일이 눈 녹듯이 녹아버렸다. 내 일이라면 물심양면으로 힘을 아끼지 않는 가족들 틈에 이제 다시 돌아온 것이다. 순간 그동안 밖을 떠돌면서 느끼지 못했던 안식과 달콤한 감정이 가슴속으로 가득 퍼졌다.

이튿날 식당방으로 들어갔을 때 아버지가 벽장식목 앞에 서 있었다. 아버지는 벽장식목 쪽으로 몸을 기울이더니 무릎을 꿇은 채 손으로 여기저기를 만지거나, 눈으로 이곳저곳을 살폈다. 그걸 보자 나는 기쁨에 겨워 심장이 고동쳤다. 점점 늘어만 가는 아버지의 흰머리가 갑자기 존경심을 불러일으켰고, 이마에 잡힌 가는 주름이 내 마음을 경외심으로 채웠다. 아버지는 우리 걱정으로 한시도 편할 날이 없는데 반해 나는 내가 좋아하는 일만 좇으며 세상과 인간을 만끽했고, 누이 역시 그런 아버지 덕에 화사한 장미처럼 활짝 피어날 수 있었다. 어머니가 다가가자 아버지는 이런저런 부분들을 가리키며 인물들의 자세, 줄기와 잎의 곡선 그리고 전체 구도에 대해 설명했다. 어머니는 다년간의 연습을 통해 이런 물건들을 보는 눈이 나보다 훨씬 높았다. 이제야 나는 아버지에게 내가 예상했던 것보다 훨씬 귀하고 아름다운 예술품을 선물했음을 알아차렸다. 그래서 내년 봄에는 심혈을 기울여 이 벽장식목의 나머지 부분들을 찾아보기로 마음먹었다. 전에는 그냥 지나치듯이 행방을 물어본 것에 지나지 않았기 때문이다. 이제는 그 일대를 샅샅이 뒤져볼 생각이었다. 벽장식목에 대한 이야기가 얼마간 더 오가고 나자 어머니가 나를 내 방으로 데려가더니 내가 없는 동안 방을 어떻게 새로 단장했는지 보여주었다. 겨울 동안 내가 생활하는 데 전혀 불편함이 없도록 단장한 듯했다. 얼마 뒤 누이가 왔다. 어머니가 방을 나가자 누이는 두 팔로 내 목을 감고 입을 맞추며, 이 세상 만물 가운데 아버지와 어머니 다음으로 나를 가장 많이, 가장 특별히 사랑한다고 말했다. 그 말을 듣는 순간 내 두 눈에 눈물이 고였다.

나중에 혼자서 방 안을 이리저리 서성거릴 때였다. 내 심장이 이렇게 외쳤다. "모든 게 잘됐어, 모든 게 잘됐다고!"

이튿날 나는 스페인어 문법책을 한 권 샀다. 몇 년 전부터 스페인어를 공부하던 친구가 권해준 책이었다. 나는 다른 작업과 병행해서 당분간 이 책으로 스페인어를 공부하기로 마음먹었다. 필요하면 나중에 스페인어 과외 선생도 구할 생각이었다. 그 밖에 나는 셰익스피어 작품을 계속 읽어나갔고, 비는 시간에는 다른 작가들의 작품에도 관심을 보였다. 내가 고른 작품은 고대 그리스와 로마의 저술이었다. 그중 일부는 학창시절에 이미 필독서로 읽은 것들이었다. 당시 나는 이 민족들이 만든 조형물들을 퍽 편안하게 느꼈는데, 내가 다시 그 책들을 꺼내든 것도 그 때문이었다.

내가 가져온 치터는 누이에게 큰 기쁨을 선사했다. 나는 누이에게 내가 아는 선율을 들려주고 악기의 원리를 가르쳐주었다. 게다가 우리의 치터 연습을 도우려고 도시에서 명연주자가 집에 왔을 때는 누이에게 내 치터를 빌려주었을 뿐 아니라 이것만큼 아름답고 뛰어난, 아니 이보다 아름답고 뛰어난 치터를 산에서 구해 보내주겠다고 약속했다. 그리고 산에서 내게 치터를 가르쳐준 그 남자는 도시의 명연주자만큼 기교는 뛰어나지 않아도 연주 자체는 훨씬 아름답다고 이야기했고, 산에서 열심히 치터 연주를 배우고 터득해서 나중에 집에 돌아와 전수해주겠다고 덧붙였다.

이런 일들을 비롯해서 추운 계절의 다른 일상적인 일들과 함께 겨울이 지나갔다. 봄바람에 얼어붙은 대지가 녹기 시작하자 나는 다시 여름 산행에 나섰다. 숙소는 또다시 단풍나무집으로 정했다. 이번에는 단풍나무집에서 멀리까지 가야 할 때가 많고, 한 번 떠나면 제법 오래 있다가 돌아와야 한다는 사실을 잘 알면서도 말이다. 이제 단풍나무집에 묵는 일은 습관이 되었고, 그곳에 여장을 풀어야 마음이 놓이고 편안했다.

내가 산에서 처음 했던 일은 치터 선생에게 연락을 취한 것이었다. 그 사냥꾼은 돌아다니지 않는 곳이 없었기에 금방 연락을 받고 내게 왔고, 우리는 치터 강습을 속행하기로 합의했다. 아울러 나는 아버지에게 선물한 벽장식목의 나머지 부분을 찾아 나섰다. 우선 작년 여름 롤란트가 머물며 그림을 그렸던 그 집을 샅샅이 뒤졌고, 내게 벽장식목을 팔았던 벌목꾼의 집도 다시 찾아가 단서가 될 만한 것이 없는지 캐물었으며, 나중에는 주변 일대로 수색 범위를 넓혀나갔다. 또한 남의 집과 건물이라면 아무리 외진 곳에 있어도 훤히 알고 있는 사람들, 예를 들어 목수나 벽돌공 같은 사람들에게 어느 집을 다니다가 나무로 조각한 것을 발견하면 즉시 연락해달라고 당부했다. 나 역시 직접 발품을 팔며 이리저리 돌아다녔다. 하지만 흔적은 전혀 보이지 않았다. 다만 이제 분명해진 것은 내가 구입한 벽장식목이 이 산중에서 교역을 통해 돈을 벌었다는 그 상인의 석조 건물에 있던 물건이라는 사실이었다. 홀의 벽 아랫부분을 둘러싸고 있던 벽장식목은 나중에 가산을 탕진한 후손들이 이른바 미화 작업을 명목으로 집 안의 물건들을 내다팔 때 유출되어 타인에게 넘어간 뒤 주인이 여러 차례 바뀌었을 가능성이 컸다. 그중에서 지금 남아 있는 것은 성상을 넣어두는 벽감이 있는 창문 기둥 벽장식목뿐이고, 나머지 평평한 부분은 그 가치를 모르는 사람의 손에 산산이 부서졌거나, 아니면 불타 없어졌을지 모른다.

산에 도착한 지 얼마 되지 않아 나는 사냥꾼과 함께 에허탈 골짜기로 들어갔다. 내게 치터를 판 장인이 그곳에 살고 있었는데, 내 누이에게도 치터를 한 대 사주기 위해서였다. 장인이 만든 악기는 인근 산간지대뿐 아니라 멀리까지 팔려 나갔다. 내 것과 똑같은 치터는 아직 두 대 남아 있었다. 나는 그중 아무거나 하나 골랐다. 둘은 모양과 소리에서 전혀 차이가 없었기 때문이다. 장인이 말했다. 이렇게 좋은 치터는 오랫동안 만들지 못했고, 앞으로도 만들기 어려울 것 같다. 세

치터는 어떤 나무로 만들었는데 그 나무를 찾기까지 많은 수고를 들였고 갖은 고초를 겪었다. 아마 그런 나무는 더 이상 찾지 못할 것이다. 그리고 이렇게 비싼 치터도 더 이상 만들기 어려울 것 같다. 타지에 사는 고객들은 겉만 번지르르한 악기를 원하고, 물건의 진가를 아는 이곳 산간 주민들은 이렇게 비싼 치터를 살 돈이 없기 때문이라는 것이다.

나는 사냥꾼과 함께 연습한 곡을 부지런히 기록해두었다. 나중에 누이에게 가르쳐주기 위해서였다.

장미꽃이 필 무렵 나는 아스퍼호프로 갔다. 작년 여름에 내가 숙소로 썼던 방 두 개는 벌써 말끔히 정리되어 있었다.

정원사 지몬은 내가 왔다는 소식을 듣자마자 부리나케 달려와 세레우스 페루비아누스 선인장이 아스퍼호프에 있다고 말했다. 주인어른이 잉호프에서 사들였다는 것이다. 그리고 이 일에 내 역할이 컸으니 나한테 고마움을 전한다고 했다. 하지만 나는 정원사와 약조한 대로 주인어른과 세레우스 선인장에 대해 이야기한 적은 있지만, 내가 그 일에 얼마만큼 도움이 되었는지 알지 못하기에 고맙다는 인사를 선뜻 받아들이기가 곤란하다고 했다. 어쨌든 나는 정원사를 따라 세레우스 선인장을 구경하러 온실로 갔다. 세레우스는 텅 빈 땅에 심겨 있었는데, 이 식물을 위한 특별한 구조물이 있었다. 그러니까 잉호프의 온실에서는 천장 부근에서 휠 수밖에 없었던 세레우스가 여기서는 반듯하게 자라도록 선인장 온실 위에 이중 유리로 자그마한 탑을 만들었다. 또한 지지대를 설치하거나 햇빛을 선인장의 특정 부위로 유도함으로써 식물의 반듯한 성장을 돕기도 했다. 나는 이 선인장이 이렇게 크고 아름다울지 미처 상상하지 못했다.

나는 아버지가 옛 물건들을 좋아하시고, 지난가을 내가 선물한 벽 장식목을 받고 그리 기뻐하셨던 것을 기억하기에 주인어른에게 청을 하나 했다. 오래전부터 가슴속에 품고 있었지만 차마 부탁을 못 하다가 이제 어느 정도 친숙해졌다고 믿기에 어렵사리 꺼낸 청이었다. 그러니까 이 집의 고가구들을 몇 점 그릴 수 있도록 해달라는 것이었다. 그림을 그려서 집으로 갖고 가면 백 마디 말로 설명하는 것보다 아버지의 상상력을 훨씬 생생하게 자극할 수 있었기 때문이다.

주인어른은 흔쾌히 승낙했다. "부친을 기쁘게 하는 일이라면 얼마든지 그려 가게. 그런 일이라면 반대할 이유가 없을 뿐 아니라, 작업하는 데 불편한 점이 전혀 없도록 그림 그릴 방을 최대한 안락하게 꾸미라고 바로 지시해놓겠네. 그리고 필요하면 에우스타흐에게 도움을 청하게. 아마 팔을 걷어붙이고 도와줄 걸세."

이튿날 먼저 나는 커다란 옷장을 그리기로 했다. 옷장이 있는 방에 화대와 제도용 책상이 있었다. 둘 중 어느 것을 쓸지는 내 마음에 달려 있었다. 옷장은 원래 있던 장소에서 햇빛이 잘 드는 곳으로 옮겨놓았고, 창문은 하나만 빼고 모두 커튼을 쳤다. 그림의 대상에 균등한 조명을 비추기 위해서였다. 에우스타흐는 내가 가져온 물감 중에 바닥난 것이 있으면 자신의 작업실에 있는 물감을 가져다 쓰라고 했다. 그림에는 꼭 물감을 칠해야 했다. 그러지 않으면 여러 색깔의 나무들로 짜 맞춘 물건을 정확히 표현해내기가 어려웠다.

나는 즉시 작업에 들어갔다. 어른은 내가 차분히 그림에만 집중하도록 배려했다. 내가 그림을 그릴 때면 아무도 그 방에 얼씬거리지 못하게 했고, 그림 도구가 놓여 있는 한 누구도 그 방을 다른 용도로 쓰지 못하게 했다. 그럴수록 나는 작업을 빨리 끝내야겠다고 생각했다.

그사이 마틸데 부인과 나탈리에가 아스퍼호프에 도착해서 작년에 묵었던 방에 여장을 풀었다.

나는 부지런히 그림을 그려나갔다. 아무도 내 그림을 보자고 요구하지 않았다. 다만 나는 이따금 에우스타흐에게 내 그림을 보고 조언해줄 수 있는지 물었고, 그 역시 내 부탁을 기꺼이 들어주었다. 나는 그를 종종 내 방으로 안내했고, 그는 내게 전문적인 식견으로 여기저기 수정할 부분을 지적해주었다. 구스타프만 그림에 대한 호기심을 드러냈다. 물론 대놓고 그림을 보여달라고 말하지는 않았지만, 나를 워낙 잘 따르는 데다 성품이 솔직하고 분명해서 녀석의 가슴속에 담긴 소망을 눈치채기란 어렵지 않았다. 나는 그런 구스타프를 그림방으로 초대했고, 그림 그리는 시간을 되도록 녀석의 자유 시간에 맞추었다. 구스타프는 부지런히 내 그림방으로 와서 온갖 것을 물었고, 종국에는 자기도 직접 그림을 그리고 싶다고 했다. 주인어른도 굳이 반대하는 눈치가 아니어서 나는 구스타프에게 내 물감을 쓰게 했다. 이렇게 해서 녀석은 내 옆의 책상에서 내가 그리던 옷장을 똑같이 모사하기 시작했다. 구스타프는 에우스타흐를 스승으로 모시고 그림 교육을 제법 받은 상태였다. 하지만 스승은 이제껏 제자에게 물감 사용을 허락하지 않았다. 물감을 사용하려면 그전에 상당한 수준의 밑그림을 그릴 줄 알아야 한다는 것이 스승의 지론이었기 때문이다. 그러나 나와 함께 옷장을 그리는 것은 일종의 유희에 다름 아니었기에 스승도 이번만은 눈감아주었다.

얼마 뒤 내 첫 작품이 완성되었다. 실물과 똑같은 색깔로 칠해놓고 나니 그림이 실제 대상보다 훨씬 사랑스럽고 매력적으로 보였다. 모든 것이 작고 곱게 축소되었기 때문이다.

작업이 끝나자 나는 주인어른과 마틸데 부인에게 그림을 보여주었다. 두 사람은 그림의 높은 수준을 인정하면서도 몇 군데 고칠 것을 제안했다. 나 역시 그 지적이 옳다고 생각했기에 즉시 수정 작업에 들어갔다. 그런 연후에야 두 어른과 에우스타흐는 내 그림을 완성된 그림으로 인정했다.

옷장 다음에 선택한 대상은 돌고래들이 받치고 있는 책상이었다.

첫 그림으로 어느 정도 숙련되어 그런지 두번째 그림은 한결 빠르고 매끄럽게 진행되었다. 그림이 완성되자 이번에도 나는 부인과 주인어른, 에우스타흐에게 보여주었다. 구스타프도 그사이 완성한 옷장 그림을 갖고 왔다. 사람들은 구스타프의 그림을 보고 웃음을 터뜨리면서도 수정하고 추가해야 할 부분을 지적해주었다. 내 그림에서도 개선할 부분을 제안했다. 우리 둘 다 마무리 작업이 끝나자 이제 그림을 그렸던 방에서 가구들을 원래 자리로 옮겨놓았고, 화대와 화구는 치웠다. 이 방에서 내가 그림의 대상으로 잡은 것은 그 두 가구뿐이었기 때문이다.

이어 나는 비교적 작은 물건들을 몇 점 그렸다.

그사이 여러 사람이 장미집을 찾았고, 우리도 이웃집을 몇 군데 방문했다. 우리는 산책을 했고, 저녁이면 정원이나 장미 덩굴 앞 혹은 큰 벚나무 아래에 앉아 여러 가지 이야기를 나누었다.

한번은 내가 슈테르넨호프의 가구들에 대해 이야기하면서 그것들을 그려서 아버지에게 보여주면 무척 좋아할 거라고 말하자 에우스타흐는 크게 어려운 일이 아닐 거라고 대답했다. 그러니까 슈테르넨호프에서도 아스퍼호프에서처럼 그림을 그리도록 허락받을 수 있을 거라는 이야기였다. 내 생각은 달랐다. 일단 부인에게 부탁할 용기가 나지 않았기 때문이다. 그런데 에우스타흐가 부인에게 그 이야기를 한 모양이었다. 이튿날 부인이 나를 다정하게 부르더니, 자신의 집을 내 집처럼 생각하고 그림을 그리고 싶으면 그리라고 말했다. 나는 부인의 아량에 진심으로 사의를 표했다. 그러고는 며칠 뒤 주인어른의 마차를 빌려 타고 슈테르넨호프로 달려갔다. 부인과 나탈리에는 아직 장미집에 있었다.

슈테르넨호프에 도착했을 때, 나를 맞으려고 벌써 모든 것을 준비해놓은 것을 보고 나는 깜짝 놀랐다. 고풍스러운 가구가 있는 큰 방에는 화대를 여럿 세워놓았고, 필요한 모든 것이 갖추어진 제도용 책상도 이미 그 방으로 옮겨놓았다. 나는 화대 하나를 골랐고, 나머지는 원래 자리에 갖다놓게 했다. 제도용 책상은 편의상 화대 옆에 놓아두었다. 이렇게 꾸며놓고 나니 방 분위기가 아스퍼호프와 거의 비슷해졌다. 나는 빛의 효과를 위해 가구들을 마음대로 옮길 수 있었다. 거처는 내가 처음 이곳에 왔을 때 사용했던 방이었다. 식사는 내가 일하는 홀이나 내 방 중에서 선택할 수 있었는데, 나는 후자를 택했다.

나는 일단 가구들을 찬찬히 살펴보고 그릴 대상을 고른 뒤 곧바로 작업에 들어갔다. 나로 인해 이 집에 어쩔 수 없이 야기된 무질서를 가능한 한 빨리 끝내기 위해서라도 게으름을 피울 수 없었다. 나는 온종일 홀에 앉아 부지런히 그림을 그렸고, 땅거미가 깔리는 저녁이나 동트기 전의 새벽에 성 밖과 정원으로 나가 바람을 쐬었고, 어떤 때는 걸음을 멈추거나 벤치에 앉아 주변 풍경을 둘러보곤 했다. 붓을 씻고 낮에 사용한 화구를 정리해 원래 자리에 놓고 나면 나는 정원의 키 큰 피나무 아래에 앉아, 저녁노을이 나뭇잎 사이로 깔리고 그림자가 모래 바닥에 짙게 드리워 바닥 위의 작은 물체들이 더 이상 보이지 않을 때까지 사색에 잠길 때가 많았다. 그러나 내가 자주 걸음을 한 곳은 담쟁이덩굴 벽 뒤의 동산이었다. 액자처럼 성의 가장자리를 에두르고 있는 큰 떡갈나무들 사이로 성이 한눈에 보이고, 성 옆과 뒤, 이 지역 풍경과 산들이 그림처럼 펼쳐진 바로 그 벤치였다. 노을이 성 위에 내려앉고, 풍향기(風向旗)의 끝이 반짝거리고, 주변의 녹음이 평온 속에 잠들고, 산의 푸르름이 점점 옅어질 때면 대지에 정적이 흘렀다. 간혹 아주 더운 날이면 나는 대리석 요정상이 있는 분수대로 가서 더위를 식혔고, 늘 똑같이 흐르는 물줄기와 늘 똑같은 모습의 대리석을 가만히 바라보았다. 대리석에는 저녁 햇살이 물에 잠기거나 형상을 비출 때만 불빛이 간간이 작은 얼룩처럼 어른거렸다.

성 안은 아주 쓸쓸했다. 하인들은 한갓진 구석방에 틀어박혀 지냈고, 창문에는 두툼한 커튼이 쳐져 있었다. 샘으로 물을 길으러 가는 사람을 구경하기도 힘들었다. 그래서 큰 단풍나무들 사이로 단조롭게 물 흐르는 소리밖에 들리지 않는 듯했다. 정적이 깊을수록 지금 이곳에 없는 성의 주인들이 더욱 애타게 생각났을 뿐 아니라 어디선가 그들의 흔적이 보이고 그들의 형체가 툭 튀어나올 것 같았다. 야외로 나가면 마음이 더 편해졌다. 들판에는 노동의 소리가 울려퍼졌고, 열심히 일하는 사람들과 그 사람들을 돕는 부지런한 가축들이 있었기 때문이다.

이 성의 집사는 나를 정성껏 모시라는 지시를 받은 모양이었다. 내게 필요하다고 생각되는 일이면 다 해주었다. 그러면서도 틈나는 대로 혹시 더 원하는 게 없는지 물었고, 필요 이상으로 많은 음식과 음료수를 식탁에 내놓았으며, 항상 시원한 물과 양초를 비롯해서 다른 물건들을 준비해주었고, 서가에서 이것저것 책을 뽑아 내 방에 갖다 놓기도 했다. 때로는 내가 심심할까봐 얼마간 말동무가 되어주기도 했다. 나는 이 성에서 나를 위해 준비한 이 모든 것을 가능한 한 적게 사용하려고 노력했고, 농장 일이 무척 바쁠 때는 괜히 내가 곁에 있거나 지켜봄으로써 사람들이 일하는 데 방해가 될까봐 농장에 내려가는 것도 자제했다.

선택한 가구들을 다 그리고 나서도 나는 그림 그리기를 중단하지 않았다. 그것들에서 다른 일거리가 연이어 생겨났던 것이다. 그 원인은 이랬다. 한 대상이 필연적으로 다른 대상을 요구했고, 그것이 다시 이 방과 옆방의 가구들을 결코 분리해서 생각할 수 없는 하나의 통일체로 만든 것이다. 이 일에 도움이 되었던 것은 서서히 끌어올린 숙련도였다. 그러니까 예전 같으면 사흘에 걸쳐 해야 할 작업을 하루 만에 끝내게 된 것이다.

어느 날 에우스타흐가 건너왔다. 어른들이 내 그림에 그의 조언을 반영할 기회를 준 것이라는 생각이 들었다. 실제로도 그랬다. 나는 그의 충고를 기쁘게 받아들였고, 그의 견해에 충실히 따랐다. 에우스타흐는 마틸데 모녀가 아스퍼호프에 좀 더 머물 계획이라고 했다. 문득 여기서 내가 마음껏 작업할 수 있도록 모녀가 귀가를 일부러 연기한

게 아닌가 하는 생각이 들었다. 작년 여름에는 장미집에서 이만큼 오래 묵지는 않았기 때문이다. 내 생각이 맞는지 틀린지는 정확히 알 수 없었지만, 그럴 가능성은 충분해 보였다. 나는 작업을 일찍 끝내기로 마음먹었다. 어차피 언젠가는 끝내야 할 일이었다. 여기 있는 가구들을 다 그릴 수는 없는 노릇이었다. 나는 에우스타흐에게 작업을 끝낼 시점을 알려주었다. 그는 성에 이틀간 머물며 이것저것 측량하고 방들을 조사하더니 다시 장미집으로 돌아갔다.

내 작업이 완전히 끝나기 전에 모두들 아스퍼호프에서 이리로 건너와 며칠을 묵었다. 에우스타흐도 함께 왔다. 나는 내 그림들을 보여주었고, 이어 장미집에서와 똑같은 일이 벌어졌다. 사람들은 그림의 일반적인 수준을 칭찬하면서도 몇 군데 고쳐야 할 부분을 지적했다. 아스퍼호프에서 그림을 그릴 때 나는 유성 물감을 사용했다. 수성 물감보다 유성 물감을 다루는 기술이 나았을 뿐 아니라 유성 물감의 효과가 훨씬 컸기 때문이다. 그래서 슈테르넨호프에서도 유성 물감을 사용했는데, 완성된 그림은 장미집에서 그린 그림들보다 한결 나았다. 나는 사람들의 지적이 옳았음을 새삼 깨닫고, 지적받은 부분을 수정하기로 마음먹었다.

에우스타흐는 슈테르넨호프에서 다시 장미집으로 돌아갔고, 주인어른과 부인, 나탈리에, 구스타프는 짧은 여행을 떠났다.

나 역시 성에 오래 머물지 않았다. 끝내야 할 그림들을 마저 끝냈고, 남들이 수정을 제안한 부분과 그사이 내가 봤을 때 고쳐야겠다는 생각이 들었던 부분을 고친 뒤 물감이 마를 때까지 기다렸다. 그래야 그림이 상하지 않게 포장할 수 있었기 때문이다. 마침내 이 일까지 끝나자 나는 집사에게 그간의 정성에 진심 어린 사의를 표했고, 내 시중을 들어준 하녀들에게는 미리 준비해온 선물을 나누어 주었다. 그런 다음 집사가 내준 마차를 타고 장미집으로 달렸다.

장미집에 도착하자 주인어른 일행은 벌써 여행에서 돌아와 있었다. 나는 장미집에 며칠 더 묵은 뒤 작별 인사를 하고 다시 단풍나무집으로 일을 하러 떠났다.

나는 일을 서둘렀다. 그러나 지금은 모든 것이 달라졌을 뿐 아니라 내 마음의 빛깔까지 바뀌어 있었다.

봄에 수도를 떠나 천천히 산을 오르던 마차를 뒤따랐을 때였다. 나는 강바닥에서 건져 올려 길거리에 쌓아둔 표석(漂石) 더미에 걸음을 멈추고 경외심에 가까운 마음으로 그것들을 유심히 관찰했다. 돌들은 붉은색, 흰색, 회색, 검회색, 얼룩무늬 등 색깔이 다양했지만 모양은 모두 평평하고 매끈했다. 나는 이 돌들에서 우리 산의 메시지를 깨달았고, 돌들이 떨어져 나와 씻겨 내려온 바위산을 알아보았다. 이 돌들은 자신의 고향에서 많게는 수마일이나 떨어져 내려와 다른 동료들과 함께 여기 누워, 잘게 부서져 도로의 재료로 사용될 때를 기다리고 있었다.

이 모든 것이 왜 여기 있고, 어떻게 생겨났고, 서로 어떤 관련이 있고, 어떤 식으로 우리의 마음에 말을 거는 것일까?

어느 화사한 오후였다. 나는 호수로 내려가 수면으로 향한 산비탈이 가장 아름답다는 사실을 확인했다. 이게 우연일까? 산을 이리도 아름답게 파고, 자르고, 가르는 것, 산에 고랑을 낸 것이 호수로 내려가는 물줄기들일까? 이런 느낌은 물과 산의 대립에서 생기는 것 아닐까? 그러니까 물은 겉으로는 거칠게 내려가는 절벽과 도랑, 땅줄기에 의해 절단된 채 부드럽고 평평하고 섬세해 보이지만, 그 아래로는 아무것도 보이지 않아 더 신비한 느낌을 주는 것이 아닐까? 나는 생각에 잠겼다. '물이 공기만큼은 아니더라도 그와 근접할 정도로 투명하다면 우리는 그 내면을 볼 수 있을 거야. 물론 공기만큼 맑지는 않겠지만 연한 푸른색이 도는 젖은 베일처럼은 보일 거야. 그런 물속은 무척 아름답겠지?' 이런 생각으로 말미암아 나는 호숫가의 한 여관에 방을 잡아놓고, 호수 이곳저곳의 깊이를 재고 물가에서 그 지점까지의 거리를 줄자로 측정했다. 이런 식으로 계속해 나가다보면 호수 밑의 형태를 밝혀 그림으로 제작하고, 푸른빛이 도는 부드러운 색상으로 수심의 차이를 구분할 수 있으리라는 생각이 들었다. 나는 장차 기회가 되면 측량 작업을 계속해나가기로 마음먹었다.

이 일을 계기로 나는 우리 지형의 특색을 유심히 관찰하게 되었다. 호수 바닥에도 골짜기가 있었다. 수많은 식물과 무너진 산의 일부로 채워진, 식물과 암석의 아름다운 조합이 돋보이는 산중의 골짜기와는 달리 호수 속 이 골짜기에서는 식물이 자라지 않고, 서서히 쌓인 돌더미와 융기한 바닥이 원래의 틈을 메우고 있다. 거기다 절벽에서 직접 떨어진 조각들이 추가되고, 홍수의 일반적인 여파 외에 자그마한 구릉까지 호수로 밀려 들어온다. 구릉은 흔들리는 물살에 평평해진다. 이렇게 수천 수만 년이 지나면 호수는 점점 채워져서, 마침내 언젠가는 물이 더 이상 존재하지 않게 되고, 그렇게 쌓인 엄청난 돌 더미 위를 인간이 걸어다니고, 그 위에 꽃이 피고 나무가 자라는 날이 온다. 나는 예전에 호수였던 장소를 여럿 알고 있었다. 호수의 선조인

강은 계속 흘러가다가 점점 깊이 파였고, 수위가 낮아지는 동시에 호수 바닥까지 융기했다. 그러다가 마침내 이제는 물가가 초록색 방벽처럼 길게 서 있고, 온갖 나물과 꽃 덤불 그리고 웃음소리가 새어 나오는 인간들의 집이 있는 골짜기만 남게 되었다. 그에 비해 과거에 도도히 흐르던 물줄기는 이제 좁은 띠로 변해 반짝거리는 뱀처럼 굽이굽이 풍경 속을 흘러갔다.

나는 호수에서 주변의 암석층들을 관찰했다. 크리스털의 경우 균열 방향이 아주 뚜렷했다. 어떤 곳은 이쪽 방향, 어떤 곳은 저쪽 방향으로 균열이 있었다. 언젠가 이 엄청난 암석층이 무너져 내렸다가 다시 융기한 것일까? 아니, 지금도 융기하는 중일까? 나는 여러 층이 아름답게 어우러진, 수평면의 경향을 보이는 여러 성층(成層)을 그렸다. 암석층들을 관찰하고 그 형태들을 살펴보노라니 완벽한 해독은 불가능하지만, 어느 정도 추측할 수 있는 근거를 제공하는 미지의 이야기를 읽는 듯한 느낌이 들었다.

나는 물건을 만들려고 수집한 생명 없는 암석들을 보면서 이런 생각이 들었다. 여기는 이 돌덩이, 저기는 저 돌덩이가 있고, 엄청난 양의 암석이 탑처럼 쌓여 큰 산을 이루고, 또 다른 곳에서는 자잘한 성층들이 좁은 간격으로 반복되고 있다. 이것들은 어디서 왔고, 어떻게 쌓였을까? 법칙이 있는 것일까? 어떻게 이리되었을까? 좀 큰 암석들은 전혀 어울리지 않는 장소나 있어서는 안 될 장소, 혹은 낯설기 이를 데 없는 장소에 무더기로든 개별적으로든 존재할 때가 많다. 그것들은 어떻게 그곳으로 왔을까? 어떻게 하필 그곳에 이 암석이 존재하고, 다른 것은 존재하지 않을까? 산의 형태는 어떻게 만들어졌을까?

지금 저 상태가 원래의 순수한 모습일까? 아니면 변화를 겪었고, 지금도 변화를 겪고 있을까? 지구는 또 어떻게 이런 형태가 되었을까? 지구의 표면은 어떻게 고랑이 파였으며, 이 틈새는 왜 이리 크고 저 틈새는 왜 저리 작을까?

내가 수집한 대리석들은 참으로 황홀하기 그지없었다. 그런데 이 대리석 속에 뚜렷한 흔적을 남긴 동물들은 어디로 간 것일까? 이 땅에 추억으로만 전해 내려오는 왕달팽이는 언제부터 사라졌을까? 그것은 측정할 수도 볼 수도 없고, 인간의 영광보다 훨씬 오랫동안 지속된 먼 시간으로 거슬러 올라가는 추억이었다.

문득 한 가지 사실이 떠올랐다. 언젠가 나는 죽은 숲을 발견했다. 숲의 무덤이라 할 수 있었다. 여기선 유해가 납골당같이 큰 홀에 옮겨지는 것이 아니라 여전히 땅 위에 곧게 서 있는 것이 인간의 무덤과 달랐다. 껍질이 벗겨져 하얗게 죽은 나무의 무리가 여기에 숲이 있었음을 짐작하게 했다. 나무는 가문비나무와 낙엽송, 전나무였다. 이제 이곳에는 나무가 자라지 않았다. 죽은 나무 둘레에는 덩굴만 무성했고, 죽은 나무조차 많지 않았다. 바닥에는 대부분 돌 조각이나, 누른 이끼로 뒤덮인 큰 암석이 쌓여 있었다. 이것은 한 곳에만 국한된 개별적인 현상일까? 세계의 형성과 관련이 있을까? 산들이 융기하는 바람에 숲들이 치명적인 고도 변화를 견디지 못한 것일까? 아니면 토양이 변했을까? 빙하의 상태가 변한 것일까? 그러나 예전에는 얼음층이 더 깊었다. 이 모든 게 어떻게 이리되었을까?

많은 것이 지금도 변하고 있을까? 모든 것이 다시 한 번 완전히 변하는 중일까? 얼마나 빨리 진행되고 있을까? 하늘과 물의 작용으로 산맥이 끊임없이 부스러지고, 잔해가 흘러내려 계속 잘게 부서지다가, 마침내 강이 그것들을 모래와 표석으로 만들어 저지대로 내려보냈다면 그것들은 얼마나 멀리까지 갔고, 시간은 얼마나 오래 걸렸을까? 평야지대에 어마어마하게 쌓인 표석층들이 그것을 증명한다. 이런 일은 앞으로도 계속될까? 공기와 빛, 열, 물이 그대로인 한, 산과 언덕이 존재하는 한 이런 일은 지속될 것이다. 그렇다면 산맥은 언젠가 사라질까? 나지막한 언덕이나 구릉 정도만 드문드문 남을 뿐. 그조차 시간이 지나면 씻겨 내려갈까? 그러면 축축한 저지대나 깊고 뜨거운 협곡 속 열기는 사라질까? 고지대의 찬 공기가 대지에 아무런 영향을 끼치지 못함으로써 우리 지방 곳곳이 똑같이 미지근한 물질에 둘러싸이고, 모든 식물의 상태가 변할까? 산맥의 융기 활동은 오늘날에도 계속되고 있을까? 솟구치려는 내부 힘이 외부로 상실되는 힘을 뛰어넘을 만큼? 하지만 그런 융기의 힘도 결국 언젠가는 중단되고 말까? 지구가 계속 식는다면 수백만 년 뒤에는 지각이 점점 두꺼워져서 지구 내부의 뜨거운 강물이 더 이상 수정(水晶)을 지표면으로 솟구치게 하지 못할까? 이 뜨거운 강물이 눈에 띄지 않을 정도로 천천히, 하지만 쉴 새 없이 지각의 가장자리를 파괴할까? 지구가 열기를 방출하고 계속 차가워진다면 크기가 점점 작아질까? 그러면 지구의 회전 속도는 점점 느려질까? 그로 인해 무역풍이 바뀔까? 바람과 구름과 비가 달라지지 않을까? 그 변화를 인간의 도구로 측정하기까지 얼마나 많은 시간이 흘러야 할까?

이런 질문들을 던지다보니 나는 사뭇 진지하고 엄숙한 기분에 빠져들었다. 마치 내면 깊숙한 곳에 오묘한 생명체가 깃든 느낌이었다. 나는 예전만큼 많은 물건을 수집하지는 못했음에도 내면적으로는 지난 시절보다 한결 성숙해진 것 같았다.

사색하고 연구할 가치가 있는 역사라면 단연 지구의 역사가 으뜸이었다. 존재하는 역사 가운데 가장 매혹적이고 신비로운 지구의 역사에서 인간의 역사는 그저 하나의 삽입물, 그것도 어쩌면 아주 하찮은 삽입물일지 모른다. 왜냐하면 인간의 역사는 인간보다 더 고등한 생물체들의 다른 역사로 얼마든지 대체될 수 있었기 때문이다. 지구의 역사에 관한 원전은 마치 그 자체로 도서관 같은 지구 내부에 온전히 보존되어 있다. 이 원전들 속에는 헤아릴 수 없이 많은 자료가 기재되어 있는데, 여기서 관건은 우리가 그것을 해독하는 법을 익히고 아집과 독선으로 그것을 조작하지 말아야 한다는 것이다. 언젠가 이 역사를 우리 눈앞에 뚜렷하게 적시해줄 사람이 있을까? 그런 시대가 올까? 아니면 태초부터 그것을 꿰뚫어 보던 그분만이 온전히 알고 있을까?

이런 의문들을 뒤로하고 나는 작가들에게로 도주했다. 기나긴 산행 끝에 단풍나무집으로 돌아가거나, 단풍나무집에서 멀리 떨어진 알프스 산중의 한 여관에 묵게 되면 나는 한 작가의 작품을 읽었다. 문제를 해결하는 것이 아니라 그 해결책을 사랑스러운 외피로 덮어놓고, 행복처럼 보이는 생각과 감정을 제공하는 그런 작가였다. 나는 이런 유의 작가를 상당수 알고 있었다. 책 중에는 과잉 장식으로 흐르는 책들이 있었다. 인간의 본성이든 인간 외부의 자연이든 있는 그대로를 보여주는 것이 아니라 원래보다 아름답게 치장하고 특별한 효과에만 집착하는 책들이었다. 나는 그런 책들을 외면했다. 있는 그대로의 모습을 성스럽게 느끼지 않는 사람이 어떻게 신이 창조한 것보다 더 나은 것을 창조할 수 있겠는가? 나는 자연과학을 통해 사물의 특징을 알아냈고, 그것을 사랑하고 경배하는 데 익숙해져 있었다. 하지만 과잉 장식의 작가들에게서는 어떤 특색도 발견하지 못했다. 심지어 아무것도 깨닫지 못한 사람이 무언가를 창작한다는 것이 가소롭게 느껴졌다.

나는 사물과 사건을 맑은 눈으로 바라보고, 자신이 감당할 수 있는 범위 안에서 그것들을 확고하게 선보이는 작가들이 마음에 들었다. 그리고 작가들 중에는 내게 아름다운 도덕 감정을 가르쳐준 사람도 있었다. 내게 심적으로 깊은 영향을 준 도덕 감정이었다. 말의 힘은 어마어마했다. 나는 말을 사랑했고 작가를 사랑했다. 그리고 정해지지 않은 미지의 행복한 미래를 동경했다.

그런데 내가 한때 이해했다고 생각한 고대 작가들이 지금은 예전과 다르게 다가왔다. 그들은 근대 작가들보다 더 자연스럽고 더 진실하고 더 소박한 듯했고, 존재의 진지함과 자부심도 후대의 작가들만큼 과도하지 않은 것 같았다. 그래서 나의 산행에는 거의 언제나 호메로스와 아이스킬로스, 소포클레스, 투키디데스가 빠지지 않았다. 그들을 이해하기 위해 나는 사람들이 추천해준 그리스어 책들을 공부했다. 그러나 작품 이해에는 독서 그 자체보다 좋은 것이 없었다. 나는 고대 작가 중에서 특히 역사가들을 좋아했다. 고대 작가들은 근대 작가들보다 서로 무척 닮아 보였다.

나는 회화에도 빠져들었다. 산은 내가 일찍이 본 적 없는 매력적인 하나의 전체 풍경으로 다가왔다. 그전까지 산은 늘 내 연구의 일부였을 뿐이다. 그렇게 대상에 지나지 않았던 것이 이제 내게 그림이 되었다. 그림은 누구든 푹 빠질 수 있었다. 그림에는 깊이가 있었기 때문이다. 자연 대상은 늘 관찰을 위해 펼쳐져 있었다. 이전에 나는 자연물을 자연과학적 목적으로만 그렸고, 그 그림들에 물감을 사용했으며, 얼마 전에는 처음으로 가구를 그리고 색깔을 칠했다. 그와 마찬가지로 나는 이제 풍경 속에 연이어 있는 것들과 향기 속에 떠다니는 것들, 그리고 하늘을 배경으로 도드라지는 것들을 하나의 완벽한 시선으로 포착해서 종이나 화포에 옮겨 유성 물감으로 칠하기 시작했다. 그런데 이 방식은 예전 방식보다 훨씬 어려웠다. 여기서 중요한 것은 실제적인 측량과 자연 색깔이 아니라 온전한 영혼으로 표현되는 어떤 공간적인 것을 잡아내는 것이었기 때문이다. 예전에는 익숙한 비율과 사물의 고유한 색깔로 대상을 그림으로 표현하면 되었다. 처음 몇 번의 시도는 완전히 실패했다. 하지만 나는 결코 물러서지 않았고 오히려 한층 열심히 달려들었다. 나는 예전의 그림들을 없애지 않고 비교용으로 보관해두었다. 이 비교를 통해 내 그림들이 점점 좋아지고 쉬워지고 자연스러워지고 있음을 알 수 있었다. 눈앞의 사물에 내재한, 아직 이름도 모르는 것들을 파악하는 일은 내 영혼에 형언할 수 없는 즐거움을 주었다. 이런 시도가 거듭될수록 이 이름도 모르는 것들이 더더욱 아름답게 느껴졌다.

나는 점점 매서워지는 추위로 도저히 야외 활동이 불가능한 시점까지 산속에 머물렀다.

장미집을 다시 찾은 것은 겨울이 코앞에 다가온 늦가을이었다. 높은 산중에는 벌써 눈이 쌓였고, 평지에서는 자연의 장식이 모두 떨어졌다. 장미집의 정원도 헐벗었고, 벌집은 짚에 싸여 있었다. 앙상한 나뭇가지에 앉은 박새 몇 마리와 겨울새 한 마리가 나를 보고 새된 목소리로 울어주었다. 잿빛 하늘에는 철새들이 삼각 대오로 남녘땅을 향해 날아가고 있었다. 주인어른과 나는 낮이면 필요한 곳에 들러 월동 준비를 했고, 긴긴 저녁에는 벽난롯가에 앉아 담소를 나누었다. 언덕과 골짜기, 들판 위로 안개가 자욱하게 깔리는 오후에는 가끔 산책을 나가기도 했다.

나는 주인어른에게 내 풍경화를 보여주었다. 나의 내면에서 일어난 변화를 숨기는 것이 어른에 대한 도리가 아니라고 생각했기 때문이다. 사실 이 그림들을 내놓기가 무척 꺼려졌다. 에우스타흐가 있는 자리였기에 더더욱 그랬다. 나는 이 그림들을 어떻게 이런 식으로 그려나가게 되었는지부터 설명했다.

"산을 제집처럼 들락거리고, 상상력과 그림에 얼마만큼 재주가 있는 사람이라면 모두 자네처럼 그렇게 하네. 그걸 갖고 민망해할 게 있겠나. 게다가 난 자네가 산을 돌아다니면서 돌과 화석만 수집하지는 않을 거라는 예상도 했네. 자연에 있으면 당연히 그리되지. 그게 좋은 일이고."

내 그림에는 필요 이상의 엄격함과 세밀함이 드러나 있었다. 주인어른과 에우스타흐는 내 그림을 한 장씩 관찰하고는 나와 이야기를 나누었다. 두 사람의 한결같은 판단은 이랬다. 내 그림에서 성공적인 부분은 예술적 면이 아닌 자연과학적 면이다. 전면에 등장하는 돌들과 그 주변의 식물들, 어느 나이 든 나무의 일부, 앞쪽에 놓인 자갈들, 그리고 시선 바로 아래의 계곡물까지 고유의 특징과 함께 충실히 묘사되어 있다. 하지만 멀리 있는 것들과 산 전체의 밝고 어두운 면, 하늘의 깊음과 얕음은 제대로 표현되어 있지 않다. 아울러 너무 선명한 색을 선택했고, 눈으로가 아니라 내 생각대로 그렸으며 배경도 너무 크게 그렸다. 배경이 눈에 너무 크게 들어온다. 이처럼 그림의 정확성과 배경의 확대로 인해 실제 배경에 내재된 고유의 멋이 사라졌다고 했다. 에우스타흐는 이렇게 충고했다. 유리판에 송진을 바르면 유리판이 우둘투둘해진다. 그러면 유리판의 투명성이 사라지지 않은 상태에서 물감이 유리판에 달라붙는다. 이 유리판으로 비치는 가장 먼 대상과 그다음 먼 대상을 유리판에 붓으로 그린다. 그러면 아주 크고 우람해 보이는 먼 산들이 얼마나 작게 표현되는지, 작은 것이 얼마나 커 보이는지 알게 될 것이다. 그런데 이 방법은 비례에 대한 확신에 도달하고 척도를 얻으려고 할 경우에만 추천한다. 풍경을 예술적으로 포착하고자 할 때는 쓰지 않는다. 그러면 표현의 측면에서 예술의 핵심과 본질에 해당하는 예술적 자유와 가벼움을 잃어버릴 수 있기 때문이다. 눈은 훈련한 대로, 교육받은 대로 본다. 창조하는 것은 영혼이고 눈은 그 영혼의 시녀여야 한다는 것이다. 에우스타흐는 멀리 있는 대상에 색깔을 부여하는 것과 관련해서는 이렇게 조언했다. 무언가를 확실히 보았는지, 아니면 단지 머리로만 아는 것인지 의심이 들 때는 차라리 그것의 재현을 포기하고, 확실한 색상보다 차라리 불확실한 색상을 선택하는 것이 좋다. 그래야 대상의 멋과 분위기가 살아난다. 대상은 불확실성을 통해 더 멀어지고, 오로지 그것 덕에 더 커 보인다. 작은 도화지나 화포 위에 제도용 연필로 그어진 선으로는 어떤 사물도 커 보이게 할 수 없다. 명료하게 표현할수록 사물의 몸체는 더 앞으로 당겨지고 작아진다. 사물과 풍경을 완벽히 재현하는 일은 불가능하기에 어차피 표현의 정밀성에서 오류가 불가피하다면 대상을 너무 많은 특징들로 분산하는 것보다 더 웅장하고 더 일목요연하게 재현하는 것이 더 낫고, 더 예술적이고, 더 효과적이다.

나는 두 사람이 지적한 부분들에 십분 공감했고, 그 실수가 어디서 왔는지도 알아차렸다. 지금까지 나는 모든 사물을 내가 추구하는 학문의 관점에서만 그려왔다. 이 학문에서 중요한 것은 사물의 특징이고, 이 특징들은 그림 속에 표현되어야 했다. 그것도 동종의 다른 개체들과 한눈에 구별될 정도로 선명하고 명확하게 말이다. 나는 인물화에서도 얼굴선과 특징, 밝은 면과 어두운 면을 아주 뚜렷하게 표현했다. 심지어 불분명할 수밖에 없는 먼 사물을 그릴 때조차 내 눈은 그것의 실제 특징을 보는 데 단련되어 있었다. 그래서 나는 빛과 공기, 연기처럼 그 대상을 감싸고 있는 것들은 별로 주목하지 않았다. 아니, 주목하기는커녕 그것들을 오히려 관찰의 방해물로 생각하면서 내 눈앞에 없는 것처럼 여겼다. 주인어른과 에우스타흐의 판단을 통해 지금껏 무가치하다고 생각했던 것들을 관찰하고 알아나가야 한다는 사실을 나는 갑자기 깨달았다. 사물은 대기와 빛, 연기, 구름 그리고 인접한 다른 대상들을 통해 그 외관이 달라진다. 나는 그 이유를 규명해야 하고, 가능하다면 그것을 유발하는 대상들을 내 학문의 대상으로 삼아야 한다. 예전에 내 눈에 직접 들어온 사물의 특징들을 내 학문의 대상으로 삼았듯이 말이다. 이런 방식을 이용하면 다른 대상들 주위를 부유하는 것들을 표현할 수 있을 것 같았다. 나는 두 사람에게 그렇게 말했고, 그들도 내 결심을 인정해주었다. 우리는 안개와 흐릿한 대기 사이로 보이는 원경을 구체적인 예로 삼아 머나먼 산맥과 그 일부, 혹은 산줄기와 번갈아 나타나는 가까운 대지를 어떤 식으로 표현할 것인지 이야기했다. 그해 가을 나는 장미집에서 짧게 체류하면서 스스로도 놀랄 정도로 많은 것을 배웠다.

나는 내가 읽은 작가들에 대해서도 주인어른과 이야기했고, 작가들의 말에서 받은 깊은 감명을 토로했다. 한번은 장미집의 책방에 들어갔는데, 어른이 나를 문학 작품들이 진열된 서가로 안내했다. 그러고는 내가 여기 묵는 동안 이 책들을 마음대로 꺼내서 읽어도 된다고 했다. 게다가 책을 독서방에서 읽든 아니면 내 방으로 가져가든 편한 대로 하라고 했다. 서가에는 인도어에서부터 그리스어와 라틴어에 이르기까지 굉장히 오래된 언어로 쓰인 작품들이 꽂혀 있었다. 그 밖에 근대 작품과 최근 작품들도 있었다. 물론 독일 작가들의 작품이 가장 많았다.

"이 책들은 내가 수집했지만, 그 내용을 다 알아서 수집한 것은 아니네. 일부는 전혀 모르는 외국어로 쓰여 있지. 이 책들을 모으면서 깨달은 게 있네. 생각이 올바른 작가라면 인류의 위대한 은인이라 불러도 무방하다는 사실이지. 작가들은 미의 사제이자, 세계와 인간성, 인간 운명, 신에 대한 견해들이 끊임없이 변하는 세월 속에서도 영구히 변치 않는 것들과 영원한 열락을 우리에게 전달해주는 중개자라네. 그것도 변질되지 않고, 판단을 내리지 않는 매혹의 옷으로 갈아입혀 우리에게 선보이지. 한데 모든 예술이 이런 고결한 정신을 우아한 형상 속에 넣어 표현하더라도 이 형상을 매개하는 재료에 묶일 수밖에 없네. 예를 들어 음악의 재료는 음과 소리이고, 회화는 선과 색채

이고, 조각은 돌과 금속 같은 것들이고, 건축은 땅의 큰 물체들이지. 모름지기 예술이라 일컬어지는 것들은 이런 재료들과 적잖이 악전고투를 벌일 수밖에 없네. 다만 문학만 이런 재료가 없는 것이나 다름없지. 문학의 재료는 가장 넓은 의미의 사고이네. 언어는 재료가 아니라 사고의 운반체에 해당하네. 가령 소리를 우리의 귀로 운반하는 공기와 같지. 하여 예술 중에서 가장 순수하고 위대한 것은 문학이네. 각 시대의 '문호'로 꼽히는 작가들을 여기에 모아놓은 것도 그 때문이지. 낯선 외국어를 사용하는 작가들도 추가했네. 각 민족의 역사에서 두드러지게 거론되고, 그쪽 방면의 전문가들한테 추천받은 작가들이지. 그 책들은 서가에 그냥 하릴없이 꽂혀 있기도 하지만, 어떤 때는 그 문자를 아는 사람들이 한둘 찾아와 읽기도 하네. 나는 내가 좋아하는 책들도 이리 갖다놓았네. 세월이 지나 그 책들을 다시 읽으면 예전과 판단이 달라지기도 하지만, 예전의 느낌을 다시 확인하기도 하네. 나는 이 책들 속에서 많은 행복을 찾았네. 그것도 젊을 때보다 노년기에 말일세. 젊은이들은 작품에 담긴 값진 말들을 노도(怒濤)와 같이 받아들이고 감격과 동경으로 가슴에 품지만, 그것은 그 책에 담긴 지혜와 위대함을 사색과 관찰의 심장으로 받아들인 것이라기보다 청춘의 뜨거운 자기감정으로 받아들인 것이라 할 수 있네. 자네도 젊네. 이른바 순수한 문학과 젊음의 관계가 그렇듯, 문학의 깊이와 오묘함은 자네의 발전을 돕고, 자네가 내면적 힘을 크게 펼치도록 밀어줄 걸세. 하지만 자네도 언젠가는, 노년의 식어가는 태양이 모든 것을 자기 광채로 물들이는 청춘의 강렬한 아침 해보다 훨씬 부드럽고 맑게 타인의 정신을 비출 수 있다는 것을 알게 될 걸세. 늙어가는 아내의 진실하고 속 깊고 충직한 사랑이 눈부시게 빛나는 젊은 신부의 뜨거운 정열보다 더 단단하고 오래가듯이 말이네. 젊음의 무한함과 영원성은 문학 속에 살아 숨 쉬고, 이 영원함이 젊음의 부족한 것을 가려주고 넘치는 면을 보완하네. 그것이 부족한 것을 가려주고 넘치는 것을 대신해주지. 젊음은 자신의 가슴에 뜨겁게 살아 있는 것을 예술 작품에 담네. 하여 무척 다양한 의미로 읽힐 수 있는 작품들도 젊은이들을 동일한 방식으로 감동시키네. 또 젊은이들은 청춘의 반영이 아니라면 제아무리 위대한 정신의 산물이라도 알아보지 못하는 현상이 생기지. 나이가 들면 오래전 청춘의 찬란했던 추억들이 새록새록 떠오르네. 모호함과 무한함이 함께한 첫사랑에 대한 그리움, 화답받은 사랑으로 인한 지고지순의 행복감, 미래에 대한 부푼 꿈, 예술과의 당황스럽고 어색했던 첫 만남 같은 것들이지. 한데 청춘의 이런 화려한 순간들조차 나이가 들어야 기억의 부드러운 거울로 더 행복하게 비춰 볼 수 있는 법이네. 젊을 때는 생의 들끓는 소리 때문에 그런 걸 음미할 여유가 없지. 노인의 눈엔 행복한, 가끔은 고통스러운 눈물이 맺히네. 반면에 젊은이의 눈엔 주체할 길 없는 감정에서 강렬한 불꽃이 튀어 올라 금방 흔적도 없이 사라져버리지. 요즘 나는 위대한 작가들의 작품들을 특히 많이 읽네. 아마 생명이 다하는 날까지 책들을 손에서 놓지 않을 걸세. 그 책들은 내 여생 동안 상큼한 청량제 같은 정신으로 나와 동반할 것이고, 어두운 문에 나를 위해 화환을 걸어둘 걸세. 그것도 우리 집의 장미로 엮은 화환을 말이네. 이런 연유로 나는 단 한 권의 책도 버리지 않네. 나한테 언제 필요할지 누가 알겠나? 우리 집에서는 서가를 이용하고 싶은 사람은 누구나 마음대로 이용할 수 있네.

다만 구스타프만 내가 책을 골라주네. 녀석은 아직 어려서 읽어도 되는 것과 읽어서는 안 되는 것을 스스로 가리지 못하니까. 물론 이 서가에 전적으로 나쁜 책은 없지만, 좋은 내용이라 하더라도 구스타프가 다 이해하지는 못할 걸세. 그렇다면 괜한 시간 낭비가 되지 않겠나? 게다가 책의 내용을 오해할 수도 있는데, 그럴 경우는 외려 책을 읽지 않느니만 못하지. '문학'의 이름을 빌린 나쁜 책들은 젊은이들에게 아주 위험하네. 다른 학문에서는 나쁜 책들을 쉽게 알 수 있네. 예컨대 수학에서는 '서술'에 나쁜 것들이 표현되어 있네. 소재에서부터 잘못을 드러내는 수학책들은 없으니까. 자연과학에서는 서술과 마찬가지로 소재에서도 나쁜 것들이 대담한 주장이라는 외피를 입고 등장하네. 특히 '지혜학'에서는 나쁜 것들이 문학 작품에서처럼 은밀하게 숨어 있네. 지혜학은 문학처럼 여러 요소를 한데 버무려놓기 때문이지. 문학 작품에는 독이 은폐되어 있네. 한창 열정으로 끓어오르는 젊은이들은 그것을 미처 발견하지 못하고 푹 빠져 한껏 독을 빨아들이네. 그런 상황에서 문학의 악과 타락으로부터 자기를 지킬 수 있는 것은 어려서부터 사물을 똑바로 보도록 교육받은 맑은 이성과 선하고 순수한 심성뿐이네. 맑은 이성은 공허한 과잉 장식을 내치고, 순수한 마음은 도덕적 타락을 거부하기 때문이지. 한데 그 둘은 악이 뚜렷하게 드러날 경우에만 작동하네. 만약 악이 다른 매력적인 것으로 포장되고, 순수한 것들과 섞일 경우에는 아주 곤란해지네. 그래서 아버지처럼 도와줄 사람이 필요하지. 어떤 때는 옆에서 자상하게 깨우쳐주고, 어떤 때는 아예 악이 접근하는 것을 차단해버릴 줄 아는 사람 말이네. 한데 궁극적으로 책의 나쁜 영향을 막고 따분함을 이기는 일은 모두 자기 자신에게 달려 있네. 자네는 아직 젊네. 하지만 대부분의 젊은이들처럼 일찍부터 작가들의 작품을 읽지는 않았네. 그리고 학문을 깊이 탐구했기에 악에 휩쓸릴 거라는 염려 없이 자네에게는 모든 문학 작품을 맡겨도 된다고 생각하네. 심지어 아주 수상쩍은 작가의 작품도 말일세. 자네의 정신은 스스로 헤쳐 나가는 방법을 찾고, 그를 통해 깨달음은 더더욱 커져갈 것이네. 기왕 지혜학 이야기가 나왔으니 그 이야기를 좀 더 해봄세. 그리스어로 '철학'은 지혜에 대한 사랑이라는 뜻인데, 우리 독일 땅에서는 지혜학을 지금도 철학이라고 부르네. 한데 자네도 나의 다른 말들에서 눈치챘을지 모르겠네만, 나는 자기 본연의 의상을 걸치고 등장하는 철학이라는 것을 별로 대단하게 생각지 않네. 물론 제대로 파헤쳐보겠다는 생각에 철학의 고전과 최근 작품 들을 탐독하기도 했네. 하지만 자연에 뿌리를 둔 나로서는 토대가 없는 그런 딱딱한 논문들을 중요하게 생각할 수 없었을 뿐 아니라 심지어 거북하기까지 했네. 이 문제는 혹시 다음에 기회가 닿으면 좀 더 이야기해보기로 함세. 지금껏 내가 깨달은 지혜가 있다면 그것은 철학의 고전들에서 얻은 것이 아니네. 최근의 철학서들은 더더욱 아니고. 요즘은 쳐다보지도 않는 책들이지. 어쨌든 그런 지혜는 문학 작품이나, 내가 가장 생생한 문학이라고 여기는 역사에서 얻은 것들이네."

나는 주인어른의 말을 들으면서 실제로 어른이 책을 읽는 모습을 자주 본 기억이 났다. 어른은 더운 여름에는 나무 그늘 아래에서, 싸늘한 계절에는 햇볕이 좋은 벤치에서 책 한 권을 들고 앉아 있을 때가 많았고, 산책을 갈 때도 책을 지참하지 않는 경우가 드물었다. 또한 틈나는 대로 독서방에 있었고, 서재에 갈 때도 책을 갖고 갔다. 슈테르넨호프로 마지막 여행을 갈 때도 책을 챙겼다. 나는 어른이 여행을 떠날 때마다 책 보따리를 싼다는 이야기를 구스타프에게 들은 것 같았다.

이번에 장미집에 머무는 동안 나는 무척 자주 책방을 찾았다. 그런데 예전에는 주로 자연과학 서가에서 책을 골라 독서방으로 갔지만 지금은 문학 서가 앞에 서서 책을 일일이 훑어본 뒤 독서방이나 어른의 양해하에 내 방으로 가져가 읽었다. 몇 권은 제목을 수첩에 적었다. 나중에 집에 돌아가면 구입할 생각으로.

며칠 화창한 날이 이어졌다. 체류 막바지 무렵 나는 이 집의 아름다운 방바닥을 그림으로 남겼다. 내가 본 모든 것을 아버지에게 보여주기 위해서였다.

출발일이 멀지 않았을 때 주인어른이 내게 따로 당부할 말이 있다면서 이렇게 말했다. "자네는 자기 구역이라고 말뚝을 박아놓은 고유의 내면세계에서 밖으로 조금 걸어 나온 듯이 보이네. 풍경화를 그리기 시작한 것도 그런 자기 세계를 벗어나려는 과도기적 시도라고 할 수 있겠지. 게다가 요즘은 예전에 추구하던 것에 문학까지 추가한 자네를 보면서 나는 연배를 떠나 자네의 진정한 벗으로서 한마디 하고 싶으니 들어주기 바라네. 자네는 인격 함양을 위해 더 넓은 토대를 구축해야 하네. 보편적인 삶의 힘들이 모든 방향이나 많은 방향으로 동시에 움직이면 하나의 방향으로 힘을 쏟을 때보다 훨씬 만족스럽고 충만한 결과를 얻을 걸세. 모든 힘이 함께 작용하기 때문이지. 그리되면 인격은 한층 원숙해지고 반석같이 단단해지네. 한 방향만 추구하는 것은 정신을 붕대로 가리는 것이나 다름없네. 그것은 바로 옆에 있는 것도 보지 못하게 하고, 사람을 괴팍한 인간으로 몰고 가기도 하지. 무언가 큰일을 해야겠다는 생각이 들면, 나중에 인격 함양의 굳건한 토대가 놓인 다음에 한 가지 일에 집중해도 늦지 않네. 그때는 더 이상 한쪽으로 치우치지 않을 걸세. 젊을 때는 모름지기 모든 방면에서 닦고 익혀야 하네. 그래야 다방면에서 쓸모 있는 남자가 되지 않겠나? 그렇다고 자네가 한때 모든 학문을 두고 그랬던 것처럼, 모든 방향에서 삶의 가장 깊숙한 부분까지 들어가야 한다는 뜻은 아닐세. 그건 가능하지도 않은 일이지. 내 말은 우리를 둘러싼 삶들과 직접 부딪치고, 그 삶의 현상들이 우리 자신에게 영향을 미쳐 부지불식간에 그 흔적이 우리 가슴에 새겨지도록 하고, 그때 그 현상들을 학문에 예속시키지 말라는 뜻이네. 바로 이것이 인위적인 지식과는 다른, 정신의 '자연스러운' 지식이네. 정신은 서서히 삶의 사건들에 순응하게 될 걸세. 내가 보기에 자네는 아주 일찍이 한 분야에 매진했고, 한동안 그것을 중단한 뒤 훗날 좀 더 자유롭고 수려한 방식으로 그 분야를 다시 받아들일 거라 믿네. 삶의 보잘것없고 무가치한 것으로도 눈을 돌려보게. 도시로 가거든 도시의 일에 맞게 살아가다가 다시 여기 시골로 내려와 우리와 함께 한동안 한가하게 살아봄세. 다시 말해 순간의 영감에 따라 살자는 게지. 이 집과 정원이 주는 안식을 만끽하고, 잉하임뿐 아니라 좀 더 먼 이웃도 방문하면서 물 흐르듯이 자연스럽게 살아보게나."

나는 주인어른의 말에 깊이 감사하며 이렇게 답했다. 나 역시 비슷한 것을 느끼고 있다. 하지만 아직 삶에 대해 서툴다. 부모님과 좋은 벗들이 그런 나를 아량으로 돌봐줄 것이다. 나는 어떤 충고든 감사하게 받아들인다. 특히 이 집으로의 초대는 늘 즐겁고 설레는 마음으로 따를 생각이라고 했다.

출발일이 다가오자 나는 그림을 비롯해 장미집에 보관해둔 내 물건을 모두 싼 다음 주인어른과 구스타프, 에우스타흐 그리고 그사이 돌아온 롤란트와 정말 따뜻한 작별 인사를 나누었고, 장미집과 정원, 농장에 사는 모든 이와 헤어져 내 가족이 사는 수도로 떠났다.

식구들과의 반가운 대면이 끝난 뒤 내가 처음 본 것은 아버지가 지난여름에 개축한 작은 집이었다. 일부는 유리로, 일부는 나무로 만든 이 집에는 옛 무기들이 걸려 있었다. 외부는 담쟁이덩굴로 덮여 있었는데, 전체적으로 본관 익부의 가장 외곽에 위치한 돌출형 다락방과 흡사했다. 아버지는 원래 있던 방을 크게 증축하면서도 유리를 끼우는 창틀과 소란(小欄), 경첩은 예전 형태 그대로 두었다. 다만 재료는 새것으로 바꾸고 아름다운 장식과 조각을 첨가했다. 지붕의 추녀는 중세 양식으로 만들었는데, 여기도 우아한 조각과 다른 장식이 가미되었다. 창틀을 타고 올라가던 담쟁이덩굴은 여러 곳에서 유리를 통해 방 안을 들여다보고 있었다. 창문은 이제 안과 밖으로 열리는 형태가 아니라 미닫이 형태로 바뀌어 있었다. 무엇보다 가장 큰 변화는 아버지가 벽에 기둥을 두 개 설치한 것이었다. 원래 바깥쪽을 내다보던 두 개의 벽은 유리로 만들어져 있었다. 두 기둥은 내가 지난가을에 아버지에게 선물한 그 두 벽장식목을 부착할 수 있도록 치수가 맞춰져 있었다. 그런데 아직 벽장식목은 보이지 않았다. 목재를 상하게 하지 않으려면 벽면이 완전히 마를 때까지 기다려야 했기 때문이다. 전에 나는 아버지에게서 이 벽장식목을 부착하는 것과 관련된 전반적인 계획과 설비에 대해 들었다. 그런데 아버지가 멀쩡하던 방까지 뜯어고쳐 벽장식목을 부착할 정도로 그것을 귀히 여기는 것이 한편으로는 몹시 기쁘면서도, 다른 한편으로는 그런 아버지를 위해 나머지 벽장식목을 구하지 못한 것이 더더욱 죄송하고 가슴 아팠다. 나는 아버지에게 그간의 노력을 설명하고, 그럼에도 성공을 거두지 못해 너무나 안타깝다고 이야기했다. 아버지와 어머니는 그런 나를 위로했다. 남아 있는 것도 충분히 아름답다. 어디론가 사라져 더 이상 구할 수 없는 것들에는 집착할 필요가 없고 오히려 이나마 남아 있는 것을 기뻐해야 한다. 그리고 다락방이 완성되면 이 방은 벽장식목이 만들어진 시절에 대한 기억이 될 뿐 아니라 사랑하는 아버지를 위해 불원천리하고 산에서 벽장식목을 구해온 아들의 아름다운 마음에 대한 기념이 될 거라고 했다.

나는 내키지는 않았지만 부모님의 위로를 받아들일 수밖에 없었다. 그런데 벽장식목이 다락방 안쪽 면을 둘러싸고, 기둥과 창문 들이 햇빛에 반짝거리는 것이 무척 아름답다는 생각이 들었다.

가족의 일원이 집을 떠났다가 다시 가족의 품으로 돌아오면 비록 그것이 해마다 되풀이된다 할지라도 며칠 동안은 항상 그간의 그리움을 대화로 달래는 자리가 있기 마련이다. 그렇게 며칠이 지나는 사이 내 짐과 상자 들이 도착했다. 나는 아버지에게 내 그림들을 보여줄 적절한 시점을 찾았다. 장미집과 슈테르넨호프에서 가구와 바닥 장식을 그린 그림들이었다. 나는 아버지의 반응이 무척 궁금했다. 그래서 일요일을 잡아 그림을 선보일 순간을 기다렸다. 아버지는 보통 일요일에 시간이 많았을 뿐 아니라 점심 식사 뒤에는 대개 우리와 함께 시간을 보냈기 때문이다. 드디어 나는 아버지 앞에 그림을 펼쳐놓았다. 그림을 바라보던 아버지의 표정은, 이렇게 말해도 된다면, 당황한 듯했다. 아버지는 그림을 꼼꼼히 살펴보았고, 한 장씩 여러 번 손에 들었다 놓았다 하더니 장시간 아무 말이 없었다. 그러다가 마침내 봇물 터지듯 기쁨을 표출하면서 이렇게 말했다. 네가 얼마나 대단한 일을 했는지 너 자신은 잘 모를 것이다. 이 물건들이 얼마나 귀한지도 모를 것이다. 그리고 이 그림들이 색상과 기교 면에서 부족한 점이 있다고 하더라도 결코 말로는 이만큼 생생히 표현할 수는 없었을 거라고 했다. 아버지는 내가 슈테르넨호프에서 그린 가구들이 굉장히 오래된 것임을 한눈에 알아보았다. 내가 이 가구들의 배치와 조합에 대해 설명하자 아버지는 이렇게 말했다. 이것들을 설계한 장인은 정말 대단한 사람이다. 고대의 가구 양식과 가구 배치에 아주 밝을 뿐 아니라, 전승되어 내려온 수많은 형상들 가운데 이런 것들을 골라낸 걸 보니 미감이 탁월한 사람이 분명하다. 그리고 가구들은 마치 한 시대에 하나의 목적으로 제작된 것처럼 혼연일체를 이루고 있다. 장미집의 고가구들도 아름답기 그지없다. 이 도시에서 가구로 소문난 여러 저택과 성들을 돌아다녀보았지만 이만큼 훌륭한 것은 본 적이 없다. 특히 돌고래 장식이 있는 책상과 큰 옷장 두 점은 어디에 내놓아도 빠지지 않는 수작이다. 황제의 거처에나 어울리지 않을까 싶다고 했다.

나는 슈테르넨호프의 가구들을 설계한 장인이 어떤 사람인지 좀 더 소상히 설명할 생각으로 장미집 목공예소에서 본 수많은 그림들에 대해 이야기했다. 건축물이나 제단같이 훨씬 고귀한 대상들을 그린 그 그림들은 내가 감히 따라가지 못할 완성도로 표현되어 있었는데, 이런 작업이 바탕이 되어 슈테르넨호프의 훌륭한 작품들이 나오지 않았을까 싶다고 했다.

아버지는 내 말에 주의를 기울이는 것 같지 않았다. 다만 그림 한 장을 내려놓고 다른 그림을 집어 들더니 찬찬히 살펴보았다.

"이 그림들로 판단컨대, 네가 그린 이 고가구들은 그 자체로 탁월한 물건일 뿐 아니라 색깔과 모양으로 보아 실용적으로 복원된 것 같구나. 그에 비하면 내가 가진 가구들은 초라하기 그지없다. 하지만 이 그림만 있으면 가구들을 직접 만들 수 있을 것 같구나. 시간과 지식 그리고 그럴 재력만 있다면 말이다."

그 말을 들으면서 나는 아버지에게 고가구의 생생한 모습을 보여드리려고 이렇게 직접 그림을 그릴 마음을 먹은 것이 무척 잘한 일이라는 생각이 들었다. 나는 아버지가 이것들에 보이는 애정과 기쁨을 보면서 즐거움을 감추지 못했다.

어머니가 입을 열었다. "그럼 이제 두 가지 길이 있네요. 내내 곁에 두고 즐기시려면 이 그림들을 보고 가구를 직접 만드시든지, 아니면 잠시 보고 즐기시다가 그 후엔 그에 대한 기억으로 만족하시려면 아스퍼호프와 슈테르넨호프로 가서 직접 보셔야겠네요."

아버지가 대답했다. "이 그림들을 보고 그대로 따라 만드는 건 온당치 못한 짓이오. 우선 소유주에게 그에 대한 허락을 구해야 할 터인데, 설사 허락을 구한다고 하더라도 그런 식으로 만들면 가치가 떨어질 수밖에 없소. 화가들의 말처럼 그건 복제품이 아니오? 물론 소유주의 허락을 얻어 이 가구들을 새로 설계하고 제작할 수도 있소. 하나 그건 엄청난 숙련도를 요하는 일이오. 나로서는 감히 엄두도 못 낼 일이고, 이 도시에서 난다 긴다 하는 기술자들 중에도 그만한 재주를 가진 사람은 찾을 수가 없을 거요. 더구나 그렇게 제작된 물건도 결국 복제품이라는 오명을 벗지 못하기는 마찬가지 아니겠소? 그러니 제작은 안 될 일이오. 그렇다면 부인이 말한 두번째 방법밖에 없고, 나 역시 그리할 생각이오. 그러잖아도 예전에 이 물건들에 대한 이야기를 들으면서 그리로 갈 생각을 했는데, 이제 이 그림들을 보니 더더욱 그 마음이 확고해졌을 뿐 아니라 한시라도 서둘러야겠다는 생각이 간절하오."

"정말 잘 생각하셨어요!" 우리의 입에서 거의 동시에 터져나온 소리였다.

어머니가 말했다. "말이 나온 김에 시간을 정해요. 우리 아들이 그 시간에 맞춰 장미집 주인어른과 슈테르넨호프로 당신을 안내하게요."

"그리 재촉 마오. 시간을 봐서 적당할 때 그리할 테니. 당신도 알잖소. 일에 매인 사람은 갑자기 무슨 급한 사정이 생길지 모르니 시간을 미리 확정하기 곤란하다는 걸."

어머니는 아버지가 어떤 사람인지 매우 잘 알고 있었기에 더 이상 독촉하지 않았다. 아버지는 한번 뱉은 말은 반드시 지키는 사람이었다. 그렇다면 차분하게 기다리는 것이 순리였다.

어머니와 누이도 내가 아버지에게 이 그림들을 갖다줘서 고맙다고 했다. 아버지의 기쁨은 모두의 기쁨이었기 때문이다.

"아, 이 바닥들도 참으로 멋지구나!" 아버지의 입에서 탄성이 터져

나왔다.

내가 대답했다. "어설픈 제 그림보다 실제로 보면 훨씬 아름답습니다. 제 붓은 아직 나뭇결의 광채와 부드러움, 비단 같은 섬세함을 제대로 표현해내지 못합니다. 그곳 사람들은 바닥을 지나갈 때 털신을 신을 정도로 바닥에 대한 애정이 지극합니다."

"암, 나라도 그런 생각을 했겠어. 나라도 그런 생각을 했겠다고."

나는 아버지에게 색깔을 칠한 나무를 하나씩 거명했다. 모두 가구의 재료로 쓰인 나무들이었다. 나는 아버지가 나무를 한눈에 알아보는 것을 보고 기뻤다. 이는 곧 내가 나무의 색상을 자연에 맞게 제대로 선택했음을 증명했다. 간혹 아버지가 모르는 나무들도 나는 상당히 상세하게 설명할 수 있었다.

아버지는 감탄사를 연발했고, 가구의 생생한 모습을 떠올리려고 노력했다.

어머니와 누이는 이 그림들을 그리는 데 시간이 많이 걸리지는 않았는지, 그림이 잘못되면 어쩌나 하는 부담감은 없었는지 물었다.

나는 대답했다. 목적의식이 뚜렷했기에 정말 열심히 그려나갔다. 처음에는 진도가 느렸지만 자꾸 그리다보니 서서히 익숙해져서 나중에는 스스로 생각해도 놀랄 정도로 속도가 빨라졌다. 솔직히 처음에는 부담감이 있었다. 그런데 어느 순간 대상이 내 속으로 들어오는 것 같았고, 또 내가 열심히 했고, 이따금 성공하기도 했으며, 특히 어느 순간부터는 목재의 색깔이 마치 저절로 손에 쥐여지듯 명확히 결정되었기 때문에 곧 그런 부담감을 떨쳐버리고 자신 있게 그림을 그려나갔을 뿐 아니라 나중에는 작업하는 것이 즐겁기까지 했다고 말했다.

내 말이 끝나자 아버지가 내 그림에 나타난 몇 가지 실수를 지적했고, 앞으로 비슷한 작업을 할 때면 어떻게 그런 실수를 피해야 하는지 설명했다. 아버지 역시 많은 그림을 소장하고 있었고, 몇 년 전부터는 직접 그림을 그리기도 했기에 회화와 관련해서는 나름대로의 미적 판단력이 있었다. 내가 보기에도 아버지의 지적은 전적으로 옳았다. 나는 문득 앞으로 그림을 더 잘 그릴 수 있을 것 같았다.

아버지는 내 실수를 지적하고 나서 내 그림의 탁월한 점도 말해주었다. 얼마 전에 내가 그린 인물화를 보면서 이토록 사실에 부합하게 사람의 얼굴을 유성 물감으로 표현할 수 있다는 것이 믿기지 않는다고 했다.

이렇듯 일요일 오후의 정답고 유쾌한 시간이 흘러갔다.

특히 이날 오후 누이가 내게 보여준 다정한 언행은 지난 내 수고에 대한 어느 전문가의 찬사보다 따뜻한 보상이었다. 또한 내가 아버지와 아버지의 집을 위해 마음을 썼고, 아버지를 기쁘게 하려는 마음에서 그 힘든 일을 마다하지 않았다는 어머니의 칭찬은 그 무엇보다 내 마음을 부드럽게 어루만졌다. 아버지 역시 몇 마디 말로 내게 고마움을 표하며 내 마음을 잊지 않겠다고 말하는 순간 나는 솟구치는 눈물을 간신히 누를 수 있었다.

나는 아버지에게 내 그림들을 모두 드렸고, 아버지는 그것들을 희귀품 보관실에 두었다.

이튿날 나는 치터 두 대를 누이 앞에 내놓으며 내 것과 새로 구입한 것 중에서 어느 것을 갖고 싶은지 물었다. 누이는 무척 기뻐하며 새것을 선택했다. 나는 산중의 치터 선생에게서 배운 곡들을 누이에게 선

보였고, 그 곡의 악보를 베껴 연습하도록 했다. 그러면서 이번 겨울에는 누이의 치터 선생이 되어주겠다고 약속했다.

며칠 뒤 나는 산에서 그린 풍경화도 식구들 앞에 내놓았다. 그전까지는 그럴 용기를 내지 못했지만, 사랑하는 가족에게 숨기는 것이 있어야 되겠느냐는 양심의 가책 때문에 그림을 내놓기로 마음먹었던 것이다. 이번에도 나는 일요일 오후에 아버지에게 그림을 보여주었다. 그런데 아버지가 내 그림들을 보면서 장미집 주인어른과 에우스타흐와 똑같은 말을 하는 순간 나는 깜짝 놀라 아버지의 얼굴을 빤히 바라보았다. 주인어른과 에우스타흐가 그런 말을 했을 때는 특별히 놀랄 이유가 없었다. 두 사람 다 회화의 전문가인 데다 산악지대 주민들이었기 때문이다. 반면에 아버지는 비록 그림을 소장하고 있다고는 하나 본질적으로 상인이었고, 산에도 오랫동안 있어본 적이 없는 사람이었다. 나는 아버지에 대한 경외심이 더욱 커짐을 느꼈다. 아버지는 내 그림에서 잘못된 부분을 지적했고, 어떻게 해야 제대로 된 그림이 나올지 설명했다. 나 역시 충분히 인정하는 부분이었다. 아버지는 내 그림에서 잘된 부분을 가리키며 칭찬하기도 했다. 나는 속으로 기쁨을 감추지 못했다.

클로틸데의 방에 둘이 있을 때 나는 이 그림들을 다시 한 번 보여주어야 했다. 누이는 그림 속 거의 모든 부분을 설명해달라고 했다. 고산이나 원시 산맥에는 가본 적이 없었기에 산들이 실제로 어떤 모습을 하고 있는지 무척 궁금하다는 것이다. 누이는 내 설명 하나하나에 큰 관심을 나타냈다. 이제 더더욱 실감하는 것이지만 내 그림들은 결코 예술 작품이 아니었다. 나중에야 제대로 알아보았지만 그럼에도 내 그림에는 나름의 장점이 있었다. 전문 화가들이 그림 자체의 조화와 기존의 회화 규범에 묶일 수밖에 없다면 나는 미리 입력된 선입견이 없었기에 사물 그 자체에 빠져들어 내가 본 대로 표현할 수 있었던 것이다. 그를 통해 회화의 대상은 윤기와 통일성을 잃는 대신 세세한 부분까지 자연에 충실한 사실성을 얻었고, 비전문가나 산에 가본 적이 없는 사람들에게는 예술적으로 묘사된 회화보다 한결 수월하게 산의 실제 모습을 떠올리게 했다. 그러니까 예술적인 완성도는 떨어지지만 사실성은 최고도로 갖춘 그림이었다. 그런 이유에서 클로틸데는 지금까지 수많은 훌륭한 그림들을 봐왔지만, 이제야 산들이 실제로 어떻게 생겼는지 알 것 같다고 했다. 그러면서 자기도 꼭 높은 산에 직접 가보고 싶다며, 나중에 아버지가 장미집과 슈테르넨호프로 가는 길에 산악지대까지 들를 계획이면 자신도 꼭 데려가달라고 부탁할 거라고 했다. 나는 누이에게 산에 대해 많은 것을 이야기해주었다. 산의 수려함과 장엄함을 묘사하고 산의 고유한 특색들을 설명했으며, 여러 번의 산악 여행과 그 산에서 내가 했던 일들을 과거 어느 때보다 상세히 알려주었다. 누이와 산에 대해 이렇게 많은 이야기를 하기는 처음이었다. 내 말이 끝나자 누이는 눈앞의 그림과 똑같은 그림을 그릴 수 있도록 가르쳐달라고 부탁했다. 물감을 비롯해서 다른 필요한 화구는 서둘러 장만하겠다고 했다. 내가 보기에 누이는 벌써 그림을 꽤 잘 그렸기에 풍경화도 그리 어렵지 않게 배울 수 있을 것 같았다. 나는 부모님이 승낙하면 도와주겠다고 약속했다.

얼마 뒤 우리는 부모님에게 물어보았다. 부모님도 원칙적으로 반대하지는 않았다. 다만 어머니는 분명히 이렇게 단서를 달았다. 그것은 재미로 하는 부수적인 일이어야 한다. 그게 주가 되어서는 안 된다. 여자의 주된 의무는 가사다. 그림도 가사에 속할 수 있지만 전적으로 그 일에 빠지면 집안에 도움이 되기는커녕 가정을 망칠 수 있다. 클로틸데도 이제 자신의 소명에 힘을 쏟아야 할 나이가 됐다는 것이다.

우리는 어머니의 말을 십분 이해했고, 결코 한도를 벗어나는 일은 없을 거라고 약속했다.

필요한 모든 도구가 준비되자 우리는 허락된 시간에 그림을 그리기 시작했다.

클로틸데는 나한테서 스페인어도 배우려고 했다. 스페인어 공부를 계속해온 내가 누이보다 실력이 앞섰기 때문이다. 어머니는 풍경화 때와 똑같은 단서를 달면서 스페인어 수업을 허락했다. 이렇게 해서 올해는 내가 집에서 해야 할 일이 여느 해보다 많아졌다.

그해 가을 나는 아버지든 어머니든 장미집 주인어른에 대해 더 이상 자세히 캐묻지 않는 것이 놀랍게 느껴졌다. 이제 내 이야기를 통해 주인어른을 완전히 믿게 되었거나, 과도한 간섭으로 내 행동의 주체성을 방해하지 않으려는 뜻인 듯했다.

다가오는 겨울, 나는 집에서의 이런저런 일들 외에 지금까지와는 좀 다르고 더 다채로운 삶을 살아가기 시작했다. 전에는 부모님이 초대를 받거나 벗들에게 볼일이 있을 때만 도시로 나갔다. 만나는 부류도 대부분 아버지와 비슷한 계층의 사람들이었다. 나는 좀 더 고상하게 살아가는 사람들의 생각과 견해뿐 아니라 그네들의 풍습과 도덕에 대해서도 알고 싶다는 충동을 느꼈다. 어떤 때는 우연히 그런 사람들을 만났고, 어떤 때는 의도적으로 그럴 기회를 만들기도 했다. 나는 그런 사람들과 안면을 텄고, 이따금 친분을 쌓아가기도 했다. 그 과정에서 높은 귀족들이 어떻게 살아가는지, 서로 어떻게 대하고 신분이 다른 사람들에게는 어떤 태도를 보이는지 알 수 있었다.

우리 도시에는 기품이 흐르는 한 늙은 후작 부인이 살고 있었다. 남편은 과거에 큰 전쟁을 여러 번 이끈 총사령관이었는데, 부인만 남겨두고 일찍 세상을 떠났다. 후작 부인은 남편을 따라 전장에 자주 나갔는데 거기서 군의 상황과 군대 기동에 관한 지식을 얻었고, 유럽의 큰 도시들에 머물며 세상을 주무르는 유력자들과도 친분을 쌓았다. 또한 문학을 비롯해서 그녀가 이해할 수 있는 일부 학문 분야에서 명성이 자자한 남녀 작가들의 책을 읽었고, 예술이 제공하는 온갖 아름다움을 즐겼다. 한때 부인은 귀족 사회에서 알아주는 절색 가운데 한 사람이었다. 물론 지금도 부인만큼 다정하고 지혜롭고 고운 얼굴은 찾아보기 힘들 듯했다. 부인을 자주 찾는 사람들 중에 회화에 일가견이 있는 남자가 있었는데, 그가 언젠가 이런 말을 했다. 부인 얼굴의 섬세한 색조와 예술적인 선을 제대로 표현할 수 있는 사람은 렘브란트뿐이라고. 현재 부인은 도심의 동쪽 경계에 살고 있었다. 아침이면 햇살이 가득하고, 창문 너머로 우거진 신록과 멀리 떨어진 근교가 훤히 내다보이는 집이었다. 한창 나이의 아들들은 군에서 높은 직책을 맡고 있었는데, 업무상 수도에 들를 일이 있으면 잠시 시간을 내어 늙은 어머니를 찾았다. 귀여운 손자 손녀도 부인의 집을 들락거렸고, 많은 친척들 역시 어떤 때는 이 사람 편에, 어떤 때는 저 사람 편에 부인에게 문후를 올렸다. 그런데 부인에게 정작 필요한 것은 정신적인 기분 전환, 혹은 혹자의 표현처럼 정신적인 '일거리'였다. 부인은 최근의 정신적 영역에서 생산되는 것들을 알고 싶어 했다. 그래서 명성을 얻은 책이나 세간의 주목을 끄는 작품이 있으면 즉시 그 문을 두드려보고 자신이 들어갈 수 있는지 확인했다. 그뿐이 아니었다. 부인은 젊은 시절에 감명 깊게 읽은 책들을 다시 집어 들고 탐독하면서, 예전에 빨간 색연필로 표시하고 주석을 달았던 수많은 대목들을 다시 살펴보며 지금도 같은 대목에 같은 주석을 달지, 아니면 주석을 달았던 대목과 주석의 내용을 바꿀지 곰곰이 생각하곤 했다. 또한 부인은 요즘 사람들이 입으로만 떠벌릴 뿐 읽지는 않는 아주 오래된 작품들을 꺼내 들고 그 안에 어떤 내용이 담겨 있는지 살펴보았다. 그리고 그것들이 마음에 들면 시간 나는 대로 틈틈이 다시 꺼내 갖고 오게 했다. 그 밖에 다른 나라와 다른 민족들의 상황도 부인의 한결같은 관심 대상이었다. 그래서 친지들로부터 타국의 소식을 알리는 편지들이 도착했고, 거실의 테이블 위에는 늘 유명 신문들이 놓여 있었다. 부인은 아직 시력이 약하지 않았음에도 그만한 연령에는 많은 독서를 하는 것이 눈에 부담을 줄 수 있기에 여성 낭독자를 따로 두었다. 그런데 그 낭독자는 책의 일부나 대부분을 읽고 소화해서 부인에게 다시 읽어주는 그런 단순한 낭독자에 그치지 않았다. 부인의 말벗으로서 읽은 것을 부인과 토론하고, 때로는 부인에게 정신적 양분을 제공하거나 자신도 부인에게서 정신적 양분을 제공받는 교양 있는 사람이었다. 이 상황을 잘 아는 사람들의 판단에 따르면 이 낭독자는 재능이 탁월한 여인이라고 했다. 위대한 작품을 소화해서 전달할 줄 알았을 뿐 아니라 때로는 내면의 충동을 못 이겨 직접 쓴 작품이 시대의 주목을 받는 책으로 꼽히기도 했던 것이다. 그녀는 항상 부인과 함께 있었다. 부인이 여름에 자주 찾는 시골 영지에 갈 때도, 여행길에 오를 때도, 혹은 한동안 아름다운 산중에 머물 때도 늘 부인 곁을 지켰다.

후작 부인이 도시에 머물 때는 저녁에 사람들이 틈틈이 살롱에 모였다. 이 모임에서는 작품을 낭송하거나, 학문과 사회, 정치, 예술에 관한 이야기가 오갔다. 같은 요일에 정기적으로 열리는 이 모임은 도시에서 꽤 유명했는데, 판단하는 사람이 누구냐에 따라 높은 평가를 받기도 하고 조롱의 대상이 되기도 했다. 어쨌든 많은 사람이 이 모임을 찾았고, 어떤 때는 도시의 매우 중요한 인물들이 참석하기도 했다. 나도 이 모임에 참석할 자격이 주어졌다. 그전에 부인을 몇 차례 만난 적이 있는데, 한번은 내 학문이 화제로 떠오르면서 부인이 지구 형성의 역사와, 사람들이 그 결론에 이르게 되기까지의 배경에 지대한 관심을 보였고, 그 후 나를 곁으로 부른 것이다.

모임이 있는 저녁이면 나는 다른 참석자들의 말에 유심히 귀를 기울일 뿐 거의 말을 하지 않았다. 입을 여는 경우라고는 의견을 요청받았을 때뿐이었다. 부인은 밝은색 옷을 입지 않았다. 대개 검은색이나 잿빛 비단옷을 입고 발밑에 보조의자를 받친 채 푹신한 의자에 앉아 있었다. 녹색 갓을 씌운 램프는 부인 쪽을 향하고 있다가 막 낭독이 시작되면 낭독자에게 빛을 보냈다. 나머지 사람들은 각자 편한 자세로 둘러앉았다. 대개 저절로 원형이 만들어졌다. 사람들은 깊은 침묵 속에서 낭독에 귀를 기울였고, 낭독 뒤에는 대화에 적극 참여했다. 어떤 날은 낭독 없이 저녁 내내 열띤 토론만 이어지기도 했다. 이런 대화에 생기와 깊이를 부여한 사람은 후작 부인이었다. 탁월한 남자들조차 부인에게 고무되어 말을 시작하는 것 같았는데, 부인에게는 다른 사람의 내면에 숨어 있는 것을 불러내는 특출한 재능이 있는 듯했다. 부인은 지극히 우아하고 기품 넘치는 자태로 앉아 연륜과 거부할 수 없는 매력으로 모임을 이끌었다. 때로 감정이 충일해지면 직접 일어나 의자에 몸을 기댄 채 참석자들을 향해 부드럽고 청아한 목소리로 자신의 의견이나 느낌을 이야기했다.

나는 부인의 살롱에서 여러 종류의 사람을 만났다. 뛰어난 예술가, 국가 대사를 책임진 정치인도 있었으며, 사회적으로 중요한 인물이나 용맹스러운 군대의 동량(棟梁)과 지휘관 들도 있었다. 나는 부인의 말 가운데 영원히 내 것으로 만들고 싶을 만큼 금과옥조 같은 말을 가슴속 깊이 새겨두었다. 고백하자면, 나는 푸른색으로 칠해진 벽과 짙푸른 가구들, 그리고 그림 몇 점이 있던—그중에서 부인의 영지를 그린 그림이 가장 눈길을 끌었다—그 살롱으로 들어가면서 모종의 압박감을 느끼지 않은 적이 한 번도 없었고, 또 그 방을 나서면서 평온과 만족을 느끼지 않은 적도 없었다. 그 밤들은 내게 아주 중요했고, 하나의 미래라는 느낌마저 들었다.

나는 부인의 집에서 걸출한 인물들 외에 상류 귀족에 속하는 사람들도 알게 되었는데, 몇 차례 그 사람들과 개인적인 접촉을 가지면서 그들의 태도와 생활 방식, 풍속을 접하게 되었다.

나는 인간 사회의 이런 부류들 외에 다른 부류들과도 어울렸다. 우리 도시에는 온갖 종류의 예술가들이 주로 찾는 공공장소가 있었다. 그들은 거기에 모여 토론을 하고, 머리를 식히고, 신문을 읽고, 육체적인 놀이를 즐겼다. 나도 그곳을 즐겨 찾았다. 거기에는 궁정극장과 오페라극장의 배우들, 당시 명성이 높았던 화가, 연주자, 작곡가, 조각가, 건축가도 있었지만, 주류는 단연 작가와 시인 들이었다. 그 밖에 신문사 간부와 기자 들도 왔다. 또 다른 부류로는 공무원과 시민, 상인, 예술과 학문 종사자 그리고 그 지망생 들도 참석했다. 그 자리에서는 원래 스스럼없는 쾌활함이 분위기를 장악했고, 몸을 놀려서 하는 놀이 외에 체스도 많이 두었지만, 그런 남자들이 모이면 으레 등장하는 활기찬 대화도 빼놓을 수 없었다. 아니, 오히려 그런 대화가 이 모임의 주 관심사라 할 수 있었다. 가벼운 대화 속에서도 누군가의 심오한 정신, 모든 것을 해체하고 분해해버리는 차분한 정신, 그런 것들을 흘려듣는 생기 넘치는 정신, 모든 것을 조롱하기에 바쁜 경솔한 정신, 혹은 도덕적으로 적잖이 문제가 있어 보이는 정신까지 고스란히 드러났다. 말 한마디나 위트로 대화를 마무리 지을 때도 많았다. 나는 남에게 쉽게 다가가지 못하는 소심한 성격에도 불구하고 대화에 적극 참여했고, 이런저런 남자들과 인사를 나누었다. 내게는 나름대로 자기 영역에서 영향력이 있는 남자들의 태도와 몸짓조차 사소하게 느껴지지 않았다.

그해 겨울에는 많은 사람이 모이는 유흥 장소도 즐겨 찾았다. 사람들의 외모와 성격, 태도를 하나의 전체로 놓고 관찰하기 위해서였다. 내가 주로 갔던 곳은 일반 평민들이 모이는 곳이었다. 요즘 '평민'이라는 말은 '교양인'과 반대되는 개념으로 사용될 때가 많다. 그런데 이른바 '교양 있다'고 하는 사람들은 어디를 가나 거의 똑같지만, 평민은 내가 지난 여행들에서 깨달았듯이 근원적이고, 자기만의 도덕과 관습이 있는 사람들이었다.

나는 음악 공연장을 찾았고 궁정극장에도 계속 들렀다. 게다가 이제는 오페라도 보러 갔고, 학술 강연회를 비롯해 예술 전시회와 서적 박람회도 방문했다. 그중에서도 내가 주로 찾은 곳은 미술 전시회였다. 내 그림의 완성도를 높이고 그림을 보는 안목을 갖추기 위해서였다.

보석상 아들과의 교제도 지속되었다. 드디어 우리는 보석과 진주에 관한 수업을 진행하기로 약속했다. 일주일에 이틀이 정해졌다. 나는 그 시간에 친구를 찾아가 친구의 시간이 허락하는 한 함께 머물렀다. 맨 먼저 그 친구가 내게 안내해준 세계는 사람들이 '보석'이라고 부르고 주로 장신구에 이용되는 광물의 세계였다. 아울러 그 친구는 진주의 온갖 종류도 보여주었다. 이어진 순서는 보석의 진품을 가짜와 구별하는 법이었다. 나중에는 보석의 아름다움을 감별하는 수업으로 넘어갔다. 이 수업에서는 자연과학 분야의 내 지식이 큰 도움이 되었다. 심지어 전문성에 기반을 둔 내 말이 친구의 지식을 넓혀주기까지 했다. 특히 보석의 빛 투사율과 이중 굴절도, 편광률과 관련해서 말이다. 하지만 나는 여전히 보석에 습관적으로 테두리를 입히는 것에 대한 내 생각을 이야기할 용기를 내지 못했다.

나는 이런 일들과 나의 원래 작업 외에 누이와 약속한 수업도 규칙적으로 계속해나갔다. 회화에서 클로틸데는 나보다 훨씬 큰 어려움을 드러냈다. 한편으로는 그림에 대한 전반적인 숙련도가 떨어졌을 뿐 아니라 다른 한편으로는 그림의 대상이 되는 산악 풍경을 실제로 한 번도 본 적이 없고 잘못된 모사본만 봐왔기 때문이다. 그에 비하면 치터 수업은 한결 나았다. 올해 나는 산에서 배운 것을 토대로 이 도시의 어느 강사보다 유능하고 훌륭한 선생 노릇을 할 수 있었다. 우리는 넘기 불가능할 것처럼 보이던 난관을 극복했고, 급기야 서로 배움을 얻으면서 즐겁고 정감 넘치는 치터 시간을 보냈다.

나는 클로틸데에게 스페인어도 가르쳤다. 그러나 내 실력이라는 것이 누이에 비해 몇 걸음 앞서 있을 뿐이었기에 결국 기초 원리를 설명해줄 선생을 따로 소개해주었다. 이렇듯 우리는 서로의 삶을 넘나들었다.

그렇게 겨울이 지나갔다. 당시 나는 봄이 꽤 깊을 때까지 도시의 내 식구들 곁에 머물렀다.

접근

겨울 내내 아버지는 봄이 오면 나와 함께 산으로 떠날 것이고, 그길로 장미집에 들러 희귀하고 진기한 물건들을 구경할 생각이라고 말했음에도 정작 봄이 되자 여전히 일에 발목이 잡혀 집을 떠날 수 없는 형편이었다. 하는 수 없이 나는 여느 해와 마찬가지로 혼자 집을 나섰다.

장미집에 도착했을 때 나는 벽장식목에 관한 이야기부터 꺼냈다. 예전에 그 이야기를 하지 않았던 것은 나 자신이 그것을 대수롭지 않게 여겼기 때문이다. 나는 주인어른에게 이렇게 설명했다. 인물과 장식 조각으로 이루어진 한 벽장식목을 라우터탈 골짜기에서 구입해서 아버지에게 갖다드렸다. 아버지는 그걸 받고 굉장히 기뻐하셨고, 벽장식목을 사용하려고 집 일부를 개조까지 했다. 그것을 보면서 나는 아버지가 그 물건을 얼마나 귀히 여기는지 처음 깨달았고, 그와 함께 벽장식목의 나머지 부분을 구할 수 없는지 좀 더 정밀하게 찾아보기로 마음먹었다. 아버지에게 있는 것은 전체 벽장식의 일부였다. 그것도 기둥에 붙은 벽장식목이었고, 나머지는 어디로 갔는지 알 수가 없다. 작년에 산에 갔을 때 백방으로 수소문해보았지만 성과가 없었다. 하지만 여기서 포기하지는 않을 생각이다. 목표물이 아직 지상에 남아 있다면 그것을 발견할 새로운 수단과 방법을 찾으려고 노력할 것이고, 아니면 그게 더 이상 이 땅에 존재하지 않는다는 확신이 들 때까지 수색 작업을 중단하지 않을 것이라고 말했다. 나는 주인어른에게 벽장식목을 최대한 기억나는 데까지 상세히 묘사했고, 그것의 발견 지점과 제반 부수 상황을 설명했다. 그리고 내가 앞으로 어떻게 해나가야 할지 조언을 기대하는 심정에서 이런 말을 하고 있다는 속내를 숨기지 않았다. 모든 게 이 물건이 내 아버지에게 깊은 감명을 주었다는 데서 출발한다. 이 물건이 아름답다는 것이 이것을 찾는 한 가지 동인이 되기는 하지만, 그 이유만으로 이것을 구하는 것이 아니라 부친에게 기쁨을 주는 물건이기 때문에 구하는 것이다. 아버지는 나이가 들수록 점점 자신의 좁은 공간 속에 갇혀 지낸다. 사무실과 집이 아버지의 전부다. 그런 아버지가 가장 애착을 보이는 물건이 책과 조형예술품이고, 아버지에 대한 그 물건들의 영향력은 해가 갈수록 커지고 있다. 아버지는 처음 며칠 동안 벽장식목에서 떨어지려 하지 않았다. 구석구석을 어찌나 꼼꼼히 살피던지 나중에는 마치 아버지가 그것을 제작할 때 현장에 있었던 사람처럼 그 물건을 완전히 꿰차고 있었다. 따라서 나는 아들 된 도리로 수색을 게을리했다고 자책하는 상황이 생기지 않도록 최선을 다하고 싶다. 하지만 지금까지는 별무

신통이었다.

주인어른은 벽장식목과 관련해서 내가 다 묘사하지 않았거나 아직 모호하다고 생각되는 부분들을 조금 더 캐물었고, 발견 장소와 그 지방에 대해 다시 한 번 소상히 설명해줄 것을 요구했다. 그러고는 지체 없이 아버지에게 편지를 보내 벽장식목의 정확한 치수를 재서 보내달라 하라고 일렀다. 나는 이 조처의 합당함을 즉각 깨달았고, 미처 거기까지 생각하지 못한 나 자신이 부끄러웠다. 주인어른이 말을 이어갔다. 자신은 롤란트에게 먼저 편지를 보내놓겠다. 벽장식목의 치수가 도착하면 그것도 곧장 보낼 생각이다. 또한 그 지방에 있는 자신의 지배인에게 그 물건에 대해 자세히 알아보라고 지시하겠다. 만약 그게 발견되면 그 뒤부터는 롤란트가 알아서 할 것이다. 그 친구가 불러 모을 다른 이들도 아주 유능하고 경험이 많은 사람들이라고 했다.

나는 어른의 호의에 진심으로 감사하며 시킨 일을 지체 없이 시행하겠다고 약속했다.

이튿날 아침, 심부름꾼이 아버지에게 보내는 내 편지와 주인어른이 롤란트와 다른 남자들에게 쓴 편지를 들고 우편국으로 달려갔다. 어른은 밤늦게까지 편지에 매달린 게 분명했다. 편지의 두께가 무슨 책처럼 두툼했던 것이다. 그것을 보는 순간 나는 또다시 가슴이 뭉클했다. 어른이 내게 이렇게까지 잘해주는 이유를 몰랐기 때문이다.

장미집에 도착하면 내가 좋아하는 곳부터 찾는 일이 이제 습관이 되었다.

에우스타흐의 제도실에는 다 만들어진 음악테이블이 하나 놓여 있었다. 아직 이 방에 있는 것을 보니 완성된 지 얼마 안 된 게 분명했다.

나는 복원을 시작할 무렵에 이 물건을 보았는데, 완성된 뒤의 모습이 이럴 줄은 미처 예상하지 못했다. 최근에 나는 그림과 건축물, 도안 같은 것들을 수없이 봐왔고, 비슷한 것들을 직접 그리기까지 해서 이제는 이런 물건을 보는 안목이 어느 정도 생겼다고 자신했다. 그런데 테이블 틀과 받침대는 새로 만든 것임을 내가 미리 알지 못했다면 나는 그 사실을 영원히 몰랐을 것이다. 양식과 목재의 색깔도 원래의 테이블 판에 딱 맞았다. 테이블은 전체적으로 맑고 찬란하고 순수한 느낌이었다. 나뭇잎 문양과 과일 장식, 악기에 사용된 다양한 목재는 나뭇진 덕에 색상이 더욱 강렬하고 선명했다. 심지어 상감세공된 여러 악기, 예를 들어 피리와 바이올린, 북의 크기가 비율에 맞지 않게 표현된 것도 소박하고 나름대로 매력 있게 느껴졌다. 그러니까 처음 이 목공예소에 들렀을 때는 그 부적절한 비율이 거부감을 유발했다면, 지금은 실수 하나 없는 작품이나 새로운 예술관으로 만들어진 작품보다 이 테이블 판이 오히려 낫다는 생각까지 들었다. 나는 에우스타흐에게 이 테이블을 어디에 둘지 물었다. 그러나 그도 그것은 말해줄 수 없는 처지였다. 장미집에 둘지, 다른 곳으로 보낼지 아직 아무것도 결정되지 않았다. 그의 설명에 따르면 이 테이블은 지금 이 방에서 단계적인 건조 과정을 거치고 있었다. 여기서 제작된 가구들은 손상을 막기 위해 반드시 건조 단계를 거쳐야 했다. 그래서 새로 제작된 작품이나 복원된 작품들은 대부분 이 제도실에 당분간 보관해둔다고 했다. 나는 한동안 음악테이블을 좀 더 살펴본 뒤 다른 물건으로 넘어갔다.

나는 정원사와 농장 사람들, 정원 일꾼들 그리고 이 집의 하인들과도 인사를 나누었고, 예전에 자주 들러 이제 제법 가까워진 몇몇 이웃도 찾아갔다.

나는 주인어른의 충고대로 올해는 내 천직, 그러니까 내가 스스로에게 부과한 소명과도 같은 일을 내려두고 여름의 일부를 장미집에서 지내면서 기분과 순간에 충실하기로 결심했음에도 무위도식—이것은 정말 참을 수 없는 고통일 것이다—할 생각은 추호도 없었고, 내 마음과 주변 상황에 맞추어 흘러가는 대로 살아갈 생각이었다. 어른은 내가 지금껏 늘 묵었던 방 두 개를 내주었고, 당신의 충고에 따라 내가 항상 일방적으로 빠져 있던 내 일에서 벗어나 다른 곳을 바라보려고 하고, 지금껏 나를 사로잡고 있던 의식보다 더 폭넓고 보편적인 의식에 이르려고 하는 것을 보고 무척 기뻐했다. 나는 많은 책과 읽을 것을 갖고 왔고, 유화에 쓸 화구도 챙겨 왔다. 하지만 혹시 몰라 측량 장비도 일부 짐에 넣어 왔다.

장미집에서 큰 벚나무가 있는 언덕을 지나 북쪽으로 올라가면 개천이 흐르는 초원이 나왔다. 주인어른이 물가에 목조품의 재료로 쓰일 아름다운 오리나무를 키우는 개천이었는데, 우리는 이 개천을 따라 자주 걸었다. 개천은 자그마한 숲속에서 흘러나왔는데, 어른은 초원으로 물이 범람하고 개천이 말라붙는 것을 막으려고 그 숲에 수리 시설을 일부 설치해놓았다. 숲속에는 꽤 큼직한 못이 하나 있었다. 원래는 인위적으로 만든 것이 아니라 대부분이 저절로 형성된 작은 호수였는데, 그런 호수의 가장자리가 습지로 변하고 배수구에서 물이 넘치는 일이 없도록 하려고 인공 시설을 약간 가미해놓았다. 호수 물은 어찌나 맑던지 제법 깊은 물속의 다채로운 돌들도 모두 들여다보일 정도였다. 다만 석회질로 된 알프스 산맥이나 그 인근 토양에서 흘러

가는 모든 물이 그렇듯, 돌들은 전부 푸르스름한 빛을 띤 듯했다. 호수 주위는 나뭇가지가 울창해서 바닥의 돌과 기슭은 거의 보이지 않았고, 마치 물에서 직접 나뭇가지들이 솟아오른 것처럼 보였다. 호수 주위의 나무들은 주로 활엽수였다. 침엽수는 간간이 섞여 있었는데, 활엽수의 가지와 잎, 우듬지에 깃든 명랑함 사이로 침엽수의 진지함이 더욱 눈에 띄는 듯했다. 활엽수는 오리나무와 단풍나무, 너도밤나무, 자작나무, 물푸레나무가 주를 이루었다. 이 나무들 사이로 관목이 우거져 있었다. 오리나무 초원의 개천은 숲속 호수 덕분에 유지되었다. 그런데 이 호수 역시 흘러 들어오는 원류 덕에 유지되기 때문에 만일 원류가 시원치 않으면 개천도 바닥에 깔린 돌을 발이 물에 젖지 않고 그냥 밟고 지나갈 수 있을 정도로 마를 때가 많았다. 호수에서 개천이 시작되는 지점에 작은 오두막이 하나 있었다. 호수에서 물놀이하는 사람들이 옷을 갈아입는 곳이었다. 아름다운 자갈이 깔린 호수는 경사가 완만해서 꽤 멀리까지 걸어 나가 찰랑거리는 물을 즐길 수 있었다. 더구나 바닥이 푹 꺼지는 곳도 없어서 수영을 배우기에 이만큼 적당한 곳이 없었다. 거기서 조금 더 들어가면 자유자재로 팔다리를 놀리며 헤엄치는 사람들의 구역이 시작되었다. 구스타프는 여름철이면 헤엄을 치려고 에우스타흐나 다른 사람들과 함께 거의 이틀에 한 번꼴로 호수를 찾았다. 어떤 때는 주인어른과 함께 가기도 했다. 장미집에서 규칙적으로 이루어지는 육체적인 단련과 마찬가지로 호수에서의 수영도 구스타프에게 큰 기쁨을 주는 듯했다. 주인어른은 육체적인 단련을 매우 중요하게 여겼다. 성장과 건강을 위해 없어서는 안 될 요소라 믿었기 때문이다. 그런 측면에서 어른은 그러잖아도 자신이 무척 존경하는 고대 로마인과 그리스인의 육체적 단련에 대해 칭찬을 아끼지 않았다. 어른의 지론은 이랬다. 육신이 건강하지 않고 병들었을 때는 정신도 완연히 달라지듯이 탄탄하게 단련된 몸은 성실함과 단호함의 영역에 속하는 모든 것의 토대임이 분명하다. 고대 로마인들이 역사적으로 성공을 거두고 행복할 수 있었던 것도 상당 부분 육신의 단련과 함양에서 그 이유를 찾을 수 있다. 그들의 행복은 육체를 제대로 관리하고 발달시킬 수 있는 동안에만 가능했다. 그런데 근대 학교에서는 몸의 육성을 너무 소홀히 한다. 과거에 비해 신체적 단련이 더더욱 필요한데도 말이다. 이유는 분명하다. 밀폐되고 뜨거운 방 안에 답답하게 갇혀 지냄으로써 야외의 신선한 공기와 더불어 있을 때는 전혀 몰랐던 해악이 몸에 나타나기 때문이다. 어른은 학생들의 정신력이 성장하지 못하고, 우리 시대의 정신이 무미건조하고 굼뜬 것도 여기에 일부 원인이 있다고 했다. 나는 짬이 많았기에 구스타프와 그 숲을 부지런히 찾았다. 구스타프는 수영 실력이 뛰어난 나를 마치 좇아야 할 우상처럼 바라보았고, 혼자 헤엄칠 때보다 유연성과 지구력이 더 증가했다.

구스타프는 갈수록 내게 강한 애착을 보였다. 그건 예전에도 짐작했듯이 일단 나와 나이 차이가 그리 크지 않다는 점이 작용했을 것이다. 거기다 다른 요인을 꼽으라면, 내가 원래 매우 외롭고 폐쇄적으로 자랐기 때문에 나이가 들어서도 내 또래의 다른 사람들보다 내게 어린 시절의 특징이 훨씬 깊이 남아 있다는 점을 들 수 있었다. 그리고 마지막으로 요즘은 내가 예전처럼 일을 하지 않았기에 구스타프와 접촉할 시간이 많아졌다는 사실도 빼놓을 수 없는 한 요인이었다.

이제 나는 아스퍼호프에서 예전보다 더 많은 편지를 쓰고 더 많은 문학 작품을 읽었으며, 주변의 모든 것을 관찰하고 장미집에서 상당히 떨어진 곳까지 나가기도 했다. 그러나 이런 생활은 얼마 안 가 몹시 힘겨웠고, 그래서 가슴에 좀 더 와 닿는 일거리를 찾아내야 했다. 그것이 그림이었다. 당시 내가 만난 가장 고결한 존재였던 작가들이 내 속에 숨어 있는 욕구를 끄집어낸 것이다. 나는 화구와 장비들을 챙겨 들고 다시 풍경화를 그리기 시작했다. 기분에 따라서 어떤 때는 하늘이나 구름을, 어떤 때는 나무나 수풀을, 또 어떤 때는 먼 산이나 곡식 언덕을 그렸다. 또한 인간의 형체도 배제하지 않고 일부 모습을 그려보았다. 한번은 정원사 지몬과 그의 아내 얼굴을 화폭에 담았다. 두 사람은 자신들이 그림으로 재탄생하는 것을 보고 무척 즐거워했다. 나는 두 사람의 인물화가 완성되기 전에 적당한 액자를 미리 주문했고, 그것이 도착하자 그림을 끼워 그들의 방에 걸어놓게 했다. 그 밖에 나는 장미집과 농장에서 만난 이런저런 사람들의 손이나 흉상을 그리기도 했다. 그런데 주인어른과 에우스타흐, 구스타프에게는 내 그림의 모델이 되어달라고 부탁할 용기가 나지 않았다. 내 그림 실력이 아직 너무 보잘것없었기 때문이다.

그림에 누구보다 큰 관심을 보인 것은 다름 아닌 구스타프였다. 녀석은 작년에는 나를 따라 가구를 그리겠다고 하더니 올해는 또 풍경화를 그리겠다고 나섰다. 녀석의 수양아버지와 그림 선생도 굳이 반대하지 않았다. 어차피 자유 시간에 하는 일이었던 데다 육체의 단련을 게을리하지는 않았다. 또한 주인어른은 이런 기회를 통해 구스타프가 나와 점점 가까워지는 것을 내심 바라는 눈치였고, 구스타프를 위해서도 그만한 나이에 깨어나기 마련인 우정의 감정을 쏟을 대상이 필요하다고 생각하는 듯했다. 구스타프는 자신의 손에서 나무와 돌, 산, 개울이 예쁜 색깔로 단장하고 새로 태어나는 것을 보며 기쁨을 감추지 못했다. 지금까지 에우스타흐의 작업실에서 본 것이라고는 건축물과 가구를 그린 그림이 대부분이었고, 롤란트 역시 비슷한 것들만 그려서 돌아왔다. 수양아버지의 그림방에 걸려 있는 풍경화에서 신록의 나무와 하얀 구름, 푸른 산들을 구경하기는 했지만, 그것들이 어떻게 생성되는지는 한 번도 본 적이 없었고, 그저 집이나 들판, 산, 머나먼 교회 탑처럼 원래 거기 있는 것처럼 느껴졌을 뿐이다. 그러다보니 그런 것들을 자신이 직접 만들어낼 수 있으리라고는 차마 상상하지 못했던 것 같다. 구스타프는 산책 도중에 이 나무는 어떻게 묘사하고, 저 산은 어떻게 표현할지 이야기했다. 그리고 꿈속에서 진짜처럼 그림을 그릴 때가 많다고 고백했다.

나는 허락을 얻어 구스타프를 데리고 장미집에서 아주 멀리 떨어진 지방까지도 갔다. 물론 그사이 구스타프의 학업이 중단되더라도 본질적인 피해는 없도록 미리 조정해두었다. 녀석은 이런 나들이로 건강과 단련된 육체를 얻었다. 우리는 며칠씩 떠나 있을 때도 드물지 않았다. 구스타프는 여관에서 가볍게 저녁 식사를 한 뒤 방에 들어 창문 너머로 낯선 풍경을 바라보았고, 배낭과 다른 여행 소지품들을 탁자 위에 가지런히 올려놓은 뒤 침대 위에서 노곤한 몸을 쭉 뻗을 때의 쾌적한 느낌을 좋아했다. 우리는 높은 산을 오르고 암벽을 지나갔으며, 흐르는 계곡물을 따라 걷고 배로 호수를 건넜다. 구스타프는 강해졌다. 산악 여행—우리는 거의 산만 돌아다녔다—에서 돌아왔을 때는 강건함이 겉으로도 뚜렷이 보일 정도였다. 검게 느껴질 만큼 그은 두 뺨, 가무잡잡한 이마를 덮은 수북한 머리, 생동감이 끓어넘치듯 초롱초롱 빛나는 커다란 두 눈이 그 증거였다. 나는 내 마음속 어떤 부분이 이 아이에게 끌렸는지 모른다. 정신적으로는 아직 소년에 불과하고, 산간 여행은 물론이고 일상의 모든 경험에서 아주 간단한 것조차 가르쳐야 하고, 내 정신을 넓혀주거나 고양해줄 면은 찾아볼 수 없는 아이에게 말이다. 다만 매일 녀석을 보면서 내가 사랑하고 존경했던 것은 지극히 선하고 순수한 모습 그 자체였다.

라우터제 호수도 몇 번 들렀다. 나는 작년에 물 밑의 그림을 그리려고 바로 이 호수에서 여러 지점의 깊이를 측정했다. 호수를 둘러싼 산들은 수면 아래로도 분명히 일정한 모습으로 이어져 있을 것이다. 다만 보다 깊은 색조로 잠겨 있을 뿐이었다. 이러한 상상이 다시 나를 움직이게 했다. 나는 호수 밑바닥을 한층 정확히 탐색하고 그림을 한층 올바르게 완성하기 위해 수심을 측정해나갔다. 구스타프도 나를 따라나서 내가 고용한 일꾼들과 함께 배를 조종하거나, 줄을 던지거나, 추가 풀려 나간 통나무를 정렬하거나, 아니면 다른 필요한 일들을 도와주었다.

그 무렵 내게 특별한 기쁨을 준 것은 내가 인간 용모의 섬세한 부분들을 어떻게 표현해야 할지 서서히 익혀가고 있다는 사실이었다. 특히 예전에는 두드러진 변화가 없으면서도 다양한 느낌을 자아내는 아름다운 소녀의 부드러운 볼 위로 비칠 듯 말 듯 스쳐가는 연한 색 부분을 포착하기 어려웠는데, 이제는 그조차 가능할 것 같았다. 나는 시골 처녀와 산간 처녀 들의 수줍고 예의 바르면서도 장난기 넘치는 사랑스러운 얼굴을 화폭에 담아내는 것을 가장 좋아했다.

사방으로 번개가 내리치던 어느 날 저녁이었다. 정원에서 집으로 걸어가는데 암모나이트 대리석 복도로 이어진 문이 열려 있는 것이 보였다. 그 복도를 지나면 넓은 대리석 계단과 대리석 홀이 나왔다. 근처에 있던 한 일꾼이 아마 어르신이 이 문으로 들어가신 것 같다고 말했다. 뇌우가 닥치면 대리석 홀로 자주 걸음을 하시는데, 문을 열어 놓은 것은 혹시 구스타프가 오면 따라 올라오라는 뜻이라고 했다. 나는 대리석 복도를 들여다보았다. 문턱 안쪽에 털신 몇 켤레가 놓여 있었다. 나는 주인어른을 뵈러 대리석 홀로 올라가기로 마음먹고, 발에 맞는 털신을 신은 뒤 암모나이트 대리석 복도를 따라갔다. 곧 대리석 계단이 나타났다. 나는 천천히 올라갔다. 오늘은 바닥에 천이 깔려 있지 않아서 계단은 전체적으로 대리석의 고운 광채를 발했다. 허공을 가르는 번개가 계단 위의 유리 천장을 통해 안으로 들이치면 광채는 한층 빛났다. 얼마 뒤 넓은 층계참에 이르렀다. 마치 작은 로비처럼 널찍한 공간이었는데, 벽에서 멀지 않은 곳에 하얀 대리석 조각상이 있었다. 아직은 사방이 환해서 모든 물체의 선과 명암이 뚜렷이 보였다. 나는 조각상을 바라보았다. 그런데 오늘은 완전히 다른 느낌이었다. 조각된 처녀의 형상은 예술가의 탁월한 상상력이나 깊은 예감만이 떠올릴 수 있는 아름다운 자태를 뽐내고 있었다. 처녀는 주위를 둘러보려고 계단 하나 정도 높이의 낮은 받침대 위에 올라가 서 있는 듯했다. 나는 걸음을 뗄 수가 없었다. 그대로 가만히 서서 처녀를 유심히 살피고 또 살폈다. 조각상의 형체는 이교도적 분위기를 띠었다. 목에 붙어 있는 머리는 마치 줄기에 핀 꽃 같았는데, 눈에 띄지 않을 만큼 앞으로 살짝 숙이고 있었다. 목덜미에는 대리석 특유의 빛깔에 천장의 두꺼운 유리에서 발산된 독특한 빛이 내려앉아 있었다. 단정하게 내려온 머리카락은 스치듯 목을 가로지르며 그림자를 드리웠고, 그로 인해 빛은 더더욱 곱게 느껴졌다. 이마는 맑고 깨끗했다. 대리석만이 만들어낼 수 있는 이마 같았다. 나는 인간의 이마가 이렇게 아름다운지 몰랐다. 순결의 극치이자 숭고한 생각의 집이었다. 왕관 같은 이마 밑에는 선연한 두 볼이 차분하고 진지해 보였고, 그 밑의 입은 마치 사려 깊은 말이라도 하려는 듯, 아름다운 노래라도 부르려는 듯 곱고 선해 보였다. 얼굴 전체를 차분히 마무리하는 턱도 선이 우아했다. 처녀의 형상이 움직이지 않는 것은 엄격하고 오묘한 하늘의 뜻인 듯했다. 유리 천장 위, 멀리 뇌우를 머금은 하늘은 고개를 들어 자신을 바라보라고 처녀를 유혹하고 있었다. 아름다운 숨결 같은 고결한 그늘이 가슴의 부드러운 광채를 돋보이게 했다. 처녀의 옷은 발목까지 내려왔다. 문득 나는 황금 홀의 문가에 서서 오디세우스를 향해 이렇게 말하는 나우시카가 떠올랐다. “이방인이여, 그대 나라로 돌아가거든 나를 기억해주오.” 처녀는 팔 한쪽을 내린 채 짧은 지팡이를 들고 있었고, 다른 손은 살짝 치켜든 옷소매에 일부 가려져 있었다. 옷은 재단한 일반적인 의상이라기보다 그냥 몸을 우아하게 휘감고 있는 천에 가까웠다. 이것은 순수하고 완벽한 형상의 표현이었다. 천의 질감도 어찌나 충실하게 묘사되어 있는지 마치 손으로 천을 접어 궤짝에 넣을 수 있을 듯했다. 단순한 회색 암모나이트 대리석 벽으로 인해 하얀 조각상은 한층 부각되었고 한층 자유로워 보였다. 번개가 내리치자 불그스름한 빛이 조각상을 스쳐 지나갔고, 곧이어 조각상은 다시 원래의 색깔로 돌아갔다. 대리석상을 창문이 있는 방에 두지 않은 것은 잘한 일 같았다. 창문이 있으면 일상적인 물건들이 방 안을 들여다보고, 혼란스러운 빛들이 쏟아져 들어오기 때문이다. 그래서 오로지 이 하나만을 위한 공간, 즉 위에서 빛을 받고, 신전 같은 어슴푸레한 분위기에 감싸인 그런 공간에 대리석상을 둔 것은 탁월한 선택이었다. 게다가 이곳은 일상적으로 사용되는 공간이 아니었다. 주위의 벽을 귀한 돌로 입힌 것도 아주 적절했다. 나는 침묵하는 생명체 옆에서 있는 듯한 느낌에 사로잡혔고, 언제든 이 처녀가 움직일 것 같아 전율을 느꼈다. 불그스름한 번갯불과 희끄무레한 원래의 색깔이 대리석상에 몇 번 번갈아 어른거렸다. 나는 한참을 그렇게 바라보다가 마침내 걸음을 옮겼다. 털신을 신고 평소처럼 경쾌하게 발을 디디는 것이 가능했다면 그렇게 했을 것이다. 나는 소리 없는 걸음으로 천천히 반짝거리는 계단을 올라가 대리석 홀에 접근했다. 문이 반쯤 열려 있었다. 나는 안으로 들어갔다.

주인어른은 정말 이 방에 있었다. 털신보다 훨씬 부드러운 밑창을 댄 가벼운 신발을 신고 매끄러운 바닥 위를 이리저리 거닐고 있었다.

어른은 내가 들어오는 것을 보고 다가와서 내 앞에 섰다.

"대리석 복도로 들어가는 문이 열려 있는 것을 봤습니다. 어르신께서 여기에 계실 거라는 이야기를 듣고 잠시 들렀습니다."

"그러라고 문을 열어둔 걸세."

"근데 대리석 계단에 세워둔 조각상이 저리 아름답다는 걸 어찌 말씀해주시지 않으셨습니까?"

"다른 사람이 그러던가?"

"제 눈으로 직접 봤습니다."

"그렇다면 남에게 그런 이야기를 들었을 때보다 그에 대한 믿음이 한결 강고하겠군."

"예, 저는 그 조각상이 무척 아름답다고 믿습니다." 나는 조각상이 '아름답다'에서 '아름답다고 믿는다'로 내 표현을 수정했다.

"나 역시 자네의 믿음에 공감하네."

"왜 제게 조각상에 관한 이야기를 해주지 않으셨습니까?"

"언젠가 자네가 그걸 직접 보고 그 아름다움을 알아보리라 생각했던 게지."

"미리 말씀하셨더라면 제가 미리 알았을 수도 있지 않습니까?"

"누군가에게 뭔가가 아름답다고 말해준다고 항상 그 아름다움을 공유할 수 있는 건 아니네. 그냥 그렇겠거니 하고 믿는 경우가 많지. 그건 결국 미를 받아들이려는 사람의 의지를 떨어뜨리네. 미라는 것은 자신의 동력으로 찾아야 하는 것이니까. 나는 자네가 자네 힘으로 그것을 찾으리라 생각했네. 그래서 그때까지 차분히 기다렸지."

"제가 그 조각상을 보고도 아무 말씀을 안 드렸을 수도 있지 않습니까?"

"나는 자네를 진실한 사람으로 생각했네. 확신도 없으면서 작품에 대해 이야기하는 사람이나, 남들이 칭찬하니까 덩달아 앵무새처럼 나불거리는 그런 사람은 아니라고 판단한 게지."

"그런데 저렇게 뛰어난 조각품은 어디서 구하셨습니까?"

"고대 그리스에서 만들어진 것인데 사연이 독특하네. 그 물건은 이탈리아 쿠마의 한 판잣집에 오랫동안 보관되어 있었네. 한데 조각상

아랫부분이 나무로 가려져 있었네. 판잣집이 있는 광장은 정구장으로 자주 사용되었는데, 공이 잘못 날아 들어와 조각상에 맞을 때도 드물지 않아 조각상 가슴 아래에 지붕 모양의 보호 장비를 달아둔 거지. 공이 굴러떨어지도록 말이네. 한데 그렇게 아래를 가려놓으니까 꼭 흉상같이 보였네. 어쨌든 그 판잣집과 광장 담벼락 주위에는 처녀 조각상 외에 다른 조각상들이 더 있었네. 작은 헤라클레스상을 비롯해서 여러 인물상과 3피트 높이의 고풍스러운 황소상 같은 것들이었지. 이런 게 있었던 건 여기서 종종 무도회가 열렸기 때문일세. 광장에서 벽이 없는 부분은 덩굴식물과 포도나무가 벽을 대신했고, 그조차 없는 지점에서는 은매화와 월계수, 떡갈나무 너머로 푸른 산과 맑은 하늘이 보였네. 이 광장은 일부에만 천장이 있었네. 그것도 주로 조각상들이 서 있는 지점에. 나머지 부분은 하늘이 곧 천장이었네. 조각상들은 이탈리아 처녀들이 머리에 쓰고 다니는 앙증맞은 납작한 모자를 쓰고 있었네. 나는 우연한 기회에 쿠마에 들러 그 정구장을 찾았네. 우연치고는 기가 막힌 우연이었지. 여하튼 젊은이들이 정구를 치고 있더군. 나는 그 친구들이 집으로 돌아가는 저녁 무렵에야 고대 건축물의 잔해인 그 광장의 벽과, 전부 석고로 만들어진 조각상들을 찬찬히 살펴보았네. 이탈리아에는 고결한 고대 예술품을 모방해서 만든 것들이 아주 많았지. 헤라클레스상은 나도 잘 아는 것이었네. 단지 크기만 아주 작았지. 처녀 흉상, 그러니까 그때까지만 해도 흉상인 줄 알았던 그 조각상은 처음 보는 것이었네. 한데도 한눈에 반해버렸지. 그곳의 소유자는 고대 로마의 신비로운 예언자를 닮은 늙은 여인이었네. 내가 그 작은 광장의 매혹적인 입지에 대해 이야기하자 여인은 얼마 있으면 그곳이 훨씬 더 아름다워질 거라더군. 장사로 돈을 번 아들이 이곳을 기둥이 있는 홀로 개조해서 여기저기 테이블을 갖다놓을 생각인데, 그러면 귀하신 분들이 찾아와서 여가를 즐길 거라는 게지. 한데 조각상들은 치워야 한다고 했네. 크기도 다 다르고, 사람과 동물이 뒤죽박죽 섞여 있어서 보기가 별로 좋지 않다고 말이야. 해서 아들이 벌써 똑같은 크기의 아름다운 석고상들을 주문해놓았다고 하더군. 노파는 나를 처녀 조각상 쪽으로 데려가더니 아래쪽의 나무 가리개를 가리키며 이것이 실은 흉상이 아니라 입상이고, 다른 것들보다 훨씬 크다고 했네. 그 때문에 이 조각상을 둘러싼 들보의 상단 가장자리에 채색한 목조 받침대를 설치해서 흉상 같은 상체가 아래를 굽어보게 만들자 다른 조각상들과 어느 정도 조화를 이루었다고 했네. 나는 노파에게 아들이 언제 와서 언제 공사를 시작하는지 물었고, 그 시기를 듣고는 자리를 떴네. 나는 노파에게 들은 그 시점에 그곳을 다시 찾았네. 공사는 벌써 시작되었고, 나는 거기서 노파의 아들을 만났네. 노파가 과부인 것은 그때 알았지. 매혹적인 옛 담벼락은 일부 헐려 한곳에 쌓여 있었네. 개축 작업에 재사용될 터였지. 덩굴식물과 포도나무는 말라 죽었고, 광장 앞의 덤불숲도 없어졌네. 대신 거기다 장미를 심으려고 땅을 평평하게 골라두었더군. 남쪽에는 벽돌 기둥을 세울 기단이 벌써 놓여 있었네. 처녀상은 이제 공사장 외곽의 한 오두막으로 옮겨져 있었네. 주로 건축용 장비를 넣어두는 곳이었지. 처녀상 옆에는 헤라클레스상과 황소상 그리고 고대 로마인들의 인물상들도 있었네. 나는 전에는 나무에 가려 보이지 않던 처녀상의 나머지 부분을 보고 그 자태에 매료되었네. 곧이어 흥정이 시작되었지. 물건들은 판매용으로 오두막에 전시되어 있었네. 그런데 주인은 이 물건들을 따로따로 팔 생각은 없다고 했네. 그 바람에 나는 황소상과 헤라클레스상, 다른 인물상을 함께 구입할 수밖에 없었지. 전부 더하니 만만치 않은 액수였네. 이 조각상의 가치를 알고 있던 주인이 합당한 가격을 받아야 한다고 주장했기 때문일세. 결국 나도 따를 수밖에 없었지. 나는 이 물건들을 운반하려고 궤짝을 만들게 했네. 황소상과 헤라클레스상, 나머지 인물상은 이탈리아의 다른 지역에서 이윤을 조금 붙여 팔아치웠네. 처녀상은 석고가 상하지 않도록 잘 포장해서 당시 내가 묵고 있던 곳으로 부쳤네. 그곳 이름을 지금은 말해줄 수 없네만, 어쨌든 산중의 작은 도시라는 것만 알고 있게나. 나는 운반비가 꽤 들 거라고 예상했네. 아니나 다를까 운반을 맡은 사람들은 처음부터 화물이 너무 무겁다고 투덜대더군. 나는 그것을 이방인에게 한 푼이라도 더 받아내려는 이탈리아인들의 장삿속이라고 생각했지. 그런데 아는 운수업자에게 부탁해서 잘 포장한 석고상이 아무 탈 없이 아스퍼호프에 도착했을 때 나는 화물이 진짜 어마어마하게 무거운 것을 보고 깜짝 놀랐네. 화물을 포장한 나무 궤짝이 그렇게 무거울 리는 없으니, 처음에는 석고상이 물을 먹어 그렇게 무거워졌을지도 모른다고 생각하고 걱정이 이만저만이 아니었네. 그건 그때 이미 아스퍼호프에서 일하고 있던 에우스타흐도 같은 생각이었네. 나는 이 입상을 정원 입구의 오두막으로 옮기게 했네. 한편으론 환영의 예를 다하면서, 다른 한편으론 지난 거처에서 묻은 온갖 얼룩과 오물을 말끔히 닦아내려고 새로 지은 오두막이었지. 한데 궤짝을 비롯해서 조각상을 가리고 있던 외피를 모두 벗겨내자 우려했던 일이 사실이 아님을 확인할 수 있었네. 그러니까 석고는 물기 하나 없이 바짝 말라 있었던 게지. 우리는 장비를 사용해서 조각상을 오두막 안의 유리 벽 가까이로 옮긴 뒤 회전이 가능한 원반에 올려놓았네. 편안하게 감상하고 청소하기 위해서였지. 원반 위에 세워놓은 조각상이 쓰러지지 않을 거라는 확신이 들자 우리는 본격적으로 조각상을 감상하기 시작했네. 에우스타호는 그 아름다움에 매료되어, 내가 쿠마의 정구장과 오두막에서 미처 깨닫지 못한 부분들을 지적해주었네. 물론 유리 벽의 맑은 창으로 쏟아져 들어오는 투명한 빛도 조각상을 한층 빛나게 했을 걸세. 그 빛으로 인해 조각상의 부드럽고 우아한 곡선들이 하나하나 뚜렷이 드러났으니까. 어쨌든 우리는 본격적인 심사 끝에 아주 귀한 물건이 우리 손에 들어왔다고 확신하면서 이것을 당장 말끔히 청소하기로 마음먹었지. 눌어붙지 않은 얼룩은 일단 깨끗한 물과 붓으로 닦아낸 뒤 백색 도료를 살짝 바르고 부드럽게 문질러 광을 내기로 했네. 찌든 때는 칼과 끌을 사용할 수밖에 없었네. 다만 최대한 조심스럽게 긁어내면서, 만약에 재료에 조금이라도 변형이 생길 것 같으면 차라리 작은 얼룩은 내버려두기로 결정했네. 에우스타호는 내가 보는 데서 시범을 보였고, 나는 그 방법을 승인했네. 그로써 작업은 즉시 시작되었지. 그러던 어느 날 에우스타호가 나한테 오더니 아주 이상한 점을 발견했다고 했네. 그러니까 석고상의 견갑골에 해당하는 부분을 날카로운 칼로 작업하던 중에 석고로 보이지 않는 재질에 칼이 부딪혔고, 또 칼이 미끄러져 내리면서 무언가 딱딱한 것이 울리는 소리가 났다는 걸세. 터무니없는 생각이 아니라면 재료가 대리석 같다는 것이었지. 나는 즉시 에우스타호와 함께 오두막으로 내려갔네. 그 친구가 보여준 지점은 조각상을 눕힐 경우 바닥에 잘 닿고, 운반 과정에서 부득이 다른 부분들보다 더 닳을 수밖에 없는 지점이었네. 나는 칼로 그곳을 그어보고 소리도 내어보았네. 나 역시 지금 내가 접촉하고 있는 부분이 대리석이라는 느낌을 강하게 받았지. 그런데 우리가 살펴보고 있는 곳은 눈에 너무 잘 띄는 지점이라 혹여 잘못되면 작품을 망가뜨릴 수도 있었기에 눈에 잘 띄지 않는 다른 지점을 잡아 다시 확인해보기로 했네. 조각상 왼발 뒤꿈치에 어차피 석고를 덧대야 하는 흠집이 있었는데, 우린 그곳을 조사 대상으로 택했네. 먼저 원반을 돌려 발꿈치 부분으로 빛이 들도록 조각상의 위치를 조정했네. 작은 구멍 가장자리에 석고가 아슬아슬하게 붙어 있었는데, 조금만 손을 대도 금방 흘러내릴 것 같더군. 우리는 거기다 칼을 대고 석고를 떼어냈네. 그러자 속이 드러나면서 석고와는 다른 재질이 나오지 않겠는가! 그게 대리석이라는 건 한눈에 알 수 있었네. 나는 확대경을 가져오게 해서 다시 그 지점을 찬찬히 살펴보았네. 하얀 대리석의 고운 결정체가 강렬한 불꽃처럼 반짝거리더군. 에우스타흐가 확대경으로 확인한 결과도 마찬가지였고, 다른 도구로 조사해도 마찬가지였네. 대리석이 분명했지. 이제 우리는 이 믿기지 않는 일을 완벽하게 증명하려고, 혹은 우리의 생각이 틀렸음을 확인하려고 다른 부분들도 조사하기로 결정했네. 조금 손상이 간 곳부터 시작해서 서서히 다른 부분으로 넘어갔는데, 나중에는 더 이상 처음처럼 그렇게 조심스럽게 작업을 하지 않게 되더군. 어쨌든 조사 결과, 석고 아래의 수많은 지점들이 하얀 대리석이라는 사실이 밝혀졌네. 그렇다면 조사하지 않은 나머지 부분도 대리석이 틀림없지 않겠나? 조각상이 그렇게 무거웠던 이유가 있었던 게지. 한데 무슨 연유로, 어떤 기묘한 우연으로 대리석상에 석고를 입혔는지는 알 수 없었네. 다만 아주 오랜 옛날 이 물건의 주인이 도시로 쳐들어와 예술품을 약탈하려는 적으로부터 대리석상의 유출을 막으려고 거기다 석고를 입혀 보잘것없는 물건으로 위장한 게 아니었나 하는 추정이 가장 그럴듯해 보였네. 하나 그 고결한 대리석은 결국 적의 손에 넘어갔거나, 아니면 다른 피치 못할 사정으로 참으로 길고 긴 세월 동안 껍질을 벗지 못하고 석고에 싸여 있었던 걸세. 어쨌든 우리는 정수리 부분부터 천천히 석고를 벗겨내기 시작했네. 처음에는 칼로 작업하다가 막바지에는 부드러운 솔과 물을 사용했지. 조각상은 머리에서 발끝까지 온통 대리석이었네. 이 대리석은 석고 덕분에 기나긴 세월 동안 야만의 손길과 지상의 더러운 물, 그 밖의 다른 오물로부터 자신을 지킬 수가 있었네. 그건 내가 본 어떤 것보다 맑고 투명한 대리석이었네. 게다가 정말 그렇게 오래전에 만들어진 것이라고는 믿기지 않을 정도로 하얬지. 석고를 모두 제거한 표면은 여전히 부스러기가 남아 우둘투둘했지만, 부드러운 양모 수건으로 한참 동안 닦고 문지르자 마침내 찬연한 광택의 대리석이 본모습을 되찾았고, 빛과 그림자로 인해 섬세하고도 부드러운 곡선이 확연히 드러났네. 또한 석고로 싸여 있을 때보다 훨씬 아름다웠지. 그 순간의 감동을 뭐라 표현할 수 있겠나! 에우스타흐와 나는 한동안 말을 잇지 못했네. 대리석상이 근대에 만들어진 것이 아니라 고대 그리스인들의 작품이라는 것을 곧 알게 되었네. 그전까지 나는 수많은 조각품을 보아왔고, 그중에는 고대의 이교도 시절 가장 아름다운 것으로 칭송받는 조각품들도 있었으니까. 그런 경험을 바탕으로 나는 고대 작품과 중세 작품,

근대 작품을 비교할 수 있었네. 더구나 고대의 조각품들을 그린 사본들도 당연히 도움이 되었지. 조각품을 실제로 많이 보지 못한 에우스타흐도 이 사본을 토대로 구분을 할 수 있었으니 말일세. 어쨌든 우린 꼼꼼한 조사 끝에 이 입상이 고대 그리스에서 만들어진 것이라는 확신을 갖게 되었네. 심지어 여행까지 마다하지 않은 조사 과정을 통해 고대 조각품과 근대 조각품의 특징까지 세밀히 알게 되어 두 시대의 걸작을 한눈에 구별할 수 있게 되었지. 한데 고대 그리스의 작품들 중에는 나쁜 것을 찾기가 어렵네. 전승되어온 수많은 조각품 중에 형편없는 작품이 없다는 게 참으로 희한하지 않은가? 아마 예술에 열광하던 그 시대에는 그런 것이 전혀 만들어지지 않았든가, 아니면 바로바로 없애버렸든가 둘 중 하나일 걸세. 여하튼 우리는 그것을 조사하는 동안 고대 예술에 대해 많은 것을 배웠네. 그러나 조각상을 만든 사람이 누구이고, 그게 정확히 어느 시기에 제작되었는지는 알아낼 수 없었네. 다만 분명한 것은 그것이 엄격한 고전 시대가 아니라 후기의 좀 느슨한 시기에 제작되었다는 사실이네. 나는 조각상을 오두막에서 어디로 옮길지 고민하기 전에 먼저 해야 할 일이 있었네. 이탈리아의 쿠마로 찾아가 조각상의 원래 주인을 만나는 일이었지. 내가 도착했을 때 그곳의 개축 공사는 거의 끝나가는 중이었네. 광장에 들어선 현대적인 형태의 새 홀에서는 몇몇 사람들이 달콤한 적포도주를 마시고 있었네. 홀 안에는 새로 주문한 석고상들이 널려 있었고, 주변에는 푸른 잔디가 깔려 있었으며, 전망 또한 아주 좋았네. 나는 전 주인에게 내가 발견한 조각상의 진면목을 이야기했고, 그에 걸맞은 새 가격을 제시해도 된다고 말했네. 직접 보고 결정해야겠다면 독일로 가서 그 물건을 봐도 되고, 사람을 보내 확인해도 된다고 했지. 그러나 전 주인은 그럴 필요까지 없다고 하면서 그냥 상당한 금액만 요구했네. 사실 그런 물건의 값어치는 시대에 따라 변동이 무척 큰 법이지. 어쨌든 난 그 돈을 지불할 준비가 되어 있었네. 마침 당시에 꽤 큰 재산을 상속받았으니까. 다만 나는 그전에 두 가지를 요구했네. 입상의 유래에 대한 자세한 설명과 대리석 조각상에 대한 완전한 권리 이양이었지. 한데 전 주인에게서 알아낸 것은 그리 많지 않네. 설명하자면 이러하네. 그 조각상은 가문 대대로 내려온 것이다. 한때 이곳에 오래된 건물의 잔해가 있었는데 건물은 시간이 지나면서 차츰 허물어졌고, 사람들은 수조와 낮은 기둥 울타리, 흰 돌로 만든 다른 물건들을 구워서 석회를 만들었으며, 그 석회와 건물 잔해로 주변에 집을 지었다. 잔해더미에서 입상도 여럿 발견되었는데, 그것들은 내다팔았다고 하네. 한번은 지팡이를 든 하얀 처녀상에게 나무 외투를 둘러주었는데, 그 비용과 관련해서 분쟁이 일면서 당시 소유주의 조부가 그 비용을 지불해야 한다는 관의 결정이 떨어졌다고 하네. 전 주인이 그 문서를 가져와 내게 보여주면서 사본을 만들라고 하더군. 우리는 공증인을 찾아가 대리석상에 대한 계약서와 그 공문서의 사본을 작성했네. 그런 다음 나는 전 주인이 요구한 금액을 내주고 집으로 돌아왔지. 이로써 대리석상은 완벽하게 '내 것'이 되었네. 이제는 그것을 어디다 둘지 결정할 차례였네. 장소를 찾는 건 어렵지 않았네. 대리석 계단을 만들 때부터 그럴 용도로 층계참을 만들어두었으니까. 층계참은 긴 계단에 아늑한 휴식 공간이 될 뿐 아니라 거기다 멋진 조각상을 갖다놓으면 최고의 장식이 될 거라고 예상했네. 우리는 측량을 통해 조각상이 그곳에 너무 높지 않다는 사실을 확인한 후 그것을 올려놓을 작은 단을 제작했고, 아울러 조각상을 운반할 장비를 만들어 그곳으로 옮겼네. 이후 우리는 틈나는 대로 대리석상을 찾아가 감상했네. 조각상의 마력은 갈수록 약해지기는커녕 점점 강해지고 커졌네. 내가 가진 모든 예술품 가운데 가장 사랑스러운 것을 꼽으라면 나는 단연 이 대리석상을 꼽지. 이것은 고대 그리스 예술의 수준 높은 경지를 보여주네. 그것도 단순히 조형예술의 수준만이 아니라 문학의 높은 수준을 말해주네. 그리스 문학의 기념비적 작품들은 소박함과 순수함으로 가득 차 있네. 세월이 흘러도 그런 점은 사라지는 것이 아니라 오히려 고요와 위대함 속에서 한층 퍼져 나가고, 수수함과 합법칙성으로 점점 큰 경탄을 불러일으키네. 반면에 근대 예술품들은 보는 이에게 감동을 억지로 얻어내려는 경향을 보이네. 그것은 결국 보는 이의 영혼을 사로잡는 것이 아니라 내치는 역효과를 낼 뿐이네. 참되지 않기 때문이지. 많은 사람이 조각상을 보러 우리 집을 찾아왔네. 그중에는 벗도 있고, 고대 예술 전문가들도 있었는데, 하나같이 조각상에 찬사를 아끼지 않았네. 나와 에우스타흐는 이 모든 과정을 통해 고대 예술 분야에서 괄목할 만한 성장을 했네. 그래서 이제 우리는 고대 예술에서 중세 예술로 관심을 돌렸네. 우리가 본 고대와 중세의 차이는 이렇다네. 고대 예술 작품들이 누구도 모방할 수 없는 순수함과 투명함, 다채로움, 완벽함을 특징으로 한다면, 중세 작품들은 그런 면에선 큰 결함이 있지만 자기만의 내면성, 즉 꾸미지 않은 소박함과 신앙심, 진실성으로 충만한 마음을 드러냈네. 달리 표현하자면, 고대 예술이 완벽한 표현으로 우리의 정신을 고양한다면 중세 예술은 더듬거리는 말로 우리를 감동시킨다고나 할까! 대리석상의 정확한 생성 시기에 대해선 지금도 뭐라고 확실하게 말할 수 없네. 헬라스에 있던 것이 다른 조각품들과 함께 로마로 건너온 것인지, 아니면 로마 땅에서 어느 그리스 예술가에 의해 만들어진 것인지도 알 수 없고, 그리스 예술에 대한 이해가 불충분하던 로마 시대에 이것이 어떤 과정을 거쳐 한 로마인의 집으로 옮겨졌고, 그것이 어떻게 로마에서 한참 떨어진 다른 가문으로 넘어갔는지도 확실치가 않네."

어른은 이 말을 끝으로 침묵에 잠겼다. 나는 주인어른을 물끄러미 바라보았다. 어른이 이야기하는 동안 우리는 홀 안을 이리저리 거닐었다. 나는 어른이 왜 저녁 뇌우가 닥칠 때면 이곳을 찾는지 알 것 같았다. 환한 창으로 남쪽 하늘 전체가 쏟아져 들어왔고, 서쪽과 동쪽 하늘도 일부 보였다. 시계(視界)의 가장자리에는 알프스 산줄기가 길게 펼쳐져 있었다. 이 지역에 뇌우가 생성되면, 그러니까 뇌우 구름이 머나먼 산줄기 위로 뭉게뭉게 피어오르거나 산등성이에 길게 걸리면 아름다운 장관이 연출되었는데, 이 방에서는 그런 자연의 조화를 온전히 관찰할 수 있었다. 게다가 뇌우 구름의 진지함에 대리석 벽의 진지함까지 더해졌고, 홀 안에 가구 한 점 없는 상황도 쓸쓸함과 무게감을 더했다. 서녘에 황혼이 깔리면서 대리석의 표면이 번개에 반사되어 빛을 발했다. 우리가 홀 안을 거니는 동안 맑고 차가운 대리석은 몇 번씩이나 불덩이 속에 잠기는 듯했다. 이 불의 잔치 속에서 나무문들만 어둡게 서 있었다. 마치 그것이 자신의 숙명이라는 듯이.

나는 대리석상이 이 집에 온 지 얼마나 되었는지 물었다.

"햇수는 얼마 되지 않은 것 같은데 정확히 기억나지는 않네. 책에 적어두었는데, 확인해서 내일 말해주겠네."

"시간 나는 대로 틈틈이 대리석상을 구경하고 싶은데, 허락해주십시오. 그게 왜 그리 아름답게 느껴지는지, 그런 효과를 만들어내는 특징이 무엇인지 시간을 두고 천천히 알아내고 싶습니다."

"원한다면 언제든 가서 구경하게. 대리석 복도 열쇠를 아예 건네줄 테니. 아니면 객실 복도에서 대리석 계단으로 내려가도 되네. 다만 항상 털신을 신어야 한다는 것만 잊지 말게. 나는 요즘 대리석 복도와 계단을 저렇게 만들어놓은 것이 얼마나 기쁜지 모르겠네. 저것들을 만들 때부터 항상 계단에 하얀 대리석 조각품을 세워놓고, 천장으로 빛이 들어오게 하고, 주위의 벽과 바닥은 좀 더 짙으면서도 부드러운 색깔의 대리석으로 장식할 생각이었지. 그리하면 주변의 짙은 색조 때문에 대리석상의 순백색이 더 도드라지지 않겠나? 황혼이 깔릴 무렵이면 대리석상의 하얀색은 맑고 깨끗하기 이를 데 없네. 자네는 대리석을 아름답게 하는 특징을 찾고 싶다고 했지만, 그런 건 찾을 수 없을 걸세. 그게 바로 고대 걸작들의 본질이네. 아니, 최고봉에 오른 모든 예술 작품의 본질이라고 믿네. 그런 작품은 어느 부분이, 혹은 어떤 의도가 가장 아름답다고 말할 수가 없네. 다만 전체적으로 아름다울 뿐이지. 부분은 그저 자연스러운 것이네. 그런 예술 작품이 균형 잡힌 정신에 미치는 마력의 본질도 바로 거기에 있네. 그런 마력은 인간이 나이를 먹어도 전혀 줄어들지 않고 오히려 늘어나지. 때문에 예술 방면의 교양을 갖춘 사람이나 아무 선입견 없이 대상의 매력을 있는 그대로 볼 줄 아는 사람은 그런 예술 작품을 그리 어렵지 않게 알아보네. 문득 한 예가 떠오르는군. 퍽 야릇한 경험이었는데, 한번 들어보게. 예전에 고대 조각상들을 모아놓은 홀에 갔는데, 그곳에 흰 대리석상이 하나 있었네. 의자에 앉아 졸고 있는 젊은이를 표현한 상이었지. 홀에는 옷차림으로 보아하니 상당히 멀리서 온 것 같은 이방인들도 있었네. 이들은 긴 치마를 입고 있었는데, 신발을 보니 오늘 아침까지도 긴 행로가 이어졌는지 먼지가 뽀얗게 앉아 있었네. 그런데 이 사람들이 그 대리석상을 보더니 발꿈치를 들고 조심조심 그쪽으로 걸어가는 게 아닌가? 그 작품의 장인에 대한 직접적이고 깊은 존경의 표현이었지. 이런 사람들과는 달리 특정 방향에만 사로잡힌 채 그 속의 아름다움만 파악하고 즐기거나, 현대적 작품이 선보이는 부분적 매력에만 익숙한 사람들은 그런 고대 작품을 이해할 수가 없네. 그런 사람들에게는 고대 작품들이 대개 공허하고 지루해 보이지. 자네도 원래는 그런 부류였네. 물론 특정한 측면만 강조하는 새로운 예술에 사로잡히지는 않았지만, 자네 역시 어떤 특정 대상들, 특히 자네가 추구하는 학문에 지나치게 오랫동안 집착해서 그 방향으로만 나아갔네. 그 바람에 자네의 눈은 다른 방향에 있는 것들, 혹은 어떤 방향에도 없거나 모든 방향에 있는 다른 무언가를 똑같은 사랑으로 받아들일 준비가 되어 있지 않았고, 마음도 그쪽으로 쏠리지 못하고 점점 외곬으로 치달은 것이 사실이네. 하나 나는 자네가 보편성에 이르게 되리라 믿어 의심치 않았네. 자네 내면에는 자네를 사이비 길로 인도하지 않고 충만으로 이끄는 아름다운 힘이 있다고 생각했으니까. 하지만 그날이 이리 빨리 찾아올 줄은 미처 몰랐네. 개별적인 것을 추구하는 자네의 작업이 막 최고조에 달해 있는 단계였기 때문이지. 그럼에도 나는 자네를 감동시킬 위대하고 보편적인 인간 감정이 자네를 이 자리, 그러니까 지금 내가 보고 있는 이 자리로 이끌리라 믿었네."

나는 주인어른의 말에 꽤 오랫동안 아무런 말도 할 수 없었다. 우리는 묵묵히 홀 안을 서성거리기만 했다. 푹신한 털신을 신은 우리의 발이 반짝거리는 대리석 바닥에 닿아 만들어내는 미세한 소리보다 더 고요한 침묵이 흘렀다. 이따금 번갯불이 거울 같은 바닥에 어른거렸고, 천둥소리가 열린 창문으로 굴러 들어왔다. 뇌우 구름이 어떤 때는 산더미처럼, 어떤 때는 갈기갈기 찢긴 파편처럼, 또 어떤 때는 긴 띠처럼 홀의 창문을 가득 메웠다.

이윽고 내가 입을 열었다. 문득 아버지가 자주 하시던 말씀이 생각난다고. 아름다운 예술품에는 정중동(靜中動), 즉 정지된 가운데 움직임이 있어야 한다는 말씀이었다.

"흔히 예술을 두고 그리 얘기하지. '움직인다'는 말은 대개 '움직일 수 있다'는 의미로 이해되네. 한데 우리가 여기서 말하는 조형예술은 결코 움직임을 표현할 수 없네. 일반적으로 예술은 살아 있는 것들, 즉 인간과 동식물을 표현하기에 예술가는 관찰자에게 이 대상들이 언제라도 움직일 수 있을 것처럼 표현해야 하네. 고정된 산을 그린 풍경화 역시 움직이는 구름과 식물로 인해 예술가들의 눈에는 숨을 쉬는 생명체로 보이지. 그렇지 않다면 풍경화가 우리에게 그렇게 생동감 있게 느껴질 수는 없을 걸세. 어쨌든 다시 고대의 보기를 하나 들어보겠네. 사람들이 몸에 걸치는 모든 천은 그것을 걸친 사람이 어떤 식으로 움직이느냐에 따라 그 형태가 달라지네. 내가 아는 어떤 친구는 유명한 어느 옛 배우를 그 사람이 입은 재킷 한 부분만 보고 알아보았네. 대개 주름에서 드러나는 천의 형태는 전승된 미의 법칙에 따라 마네킹에 맞추어놓은 자의적 모양이 아닌 실제 현실에 맞게 만들면, 대상을 감각적으로 표현하는 자기만의 고유한 특색과 색깔을 드러내네. 게다가 그런 형태는 현재의 상태를 표현할 뿐 아니라 직전에 있었던 것을 가리키고, 동시에 장차 거기서 어떤 움직임이 연속적으로 이루어질 것인지도 예감하게 하지. 이것이 보는 사람에게 '움직인다'는 느낌과 '살아 있다'는 느낌을 주는 것이네. 또한 '고대인들은 현재의 모습뿐 아니라 그전에 있었던 것과 앞으로 있을 것까지 표현한다'는 격언이 생길 정도로 그들의 탁월한 예술 감각을 드러내주네. 이 모든 게 자연에 맞게 작업했기 때문이지. 이런 연유로 고대인들은 조각품에서 의복을 표현할 때 주요부뿐 아니라 그에 상응하는 하위부도 만들었네. 그것도 조각품의 소재를 까맣게 잊고, 마치 실제로 그것을 접고 구길 수 있어야 한다는 듯 정성스럽고 꼼꼼하게 만들었지. 이런 예술품에 비해 현대의 많은 예술품은 이른바 고상한 주름 모양이라는 걸 미리 재단해놓고, 그것을 광석이나 대리석에 그대로 새길 뿐이네. 그 과정에서 안정적인 느낌을 주려고 지나치게 세밀하게 표현하는 것은 기피하지. 하지만 사람들은 이런 수많은 주름을 보면서 실제 의복처럼 느끼기는커녕 대리석 소재만 보게 되고, 그로 인해 차가운 느낌만 받고, 그걸 입은 사람은 절대 걸을 수 없을 거라고 생각하네. 상상해보게. 대리석 옷을 걸친 사람이 어떻게 걸을 수 있겠나? 의복의 이런 면은 영혼의 의복에 해당하는 몸도 마찬가지네. 예술가가 몸의 상징과 비유를 통해 묘사하려는 대상은 오로지 영혼 하나뿐이네. 여기서도 고대인들은 자연에서 영향을 받았네. 자연을 해부하듯 바라보는 사람들의 눈에는 고대인들이 비난받아 마땅한 죄를 저질렀을지 모르지만, 그렇게 물질적으로 바라보지 않는 예술가의 눈에 고대인들은 책잡힐 어떤 죄도 저지르지 않았네. 고대 예술에서는 사지의 움직임이 세세한 부분에 이르기까지 현 상태와 바로 이전 상태 그리고 바로 다음의 상태가 연결되도록 형상화되어 있고, 앞서 의복과 관련해서도 이야기했듯이 사지 역시 유연하고 살아 있다는 느낌이 들도록 표현되어 있네. 요즘 예술가들은 의복의 경우와 마찬가지로 사지도 더 크게, 더 일반적인 형태로 그리고 움직임은 덜 느껴지도록 표현하네. 근육 역시 매끈하고 단단하고 유연성이 없는 유리처럼 표현되지. 그리되면 조각상의 형체는 결코 움직임을 표현할 수 없네. 이상 말한 것이 대략 사람들이 예술에서 '움직임'이라고 이해하는 개념이네. 이제 '정지'의 개념에 대해 말해보겠네. 엄밀히 보자면 조형예술이 표현하는 모든 대상은 정지 상태에 있네. 달리는 마차와 질주하는 말, 떨어지는 폭포수, 흘러가는 구름, 순간적으로 번쩍 내리치는 번개까지 그림 속에서는 모두 응고되어 멈춰 있네. 예술가는 내가 앞서 언급한 수단으로 사람의 눈을 현혹시켜 움직임을 '움직일 수 있는 것'으로 표현하네. 그를 통해 예술가는 직접적으로 표현된 대상의 한계를 넘어 그것에 어마어마한 의미를 부여할 수도 있지. 하지만 표현된 움직임이 억지스러운 느낌이 들어서는 안 되네. 그리되면 어떤 수단도 효과를 거두지 못하고, 예술가는 웃음거리가 되고 말 걸세. 예컨대 바위에서 뛰어내리는 말을 공중에서 떨어지는 모습으로 그려서는 안 되네. 어쨌든 인간의 온 예술적 감각에 호소하는 그림보다 인간의 오성을 만족시키고자 하는 그림들이 그런 실수를 잘 저지르지. 그 때문에 끊임없이 떨어지는 폭포수를 표현하는 것이 양동이에서 나오는 물을 표현하는 것보다 훨씬 위험이 적네. 양동이가 곧 빌 거라는 상상이 보는 이의 마음을 계속 불편하게 하기 때문이지. 커다란 날개를 펼치고 공중에 떠 있는 그림 속 독수리는 숭고해 보이네. 하지만 우리 눈앞에서 먹잇감을 향해 돌진하는 독수리는 거부감을 일으킬 수 있네. 산을 휘감고 올라가는 안개는 고혹적이지만, 불을 뿜은 대포에서 피어오르는 연기는 끊임없는 정지로 인해 불쾌감을 유발하네. 움직임으로 표현할 수 있는 것들 사이의 경계는 명확하게 확정 짓기 어렵고, 재능이 뛰어난 사람이 재능이 떨어지는 사람보다 움직임을 더 깊이 표현할 수 있다는 사실은 쉽게 이해가 되네. 나는 달려가는 마차를 표현한 그림들을 무척 자주 보았네. 그런데 발의 위치를 보면 말들이 힘차게 달리는 것 같은데, 마차의 바퀴살은 완전히 정지 상태인 경우가 많았네. 위대한 예술가라면 아마 쌩쌩 돌아가는 바퀴살 주변으로 먼지를 일으키거나, 아니면 다른 것을 덧붙이고 조합해서라도 우리 눈에 마차가 정말 달리는 것처럼 보이도록 했을 걸세. 어쩌면 '정지'라는 개념은 '물질적인 정지'가 아닌 '예술적인 정지'로 이해될 때가 훨씬 많네. 회화건 문학이건 음악이건, 예술 작품이라면 없어서는 안 될 그런 예술적 정지 말이네. 이러한 정지는 모든 부분이 전체와 완전히 일치하는 것을 말하네. 달리 표현하자면, 부분과 전체의 완벽한 일치는 지고의 예술적 감동에서는 빠져서는 안 될 이성적 성찰, 예술 작품 위에 떠 있는 힘, 예술 작품 속 감정과 행위를 체계적으로 조망하는 힘 그리고 인간의 창작을 신의 창조에 가깝게 만들고 중용과 질서를 드러내는 그런 힘에 의해 생겨나네. 움직임이 활성화하고 정지가 실현되면 우리가 '미'라 부르는 것이 마무리처럼 우리의 영혼 속에 생겨나네. 물론 다른 이들은 이 개념에서 다른 것을 생각할 수도 있고, 그것이 내 것보다 나을 수도 있네. 사람들은 대개 이런 개념들에 자기만의 의미를 부여하는 법이지. 일반적으로 창작하는 힘은 정립된 원칙에 따라 작동하는 것이 아니라 스스로 올바른 것을 찾아 나가고, 고유의 길 위에서 자연에 맞게 형성될수록 더더욱 확실해지네. 작품을 감상하고 그에 대해 토론하는 사람들에게는 그 작품의 본질을 말로 표현하는 것이 매우 유익하네. 다만 그 말을 본류로 삼아서는 안 되고, 그것의 한 가지 의미에만 매달려 거기에 맞지 않는 것을 모두 잘못이라고 내팽개쳐서도 안 되네. 만약 그리된다면 유일무이한 최고의 예술가인 신을 질책할 수밖에 없을 걸세. 신이 창조한 무수한 작품을 자신이라면 다르게 만들었을 거라고 생각하는 덜떨어진 인간들이 많다네."

이 말 도중에 구스타프가 홀에 들어왔다. 황혼은 한층 짙어졌지만 아직 비는 내리지 않았다.

"자네가 아까 서 있던 그 자리에 이제 저 아이가 서 있네." 어른이 자신을 향해 다가오는 구스타프를 가리키며 말했다.

"무슨 말씀입니까, 아버님?" 소년이 물었다.

"우린 방금 예술에 대해 이야기하고 있었다. 난 네가 여기 손님만큼 예술 작품을 보고 평가하는 안목이 아직 없다고 말했다."

"그건 제 생각도 마찬가지입니다. 그래서 저분은 제 스승이기도 합니다. 만일 손님께서 예술을 보는 안목에서 아버님이나 에우스타흐 아저씨, 제 어머니를 목표로 삼고 열심히 노력하고 계시다면 제 목표는 바로 저 손님일 겁니다."

"좋은 일이구나. 한데 우리는 그 이야기만 나누었던 게 아니다. 본

류는 따로 있었지."

이 말과 함께 어른은 창가로 걸어갔다. 이제 질문은 받지 않겠다는 듯이. 우리도 뒤를 따랐다.

우리는 땅거미가 짙게 깔리는 들판 위로 장관을 이룬 자연현상을 한동안 지켜보았다. 그러다가 사위가 완전히 어둠에 휩싸이려 할 즈음 다시 대리석 계단으로 내려갔다. 식사 시간이 다 된 것이다.

뇌우는 밤중에 폭발하듯이 시작되었다. 어떤 때는 천둥소리가 허공을 가득 메웠고, 어떤 때는 비만 세차게 뿌리다가 동이 틀 무렵에야 맑고 아름다운 아침에게 자리를 내주었다.

이날 내가 처음 한 일은 대리석상을 찾아간 것이었다. 어제 계단을 내려갈 때는 대리석상을 제대로 보지 못했다. 계단이 너무 어두워서 대리석상의 표면이 번갯불에 언뜻언뜻 비치는 것만 보았을 뿐이다. 그런데 오늘은 대리석상이 유리 천장을 통해 쏟아지는 투명하고 환한 햇빛을 받으며 아무 장식 없이 소박하게 서 있었다. 조각상이 이렇게 크리라고는 미처 생각지 못했다. 나는 맞은편에 서서 한참 동안 조각상을 감상했다. 주인어른의 말이 맞았다. 현대적인 의미의 '미'라고 부를 만한 개별적인 아름다움은 어디서도 발견할 수 없었다. 예전에 나는 책이나 연극 혹은 그림을 보면서 '아름다움들'로 가득 찬 작품이라고 찬탄한 적이 많았는데, 이 조각상 앞에 서 있으니 그 말이 얼마나 부당한지 혹은 그게 정당하더라도 부분적인 아름다움들로만 가득 차 있을 뿐 전체적으로는 아름답다고 할 수 없는 작품이 얼마나 보잘것없는지 깨달았다. 이제야 분명히 알게 되었지만, 위대한 작품이란 여러 부분적인 아름다움으로 이루어진 것이 아니다. 하나의 통일적인 미가 두드러질수록 부분적인 미는 적어지기 때문이다. 나는 문득 이런 생각이 들었다. 사람들은 흔히 이 남자 혹은 저 여자는 목소리가 아름답다, 눈이 아름답다, 입이 아름답다고 말하는데, 그것은 곧 다른 부분은 그리 아름답지 않다는 것을 뜻하는 건 아닐까? 그렇지 않다면 굳이 한 부분만 부각할 필요는 없을 테니까. 물론 살아 있는 사람에게 해당되는 것을 예술 작품에 동일하게 적용할 수는 없다. 예술 작품은 모든 부분이 똑같이 아름다워야 하고, 그래서 어떤 부분도 홀로 부각되어서는 안 된다. 그렇지 않으면 예술 작품으로서 순수하지 못하고, 엄격하게 말해서 예술이라 할 수도 없기 때문이다. 내가 이 조각상에서 어떤 개별적 미를 발견할 수 없었음에도, 아니 발견할 수 없었기에, 지금 이 순간 오롯이 깨닫고 있듯이 조각상은 내게 엄청난 인상을 안겨주었다. 지금껏 아름다운 작품들, 예를 들어 문학 작품에서 자주 받았던 기존의 인상과는 차원이 다른, 이런 표현을 사용해도 된다면 보다 보편적이고, 보다 은밀하고, 보다 불가사의한 그런 인상이었다. 그것의 영향 역시 집요하고 강렬했다. 그 원인은 저 멀리 높은 곳에 있었다. 나는 '미'라는 것이 얼마나 고결한지, 그것을 포착해서 끄집어내는 것이 인간들을 즐겁게 하는 개별 요소를 포착해서 끄집어내는 것보다 얼마나 어려운지, 그리고 위대한 마음속에 내재하는 미가 위대한 것을 촉진하고 생산하기 위해 어떻게 동시대인들에게 다가가는지 확연히 깨달았다. 나는 그즈음 내 안에서 많은 것이 앞으로 성큼성큼 발전해나감을 느꼈다.

얼마 뒤 나는 조각상에 대해 에우스타흐와도 대화를 나누었다. 그는 내가 조각상의 아름다움을 알아본 것을 자기 일처럼 기뻐하며, 내가 조각상에 대한 이야기를 먼저 꺼내기만을 학수고대해왔다고 말했다. 어떤 대상에 대해 둘 다 공통적으로 잘 알지 못하면 대화가 유익하게 흘러갈 수 없으니까 말이다. 이제 우리는 함께 나란히 서서 조각상의 이모저모를 살펴보았고, 각자 느끼는 부분을 상대방에게 이야기했다. 대리석상에 관해서는 내 눈에 날마다 더 경이롭게 보이는 그 자연스러움과 자체의 단순함으로 인해 따로 개별적인 부분에 대한 토의가 필요 없을 것 같았음에도 에우스타흐는 전문가적 식견으로 대리석상의 탄생과 비율 관계, 합법칙성, 감동의 비밀에 대해 설명했다. 나는 그의 이야기에 귀를 쫑긋 세웠고, 말 한마디 한마디에 고개를 끄덕거렸다. 물론 주인어른의 말만큼 정확하게 알아듣지는 못했지만 말이다. 에우스타흐는 주인어른만큼 쉽고 명확하게 설명할 줄을 몰랐기 때문이다. 나는 조형예술 분야에서도 한층 진일보한 것 같았고, 그의 말을 듣고 나니 대리석상에 한결 가까워진 느낌이 들었다.

에우스타흐는 입상과 다른 조각품 혹은 다른 방식으로 제작된 중세의 조각상들을 모사한 그림들을 보여주었다. 우리는 그리스의 그 대리석상과 이것들을 비교해보았다. 또한 에우스타흐는 또 다른 비교를 위해 장미집이나 인근에 있는 작은 천사상과 성자상, 혹은 다른 인물상들도 가져왔다. 나는 이것을 통해 주인어른이 그리스 예술과 중세 예술에 대해 했던 말이 사실임을 새삼 깨달을 수 있었다. 내가 보기에 그리스 작품들이 말하고자 하는 바는 절제와 이성, 탁월한 명쾌함으로 가득 찬 성숙한 남성성인 것 같았다. 반면에 중세의 조형물에서는 사랑스럽고 단순하고 순수한 마음이 느껴졌다. 그 마음은 경건하고 진실되게 자신을 표현할 수단들을 포착하지만 그 수단을 자유자재로 구사하지는 못하고, 그것을 모르면서도 여전히 우리에게 강력한 힘을 행사하고 우리를 경이로움으로 가득 채웠다. 이때 우리에게 말을 걸고, 순수함과 진지함 속에서 우리 내면을 경탄으로 가득 채우는 것은 영혼이었다. 그에 비해 에우스타흐가 수많은 건축물 그림을 통해 알려준 후대의 예술가들은 명석함과 계몽성, 예술 수단에 대한 해박한 지식에도 불구하고 하늘거리는 가짜 의상과 과장된 표현 속에서 어떤 열정과 진실성도 느껴지지 않는 차가운 형상만 만들어내고 있었다. 그들에게는 영혼이 없었기 때문이다. 후대의 예술가들은 영혼으로 작업하는 것이 아니라 시대 주류의 형상화 원칙에 입각해서 작업했고, 때문에 예술가는 자신의 감정에 없는 것을 작품의 불안과 격렬함으로 대체하려고 했다. 표현의 명쾌함과 관련해서 중세는 완벽함을 추구했던 것 같지는 않았다. 그래서 소박함과 구상성 면에서 흠결 하나 없이 탁월한 머리 옆에 터무니없다 싶을 정도로 난데없이 또 다른 구성물과 첨가물이 나타났다. 그런데도 예술가는 그 사실을 알지 못했다. 왜냐하면 작품의 표현에서 자신의 마음 상태를 발견했기 때문이다. 더 이상 의도하는 것은 없었다. 감각의 융합도 추구하지 않았다. 예술가는 그것을 멀리했고, 어떤 결핍도 느끼지 않았다. 그래서 우리에게도 그 내면성이 영향을 미쳤다. 중세의 창작가들과 비슷한 점이 없는 우리는 작품의 감각적 결핍을 발견했음에도 말이다. 이 사실이 중세 작업의 탁월성을 더더욱 뚜렷이 드러냈다. 그 무렵 에우스타흐와 함께 예술 작품들을 비교하고 거기에 푹 빠져서 지냈던 나날은 참으로 아름다운 시간이었다.

나는 오랫동안 잊고 있었던 옛 회화로 다시 돌아갔다. 청소년기가 막 시작될 무렵에는 옛 회화에 대한 반감이 심했다. 옛 그림들 속에는 색상의 유쾌 발랄한 매력, 그러니까 근대 미술에서 나타나고 자연에서 내가 직접 본 색상의 쾌활한 매력에 배치되는 어두움과 암울함이 지배적이라고 생각했던 것이다. 이런 생각은 내가 직접 그림을 그리기 시작하면서, 그리고 자연의 사물뿐 아니라 인간의 얼굴에는 물감상자 속 물감만큼 선명하고 강렬한 색깔은 존재하지 않고, 대신 자연에는 내가 어떤 물감으로도 결코 표현할 수 없는 명암의 힘이 있음을 깨달으면서 차츰 수그러들었다. 물론 그렇다고 해서 옛 회화가 발산하는 본질적인 매력을 알아볼 만큼 안목이 생기지는 않았다. 나는 부분적인 성취를 거두었고, 옛 그림 속의 많은 부분을 아름답다고 생각할 줄 알았음에도 줄곧 자연의 영역에 너무 깊이 사로잡혀 그 외의 영역에서는 그만한 열정과 진심을 쏟을 수가 없었다. 따라서 나는 식물과 나비, 나무, 돌, 물, 심지어 사람의 용모까지 그림으로 모사할 가치가 있는 대상으로 여겼지만, 옛 그림만은 모사의 대상으로 생각하지 않았고, 그저 회화라는 영역에서만 존재하는 특정 사물이 등장하는 진기한 대상 정도로 여겼다. 이런 방향에도 나름대로 장점이 있었다. 자연 사물을 그리면서 어떤 거장의 솜씨도 흉내 내지 않다보니 내 그림 속에는 비록 이런저런 실수는 가득해도 그 속의 대상은 자연에 충실하게 사실적으로 묘사되어 있었다. 물론 옛 거장에게서 배우지 못해서 생긴 단점도 있었다. 색깔과 선을 다루는 다양한 방법을 알지 못하기에 모든 걸 스스로 힘겹게 고안해야 했고, 많은 부분에서 목표한 수준까지 도달할 수 없었던 것이다. 또한 나는 나중에 중세 회화를 감상하는 데 힘을 쏟았고, 심지어 겨울이면 우리 도시의 화랑에서 많은 시간을 보냈음에도 그때까지 나를 사로잡고 있던 이전의 상태가 여전히 무의식 속에 깊이 각인되어 있어서 회화에 합당한 열정과 헌신을 쏟을 수가 없었다. 그런데 이제 에우스타흐와 함께 중세 그림들에 천착하고, 내 눈에 기적처럼 비치는 고대 그리스 작품을 감상하고, 이 작품을 덜 오래된 우리 선조들의 작품과 비교하면서 그 차이와 상관관계를 짚어내는 법을 알게 되면서 회화를 바라보는 눈도 바뀌기 시작했다. 나는 장미집의 그림방을 자주 찾아가 장시간 그곳에 머물렀을 뿐 아니라 주인어른이 소장한 회화의 대가들을 알아나가기 위해 그림 목록을 달라고 했으며, 이런저런 그림들을 화대에 세워놓고 자세히 살펴볼 수 있도록 허락해줄 것을 청하기도 했다. 그만큼 그림 속 세계를 이해하고자 하는 마음이 강렬했다. 그러다보니 몇 날 며칠 동안 그림 한 장에만 푹 빠져 있기도 했다. 새로운 제국이 눈앞에 펼쳐지는 느낌이었다. 시인들이 내 영혼의 세계를 열어주었던 것처럼 여기서도 또다시 영혼의 세계가 열렸다. 고결함을 지향하는 문학의 영혼과 똑같은 영혼의 세계였지만, 전혀 다른 수단으로 그 세계에 이르렀다. 아, 비록 인간이 만든 것이라고는 하나 얼마나 힘차고, 얼마나 우아하고, 얼마나 충만하고, 얼마나 부드러운가! 이것이야말로 조물주의 창조를 본뜬 것이 아니던가! 나는 옛 회화—장미집 그림방에 있는 것들은 거의 대부분 옛 그림들이었다—와 자연의 관계를 알게 되었고, 옛 거장들이 현대 거장들보다 자연을 더 충실하고 사랑스럽게 모사했음을 깨달았다. 옛 거장들은 자연의 특색을 파악할 때 형언할 수 없을 정도로 강한 지구력과 끈기를 보였다. 그런 면은 나는 물론이고 현대의 많은 예술가도 따라가기 힘들 것 같았다. 그렇다고 현대 예술을 전체적으로 매도할 수는 없었다. 내가 아는 현대 작품은 너무 적었고, 옛 그림들만큼 자세히 관찰하지도 않았기 때문이다. 다만 현대 예술이 자연의 본질 속으로 들어가는 일은 불가능에 가까워 보였다. 나는 어떻게 그렇게 오랫동안 이 사실을 깨닫지 못했는지 스스로 생각해도 이해가 되지 않았다. 그런데 내가 여기서 알게 된 고대인들 역시 현실에 치중하고 사실적 모사에 열심이었음에도 내가 자연과학적 대상을 모사할 때만큼 멀리 나아가지는 않았다. 나는 가능한 한 세세한 것들을 전부 그림 속에 담으려고 노력했던 것이다. 지금 생각해보면 그것은 예술에 장애 요인이었을 것이고, 그런 예술 작품은 전체적으로 차분한 하나의 인상을 주는 대신 개별 부분으로 붕괴되어버릴 것이다. 장미집 그림방에서 알게 된 옛 거장들은 자연의 개별적인 것들을 굵직굵직한 특징으로 잡아내어 지극히 단순한 수단, 예를 들어 단 하나의 필치로 표현할 줄 알았다. 그래서 사람들은 그 그림들을 보면서 화가가 사물의 미세한 특징까지 전부 파악한 것이 틀림없다고 믿었다. 하지만 좀 더 자세히 들여다보면 그것은 자연을 좀 더 크게 일반적으로 다루는 시도가 성공한 것일 뿐이다. 이렇듯 자연을 크게 다루는 것은 아주 세밀한 부분까지 자잘하게 분류해서 그림을 구성하는 사람은 놓칠 수밖에 없는 큰 감동을 보장했다. 나는 이제야 옛 그림들 속에 얼마나 아름다운 인간의 모습이 담겨 있는지, 그들의 사지가 얼마나 고결한지, 용모는 얼마나 다양한지—어떤 얼굴은 환하고, 어떤 얼굴은 힘차고, 지혜롭고, 부드러웠다—또 의복은 걸인이 걸친 저고리조차 얼마나 기품이 흐르고, 주변 환경은 얼마나 뛰어난지 깨달았다. 얼굴과 다른 신체 부위의 색은 인간 형상을 밝혀주는 환한 빛이었다. 문외한들이 거기다 칠할 역겨운 빨간색과 흰색이 그렇다는 말이 아니다. 그림 속 암영은 자연이 보여주는 것처럼 깊고 주변은 그보다 더 깊어서, 누구도 색칠할 수 없는—인간은 햇빛 속에 붓을 담글 수 없기 때문이다—실제 햇빛을 통해 창조주가 부여하는 힘에 근접하는 그런 힘을 띠고 있었다. 나는 지금 옛 그림들을 보면서 바로 그런 힘에 경탄했다. 옛 그림들 속에는 인간 외에 환하게 빛나는 구름과 맑은 하늘, 우람한 나무, 드넓은 평야, 우뚝 솟은 바위, 머나먼 산, 유유히 흐르는 개천, 거울 같은 호수, 푸른 초원이 있었다. 그리고 나는 웅장한 건축물도 보았고, 식물과 나무, 과일, 동물 속에 내재한 고요한 삶도 보았다. 모든 것을 정돈하고 재탄생시키는 솜씨와 정신이 놀라웠다. 이제는 우리 선조들이 풍경과 동물을 그리는 방식도 눈에 쏙쏙 들어왔다. 어떤 이는 부드러운 광택으로 형상에 투명성을 부여했고, 어떤 이는 불투명한 색깔로 강렬함을 내보였다. 산은 빛을 받고 반사하면서 빛이 절로 함께 그림에 동참하도록 했다. 물감 상자에 없는 색깔로 말이다. 나는 어떤 화가가 투명한 물감으로 바탕색을 칠한 뒤 그 위에 선명하고 육감적인 색상을 앉히는 방법을 눈여겨보았고, 어떤 화가가 넓은 붓으로 물감 위에 또 물감을 칠하고, 자연스러운 이행(移行)을 표현하고, 그림의 윤곽을 잡아나가는 방법을 파악했다. 옛 그림들이 어둡게 느껴진 이유도 이제는 분명히 깨달았다. 세월이 지나면서 기름 성분이 그림의 색깔을 어둡게 만들었고, 니스가 어두운 갈색을 띠었기 때문이다. 물론 용의주도한 대가들은 이 두 가지를 피하는 방법을 알고 있었다. 그래서 주인어른이 소장한 그림들 속 색깔은 여전히 화려하고 아름답게 빛났다. 이 그림들은 요란하거나 진실하지 않은 색을 사용하지 않고 색조의 힘을 활용했다. 색에 대한 공부가 어느 정도 수준에 이르렀다는 생각이 들자 나는 한 그림만 오래도록 붙들고 그것이 어떻게 그려졌는지, 어떤 식으로 재료를 다루었는지 탐구했다. 주인어른은 그림을 보여주려고 나를 마틸데 부인의 장미방으로 데려갔다. 방 안에는 자그마한 그림 네 점이 걸려 있었다. 그중 두 점은 티치아노의 작품이었고, 한 점은 도메니키노, 한 점은 구이도 레니의 작품이었다. 크기는 거의 비슷했고, 액자도 똑같았다. 주인어른이 소장한 그림 가운데 가장 아름다웠는데, 보면 볼수록 보는 이의 영혼을 사로잡는 그런 그림들이었다. 나는 틈만 나면 이 그림 네 점을 보여달라고 어른에게 청했고, 어른은 그때마다 귀찮아하는 기색 하나 없이 나를 마틸데 모녀가 쓰는 방들로 안내했다. 우리는 함께 그림을 감상하며 작품에 대한 이야기를 나누었다. 어른은 자주 그림들을 떼어내어 빛이 잘 드는 탁자나 소파 위에 세워놓았다. 장미집에서 보낸 이 시절은 내게 아주 진기한 시간들이었다. 내 존재가 알 수 없는 높은 구름에 싸여 점점 고결해지는 느낌이었다.

한번은 주인어른에게 이 그림들을 어떻게 구했는지 물었다.

"꾸준한 수집 열의에다 우연이 겹쳐 내 손에까지 들어오게 되었네. 나는 백부에게 그림 여러 점을 상속받았네. 물론 지금 내가 소장한 것들만큼 최고의 작품은 아니었네. 해서 몇 점이라도 더 나은 그림을 사려고 그중 일부를 팔았지. 전에 내가 이탈리아에 갔다는 이야기는 했을 걸세. 총 세 번을 갔는데, 거기서 여러 그림을 발견했네. 나는 쉼 없이 그림을 보러 다녔고, 여러 점을 구입하고 다시 여러 점을 팔아 새것을 샀네. 그렇게 끊임없이 교체가 이루어지다가 지금의 소장 목록이 갖추어진 걸세. 한데 요즘은 그림을 팔거나 바꾸지 않네. 설령 정말 걸출한 작품을 만나더라도 내가 가진 그림 중 하나라도 내줘야 한다면 그런 교환은 하고 싶지 않네. 사람은 나이가 들수록 익숙한 것에 집착하게 되는 법이지. 아무리 너덜너덜해지고 색이 바래도 계속 그걸 곁에 두고 싶어 하네. 오래된 옷을 쉽게 버리지 못하는 것도 그 때문이겠지. 그리 오랫동안 나와 함께한 그림들 중 하나라도 내 집에서 내보내야 한다면 정말 가슴이 미어질 걸세. 그림들은 내가 이 세상을 떠나는 날까지 원래의 자리에 그대로 있을 걸세. 내 후계자 또한 이 그림들을 여기 그대로 두고 합당한 존경을 표할 거라는 생각을 하면 벌써 기분이 좋아지네. 비록 후계자가 내 마음에 별로 들지 않는 어리석은 사람이라 해도 말이네. 나는 한동안 그림을 사지 않았네. 라위스달의 멋진 풍경화 한 점은 빼고 말이네. 자네도 그 그림을 잘 알 걸세. 그 앞에 자주 서 있던 것 같던데. 그림방 문 옆에 걸려 있는 그림 말이네. 어쨌든 난 앞으로도 힘이 닿는 한 값진 그림들을 구입할 생각이네. 예전에는 그림 한 점을 손에 넣으려고 몇 년씩이나 기다린 적도 많았네. 몹시나 갖고 싶어 안달을 했던 작품들인데, 어떤 때는 소유주가 그림을 내놓을 생각이 있음에도 고집불통이라 도저히 채울 수 없는 조건을 내걸어 그것을 채워야만 그림을 내주겠다고 해서 그랬고, 또 어떤 때는 관리 부실로 좋은 그림을 망가뜨려놓고도 남에게는 그림을 내주려고 하지 않아서 그랬네. 간혹 나는 색상이나 다른 특성은 괜찮지만, 전체적으로는 질이 약간 떨어지는 그림들도 사두었네. 다른 훌륭한 작품과 교환할 일종의 비축품이었지. 그러니까 그림에 나름 취미가 있지만 자기 수중에 있는 뛰어난 옛 그림의 진가를 알아보지 못해 관리 부실로 그림을 엉망으로 만들면서도 그림만은 좀체 내놓으려고 하지 않는 사람들이 있었기 때문이네. 이런 사람들은 가치는 좀 떨어지더라도 자신들이 좀 더 쉽게 이해할 수 있고 자기들 눈에 보기 좋은 그림을 선호하네. 해서 그런 그림을 미리 준비해 갖고 가면 그들은 아주 좋아하면서 자기 그림과 맞바꾸어주네. 하나 나는 그들의 그림이 내 것보다 더 비싼 작품이라고 솔직하게 설명하고, 그 차액을 정확히 계산해 돈으로 주네. 그러면 그 사람들은 입이 쩍 벌어지지. 그들은 여전히 내 말을 믿지 못했고, 내가 개인적인 취향에 사로잡혀 옛 그림의 가치를 과대평가한다고 생각했기 때문이네. 그도 그럴 것이 그들의 눈에는 두 그림의 차이가 그리 크지 않아 보였을 테니까. 이런 식으로 나는 여러 번 횡재를 했네. 한번은 롤란트가 어느 집 다락에서 아기 예수를 안고 있는 성모마리아 그림을 찾아서 갖고 왔네. 자네도 그 그림을 알 걸세. 내가 가끔 우리 집 미술품 중 백미라고 부르는 것 말이네. 롤란트는 중세에 제작된 박차나 칼 등 옛 철제품을 구하려고 집주인과 함께 다락으로 올라갔는데, 그 그림이 액자도 없이, 그것도 둥글게 말려 있지도 않고 수건처럼 접혀서 먼지 속에 방치되어 있는 것을 발견했네. 그 상태로는 그게 얼마나 귀한 물건인지 정확히 알 수가 없어 그냥 약소한 금액만 주고 집주인에게 그림을 사들였네. 주인 말로는 예전에 한 병사가 이탈리아에서 이 그림에 빨래와 낡은 옷들을 싸서 보냈다고 하네. 아마천 위에 그린 이 그림을 하찮은 포장용 천으로 사용한 게지. 그런데 그림에는 균열이 있었네. 아마천을 접었던 부분에 금이 가서 물감까지 떨어져 나가고 없었네. 그 상태로는 물감이 오래 붙어 있기가 힘들지 않았겠나? 게다가 포장용으로 쓰기엔 그림이 너무 컸던지 한쪽 면을 길게 잘라내기까지 했더군. 한쪽 가장자리에 자른 흔적이 뚜렷이 남아 있었네. 그곳을 뺀 나머지 부분은 상당히 오래되었음에도 화포 틀에 고정할 때 사용한 못의 흔적이 선명했네. 접힌 부분들 외에 다른 곳들도 세월의 무게로 물감이 떨어져 나가 그림의 바탕뿐 아니라 낡은 아마천의 실 가닥까지 고스란히 드러났네. 아스퍼호프에도 그런 상태로 도착했지. 우리는 일단 아마천을 펼쳐놓고 깨끗한 물로 닦았네. 그런 다음 평면 상태로 관찰하려고 네 귀퉁이에 무거운 추를 올려놓았네. 이리해서 우리는 방바닥에 그림을 놓고 자세히 살펴보기 시작했지. 이것이 이탈리아 화가의 작품이고, 아주 오래전에 만들어졌다는 사실은 분명했네. 하지만 구체적으로 어느 화가의 작품이고, 어느 시대에 제작되었는지는 그 상태로는 도저히 규명할 수 없었네. 다만 온전한 부분들로 판단하건대 이 그림이 결코 예사로운 물건이 아니라는 사실만은 분명해 보였네. 하여 우리는 그림을 붙일 받침틀을 제작하기로 했네. 보통 참나무로 만드는 이런 받침틀은 휘는 것을 방지하려고 결의 방향이 직각을 이루도록 잇댄 나무판 두 개와 격자 살로 이루어지네. 받침틀이 완성되고, 접합제까지 완전히 마르자 우리는 그 위에 그림을 올려놓았네. 그리고 그림을 원형에 가깝게 복원하려고 그림이 잘려 나간 부분은 받침틀을 좀 더 크게 만들어, 새로 제작한 적당한 아마천을 잘 잇대어 붙였네. 그런 다음 아직도 여기저기 남아 있는 옛 니스와 묵은 때를 제거하기 시작했지. 니스는 일반 도구로 쉽게 제거할 수 있었지만, 수백 년 동안 눌어붙은 때는 색깔이 손상되는 것을 감수하지 않고는 쉽게 제거할 수 없었네. 어쨌든 그렇게 정성껏 청소해서 화대 위에 그림을 세워놓자 처음에 그냥 표면만 닦았을 때보다 훨씬 아름다운 그림이 탄생했네. 물론 곳곳이 갈라지고 금이 가고, 색이 벗겨진 바람에 그때도 작품의 진가를 정확히 평가하기란 불가능해 보였네. 우리가 지금보다 훨씬 경험이 많다고 하더라도 말이네. 아무튼 롤란트와 에우스타흐는 본격적인 복구 작업에 착수했네. 아마 이만큼 어려운 일은 없고, 이만큼 그림이 왜곡되고 망가질 가능성이 높은 일도 없었을 걸세. 하나 방법이 없었네. 그것만이 올바른 길이라고 생각했지. 어떤 일이 있어도 원래의 색이 가려져서는 안 된다는 게 원칙이었네. 다행인 것은 이제껏 그 그림을 놓고 보정이나 덧칠 작업을 한 번도 하지 않았다는 걸세. 해서 원래 색이 그대로 남아 있거나, 아니면 아예 남아 있지 않았지. 색이 벗겨진 곳은 주변 가장자리 색깔에 맞는 물감으로 메웠네. 그런 다음 물감을 최대한 말리고 비볐네. 그렇게 건조한 뒤에도 색이 벗겨져 구멍이 생기면 재차 똑같은 물감으로 채워넣었고, 그 과정을 반복해서 더 이상 구멍이 생기지 않도록 했네. 약간 부풀어 오른 곳은 작은 칼로 갈아서 고르게 했고, 도저히 없어지지 않는 얼룩에는 주변과 맞는 색깔을 살짝 발랐지. 또한 세월이 지나면서 물감의 기름 성분과 다른 원인들 탓에 색깔이 어두워져 얼룩처럼 보이는 곳은 주변과 구별이 되지 않을 때까지 바짝 말린 물감과 가느다란 붓 끝으로 한참 동안 살짝살짝 점을 찍었네. 어떤 때는 이런 절차를 여러 번 반복했지. 이렇게 작업이 끝나자 맨눈으로는 물감을 새로 바른 자리를 찾아낼 수가 없더군. 확대경으로 봐야만 복원한 것을 알 수 있을 정도였지. 우리는 이 작업에 몇 년이 걸렸네. 물론 이 일 말고도 다른 작업을 하느라 그랬기도 했지만, 이런 복원 방법 자체가 상당히 긴 시간을 필요로 했네. 색깔이 완전히 마르는 데도 시간이 걸렸지만, 새 물감이 원본과 어울리게 변화하는 데도 충분한 시간이 필요했기 때문이지. 이렇게 완성한 그림은 어디를 보더라도 원본이 아님을 눈치챌 수가 없었네. 옛 그림이 그렇듯 곳곳에 미세한 금이 있었을 뿐 아니라 원래 이 그림을 창조한 붓질의 순수함과 명료함도 살아 있었지. 옛 그림을 복원할 때 덧칠 방식을 사용하면 세월의 흔적으로 가느다랗게 갈라진 부분 위에 외피가 형성되는 경우가 드물지 않네. 그런 외피는 그림에 보정 작업이 가해졌다는 사실을 말해줄 뿐 아니라 그 자체로 색깔을 가리고, 색깔을 탁하고 불투명하게 만드는 얇은 베일이 되어버리네. 그러면 그림은 음습하고 스산하고 부담스러운 인상을 풍기지. 우리의 옛 그림 복원 방식을 하찮고 가소롭게 여기는 사람들이 많네. 아무래도 많은 시간과 공을 들여야 하는 일이기 때문일 걸세. 하지만 우리에게 그 일은 고통스러운 수고가 아니라 진정한 즐거움이네. 자네도 우리와 생각이 같을 거라 믿네. 한창 예술 제작에 재미를 붙인 것 같으니 말일세. 옛 거장이 그림 속에 남긴 형상이 우리 앞에 서서히 모습을 드러내면 가슴 벅찬 창조의 감정만 생기는 것이 아니라 우리로서는 도저히 만들어낼 수 없는 과거의 위대한 것을 부활시켰다는 숭고한 감정까지 솟구쳐 오르네. 복원 작업이 일부 완성되었을 때 우리는 생각보다 색상이 맑고 찬란하고, 처음 짐작했던 것보다 그림이 한층 값진 작품이라는 사실을 깨달았네. 금이 가고 색깔이 벗겨진 부분들, 제거하지 못한 더러운 얼룩이 그림 속에 남아 있으면 그것들은 손상되지 않은 부분과 심지어 온전하게 보존된 부분들에도 악영향을 끼쳐 전체적으로 색깔을 있는 그대로의 상태보다 더 추해 보이도록 하네. 하나 서로 조응하지 않는 부분들을 상당 범위까지 서로 조응하는 색으로 덮어씌우고, 새 색깔이 옛 색깔과 갈등을 일으키는 대신 오히려 그것을 지원하면 그림 속에는 순수함과 청초함, 투명함, 심지어 강렬함까지 생겨나 우리를 깜짝 놀라게 하지. 심하게 파손된 그림의 경우에는 각 부분의 연결이 제대로 이루어졌는지 판단할 수가 없기 때문일세. 물론 복원이 완성되면 전체적으로 격조 있는 분위기의 예술품으로 거듭 태어나리라는 예상은 하고 있었네. 복원 작업 동안 나는 그림의 내력과 출처를 알아내려고 많은 애를 썼네. 하지만 결과는 신통치 않았네. 이탈리아에서 아마천에 빨래를 싸서 보냈다는 병사는 벌써 오래전에 죽었고, 이 일과 관련된 것으로 추정되는 사람들 중에도 살아 있는 이가 없었지. 모든 게 내가 생각했던 것보다 훨씬 이전의 일이었으니까. 이 그림을 마지막으로 소유했던 사람의 조부가 이런 말을 자주 했다더군. 옛날에 자기 집안 출신의 한 병사가 이탈리아에서 성모마리아 그림으로 양말과 셔츠를 싸서 집으로 보냈다는 이야기를 들었다고 말이야. 먼지투성이인 채로 방치되기는 했지만, 어쨌든 성모마리아 그림이 그 집 다락에 있었던 걸 보면 그 조부의 이야기가 사실인 것은 틀림없네. 그러나 그 독일 병사가 무슨 연유로 이탈리아까지 갔는지, 그 그림이 이탈리아 어느 지방에서 만들어진 것인지는 알아낼 수 없었네. 여하튼 긴 시간과 갖은 수고, 여러 차례의 중단을 거쳐 완성된 그림이 아름답고 고풍스러운 금빛 액자에 끼워져 우리 앞에 나타났을 때 우리는 희열에 넘쳐 가슴이 벅차올랐네. 축제의 기분이 그러할까! 그 자리엔 롤란트도 불렀네. 롤란트는 복원 작업이 끝나갈 무렵 마무리를 형에게 맡기고 타지로 나가 있었기 때문이네. 이웃도 여럿 초대했네. 미리 연락해둔 한 전통 예술 전문가도 복원된 작품을 보려고 불원천리하고 찾아왔네. 물론 초대받지 않은 사람들도 우리 집에 모였네. 그런 일이 있다는 것을 우연히 전해 들은 사람들이지. 아스퍼호프에서는 누구든 박하게 내치는 일은 없네. 흔히 말하길, 아름다운 여인은 장신구로 치장할 때보다 치장하지 않을 때가 더 아름답다고 하네. 하지만 그건 사실이 아닐세. 훌륭한 그림은 액자 없이도 충분히 진가가 드러난다는 말도 마찬가지네. 나는 우리의 성모마리아 그림을 위해 중세풍의 액자를 특별 주문했네. 중세 회화 속에 묘사된 액자를 표본으로 삼았지. 그 뒤로 나는 볼일이 있거나 혹은 따로 볼일이 없더라도 틈틈이 도시로 나가 액자의 제작 과정을 감독했네. 액자는 그림이 완성되기 훨씬 전에 아스퍼호프에 도착했네. 해서 액자를 상자 속에 넣어두고 포장도 뜯지 않은 채로 그림의 완성을 기다려야 했지. 우리는 복원이 끝나기 전에 그림을 미리 액자에 끼워보지 않았네. 모든 것이 완성되었을 때의 감동을 약화시킬 수 있다고 믿었으니까. 새 그림은 액자에 끼워놓아야만 수정하고 추가해야 할 부분이 눈에 띄는 경우가 많네. 그전에는 그게 잘 안 보이지. 하나 복원한 옛 그림은 다르네. 특히 우리와 같은 방식으로 복원한 작품은 더더욱 그러네. 그림 속에 표현된 것들은 작품의 생성 과정을 고스란히 드러내주네. 지금의 모습과 다르게는 그릴 수 없다는 것을 분명히 말하는 게지. 색깔의 깊음과 강렬함, 광채는 원래 아마천 위에 그려져 있던 그림을 통해 생성되었네. 그리고 그림을 액자에 끼웠을 때 그게 어떤 모습일지는 복원한 사람의 능력에 달린 것이 아닐세. 그게 걸출한 모습일지 별로일지는 원작자의 솜씨에 달린 것이네.

아직 한 번도 니스 칠을 하지 않은 그림 속 성모가 고풍스러운 액자 안쪽에서 우리를 바라보는 순간 우리는 정말 황홀함을 맛보았네. 이제야 옛 거장이 그림 속에 어떤 힘과 매력을 집어넣었는지 알아본 것이 아니겠나! 액자에는 꽃과 인물과 장식이 숭고하게 표현되어 있고, 심지어 강력한 효과를 내는 광채까지 발산했음에도 그림은 전혀 동요하는 기색이 아니었네. 아니, 오히려 자기를 둘러싼 액자를 손아귀에 틀어쥐고 그 화려함을 귀여운 다채로움으로 변모시켜버렸네. 그러면서 자신은 기품 있는 장식에 둘러싸인 채 거역할 수 없는 힘을 내뿜으며 장엄한 색깔 속에서 왕좌에 앉아 있는 듯했네. 그것을 보는 순간 모든 참석자의 입에서 절로 탄성이 새어 나왔네. 아, 그때 얼마나 기뻤던지! 내 생각이 틀리지 않았던 걸세. 그러니까 그림의 힘을 믿고 거기에 맞는 화려한 액자를 주문한 것이 주효했던 거지. 우리는 한참을 그림 앞에 서서 물감이 벗겨진 곳을 메운 색깔의 아름다움과, 의상과 바탕의 아름다움을 관찰했네. 소박하면서도 우아한 선과 균형 잡힌 공간 배치가 어울려 전체적으로 기품이 넘치고 성스러운 분위기가 흘러나왔네. 보면 볼수록 진실된 경건함이라 불러도 될 만한 깊은 진정성을 느끼지 않을 수 없었네. 그렇게 얼마가 지났을까, 우리는 그제야 겨우 입을 열 수 있었네. 이런저런 이야기가 오가다가 자연스럽게 이것이 어느 거장의 작품인지 각자 조심스럽게 추측들을 내놓았지. 어떤 이는 구이도 레니라고 하고, 어떤 이는 티치아노라고 하고, 또 어떤 이는 라파엘로 화파를 입에 올렸네. 물론 저마다 근거는 있었지. 하나 지금도 그렇듯 결론은 누구의 작품인지 모른다는 것이네. 롤란트는 주체 못 할 정도로 기뻐했네. 미지의 예감에 사로잡혀 우연히 이 그림을 사들인 것이 이리 큰 빛을 보게 되었는데, 어찌 기쁘지 않겠나! 당시 롤란트는 상당히 어렸고, 경험도 지금과 비교하면 일천했네. 그러니 자신의 행동에 확신이 서지 않았던 것이야 충분히 이해할 만하지. 에우스타흐의 기쁨도 결코 아우에 뒤지지 않았네. 흔히 하는 말로 '너무 기쁘면 심장이 웃는다'고 하는데, 에우스타흐가 딱 그 짝이었지. 그날 나는 손님들을 융숭하게 대접하는 것으로 하루를 마무리했네. 곧이어 우리는 그림을 걸어두기에 가장 어울리는 장소를 찾아 나섰네. 롤란트는 오랫동안 열망하던 자기만의 작업실을 상으로 받았네. 에우스타흐는 내가 보기에, 이 일로 우리 예술 애호가들에게 한층 가까워졌다는 사실에 가장 큰 만족감을 느끼는 듯했네. 그리고 비록 누더기 상태이기는 했지만 어쨌든 그림을 우리에게 넘긴 그 남자에게도 나는 기대치를 뛰어넘는 돈을 추가로 지급했네. 그림의 가치를 생각하면 더 줄 수도 있었지만, 우리가 아니었더라면 그 남자는 그림을 복원하지도, 아니 그럴 생각조차 못 했을 테니 그러지는 않았네. 롤란트가 보지 않았더라면 그림은 먼지 수북한 다락에 그대로 방치된 채 쇠락하고 또 쇠락해가다가 결국 언젠가는 완전히 폐물이 되었을 걸세. 나는 시간 나는 대로 그림 앞에 서서 작품 감상에 푹 빠졌네. 성모의 얼굴과 손을 비롯해서, 일부는 맨살이 드러나 있고 일부는 아름다운 천에 감싸인 아기 예수를 바라보는 일은 그 자체로 큰 기쁨이었지. 이런 그림들에는 이탈리아라는 나라에서 주로 나타나는 특색이 있네. 아이가 어머니의 팔에 안겨 있지 않고 높직한 물건 위에 서서 아름다운 자세로 어머니에게 몸을 기울이고 있는 게지. 물론 어머니가 아이를 살짝 붙들고 있는 상태로 말이네. 이를 통해 화가는 아이가 어머니의 품에 안겨 있을 때보다 훨씬 아름다운 자세로 아이의 몸을 표현할 기회를 잡았을 뿐 아니라, 신의 아들이 어린아이인 상태에서도 독립적인 힘과 자유를 소지하고 있음을 한층 명확히 보여줄 수 있었던 걸세. 이것의 효과는 분명하네. 신의 아들이 언젠가 행사하게 될 그 힘을 미리 인지하고 공경하게 되는 것이네. 남국의 민족들이 아이 상태의 구세주를 이렇게 감각적인 아름다움으로 표현한 것에 나는 항상 황홀한 감동을 받았네. 그리고 이 그림에서 성스러운 아이가 남국의 힘차고 아름다운 몸을 가졌다는 사실도 당혹스럽게 느껴지지 않았네. 거장 라파엘로도 아기 예수를 그런 모습으로 그렸고, 그것이 사람들에게 주는 영향은 막대했지. 한데 입이 무척 아름다운 성모마리아가 눈을 하늘로 향하고 있는 모습은 별로 마음에 들지 않았네. 지나치게 작위적이라고나 할까! 화가는 그림 속 인물의 행위에 하나의 의미를 부여했지만, 실은 인물 자체에서 그 의미를 느끼게 했어야 했네. 원래 단순한 수단이 더 효과적이지 않은가! 만일 화가가 성스러움과 존귀함을 하늘로 향한 성모마리아의 눈 대신 성모마리아의 형체 그 자체에 집어넣을 수 있었더라면, 그러니까 단순히 앞을 바라보는 성모마리아에게서 그것을 느끼게 했더라면 훨씬 나았을 걸세. 라파엘로는 성모마리아를 차분하고 진지하게 앞을 바라보는 모습으로 그렸는데, 그로써 마리아는 다른 많은 사람의 그림에서는 단순히 기도하는 여인으로 그친 반면 그의 그림에서는 하늘의 여왕이 될 수 있었던 걸세. 이걸로 미루어 나는 이 그림이 라파엘로 화파의 솜씨는 아닐 거라는 결론을 내리고 싶네. 아무리 아기 예수의 훌륭한 풍모가 라파엘로 화파를 떠올리게 해도 말이네. 그림은 더 이상 처음 있던 곳에 걸려 있지 않네. 그사이 우린 모든 그림을 여러 번 자리를 바꾸어 걸어보았네. 그림의 배치를 바꾸면서 전체적인 인상이 어떻게 달라지는지 관찰하는 것은 또 다른 즐거움이었지. 우리는 그림을 돋보이게 하려고 벽을 무슨 색으로 칠할 것인지도 진지하게 상의했고, 실험도 여러 차례 했네. 그 결과 불그스름한 빛이 도는 갈색으로 최종 결정을 했네. 자네도 알다시피 그림방은 지금도 그 색깔을 유지하고 있네. 나는 더 이상 어떤 것도 바꾸고 싶지 않네. 현재의 그림 배치는 이제 내게 편한 습관이나 다름없어서 괜히 위치를 바꾸어 눈을 피곤하게 하고 싶은 마음이 없는 게지. 그림을 손에 넣는 과정은, 자네도 예전의 내 말에서 짐작하겠지만, 성모마리아 그림처럼 항상 그리 쉽지만은 않았네. 그 일은 내 인생행로에서 어떤 때는 즐겁고, 어떤 때는 우울한 기억으로 남아 있는 독특한 갈래라고 할 수 있지. 우리는 그 과정에서 여러 가지 일을 겪었고, 많은 사람을 알게 되었네. 또 그림을 복원하고, 미혹을 극복하고, 미에 익숙해지기까지 많은 시간을 보내야 했네. 액자를 만드는 데도 공을 들였지. 시간이 지나면서 모든 그림을 우리가 직접 제작한 새 액자에 끼웠으니까. 그리하여 이제 그 작품들은 마치 오래된 귀한 친구들처럼 내 곁을 지키고 있네. 아마 그 수는 나날이 불어갈 테고, 남은 내 생애에 커다란 기쁨과 위안이 되어줄 걸세."

주인어른의 이야기를 듣고 난 뒤로 내가 그림방을 더 자주 들락거린 것은 어쩌면 무척 당연한 일이었을지 모른다.

나는 이제 어른의 동판화에도 더 큰 관심을 보였다. 동판화는 액자에 끼워져 있지 않고 독서방 책상의 커다란 서랍 안에 있었기 때문에 그림보다 감상하기가 한결 수월했다. 나는 동판화 케이스를 하나씩 꺼내 모든 동판화를 차례로 살펴보았고, 뒤이어 좀 더 체계적인 관찰에 돌입했다. 주인어른은 책을 집 밖으로 갖고 가는 것은 허용하지 않았지만 손님이 자기 방에서 읽겠다고 하는 것은 허락했는데, 동판화에도 같은 원칙을 적용했다. 다만 동판화를 낱개로 가져가는 것은 용인하지 않았고 항상 케이스 하나씩 통째로 가져가게 했다. 보존과 관리를 위해서였다. 어쨌든 나는 이제 많은 시간을 독서방에 틀어박혀 쉼 없이 동판화 구경에만 매달릴 필요 없이 어른의 허락을 얻어 동판화 케이스를 내 방으로 가져가 작품을 여유롭게 감상할 수 있었다. 또한 중간에 일이 생기면 작품 감상을 잠시 중단할 수도 있었고, 감상이 끝나면 아무 때나 동판화 케이스를 다른 것으로 바꾸어 갖고 올 수도 있었다. 이렇듯 나는 모든 동판화를 샅샅이 훑어보았고, 나중에는 특히 내 마음을 사로잡거나 주인어른과 에우스타흐가 빼어난 작품이라고 추천한 동판화를 그림으로 옮기기까지 했다. 그다음부터는 케이스를 통째로 가져가는 일은 없었고, 그냥 틈틈이 독서방에 들러 마음에 드는 동판화를 이런저런 케이스에서 꺼내 감상하곤 했다. 아울러 나중에 도시에 돌아가면 이와 똑같은 것들을 구입할 생각으로 기억 속에 단단히 새겨두기도 했다. 나는 이런 과정을 통해 여러 거장과 여러 시대의 다양한 표현 방식을 접했을 뿐 아니라 그 가치를 알아볼 안목까지 갖추었다. 또한 회화에서와 마찬가지로 동판화 역시 소수의 예외만 빼놓으면 현재보다 과거의 작품이 더 아름답다는 사실도 깨달았다. 나는 그것을 회화보다 동판화에서 훨씬 정확히 알아차렸다. 장미집 그림방에는 현대 회화가 거의 없어서 신구 회화를 비교하려면 부득이 도시에서 본 현대 회화에 대한 기억에 의존할 수밖에 없었는데,

그 기억이 선명하지 않았던 것이다. 그에 비해 현대 동판화는 이 집에 상당수 보관되어 있어서 비교하기가 한결 수월했다. 시간이 갈수록 동판화의 섬세함과 탁월함, 아름다움, 고요함을 알아보는 눈이 점점 성숙해지는 느낌이었다. 동판화가 회화보다 한결 손에 넣기 쉬웠기에 당분간 내가 탁월한 작품이라 여기는 작품들을 하나씩 수집하기로 마음먹었다. 이렇듯 동판화와 회화를 관찰하고 머릿속에 단단히 집어넣는 데 꽤 긴 시간이 걸렸다. 그사이 에우스타흐는 나를 자주 찾아주었고, 우리는 예술에 대해 많은 대화를 나누었으며, 나는 날마다 그로부터 좀 더 수준 높게 생각하는 법을 배워나갔다.

그 무렵 나는 목공예소와 다른 작업장에도 자주 들러 목하 만들어지고 있는 것들을 지켜보았다.

그런데 그렇게 다니다보니 내가 예전에 주인어른에게 선사한 정말 범상치 않은 그 대리석이 아직 작업에 들어가지 않은 것을 깨달았다. 그렇다고 장미집 안에 있는 것 같지도 않았다. 전에는 내가 수집한 돌들을 종종 보관해두는 자재 창고에 그 대리석이 있었다. 하지만 지금은 거기에도 없었다. 혹시 손상을 막으려고 좀 더 안전한 곳으로 옮긴 것일까? 아니면 다른 곳에 제작을 맡긴 것일까? 후자의 경우는 생각하기 어려웠다. 주인어른은 나무와 돌로 만드는 모든 물건을 자신의 집에서 직접 제작하게 했고, 장비와 도구는 상시 비치되어 있었으며, 부족한 일손도 언제든 끌어다 쓸 수 있었기 때문이다.

하루는 라우터탈 골짜기로 떠나 거기서 얼마간 머물렀다. 일상적인 작업을 수행하기 위해서가 아니라 내가 맡긴 대리석 작업이 어떻게 되어가는지 확인하기 위해서였다. 단풍나무집에서 걸어서 두 시간쯤 되는 곳에 대리석을 깎고 다듬어 여러 가지 물건을 만드는 석공장이 있었다. '붉은 늪'이라는 이름의 공방이었는데, 나는 왜 그런 이름이 붙었는지 이유를 알 수 없었다. 그곳은 곳곳이 암석과 졸졸 흐르는 물뿐이었고, 사방 수마일을 뒤져도 습지대라고는 찾아볼 수 없었기 때문이다. 어쨌든 나는 이 공방에 대리석을 여러 점 맡겼다. 아버지에게 선물할 물건을 만들 목적이었다. 가장 큰 대리석은 분홍색에 가까웠는데, 그것으로는 정원을 장식할 커다란 수반(水盤)을 제작할 생각이었다. 수반은 내가 직접 설계했다. 식물에 대한 개인적인 애호가 이 설계에 영향을 미쳐, 삿갓나물의 잎과 아주 비슷하게 생긴 잎 모양의 수반이 나왔다. 잎 중앙에는 짙은 검은색의 반짝거리는 구슬이 붙어 있었다. 나는 먼저 밀랍으로 진짜 같은 잎 모형을 만들었다. 다만 잎사귀 둘레의 톱니 수를 줄이고 안쪽의 구멍만 조금 크게 만들었다. 조형 공예에 무척 밝은 한 일꾼이 이 밀랍 모형을 본떠 커다란 석고 모형을 만들었고, 다시 그 석고 모형에 따라 대리석 수반을 만들기로 했다. 수반 안쪽에는 삿갓나물 잎과 마찬가지로 구슬을 만들었다. 물은 꽃자루에서 잎사귀로 졸졸 떨어지게 할 생각이었다. 잎은 분홍색 대리석으로, 줄기와 잎자루는 좀 더 짙은 색의 다른 대리석으로 만들기로 했다. 나는 붉은 늪 공방을 둘러보면서 작업이 얼마나 진척되었는지 살펴보았고, 좀 더 경쾌하고 청초한 작품이 나오도록 조언을 아끼지 않았다. 다른 대리석으로는 다른 물건을 만들었다. 처음 만든 것이 삿갓나물 수반 주변의 포석이었다. 수반에서 떨어진 물이 이 포석 위로 흘러내려 물줄기를 형성하도록 했다. 포석의 색깔은 옅은 노란색으로 정했다. 포석으로 쓸 대리석 조각들은 벌써 상당량 모아두었다.

정원의 정자에 놓아둘 작은 탁자 판도 제작 중이었다. 그 밖에 작은 까치발*과 돌림띠 몇 개 그리고 서진(書鎭)도 한창 만드는 중이었다. 덤으로는 도요새 알이라고 해도 믿을 정도로 그와 비슷하게 생긴 대리석 새알이 두 개 담긴 둥지도 있었다.

나는 작업의 진척도와는 상관없이 현재의 작업이 상당히 만족스러웠다. 수반에 쓸 대리석은 처음부터 모양에 맞게 자른 것이 아니라 대강의 윤곽을 먼저 자른 뒤 줄로 갈고 다듬었다. 수반 제작에는 두 사람이 매달렸다. 나는 석고 모형에 몇 가지 수정을 가하고 싶었다. 석고 모형이 원형으로서의 식물만큼 경쾌하고 부드럽게 느껴지지 않았던 것이다. 나는 산으로 가서 삿갓나물을 찾아 뿌리째 화분에 담아 돌아왔다. 그래야 빨리 시드는 것을 막고 꽤 오랫동안 견본으로 사용할 수 있었기 때문이다. 나는 살아 있는 식물을 통해 석고 모형에 어떤 점이 부족한지 선명하게 보여주고 싶었다. 그래서 잎의 어느 부분이 좀 더 부드러워야 하는지, 어느 가장자리가 좀 더 유연하게 휘어야 하는지 설명했다. 내가 원하는 것은 분명했다. 완성된 석고 모형에서, 만들어진 느낌이 아니라 진짜로 자라나는 느낌이 들도록 하고 싶었던 것이다. 나는 석고 모형을 제작하는 기술자의 자존심을 건드리지 않으려고 노력하면서 그런 부분을 설명했고, 지시라기보다 상의에 가깝게 설득했기에 기술자들도 내 의견을 잘 받아주었다. 이렇게 해서 첫 시도들이 성공을 거두고, 수반이 살아 있는 식물과 상당히 비슷해지면서 생생한 아름다움까지 얻게 되자 사람들은 더더욱 힘을 내어 식

---

* 선반이나 탁자 따위의 널빤지를 지탱하기 위해 수직면에 대는 받침대.

물의 특징을 선명하게 표현해내고자 애썼다. 이윽고 작품이 예전과 비교할 수 없을 정도로 고귀한 모습으로 완성되는 순간 모두의 얼굴에 환한 기쁨이 피어올랐다. 이제 이들은 이러한 작업 방식을 통해 미래의 작업을 위한 중요한 토대를 얻었고, 더 근사하고 밝은 작품을 만들 수 있다는 희망을 품게 되었다. 공방 장인은 이 문제에 대해 나와 함께 허심탄회하게 이야기를 나누었다. 옛날에는 주문자가 가져온 모형과 그림에 따라 물건을 제작하고 발송하고 대금을 받아 공방을 그럭저럭 꾸려나가기는 했지만, 활기차고 이윤이 높은 공방으로 성장하지는 못했다. 진작 식물을 견본으로 삼을 생각을 했더라면 아마 많은 것이 달라졌을 거라고 했다. 어쨌든 이제 그들은 식물로 눈을 돌렸고, 산과 들에 그들이 만들고자 하는 작품에 고귀함을 더해줄 식물이 무수히 널려 있음을 알게 되었다.

석고 모형이 완성되었고, 그것과 완벽하게 일치하는 작품을 만들기 위해 어떤 측량 도구를 사용할 것인지도 결정되었다. 그제야 나는 안심하고 현장을 떠날 채비를 할 수 있었다.

나는 한시라도 빨리 아버지를 기쁘게 해드리려는 마음에 공장 기술자들에게 작업 속도를 높여줄 것을 당부했고, 올여름이 가기 전에 한 번 더 들르겠다고 약속한 뒤 장미집으로 다시 출발했다.

도중에 나는 산속을 터벅터벅 걷다가 아이스카어 협곡으로 올라갔다. 그리고 오후 내내 커다란 바위에 앉아 깊은 사색에 젖어 눈앞에 펼쳐진 풍경을 바라보았다.

장미집에서 나는 다시 그림 관찰에 몰두했다. 어떤 때는 확대경까지 들고 그림을 세밀하게 들여다보며 옛 거장들의 작업 방식을 연구했다. 뭉툭하고 빳빳한 붓을 사용한 사람, 길고 부드러운 붓으로 그린 사람, 넓은 붓 혹은 뾰쪽한 붓을 사용한 사람, 바탕색을 많이 칠한 사람, 바탕색 없이 바로 무겁고 불투명한 물감을 칠해나가는 사람, 그림을 부분 부분 완성시켜나가는 사람, 큰 윤곽부터 잡은 뒤 서서히 부분을 완성시켜나가는 사람까지 방식은 아주 다양했다.

이 일에 경험이 많은 주인어른은 내게 조언을 아끼지 않았다.

그 무렵 내가 읽은 작가는 칼데론이었다. 나는 그의 작품을 이미 스페인어로 읽을 수 있었고, 커다란 열정으로 그의 정신세계로 빠져 들어갔다.

우리는 잉호프도 여러 차례 방문했다. 거기서는 음악을 연주했고 유쾌한 놀이를 했다. 또한 우리는 인근의 아름다운 장소를 방문했고, 정원이나 농장, 저택에서 특별히 눈여겨볼 만한 것이 있으면 찾아가 구경했다.

장미꽃이 개화할 시점에 맞추어 마틸데 부인과 나탈리에가 왔다. 도착 날짜를 미리 알고 있던 우리는 두 사람을 벌써부터 기다리고 있었다. 이윽고 마차가 도착하고 모녀가 마차에서 내렸다. 부인은 주인어른과 안부를 주고받고 아들에게 몇 마디 인사를 건넸다. 그러더니 내게 고개를 돌려 지극히 다정한 표정과 사랑스러운 눈길로 나를 여기서 다시 보게 되어 무척 기쁘다고 말했다. 그러고는 내가 벌써 꽤 오랫동안 아스퍼호프에 묵고 있다는 이야기를 전해 들었고, 좋은 계절 내내 여기서 머물기를 바란다고 덧붙였다.

나는 올해는 여름 내내 오직 나 자신의 즐거움을 위해 살기로 결심했으며, 한 젊은이의 가슴과 이성, 인격을 도야하는 데 더없이 적합한

이 집에 묵게 되어 정말 고맙게 생각한다고 대답했다.

이 말을 끝냈을 때 내 앞에 서 있는 나탈리에가 보였다. 올해는 더욱 완벽해진 모습이었다. 이제껏 본 여자들과는 비교도 안 될 만큼 아름다웠다.

나탈리에는 말 한마디 없이 나를 바라보기만 했다. 환영의 말을 해야겠다는 생각이 들었지만 적당한 말이 떠오르지 않았다. 나는 묵묵히 허리를 숙였고, 나탈리에 역시 허리를 숙여 답례만 했다.

이어 우리는 집 안으로 들어갔다.

작년, 재작년과 똑같은 나날이 흘러갔다. 딱 한 가지 달라진 것이 있다면, 우리 사이에 서서히 그림에 대한 이야기가 시작되었다는 것이다. 우리는 아름다운 계단에 있는 대리석상에 대해 이야기했고, 예전보다 더 자주 그림방을 찾아 이런저런 그림들을 감상했다. 특히 계단의 유리 천장에 희뿌연 어스름이 깔리기 시작하면 대리석상 앞에 서서 조각상의 눈부신 아름다움과 화려함을 만끽했다. 나는 마틸데 부인이 조형예술을 진심으로 아낄 뿐 아니라 이 분야에 일가견이 있다는 사실도 알아차렸다. 나탈리에 역시 조형예술에 문외한이 아니었고, 성향에도 맞는 것 같았다. 그렇다면 예전에 내가 회화나 그 비슷한 다른 예술 작품에 별로 관심이 없었고, 내 내면에 그것들을 위한 자리가 아직 마련되지 않았던 시절에는 사람들이 내가 있으면 일부러 이 집의 예술품에 대해 이야기하는 것을 자제한 것이 분명했다. 그것은 내 영혼의 힘이 아직 미치지 않는 영역으로 나를 억지로 끌어들여 힘들게 하지 않으려는 일종의 배려였다. 그제야 나는 아버지도 분명히 동일한 방식으로 나를 배려했음을 퍼뜩 깨달았다. 아버지는 당신의 그림에 관한 이야기를 먼저 꺼낸 적이 한 번도 없었다. 내가 스스로 그림 이야기를 꺼내면서 이런저런 것을 물어볼 때만 그에 대해 설명해주었다. 그러니까 이분들은 모두 내 내면에 아직 익숙하지 않은 대상에 대해 이야기하는 것을 피했고, 그러면서도 내가 언젠가 그 대상에 관심을 가질 날이 올 거라고 기대하고 있었던 것이다. 이 생각에 나는 불현듯 얼굴이 화끈 달아올랐다. 그동안 이분들은 나를 얼마나 미숙하고 조야한 인간으로 여겼을까? 하지만 이분들이 나를 항상 사랑과 배려로 대해준 것을 보면 결코 나를 못난 인간으로 취급하지는 않았고, 나도 곧 자신들이 소중하게 여기는 것들에 관심을 보일 거라고 판단한 것 같았다. 생각이 여기에 미치자 조금 위안이 되었다. 하지만 위안을 넘어 자부심까지 느끼게 해준 점은 따로 있었다. 그러니까 이제 이분들도 내게 신경 쓰지 않고 자유롭게 조형예술에 관한 이야기를 꺼냈고, 내가 그에 대해 언급하는 말들을 결코 어설프거나 부적절한 것으로 여기지 않았으며, 또 자신들이 귀히 여기는 삶의 방향에 나도 발을 들여놓은 것을 무척 기쁘게 생각한다는 것이었다.

장미의 개화가 막바지로 치달을 무렵이었다. 나는 어느 날 본의 아니게 마틸데 부인과 주인어른의 짧은 대화를 엿듣게 되었다. 두 사람이 은밀하게 나눈 대화였다. 그날 나는 1층의 한 방에서 창살을 그리고 있었다. 1층 창살은 전부 쇠로 만들었는데, 다른 저택이나 감옥처럼 굵고 곧은 창살이 아니라 부드럽게 휘어져 있고, 위아래에 납작한 아치가 있었으며, 아치 가운데 부분은 마치 홍예머리*처럼 아름다운

* 아치형의 건축물에서 안쪽 곡선의 정점.

장미 한 송이로 수렴되었다. 이 장미는 무척 경쾌했고, 다른 데서 본 것보다 원본에 훨씬 충실하게 묘사되어 있었다. 그 밖에 창살은 전체적으로 앙증맞은 방식으로 조합되어 있었고, 장미 문양 외에 다른 의미심장한 장식들도 있었다. 내가 장미 덩굴 쪽으로 창이 난 1층의 그 방에 있었던 때는 저녁이 다 될 무렵이었다. 나는 장미로 뒤덮인 창살의 전체적인 윤곽을 그리고 있었다. 창살의 부분적인 장식들은 나중에 밖에서 다시 그릴 생각이었다. 한창 작업에 빠져 있을 때였다. 갑자기 창문 앞이 어두워졌다. 마치 미지의 그림자가 창문 앞의 나뭇잎을 덮어버린 듯했다. 유심히 살펴보니 창문 앞에 서 있는 것은 사람이었다. 빽빽한 장미 덩굴로 인해 누군지는 알 수 없었다. 그 순간 열린 창문으로 또렷하고 맑은 여자 목소리가 들려왔다. 마틸데 부인이었다. "이 장미가 시든 것처럼 우리의 행복도 시들었어요."

그 말을 받은 것은 주인어른의 목소리였다. "시든 게 아니오. 모습만 바뀌었을 뿐이지."

나는 창가에서 떨어져 방 한가운데로 걸어갔다. 대화를 더 이상 듣지 않기 위해서였다. 그러다가 잠시 뒤에는 아예 방을 나가버렸다. 주인어른과 부인이 나중에라도 내가 두 사람이 창문 앞에서 대화를 나누었던 시간에 그 방에 있었다는 사실을 알면 썩 유쾌하게 생각하지 않을 것 같았기 때문이다. 얼마나 지났을까, 멀리서 주인어른과 부인, 나탈리에와 구스타프가 커다란 벚나무 언덕으로 올라가는 모습이 보이자 나는 다시 그 방으로 들어가, 아까 놓고 온 그림 도구들을 챙겨서 나왔다. 그사이 어둠이 깊어져 더 이상 그림을 그릴 수 없었다.

장미 개화기가 완전히 지나가자 우리는 슈테르넨호프에도 얼마간 머물기로 결정했다. 이윽고 마차가 슈테르넨호프의 언덕에 이르렀을 때였다. 멀리 성벽에 가설물이 설치되어 있는 것이 보였다. 조금 더 접근하자 가설물 위에서 성벽의 회칠을 벗겨내고 벽을 깨끗이 씻어내는 인부들이 또렷이 보였다. 건물의 외진 곳을 먼저 시험해본 뒤 회칠을 벗겨낸 저택이 훨씬 아름답다는 확신이 생겨서 전면적인 공사에 들어간 것이다.

슈테르넨호프에서 나는 예전처럼 극진한 대접을 받았다. 아니, 내 감정이 정확하다면, 그리고 인간이 그렇게 섬세한 감정까지 구별할 수 있다면 예전보다 더 극진한 대접을 받았다. 마틸데 부인은 나한테 조금이라도 도움이 되겠다 싶은 것은 하나도 빼놓지 않고 다 보여주었고, 그 과정에서 설명이 필요하다 싶으면 무엇이든 다 설명해주었다. 나 역시 이번에 여기 머물면서 이 성에 얽힌 이야기를 듣게 되었다. 부인은 한 귀족에게서 성을 샀는데, 그 귀족은 성에 묵은 적이 거의 없었을 뿐 아니라 성을 내팽개치다시피 방치했다고 한다. 그 귀족 이전의 소유주는 그의 친척이었고, 그는 조부한테서 이 성을 물려받았다. 그 이전에는 소유주가 자주 바뀌었다. 부인이 이 성을 사들일 당시 영지는 상당히 황폐했다. 그래서 부인이 성의 주인이 되어 맨 처음 한 조치는 십일조와 공물을 바쳐야 하는 이 성의 백성들에게 약정액을 받고 그들을 의무에서 영원히 면제시켜주고, 그들이 사는 땅을 그들에게 온전히 맡겨 마음껏 경작하고 처분하도록 한 것이었다. 두 번째로 한 일은 성의 토지를 직접 경작하고, 자신의 가족과 하인들로 독립적인 가정을 꾸려 이 성에서 살아가는 것이었다. 부인은 농장을 정비했고, 일꾼을 고용해서 들판과 초원, 숲을 개량했다. 내가 처음 여기에 묵을 때 무척 마음에 들어 했던, 들판을 가로지르며 줄지어 서 있는 아름다운 과일나무들은 부인이 직접 심은 것들이었다. 부인은 어디든 괜찮은 과일나무가 있다는 소리를 들으면 비용과 시간을 아끼지 않고 이리로 가져와 심도록 했다. 이웃들도 서서히 부인의 이런 점을 본받으면서 이 일대는 인근의 다른 지역과는 확연히 구분되는, 독특하고 쾌적한 느낌의 땅이라는 명성을 얻었다.

마틸데 부인과 나탈리에의 거실에 걸려 있는 그림은 전반적으로 아스퍼호프의 그림들만 못했지만, 몇 점은 빼어난 대가의 솜씨 같아 보였다. 이 말을 주인어른에게 하자 어른은 내가 제대로 보았다면서 티치아노와 구이도 레니, 파올로 베로네세, 반다이크, 한스 홀바인의 작품을 하나씩 가리켰다. 기억을 떠올려보면 내가 예전에 도시에서 자주 찾았던 화랑의 그런 하찮고 수준 낮은 그림들은 슈테르넨호프에서든 아스퍼호프에서든 존재하지 않았다. 우리는 부인의 집에서도 장미집에서와 마찬가지로 그림에 대해 이야기했다. 그림을 화대 위에 올려놓고, 방해가 되는 빛이 들어오는 창문은 커튼으로 가리고, 그림을 광학적으로 가장 적절한 방향으로 옮긴 다음 그림 앞에 서서 감상하는 시간은 모두에게 가장 행복한 때였다. 그럴 때면 부인과 주인어른은 보통 앉아 있었고, 에우스타흐와 나는 서 있었다. 그 옆에는 나탈리에가 자리를 지켰다. 구스타프도 드물지 않게 자리를 함께했는데, 여기서는 항상 차분하고 주의 깊은 태도를 취했다. 그림에 대해 말을 가장 많이 하는 사람은 주인어른이었다. 물론 에우스타흐도 그에 못지않았다. 마틸데 부인은 간간이 두 사람의 말을 거들거나 자신의 의견을 피력했다. 우리는 같은 그림을 반복해서 보고, 했던 말을 되풀이

하고, 잘 알고 있는 것들에 다시 시선을 집중하면서도 전혀 질리지 않았다. 예술 세계의 향취에 흠뻑 빠진 것이다. 나는 입을 여는 일이 거의 없었고, 기껏해야 질문을 던지거나 설명을 청하는 정도였다. 나탈리에 역시 전혀 말을 하지 않았다.

나는 정원의 담쟁이덩굴 아래의 분수 요정상도 자주 찾았다. 예전에는 넋이 나갈 정도로 아름다운 대리석에만 감탄했을 뿐 형체의 아름다움에는 눈길을 주지 못했는데, 이제는 그 아름다운 형체가 눈에 쏙 들어왔다. 나는 이것을 장미집 계단에 있는 대리석상과 비교해보았다. 기품과 존귀함, 진지함 면에서는 장미집 대리석상이 한층 앞섰지만, 이곳의 요정상에서는 우아함과 부드러움과 투명함이 느껴졌다. 또한 샘물의 여신이 사람의 마음을 어루만지듯 안식을 주었고, 순수함과 '생경함'도 느껴졌다. 회화에서는 느낄 수 없고, 대리석에서만 쉽게 발견되는 생경함이었다. 지금은 이러한 생경함이 더욱 생생히 느껴졌는데, 가만히 생각해보니 예전에도 대리석 조각상을 마주 대할 때 그런 감정에 휩싸였던 것 같다. 그런데 이 요정 조각상에는 특별한 것이 또 있었다. 내가 지각 연구를 통해 얻은 지식에 따르면 이 대리석은 얼룩 하나 없이 완벽하게 아름다운 광석이었다. 이 대리석은 가장자리가 투명했을 뿐 아니라 대리석의 하얀색이 반짝거려서 마치 맑은 이슬이나 설탕 알갱이 같은 느낌의 부드러운 수정을 보는 듯했다. 이러한 순수함이 깃든 형체는 숭고한 인상을 자아냈다. 요정이 안고 있는 항아리에서 물이 흘러내리는 지점에는 초록빛이 감돌았다. 장미집 조각상의 대리석은 그 자체로 탁월한 물건이었고, 파로스 섬*에서 생산되었을 가능성이 높았지만 기나긴 세월을 지나면서 색상이 낡은 느낌을 풍겼다. 반면에 이곳의 요정은 마치 카라라**의 대리석처럼 새것 같았다. 주인어른은 이런 내 짐작이 사실이라고 했다. 요정상이 근대에 만들어진 작품이라는 것이다. 하지만 이 요정상 역시 장미집 대리석상처럼 어느 거장이 만들었는지는 알 수 없다고 했다.

나는 요정상 옆의 인공 동굴에 앉아 있기를 좋아했다. 움푹 들어간 동굴 안에는 하얀 대리석으로 만든 의자가 하나 있었는데, 거기 앉아 있으면 조각상을 관찰하기가 아주 좋았다. 부드럽게 황혼이 깔릴 무렵이면 마치 대리석 자체가 발갛게 불타오르는 듯했다. 나는 동굴 속 의자에 앉아 항아리에서 졸졸 흐르는 물이 수조 속에서 잔물결을 일으키고는 바닥으로 똑똑 떨어지는 모습을 지켜보았다. 어떤 때는 하얀 대리석이 번개 치는 것처럼 번쩍거리기도 했다.

이번에도 나는 작년과 재작년에 묵었던 거처를 이용했다. 생활하는데 편리한 온갖 시설이 다 갖추어져 있었지만 내게는 대부분 필요 없는 것들이었다. 나는 단순한 방식으로 살아가는 여행 생활에 익숙해져 있었기 때문이다.

우리가 슈테르넨호프를 떠날 때도 마틸데 부인은 나를 맞을 때와 마찬가지로 사랑스럽고 다정하게 인사를 건넸다.

돌아가는 길에 우리는 일대에서 명성이 자자한 몇몇 농장에 들러 거기서 새로 도입한 것들과 그들이 나라의 복리를 위해 퍼뜨리려고 하는 것들을 구경했다. 주인어른은 꺾꽂이용 포도 가지와 식물 종자

---

* 에게 해에 있는 그리스의 섬. 여기서 채굴된 반투명한 흰색 대리석은 조각상에 많이 사용되었다.

** 이탈리아 토스카나 지방의 도시. 품질이 뛰어난 대리석이 생산되었다.

들 그리고 새로운 설비를 그린 그림을 챙겨서 집으로 돌아갔다.

나는 가족에게로 돌아가기 전에 대리석 작업이 얼마나 진척되었는지 확인하러 붉은 늪 공방에 한 번 더 들렀다. 작은 물건들은 여럿 완성되어 있었지만, 수반을 비롯한 큰 물건들은 내년으로 미룰 수밖에 없는 상황이었다. 나는 상황을 받아들였다. 중요한 것은 물건을 빨리 만드는 것이 아니라 잘 만드는 것이었기 때문이다. 완성된 물건들은 집으로 갖고 가려고 포장했다.

장미집에는 롤란트의 편지가 도착해 있었다. 아버지에게 선물한 벽장식목의 나머지 부분을 찾아달라는 내 부탁에 대한 결과 보고였다. 내용은 이랬다. 나머지 벽장식목을 찾을 희망이 보이지 않는다. 일대 산을 다 뒤졌지만 설명한 벽장식목과 비슷한 것은 어디에도 없었다. 아니, 수년 전부터 산을 훑고 다녔지만 벽장식목 같은 건 아예 구경조차 하지 못했다. 그렇다면 사람들이 전혀 모르는 곳에 방치되어 있을지 모른다. 그것을 발견했을 때처럼 이번에도 우연한 행운이 따라주어야 찾을 수 있지 않을까 싶다. 하지만 그보다는 우리가 찾는 벽장식목이 파괴되었을 가능성이 훨씬 높다. 보내준 벽장식목의 치수는 처음 예상했던 대로 라우터탈 골짜기에 위치한 그 석조 건물의 한 방과 정확하게 일치했다. 그렇다면 그 방에 있었던 것이 분명한데, 그 방은 지금 완전히 황폐하다. 벽장식목이 부착되어 있던 두 기둥만 남아 있는데, 나머지 벽장식목은 석조 저택에 있던 다른 물건들과 마찬가지로 파괴된 게 틀림없다. 그렇지 않다면 그 건물이나 그 지방에 남아 있을 테니까. 하지만 벽장식목은 어디에도 없다. 물론 눈에 잘 띄지 않는 곳에 숨겨져 있을 수도 있다. 하지만 지난 2년간 내가 목 빠지게 벽장식목을 찾아 헤맸다는 소문이 일대에 파다할 텐데, 그렇다면 그걸 아는 사람들이 제법 큰돈을 만질 수 있는 기회를 왜 놓치겠는가? 이런 상황을 종합하면 나머지 벽장식목을 찾을 가능성은 희박하다. 그중 일부라도 발견된다면 그건 하늘이 내린 뜻밖의 횡재일 것이다. 주인어른과 나는 대충 그런 결과를 각오하고 있었다고 말했다.

가을이 깊어갈 즈음 나는 귀향길에 올랐다. 집에 도착한 때는 쾌청한 일요일 아침이었다. 굳이 일요일을 택한 것은 이날에는 아버지가 집에 있어서 온 가족이 오후 시간을 함께 보낼 수 있었기 때문이다. 이번에는 평소처럼 배를 타고 돌아가지 않고 줄곧 해 뜨는 방향으로 산줄기를 따라 걷다가, 적당한 지점에서 방향을 바꾸어 북쪽으로 마차를 타고 돌아갔다. 아버지는 무척 표정이 밝았다. 몇 살은 더 젊어지신 듯했다. 아버지는 나를 보는 순간 얼굴이 환해지면서 눈이 초롱초롱 빛났다. 다른 가족들도 무척 만족스럽고 쾌활해 보였다.

점심 식사 후 아버지는 유리방으로 나를 데려갔다. 벌써 기둥에 벽장식목을 부착해놓은 상태였다. 나는 그 방의 황홀한 아름다움에 입을 다물 수 없었다. 벽장식목의 조각이 이리 멋질 줄은 미처 생각지 못했던 것이다. 벽장식목은 말끔하게 청소된 상태에서 니스만 살짝 칠해져 있었다.

아버지가 말했다. "어떠냐? 정말 멋지지 않으냐? 벽장식목은 꼭 이 기둥을 위해 만든 것처럼 딱 맞았다. 아니, 이 기둥이 벽장식목을 위해 만들어졌다고 하는 편이 맞을지도 모르겠구나. 하지만 그보다 더 중요한 것은 벽장식목이 이 방에 너무 잘 어울려서 이 방을 위해 탄생한 듯한 느낌이 든다는 사실이다. 나는 그 점이 가장 흡족하다. 그래서 나는 나머지 벽장식목을 찾을 수 없다 하더라도 너만큼 아쉬워하지는 않을 게다. 물론 그래도 혹시 나타난다면 이 방을 다시 개조해야겠지. 전부가 여기에 맞지는 않을 테니까. 그렇다고 조각내거나 확대할 수도 없는 노릇 아니냐? 그건 안 될 말이지. 어쨌든 이것이나마 지금 우리 손에 있는 것을 고맙게 생각해야 한다. 그러다가 정말 기적이 일어나 나머지가 나타난다면 그 후의 일은 그때 가서 생각해도 늦지 않을 게다. 너도 봐서 알겠지만, 색깔이 벗겨진 곳을 메우고 전체를 자연스럽게 연결하느라 정말 고생이 많았다."

아버지의 말 그대로였다. 벽장식목 위 기둥 옆에 창문이 달려 있었고, 창틀은 벽장식목의 장식과 하나처럼 이어져 십자형 창살로 자연스럽게 넘어갔다. 창문 아래에는 추녀띠와 무늬목이 설치되어 벽장식목 사이의 고요한 중간 지대 역할을 하고 있었다. 나는 방을 이렇게 꾸민 사람들의 솜씨에 놀라움을 금치 못하겠다고 말했다.

"덕망이 높으신 한 선생께서 도와주셨다. 그분의 충고에 따라 몇 가지를 바꾸었을 뿐인데 이런 엄청난 변화가 생기더구나. 아마 그분이 없었더라면 지금처럼 되지 못했을 게다. 이리 앉아보아라. 저간의 사정을 얘기해주마."

아버지와 어머니는 등나무 줄기로 엮은 긴 의자에 앉았고, 누이와 나는 맞은편 소파에 자리를 잡았다.

"우리 집을 어떻게 알아냈는지, 네가 떠난 지 2주 되었을 때 장미집 주인어른이 건축물 도안과 다른 그림들을 이리로 보냈더구나. 그러면서 이런 제안을 하셨다. 내 마음에 드는 것이 있으면 몇 점 골라 모사를 하라고 말이다. 다만 그전에 그림을 모두 돌려보내 어떤 것을 그리겠다고 이야기만 해달라고 하시더구나. 그러면 자신이 그 그림을 틈틈이 다시 보내주시겠다는 거였지. 하지만 나는 그 제안을 받아들일 수가 없었다. 마음 써주신 것이야 무척 고맙지만, 그림 속에 있는 장식과 무늬 들을 부분 부분 지나치듯이 보고 베끼는 것만으로도 충분하다고 생각한 게지. 사실 그런 그림들을 구경하는 것은 우리 기술자들과 나한테는 둘도 없는 기회이자 엄청난 도움이었다. 우리는 그림을 통해 새로운 물건들을 알게 되었을 뿐 아니라 우리 것보다 더 아름다운 것이 있다는 사실도 깨달았지. 그래서 우리 힘만으로 꾸밀 때보다 훨씬 훌륭하게 이 유리방을 설계하고 꾸밀 수 있었다. 장미집 어른이 보내주신 건축물과 가구, 다른 물건들의 그림은 그 비슷한 것도 찾아보기 힘들 정도로 매우 아름다웠다. 최근 몇 년 동안 나는 이리저리 여행을 다니면서 이따금 그보다 더 아름다운 건축물을 보기도 했지만, 주인어른이 소장한 그림만큼 완벽하고 정갈한 그림은 보지 못했다. 그저 보는 것만으로 즐거움을 안겨주는 그림들이지. 그렇게 아름다운 그림들, 그것도 종류까지 다양한 그런 그림들을 소장한 사람이라면 결코 자신의 집과 주변을 무의미하고 무용하고 통속적으로 운영하지는 않을 게다. 게다가 그 사람의 정신이 사물을 자기 속으로 받아들일 줄 안다면 그 사물에는 고결함과 순수함이 배어 나올 것이다. 그런 작품을 만들 수 있는 여유와 돈, 기술자를 가진 이는 운명의 귀한 은총을 받은 사람이다. 나는 그런 작품을 뒤적거리고, 특히 내 마음속 깊이 다가오는 그림을 감상할 수 있는 것만으로도 무한한 감사를 느낀다. 하지만 훗날 장미집 주인어른이 제안하신 것 덕에 내 여생에 무언가 가치 있는 것을 더하게 된다면 그 또한 하늘이 내린 은총일 것이다. 어떠냐, 벽장식목을 이렇게 꾸며놓으니 괜찮지 않으냐?"

"괜찮다 뿐이겠습니까, 아버지. 그런데 이 말씀은 꼭 드려야 할 것 같습니다. 저는 장미집 어른이 그림을 우리 집에 보냈다는 말을 듣는 순간 정신이 아득해질 정도로 놀랐습니다. 어른은 책과 그림을 지극히 사랑하셔서 어떤 일이 있어도 집 밖으로 내보내지 않으십니다. 그런데 그런 것을 우리 집에 보내시다니, 그 기쁨을 어찌 말로 표현하겠습니까? 아버지, 그림을 보는 저의 안목과 감정은 최근에 스스로도 믿기지 않을 만큼 비약적으로 발전했습니다. 그 부분은 차츰 말씀드리겠습니다. 어쨌든 나중에 장미집 어른을 뵈면 맨 먼저 무한한 감사부터 드려야겠습니다. 아버지에게 그림을 보내주신 것은 제게 한량없는 은혜를 베푼 것이나 다름없으니까요."

"그래, 그때 나도 같이 가서 감사드리고, 다른 것도 구경하자꾸나."

아버지가 나를 당신의 고대(古代)방으로 데려갔다. 어머니와 누이도 따라나섰다.

테두리가 고풍스러운 길쭉한 거울이 걸린 기둥 옆에 악기 문양이 새겨진 테이블이 있었다. 장미집에서 복원 중이었다가 올여름 초에 완성된 바로 그 테이블이었다.

나는 너무 놀라 말이 나오지 않았다.

지금의 내 심정을 알고 아버지가 설명했다. "이 테이블은 이제 내 것이다. 장미집 어른이 올여름에 보내주셨다. 자기가 좋아하는 것에 똑같이 무한한 애정을 보이는 타인에게 조금이라도 즐거움을 주는 것을 최고의 낙으로 여기는 한 남자가 보내는 선물이라는 게지."

"아무래도 안 되겠습니다, 아버지. 곧장 달려가서 주인어른에게 감사의 인사를 전해야겠습니다." 내가 소리쳤다.

"인사는 나도 벌써 했다만, 네가 직접 가서 인사를 드리는 게 도리에 더 맞을 것 같구나."

옆에 있던 누이가 펄쩍펄쩍 뛰어오르며 소리쳤다. "그럴 줄 알았어요, 그럴 줄 알았다고요! 난 오빠가 분명 그렇게 할 줄 알았어요! 너무 기뻐요! 오빠, 언제 갈 거예요?"

"내일 새벽에. 지금 말을 주문하면 내일 일찍 떠날 수 있을 거야."

어머니가 조금은 걱정스러운 얼굴로 말했다. "가을도 다 지나갔고 네가 집에 온 지 얼마 되지도 않았는데, 다시 떠난다고 하니 말리고 싶다만 그럴 수가 없구나. 네 아버지는 테이블도 테이블이지만 그것을 보내주신 어른의 마음에 감동받아 무척 행복해하셨다. 그 어른은 참으로 훌륭하신 분 같더구나."

"아마 세상에 그런 분은 또 없을 겁니다." 내가 소리쳤다.

나는 지체 없이 하인을 우편국으로 보내 이튿날 새벽 네시까지 집으로 말을 두 필 보내달라고 주문했다. 이후 우리는 테이블에 대해 이야기했다. 아버지는 이 부분 저 부분을 가리켜가며 테이블의 고유한 특징을 자세히 설명했고, 테이블을 하필 거기에 놓아둔 이유도 밝혔다. 나는 그사이 아버지의 그림을 무척 기대했고 아버지와 그림에 대해 대화할 생각으로 부풀어 있었지만, 그런 이야기들은 일절 꺼내지 않았을 뿐 아니라 올여름 내가 어떻게 지냈는지도 설명하지 않은 채 오늘 하루가 어서 지나 내일이 오기만을 초조하게 기다렸다. 그저 이따금 아버지의 질문에 대답하고, 이번 여름에 있었던 특별한 사건에 대한 아버지의 이야기에 귀를 기울였을 뿐이다. 우리는 잠자리에 들기 전에 미리 작별 인사를 나누었다.

이튿날 새벽 세시였다. 나는 가죽 가방에 간단히 짐을 꾸렸다. 반 시간 뒤에는 괜찮은 여행복으로 갈아입고 식당방으로 내려갔다. 식사가 차려진 식당방에는 어머니와 누이가 나를 기다리고 있었다. 아버지는 곤히 주무신다고 했다. 식사가 끝났고, 말들이 벌써 대문 앞에 대기하고 있었다. 나는 어머니에게 작별 인사를 했고, 누이는 마차까지 나와 동행했다. 마차에 오르기 전 누이는 마지막으로 내 볼에 따뜻하게 입을 맞추었다. 이윽고 마차가 아직 짙은 어둠에 잠긴 아침 대기를 가르며 달려갔다.

나는 이제껏 마차를 전세 낸 적이 없었다. 그런 데 돈 쓰는 것을 낭비라고 생각했던 것이다. 그런 내가 이번에는 마차를 통째로 빌렸다. 마음이 몹시 바빴기 때문이다. 그런데도 마차가 너무너무 느린 것 같았고, 우편국마다 말과 마차를 바꾸는 시간도 무척 길게 느껴졌다.

나는 아버지에게 장미집 어른이 테이블과 그림들을 부치면서 동봉했을 편지에 대해 묻지 않았다. 그 물건들이 어떤 방법으로 도착했는지도 묻지 않았다. 아버지 역시 거기에 대해 전혀 언급하지 않았다. 나는 내가 하고자 하는 일에만 집중하고, 다른 질문은 던지지 않기로 마음먹었다.

식사할 때 잠시 쉰 것을 빼고는 밤낮없이 달려 이튿날 정오경에 장미집에 도착했다. 나는 울타리 앞에서 만난 한 하인에게 가방을 건넸다. 내가 이 집을 자유롭게 들락거리는 것에 익숙해 있던 하인은 군말 없이 내 가방을 받아 들었다. 나는 말과 마차를 가까운 우편국으로 돌려보낸 뒤 집 안으로 들어가 주인어른이 어디 있는지 물었다.

어른은 서재에 있다고 했다.

나는 내가 왔음을 알리고 위로 올라갔다.

어른이 환하게 미소를 지으며 다가왔다. 나는 어른에게 내가 온 이유를 벌써 알고 계신 것 같다고 말했다.

"대충 짐작은 하고 있네."

"그렇다면 올해 벌써 하직 인사를 하고 떠난 제가 이리 서둘러 다시 돌아온 것을 보고도 놀라지 않으시겠군요. 어르신께서는 제 아버지에게 두 가지 큰 선물을 주셨습니다. 저한테는 한마디 말씀도 하지 않으시고요. 물론 아버지도 그런 사실을 미리 알려주시지 않았습니다. 아마 제 눈으로 직접 보는 순간의 큰 감동을 지켜주기 위해서였을 겁니다. 제가 이렇게 다시 돌아와 가슴속에서 들끓는 이 환희에 대해 감사드리지 않는다면 도리를 모르는 인간이 될 것 같았습니다. 저라는 인간이 무엇인데 어르신께서 이리 과분한 대접을 해주시는지 감읍할 따름입니다. 어르신이 제 부친과 어떤 관계이기에 그리 귀한 선물을 주시고, 또 어르신께서 그렇게 아끼는 그림을 어찌 그리 선뜻 내주셨는지 모르겠습니다. 돈수백배하며 감사를 드릴 따름입니다. 어르신이 이 집에서 제게 보여주신 모든 호의에 대해 저는 마음속 깊이 감사했고, 말로도 그 마음을 표현했습니다. 하지만 이렇게까지 신경을 써주시니 몸 둘 바를 모르겠습니다. 하여 허리 숙여 부탁드립니다. 이 은혜를 천분의 일이나마 갚을 수 있도록 어르신을 위해 제게 무언가를 할 수 있게 해주십시오."

"언젠가 그럴 기회가 생길 수도 있겠지. 하나 자기를 위하며 사는 것이 항상 남을 위하는 최선의 길이라는 걸 명심하게. 아무튼 이번 일로 내가 가장 기뻤던 것은 내 생각이 틀리지 않았다는 걸세. 자네 집에 보낸 선물은 자네 부친에게 큰 즐거움을 안겨드렸고, 또 자네 부친의 즐거움이 곧 자네의 즐거움이라 생각했는데, 예상이 빗나가지 않았지. 더구나 모든 게 지극히 당연하고 자연스러운 일이었네. 생각해보게. 자네는 부친이 소중히 여기는 고풍스러운 물건들에 대해 내게 이야기해주었네. 그리고 부친의 그림들에 대해서도 이야기했고, 자네가 부친에게 선사한 벽장식목과 부친이 그것을 위해 작은 다락방까지 개조했다는 이야기도 했네. 또한 자네는 나머지 벽장식목을 찾기 위해 수고를 아끼지 않았고, 나한테까지 조언을 청했네. 그렇게 공을 들였는데도 찾지 못하면 그 마음이 얼마나 아프겠는가! 해서 나름대로 대책을 마련하기로 했네. 내가 가진 물건으로라도 자네 부친에게 대신 즐거움을 선사하면 어떨까 하고 말이지. 그래서 에우스타흐와 상의해서 그 테이블을 보내드렸던 걸세. 그림을 보내기로 결정한 것은 지극히 합리적이었네. 작년에 자네는 많은 수고를 들여 이 집과 슈테르넨호프에 있는 물건들을 모사했네. 부친의 상상력에 생생함을 더해드리기 위해서라고 했지. 그렇다면 자네가 그린 그림보다 훨씬 선명하고 좋은 내 그림을 보내드리는 것이 한층 도움이 되지 않겠나? 비록 그게 개인의 소장품이라고 하더라도 말이네. 어쨌든 일이 그리되었네. 그 밖에 우리는 고가구도 많네. 그중 한두 점 없다고 해서 어찌되는 것은 아닐세. 예전에도 다른 집에 몇몇 가구를 내놓기도 했지. 하물며 고가구의 진가를 알아보고 그것을 진정으로 아끼고 존중할 줄 아는 사람에게 내준다면야 아까울 리 없지."

"만일 제가 조금이라도 이런 결과를 노리고 일부러 그런 행동과 말을 했다고 생각하신다면 정말 가슴이 아플 것입니다."

"그런 생각은 전혀 하지 않으니까 염려 말게. 그렇지 않다면야 그 물건들을 자네 부친에게 보내지도 않았을 걸세. 어, 벌써 열두시가 다 되었군. 식당방으로 내려가세. 자네가 오는 줄 몰라 특별한 음식을 준비하지는 않았지만 허기를 달랠 수 있을 걸세."

그 말과 함께 우리는 식당방으로 향했다.

식사 후 구스타프가 나를 내 방으로 안내했다. 방은 평소처럼 깔끔하게 정돈되어 있었고, 불을 살짝 때서 실내가 훈훈했다. 지금 내게 필요한 것은 휴식이었다. 쾌적한 온기가 노곤한 육신을 포근하게 감싸주었다.

오후에 주인어른이 말했다. "늦가을에 요즘처럼 날씨가 좋은 적은 없었네. 내가 여기 온 뒤로 기상책에 기록해둔 내용을 봐도 늦가을에 이렇게 날씨가 좋았던 적은 처음이네. 모든 징후를 종합해보니 이 상태가 며칠은 더 갈 것 같네. 게다가 여기 북쪽 고원지대만큼 맑은 늦가을 날이 아름다운 곳은 없을 걸세. 저지대에서는 아침이면 드물지 않게 뿌연 안개가 내리고, 안개를 뚫고 흘러가는 계곡의 강줄기가 스산한 느낌마저 자아내지만, 여기 고원지대에서는 구름 한 점 없는 하늘이 사람들을 굽어보며 하루 종일 투명한 햇빛을 내려보내네. 그 때문에 이 계절에도 고원지대는 비교적 따뜻하지. 저지대에서는 벌써 사나운 안개가 과일나무 잎사귀를 스쳐가지만, 고지대의 자작나무 숲과 야생 자두나무 덤불, 너도밤나무 숲은 아직도 금빛 붉은빛 장식을 매단 채 환하게 웃고 있지. 오후가 되면 전망이 아주 좋아지네. 여름의 그 어느 때보다 저지대가 또렷이 한눈에 내려다보이지. 해서 올해는 고원지대로 여행을 떠나기로 결정했네. 물론 예전에도 몇 차례 그런 적이 있었지만 말이네. 멀리 가지는 않을 걸세. 게다가 날씨가 변할 조짐이 보이면 언제든 집으로 돌아올 생각이네. 내일 마틸데 모녀가 오는 대로 함께 떠날 것이네. 에우스타키오도 동행하기로 했네. 혹시 자네도 우리랑 같이 가서 한 며칠 늦가을의 정취에 푹 젖었다 오지 않겠나? 아스퍼호프에 돌아왔을 때 비나 눈이 내리면 우편마차를 타고 집으로 돌아가면 될 걸세. 그러니 날씨 때문에 걱정할 필요는 없네."

"그건 염려 마십시오. 험한 날씨에는 충분히 단련되어 있으니까요. 어르신에 대한 제 감정을 생각하면 어르신 일행과 함께 여행을 떠나는 것만큼 기쁜 일이 어디 있겠습니까. 다만 저희 집에서는 아무것도 모른 채 제가 곧 돌아올 거라 생각하고 있습니다."

"그렇다면 편지를 쓰는 게 어떻겠나?"

"수개월 만에 돌아간 집을 다시 바로 떠나야 했으니 식구들은 제가 내일이라도 당장 돌아오리라 생각하고 있겠지만, 제가 무슨 일로 떠났는지 알고 있기에 한 며칠 돌아오지 않으면 충분히 그럴 만한 사정이 있을 거라 짐작할 겁니다. 아니, 제 식구들은 이런 상황에서 제가 어르신의 제안을 뿌리치고 집으로 돌아오는 것을 나쁘게 생각할 겁니다."

"그저 내 생각이고 내 제안일 뿐이네. 결정은 자네가 내리게나. 본인이 원하는 대로 하는 게 결국 옳은 일이네."

"당장 편지를 쓰겠습니다."

"그러게. 편지는 곧장 부칠 수 있도록 조처해놓겠네."

나는 내 방으로 가서 아버지에게 편지를 썼다. 내 결정이 분명 옳을 것이다. 내가 우리 집에 그렇게 큰 호의를 보여준 어른의 짧은 여행에 동행하지 않는다면 아버지와 어머니 그리고 누이는 결코 나를 용서하지 않을 것 같았다.

편지를 끝내고 내려가자, 심부름을 도맡아 하는 하인이 편지를 우편국에 부치려고 벌써 밑에서 기다리고 있었다.

이튿날 오전 마틸데 부인과 나탈리에가 도착했다. 두 사람은 올해 이미 작별을 고한 사람이 다시 장미집에 돌아온 이유를 듣고는 무척 기뻐하는 것 같았다. 나를 바라보는 두 사람의 눈길이 예전보다 더 다정했다. 나를 다소 어려워하던 나탈리에까지 태도가 달라졌다. 이따금 내가 그녀의 시선을 느끼고 고개를 돌리면 나탈리에는 급히 얼굴을 붉히며 눈을 돌리곤 했다. 구스타프가 나를 따르는 마음도 지극 정성이었다. 더구나 그런 속마음을 숨기지도 않았다. 나는 구스타프가 내게 항상 변함없는 애정을 쏟는 것을 진작 알고 있었고, 나 역시 진심으로 그 애정에 화답해주었다.

오후에 우리는 여행 떠날 채비를 마쳤고, 이튿날 해 뜨기 전에 장미집을 출발했다. 부인과 나탈리에, 몸종이 한 마차에 탔고, 주인어른과 에우스타흐, 구스타프와 나는 다른 마차에 탔다. 롤란트와는 도중 어딘가에서 만나 얼마간 함께 여행하기로 했는데, 그때는 구스타프가 부인의 마차로 옮겨 타기로 했다. 여행 계획은 고원지대의 특색에 맞추었다. 그러니까 길고 가파른 산줄기를 오르락내리락하기로 결정한 것이다. 그러다보니 일행이 어떤 때는 공동으로 움직이면서 함께 즐겼고, 어떤 때는 떨어져서 따로 즐겼다. 물론 떨어졌다가 다시 만나면 서로 자신들이 본 것을 이야기하기에 바빴다.

우리는 해가 중천에 닿기 전에 저지대와 고원지대를 나누는 지점에 도착했다. 거기서부터 우리가 계획한 본격적인 여행이 시작되었다.

주인어른의 말이 맞았다. 고원지대의 부드럽고 온화한 오후 햇살은 저지대의 골짜기와 평지에서보다 한결 따뜻하게 느껴졌다. 우리는 그런 햇살을 받으며 그림처럼 아리따운 자연의 무대로 들어갔다. 다른 부수 상황도 쾌적한 여행에 안성맞춤이었다. 고원지대의 모랫길은 상태가 좋았고 먼지 하나 없이 바짝 말라 있었다. 반면에 저지대의 길은 한편으론 매일 끼는 아침 안개 때문에 축축하게 젖어 있었고, 다른 한편으론 눅눅한 바닥 때문에 멀리까지 질퍽하고 차갑고 더러웠다. 우리는 느긋하게 마차를 타고 달렸다. 모든 것이 맑고 투명하고 고요했다. 앞서가는 마차가 낮은 구릉을 오르내릴 때마다 나탈리에의 노란 밀짚모자가 눈앞에 보였다가 다시 사라졌다. 구름 한 점 없는 하늘에 떠 있던 해가 어느새 남쪽 깊숙이 걸려 있었다. 마치 마지막으로 작별 인사라도 하려는 것처럼. 암석과 그 옆 덤불이 마지막 햇살을 받아 다채로운 색깔로 반짝거렸다. 밭은 수확이 끝나 깨끗하게 갈린 채 언덕과 비탈을 따라 휑하게 펼쳐져 있었다. 겨울에 파종할 네모반듯한 밭들만 푸른색을 띠었다. 여름철에 왜소한 방목지에 갇혀 있던 가축들은 이제 그곳을 벗어나 싹이 돋는 목초지에서 풀을 뜯고 있었다. 무수한 구릉 위에 왕관처럼 군림하는 작은 숲들도 이 늦은 계절에 여전히 잎사귀를 매단 채 황금빛이나 불그스름한 빛으로 반짝거렸다. 산으로 올라가는 소나무의 짙은 녹음 사이로는 알록달록한 줄무늬가 길게 나 있었다. 이 모든 것 위에는 그것에 온화함과 사랑스러운 매력을 부여하는 창백하고 부드러운 숨결이 내려앉아 있었다. 특히 골짜기의 수로나 저지대 쪽으로 달려가는 푸른색은 섬세하고 아름다웠다. 가끔 대지의 향기를 뚫고 머나먼 교회 탑들과 하얀 점처럼 보이는 몇몇 가옥이 햇빛에 어른거렸다. 저지대는 아침 안개가 걷혀 있었다. 이제는 남쪽 경계를 이루는 높은 산줄기뿐 아니라 저지대 곳곳이 뚜렷이 보였다. 저지대는 우리가 마차를 타고 들어간 고립된 구릉지대, 즉 침묵하며 향기를 내뿜는 머나먼 동화 같은 세계를 폭넓게 둘러싸고 있었다. 그 속에서 활동하는 인간의 흔적은 거의 찾아볼 수 없었다. 밭의 경계도 보이지 않았으니, 가옥은 말할 것도 없었다. 다만 반짝거리는 띠 같은 강줄기만 사이사이 녹음을 뚫고 흘러갔다. 아, 이 풍경의 아름다움을 어떻게 말로 표현할 수 있을까! 예전에 주인어른과 함께 와서 지금보다 더 자세히 관찰한 적이 있었지만, 그때와는 비교가 안 될 정도로 이 땅이 마음에 들었다. 나는 만물을 감싸고 있는 늦가을의 고결한 향기 속에 내 영혼을 푹 담갔고, 우리가 이따금 지나가는 깊은 협곡 속에 영혼을 내려놓았으며, 우리를 관장하는 정적과 고요에 영혼을 온전히 내맡겼다.

긴 산줄기를 따라 올라갈 때였다. 산길 한쪽으로 작은 암석 조각과 덤불, 초원이 펼쳐져 있었고, 다른 쪽으로는 협곡 너머 산과 초지, 밭, 숲이 멀리 보였다. 우리는 마차에서 내려 마차 뒤를 천천히 따라가면서 자주 걸음을 멈추고 담소를 나누었다. 그때 우연히 나탈리에와 나란히 걷게 되었다. 얼마간 아무 말이 없던 나탈리에가 지금도 스페인어를 공부하느냐고 물었다.

나는 스페인어를 배운 지 얼마 되지 않았지만 얼마 전부터는 꽤 수준이 높아져 최근에는 칼데론의 책에 도전하고 있다고 대답했다.

나탈리에가 말했다. 자신도 어머니의 추천으로 스페인어를 배우기 시작했는데, 스페인어가 마음에 든다. 힘닿는 데까지 공부해볼 생각이다. 그리고 스페인 저서에 담긴 내용들, 특히 스페인 서사시에 담긴 고독이나 노새꾼들이 노새를 몰고 다니는 길과 협곡, 산 들은 지금 우리가 여행하는 이 땅과 비슷하다는 생각이 든다. 그래서 스페인어가 더더욱 좋다. 자신은 여기가 마음에 들기 때문이다. 장차 그럴 수만 있다면 자기는 이곳 산에서 살면 제일 좋겠다고 했다.

내가 대답했다. "나도 이곳이 마음에 들어요. 생각했던 것보다 훨씬 많이요. 처음 여기 왔을 때는 별로 매력을 느끼지 못했어요. 급격한 지형 변화와 모든 지형의 지나친 유사성 때문에 매력보다는 오히려 거부감을 느꼈죠. 그런데 나중에 주인어른과 함께 이곳에 와서 좀 더 넓은 지역을 둘러보았을 때는 느낌이 완전히 달랐어요. 툭 트여 있으면서도 자기 속에 갇힌 것 같고, 협소하면서도 광활하고, 단순하면서도 다채로운 면에 확 끌렸죠. 나는 여기와는 전혀 다른 자연, 그러니까 높은 산에 익숙해 있고 그런 산의 모습을 사랑하지만 이 땅에 깊은 감동을 받았어요. 특히 오늘은 우리를 둘러싼 모든 것이 말로 표현할 수 없을 정도로 마음에 듭니다."

나탈리에가 말했다. "원래 그런 것 같아요. 저도 아버지랑 처음 여기 왔을 때는, 물론 아직 어렸을 때였지만, 끊임없이 올라갔다 내려갔다 하는 게 몹시 마음에 들지 않아서 당장이라도 우리 도시와 평지로 돌아가고 싶었어요. 그러고는 한참 뒤에 어머니랑 이 지방을 지나갔고, 그 뒤로는 오늘처럼 여러 사람과 함께, 물론 그쪽은 빼고요, 이곳을 반복해서 찾았어요. 그때마다 이 땅과 이곳의 자연, 심지어 여기

사는 사람들까지 점점 좋아졌어요. 마차 여행과 도보 여행을 함께 할 수 있는 것도 이곳만의 독특한 매력이었어요. 지금처럼 마차에서 내려 긴 산줄기를 따라 올라가거나 내려가면 마차만 타고 움직일 때보다 이곳 땅을 훨씬 잘 알 수 있어요. 땅이 우리에게 다가온다고 할까요? 어쨌든 이렇게 걷다보면 길가의 덤불, 여기 사람들이 밭 둘레에 즐겨 설치하는 돌담, 나무줄기 아래 자잘한 식물들이 무성한 자작나무 숲, 협곡 안으로 쭉 이어진 초원 그리고 협곡에서 고개를 치켜들고 하늘을 올려다보는 나무들이 눈앞에 생생히 펼쳐져요. 평지에서는 그냥 빠르게 지나치고 마는 것들이죠. 제가 말한 협곡이 바로 여기예요."

우리는 한동안 걸음을 멈추고 협곡 아래를 가만히 내려다보았다. 둘 사이에 어떤 말도 오가지 않았다. 이윽고 내가 먼저 말문을 열었다. 내가 스페인어를 공부하고 있는지 어떻게 알았느냐고.

"어르신한테 들었어요. 요즘 칼데론을 읽는다는 것도요."

이 말을 끝으로 우리는 걸음을 옮겼다. 앞서 가던 일행이 걸음을 멈추고 대화를 나누고 있어서 우리는 곧 대열에 합류할 수 있었다. 일반적인 내용의 대화였는데, 가까이 있는 것이든 멀리 있는 것이든 눈에 바로바로 띄는 것이 화제로 떠올랐다.

해가 떨어지자 대지에 냉기가 감돌았다. 우리 여행의 목적은 멀리 가는 것이 아니라 시간과 길이 허락하는 것을 즐기는 것이었기에 여기서 일단 여정을 중단하고 숙소를 찾기로 했다. 이맘때쯤 인가에 도착할 수 있도록 출발 전부터 계획을 세워놓은 것 같았다. 우리는 곧 평원에 들어섰다. 아, 어떻게 이렇게 삽시간에 풍경이 바뀔 수 있을까! 만물에 생명을 불어넣고 색깔을 입히는 태양이 사라지면서 모든 것이 하나의 색으로 변해버렸다. 대기의 서늘함이 싸하게 다가왔다. 저지대의 초원에 실 같은 안개가 서둘러 깔리기 시작했다. 머나먼 고산(高山)들은 맑은 대기 속에 선명히 솟아 있었다. 반면에 저지대는 베일을 쓴 것처럼 몽롱했다. 어두운 숲들 위로 서쪽 하늘이 연노란색으로 물들었고, 인가의 굴뚝에선 연기가 줄줄이 피어올랐다. 얼마 뒤 하늘에 별이 하나씩 반짝거렸고, 낫처럼 생긴 가녀린 달이 서쪽 숲의 나무우듬지 위에 살짝 걸쳐져 있었다.

우리는 미리 따뜻하게 데워놓은 방으로 들어가 저녁 식사를 했고, 한동안 더 대화를 하며 앉아 있다가 각자 침실로 흩어졌다.

이튿날에는 초원과 들판에 투명한 서리가 내렸다. 주변의 안개가 걷히면서 만물이 햇빛을 받아 영롱하게 반짝거렸다. 저지대에만 안개의 파랑이 일 뿐, 그 너머 고산들은 햇살 가득한 신선한 눈밭을 머리에 이고 있었다.

우리는 해가 뜨기 직전에 출발했고, 곧 부드러운 햇살을 느꼈다. 서리가 햇볕에 녹아 없어지면서 얼마 뒤에는 어제와 같은 날이 다시 찾아왔다.

우리는 한 교회를 방문했다. 주인어른이 오래된 조각품들을 수리해 준 교회였다. 그런데 지금은 남아 있는 조각품이 많지 않았다. 일부는 장미집으로 보냈고, 일부는 해체되어 포장되기를 기다리고 있었다. 교회는 작고 무척 낡았다. 고딕 예술 시대의 초창기에 건립되었다고 했다. 에우스타흐의 그림들 중에 이 교회의 모사본도 있었다. 우리는 교회를 샅샅이 둘러본 뒤 다시 길을 나섰다.

오후에는 롤란트가 합류했다. 먹이를 주려고 말들을 맡겨놓은 여관에서 우리를 기다리고 있었던 것이다.

그런데 우리가 집에 얼마간 머무를 때나 나중에 다시 일정 거리를 걸어갈 때, 나는 이따금 롤란트의 시선이 나탈리에에게서 떨어질 줄 모른다는 사실을 알아차렸다.

롤란트는 항상 사생첩과 메모를 적어두는 수첩을 지니고 다녔는데, 여행 중에 여건이 허락하는 대로 그중 어느 부분을 우리에게 보여주었다. 그러면서 저녁에 숙소에 들면 더 많이 보여주겠다고 약속했다.

이튿날 오후 우리는 케르베르크에 도착해서 그곳의 유서 깊은 교회에 들렀다. 아름답게 조각된 제단이 있는 그 교회였다. 제단은 전에 주인어른과 에우스타흐와 함께 처음 보았을 때와는 비교가 안 될 정도로 마음에 들었다. 심지어 이렇게 걸출한 작품을 어떻게 당시에는 제대로 알아보지 못했는지 이해가 되지 않았다. 조각품은 내가 아는 한, 고대 독일 예술의 모든 작품에서 발견되는 그런 실수가 있었음에도 단연 수작으로 꼽을 수 있었다. 물론 장미집의 대리석 계단에 있는 조각상에는 그런 실수가 없었다. 우리는 한참 동안 교회 안에 머물렀다. 조금이라도 더 머물고 싶은 것이 솔직한 내 심정이었다. 조각품의 고요함과 진지함, 기품 그리고 아이 같은 순수함에 절로 경외심이 일었다. 심장을 관통하는 전율이라고 할까? 개별적인 화려한 조각을 아우르는 제단의 전체적인 소박함은 보는 사람의 눈과 마음을 편안하게 해주었다. 우리는 이 작품에 대해 이야기했다. 나는 이 대화를 통해서도 예전에 주인어른과 에우스타흐가 이 작품을 두고 이야기할 때 나의 무지를 세심하게 배려해주었음을 깨달았다. 또다시 감사한 마음이 일었다. 언제 기회가 되면 이 조각품을 정확하게 그려서 아버지에게 갖다드리기로 마음먹었다.

나는 과거의 예술이 얼마나 아름답고 위대했는지, 하지만 지금은 그것이 얼마나 달라졌는지 이야기했다. 그 말에 주인어른은 이렇게 답했다.

"예술에서는 그간 많은 새로운 '시작들'이 있었네. 오랜 옛날, 그러니까 이집트 제국을 비롯해서 아시리아와 메디아, 페르시아, 인도, 소아시아, 그리스, 로마 제국 시절에 만들어진 작품은 우리 시대에 들어와서야 많이 출토되었고, 또 아직 많은 작품이 발굴을 기다리고 있네. 장차 아메리카에서도 진귀한 작품이 발굴될지 누가 알겠나? 어쨌든 그런 작품을 관찰하고, 예술의 발전을 기록한 최고의 저술들을 읽다 보면 조물주의 창조와 유사하다는 인간의 창작 행위—이건 곧 예술 행위를 말하네, 예술은 크건 작건 창조물의 일부를 취해서 모방하는 것이니까—여하튼 인간의 그런 예술 행위는 항상 시작 단계에 머물러 있었음을 알 수 있네. 이를테면 인간은 흉내 내기 좋아하는 아이들인 셈이지. 생각해보게. 들판에 지천으로 깔린 풀 한 포기라도 그 원형대로 충실히 만들어낼 수 있는 사람이 어디 있겠나? 또 돌멩이와 구름, 물 한 방울, 산, 동물의 유연한 움직임, 인간의 아름다운 몸을 원형에 뒤지지 않게 모방할 사람이 누가 있겠나? 어디 그뿐인가? 개별 사물의 유한성, 폭풍과 뇌우, 바람과 구름을 품은 대지의 풍요로움, 이 땅 그리고 우주의 무한성 속에 담긴 정신의 영원성을 표현할 사람이 누가 있겠나? 아니, 이러한 정신을 포착할 사람이라도 있겠나? 어떤 민족은 지극히 내면적이고 사색적이었고, 어떤 민족은 굵직굵직하고 통 크게 작업했으며, 어떤 민족은 맑고 순결한 영혼으로 사물을 받아들였고, 또 어떤 민족은 소박하고 단순하기 그지없었네. 그러나 예술은 그런 개별적인 것들이 아니라 지금까지 있었던 것과 앞으로 있을 것을 모두 합친 것이네. 우리가 아이들과 비슷한 점은 또 있네. 아이들은 점토로 집과 교회, 산을 실제와 동떨어진 모습으로 빚어내지만, 현실 속의 아름다운 집과 교회와 산을 구경만 하는 것보다 그것을 제 손으로 만들어보는 것에서 훨씬 큰 기쁨을 느끼지. 우리는 현실에서 풍경과 꽃, 인간을 마주 대할 때보다 예술이 생산한 풍경과 꽃, 인간을 바라볼 때 더 친근하고 달콤한 감정을 느끼네. 아이들이 감탄하는 것은 모방으로 많은 것을 생산해내는 다른 아이의 정신이네. 우리가 예술에서 감탄하는 것도 다르지 않네. 우리는 한 인간의 정신이, 비록 실수투성이이긴 하지만, 우리가 사랑하고 숭배하는 대상을, 우리가 이성으로 파악하려고 애쓰는 그 무언가를 모방해서 만들었다는 점에 탄복하네. 여기서 그 무언가가 무엇이냐 하면, 우리의 한정된 사랑으로는 도저히 품을 수 없지만, 자세히 알아나갈수록 그 장엄함에 눌려 경배와 겸허함의 전율을 점점 크게 일으키는 신적인 영역이네. 그 때문에 예술은 종교의 한 분과였고, 어떤 민족에서건 종교를 위해 일할 때 최고의 전성기를 누렸던 걸세. 예술이 어디까지 모방할 수 있는지는 누구도 알 수 없네. 역사상 인류에겐 그리스 예술처럼 아름다운 시작들이 있었네. 한데 그 시작이 다시 주저앉아버렸다고 해서 예술이 파멸했다고 말할 수는 없네. 다른 시작들이 찾아와서 기존의 것과 전혀 다른 것을 만들어낼 테니까. 모든 예술이 그러하듯 그 시작들 역시 신적인 것을 토대로 삼고, 앞으로도 그 마음을 잃지 않는다면 말일세. 만 년 뒤, 십만 년 뒤, 백만 년 뒤 혹은 수천억 년 뒤에 어떻게 될지는 아무도 말할 수 없네. 조물주가 이 지상에서 인류를 장차 어떻게 하실 계획인지는 누구도 모르니까. 해서 예술에서도, 그것을 예술 작품이라는 이름을 붙일 수 있는 한, 다시 말해 신적인 것을 부정하지 않고 그것을 표현하고자 노력하는 한, 전적으로 추악한 것은 있을 수 없고, 절대 뛰어넘을 수 없을 정도로 아름다운 것도 없네. 뛰어넘지 못할 정도로 아름답다면 그건 신적인 것의 인간적인 표현이 아니라 신적인 것 그 자체가 아니겠나? 이런 이유에서 아무리 아름다운 시대라 하더라도 모든 작품이 한결같이 아름답지는 않고, 아무리 거칠고 퇴락한 시대라 하더라도 모든 작품이 한결같이 추악하지는 않은 것일세. 만일 예술이 내적인 위대성도 없이 높든 낮든 신적인 것으로 그렇게 쉽게 고양될 수 있다면 어떻게 되겠나? 단언컨대 신적인 것은 그렇게 위대하게 비치지 않을 것이고, 예술이 우리를 그렇게 황홀하게 만들지도 못할 걸세. 예술이 위대한 것은 지고의 기쁨으로 승화될 수 있는 귀의와 충직, 기도, 변화의 순수성 같은 예술적 형태로 표현되지 않더라도 신적인 것으로 고양될 무수한 가능성이 존재하기 때문이네. 따라서 예술은 예술 감정보다 더 진지하고 엄격하네. 물론 예술 감정이 지닌 우아한 매력은 없겠지. 어쨌든 예술은 그런 이유에서 일정한 한계가 있네. 이 한계 속에서 신적인 것으로의 접근이 감각의 마력에 포위되고, 감각에 의해 표현되는 걸세. 해서 인간만이 예술을 갖고 있고, 인간이 존재하는 한 앞으로도 영원히 그럴 것이네. 예술적 표현이야 어떻게 바뀌든 상관없겠지. 내가 가장 바라는 것이 있다면, 인간의 종말 이후 어떤 정신이 나타나 인류의 예술을 탄생에서 소멸까지 일목요연하게 정리해주는 것일세."

마틸데 부인이 웃으면서 대답했다. "당신이 지금 하는 사소한 일들이 나중엔 아주 큰일이 되겠네요. 그러려면 영원한 시간과 무한한 공간이 필요하겠지만."

"이 일들이 어찌 될지 누가 알겠소? 어쨌든 여긴 다른 곳들처럼 잘될 거요. 섬김과 신뢰와 기다림이 가득하니까."

에우스타흐가 손에 들고 있던 가방을 열었다. 그 안에는 제단과 교회 일부, 교회 자체 그리고 교회 안에 있는 물건들의 그림이 들어 있었다.

우리는 그림과 제단을 비교했다. 몇 군데는 잘되었다는 칭찬에서부터 몇 군데는 고쳐야겠다는 제안까지 여러 이야기가 나왔다.

우리는 교회 안을 둘러보며 이것저것을 꼼꼼히 관찰했다. 묘비도 구경했고, 그 아래 커다란 붉은 돌도 유심히 살펴보았다. 교회와 제단을 세운 남자의 초상이 돌 위에 새겨져 있었는데, 이마가 넓고 반듯한 사람이었다.

그날 우리는 케르베르크에 머물면서 옛 성이 있는 산으로 올라가 성과 정원을 구경했다. 정원에는 늦가을의 정취가 가득했다. 우리는 한때 이곳에서 부와 권세를 누리며 살았던 옛 사람들과 이 골짜기에 교회를 건립한 남자가 걸어다녔을 지점들도 둘러보았다.

주인어른이 말했다. "이곳 사람들의 행적은 이 지방의 다른 성들과 귀족 가문들 그리고 멀리 떨어진 도시의 문서와 양피지에도 간혹 부분적으로 기록되어 있을 걸세. 몇몇 사람은 이들의 행적을 일부라도 알고 있지만 대부분은 전혀 모르네. 선조들의 흔적이 배어 있는 곳들을 밟고 다니는 후손들 중에도 자신의 선조가 누구였는지 모르는 경우가 많지. 그렇다면 모든 지역의 문서실에서 각 가문과 고을의 내력을 기록해두는 일이 결코 나쁜 일은 아닐 걸세. 대제국의 거대 역사보다 우리 가슴에 더 가깝게 와 닿는 것이 그런 소소한 내력들이니까. 요즘은 간혹 그런 시도들이 있기는 하네만, 아직 충분하지 않고 방법도 많이 틀렸네."

이튿날 이른 아침 우리는 케르베르크에서 좀 더 높은 지대로 올라갔다. 이 지방에는 지금까지 우리가 거쳐 온 다른 지역보다 훨씬 울창하고 넓은 숲이 포진해 있었다. 침엽수의 짙은 색과 너도밤나무의 붉은색이 어른거리는 광활한 산등성이가 아침의 희미한 빛 사이로 우리를 맞아주었다.

주인어른의 말이 맞았다. 날은 갈수록 화창해졌다. 우리가 여행하는 대지에는 안개의 흔적조차 보이지 않았고, 하늘 역시 구름 한 점 없이 한없이 높기만 했다. 태양도 가는 곳마다 우리와 따뜻하게 동행했고, 작별할 때는 내일 다시 다정한 얼굴로 나타나겠다고 약속하는 듯했다.

롤란트는 우리와 사흘을 함께 있다가 다시 떠났다. 그전에 자신의 그림과 다른 종이들을 주인어른의 마차에 실어놓았다. 그는 이 지방에 좀 더 머물다가 날씨가 나빠지기 시작하면 장미집으로 돌아갈 예정이었다.

이번 여행은 모든 것이 정말 아늑하고 푸근했다. 대화에는 친밀감과 유쾌함이 넘쳤고, 크고 작은 모든 것, 예를 들어 한때 신도들이 기도를 올리던 작고 낡은 교회, 과거 언젠가 권세 높은 사람들이 호령하고 살았을 성의 폐허, 언덕 위에 고고하게 서 있는 나무 한 그루, 햇살을 가득 품은 길가의 작은 집 한 채가 나름의 부드러운 매력과 의미를 띠었다.

우리는 떠난 지 여드레 날에 마차를 타고 다시 남쪽으로 향했고, 아흐레 날에 아스퍼호프에 당도했다.

나는 고향집으로 떠나기 전에 주인어른의 멋진 그림을 조금 더 감상했고, 장미집의 훌륭한 책들에 담긴 위대한 정신들을 새삼 가슴속에 새겼으며, 주위 사람들의 사랑스러운 얼굴을 혹시 잊을세라 다시 한 번 바라보았고, 만추를 지나 보내고 깊은 침묵의 계절로 들어갈 채비를 하는 주변 풍경을 지그시 지켜보았다.

가슴이 한껏 부풀어 올랐다. 내 정신 속에서 이런 질문이 한가득 퍼지는 느낌이었다. 예술과 문학과 학문이 삶을 풀어 쓰고 완성하는 것일까? 삶을 품고 훨씬 크나큰 행복으로 가득 채울 또 다른 것이 있을까?

(2권으로 이어집니다)

문학동네 세계문학전집 발간에 부쳐

세계문학은 국민문학 혹은 지역문학을 떠나 존재하는 문학이 아니지만 그것들의 총합도 아니다. 세계문학이라는 용어에는 그 나름의 언어와 전통을 갖고 있는 국민문학이나 지역문학의 존재를 인정하면서 그것을 넘어서는 문학의 보편적 질서에 대한 관념이 새겨져 있다. 그 용어를 처음 고안한 19세기 유럽인들은 유럽문학을 중심으로 그 질서를 구축했지만 풍부한 국민문학의 전통을 가지고 있는 현대의 문학 강국들은 나름의 방식으로 세계문학을 이해하면서 정전(正典)의 목록을 작성하고 또 수정한다.

한국에서도 세계문학 관념은 우리 사회와 문화의 변화 속에서 거듭 수정돼왔다. 어느 시기에는 제국 일본의 교양주의를 반영한 세계문학 관념이, 어느 시기에는 제3세계 민족주의에 동조한 세계문학 관념이 출현했고, 그러한 관념을 실천한 전집물이 출판됐다. 21세기 한국에 새로운 세계문학전집이 필요하다는 것은 명백하다. 우리의 지성과 감성의 기준에 부합하는 세계문학을 다시 구상할 때가 되었다.

문학동네 세계문학전집은 범세계적으로 통용되는 고전에 대한 상식을 존중하면서도 지난 반세기 동안 해외 주요 언어권에서 창작과 연구의 진전에 따라 일어난 정전의 변동을 고려하여 편성되었다. 그래서 불멸의 명작은 물론 동시대 세계의 중요한 정치·문화적 실천에 영감을 준 새로운 작품들을 두루 포함시켰다.

창립 이후 지금까지 한국문학 및 번역문학 출판에서 가장 전문적이고 생산적인 그룹을 대표해온 문학동네가 그간 축적한 문학 출판 경험을 바탕으로 새로운 세계문학전집을 펴낸다. 인류가 무지와 몽매의 어둠 속을 방황하면서도 끝내 길을 잃지 않은 것은 세계문학사의 하늘에 떠 있는 빛나는 별들이 길잡이가 되어주었기 때문이다. 우리가 자부심과 사명감 속에서 그리게 될 이 새로운 별자리가 독자들의 관심과 애정에 힘입어 우리 모두의 뿌듯한 자산이 되기를 소망한다.

문학동네 세계문학전집 편집위원
민은경, 박유하, 변현태, 송병선, 이재룡, 홍길표, 남진우, 황종연

지은이 **아달베르트 슈티프터**

1805년 오스트리아 뵈멘의 소도시 오버플란에서 태어났다. 1840년 첫 소설 『콘도르』를 발표하여 대중적인 인기를 얻었고, 이후 그동안 집필한 단편들을 모은 『습작집』 여섯 권을 차례로 출간하여 소설가로서 입지를 굳혔다. 1857년 대표작 『늦여름』을 발표했고, 1867년 역사소설 『비티코』를 끝으로 작품 활동을 마감하였다. 1868년 린츠의 장크트 바르바라 공동묘지에 묻혔다.

옮긴이 **박종대**

성균관대학교 독문학과와 동 대학원을 졸업하고, 독일 쾰른 대학교에서 문학과 철학을 공부했다. 유럽의 문화와 정신세계를 소개하는 전문번역가로 활동 중이다. 요즘은 특히 소설 옮기는 재미에 푹 빠져 있다. 옮긴 책으로 『만들어진 승리자』 『위대한 패배자』 『귀향』 『바르톨로메는 개가 아니다』 『이야기 파는 남자』 『아르네가 남긴 것』 『목매달린 여우의 숲』 등이 있다.

세계문학전집 087

늦여름 1

양장본 초판 인쇄 2011년 12월 13일
양장본 초판 발행 2011년 12월 23일

지은이 아달베르트 슈티프터 | 옮긴이 박종대 | 펴낸이 강병선
책임편집 고우리 | 편집 이미영 오동규 | 독자모니터 엄정현
디자인 이경란 최미영 | 저작권 김미정 한문숙 박혜연
마케팅 정민호 김도윤 박보람 정진아 | 온라인 마케팅 이상혁 한민아 장선아
제작 안정숙 서동관 김애진 | 제작처 (주)상지사P&B

펴낸곳 (주)문학동네
출판등록 1993년 10월 22일 제406-2003-000045호
주소 413-756 경기도 파주시 교하읍 문발리 파주출판도시 513-8
전자우편 editor@munhak.com | 대표전화 031) 955-8888 | 팩스 031) 955-8855
문의전화 031) 955-3576(마케팅), 031) 955-2653(편집)
문학동네카페 http://cafe.naver.com/mhdn
문학동네트위터 http://twitter.com/munhakdongne

ISBN 978-89-546-1697-3 04850
978-89-546-1020-9 (세트)

www.munhak.com

문학동네 세계문학전집

1, 2, 3 안나 카레니나 레프 톨스토이 | 박형규 옮김
4 판탈레온과 특별봉사대 마리오 바르가스 요사 | 송병선 옮김
5 황금 물고기 르 클레지오 | 최수철 옮김
6 템페스트 윌리엄 셰익스피어 | 이경식 옮김
7 위대한 개츠비 F. 스콧 피츠제럴드 | 김영하 옮김
8 아름다운 애너벨 리 싸늘하게 죽다 오에 겐자부로 | 박유하 옮김
9, 10 파우스트 요한 볼프강 폰 괴테 | 이인웅 옮김
11 가면의 고백 미시마 유키오 | 양윤옥 옮김
12 킴 러디어드 키플링 | 하창수 옮김
13 나귀 가죽 오노레 드 발자크 | 이철의 옮김
14 피아노 치는 여자 엘프리데 옐리네크 | 이병애 옮김
15 1984 조지 오웰 | 김기혁 옮김
16 벤야멘타 하인학교-야콥 폰 군텐 이야기 로베르트 발저 | 홍길표 옮김
17, 18 적과 흑 스탕달 | 이규식 옮김
19, 20 휴먼 스테인 필립 로스 | 박범수 옮김
21 체스 이야기·낯선 여인의 편지 슈테판 츠바이크 | 김연수 옮김
22 왼손잡이 니콜라이 레스코프 | 이상훈 옮김
23 소송 프란츠 카프카 | 권혁준 옮김
24 마크롤 가비에로의 모험 알바로 무티스 | 송병선 옮김
25 파계 시마자키 도손 | 노영희 옮김
26 내 생명 앗아가주오 앙헬레스 마스트레타 | 강성식 옮김
27 여명 시도니가브리엘 콜레트 | 송기정 옮김
28 한때 흑인이었던 남자의 자서전 제임스 웰든 존슨 | 천승걸 옮김
29 슬픈 짐승 모니카 마론 | 김미선 옮김
30 피로 물든 방 앤절라 카터 | 이귀우 옮김
31 숨그네 헤르타 뮐러 | 박경희 옮김
32 우리 시대의 영웅 미하일 레르몬토프 | 김연경 옮김
33, 34 실낙원 존 밀턴 | 조신권 옮김

35 복낙원 존 밀턴 | 조신권 옮김

36 포로기 오오카 쇼헤이 | 허호 옮김

37 동물농장 · 파리와 런던의 따라지 인생 조지 오웰 | 김기혁 옮김

38 루이 랑베르 오노레 드 발자크 | 송기정 옮김

39 코틀로반 안드레이 플라토노프 | 김철균 옮김

40 어두운 상점들의 거리 파트릭 모디아노 | 김화영 옮김

41 순교자 김은국 | 도정일 옮김

42 젊은 베르테르의 슬픔 요한 볼프강 폰 괴테 | 안장혁 옮김

43 더블린 사람들 제임스 조이스 | 진선주 옮김

44 설득 제인 오스틴 | 원영선, 전신화 옮김

45 인공호흡 리카르도 피글리아 | 엄지영 옮김

46 정글북 러디어드 키플링 | 손향숙 옮김

47 외로운 남자 외젠 이오네스코 | 이재룡 옮김

48 에피 브리스트 테오도어 폰타네 | 한미희 옮김

49 둔황 이노우에 야스시 | 임용택 옮김

50 미크로메가스 · 캉디드 혹은 낙관주의 볼테르 | 이병애 옮김

51, 52 염소의 축제 마리오 바르가스 요사 | 송병선 옮김

53 고야산 스님 · 초롱불 노래 이즈미 교카 | 임태균 옮김

54 다니엘서 E. L. 닥터로 | 정상준 옮김

55 이날을 위한 우산 빌헬름 게나치노 | 박교진 옮김

56 톰 소여의 모험 마크 트웨인 | 강미경 옮김

57 카사노바의 귀향 · 꿈의 노벨레 아르투어 슈니츨러 | 모명숙 옮김

58 바보들을 위한 학교 사샤 소콜로프 | 권정임 옮김

59 어느 어릿광대의 견해 하인리히 뵐 | 신동도 옮김

60 웃는 늑대 쓰시마 유코 | 김훈아 옮김

61 팔코너 존 치버 | 박영원 옮김

62 한눈팔기 나쓰메 소세키 | 조영석 옮김

63, 64 톰 아저씨의 오두막 해리엇 비처 스토 | 이종인 옮김

65 아버지와 아들 이반 투르게네프 | 이항재 옮김

66 베니스의 상인 윌리엄 셰익스피어 | 이경식 옮김

67 해부학자 페데리코 안다아시 | 조구호 옮김

68 긴 이별을 위한 짧은 편지 페터 한트케 | 안장혁 옮김

69 호텔 뒤락 애니타 브루크너 | 김정 옮김

70 잔해 쥘리앵 그린 | 김종우 옮김

71 절망 블라디미르 나보코프 | 최종술 옮김

72 더버빌가의 테스 토머스 하디 | 유명숙 옮김

73 감상소설 미하일 조셴코 | 백용식 옮김

74 빙하와 어둠의 공포 크리스토프 란스마이어 | 진일상 옮김

75 쓰가루 · 석별 · 옛날이야기 다자이 오사무 | 서재곤 옮김

76 이인 알베르 카뮈 | 이기언 옮김

77 달려라, 토끼 존 업다이크 | 정영목 옮김

78 몰락하는 자 토마스 베른하르트 | 박인원 옮김

79, 80 한밤의 아이들 살만 루슈디 | 김진준 옮김

81 죽은 군대의 장군 이스마일 카다레 | 이창실 옮김

82 페레이라가 주장하다 안토니오 타부키 | 이승수 옮김

83, 84 목로주점 에밀 졸라 | 박명숙 옮김

85 아베 일족 모리 오가이 | 권태민 옮김

86 폭풍의 언덕 에밀리 브론테 | 김정아 옮김

87, 88 늦여름 아달베르트 슈티프터 | 박종대 옮김

89 클레브 공작부인 라파예트 부인 | 류재화 옮김

90 P세대 빅토르 펠레빈 | 박혜경 옮김

● 문학동네 세계문학전집은 계속 출간됩니다